U0901956

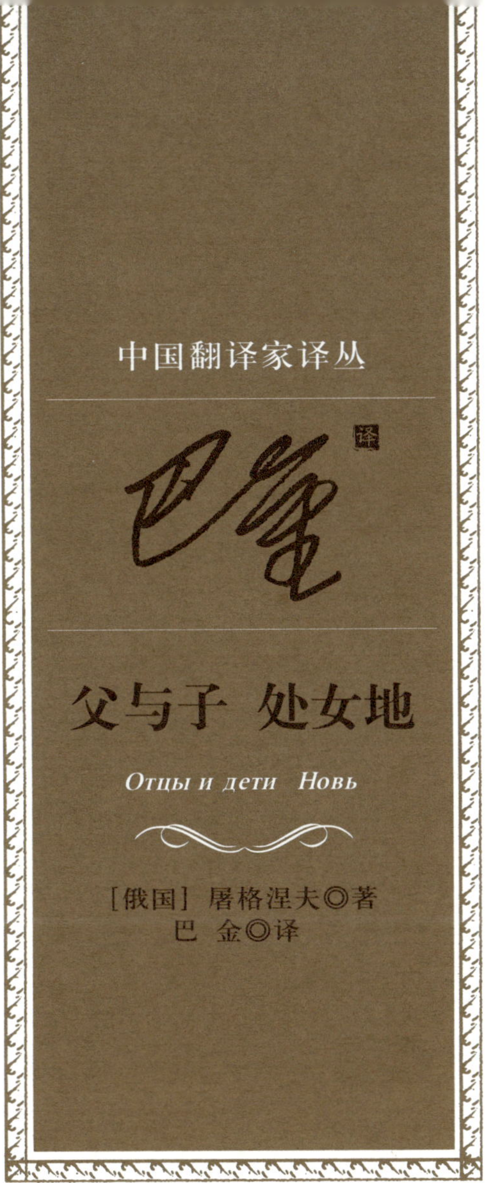

人民文学出版社

И. С. ТУРГЕНЕВ
ОТЦЫ И ДЕТИ
据苏联国家文学出版社 1953 年版《屠格涅夫选集》第三卷译出。
И. С. ТУРГЕНЕВ
НОВЬ
据莫斯科国家文学出版社 1961 年版《俄罗斯古典文学丛书》《屠格涅夫十卷集》第四卷中《处女地》译出。

图书在版编目(CIP)数据

巴金译父与子　处女地/(俄罗斯)屠格涅夫著;巴金译. —北京:人民文学出版社,2015(2019.12 重印)
(中国翻译家译丛)
ISBN 978-7-02-011244-9

Ⅰ. ①巴… Ⅱ. ①屠… ②巴… Ⅲ. ①长篇小说—小说集—俄罗斯—近代 Ⅳ. ①I512.44

中国版本图书馆 CIP 数据核字(2015)第 286067 号

选题策划　欧阳韬
责任编辑　欧阳韬
责任印制　任　祎

出版发行　人民文学出版社
社　　址　北京市朝内大街 166 号
邮政编码　100705
网　　址　http://www.rw-cn.com

印　　刷　三河市中晟雅豪印务有限公司
经　　销　全国新华书店等

字　　数　447 千字
开　　本　710 毫米×1000 毫米　1/16
印　　张　28　插页 1
印　　数　5001—6500
版　　次　2017 年 1 月北京第 1 版
印　　次　2019 年 12 月第 2 次印刷

书　　号　978-7-02-011244-9
定　　价　66.00 元

如有印装质量问题,请与本社图书销售中心调换。电话:010-65233595

出 版 说 明

人民文学出版社自一九五一年建社以来,出版了很多著名翻译家的优秀译作。这些翻译家学贯中西,才气纵横。他们苦心孤诣,以不倦的译笔为几代读者提供了丰厚的精神食粮,堪当后学楷模。然时下,译界译者、译作之多虽前所未有,却难觅精品、大家。为缅怀名家们对中华文化所做出的巨大贡献,展示他们的严谨学风和卓越成就,更为激浊扬清,在文学翻译领域树一面正色之旗,人民文学出版社决定携手中国翻译协会出版"中国翻译家译丛",精选杰出文学翻译家的代表译作,每人一种,分辑出版。

人民文学出版社编辑部

二〇一四年十月

目　录

父　与　子

И. С. ТУРГЕНЕВ

ОТЦЫ И ДЕТИ

根据苏联国家文学出版社 1953 年出版《屠格涅夫选集》第三卷译出。

纪　　念

维萨里昂·格利戈里耶维奇·别林斯基

一

“喂，彼得，还看不见？”问话的是一位年纪不过四十出头的绅士，在一八五九年五月二十日那天，他穿一件带尘土的外衣和方格纹的裤子，光着头，从某某公路上一家客店里走出来，站在低台阶上。他正在跟他的听差讲话，那是一个两颊滚圆的小伙子，下巴上长了些浅白色的柔毛，一对小眼睛没有一点儿眼神。

这个听差，他身上的一切——他一只耳朵上的那只绿松石耳环，他的颜色深浅不匀的、擦了油的头发，以及他的文雅的举止——总之，这一切都显出来他这个人属于时髦的、进步的一代，他敷衍地朝路上望了望，回答道：“老爷，看不见，一点儿也看不见。”

“看不见吗？”绅士再问一句。

“看不见，”听差又回答一遍。

绅士叹了一口气，就在一条小凳上坐下来。我们现在趁绅士弯着腿坐在那儿、带着沉思的样子朝四周望的时候，把他向读者们介绍一下。

他的姓名是尼古拉·彼得罗维奇·基尔萨诺夫。他的产业就在离这个客店十五俄里的地方，这是一片有两百个农奴的上好的田产，或者照他自己的说法，——他把土地和农民划清界限，创办了所谓“农庄”以后——二千俄亩①的田地。他的父亲，一个参加过一八一二年战役②的将军，是一个识字不多的粗人，不过人并不坏；这是一个道地的俄国人，他一生都在军队里辛辛苦苦，起初做旅长，后来升任师长，经常驻扎在外省，他在那些地方靠了他的官职成了一位相当重要的人物。尼古拉·彼得罗维奇跟他的哥哥帕维尔一样，生在俄国南部（我们以后再谈帕维尔的事情），十四岁以前他一直在家里念书，接触的

① 1俄亩合1.093公顷。

② 指俄国抵御拿破仑入侵的卫国战争。

尽是些平庸的家庭教师、不拘礼节却又会奉承的副官和其他的团里的和司令部的军官。他的母亲是科里亚津家的小姐，出嫁以前闺名叫做 Agathe[①]，可是做了将军夫人以后便改称为阿加福克利娅·库兹米尼什娜·基尔萨诺娃，完全是所谓“官派十足的将军夫人”一类的女人。她戴的是十分讲究的帽子，穿的是窸窣作响的绸衣，在教堂里总是她抢先走到十字架跟前[②]；她讲起话来声音很高，而且讲个不停，她还要她的孩子每天早晨吻她的手，晚上她照例要给他们祝福——总而言之，她过得十分快乐如意。尼古拉·彼得罗维奇虽然并没有丝毫勇武的表现，而且还得到了“胆小鬼”的绰号，可是他因为是一位将军的儿子，便不得不学他的哥哥帕维尔的榜样，也去报名入伍；可是就在他得到任命消息的那一天，他跌坏了一只腿，在床上躺了两个月，落了一个“瘸子”，那是一辈子医治不好的。他的父亲只好从此断念，让他去做文官。等到他满了十八岁，父亲便带他到彼得堡去进大学。恰好这个时候他的哥哥在近卫团里当了军官。两个年轻人租了一套房间住在一处，又托了他们的一位表舅偶尔来照应一下：那是一个高级的官员，名叫伊利亚·科里亚津。以后父亲回到他的师里和他的妻子那儿去了，只偶尔给这两个儿子寄来一封信，大张的灰色信纸上涂满了粗大的文书体的字迹。他在信纸的最后署上自己的名字：“彼得·基尔萨诺夫，陆军少将”，还用心地在名字四周弯弯曲曲地描花。一八三五年尼古拉·彼得罗维奇在大学里得到学位毕了业，就在这一年，基尔萨诺夫将军因为阅兵成绩不好，给免了职，便带了妻子到彼得堡去住家。他刚在塔夫利奇花园[③]附近租了一所房屋，并且加入了英国俱乐部[④]做会员，就突然中风死了。阿加福克利娅·库兹米尼什娜不久也跟着去世：她过不惯首都的那种沉闷无聊的日子；是免职闲居的痛苦把她折磨死了的。尼古拉·彼得罗维奇在他的父母还活着的时候，爱上了他的旧房东普列波罗文斯基（一个小官）的女儿，这桩事情给了他们不小的烦恼。那是一个美丽的、而且是一般人所谓有修养的姑娘：她喜欢读报纸上“科学”栏里的那些严肃的文章。他等自己服丧一满，立刻同她结了婚，并且辞掉他父亲生前给他在皇室领地总管理局

---

① 法语：阿加忒。意思是玛瑙。

② 旧俄俗，礼拜完毕以后，每个人都到十字架跟前去吻十字架。

③ 塔夫利奇花园在彼得堡的住宅区，附属于塔夫利奇宫，花园的一部分在夏天开放，供人游览。塔夫利奇宫是女皇叶卡捷琳娜二世在一七八三年为她的宠臣波将金公爵修建的。

④ 这个俱乐部的会员都是有钱的贵族和大官。

谋得的官职,同他的妻子玛莎一块儿安享家庭的幸福;起初他们住在林业学院附近的一所别墅里,后来搬进城里一处精致的小楼房(那房子有干净的楼梯和一个阴凉的客厅),最后他们又搬到乡下去,就在那儿定住下来,不久生了一个儿子,名叫阿尔卡季。这一对年轻夫妇过得非常快乐,非常平静;他们几乎就没有分开过;他们在一块儿看书,四只手同弹钢琴,唱着二重唱。她种花养鸡;他偶尔也出去打猎,料理田产上的事务。在这中间,阿尔卡季也在快乐平静的环境中渐渐地长大起来了。十年的光阴像梦一般地过去。一八四七年基尔萨诺夫的妻子去世。他差一点儿受不了这个打击:不到几个星期他的头发就变成灰白了。他正要动身到国外旅行,希望借此消除他的悲痛……可是一八四八年接着来了[①]。他只得回到乡下,在一个相当长的时间里他什么事都不做,过着一种闲懒的生活;后来他对他的田地改革的事情感到了兴趣,便动手做起来。在一八五五年他把儿子送进大学;他跟儿子一块儿在彼得堡过了三个冬天,他很少出门,只是竭力跟阿尔卡季的一班年轻朋友结交。到第四年的冬天,他有事情不能去彼得堡,所以我们在一八五九年五月看见他在这儿等候他儿子像他自己从前那样地得到学位毕业回来,——他的头发完全灰白,身子倒很结实,不过背显得有点儿驼。

那个听差由于礼貌的关系,也许还是因为他不愿意老站在主人的眼前,便到大门口去,点燃烟斗抽起来。尼古拉·彼得罗维奇埋下头,望着那破旧的台阶,一只肥大的花雏鸡安稳地迈着黄色的肥腿严肃地在台阶上走来走去;一只肮脏的猫装腔作势地蜷伏在栏杆上面,对他做出一种不高兴的神气。太阳晒得厉害,从客店的阴暗的过道中送出一股热的黑麦面包的味道。尼古拉·彼得罗维奇想得出神了。"我的儿子……大学学士……阿尔卡沙[②]……"这些字眼翻来覆去地在他的脑子里打转;他竭力要去想些别的事情,可是这种思想又回转来了。他想起了亡故的妻子……他悲痛地喃喃说:"要是她活到现在就好了。"一只肥的、深蓝色的鸽子飞到路上,急急地到井边一个水洼跟前去喝水。尼古拉·彼得罗维奇刚在望它,可是他的耳朵已经听到了由远处驶近的车轮声……

"老爷,一定是他们来啦,"听差从大门口过来报告。

---

① 在一八四八年欧洲主要国家大都卷在革命波涛中间。尼古拉一世害怕俄国人民受到影响,曾下令禁止人们出国。

② 阿尔卡沙是阿尔卡季的小名。

尼古拉·彼得罗维奇跳起来,注意地顺着公路望去。一辆三匹驿站马拉的四轮马车出现了;他还看见车子里面一顶大学生制帽的帽檐,一个熟悉的亲爱的脸的轮廓……

"阿尔卡沙,阿尔卡沙!"基尔萨诺夫一面叫着,一面挥动两只手跑着迎上去……不到一忽儿工夫,他的嘴唇便贴在一个年轻大学学士的无须的、带尘土的、太阳晒黑了的脸颊上面了。

二

"爸爸,让我先抖一下身上的尘土吧,"阿尔卡季说,由于旅途的辛苦,他的声音略有一点儿发哑,不过这还是孩子的声音,而且响亮悦耳,他高兴地回抱他的父亲,"我把你身上也沾上土了。"

"不要紧,不要紧,"尼古拉·彼得罗维奇带着慈爱的笑容反复地说,他伸手在他儿子的大衣领子上拍了两三下,也把自己的外衣拍了两拍,"让我好好地看你一下,让我好好地看你一下,"他说着,便往后退了几步,可是他立刻又急急忙忙地向客店的院子走去,口里嚷着,"这边,这边,快给我们套马。"

尼古拉·彼得罗维奇似乎比他的儿子兴奋得多;他好像有一点儿慌张,又有一点儿胆怯。阿尔卡季止住他。

"爸爸,"他说,"让我介绍我的好朋友巴扎罗夫给你,我在信上常常提起他。他真好,居然肯到我们家里来做客。"

尼古拉·彼得罗维奇连忙转过身来,走到一个刚从四轮马车上下来、穿一件宽大的带穗子的长外衣的高个子跟前,那人停了一忽儿才把手伸给他,可是他仍旧紧紧地捏住那个人的没有戴手套的红色的手。

"您这次光临,叫我十分高兴,而且非常感激,"他开始说,"希望……请教您的大名跟您的父名。"

"叶夫盖尼·瓦西里耶夫,"巴扎罗夫用懒洋洋的、然而响亮的声音答道;同时他翻下外衣的领子,让尼古拉·彼得罗维奇看见他的整个面孔。这是一张瘦长脸,宽广的前额,上平下尖的鼻子,带绿色的大眼睛,淡茶色的下垂的连鬓胡子;一个安静的微笑使他的脸显得有生气,而且显出他的自信心和聪明来。

“亲爱的叶夫盖尼·瓦西里伊奇,我希望您在我们这儿不至于感到沉闷无聊,”尼古拉·彼得罗维奇继续说。

巴扎罗夫的薄薄的嘴唇微微一动,不过他并没有回答,只是举了一下帽子。他的又长又密的深黄色头发盖不住他隆起的头骨。

“那么,阿尔卡季,”尼古拉·彼得罗维奇又掉转身对他的儿子说,“要不要现在就套马,还是你们高兴休息一忽儿?”

“爸爸,我们还是回家休息吧。叫他们就套上马。”

“马上就走,马上,”父亲答应道,“喂,彼得,听见没有?赶快准备好,好孩子。”

彼得是一个受过训练的听差,他并不去吻小主人的手,只是远远地对他鞠一个躬,便穿过大门不见了。

“我是坐轻便马车来的,不过我另外给你的四轮马车预备了三匹马,”尼古拉·彼得罗维奇唠叨地说,阿尔卡季向客店女主人要了一铁勺子的水来,正拿到嘴边喝着;巴扎罗夫点燃烟斗,向那个正在卸马的车夫走去。尼古拉·彼得罗维奇接着往下说:“我的车里只有两个座位,我不知道你那位朋友怎样……”

“他会坐四轮马车的,”阿尔卡季低声打岔道,“请你不要跟他讲礼节,他是个了不起的人,非常朴素——你以后会明白的。”

尼古拉·彼得罗维奇的车夫把马牵了出来。

“喂,转过身来,大胡子!”巴扎罗夫对四轮马车的车夫说。

“米秋哈,听见没有?”另一个车夫插嘴道,他正站在旁边,两只手插在他的羊皮衣服后面开的口里,“这位老爷怎样叫你?你真是个大胡子。”

米秋哈不答话,只是把帽子轻轻往上一推,然后从那匹流汗的辕马身上卸下缰绳来。

“快些,快些,伙计们,来帮个忙,”尼古拉·彼得罗维奇嚷道,“一忽儿大家都有伏特加喝!”

不到一忽儿工夫马都套好了;父亲和儿子坐在轻便马车里,彼得爬上了赶车的座位;巴扎罗夫跳进了四轮马车,把头放在皮枕上,于是两部车就辘辘地跑走了。

三

“你毕竟做了大学学士，回到家里来了，”尼古拉·彼得罗维奇说，他一忽儿拍拍阿尔卡季的肩头，一忽儿拍拍阿尔卡季的膝盖，接着又说一句，“毕竟回来了。”

“伯父身体怎样？他好吗？”阿尔卡季问道，虽然他心里充满了真诚的、而且带点儿孩子气的喜悦，可是他却愿意在这个时候尽可能少谈感情话，只说一些普通的家常话。

“很好。他原本要跟我一块儿来接你的，可是不知道为了什么缘故又改变了主意。”

“你等了我很久吗？”阿尔卡季问道。

“哦，大约五个钟头吧。”

“我的好爸爸！”

阿尔卡季立刻转过身去，在他父亲的脸颊上接了一个很响的吻。尼古拉·彼得罗维奇轻轻地笑出声来。

“我给你预备了一匹多好的马，”他说，“你等着瞧吧。你的屋子也重新糊过了。”

“巴扎罗夫有一间屋子吗？”

“我们给他预备一间就是了。”

“爸爸，请你好好地待他。我没法跟你说得明白我多么看重他的友谊。”

“你跟他认识不久吧？”

“不久。”

“啊，难怪我去年冬天没有见到他。他是研究什么的？”

“他的主要科目是自然科学。不过他什么都知道。他明年还要去考医生呢。”

“啊！他还是念医科的，”尼古拉·彼得罗维奇说，他不做声了。过一忽儿他又伸手指着前面问道：“彼得，那些赶车的是我们的农民吗？”

彼得朝他主人指的方向望去。几辆大车在一条狭窄的小路上急急地跑过，拉车的马都没有加上马衔。每辆车上有一两个敞开羊皮袄的农民。

“老爷，是的。”彼得答道。

“他们往哪儿去，——进城去吗？”

“我想一定是进城去。”彼得轻蔑地再加一句，“上酒馆去，”同时他微微地侧身向着车夫，好像在征求车夫的同意似的。可是车夫动也不动一下：他是一个旧式的人，并不赞成现代的新的见解。

“今年农民给我找了不少的麻烦，”尼古拉·彼得罗维奇接着对他的儿子说，“他们不肯缴租。你又有什么办法？”

“可是你还满意那些雇来的长工吧？”

“还好，”尼古拉·彼得罗维奇低声答道，“可是不幸有人鼓动他们跟我捣乱；他们不肯多出力干活。他们把马具弄坏了。不过他们耕地还不错。一切困难都会得到解决的。你现在对田上的事情有没有兴趣？”

“家里没有一个阴凉地方，真可惜，”阿尔卡季不回答他的问话，却另外说。

“我在北面露台上搭起了一个凉棚，”尼古拉·彼得罗维奇说，“现在我们可以在露天吃饭了。”

“那么这会太像避暑的别墅了……可是这是废话。这儿空气真好！味道多么新鲜！真的，我觉得世界上再没有一块地方有我们这儿草地这样香的！而且天空也……”

阿尔卡季突然闭了嘴，偷偷地朝背后看了一眼，就不再说下去。

“不错，”尼古拉·彼得罗维奇接嘴说，“你是在这儿出世的，所以你对这儿的一切都有一种特别的……”

“得啦，爸爸，一个人生在哪一个地方，那是没有关系的。”

“可是……”

“不，这绝对没有关系。”

尼古拉·彼得罗维奇偷偷地看了他儿子一眼，车子又走了半里的光景，他们两个人谁都没有讲话。

“我不记得我给你的信里提过没有，”尼古拉·彼得罗维奇开口说，“你的老奶奶叶戈罗夫娜死了。”

“真的？可怜的老婆婆！普罗科菲奇还在吗？”

“还在，一点儿也没有改变。还是那样地整天唠叨。老实说，你在马利因诺找不到多少改变的。”

“总管[1]还是旧人么?”

“啊,这却换了人了。我决定:那些做过家仆的农奴解放以后,就不再留用,或者至少我不给他们做什么负责任的事情,”尼古拉·彼得罗维奇看见阿尔卡季望着彼得,便放低声音解释道:“Il est libre, en effet,[2]不过,他只是一个当差。我现在用的总管是一个城里人,看起来倒是个很能干的小伙子。我给他一年二百五十卢布的薪水。可是,”尼古拉·彼得罗维奇说到这里,便伸手去擦他的前额和眉毛,这在他向来是一种心里不安的表示,“我刚刚对你说过,你在马利因诺找不到什么改变……这句话并不十分正确。我觉得我应当事先对你说明,虽然……”

他吞吞吐吐地过了一忽儿,然后用法语说下去:

“也许一个严正的道学家会说我的坦白是不适当的;可是一来,事情隐瞒不了,二来,你也知道:我对于父子间的关系素来有一种特别的主张。当然,你也有权责备我。在我这样的年纪……一句话说完……那个……那个姑娘,你也许已经听见说过她了……”

“费尼奇卡吗?”阿尔卡季顺口问道。

尼古拉·彼得罗维奇红了脸。

“请你不要大声提她的名字……唔,是的,……她现在跟我住在一块儿。我把她搬进我家里来了……占了两间小屋子。不过这是可以变动的。”

“啊,爸爸,为什么要变动呢?”

“你那位朋友要在我们家里做客……这有点儿不方便。”

“请你不用担心巴扎罗夫。他完全不管这种事情。”

“好的,可是对你也不便,”尼古拉·彼得罗维奇又说,“糟糕的是——我们那间小耳房又太糟。”

“得啦,爸爸,”阿尔卡季打岔说,“你好像在道歉似的;你不害羞吗?”

“自然,我应当害羞。”尼古拉·彼得罗维奇答道,他的脸越发红了。

“得啦,爸爸,得啦;请你不要再说了!”阿尔卡季温存地微笑道。他又暗暗地想:“这有什么可以道歉的呢?”他的心里充满了对于这位善良而软弱的父亲的一种带宽大意味的爱,同时还夹杂着一种暗中以为自己优越的感觉。

---

① 总管是贵族家的管事和领地管理人。他还照料家务,并且管理全家的男女仆人。

② 法语:的确,他是自由的。

"请你不要讲了，"他再说一遍，不由自主地感到自己思想的进步和解放而大为得意了。

尼古拉·彼得罗维奇还在擦自己的前额，这个时候便从手指头底下看了儿子一眼，心里一下子痛起来……可是他马上又责备他自己。

"这就到了我们的地了。"过了好一忽儿工夫他又说。

"我想前面就是我们的林子吧？"阿尔卡季问道。

"是，是我们的。只是我把它卖出去了。今年他们就要来砍的。"

"为什么要卖掉呢？"

"我需要钱用；况且那片地也得分给农民。"

"是那些不缴租的农民吗？"

"那是他们的事情；不过他们总有一天会缴租的。"

"这林子很可惜。"阿尔卡季说，他便眺望起四周的景物来。

他们所经过的田野够不上说是风景如画的。一片一片的田地接连着，一起一伏地一直连到天边；有些地方可以看见小树林，还有一些曲曲折折的峡谷，里面长满了稀疏的矮树，看起来就跟叶卡捷琳娜女皇[①]时代的旧式平面图上面绘出的一样。他们还经过一些两岸崩落的小河，狭堤分隔的小湖；他们又看见一些小村庄，矮木屋的漆黑的屋顶有好多都塌了一半，矮树编成围墙的谷仓倾斜了，它那荒废的打麦场旁边的大栅门也张开了大嘴。教堂中间有的是砖砌的，泥灰也剥落了；有的是木头造的，上面的十字架也歪斜了，墓园里长满了荒草。阿尔卡季的心渐渐地紧缩起来。好像故意似的，他们沿途遇见的农民都穿着破旧的衣服，骑着瘦弱可怜的小马，路旁的柳树让人剥下树皮、弄断树枝，像一排衣服褴褛的乞丐；瘦小的、毛蓬蓬的、显然是饥饿的母牛贪心地乱嚼着沟边的野草。它们好像刚从什么凶恶残暴的猛兽的利爪下面逃了出来似的；在明媚可爱的春天里面看见这些瘦弱的畜生的悲惨可怜的模样，使人想起那个充满风暴和霜雪的、漫长的、寂寥寡欢的严冬的白色魔影……"不，"阿尔卡季想道，"这不是一个富饶的地方：它给人的印象不是丰裕和勤劳；它不能够，不能够照这样下去，改革是绝对必需的……可是怎样实行改革呢，又从什么地方开头呢？"

阿尔卡季这样地思索着……可是就在他思索的时候，春天又发挥了它的

---

① 即叶卡捷琳娜二世（1729—1796），一七六二至一七九六年间的俄国女皇。

力量。四周全是金绿色，那一切，树啊，矮林啊，草啊，正在灿烂地发光，并且在暖风的轻拂下广泛地、轻柔地荡漾；百灵鸟的嘹亮的歌声不绝地从四面涌来，田凫或是唱着歌在低洼的草地上盘旋，或是静静地掠过草坡飞去；白嘴鸦在长得不高的春麦田里昂首阔步，让这一片新绿衬出它们的乌黑；一忽儿它们又隐在已经变白了的裸麦中间，不时从那烟雾一般的麦浪中伸出它们的头来。阿尔卡季看了又看，他的愁思逐渐减淡，消失……他脱下他的大衣，望着他的父亲，脸色显得十分高兴，而且带着孩子气，他的父亲便又把他拥抱了一下。

"现在已经不远了，"尼古拉·彼得罗维奇说，"只要爬上那小山，就看得见宅子了。阿尔卡沙，我们在一块儿一定过得很好；倘使你不厌烦的话，你还可以帮我管理田产。我们现在应当多接近，应当好好地互相了解，你说对不对？"

"自然啦，"阿尔卡季说，"可是今天天气真好！"

"这是特地欢迎你的呢，我的好孩子。这是春天的最好的日子。不过我赞成普希金的意见——你记得不记得，他在《叶甫盖尼·奥涅金》[①]里写了这样的句子：

你来了，给我带来几多忧愁，
春天，春天，恋爱的时候！
多么……"

"阿尔卡季，"巴扎罗夫的声音从后面的四轮马车里传来，"给我递根火柴来，我没有东西点我的烟斗。"

尼古拉·彼得罗维奇停止了念诗，阿尔卡季正带了惊讶（但也不是没有同情）地听着，这时连忙从衣袋里掏出一个银的火柴匣子，叫彼得给巴扎罗夫送过去。

"你要不要一支雪茄？"巴扎罗夫又嚷道。

"给我也好。"阿尔卡季答道。

彼得回到车里，除了火柴匣子以外，还带给他一支又粗又黑的雪茄，阿尔卡季立刻点起烟来，于是在他身边散出了一种劣等烟的又浓又辣的气味，使那个从小就不抽烟的尼古拉·彼得罗维奇不得不把鼻子掉开，不过他竭力不让

① 俄国大诗人普希金的长篇诗体小说。

他的儿子觉察到，免得会叫阿尔卡季见怪。

一刻钟以后两部马车停在一所红铁皮屋顶、灰色墙壁的新的木头宅子的台阶前。这便是马利因诺，它又叫“新村”，农民却给它起了一个外号叫“穷庄”。

四

并没有一大群家仆跑出来到台阶上迎接主人；只有一个十二岁光景的小姑娘出现。在她的后面又从宅子里走出一个年轻人，相貌很像彼得，穿了一件灰色短号衣，号衣上钉着刻了纹章的白扣子，这是帕维尔·彼得罗维奇·基尔萨诺夫的听差。他不做声地开了轻便马车的门，又解开四轮马车的暖帘。尼古拉·彼得罗维奇同他的儿子，还有巴扎罗夫，三个人下了车，走过一间黑暗的、几乎是空空荡荡的大厅（就在这儿门背后闪出一个年轻女人的脸），进了一间有着最新式陈设的客厅。

“我们现在到家了，”尼古拉·彼得罗维奇说，他取下帽子，把头发往后一甩，“要紧的是现在应当吃晚饭，就好休息了。”

“吃点儿东西的确是不坏的，”巴扎罗夫说，他伸了一个懒腰，就在一张沙发上坐下来。

“不错，不错，我们马上就开晚饭，”尼古拉·彼得罗维奇无缘无故地跺脚说，“啊，普罗科菲奇来得正是时候。”

进来一个六十岁光景的人：白头发，黑瘦的脸，身上穿了一件带铜钮扣的棕色常礼服，脖子上围着一条淡红色的领巾。他笑嘻嘻地走过来，吻了阿尔卡季的手，又对客人鞠了一个躬，便退到门口，反背着手立在那儿。

“他回来了，普罗科菲奇，”尼古拉·彼得罗维奇说，“他毕竟回到我们这儿了……啊，你觉得他怎样？”

“再好没有的了，老爷，”老人说着，又咧开嘴笑了笑，可是他马上皱起他的浓眉来，“您吩咐就开晚饭吗？”他郑重地问道。

“好，好，就开吧。不过，您要不要先到您屋子去看看，叶夫盖尼·瓦西里伊奇？”

“不要，谢谢；这倒用不着。不过请您叫人把我的小手提箱拿到那儿去，还有，我这件衣服也带去。”他说着，便把身上那件外衣也脱下来。

"很好,普罗科菲奇,接住这位先生的大衣。(普罗科菲奇带着莫名其妙的神气用双手接过了巴扎罗夫的衣服,把它捧得高高的,踮起脚走出房去。)阿尔卡季,你要不要到你屋子里去一下?"

"是的,我倒应该去洗洗脸。"阿尔卡季答道,他向着房门走去,这个时候恰好有一个人从外面走进客厅来。这是一个中等身材的人,穿一套深色的英国式衣服,系一条时髦的低领结,穿一双漆皮鞋。他是帕维尔·彼得罗维奇·基尔萨诺夫,看起来大约有四十五岁。他那剪得短短的灰白头发发着黝暗的光,像新的银子一样;在他那血色不好、但没有一条皱纹的脸上,五官十分端正,而且光洁,就好像是用一把精巧的小凿子雕刻出来似的;这张脸上还留着当年那种惊人之美的痕迹,那一对明亮而漆黑的椭圆形眼睛尤其美。阿尔卡季的伯父的整个外貌,在贵族的高傲和优雅之外,还保留着青春的和谐,以及一般过了二十岁的人所少有的那种超脱世俗的憧憬。

帕维尔·彼得罗维奇从裤袋里伸出他那有着粉红色长指甲的好看的手来,这只手给他那扣上单独一颗大猫眼石钮扣的雪白袖口陪衬着,显得更好看了。他把手伸给他的侄儿。他先行了西欧式的 shake-hands①,以后他又照俄国规矩同侄儿亲了三下,这就是说,他用他的洒了香水的小胡子在阿尔卡季的脸颊上挨了三下,口里说:"欢迎。"

尼古拉·彼得罗维奇把他介绍给巴扎罗夫:帕维尔·彼得罗维奇稍微弯了一下他的柔韧的身子,并且微微一笑,算是招呼了巴扎罗夫,他并不伸手给客人,反而把它放回裤袋里去了。

"我倒以为你今天不会来了,"他用悦耳的声音说,亲切地摇了摇身子,耸了耸肩,同时露出他一嘴漂亮的白牙齿,"路上出了什么事吗?"

"一点儿也没有,"阿尔卡季答道,"只是我们稍微耽搁了一下。不过我们现在饿得跟饿狼一样。爸爸,请催普罗科菲奇快开晚饭。我马上就回来。"

"等着,我跟你一块儿去。"巴扎罗夫突然从沙发上立起身来说。两个年轻人一路走出去了。

"这是什么人?"帕维尔·彼得罗维奇问道。

"阿尔卡季的朋友,据他说,是一个很聪明的人。"

"他是不是到我们这儿来做客?"

---

① 英语:握手。

“是的。”

“这个长头发的家伙吗?”

“唔,是的。”

帕维尔·彼得罗维奇用他的指甲敲着桌面。

“我觉得阿尔卡季 s'est dégourdi[①],”他说,“我高兴看见他回来了。”

在晚饭桌上大家很少讲话,尤其是巴扎罗夫,他几乎什么话也不说,可是他吃得多。尼古拉·彼得罗维奇讲了他在自己所谓农庄生活中所遇到的种种事故,又讲起一些就要发布的政府的新法案[②],还谈到各种委员会,选派代表,以及采用机器的必要,诸如此类的问题。帕维尔·彼得罗维奇在饭厅里慢慢地来回走着(他向来不吃晚饭),有时候他拿起酒杯尝一点儿红酒,偶尔还发出一两声“啊,啊哈!哼!”一类的惊叹。阿尔卡季讲了一些彼得堡的新闻,可是他觉得有一点儿拘束(通常一个年轻人刚刚脱离小孩时期,又回到人们一向把他当作小孩看待的地方来,他就会有这样一种拘束的感觉)。他讲话故意把句子拉长,并且避开用“爸爸”这个字眼,有时候他还叫起“父亲”来,不过只是在牙齿缝里含糊地叫了一下,他装出毫不在乎的神气只顾把酒往自己的杯子里斟,虽然超过了他的酒量,他还是喝光了。普罗科菲奇不转眼地望着他,嘴唇不停地在嚼动。吃过晚饭大家马上散去了。

巴扎罗夫穿着睡衣坐在阿尔卡季的床沿上,抽一支短烟斗,对阿尔卡季说:“你那位伯父真是个怪人。想不到在乡下居然有这样漂亮的装束!他的指甲,指甲,你应当把它们送到展览会去!”

“啊,你原来不知道,”阿尔卡季答道,“他当时还是一个大交际家。哪一天我来把他的事情讲给你听。他从前是一个美男子,不知道迷倒过多少女人。”

“啊,真有这回事!他原来在纪念他的过去的风流。可惜这儿没有一个可以给他迷倒的女人。我一直在看他:他那漂亮的硬领就像大理石的一样,他的下巴刮得真干净。可是,阿尔卡季·尼古拉耶维奇,你说,这是不是很可笑?”

“也许是的,不过他实在是一个好人。”

---

① 法语:比较活泼了。

② 指两年后,即一八六一年公布的农奴解放的法令。

“一个古董！可是你父亲倒不坏。他浪费时间去读诗，对田产管理的事情却懂得很少，不过他的心是好的。”

“我父亲是一个很难得的好人。”

“你有没有注意到他那种局促不安的样子？”

阿尔卡季摇摇头，好像在表示他自己并没有局促不安的样子。

“这些上了年纪的浪漫派真古怪，”巴扎罗夫继续说，“他们拼命发展他们的神经系统……弄得自己老爱激动。可是，再见！我房间里有一个英国洗脸盆，可是房门却锁不上。不过这究竟是值得鼓励的——英国洗脸盆，这代表着进步啊①！”

巴扎罗夫走了。阿尔卡季觉得非常快乐。睡在自己的家中，躺在睡惯了的床上，盖着一双亲爱的手（这也许是那个亲爱的老奶妈的手，那一双亲切的、温柔的、不知道疲倦的手）所做的被子，这是多甜蜜啊。阿尔卡季又想起了叶戈罗夫娜，便叹了一口气，祷祝她的灵魂在天上平安……可是他并不为他自己祷告。

阿尔卡季同巴扎罗夫两个人不到一忽儿的工夫就睡着了，可是这家里还有一些别的人好久都没有睡着。尼古拉·彼得罗维奇因为儿子回家，非常兴奋。他躺在床上，并不吹灭蜡烛，却用手支住头，想了好久。至于他的哥哥，过了夜半有好久了，仍然坐在书房里的壁炉前面一张宽大的甘卜士②制造的扶手椅上，壁炉里还有未燃完的煤在燃烧。帕维尔·彼得罗维奇还没有脱衣服，只是脚上的漆皮鞋现在换了一双红色的、没有后跟的中国拖鞋。他手里拿着最近一期的 Galignani③，可是他并不读它；他不转睛地望着壁炉，那儿有一股带蓝色的火焰闪起来，灭了，又再冒上来……上帝知道他在想些什么，不过他所想的并不单是过去的事情：他的脸上带着专注的、忧郁的表情，这就不是一个单单在回忆过去的人的表情了。在后面的一间小小的内屋里，一个穿浅蓝色长袖短棉衣的年轻女人坐在一只大箱子上面，她用一方白头帕包住她一头的黑发，这便是费尼奇卡，她一忽儿在倾听着什么，一忽儿在打瞌睡，一忽儿又抬起头看那扇开着的门，门里看得见一个小孩的摇床，还可以听见一个睡熟了

① 当时俄国的旧式洗脸盆，脸盆里没有塞子，顶上有一个贮水槽，放水时得踏动下面的踏板。

② 法国人甘卜士（Gambes）十九世纪三十年代在彼得堡开设家具店，制造各种家具。

③ 《加里聂安尼报》原名《The Galignani's Messager》（《加里聂安尼消息报》），是意大利人 G. A. Galignani 一八一四年在巴黎创办的自由主义的英文日报，有政治、文学、商业各栏。

的婴孩的均匀的呼吸。

五

第二天早晨巴扎罗夫醒得比谁都早，就到外面去了。“啊，”他向四周望了一望，不觉想道，“这个小地方并没有什么值得夸口的！”尼古拉·彼得罗维奇把土地和他的农民们划清界限以后，他只好在一块四亩大小的平坦的荒地上盖自己的新公馆。他修了一所住宅，还修了附属房屋和养畜场，另外又布置了一个花园，挖了一个池子，打了两口井；可是种的小树长得并不好，池子里也没有积多少水，井水又带一点儿咸味。只有那个丁香和刺槐编的凉亭还长得不错；他们有时候就在这个亭子里喝茶吃饭。巴扎罗夫不到几分钟就走遍了园里的小径；他又看过了牛棚和马房，碰到了两个家仆的男孩，他立刻跟他们做了朋友，三个人一块儿到离这个公馆一里远的小水塘捉青蛙去了。

“老爷，你拿青蛙来做什么用？”一个男孩问道。

“我就要告诉你什么用处，”巴扎罗夫答道，虽然他对身份比他低的人从不放任，对待他们也很随便，可是他有一种容易得到那些人的信任的特殊本领，“我要把青蛙剖开，看看它的身子里头是怎么一回事，因为你我跟青蛙是一模一样，不过我们用脚走路罢了，这样我也会知道我们身子里头是怎么一回事了。”

“你要知道它有什么用呢？”

“为了有一天，要是你生了病，请我去医治，我免得弄错。”

“那么你是一个医生吗？”

“对啦。”

“瓦西卡，听见没有？老爷说你我都是跟青蛙一样的，真古怪！”

“我害怕它们，害怕那些青蛙。”瓦西卡说，他是一个七岁的孩子，头发白得像亚麻一样，光着脚，穿一件带硬领的灰色粗布宽上衣。

“干吗要害怕？难道它们还咬人？”

“得啦，小哲学家们，跳到水里去吧。”巴扎罗夫说。

这个时候尼古拉·彼得罗维奇也已经起来了，他去看阿尔卡季，阿尔卡季已经穿好衣服。父子两个走出屋子到露台上去，坐在凉棚下面；栏杆旁边，桌子上，几大束丁香花中间，一个茶炊正在嗞嗞地响。来了一个小姑娘，她就是昨天在台阶上第一个来迎接他们的。她细声地说：

“费多西娅·尼古拉耶夫娜[①]不大舒服，她不能够来；她叫我来问您，是您高兴自己斟茶，还是要她差杜尼亚莎来？”

“我自己斟，自己斟，”尼古拉·彼得罗维奇连忙接嘴说。“阿尔卡季，你茶里是放奶油，还是放柠檬？”

“放奶油吧，”阿尔卡季答道，停了一忽儿他忽然询问地说，“爸爸？”

尼古拉·彼得罗维奇慌张地望着他的儿子。

“什么？”他说。

阿尔卡季埋下眼睛。

“爸爸，要是我问话问得不得体，就请你原谅我，”他开始说，“可是你自己昨天对我很坦白，所以我才敢坦白地讲话……你不会生气吧？……”

“你说吧。”

“你使我有勇气来问你……是不是因为我在这儿，所以费……所以她才不出来斟茶吗？”

尼古拉·彼得罗维奇稍微掉开脸。

“也许，”他末了说，“她以为……她不好意思……”

阿尔卡季迅速地看了父亲一眼。

“她用不着不好意思。第一，你知道我的想法（阿尔卡季说这句话的时候感到十分的愉快），第二，你想，我对你的生活，你的习惯会有一丝一毫的干涉吗？而且我相信你挑选的人不会不好；你既然要她住在你家里来，那么她一定配得上你；无论如何，儿子总不是父亲的审判官——尤其是我，尤其是像你这样的父亲，你从来就没有限制过我的任何自由。”

阿尔卡季的声音起初微微发颤：他觉得自己很宽大，不过同时他也知道他有一点儿像在教训自己的父亲似的；可是一个人的声音在他自己身上会发生很大的效力，所以阿尔卡季说到最后，声音变得坚决了，简直说得有声有色。

“谢谢你，阿尔卡沙，”尼古拉·彼得罗维奇声音含糊地说，他的手又去摸他的眉毛和前额，“你的猜想的确有理。自然，这个女孩子要是不配的话，我不会这样做的……这不是我一时的轻举妄动。我跟你讲这个也不大好讲；不过你会明白她实在不便出来见你，尤其是在你回家以后的第一天。”

---

① 费多西娅·尼古拉耶夫娜是费尼奇卡的本名和父名。

“那么我去看她吧，”阿尔卡季又激起一阵宽大的感情嚷道，一面从座位上跳起来，“我去跟她说明白，她用不着在我面前不好意思。”

尼古拉·彼得罗维奇也站了起来。

“阿尔卡季，”他说，“我求你……你怎么能……那儿……我还没有告诉你……”

可是阿尔卡季已经不听他的话，跑出了露台。尼古拉·彼得罗维奇望着儿子的背影，感到很窘，又在椅子上坐下了。他的心跳得厉害……他这个时候是不是想到他们父子中间将来的关系不可避免地会变得很异样？他是不是觉得要是他一点儿也不提起这桩事情，阿尔卡季会更尊敬他？他是不是在责备他自己的过错？——这是很难说的；这些感觉他心里都有，不过还只是一些模糊不清的感触，可是他的脸还红着，心也跳得更厉害了。

响起一阵急促的脚步声，阿尔卡季回到露台上来了。

“父亲，我们已经认识了！”他嚷道，脸上露出亲爱和得意的神情，“费多西娅·尼古拉耶夫娜今天真的不大舒服，她停一忽儿还会来的。可是你为什么不告诉我，我有一个弟弟呢？本来我昨晚上就该去亲他了，不用等到现在的。”

尼古拉·彼得罗维奇打算说什么话，他打算站起来，张开胳膊……阿尔卡季已经抱住了他的脖子。

“这是什么意思？又拥抱起来了？”帕维尔·彼得罗维奇的声音从后面送过来。

他这个时候来得正好，父亲和儿子都高兴，因为有些叫人感动的场面是人们很难长久忍受的，他们倒愿意它尽快地结束。

“这有什么奇怪的？”尼古拉·彼得罗维奇很高兴地说，“你想一想我等了阿尔卡沙多少年了……昨天起我还没有时间好好地看他一下。”

“我一点儿也不觉得奇怪，”帕维尔·彼得罗维奇答道，“就是我自己，也并不是不想跟他拥抱。”

阿尔卡季走到他的伯父跟前，他又感觉到他的脸颊给伯父的洒过香水的小胡子亲了一下。帕维尔·彼得罗维奇在桌子旁边坐下来。他穿了一件很讲究的英国式的晨服，头上戴一顶小小的土耳其帽。这顶土耳其帽和那条随意结起来的小领结都表示着乡村生活的无拘束；可是他的衬衫（这衬衫的确不是白的，因为配着晨服，便穿了有条纹的衬衫）上的硬领还是像平日那样严正地衬出那个刮得很光滑的下巴来。

“你那位新朋友呢?”他问阿尔卡季道。

“他不在家;他一向都是起得很早,就到外面去了。我们最好不要去管他;他不喜欢礼节。”

“不错,我也看得出来。”帕维尔·彼得罗维奇从容地在他的面包上涂着牛油,“他打算在我们这儿久住吗?”

“那要看他的意思怎样。他是打这儿经过,去看他的父亲。”

“他的父亲住在什么地方?”

“就在我们这一省,离这儿有八十俄里。他在那地方有个小小的田庄。他以前做过团的军医。”

“哦,哦,哦,哦……怪不得我老是问自己:‘我在什么地方听见过巴扎罗夫这个姓呢?’……尼古拉,你还记得我们父亲那一个师里头有一个军医巴扎罗夫吗?”

“好像是有的。”

“不错,不错,一定的。那个军医就是他的父亲了。嗯!”帕维尔·彼得罗维奇摸了摸他的小胡子,接着又不慌不忙地问道,“那么,现在这位巴扎罗夫先生究竟是一个怎样的人呢?”

“您问巴扎罗夫是一个怎样的人?”阿尔卡季微笑道,“大伯,您要我告诉您他究竟是一个怎样的人吗?”

“好侄儿,请讲吧。”

“他是一个虚无主义者。”

“什么?”尼古拉·彼得罗维奇问道,这时帕维尔·彼得罗维奇正拿起一把刀尖上还挑着一块牛油的刀子,也停住不动了。

“他是一个虚无主义者。”阿尔卡季再说一遍。

“一个虚无主义者,”尼古拉·彼得罗维奇说,“依我看,那是从拉丁文 nihil(无)来的了;那么这个字眼一定是说一个……一个什么都不承认的人吧?”

“不如说是:一个什么都不尊敬的人。”帕维尔·彼得罗维奇插嘴说,他又在涂牛油了。

“是一个用批评的眼光去看一切的人。”阿尔卡季说。

“这不还是一样的意思吗?”帕维尔·彼得罗维奇说。

“不，这不是一样的意思。虚无主义者是一个不服从任何权威的人，他不跟着旁人信仰任何原则，不管这个原则是怎样受人尊敬的。”

“那么你觉得这是好的吗？”帕维尔·彼得罗维奇插嘴问道。

“大伯，那就看人说话了。它对有一些人是好的，可是对另一些人却很不好。”

“原来是这样。我看，这不是跟我们一道的。我们旧派的人，我们以为要是一个人，照你的说法，不信仰一种‘原则’（帕维尔·彼得罗维奇照法语读音轻轻地念这个字，把重音放在后面，阿尔卡季却恰恰相反，把重音放在前面），那么连一步也走不通，一口气也吐不出来。Vous avez changé tout cela，①愿上帝保佑你们健康，给你们将军的官衔吧，②我们将来只好来欣赏你们这些先生们……那叫做什么呢？”

“虚无主义者。”阿尔卡季声音很清楚地说。

“不错。以前是黑格尔主义者③，现在是虚无主义者。我们以后再来看你们怎样在真空中，在没有空气的空间中生存；尼古拉·彼得罗维奇弟弟，请你按一下铃，现在是我喝可可茶的时候了。”

尼古拉·彼得罗维奇按了铃，大声唤着：“杜尼亚莎！”可是来的不是杜尼亚莎，费尼奇卡本人到露台上来了。她是一个二十三岁光景的少妇，白嫩的皮肤，浓黑的头发，乌黑的眼珠，孩子般微微鼓起的红嘴唇，还有一双细嫩的小手。她穿了一件细花布衫子，一条浅蓝色的新领巾松松地披在她的圆圆的肩头。她端着一大杯可可茶，放在帕维尔·彼得罗维奇的面前，带着十分羞窘的神情。她那美丽脸庞的细嫩皮肤上泛起一阵红晕。她埋下双眼，立在桌旁，指尖微微挨到桌面。她好像在害羞不该来，同时她又好像觉得她有权利到这儿来似的。

帕维尔·彼得维罗奇正色地皱紧了眉头，尼古拉·彼得罗维奇露出忸怩不安的样子。

“费尼奇卡，早。”尼古拉·彼得罗维奇从牙缝里含糊地说了这一句。

“早，老爷。”她答道，声音不高，却相当清脆。她偷偷瞥了阿尔卡季一眼，

---

① 法语：你们把这一切都改变了。

② 出自格里鲍耶陀夫的剧本《聪明误》第二幕第五场。

③ 黑格尔（1770—1831），十八世纪末至十九世纪初德国唯心主义哲学的最大的代表人物。黑格尔主义者就是信仰他的学说的人，有一个时期一般俄国青年都喜欢谈黑格尔的学说。

他对她和善地微微一笑，她悄悄地走开了。她走起路来身子有点摇摆，可是连这一点也跟她相称。

露台上静了几分钟。帕维尔·彼得罗维奇慢慢地喝着她的可可茶，忽然抬起头来。

“虚无主义者先生光临了。”他低声说。

巴扎罗夫果然穿过花园踏着花坛走来。他的亚麻布衣裤上沾满了污泥；他的旧圆帽顶上挂着一根水塘里的水藻；他右手提着一个小袋子；袋里有活的东西在动。他很快地走近了露台，点一个头，说道：

“各位，早安；对不起，喝早茶我来晚了。我马上就回来；我得先把这些俘虏安顿好。”

“那里面装的是什么，蚂蝗么？”帕维尔·彼得罗维奇问道。

“不，是青蛙。”

“您吃它们还是养它们？”

“拿来做实验。”巴扎罗夫随口回答一句，就走进屋子去了。

“那么他是要解剖它们了，”帕维尔·彼得罗维奇说，“他不相信原则，却相信青蛙。”

阿尔卡季带着惋惜的神情看看他的伯父；尼古拉·彼得罗维奇偷偷地耸一耸肩头。帕维尔·彼得罗维奇本人觉得他的俏皮话失败了，便谈起农事和新的总管来，那个总管昨天跑来对他发牢骚，说一个叫做福玛的长工“放荡”，不听管教。他顺便说：“他是一个这样的伊索[1]：他到处对人说自己是个坏人，待上一阵，他就会傻得好些。”

六

巴扎罗夫回来，坐在桌子旁边，匆忙地喝着茶。基尔萨诺夫两弟兄默默地望着他。阿尔卡季在旁边一忽儿偷偷地看他的父亲，一忽儿又偷偷地看他的伯父。

“您出去走得很远吗？”末了，还是尼古拉·彼得罗维奇开口问道。

---

① 伊索（公元前620—前560年左右），著名的希腊寓言家；但在俄国旧时“伊索”这个名称用作讽刺语，用以表示言语费解而行为古怪的人。

“走到白杨林子那边有个小水塘的地方。我惊起了五六只山鹬。阿尔卡季，要是你，准可以打死它们。”

“那么您不打猎吗？”

“不。”

“您是专门研究物理学的吧？”帕维尔·彼得罗维奇发问道。

“是的，物理学；一般的自然科学。”

“听说日耳曼人最近在这方面大有成就。”

“不错，德国人在这方面是我们的老师。”巴扎罗夫随口答道。

帕维尔·彼得罗维奇说“日耳曼人”，不说“德国人”，明明带着讥讽的意味；可是没有人注意到这个。

“您居然把德国人看得这样高吗？”帕维尔·彼得罗维奇说，他故意装出过于客气的样子。他心里有点儿不高兴了。他的贵族气质受不了巴扎罗夫那种极端的随便。这个医生的儿子非但不知道拘谨，并且常常用粗鲁和不愿意的态度回答别人的问话，他的声音里有一种粗野的、甚至近乎无礼的调子。

“那边的科学家都是些能干有用的人。”

“啊，啊。那么您对于俄国的科学家一定不这么看重了。”

“大概是这样的。”

“这倒是很值得人钦佩的谦虚呢，”帕维尔·彼得罗维奇把身子一挺，头向后仰，说道，“不过这又是怎么一回事呢？阿尔卡季·尼古拉伊奇刚才明明对我们说过，您是不承认任何权威的？那么您是不是相信他们呢？”

“为什么我要承认他们呢？我又应当相信什么呢？他们说的话有道理，我同意，这就完了。”

“那么德国人说的都是有道理的话吗？”帕维尔·彼得罗维奇说，他脸上带着一种淡漠而疏远的表情，仿佛他已远远地退到云端去了。

“也不尽然。”巴扎罗夫答道，他打了一个短短的呵欠。显然他并不想继续辩论下去。

帕维尔·彼得罗维奇望了望阿尔卡季，好像想对他说：“我应当讲，你的朋友真有礼貌。”

“至于我呢，”他勉强接着往下说，“我也许有不对的地方，可是我不喜欢德国人。我讲的还不是俄国的德国人：我们都知道他们是什么人。可是连在德国的德国人我也不喜欢。以前还有几个像样的；他们有过——譬如席勒，还有他叫什么……啊，歌德……我弟弟特别欣赏他们……可是现在德国人中间全是些化学家和唯物主义者……”

“一个好的化学家比二十个普通的诗人还有用。”巴扎罗夫说。

“哦，原来是这样，”帕维尔·彼得罗维奇应道，他好像快要睡着了似的，微微抬起眉毛来，“我看，您是不承认艺术的了？”

“赚钱的艺术或者‘包治痔疮’①的艺术！”巴扎罗夫带着轻蔑的微笑说。

“啊，先生，啊，先生。我看，您真喜欢开玩笑。那么您是一切都不承认了？好吧，那么您就只相信科学？”

“我已经对您讲过，我什么都不相信；您所谓的科学是什么呢——是指那一般的科学吗？某一种某一门的科学是有的，就跟某一种行业，某一种职位一样；可是所谓一般的科学却并不存在。”

“很好，先生。那么对于其他在人们日常生活中业经公认的法则，您也是抱着同样否定的态度吗？”

“这是什么，是在审问么？”巴扎罗夫问道。

帕维尔·彼得罗维奇的脸色略微发白……尼古拉·彼得罗维奇觉得他应当插进去讲话了。

“我们改日再跟您详细讨论这个问题吧，亲爱的叶夫盖尼·瓦西里伊奇；我们要听听您的意见，我们自己也有些意见发表。拿我个人来讲，我知道您在研究自然科学，我非常高兴。我听见人说李比希②在田地施肥这方面有过很了不起的发见。您在农业方面是可以给我帮忙的；您可以给我提供一些有益的意见。”

“尼古拉·彼得罗维奇，我愿意效劳；可是李比希离我们还远得很！一个人应当先学会了字母，然后才拿起书来念。我们现在连头一个字母都还没有念。”

“我看出来，你的确是一个虚无主义者，”尼古拉·彼得罗维奇心里想道。“不过还是请允许我随时向您请教吧，”尼古拉·彼得罗维奇大声说；然后他又转身向他的哥哥，“哥哥，我想，我们现在应当去跟总管谈话了。”

帕维尔·彼得罗维奇从座位上站起来。

---

① 这是卖药广告。

② 李比希（1803—1873），德国卓越的化学家。农业化学的奠基人之一。他提出所谓植物的矿物营养学说并指出矿物肥料的作用。

“好的,”他说,眼睛并不看什么人,“一个人离开了那些才智非凡的人,到乡下住上五六年,真是不幸极了!你恰恰就变成傻子了。你竭力想不要把你学会的东西忘掉,可是——一转眼!——别人就会向你证明,那些都是废物了,他们还告诉你,有识之士早已不弄这种无聊的东西,而且还说你是个落后的老顽固了。这有什么办法呢!年轻的人自然比我们聪明得多。”

帕维尔·彼得罗维奇慢慢地转过身子,慢慢地走开了;尼古拉·彼得罗维奇跟在他后面。

“他老是这样的吗?”那两弟兄刚把房门掩上,巴扎罗夫若无其事地问阿尔卡季。

“我要说,叶夫盖尼,你对他太不客气了,”阿尔卡季说,“你得罪他了。”

“怎么,难道要我去恭维他们,恭维这些乡下贵族吗!这不过是虚荣心、大交际家的派头和纨袴子弟的习气罢了。既然他是那样的脾气,他就该在彼得堡继续过他那种生活……可是,不用去讲他了!我找着了一种很少有的水甲虫,Dytiscus marginatus①,你知道它吗?我等一会儿给你看。”

“我答应过把他的历史告诉你。”阿尔卡季说。

“甲虫的历史吗?”

“啊,得啦,叶夫盖尼。是我伯父的历史。你就会知道他并不是像你所想像的那样。他应当受人怜悯,不该给人嘲笑。”

“我不跟你辩驳;不过你为什么要这样关心他?”

“叶夫盖尼,一个人要公平才好。”

“这又是从哪儿来的结论?”

“不,听我讲……”

于是阿尔卡季把伯父的历史告诉了他。这个,读者在下一章里就会找到。

七

帕维尔·彼得罗维奇·基尔萨诺夫最初和他的弟弟尼古拉一样在家里念书,后来才进了贵胄军官学校②。他自小便以漂亮出名;而且他很有自信力,

---

① 拉丁文学名:榜螂。

② 贵胄军官学校是为贵族子弟开办的享有特权的中等军事学校。一七五九年在彼得堡创办。学员来自宫廷少年侍从。大多数人经培养后到近卫军中服役。

有点儿喜欢挖苦人，有时又爱发点儿不讨人厌的小脾气——因此他很能讨人欢喜。自从他获得军官官衔以后，到处都看得见他的影子。他处处受到欢迎，他尽情地放任自己，甚至流于放荡、荒唐，干出种种傻事，可是这些举动在他身上也增加了不少动人之处。女人为他着迷，男人称他为纨袴子弟，却又在暗中妒忌他。我们已经提过，他当时和他的兄弟同住在一处，他真心爱他的兄弟，虽然他们完全不像。尼古拉·彼得罗维奇的腿有点儿瘸，他那细小、和悦的面貌常带忧愁，他有一对不大的黑眼睛和一头稀疏的软发；他贪懒，但也喜欢读书，可是在交际场中却显得拘束。帕维尔·彼得罗维奇没有一个夜晚在家；他的机灵和大胆出了名（他把体操介绍到一班贵族子弟中间，使它成为一种时髦的娱乐）；他总共读过五六本法文书。他在二十八岁的时候就已经是上尉；一个光辉的前程在等待他。可是突然间一切都改变了。

那个时期在彼得堡的交际场中偶尔可以看到一位 P 公爵夫人，她至今还没有让人忘记。她有一个教养高、有礼貌而略带愚蠢的丈夫，没有儿女。她忽而出国远游，忽而又回到俄国，过着一种奇怪的生活。大家都说她轻佻，喜欢卖弄风情，她对每一种娱乐都热心得不得了，跳舞跳到精疲力尽快要倒下去，她喜欢跟年轻人一块儿尽情地笑闹，她通常总是在午饭时间以前在她的阴暗的客厅里[①]接待这些年轻客人；可是到了夜深，她便哭着，祷告着，一点儿也得不到安宁，常常痛苦地绞着双手在屋子里走到天明，或者脸色苍白，浑身发冷，坐在那儿读赞美诗集。可是一到白天，她又变成一位华贵的夫人；她又出去拜客，随处谈笑，任何事情只要能使她稍稍解闷，她便投身到那里面去。她生得长短合度，一条金色的发辫像黄金那样沉沉地一直垂过膝。可是她并不能说是一个美人：在她的整个面貌中只有一对眼睛是好的，而且连这一对并不算大的灰色眼睛也不是恰好的，但她的目光却是敏速，深沉，而且随便到了大胆的程度，沉思到了悒郁的程度——这是一种谜样的眼光。即使她口里絮絮地谈着无聊的空话，她的眼中仍然闪着异样的光辉。她打扮得十分雅致。帕维尔·彼得罗维奇在一个舞会上遇到她，同她跳了一回玛组卡舞[②]，虽然在跳舞的时候她没有讲过一句正经话，他却热烈地爱上了她。在爱情上他是常操胜算的，这一回他也是不久就达到了目的，可是他的轻易的成功并不曾减低他的

---

① 在彼得堡冬天下午三点钟天就黑了。

② 当时流行的一种波兰交际舞。

热情。这反而把他更痛苦地，而且更牢地缚在这个女人的身上，这个女人就是在把整个身子交给他的时候，仍然有什么深藏着的、捉摸不到的东西保留着，那却是人所看不透的。她的灵魂里面究竟藏着什么呢，那只有上帝知道！她似乎受着一些连她自己也不明白的神秘的力量的支配，它们好像在任意玩弄她；她的有限的智力还不能够控制它们那种反复无常的脾气。她的一切举动不过是一连串的矛盾。她的惟一可以引起她丈夫无端疑心的几封信却是写给一个跟她并不熟的男人的，她的爱情里面带得有一种悒郁的成分；遇到她自己挑选的情人，她跟他在一块儿并不笑，也不闹着玩，她只是带着困惑的神情望着他，听他讲话。有时候，往往是突然间，这种困惑变成了寒冷的恐怖；她的脸上现出一种疯狂的、死一样的表情；她把自己锁在寝室里面，她的女用人把耳朵贴在锁孔上偷听，还听得见她那忍住的哭声。不止一次，基尔萨诺夫在幽会之后走回家去，他心里感到一种伤心、痛苦的烦恼，那是只有在无可挽救的失败以后才能够发生的。"我还希望什么呢？"他这样问他自己道，他的心一直在痛。有一回他送给她一只戒指，宝石上面刻着一个斯芬克斯①。

"这是什么？"她问道，"斯芬克斯吗？"

"是的，"他答道，"这个斯芬克斯就是您。"

"我？"她问道，慢慢地抬起她那谜样的眼光望着他。"您知道这是大大的恭维吗？"她毫无用意地微微一笑，她的眼睛仍然闪着那奇异的光辉。

帕维尔·彼得罗维奇在P公爵夫人爱他的时候，已经感到痛苦了；可是到她对他渐渐冷淡起来（这桩事情来得很快）以后，他差一点儿发了狂。他非常痛苦，又怀着满腔妒意，他不给她一点儿安静，老是跟在她后面。她终于受不了他这种无止息的追逐，便远去外国。他不听从朋友们的苦劝和长官们的忠告，辞去了军职，一直追她到国外；他在外国各处度过了四年光景，有时紧跟着她的踪迹，有时又故意让她跑开。他为他自己害羞，他恨自己软弱没有志气……可是毫无用处。她的面影，那个难理解的、差不多毫无意思的、但又是迷人的面影已经深深地藏在他的心中。在巴登他又跟她和好了，而且她似乎比以前更热情地爱他……可是不到一个月，一切都完了，火焰闪起最后的亮光，便归于永灭。他预料着分离不可避免，便想退一步跟她做一个朋友，他还

---

① 斯芬克斯是希腊神话中一个狮身女面、有双翼的怪物，常常坐在路旁岩石上，拦住行人，要他们猜一个难解的谜，猜不中的人便会给她弄死。

以为跟这种女人做朋友是可能的事……她秘密地离开了巴登，这以后便永远躲避基尔萨诺夫。他回到俄国，还想重过旧日的生活；可是他不能够回到从前的轨道上去了。他四处飘荡，好像是一个中魔的人；他仍旧到交际场中去；他仍旧保留着上流人物的那一切的习惯；他可以夸口他有了两三次新的恋爱上的成功；可是他对自己，对别人都不存一点儿指望了，他什么事也不做。他渐渐地老了，头发也灰白了；每天晚上坐在俱乐部里，悒郁无聊地消磨光阴，没精打采地参加独身者群的辩论，这成了他的必要的事情——我们都知道，这是不好的现象。自然，关于结婚问题，他连想也没有想到。这样地过了十年，十年的无色彩、无结果的岁月——而且过得那么快，可怕地快。拿光阴飞去的迅速来说，可没有一个地方赶得上俄国；不过人说在监牢里光阴飞去得更快。某一天帕维尔·彼得罗维奇在俱乐部里吃午饭，听到了P公爵夫人的死讯。她半疯狂地病死在巴黎。他离开餐桌站起来，在俱乐部的屋子里踱了许久，又呆呆地立在牌桌旁边，可是他并不比平时更早地回家去。过了一些时候他接到一个包裹：里面是他送给公爵夫人的戒指。她在斯芬克斯上面画了两根像十字架的线，并且叫人转告他：谜语的答案就是——十字架。

这桩事情发生在一八四八年年初，正是尼古拉·彼得罗维奇死了妻子来到彼得堡的时候。帕维尔·彼得罗维奇自从他弟弟搬到乡下去几乎没有看见过他；尼古拉·彼得罗维奇结婚的时间刚巧是帕维尔·彼得罗维奇同公爵夫人初认识的时候。帕维尔·彼得罗维奇从国外回来，去看他弟弟，他打算在他弟弟家里住两三个月，分享他弟弟的幸福，可是也只能勉强住了一个星期。这两兄弟的处境太不同了。在一八四八年，这种差异便减少了一些：尼古拉·彼得罗维奇失掉了他的妻子，帕维尔·彼得罗维奇失掉了他的回忆，自从公爵夫人死去以后他就竭力不去想她了。可是在尼古拉，却有一种并不会虚度这一生的感觉，他眼看着儿子长大起来了；在帕维尔，跟这相反，他仍然是一个孤寂的独身者，如今正踏进了暗淡的黄昏时期，也就是那个追悔类似希望、希望类似追悔的时期，这个时候青春已经消逝，而老年还没有到来。

这个时期对于帕维尔·彼得罗维奇比对于任何别一个人更难过：他失掉了自己的过去，也就失去了一切。

“我现在不请你去马利因诺了，”尼古拉·彼得罗维奇有一天对他的哥哥说（他给他的庄园起了这个名字，来纪念他的妻子），“我妻子活着的时候，你还嫌那儿枯燥无味，现在我想你一定会无聊死了。”

“我那个时候又傻又忙忙乱乱，”帕维尔·彼得罗维奇答道，“从那以后，我即使没有变聪明一点儿，也该变得沉静一点儿。现在恰恰相反，要是你答应让我去，我倒真打算到你那儿久住。”

尼古拉·彼得罗维奇用拥抱来回答他；可是在这次谈话后又过了一年半，帕维尔·彼得罗维奇才下决心实行他的计划。不过他在乡下住了下来，就不曾离开过，就连那三个冬天尼古拉·彼得罗维奇到彼得堡去和儿子同住的时候，他也依然留在乡下。他开始读书，读的大半是英文书；他的生活大体上也摹仿英国的方式，很少去拜访邻居，只有在选举①的时候他才出去参加，不过在会场上他也极少发言，只偶尔讲几句话，他那自由主义的言论就惹得那班旧式的地主又生气又害怕，可是他同年轻一代人的代表们却又并不接近。新旧两方面的人都给他加了一个“自高自大”的评语；不过两方面都尊敬他，为了他那优美的贵族风度；为了他那恋爱上胜利的传闻；为了他穿着考究而且总是住最好的旅馆，开最好的房间；为了他一向吃得很考究，而且有一次居然在路易·菲力浦②的宫中与威灵顿③同席；为了他无论到什么地方都随身携带着一套真正银制的化装用具盒和一个旅行用的轻便澡盆；为了他的身上总有一种特别好的“高贵的”香水味；为了他打威斯特④打得极好，却没有一回不输钱；末了，他们尊敬他也是为了他的绝对的诚实。太太们觉得他是一个可爱的忧郁病患者，可是他却不肯同她们往来……

“你现在看出来了吧，叶夫盖尼，”阿尔卡季把故事讲完以后又说，“你刚才批评我伯父的话是怎样地不公平了。我还不必说他不止一次帮忙我父亲渡过了难关，把他所有的钱都给了我父亲（也许你还不知道他们并没有分家）；对不论什么人他都高兴帮忙，他还常常替农民讲话；固然他跟他们讲话的时候，总是皱眉头而且时常闻香水……”

“不用说，是神经过敏……”巴扎罗夫插嘴说。

“或许是，不过他的心是很好的。而且他一点儿也不傻。他给了我不少非常有益的劝告，尤其是……尤其是关于女人这方面的。”

---

① 指选举贵族长。

② 路易·菲力浦（1773—1850），一八三〇至一八四八年间的法国国王。一八四八年二月革命时被推翻，逃往英国。

③ 威灵顿（1769—1852），英国元帅，滑铁卢之役战败拿破仑的英军统帅。

④ 四人成局的一种牌戏。纸牌五十二张，两人为一组。

“哈！哈！一个人让自己的牛奶烫伤了，看见别人的凉水也要吹两下。[①] 我们都知道的！”

“总之，”阿尔卡季继续说，“他是个非常不幸的人，这是真话；轻视他是一桩罪过。”

“谁轻视他啦？”巴扎罗夫答道，“可是我应该说，一个人把他整个一生押在‘女人的爱’那一张牌上，那张牌输了，他就那样地灰心丧气，弄得自己什么事都不能做，这种人不算是一个男子汉，不过是一个雄的生物。你说他不幸，你自然知道得更清楚。可是他脑子里那些糊涂念头还没有完全去掉。我相信他倒认真地觉得自己很能干，只是因为他有时候看看那种无聊的《加里聂安尼报》，而且每一个月替农民讲一回情，让他少挨一顿鞭子。”

“可是你要记住他受的教育和他生活的时代。”阿尔卡季说。

“教育吗？”巴扎罗夫接着说，“每个人都应该教育自己，譬如就像我这样……至于时代呢，我为什么要依靠时代？还不如让时代来依靠我。不，老弟，那全是浅薄，空虚！而且一个男人跟一个女人中间的神秘关系究竟是什么？我们生理学家知道这种关系是什么。你研究一下眼睛的解剖学：你刚才所说的谜一样的目光是从哪儿来的呢？那都是浪漫主义、荒唐无稽、腐败同做作。我们还是去看甲虫吧。”

这两个朋友便到巴扎罗夫的屋子里去了，这间屋子里已经弥漫着一种外科医药的气味，还夹杂了一些廉价烟草的臭味。

八

帕维尔·彼得罗维奇在他的兄弟跟总管讲话的时候，只在旁边听了一忽儿。总管是一个瘦长身材的人，有着肺病患者的轻柔的声音和一对狡猾的眼睛，尼古拉·彼得罗维奇无论说什么话，他总是回答着：“是，老爷。知道，老爷。”他用尽方法把农民说成不是小偷，便是醉鬼。田产的管理最近采用的新方法，好像是没有上油的轮子，老是轧轧地发响，又好像用湿木料自制的家具，时时咯吱作声。尼古拉·彼得罗维奇并没有灰心，可是他常常叹气，老是想来想去；他觉得没有钱做不了事情，他的钱又差不多花光了。阿尔卡季讲的的确

---

① 俄谚：“给热牛奶烫了的人，见到冷水也要吹两下。”

是真话:帕维尔·彼得罗维奇帮助他的兄弟并不止一次;好几回帕维尔·彼得罗维奇看见他的弟弟绞尽脑汁在想办法,不知道要怎样办才好,他就慢慢地走到窗前,把手伸进袋子里,含糊地轻声说:“Mais je puis vous donner de l'argent,①”就把钱给了他;可是这一天他自己也没有钱,他觉得还是走开的好。田产管理上的琐碎事情使他厌烦,而且他时常觉得尼古拉·彼得罗维奇不管怎样努力,怎样勤劳,却总没有把事情安排好,不过他也不能明白地指出来尼古拉·彼得罗维奇究竟错在什么地方。“我的弟弟还是不够能干,因此容易受人欺骗,”他这样思忖道。而尼古拉·彼得罗维奇却把帕维尔·彼得罗维奇的事务才干看得非常之高,什么事都要向他请教。“我是一个优柔寡断的人,我的日子大半是在乡野地方消磨了的,你见过不少的世面,来往的人也很多,你看得透人,你有老鹰的眼光。”帕维尔·彼得罗维奇的回答只是掉转身子,可是他也并不反驳他兄弟的话。

这天他离开了尼古拉·彼得罗维奇的书房,顺着那一条把宅子隔成前后两部分的走廊走去;他走到一扇矮矮的门前,便站住了,他迟疑了一忽儿,才拉一拉他的小胡子,轻轻地敲着门。

“谁呀? 请进来。”这是费尼奇卡的声音。

“是我,”帕维尔·彼得罗维奇答道,他推开了门。

费尼奇卡正抱着她的婴孩坐在椅子上,她立刻站起来,把孩子交给一个小姑娘,小姑娘马上抱着孩子出去了,她连忙拉直她的头巾。

“对不起,我打扰您了,”帕维尔·彼得罗维奇说,他并不看她,“我只是来求您……好像今天有人进城去……请您吩咐他们给我买点儿绿茶。”

“是的,老爷,”费尼奇卡答道,“您要他们买多少呢?”

“我想半磅就够了。我看您这儿改了样了,”他接着说,匆匆地向四周望了一下,他的眼光也在费尼奇卡的脸上掠过,“这儿的窗帘。”他看见她不明白他的意思便解释道。

“哦,是的,老爷,这些窗帘,是尼古拉·彼得罗维奇给我们的;可是也挂了好久了。”

“不错,我也有好久没有来看您了。现在您这儿收拾得很精致。”

“全亏得尼古拉·彼得罗维奇的照顾。”费尼奇卡小声地说。

---

① 法语:不过我可以给你些钱。

“您在这儿比在从前住的那间耳房里舒服吧?”帕维尔·彼得罗维奇客气地问道,不过他的脸上并没有一丝笑容。

“是的,老爷,舒服得多。”

“现在谁住在那儿?”

“洗衣女人住在那儿。”

“啊!”

帕维尔·彼得罗维奇不做声了。“他现在会走开吧。”费尼奇卡想道;可是他并不走,她像生根似地立在他面前,轻轻地摸着自己的手指头。

“您怎么让人把您的小孩儿抱走呢?”帕维尔·彼得罗维奇末了说,“我喜欢小孩儿:给我看看吧。”

费尼奇卡又是窘,又是高兴,脸色马上通红。她平日害怕帕维尔·彼得罗维奇:他几乎从来没有同她谈过话。

“杜尼亚莎,”她唤道,“请把米佳抱来。(费尼奇卡对宅子里的任何人都是很客气的。)可是等一下,得先给他换一件衣服。”

费尼奇卡向着门走去。

“那没有关系。”帕维尔·彼得罗维奇说。

“我马上就来。”费尼奇卡答道,便匆匆走出去了。

帕维尔·彼得罗维奇一个人留在房里,这次他特别注意地向四周看了一忽儿。这间矮小的屋子倒是很清洁、很舒适的。可以闻到新油漆的地板的气味,还有一种甘菊和紫苏的味儿。靠墙放了一排有着古七弦琴样式的靠背椅子,还是那位去世的将军出征波兰的时候买来的;在一个角落里有一张小床,挂着一顶薄纱帐子,旁边放了一个有圆顶盖的铁箱。在对面的那个角里挂着一幅大的、颜色暗淡的“奇迹创造者”圣尼古拉的像,像前燃着一盏小小的灯;一条红带子系住一个小小的瓷蛋,从圣像头顶的金色光轮上一直垂到胸前;窗台上有几个玻璃罐子发着绿光,里面盛着去年做的蜜饯,罐口密密封着;封皮纸上是费尼奇卡亲笔写的大字:“醋栗”。尼古拉·彼得罗维奇特别喜欢这一类的蜜饯。从天花板上垂下一根长绳,挂了一个鸟笼,里面养着一只短尾巴的金翅雀,它不住地叫着跳着,笼子也跟着不住地摇来晃去,这其间一粒一粒的大麻子轻轻地落在地上。在两扇窗中间的一堵壁上,刚巧在一个不大的五斗柜上面,挂着几张照得不好的尼古拉·彼得罗维奇的姿势不同的相片,是一个外来的照相师摄的;那儿还有一张费尼奇卡本人的相片,照得更不像样了:一个暗黑的框子里面有一张没有眼睛的脸，带着不自然的微笑，此外就再也看不出什么了；在费尼奇卡的照片上头是叶尔莫洛夫将军[①]的画像，他穿着一件毛大氅，怒容满面地望着远远的高加索山脉，一个鞋形的丝质小针垫正挂到他的前额上。

过了五分钟光景，听见隔壁房里衣服的窸窣声和细语声。帕维尔·彼得罗维奇在那个五斗柜上拿起一册带油垢的马沙尔斯基的《狙击手们》[②]的残本，翻了几页……门开了，费尼奇卡抱了米佳走进来。她给他穿上一件领子上带花边的红衬衫，给他把头发梳光，脸洗干净；他跟所有健康的小孩一样，呼吸声很响，全身都在动着，一双小手不停地在空中舞动。这件漂亮的衬衫在他身上显然起了作用，他的整个圆圆的小脸上都带着愉快的表情。费尼奇卡也已梳好她的头发，把她的头巾也理得更好看些；其实她照原先那样也就行了。难道世界上真还有比一个年轻美丽的母亲抱着一个健康的小孩更动人的景象吗？

"多胖的小家伙！"帕维尔·彼得罗维奇做出喜欢的样子说，一面用他的食指的长指甲尖搔米佳的双重下巴。小孩不转眼地望着金翅雀，哧哧地笑起来。

"这是伯伯。"费尼奇卡说，她俯下脸去挨他，轻轻地摇着他，杜尼亚莎把一支正燃着的香烛放在窗台上，下面垫一个小铜板。

"他有几个月了？"帕维尔·彼得罗维奇问道。

"六个月了；到这个月十一便是七个月。"

"不是八个月吗，费多西娅·尼古拉耶夫娜？"杜尼亚莎略微胆怯地插进来说。

"不，七个月；怎么说是八个月呢？"小孩又在哧哧地笑了；他对着箱子望了一忽儿，忽然伸起五根小指头抓住他母亲的鼻子和嘴。"顽皮的小东西，"费尼奇卡说，却并不把脸躲开。

"他像我的弟弟。"帕维尔·彼得罗维奇说。

"不像他还能够像谁呢？"费尼奇卡想道。

"是的，"帕维尔·彼得罗维奇继续说，好像是在对自己讲话似的，"实在

---

① 叶尔莫洛夫（1772—1861），俄国著名的统帅和外交家，一八一二年卫国战争的英雄。

② 《狙击手们》是马沙尔斯基（1802—1861）的四卷的历史小说，一八三二年出版。他的作品内容不深刻，但情节吸引人。

像得很。”他注意地、而且差不多是忧郁地望着费尼奇卡。

“这是伯伯。”她又说一次，不过声音很轻。

“啊！帕维尔！原来你在这儿！”尼古拉·彼得罗维奇的声音突然响起来。

帕维尔·彼得罗维奇连忙转过身来，皱起了眉头；可是他的弟弟带了那么快乐、那么感激的表情望着他，他也不能不回答弟弟一个微笑。

“你的这个小家伙真不错，”他说，又看了看表，“我顺便进来讲一下买茶叶的事。”

帕维尔·彼得罗维奇装出淡漠的神情立刻走出了屋子。

“是他自己走来的吗？”尼古拉·彼得罗维奇问费尼奇卡道。

“他自己来的，老爷；他敲了门，就进来了。”

“好的，阿尔卡沙又来看过你没有？”

“没有。尼古拉·彼得罗维奇，我是不是搬回耳房去好些？”

“这是为什么呢？”

“我在想：是不是现在暂时搬一下要好一些。”

“不……不，”尼古拉·彼得罗维奇摸着自己的前额，讷讷地说，“要搬就该早搬……喂，小胖子，你好呀！”他说着，忽然兴奋起来，走近小孩，亲他的脸蛋；随后他略略俯下身子，用力吻着费尼奇卡的手，这手衬着米佳的红衬衫，越显得像奶一样地白了。

“尼古拉·彼得罗维奇！您这是在做什么呢？”费尼奇卡轻轻地说，她把眼睛埋了下去，然后又慢慢地抬起来……在她埋着头、两眼偷偷地向上看的时候，她温柔地略带一点儿傻气地微笑着，眼睛的表情是十分动人的。

尼古拉·彼得罗维奇是这样跟费尼奇卡认识的。大约在三年前，他有一回在一个远方小县城的客店里住了一夜。他住的房间很清洁，床上被褥也很干净，这使他又高兴，又惊奇。他想，这儿的女主人一定是一个德国人吧？可是她却是一个俄国人，一个五十岁光景的妇人，衣服整齐干净，相貌端正，聪明懂事，讲话也很大方。他在喝茶的时候同她谈了一阵话；他非常喜欢她。那个时候尼古拉·彼得罗维奇刚刚搬进了他的新宅，不想把农奴留在宅子里使唤，他正要雇用仆人；而客店女主人又在抱怨来往的客人稀少和日子的艰难，所以他就请她到他家去当管家，她答应了。她的丈夫去世已久，只给她留下一个女儿，费尼奇卡。两个星期以后阿林娜·萨维什娜（这是新管家的名字）便带了她的女儿到马利因诺来了，她们住在那间小耳房里。尼古拉·彼得罗维奇果然没有看错人，阿林娜把他的家收拾得很有条理。至于费尼奇卡呢，那个时候她已经十七岁[①]，没有人讲起她，也很少有人看见她；她安安静静地住在那儿，只有星期天尼古拉·彼得罗维奇才在本区教堂里一个角上看到她那张白净脸庞的秀美的侧面。一年多的时光就这样地过去了。

有一天早晨阿林娜来到他的书房，照例深深地鞠了一个躬，她问他有没有方法医治她的女儿，因为炉子里一粒火星爆进她的眼睛里去了。尼古拉·彼得罗维奇和所有那些不常出门的乡绅一样，研究过一点儿医术，他甚至于买来了一个顺势疗法[②]的药箱。他马上叫阿林娜把病人带来。费尼奇卡听见主人叫她去，非常害怕；不过她还是跟着母亲来了。尼古拉·彼得罗维奇把她引到窗前，双手捧起她的头。他把她的红肿的眼睛仔细诊察了一番，马上亲自给她配了一种眼药水，又把他的一块手绢儿撕开，教给她怎样湿敷。费尼奇卡听完他的话，便要走了。“傻丫头，你还没有亲主人的手呢！”阿林娜对她说。尼古拉·彼得罗维奇并没有把手伸给她，他一时慌张，反而自己在她那埋着的头上头发分开的地方吻了一下。费尼奇卡的眼睛不久就好了，可是她留给尼古拉·彼得罗维奇的印象却没有这样快地消失。那个纯洁、秀丽的含羞微举的面颜时时闪进他的脑中；柔软的头发仿佛还留在他的掌上；在他的眼前现出了那两片天真微启的嘴唇，两排珍珠似的牙齿在阳光里灿烂地发亮。以后在教堂里他便更留心地看她，并且设法跟她谈话。起初她看见他总是害羞，一天傍晚她在麦田里一条行人走出来的窄狭的小路上遇到他，她连忙跑进长满矢车菊和苦艾的又高又密的裸麦丛中，免得同他见面。他在麦穗的金黄色的网眼中瞥见了她的小小的头，她正探出头来张望，就像一只小动物似的，他和蔼地对她大声说：

“晚安，费尼奇卡！我并不咬人啊。”

“晚安。”她低声说，却并不从藏身的地方站出来。

她渐渐地同他熟了，不过她在他面前仍然有点儿不好意思，可是她的母亲阿林娜忽然害霍乱症死了。费尼奇卡应当安置到哪儿去？她从母亲那儿得到那种喜欢整齐、谨慎、体面的性情；可是她太年轻了，又是孤零零的一个人。尼

---

① 作者在第五章里说费尼奇卡是“二十三岁的少妇”，这里又说“三年前……她已经十七岁”，显然把她的年龄算错了。事实上费尼奇卡或者只有二十岁，不然尼古拉便是在六年前看见她的。

② 用健康人吃了会生一种病的药去医治同病的病人，这种治疗法就叫做“顺势疗法”。

古拉·彼得罗维奇自己也很和善又会体贴……其余的就用不着说了……

"那么是我哥哥进来看你的了?"尼古拉·彼得罗维奇问她道,"他敲了门,就进来了吗?"

"是的,老爷。"

"啊,这很好。让我来把米佳摇一下。"

尼古拉·彼得罗维奇把米佳抛得很高,几乎碰到了天花板,使得小孩非常高兴,母亲十分着急,每一回孩子给抛起来,她就伸出手去接他的小小的光腿。

帕维尔·彼得罗维奇回到他的雅致的书房里去了,这儿的墙壁用漂亮的青灰色的纸糊着,壁上钉了一条彩色的波斯毛毯,上面挂着一些兵器;家具全是胡桃木做的,还蒙上一层深绿色的天鹅绒;一个 renaissance[①] 的书架是用老的黑橡木做的,华贵的书桌上面放了几个小小的铜像,还有壁炉……他坐倒在沙发上,两手扶着后脑勺,一动也不动,差不多带了绝望的神情望着天花板。不知道他是想隐藏他脸上的表情,不让四周的墙壁看见呢,或者还是为了别的缘故,他站起来,把那厚厚的窗帘放下,便又倒在沙发上坐下了。

九

就在这同一天巴扎罗夫也跟费尼奇卡认识了。他同阿尔卡季一块儿在园子里散步,一面给他讲解为什么有一些树木,尤其是那些年轻的橡树,长得不好的道理。

"你们应该在这儿多种些白杨同枞树,菩提树也行,多加一点儿肥泥黑土。凉亭那边的花倒长得不错,"他又说,"因为那是刺槐同丁香;它们都是好孩子,那些树,它们并不要人照料。喂! 那儿还有人。"

在凉亭里坐的是费尼奇卡同杜尼亚莎,还有米佳。巴扎罗夫站住了,阿尔卡季像一个老朋友似地向费尼奇卡点了点头。

"那是谁?"他们刚刚走了过去,巴扎罗夫立刻问道,"一个多漂亮的美人儿!"

"你在讲谁?"

"你知道的;只有那一个生得漂亮。"

---

① 法语:文艺复兴时代的式样。

阿尔卡季有点儿不好意思，简简单单地跟他说明白费尼奇卡是什么人。

“哈哈！”巴扎罗夫说，“你父亲的眼光的确不错。我喜欢他，你父亲，嘻嘻！他倒真有本领。可是我也得跟她认识认识。”他又说了一句，就转身向凉亭走去。

“叶夫盖尼！”阿尔卡季惊慌地在后面唤道，“千万要小心啊。”

“你不要着急，”巴扎罗夫说，“我会知道怎样做——我是个见过世面的人，在城里待过。”

他走到费尼奇卡面前，摘下了帽子。

“让我来介绍自己，”他说，客气地鞠了一个躬，“我是阿尔卡季·尼古拉耶维奇的朋友，我是一个温和的人。”

费尼奇卡从凳子上慢慢地站起来，望着他不说一句话。

“多么出色的娃娃！”巴扎罗夫继续说，“不要担心，我的眼光还没有给人带来过灾难。他的脸蛋为什么这样红？他是在出牙吧？”

“是的，先生，”费尼奇卡说，“他已经出了四颗牙齿了，现在他的牙龈又肿起来了。”

“让我来看看……不要害怕，我是一个医生。”

巴扎罗夫把小孩抱了过来，小孩并不挣扎，也不害怕，费尼奇卡同杜尼亚莎两人都很奇怪。

“看见了，看见了……不要紧，都很好，他将来会有一副很好的牙齿。以后要是有什么事情告诉我好了。您自己身体很好吗？”

“很好，感谢上帝。”

“感谢上帝，真的——那是很要紧的。您呢？”他转身问杜尼亚莎道。

杜尼亚莎，这个姑娘在主人的宅子里非常拘谨，出了大门就爱嘻嘻哈哈，她不答话，只是格格地笑。

“好，这很好。这儿是您的大力士①。”

费尼奇卡把小孩抱在怀里。

“他在您的手里倒是挺乖的。”她小声地说。

“小孩儿在我手里都挺乖，”巴扎罗夫答道，“我知道应该怎样对付他们。”

“小孩儿也知道谁爱他们。”杜尼亚莎插嘴说。

---

① 俄国民间传说和史诗中的身高力大的英雄。

“真是这样，”费尼奇卡同意说，“就是米佳，不论怎样他也不要有些人来抱他。”

“他要不要我抱。”阿尔卡季问道，他远远地站了一忽儿，现在走到凉亭里来了。

他想把米佳哄到他怀里来，可是米佳把头一仰，哭起来了，弄得费尼奇卡很不好意思。

“下一回，等他跟我熟了再来抱他吧。”阿尔卡季不在乎地说，这两个朋友便转身走了。

“她叫什么名字？”巴扎罗夫问道。

“费尼奇卡……费多西娅。”阿尔卡季答道。

“她的父名呢？我也得知道这个。”

“尼古拉耶夫娜。”

“Bene[①]。我喜欢她，是因为她并不太害羞。说不定会有人觉得她这一点是一个毛病。废话！她为什么要害羞呢？她是一个母亲——那她就不错。”

“她不错，”阿尔卡季说，“不过我父亲……”

“他也不错。”巴扎罗夫打岔道。

“唔，不，我不这样想。”

“我想你不高兴多添了一个承继产业的人吧？”

“你怎么好意思想我会有那种心思！”阿尔卡季生气地说，“我不是因为那个缘故说父亲不对；我以为他应该跟她正式结婚。”

“哼！哼！”巴扎罗夫平静地回答道，“我们的器量真大！原来你还把结婚的事情看得很重要；我倒没有料到你是这样的。”

这两个朋友默默地走了几步。

“你父亲的产业我全看过了，”巴扎罗夫又说，“牛是不好的，马也不中用。房屋东歪西倒，工人懒得没办法；只有那个总管究竟是一个傻瓜还是坏蛋，我到现在还没有弄清楚。”

“你今天就专挑错处，叶夫盖尼·瓦西里耶维奇。”

“那些好心的农民毫无疑问地都在欺骗你的父亲。你知道有一句俗话：‘俄国农民连上帝也会欺骗的。’……”

---

① 拉丁语：好。

“我现在倒有点儿赞成我伯父的意见了,”阿尔卡季说,“你的确瞧不起俄国人。”

“那有什么关系呢！俄国人的惟一好处就是最瞧不起自己。重要的是二乘二等于四,其余的都无关紧要。”

“那么大自然也无关紧要吗?”阿尔卡季说,他带了思索的表情望着远处颜色鲜丽的田野,落日的美丽柔和的霞光正照在那儿。

“你所理解的大自然的确也是无关紧要。大自然不是一座庙宇,它是一个工厂,我们人就是这工厂里的工人。”

这个时候,一阵大提琴的拉长的音调从宅子里飘到他们的耳边来。有人在奏舒伯特的《期待曲》,虽然不娴熟,却也能传达出一些情感。旋律带着蜜似的甜味在空中荡漾。

“这是什么?”巴扎罗夫惊讶地问道。

“这是我父亲。”

“你父亲会拉大提琴吗?”

“是的。”

“你父亲多大年纪了?”

“四十四。”

巴扎罗夫突然大笑起来。

“你笑什么?”

“真的,一个四十四岁的人,一位 pater familias①,在这个偏僻的小县——拉大提琴!”

巴扎罗夫一直大笑着;阿尔卡季平日虽然非常尊敬他的老师,可是这一次他却连笑脸也没有露一下。

十

大约过了两个星期的光景。马利因诺的生活还是跟往常一样:阿尔卡季整天在玩乐,巴扎罗夫认真地工作。宅子里每个人都跟巴扎罗夫熟了,他们也习惯了他那随便不羁的态度和他那简短的、不连贯的谈话。费尼奇卡同他尤

① 拉丁语:家长。

其熟，因此有一个晚上她居然差人去叫醒他：米佳得了惊风症；他去了，还是像平日那样，半开玩笑，半打呵欠，在她那儿过了两个钟点，把孩子治好了。在另一方面，帕维尔·彼得罗维奇却用全副心灵来憎恨巴扎罗夫：他认为巴扎罗夫是一个傲慢无礼、爱挖苦人的平民；他疑心巴扎罗夫并不尊敬他，而且还有点儿轻视他——他，帕维尔·基尔萨诺夫！尼古拉·彼得罗维奇也有点儿害怕这个年轻的“虚无主义者”，并且还担心他给阿尔卡季的影响究竟是不是好的；可是他很喜欢听他讲话，并且高兴去看他做物理的和化学的实验。巴扎罗夫带来一架显微镜，他一用显微镜就是几个钟点。用人们也喜欢他，虽然他常常拿他们开玩笑；他们觉得他究竟不是一个主人，却是他们的同类。杜尼亚莎常常要对他傻笑，她“像一只鹌鹑似地”跑过他身边的时候，还带着深意地偷偷看他；彼得是一个极端自负而又愚蠢的人，他永远皱着眉头，他全部的长处便是他外表很有礼貌，他还能够一个音节一个音节地拼出音来念书报，并且很勤快地刷他自己的衣服，——就连他，只要巴扎罗夫注意到他，他也立刻满脸堆笑，露出喜色来；家仆的小孩们简直像小狗一样地跟在这个“医生”后面跑。普罗科菲奇老人是惟一不喜欢他的人；他每回给他上菜，总要露出不高兴的神气，他叫他做“屠户”和“骗子”，还说他脸上长着络腮胡子，看起来活像灌木丛中一口猪。普罗科菲奇，自有一套，他的贵族派头是不亚于帕维尔·彼得罗维奇的。

一年里的最好的日子来了，这就是六月初旬。天气非常好；固然，远处正闹着霍乱，可是那一省的居民对于它的光临已经习惯了。巴扎罗夫起得非常早，出去走两三里，并不是去散步（他受不了那种毫无目的的散步），却是去采集草和昆虫的标本。有时候他约了阿尔卡季同去。在回家的路上他们常常发生争论，虽然阿尔卡季话说得更多，可是往往是他失败。

有一天他们在外面耽搁得太久了；尼古拉·彼得罗维奇到花园里去找他们，他走到凉亭前面，忽然听见两个年轻人的急促的脚步声和讲话声。他们在凉亭的那一面走着，看不见他。

“你还不够了解我父亲。”阿尔卡季说。

尼古拉·彼得罗维奇便藏起来。

“你父亲是个好人，”巴扎罗夫说，“可是他落后了，他的好时候已经过去了。”

尼古拉·彼得罗维奇注意地听着……阿尔卡季并没有回答。

这个"落后的人"静静不动地站了两分钟,才慢慢走回家去。

"前天我看见他在念普希金的诗,"巴扎罗夫继续往下说,"请你去对他讲,那是没有一点儿实际的用处的。你知道他不是一个小孩儿;他应该把这种废物扔掉。在我们这个时代做一个浪漫派有什么意思!给他一点儿有用的东西去念吧。"

"我应该拿什么给他念呢?"阿尔卡季问道。

"我想开头还是念比希纳的《Stoff und Kraft》①吧。"

"我也这样想,"阿尔卡季同意地说,"《Stoff und Kraft》是用通俗的文字写的……"

"看起来,你我,"这天吃过午饭以后,尼古拉·彼得罗维奇坐在书房里对他的哥哥说,"都是落后的人了,我们的好日子已经过去了。唉!唉。也许巴扎罗夫是对的;不过我承认有一件事情叫我伤心;我很盼望,尤其是现在,能够同阿尔卡季多亲近些,可是事实上,我却留在后面,他已经走到前面去了,我们不能够彼此了解了。"

"他怎么走到前面去了呢?他在哪一方面超过了我们这么多呢?"帕维尔·彼得罗维奇不耐烦地叫道,"全是那个虚无主义者先生给他塞进脑子里去的。我讨厌那个学医的家伙;据我看来,他不过是一个走江湖的郎中;我相信,不管他解剖了多少青蛙,他对物理学也不会懂多少。"

"不,哥哥,你不应当这么说,巴扎罗夫不但聪明,而且博学。"

"他自大得叫人讨厌。"帕维尔·彼得罗维奇打岔说。

"是的,"尼古拉·彼得罗维奇说,"他是自大的。不过这好像也是免不掉的;这倒是我不明白的了。我从前还以为我总是尽力不落在时代后面:我安顿了农民,设立了一个农场,因此全省的人甚至都叫我做赤色分子;我读书,学习,我竭力在种种方面适应时代的要求——可是他们还说我的好日子过去了。哥哥,我现在也开始相信我的好日子真是过去了。"

"为什么这样?"

"我现在告诉你为了什么。今天早晨我坐着在念普希金的诗……我记得

---

① 德语:《物质与力》。比希纳(1824—1899),德国的医生、博物学家和哲学家,自然科学知识的普及者。《物质与力》在一八五五年初版发行,主张唯物论与无神论,俄译本于一八六〇年问世,在当时的俄国青年中间很流行。

我正读到《茨冈》[①]……突然，阿尔卡季走到我身边来，一句话也不说，脸上露出亲切的、怜悯的表情，他好像对待小孩儿一样，轻轻地把我那本书拿开，另外放了一本书在我面前——一本德文书……他对我笑了笑，就走开了，把那本普希金的诗也带走了。"

"真有这回事！他给你的是什么书呢？"

"它在这儿。"

尼古拉·彼得罗维奇从大衣的后面口袋里拿出那本第九版的比希纳的名著。

帕维尔·彼得罗维奇接过来翻了一翻。

"哼，"他哼了一声，"阿尔卡季·尼古拉耶维奇倒关心着你的教育呢。好，你到底念过它没有？"

"是的，我试了一下。"

"好，你觉得它怎样？"

"要不是我太笨，那么这本书就全是——废话。我想，一定是我笨。"

"是不是你把德语全忘了呢？"帕维尔·彼得罗维奇问道。

"啊，德语我是懂的。"

帕维尔·彼得罗维奇把这本书又翻了一忽儿，皱着眉头看了看他的兄弟。两个人都不做声。

"哦，还有，"尼古拉·彼得罗维奇开口说，他显然想改换话题，"我收到科利亚津的一封信。"

"马特维·伊里奇么？"

"是的。他是来这一省调查的。他现在是一个阔人了；他信上说，因为是亲戚，他很想跟我们见见面，他请你、我同阿尔卡季一块儿到城里去。"

"你去吗？"帕维尔·彼得罗维奇问道。

"我不去；你呢？"

"不，我也不去。跑五十里路去吃点心太不值得。Mathieu[②] 不过想显显威风、摆摆阔，去他的！自然会有全省的人奉承他，我们不去也没有什么关系。三等文官的官阶倒也不小，要是我当时一直在军界服务，一直干这种傻事，现

---

① 《茨冈》是普希金的长诗。

② 马特维的法语念法。

在我也应当做侍从将军了。可是如今呢，你我都是落后的人了。”

“是的，哥哥；看来我们已经到了要定做一口棺材，把两只手交叉地放在胸口的时候了，”尼古拉·彼得罗维奇叹一口气说。

“啊，我却不这么容易地认输，”帕维尔·彼得罗维奇喃喃地说，“我有一种预感，我要跟那个学医的家伙干一仗。”

果然在这天傍晚喝茶的时候，就开了仗。这天帕维尔·彼得罗维奇走进客厅，他就已经准备好作战了，他很生气并且很坚决。他只等着找到一个口实就向敌人进攻，可是等了好久都没有找到。巴扎罗夫照例在“老基尔萨诺夫”（他这样地称那两弟兄）面前不多讲话，那晚上他心里不痛快，只是一杯一杯地喝着茶，不说一句话。帕维尔·彼得罗维奇实在等得发火了；最后他的愿望毕竟实现了。

他们的话题转到了附近的一个地主身上。“没出息的，下流贵族。”巴扎罗夫随便地说，他在彼得堡遇见过那个人。

“请问您一句，”帕维尔·彼得罗维奇说，他的嘴唇在打颤，“照您看来，‘没出息的’和‘贵族’是一样的意思么？”

“我说的是下流贵族，”巴扎罗夫答道，懒洋洋地呷了一口茶。

“正是这样，先生；不过我觉得您对贵族也是和对所谓下流贵族一样看待的。我认为我应当告诉您，我并不赞成您这个意见。我敢说，凡是认识我的人都知道我是一个具有自由思想而且拥护进步的人；可是就因为这个缘故，我尊敬贵族——真正的贵族。请您留神记住，亲爱的先生（巴扎罗夫听见这几个字便抬起眼睛望着帕维尔·彼得罗维奇），请您留神记住，”他狠狠地再说了一遍，“我尊敬英国的贵族。他们对自己的权利一点儿也不肯放弃，因此他们也尊重别人的权利；他们要求别人对他们尽应尽的义务，因此他们也尽自己应尽的义务。英国的自由是贵族阶级给它的，也是由贵族阶级来维持的。”

“这个调子我们不知道听过多少回了，”巴扎罗夫答道，“可是您打算用这个来证明什么呢？”

“我打算用这么个来证明，亲爱的先生，（帕维尔·彼得罗维奇动气的时候，他就故意在“这个”中间添插进一个音，念成“这么个”，虽然他明知道这种用法是不合语法的。这种时髦的怪癖可以看作亚历山大一世①时代遗留下来

① 亚历山大一世（1777—1825），一八〇一至一八二五年间的俄国沙皇。

的一种习惯。当时那班要人很少讲本国话,偶尔讲了几句,就随意胡乱拼字,不是说这么个,就是说这伙个,好像在说:“自然我们是道地的俄国人,我们同时还是大人物,用不着去管那些学究们定的规则”)我是打算用这么个来证明:没有个人尊严的意识,没有自尊心——这两种情感在贵族中间很普遍——那么社会……bien public[①]……社会组织便没有强固的基础了。亲爱的先生,个性,——那是很重要的东西;一个人的个性应该像岩石一样坚固,因为所有的东西都建筑在它上面。譬如,我很知道您觉得我的习惯、我的装束、我的整洁都是很可笑的;可是这都是从自尊感,从责任感——是的,先生,的确,先生,责任感——出来的。我现在住在乡下,住在偏僻的地方,可是我不会降低我自己的身份。我尊重我自己的人的尊严。”

“那么让我问您一句,帕维尔·彼得罗维奇,”巴扎罗夫说,“您尊重您自己,您只是袖手坐在这儿;请问这对于 bien public 有什么用处? 倘使您不尊重您自己,您不也是这样坐着吗?”

帕维尔·彼得罗维奇的脸色变白了。

“那完全是另外一个问题。我现在绝对用不着向您解释我为什么像您所说的袖手坐在这儿。我只打算告诉您,贵族制度是一个原则,在我们这个时代里头只有不道德的或是没有头脑的人才能够不要原则地过日子。阿尔卡季回家的第二天,我就对他讲过那样的话,现在我再对您讲一遍。尼古拉,是不是这样的?”

尼古拉·彼得罗维奇点了点头。

“贵族制度,自由主义,进步,原则,”巴扎罗夫在这个时候说,“只要您想一想,这么一堆外国的……没用的字眼! 对一个俄国人,它们一点儿用处也没有。”

“那么,在您看来对俄国人什么才是有用的呢? 倘使照您的说法,我们就是在人类以外,人类的法则以外了。可是历史的逻辑要求着……”

“可是逻辑对我们有什么用呢? 我们没有它也是一样地过日子。”

“您这是什么意思?”

“就是这个意思。您肚子饿的时候,我想,您用不着逻辑来帮忙您把一块面包放进嘴里去吧。这些抽象的字眼对我们有什么用处?”

帕维尔·彼得罗维奇摇着他的两只手。

---

① 法语:社会的福利。

“您这倒叫我不明白了。您侮辱了俄国人。我不明白一个人怎么能够不承认原则、法则！是什么东西在指导您的行动呢？”

“大伯，我已经对您讲过我们不承认任何的权威。”阿尔卡季插嘴道。

“凡是我们认为有用的事情，我们就依据它行动，”巴扎罗夫说，“目前最有用的事就是否定——我们便否定。”

“否定一切吗？”

“否定一切。”

“怎么，不仅否定艺术和诗……可是连……说起来太可怕了……”

“一切。”巴扎罗夫非常镇静地再说了一遍。

帕维尔·彼得罗维奇睁大眼睛望着他。他没有料到这个，阿尔卡季甚至欢喜得红了脸。

“请让我来讲两句，”尼古拉·彼得罗维奇说，“您否定一切，或者说得更正确一点，您破坏一切……可是您知道，同时也应该建设呢。”

“那就不是我们的事情了……我们应该先把地面打扫干净。”

“目前人民的状况正要求这个，”阿尔卡季庄严地说，“我们应当实现这类要求，我们没有权利只顾满足个人的利己心。”

巴扎罗夫显然不高兴这最后的一句；这句话带了一点儿哲学气味，就是说浪漫主义的气味，因为巴扎罗夫把哲学也叫做浪漫主义，不过他觉得用不着去纠正他那个年轻的门徒。

“不，不，”帕维尔·彼得罗维奇突然用劲地说，“我不相信你们这些先生们真正认识俄国人民；我不相信你们就能够代表他们的需要，他们的热望！不，俄国人民并不是像你们所想像的那样。他们把传统看作神圣不可侵犯的；他们是喜欢保持古风的；他们没有信仰便不能够生活……”

“我并不要反驳这一点，”巴扎罗夫插嘴说，“我甚至准备承认**在这一点上**您是对的。”

“那么倘使我是对的……”

“可是还是一样，什么都不曾证明。”

“正是什么都不曾证明。”阿尔卡季跟着重说一遍，他充满着自信，就像一个有经验的棋手早已料到对手要走一着看起来很厉害的棋，因此一点儿也不惊慌。

“怎么还是什么都不曾证明呢？”帕维尔·彼得罗维奇喃喃地说，他倒奇怪起来了，“那么，您要反对自己的人民吗？”

“我们就反对了又怎样?”巴扎罗夫突然嚷起来,“人民不是相信打雷的时候便是先知伊里亚驾着车在天空跑过吗? 那么怎样呢? 我们应该同意他们吗? 而且,他们是俄国人;难道我不也是一个俄国人吗?”

“不,您刚才说了那一番话以后,您就不是一个俄国人! 我不能承认您是一个俄国人。”

“我祖父种过地,”巴扎罗夫非常骄傲地说,“您随便去问一个您这儿的农民,看我们——您同我——两个人中间,他更愿意承认哪一个是他的同胞。您连怎样跟他们讲话都不知道。”

“可是您一面跟他们讲话,一面又轻视他们。”

“为什么不可以呢,倘使他们应当受人轻视的话! 您专在我的观点上挑错,可是谁告诉您,我的观点是偶然得来的,而不是您所拥护的民族精神本身的产物呢?”

“什么话! 虚无主义者太有用了!”

“他们有用或者没用,并不是该我们来决定的。就是您也觉得自己并非一个没有用的人吧。”

“先生们,先生们,请不要攻击个人。”尼古拉·彼得罗维奇一面叫着,就站起身来。

帕维尔·彼得罗维奇微微一笑,把手按住他弟弟的肩头,叫他仍旧坐下。

“不要着急,”他说,“我不会忘掉自己的身份,正因为我有着我们这位先生,这位医生先生,挖苦得不留余地的自尊感。”他又转过头来对巴扎罗夫说:“请问一句,您也许以为您的学说是新发明的吧? 您这么想是大错特错。您宣传的唯物主义已经流行过不止一次了,总是证明出来理由欠充足……”

“又是一个外国名词!”巴扎罗夫打岔道。他开始动怒了,他的脸色变成青铜色,而且带着粗暴的颜色。“第一,我们并不宣传什么;那不是我们的习惯……”

“那么你们又干些什么呢?”

“我就要告诉您我们干些什么。前不久,我们常常讲我们的官吏受贿,我们没有公路,没有商业,没有公平的法庭……”

“哦,我明白了,你们是‘揭露派’①——我想,就是这种称呼吧。你们的揭

① 亚历山大二世(1818—1881)统治(1855—1881)初期对参加当时一种文学运动的人的称呼。

露里头有许多我也同意,可是……”

“后来我们明白,发议论,对我们的烂疮一味空发议论,这是不费力气的,它只会把人引到浅薄和保守主义上面去;我们看见我们的聪明人,那些所谓进步分子和‘揭露派’不中用;我们整天忙着干一些无聊事情,我们白费时间谈论某种艺术啦,无意识的创造啦,议会制度啦,辩护律师制度啦和鬼知道的什么啦。可是事实上需要解决的问题却是我们每天的面包;我们让极愚蠢的迷信闷得透不过气;我们的股份公司处处失败,只因为缺少诚实的人去经营;我们的政府目前正在准备的解放①,也不见得会有什么好处,因为农民情愿连自己的钱也搜刮去送给酒店,换得醺醺大醉。”

“是的,”帕维尔·彼得罗维奇插嘴说,“是的,你们相信了这一切,你们便决定不去切实地做任何事情了。”

“决定不做任何事情。”巴扎罗夫板起脸跟着说了一遍。

他因为无缘无故地对这位绅士讲了那么多的话,忽然跟自己生起气来。

“可是只限于谩骂?”

“只限于谩骂。”

“这就叫做虚无主义?”

“就叫做虚无主义。”巴扎罗夫又跟着重说一遍,这次特别不客气。

帕维尔·彼得罗维奇略略眯起眼睛。

“原来是这样!”他用一种异常镇静的声音说,“虚无主义是来医治我们的一切痛苦的,而且你们是我们的救主,我们的英雄,可是你们为什么责骂别人呢,连‘揭露派’也要责骂呢?你们不是也跟所有别的人一样只会空谈吗?”

“不管我们有多少短处,我们却没有这个毛病。”巴扎罗夫咬着牙齿说。

“那么又怎样呢?请问,你们在行动吗?或者你们是在准备着行动吗?”

巴扎罗夫不回答。帕维尔·彼得罗维奇的身子微微颤抖了一下,可是他立刻控制了自己。

“哼!行动,破坏……”他继续说,“可是你们连为什么要破坏都不明白又怎样去破坏呢?”

“我们要破坏,因为我们是一种力量。”阿尔卡季说。

帕维尔·彼得罗维奇看看自己的侄子,冷笑了一声。

---

① 指一八六一年的农奴解放。

“力量是不负任何责任的。”阿尔卡季挺起身子说。

“可怜的人!”帕维尔·彼得罗维奇大声叫道,他不能再控制自己了,“你会不会想到你们用你们这种庸俗的论调在俄国维持些什么东西!不,连一个天使也忍耐不下去了!力量!在野蛮的加尔梅克人[1]中间,在蒙古人中间,也有力量;可是这跟我们有什么关系呢?对我们可宝贵的,是文明;是的,先生,是的,先生,亲爱的先生,文明的果实对我们是可宝贵的。不要对我讲那些果实毫无价值:便是最不行的画匠,un barbouilleur[2],或者一晚上只得五个戈比[3]的奏跳舞音乐的乐师,他们也比你们更有用,因为他们所代表的是文明,不是野蛮的蒙古力量,你们自以为是进步人物,可是你们却只配住在加尔梅克人的帐篷里头!力量!你们这些有力量的先生,请记住你们不过是四个半人,别的人数目却有千百万,他们不会让你们去践踏他们的最神圣的信仰,他们倒要把你们踩得粉碎!”

“他们要踩就让他们踩吧,”巴扎罗夫说,“可是您的估计并不对。我们人数并不像您所说的那样少。”

“什么?您当真以为你们可以应付全体人民吗?”

“您知道整个莫斯科城还是给一个戈比的蜡烛烧掉的。[4]”巴扎罗夫答道。

“是的,是的。第一是差不多魔鬼一样的骄傲,其次是挖苦。就是靠了这个来吸引年轻人,来征服一般小孩子的毫无经验的心!现在就有一个坐在您身边,他简直要崇拜您了。您欣赏欣赏他吧!(阿尔卡季掉过脸去,皱起眉头来。)这种传染病已经传播得很广了。我听说我们的画家在罗马从来不进梵蒂冈[5]去。他们把拉斐尔[6]差不多看做一个傻瓜,就因为,据说,他是一个权威;可是他们自己却又没出息,连什么也画不出来;他们的幻想老是跳不出《泉边少女》这一类画的圈子!而且连少女也画得不像样。照您看来,他们是出色的人物吧,是不是?”

“照我看来,”巴扎罗夫答道,“拉斐尔本来就不值一个钱;他们比他也好不了什么。”

---

① 加尔梅克人是西伯利亚的游牧民族。

② 法语:画匠。

③ 俄国货币单位,一卢布的百分之一。

④ 指一八一二年拿破仑侵略俄国,俄国人焚烧莫斯科的事。

⑤ 梵蒂冈:罗马教皇所在地,在罗马,内有图书馆,博物院,收藏的书画等等都很名贵。

⑥ 拉斐尔(1483—1520),意大利画家,文艺复兴时期三大家之一。

“好！好！听着，阿尔卡季……现在的年轻人就应该这么讲的！想想，他们怎么会不跟着您跑呢！在从前年轻人都不能不念书：他们不愿意让人家叫做粗野的人，因此不管他们喜欢不喜欢，他们都不得不好好地用功。可是现在，他们只要说：‘世界上的一切都是狗屁！’就成功了。一般年轻人都高兴极了。说老实话，他们先前本来是笨蛋，现在一转眼的工夫就变成虚无主义者了。”

“您自己那么夸口的自尊心已经动摇了，”巴扎罗夫冷静地说，阿尔卡季却气得厉害，眼睛发火了。“我们的辩论扯得太远了；我想，还是停止的好。我想，”他说着，便站起来，“只要您能够在我们现在的生活里面，在家庭生活或社会生活里面，找出一个不需要完全地、彻底地否定的制度，到那时候我再来赞成您的意见。”

“像这样的制度，我可以举出几百万来，”帕维尔·彼得罗维奇嚷道，“几百万！就譬如公社①。”

一个冷笑使得巴扎罗夫的嘴唇弯起来。

“好，说到公社，”他说，“您最好还是跟令弟去讲吧。我想他到现在应该看明白，公社究竟是怎样一回事了——它那连环保啦，它那戒酒运动啦，还有别的这一类的事情。”

“最后就拿家庭来说吧，我们农民中间存在的家庭！”帕维尔·彼得罗维奇大声说。

“这个问题，我想您还是不要太详细分析的好。您没听说过扒灰的公公吗？帕维尔·彼得罗维奇，您听我的劝告，花两天的工夫去想一想吧；您一下子恐怕不会想出什么来的。请您把我们俄国的每个阶层，一个一个的仔仔细细地研究一番，同时我和阿尔卡季两个要……”

“要去嘲笑一切事情。”帕维尔·彼得罗维奇打岔地说。

“不，我们要去解剖青蛙。阿尔卡季，我们走吧；先生们，一忽儿再见。”

两个朋友走了。弟兄两人留在这儿，他们起初只是默默地对望着。

“这就是我们现在的年轻人！”帕维尔·彼得罗维奇终于开口说，“我们的下一代——他们原来是这样的。”

“我们的下一代！”尼古拉·彼得罗维奇跟着重说一遍，闷闷地叹了一口

---

① 俄国的一种乡村自治组织。它的基础是土地共有。

气。在他们辩论的时候，他一直觉得就像坐在热炭上面似的，他一声也不响，只是偷偷地用痛苦的眼光看阿尔卡季。“哥哥，你知道我现在记起了什么吗？我有一回跟我们的亡故的母亲争论一件事；她发了脾气，直嚷，不肯听我的话……最后我对她说：‘自然你不能了解我；我们是不同的两代人。’她气得很厉害，可是我却想道：‘这有什么办法呢？丸药是苦的，可是她必须吞进肚子里去。’你瞧，现在是轮到我们了，我们的下一代人可以对我们说：‘你不是我们这一代人；吞你的丸药去吧。’”

“你真是太大量，太谦虚了，”帕维尔·彼得罗维奇答道，“相反的，我却相信你我都比这班年轻的先生们更有理，虽然我们口里讲着旧式的话，已经 vieille①，而且我们不像他们那样狂妄自大……现在的年轻人多傲慢！你随便问一个年轻人：‘你喝红酒还是白酒？’他便板起脸用低沉的声音答道：‘我素来喝红的！’好像那一刻全世界的眼光都集中在他一个人身上似的……”

“您还要不要茶？”费尼奇卡从门外探头进来问道。她听见客厅里还有争论的声音，便不能决定要不要进来。

“不要了，你叫人把茶炊拿走吧。”尼古拉·彼得罗维奇答道，一面站起来招呼她。帕维尔·彼得罗维奇突然对他讲了一句“bon soir②”，便回到自己的书房里去了。

十一

半点钟以后尼古拉·彼得罗维奇走到花园中他心爱的凉亭里去。他充满了忧郁的思想。他第一次看清楚了他跟他儿子中间的距离；他预料到这距离会一天一天地增加。那么他冬天在彼得堡念那些最新的著作所花去的整天整天的工夫都是白费的了；他用心去听那班年轻人高谈阔论所花去的时间也是白费的了；他白白地高兴；他有时候居然能够在他们热烈辩论的中间插进去说一两句话。现在这一切都是没有用的了。“我哥哥说我们是对的，”他想道，“而且撇开一切自尊心不谈，我自己也认为他们离开真理比我们更远，可是同时我又觉得他们另有一些东西却是我们所没有的，那就是他们在什么地方比

---

① 法语：老了。

② 法语：晚安。

我们强……这是青春吗？不，不只是青春。难道他们比我们强的地方就在于他们比我们少些绅士的气派吗？"

尼古拉·彼得罗维奇没精打采地埋下头，他伸手在脸上摸了一下。

"可是排斥诗，"他又想道，"对艺术，对大自然没有感情……"

他向四周看了看，好像他想了解一个人怎么能够对大自然没有感情似的。这个时候已经是傍晚了，太阳隐藏在离园子半里光景的小小的白杨林子后面；树影无边无际地躺在静寂的田野上。一个农民骑着白马在林边那条阴暗窄狭的小路上跑过去；虽然他在阴处，可是他的全身，连他肩头的补钉，都看得很清楚；那匹马正奋起蹄子飞似地往前跑着。远远地射来的太阳光线照在林子里，霞光透过繁密的枝叶，在白杨树干上涂了一层暖和的红光，使它们更像松树干；树叶差不多变成了蓝色，上面衬出一片微带霞红的浅蓝天空。燕子飞得高高的，风完全静了，迟归的蜜蜂在丁香丛中懒懒地、带睡意地嗡嗡飞鸣，一群小蚊子像一根柱子似地在一枝突出的孤零零的树枝上面打转。"多美，我的上帝！"尼古拉·彼得罗维奇想道，他平日喜欢的诗句快要跳到他的嘴上来了，他却记起了阿尔卡季，记起了《Stoff und Kraft》，便不做声了；可是他依旧坐在那儿，依旧沉溺在孤寂思想的时悲时喜的变幻之中。他喜欢梦想；乡居生活助长了他的这种癖好。没有多久以前他坐在客店里等候他的儿子的时候，他也曾这样地梦想过，可是从那个时候起已经发生了变化；他们父子的关系在当时还不明显，现在是确定的了——而且是怎样确定的啊！他又看到他的亡故的妻子了，可是他看到的并不是他多年来跟她朝夕相对时看见的那个模样，并不是一个善于持家的、贤惠的主妇，却是一个亭亭玉立的少女：她有一对天真地好问的眼睛，一条编得紧紧的辫子垂在孩子似的脖子上。他记起第一次看见她的情景。他那个时候还是一个大学生。他在他的住处的楼梯上遇见她，无意间碰了她一下，他正要道歉，刚刚结结巴巴地吐出一句："Pardon, monsieur。"①她却低下了头，微微一笑，忽然间好像吃了一惊似的，就跑开了，可是到了楼梯转角，她又回转头很快地看了他一眼，露着一种庄重的神情，红了脸。从这以后，起初是不大好意思的拜访，吞吞吐吐的谈话，忸怩的微笑和疑惑不安；后来是苦闷，热情，最后是叫人喘不过气来的喜悦……这一切都消失在哪儿去了？她做了他的妻子，他享受了世界上少数人享受到的幸福……"可

---

① 法语："对不起，先生。"（他应该说："对不起，小姐。"在慌张中他讲错了。）

是，”他又想道，“这些甜蜜的最初的时光，为什么不能够永久不灭地存在下去呢？”

他不想把自己的思想分析清楚；可是他觉得他愿意用一种比记忆更有力量的东西来系住那一刻幸福的时光；他愿意再感觉到他的玛利亚回到他的身边，感到她的身体的热气和呼吸，而且他已经觉得仿佛在他的头上……

“尼古拉·彼得罗维奇，”费尼奇卡的声音在他的近旁唤道，“您在哪儿？”

他打了一个颤。他没有痛苦，也不觉得惭愧……他从来就没有承认过他的妻子同费尼奇卡有比较的可能，可是他感到遗憾费尼奇卡会想到在这个时候来找他。她的声音使他马上记起他的灰白色头发、他的老年和他现在的境况……

他已经进入了的幻境，那个从过去的浓雾中间显露出来的幻境，动摇了——而且消失了。

“我在这儿，”他答道，“我就来，你去吧。”一个思想在他的脑子里闪过：“又来了，绅士派头。”费尼奇卡不做声地把头探进凉亭看了他一眼，便不见了。他惊讶地发觉，在他梦想的时候夜已经来了。四周都是黑沉沉的、静悄悄的。费尼奇卡的脸在他的眼前闪过去了，这么苍白，这么小。他站起身来，打算走回屋去；可是他那感伤的心不能够平静下来，他便在园子里信步走着，有时候沉思地看着脚下的土地，然后又抬起眼睛望那星星闪烁的天空。他走了好久，走得差不多疲乏了，而内心的烦扰，一种追求的、暗昧不明的、悒郁的烦扰依旧不曾平息。啊，要是巴扎罗夫知道这个时候他心里想些什么，他一定会笑他！连阿尔卡季也会责备他。他，一个四十四岁的人，一个农业家，还是一家之主，流了眼泪，而且无缘无故地流了眼泪：这比拉大提琴更要糟一百倍了。

尼古拉·彼得罗维奇继续走着，还是不能够下决心走进宅子里去，走进那个和平、舒适的窝里去，虽然它的每一扇灯光明亮的窗户都在殷勤地招呼他；他没有力量离开这黑暗、这园子、这拂面的清新的空气，离开这悒郁、这烦扰……

在小路的转角，他遇见了帕维尔·彼得罗维奇。

“你怎么啦？”帕维尔问他道，“你脸色白得像幽灵，你不舒服吧？为什么不去躺下？”

尼古拉·彼得罗维奇简单地对他说明了自己的心境，便走开了。帕维尔·彼得罗维奇走到园子的尽头，他也在沉思，也抬起眼睛望天。可是在他那一对美丽的黑眼睛里却只映着星光。他不是一个天生的浪漫主义者，他那种所谓高雅地冷淡的、敏感的心灵，法国式的孤僻厌世的心灵，是不能够梦想的……

“你知道吗？”这天夜里巴扎罗夫对阿尔卡季说，“我有一个很好的想法。你父亲今天说他接到你们一个阔亲戚的邀请。你父亲不去，让我们到某地走一趟吧；你知道那位先生也请了你的。你看得见这儿的天气变成什么样了，我们正好坐车走走，到城里去看看。我们玩它个五六天就够了！”

“你还要回这儿来吗？”

“不，我应当到我父亲那儿去了。你知道那儿离某地有三十俄里。我好久没有见到他了，我也好久没有见到我母亲了；我应当让老人家高兴高兴。他们都是好人，尤其是我父亲，他是怪有趣的。他们只有我这一个儿子。”

“你要同他们住好久吗？”

“我不想久住。在那儿大概会沉闷乏味的。”

“那么你回来的时候还到我们这儿来吗？”

“我不知道……等以后看吧。好吧，你觉得怎样？我们去不去？”

“照你的意思吧，”阿尔卡季懒懒地答道。

他心里非常高兴他的朋友的提议，可是他觉得应该把自己的情感隐藏起来。他并没有白做了一个虚无主义者啊！

第二天他同巴扎罗夫一块儿到某地去了。马利因诺的一班年轻人都舍不得跟他们分别；杜尼亚莎甚至哭了一场……可是上了年纪的人却感觉到呼吸畅快多了。

十二

我们的朋友们要去的某城，是在一个年轻省长的管辖下面，这个省长一方面是进步分子，另一方面又是专制官僚，这样的事在俄国倒是常有的。他就任不到一年，不但是跟本省贵族长（那是一个退伍的近卫军骑兵上尉，养马专家，而且是一个非常好客的人）起了冲突，甚至还跟他的下属们闹过意见。这种争执越闹越厉害，连彼得堡的部里后来也觉得必须派一个可靠的人来就地调查一下。当局选派了马特维·伊里奇·科利亚津，他就是基尔萨诺夫两弟兄从前住在彼得堡的时候父亲拜托来照应他们的那位亲戚科利亚津的儿子。

他也是一个“年轻人”，这是说他过了四十岁还不久，可是他已经在准备做一个大政治家了，他的胸前每一边挂着一颗宝星——说实话，其中一颗宝星是外国的，而且不是高级的。他同他正要来查询的那个省长一样，也算是一个进步分子；虽然他已经是一个要人了，他却和大多数的要人不同。他把自己看得极高；他的虚荣心是没有边际的，可是他的举止朴质，他喜欢用鼓励和赞许的眼光看人，听人讲话极虚心，而且常常笑得极其和蔼可亲，因此跟他初次认识的人甚至会把他认作“一个好极了的小伙子”。可是在紧要的关头他知道怎样，像俗话所说的，自吹自擂。“精力是很要紧的，”他在那种时候常说，“l' énergie est la première qualité d' un homme d' état；”[①]虽是这样，他却仍然常常受人愚弄，稍微有一点儿阅历的官吏便能够随便驾驭他。马特维·伊里奇常常带着极大的敬意谈起基佐[②]；他竭力让所有的人都相信他不是一个循旧规办公事的、古板的人，也不是一个落后的旧官僚，而且社会生活的重要现象没有一个逃过他的注意……这一类的话他已经讲得很熟了。他甚至还留心着现代文学的发展，不过他的确是带一种随随便便的傲慢态度来留意的；好像一个成年的人在街上遇到一队小孩子，他有时也会跟在他们后面走。马特维·伊里奇其实并不比亚历山大一世时代的政治家进步多少，那班人去参加当时住在彼得堡的斯韦欣娜[③]的晚会之前，照例要在早晨念熟一页孔狄亚克[④]的书；不过马特维·伊里奇的方法不同，他的方法更新颖。他是一个圆滑的朝臣，一个很狡猾的人，此外什么也没有了；他并不通晓事务，也缺乏才智，可是他知道怎样把自己的事情处理得很好：在这一点上没有一个人能够超过他，这本来是一件很重要的事。

马特维·伊里奇接待阿尔卡季的时候，显出了一般开通的高级官员所特有的温厚，我们甚至可以说他还带了开玩笑的态度。可是他听说他所邀请的两位表兄待在乡下不肯出来，他就奇怪起来了。“你爸爸素来就是个古怪的家伙，”他说着，一面玩弄他那件华丽的天鹅绒晨衣的穗子，他忽然又转过身来向着一个把普通制服扣得整整齐齐的青年官吏，露出非常关心的样子大声

---

① 法语：精力是政治家的第一品质。

② 基佐（1787—1874），法国资产阶级的历史家和政客，力图在法国建立资产阶级与贵族的联盟，防止革命。

③ 斯韦欣娜（1782—1859），俄国斯韦欣将军的夫人。她是一个有神秘主义倾向的女作家，主要住在巴黎，她的客厅是亚历山大一世时代政客文人聚会的地方。

④ 孔狄亚克（1715—1780），法国启蒙哲学家。著有《论感觉》。心理学中的联想主义创立者之一。

说,“什么?”那个年轻人因为沉默了好久连嘴唇也粘住了,便站起来,不知所措地望着他的长官。可是马特维·伊里奇把他的下属窘了一下之后,就不去理会他了。我们的高级官员向例喜欢使他们的下属受窘;他们为了达到这个目的所用的方法种类甚多。在那些方法中间下面的一种用得最多,用英语来说,便是“is quite a favourite”[①]:一位高级官员忽然连最简单的话也不懂了,他装作耳朵全聋了。譬如说,他会问:“今天是什么日子?”

那个下属便恭恭敬敬地报告:“今天是星期五,大……大……大人。”

“喂? 什么? 那是什么? 您在讲什么?”这位高级官员非常注意地再问道。

“今天是星期五,大……大人。”

“怎么? 什么? 星期五是什么? 什么星期五?”

“星期五,大……大……大人,一个星期里头的一天。”

“哼,什么,你想来教我吗?”

马特维·伊里奇虽然自命为自由主义者,可是他究竟是一位高级官员。

“我劝你去见见省长,我的朋友,”他对阿尔卡季说,“你明白,我劝你去并不是因为我还有那种应当问候当权者的旧思想,而只是因为省长是一个好人;而且你也许愿意到这儿的社交界去见识见识吧……我想,你不是一只熊吧?他后天要举行一个盛大的舞会。”

“您去参加吗?”阿尔卡季问道。

“他是为了欢迎我举行舞会的,”马特维·伊里奇差不多露出了遗憾的神情答道,“你会跳舞吗?”

“我会跳,不过跳得不好。”

“多可惜! 这儿有的是漂亮女人,一个年轻人不跳舞是可耻的事。我又应当说明,我讲这种话并不是因为什么旧思想在作怪;我一点儿也不以为一个人的才智是生在他的脚上的,不过拜伦主义[②]是可笑的,il a fait son temps[③]。”

“可是舅舅,我并不是因为拜伦主义才……”

“我会把你介绍给这儿的太太小姐们,我会把你放在我的翅膀下面保护的,”马特维·伊里奇打岔道,他得意地笑了起来,“你会觉得它很暖和,嗯?”

---

① 英语:最喜欢用的。

② 这里也许兼指拜伦跛脚,不善跳舞的事。

③ 法语:这是过时的了。

一个听差进来报告,省税务局长来了。这是一个眼光温和的老人,嘴边有一些深的皱纹,他非常爱好大自然,尤其喜欢夏天里的,照他自己说来,在那个时候"每只小蜜蜂从每朵小花那儿接收一点儿小小的贿赂"。阿尔卡季便告辞出来。

他回到他们住的那个旅馆里,看见巴扎罗夫,他费了许多唇舌劝这个朋友跟他一块儿去见省长。"好,只好这样了,"巴扎罗夫最后说,"一不做,二不休。我们是来参观这儿的绅士的,那么我们就去参观他们吧。"省长很谦和地接见这两个年轻人,可是他并没有请他们坐下,他自己也不坐。他没有一刻不是慌慌忙忙的;早晨他喜欢穿一身窄小的普通制服,打一根特别紧的领结;他总是没有工夫吃饱、喝够,一直不停地发号施令。衙门里的人叫他做"布尔达路",这个绰号并不是从那个有名的法国传教士①来的,却是从"布尔达"②这个字眼来的。他邀请基尔萨诺夫和巴扎罗夫参加他的舞会,过了两分钟,他又把邀请的话说了一遍,他认为他们是两弟兄,把他们都叫做凯伊沙罗夫。

他们从省长衙门里出来,路上忽然看见一个穿斯拉夫派③爱穿的轻骑兵的短外衣的矮小男子,从一辆走过他们身边的出租的敞篷马车上跳下,口里嚷着:"叶夫盖尼·瓦西里伊奇!"便朝巴扎罗夫奔来。

"啊,是您,赫尔④西特尼科夫,"巴扎罗夫说,他仍然在人行道上往前走,"您怎么会到这儿来的!"

"真想不到,完全偶然的事,"他答道,又转身向马车挥了五六下手,大声说,"跟着,跟着我们来!"然后他对巴扎罗夫说,一面跳过了小水沟,"我父亲在这儿有事情,所以他要我来……我今天听说您到了,我已经去看过您了……(这两个朋友回到旅馆里,果然看见一张折了角的、印着西特尼科夫的姓名的名片,一面是法文,一面是斯拉夫文字。)我希望您不是从省长那儿来的吧?"

"不必希望了;我们正是从他那儿来的。"

---

① 指布尔达路(1632—1704),法国耶稣会传道士,他的传道演讲于十九世纪初翻译成俄文。

② 一种浑浊无味的饮料。

③ 斯拉夫派是十九世纪中叶俄国社会思潮中的一个流派,这一派断言俄国社会的发展道路不同于西欧,因为俄国存在着农村公社和东正教,俄国的国家政权是同人民"融洽无间"的。斯拉夫派在农民问题上采取自由主义的立场,一方面,他们主张农民要有人身自由,赞成自上而下地废除农奴制,重视农民的作用,并且大力搜集和研究民间口头创作,但另一方面,他们又拥护专制制度和地主土地所有制。

④ 德语"先生"的译音。

“啊！那么我也要到他那儿去一趟……叶夫盖尼·瓦西里伊奇，把我介绍给您的……给这位……”

“西特尼科夫，基尔萨诺夫。”巴扎罗夫含含糊糊地说，并不停下来。

“荣幸极了，”西特尼科夫一面说，一面侧起身子走着，脸上带笑，而且连忙取下他那双过于漂亮的手套，“我听见讲起您好多回了……我是叶夫盖尼·瓦西里伊奇的一个老朋友，还可以说是他的学生。我是靠了他才得到新生的……”

阿尔卡季望着巴扎罗夫的学生。这张小而讨人喜欢的、刮得干干净净的脸上露出一种慌张而又愚蠢的表情；他那一对小眼睛好像是给压进去的，它们注意地而且局促不安地望着人，他的笑声也是局促不安的——一种短促的、呆板的笑声。

“您会不会相信，”他接下去说，“叶夫盖尼·瓦西里伊奇头一回在我面前讲起不应当承认任何权威的时候，我真是高兴极了……好像我的眼睛重又睁开了似的！我想我到底找到一个真正的人了！哦，叶夫盖尼·瓦西里伊奇，您一定要去见见这儿的一位女士，她完全可以了解您，要是您肯去拜访她，她一定会当做一桩了不起的喜事；我想，您已经听见人讲过她了？”

“这是谁？”巴扎罗夫不乐意地问了一句。

“库克什娜，Eudoxie①，叶夫多克西娅·库克什娜。她是一个很了不起的人物，真正可以说是 emancipée②，一个进步的女子。您知道吗？现在我们大家一块儿去看她吧。她的住处离这儿只有两步路。我们在她那儿吃早饭。我想你们两位还没有用过早饭吧？”

“还没有。”

“那么，好极了。您明白，她已经跟她丈夫分居了；她不依靠任何人。”

“她漂亮吗？”巴扎罗夫插嘴问道。

“唔……不，这说不上。”

“那么您叫我们去看她干什么呢？”

“啊，您真会开玩笑……她会给我们开一瓶香槟。”

“原来是这样！可见您真是一个实际的人。啊，您父亲还在干包税的

---

① 法语：艾夫多克西。

② 法语：解放的女性。

事吗?”

“在干,”西特尼科夫连忙答道,又发出一阵尖声的笑,“好吧,我们去吗?”

“我实在不知道要不要去。”

“你是来观察人的,去吧。”阿尔卡季小声说。

“您怎样呢,基尔萨诺夫先生?”西特尼科夫插嘴说,“请您也去;没有您也不成。”

“可是我们怎么可以三个人一块儿突然跑到她那儿去呢?”

“不要紧!库克什娜是一个妙人。”

“真有一瓶香槟吗?”巴扎罗夫问道。

“三瓶!”西特尼科夫嚷道,“我可以担保。”

“拿什么来担保?”

“我自己的脑袋。”

“还是拿你爸爸的钱袋来担保的好。那么我们去吧。”

十三

阿夫多季娅(或叶夫多克西娅)·尼基季什娜·库克什娜住的那所小小的莫斯科式的公馆是在某城的一条新近火烧过的街上(我们那些省城每五年要火烧一次:这是尽人皆知的事实)。门上歪歪斜斜地钉着一张名片,在名片上头不远的地方有一个拉铃的把手。来访的客人走进穿堂便遇到一个女人,她既不像用人,又不像陪伴女人①,头上戴着一顶包发帽——这很明显地表示这家的女主人是有进步倾向的。西特尼科夫问,阿夫多季娅·尼基季什娜是不是在家。

“是您吗,Victor②?”隔壁房里传出一个尖细的声音,“进来吧。”

戴包发帽的女人马上不见了。

“我不止一个人。”西特尼科夫说,他大胆地看了巴扎罗夫和阿尔卡季一眼,很快地脱下他的短外衣,下面露出一件又像背心又像上装的衣服。

---

① 这是一些穷贵族的妇女,寄食在有钱的贵族家里,靠女主人的恩惠生活。像陪女主人消遣,高声念书给女主人听等等都是她们的日常工作。

② 法语:维克多。(这是西特尼科夫的名字。)

“不要紧，”那声音答道，“Entrez①。”

三个年轻人走了进去。他们走进的屋子与其说是客厅，还不如说是工作室倒更恰当。文件、书信、一本一本厚厚的俄文杂志（一大半杂志的篇页都是没有裁过的）凌乱地堆在那些满是灰尘的桌子上；地上到处都是白色的香烟头。一个年纪还轻的太太斜靠在一张皮沙发上面。她一头淡黄色头发有些乱蓬蓬的；她穿了一件不太干净的绸衫，短短的胳膊上戴着一串粗镯子，头上包着一方挑花帕子。她从沙发上站起来，随手拿了一件配着已经发黄的银鼠皮里子的天鹅绒小外套披在肩头，懒洋洋地说：“您好，Victor。”跟西特尼科夫握了手。

“巴扎罗夫，基尔萨诺夫。”他学巴扎罗夫的样子简短地介绍道。

“欢迎。”库克什娜说，她的圆圆的眼睛望着巴扎罗夫，两只眼睛中间是一个孤零零的小而发红的朝天鼻子。“我知道您。”她又说，也跟他握了手。

巴扎罗夫皱起眉头。这个面貌并不好看、身材瘦小的解放的妇女并不怎样叫人讨厌；可是她脸上的表情却给人一个不愉快的印象。人不由得想问她：“你怎么啦？你饿了吗？还是厌烦吗？还是不好意思吗？你为什么这样坐立不安？”她和西特尼科夫一样，老是带一种心神不定的样子。她讲话、动作，都没有一点儿拘束，但同时又很笨拙；她显然认为自己是一个善良、朴实的人，可是她的一举一动都叫人觉得这并不是出自她的本心；她所做的任何事情，都是像小孩所说的那样：“故意做出来的”，那就是说，既不朴实，也不自然。

“是的，是的，我知道您，巴扎罗夫，”她又说了一遍（她也有着许多外省的和莫斯科的太太们所特有的、跟人初次见面就称姓的习惯），“要不要抽一支雪茄？”

“雪茄当然很好，”西特尼科夫插嘴说，他已经跷起脚懒洋洋地坐在一把扶手椅里了，“可是请给我们预备点儿早饭吧。我们实在饿得很；并且请吩咐他们给我们开一小瓶香槟。”

“爱享受的人，”叶夫多克西娅说，她笑了（她笑的时候连上牙的牙龈也露了出来）。“巴扎罗夫，他是一个爱享受的人，对不对？”

“我喜欢生活舒适，”西特尼科夫神气地说，“这并不妨碍我做一个自由主义者。”

---

① 法语：进来。

“不是这样,它妨碍的;它真妨碍的!”叶夫多克西娅大声说。可是她仍然吩咐女用人去预备早饭和香槟酒。她又转身向着巴扎罗夫,问道:“您的意见怎样?我相信您一定赞成我的意见。”

“啊,不,”巴扎罗夫答道,“就是从化学的观点讲起来,一块肉也要比一块面包好。”

“您是研究化学的吗?那正是我心爱的东西。我自己还发明了一种胶泥。”

“一种胶泥?您吗?”

“是的,我。您知道做什么用吗?做洋娃娃,让它们的头不容易弄破。您看,我也是很实际的。可是还没有完全弄好。我还得念李比希呢。哦,您念过基斯利亚科夫在《莫斯科新闻》①上发表的那篇论妇女劳动的文章吗?请您念它一遍。我想您对妇女问题一定感兴趣吧?您对学校也感兴趣吧?您这位朋友怎样?他叫什么名字?”

库克什娜夫人故意装出漫不经心的神气,接连发出这一句一句的问话,也不等别人回答,好像娇养惯了的小孩对他们的奶妈讲话一样。

“我叫阿尔卡季·尼古拉伊奇·基尔萨诺夫,”阿尔卡季说,“我什么事也不做。”

叶夫多克西娅大声笑起来。

“多漂亮!怎么,您不抽烟吗?喂,维克多,您知道我正在生您的气呢。”

“为什么?”

“我听人说您又在恭维乔治·桑②了。她不过是一个落后的女人,再没有别的!怎么能够拿她跟爱默生③相比呢?她不懂教育,也不懂生理学,她什么都不懂。我相信她从来没有听见过胚胎学这个名词;在我们这个时代——没有胚胎学怎么成呢?(叶夫多克西娅甚至张开两手。)叶利谢维奇关于这个问题写了一篇很好的文章!他是一位天才的先生。(叶夫多克西娅习惯用“先生”来代替“人”的字眼。)巴扎罗夫,坐到沙发上我旁边来。您也许不知道,我很害怕您。”

---

① 《莫斯科新闻》,官方报纸,一七五六年创刊。从十九世纪六十年代起采取了最反动的地主阶级的立场。

② 乔治·桑(1804—1876),法国女作家。浪漫主义中民主派的代表。

③ 爱默生(1803—1882),美国作家和唯心主义哲学家。

"为什么呢？请问。"

"您是一个危险的先生：您是一个非常苛刻的批评家。上帝啊！多可笑，我讲话就像乡野地方的地主太太。不过我倒真是一个地主太太。我自己管理我的田产，您想一想，我那个管理人叶罗费是一种古怪的人，就跟库柏的拓荒者[①]一样，他是个不用脑筋的粗人。我后来就在这儿长住下来了；这座城市真叫人受不了，是不是？可是我又有什么办法呢？"

"这座城市同每座城市一样。"巴扎罗夫冷冷地答道。

"这儿的人关心的都是那些极小的事，那是最可怕的！我以前总是到莫斯科去过冬天……可是现在我那位宝贝丈夫麦歇[②]库克兴住在那儿。而且莫斯科现在——啊，我不知道要怎样说才好——它也不是从前那个样子了。我想到外国去；去年我差一点儿就动身了。"

"当然，是到巴黎去吧？"巴扎罗夫问道。

"到巴黎和海得堡[③]。"

"为什么要到海得堡？"

"对不起！唔，朋孙[④]在那儿！"

这句话叫巴扎罗夫回答不出来了。

"Pierre[⑤]·萨波日尼科夫……您认识他吗？"

"不，我不认识。"

"对不起！Pierre·萨波日尼科夫……他还是老待在利季娅·霍斯达多娃家里。"

"我也不认识她。"

"唔，就是他答应陪我去。谢谢上帝，我是自由的；我没有儿女……我说了什么：谢谢上帝！不过这是不要紧的。"

叶夫多克西娅用她那被烟草熏成棕色的手指卷好一支香烟，用舌头舐了一下，吸了吸，然后点燃它抽起来。女用人端了一个托盘走进来。

"啊，早饭端来了！你们要不要吃一点儿？维克多，开酒瓶；这是您的

---

① 库柏（1789—1851），美国小说家，著有描写北美殖民地化的著名连续长篇小说，总书名叫做《皮袜子》，《拓荒者》是其中的一本，同时也是那本小说的主人公的别名。

② 法语"先生"的译音。

③ 德国西南部巴敦州的城市，设有德国历史最悠久的大学。

④ 朋孙（1811—1899），德国化学家。一八五二年到一八八九年间是海得堡大学的教授。

⑤ 法语：彼也尔，即彼得。

事情。”

“我的事，我的事。”西特尼科夫喃喃地说，又尖声笑起来。

“这儿有什么漂亮的女人吗？”巴扎罗夫喝光了第三杯，问道。

“有倒是有的，”叶夫多克西娅答道，“可是她们脑子里什么东西都没有。比如 mon amie[①] 奥金佐娃就不难看。可惜她的名誉有点儿……不过这没有多大关系，只是她没有独立的见解，没有开阔的胸襟……什么都没有。整个教育制度需要改革。我已经把这个问题仔细地想过了：我们女人简直没有受到好教育。”

“您拿她们简直无法可想，”西特尼科夫插嘴说，“她们应当受人轻视，我就完完全全地瞧不起她们！（西特尼科夫平日只要有轻视别人的机会，无论是心里感到或口头说出自己的轻视，他都会觉得非常舒服，他尤其喜欢攻击女人，他决没有想到几个月以后命运会叫他拜倒在他妻子的脚下，只因为她是一个杜尔多列奥索夫公爵家的小姐。）她们里头就找不出一个听得懂我们谈话的人；没有一个值得我们这种严肃的人口里讲起的。”

“可是她们完全没有必要来听懂我们的谈话。”巴扎罗夫说。

“您在讲谁？”叶夫多克西娅插嘴问道。

“讲漂亮的女人。”

“什么？那么您赞成蒲鲁东[②]的意见吗？”

巴扎罗夫傲慢地挺起身子。

“我不赞成任何人的意见；我有我自己的。”

“打倒一切权威！”西特尼科夫嚷道，他很高兴现在得到了一个机会在他所崇拜的人面前发表自己尖锐的见解。

“可是连麦考莱[③]本人……”库克什娜说。

“打倒麦考莱，”西特尼科夫大声叫起来，“您要替那些无聊的女人辩护吗？”

“我不是替无聊的女人辩护，我替女权辩护，我发过誓要流尽我最后一滴

---

① 法语：我的女朋友。

② 蒲鲁东（1809—1865），法国小资产阶级经济学家和社会学家，无政府主义的创始人之一。反对妇女解放，主张妇女的天职是做母亲和管理家务。

③ 麦考莱（1800—1859），英国自由主义的历史学家、政论家和政治家。彼得堡科学院国外通讯院士。主要著作有《英国史》（1848—1855）。

血来拥护女权。”

“打倒!”不过西特尼科夫马上又打住了,“可是我并不否认女权,”他又说。

“不,我明白,您是一个斯拉夫派。”

“不,我不是一个斯拉夫派,不过当然……”

“不!不!不!您是一个斯拉夫派。您是《家训》[①]的信徒。您手里应当捏一根鞭子。”

“鞭子是一个很好的东西,”巴扎罗夫说,“可是我们已经到了最后一滴了……”

“最后一滴什么?”叶夫多克西娅问道。

“最后一滴香槟酒,最可尊敬的阿夫多季娅·尼基季什娜,是最后一滴香槟酒——不是您的最后一滴血。”

“我听见人攻击女人的时候,我就不能够漠不关心地听下去,”叶夫多克西娅继续说,“这太可怕了,太可怕了。您与其攻击女人,还不如去念米希勒[②]的《De l' amour》[③]。那是一本很好的书!先生们,我们还是来谈爱情吧。”叶夫多克西娅又说,她懒洋洋地把一只手放在压皱了的沙发垫子上面。

突然间大家都不做声了。

“不,为什么要谈爱情呢,”巴扎罗夫说,“可是您刚才讲起一位奥金佐娃,……好像您是这样地称呼她吧?这位太太是谁呢?”

“她是很娇美的,娇美的!”西特尼科夫尖声说,“我要给您介绍。聪明,有钱,又是一个寡妇。可惜她还不够进步;她应当多跟我们的叶夫多克西娅接近。Eudoxie,为您的健康干一杯!让我们来碰杯!Et toc,et toc,et tin-tin-tin! Et toc,et toc,et tin-tin-tin!!!(嗳独,嗳独,嗳丁—丁—丁!嗳独,嗳独,嗳丁—丁—丁!!!)”[④]

“Victor,您是个淘气包。”

这顿早饭吃了很久。第一瓶香槟之后接着第二瓶,第三瓶,甚至第四

---

① 《家训》是十六世纪的一本俄国书,据说是伊凡雷帝年轻时候的忏悔师西尔威斯特教士写的,内容无非教人怎样治家,男人怎样严厉对待妻子等等。

② 米希勒(1798—1874),法国具有理想主义倾向的历史学家。

③ 法语:《爱情论》,一八五九年出版。

④ 这是用法国腔摹仿的碰杯的声音。

瓶……叶夫多克西娅一直讲个不停；西特尼科夫附和着她。他们讨论得最久的问题是——婚姻究竟是一种偏见呢，还是一种罪行；人们是不是生来平等的；个性究竟是什么东西等等。叶夫多克西娅后来喝得满脸通红，她用扁平的指尖打着一个音调不谐和的钢琴的键盘，她声音嘶哑地唱起歌来，起初唱着茨冈的歌子，以后又唱色摩尔-希弗①的抒情歌《瞌睡的格拉纳达睡着了》；西特尼科夫把围巾包在头上，扮着死去的恋人。她唱道：

你的嘴唇亲着我的，

接一个热烈的吻……

阿尔卡季实在忍耐不下去了。"诸位，这快要变成疯人院了。"他高声说。

巴扎罗夫这些时候只顾喝香槟，不过偶尔插进一句挖苦的话，他大声打了一个呵欠，站起来，也不向女主人告辞，就同阿尔卡季一块儿走了。西特尼科夫跳起来，跟着他们出去。

"喂，怎样，喂，怎样？"他问道，一面讨好地在他们的左右两边跑来跑去。"我不是跟你们讲过，她是个了不起的人物吗！我们得多有几个这样的女人！像她这种性质的女人实在是一个崇高道德的现象。"

"那么你爸爸那个铺子也是一个道德的现象吗？"巴扎罗夫指着他们正走过的一家酒铺说。

西特尼科夫又尖声地笑起来。他平素总觉得自己的出身很不体面，因此他对于巴扎罗夫的这种突如其来的亲密（巴扎罗夫不用"您"却用"你"称呼他），便不知道应该引以为荣呢，还是该生气。

十四

几天以后省长家里的舞会举行了。马特维·伊里奇是这个舞会的真正的"主角"。本省贵族长逢人便说他只是为了尊敬马特维才来的；而省长呢，就是在舞会上，虽然他动也不动一下，却仍然不停地"发号施令"。马特维·伊里奇的态度的和蔼同尊严相等。他对待所有的人都很殷勤，只是对某一些人带一点儿厌恶，对另一些人多一点儿尊敬罢了。他在太太小姐面前总是 en

① 色摩尔-希弗，欧洲作曲家，钢琴家，十九世纪中期不止一次地到俄国举办演奏会。

vrai chevalier français[①] 献殷勤，他还时时发出一阵爽朗、响亮、干脆的笑声，这种笑声也是跟一位高级官员的身份相称的。他拍拍阿尔卡季的背，高声唤他"亲爱的外甥"；对那个穿了一件相当旧的礼服的巴扎罗夫，他不过顺便赏赐一瞥心不在焉的、俯就的斜视，吐出一句含含糊糊的客气话，不过这全是喉音，只听得出"我"同"很"这两个字；他伸了一根手指给西特尼科夫，对他笑了笑，可是他的头已经掉向别处去了；便是对库克什娜（她参加舞会也没有穿上硬的撑裙，还戴一副脏手套，头发上戴了一只极乐鸟），他也说了一声"enchanté"[②]。到会的人很多，跳舞的男客也不少；文官大都挤在墙边，军官们跳得很起劲，特别是一个在巴黎住过六个星期的人，他学会了种种下流的感叹词，如"Zut"，"Ah fichtrrre"，"Pst，pst，mon bibi"[③]等等。他发音非常准确，是纯粹的巴黎腔，同时他又把"si j' aurais"当作"si j' avais"用[④]；把"absolument"[⑤]当作"一定"解释，总之，他说的是那种大俄罗斯式的法国土话，给法国人听见了，要是他们觉得用不着恭维我们，说我们讲法国话跟天使一样，"comme des anges"[⑥]的话，他们是会捧腹大笑的。

我们已经知道阿尔卡季不大会跳舞，巴扎罗夫却完全不会：他们两个人便站在一个角落里，西特尼科夫也到这儿来了。他的脸上带着轻蔑的冷笑，口里任意发出刻毒的批评，他傲慢地向四处张望，好像真正感到愉快似的。突然他变了脸色，转过脸向着阿尔卡季，好像很窘地说："奥金佐娃来了！"

阿尔卡季掉头望去，看见一个身材高高的女人穿着一身黑衣服，站在大厅门口。她的高贵的举止引起了他的注意。她那两只下垂的光洁的膀子给她的非常匀称的身体添了几分美丽；两三小枝吊金钟花从她那光泽的柔发优美地垂到微斜的肩头；一对明亮的眼睛在一个稍微突出的雪白的前额下露出来，带着一种安静的、敏慧的表情（这的的确确是安静的，不是若有所思的），几乎觉察不到的微笑留在她的嘴唇上。她的脸上显露出一种亲切而温柔的力量。

"您认得她吗？"阿尔卡季问西特尼科夫道。

"很熟。您要我给您介绍吗？"

---

① 法语：像真正的法国骑士那样。

② 法语：很荣幸。

③ 法语："讨厌"，"见鬼"，"嘘，嘘，我的小乖乖"。

④ 把"倘使我有"的假定式当作过去进行式。

⑤ 法语：绝对。

⑥ 法语：讲得十二分地好。

“请您介绍吧……等这次四组舞跳完以后。”

巴扎罗夫也注意到了奥金佐娃。

“这女人是谁啊？”他说，“跟别的女人完全不同。”

等四组舞一停，西特尼科夫便带着阿尔卡季去见奥金佐娃；可是他并不像是同她很熟的样子；他窘得连话也说不上来了，她带一点儿惊讶地望着他。不过她听到阿尔卡季的姓，脸上立刻现出高兴的神色。她问他是不是尼古拉·彼得罗维奇的儿子。

“正是。”

“我见过您父亲两次，又常常听见人谈起他，”她接着说，“我很高兴跟您认识。”

这个时候一个副官跑过来，要求她同跳四组舞。她答应了。

“那么您也跳舞吗？”阿尔卡季恭敬地问道。

“是的，我跳舞。可是为什么您以为我不跳舞呢？您觉得我太老了吗？”

“哪儿的话，您怎么能够……那么我求您答应同我跳一次玛组卡舞吧。”

奥金佐娃宽容地笑了笑。

“好。”她说，她看了阿尔卡季一眼，眼里的表情并不能说是高傲，不过像一个结了婚的姐姐在看一个年纪很轻的弟弟那样。

奥金佐娃比阿尔卡季大不了几岁，她刚二十九岁，可是他在她面前，却觉得自己不过是一个小学生，一个没有经验的大学生，因此他们中间年龄的相差显得更大一些。马特维·伊里奇带着庄严的神气和奉承的话走到她身边来。阿尔卡季退在一边，可是依旧留心看她：便是在她跳四组舞的时候他的眼睛也没有离开她。她跟她的舞伴讲话就像她跟那位大官讲话一样，态度非常自然，她轻轻地转动她的头和眼睛，她轻轻地笑了两三次。她的鼻子跟差不多所有的俄国人的鼻子一样，略有一点儿肥大；她的肤色并不十分白净；可是阿尔卡季不管这些，他仍然断定他从来没有见过像这样一个动人的女子。她的声音老是在他的耳边萦绕；连她的衣服的褶痕在她身上似乎也跟在别的女人身上有些差别似的，在她身上便显得更调和，更飘逸，她的举止也是特别地从容而又自然。

玛组卡舞的曲子刚奏起来，阿尔卡季在他的舞伴旁边坐下的时候，他觉得心里有点儿胆怯；他早已准备好跟她谈话，可是他只有伸手去摸头发，找不出一句话来说。不过他的害怕和激动并没有延长多久，奥金佐娃的安静也传染给他了；不到一刻钟的工夫，他就毫无拘束地跟她谈到他的父亲、他的伯父，以及他在彼得堡和在乡下的生活。奥金佐娃带着客气的注意听他讲话，轻轻地打开或者阖上她的扇子；有时客人们来请她去跳舞，他那唠唠叨叨的话便中断了；单是西特尼科夫就来请过她两次。她回来，又在原处坐下，拿起扇子，她的胸脯也并不跳得更急；阿尔卡季又谈起来，渐渐地感到在她身边，跟她谈话，看她的眼睛，看她的可爱的前额，看她那美丽、端庄、聪慧的脸，这是多大的幸福。她自己讲话不多，可是她的话里流露出她的生活的知识；从她的某一些话，阿尔卡季便断定这个年轻女人已经感受到并且考虑到很多了……

"西特尼科夫先生带您到我这儿来的时候，跟您站在一块儿的那个人是谁？"她问他道。

"您注意到他吗？"阿尔卡季反转来问道，"他的相貌很不错，是不是？他叫做巴扎罗夫，我的朋友。"

阿尔卡季便谈起他的"朋友"来。

他讲得这样详细，这样热心，所以奥金佐娃不由得掉过头向着他，注意地望了他。这时候玛组卡舞快完了。阿尔卡季惋惜着就要跟他的舞伴分开；他同她在一块儿过了差不多一个钟点，过得这么快乐！固然他自始至终都觉得她好像是在俯就他，他好像应当感激她似的……可是这种感觉不会叫年轻的心痛苦。

乐声停止了。

"Merci①，"奥金佐娃说，便站起来，"您答应了来看我的；那么把您的朋友也带来。我很想见见这位有胆量对什么都不相信的人。"

省长走到奥金佐娃面前，说晚餐已经预备好了，他带着有心事的面容把胳膊伸给她。她临去的时候，还回过头来对阿尔卡季最后地笑一笑，点点头。他深深地鞠了一个躬，呆呆地望着她的背影（她那闪着银灰色光辉的黑绸子裹身的体态在他的眼里显得多窈窕！），他心里想："这个时候她已经忘了我的存在了。"他的心灵中有了一种高雅的谦卑的感觉……

"喂，怎样？"阿尔卡季回到巴扎罗夫的那个角落里，巴扎罗夫马上问他道，"你玩得好吗？一个绅士刚刚跟我谈过，说那位太太是——哦—哦—哦；不过我觉得那个绅士是一个傻瓜。依你看来，她真是——哦—哦—哦吗？"

---

① 法语：谢谢。

“我不大明白那是什么意思。”阿尔卡季答道。

“什么！多么天真！”

“那么，我就不懂你那位绅士了。奥金佐娃很可爱——这是用不着争论的，不过她是那么冷，并且又是那么严肃，所以……”

“静止的水里[1]……你知道！”巴扎罗夫插嘴说，“你说她冷，味道就在这里头。我想你喜欢冰淇淋吧。”

“也许是的，”阿尔卡季喃喃地说，“我不能下一个判断。她想认识你，要我带你去看她。”

“我可以想像到你把我怎样地形容了一番。不过你干得很好。带我去吧。不管她是什么人——她只是一个外省的女王也好，或是像库克什娜那样的‘解放的女性’也好，至少她那对肩膀是我好久没有看到的。”

巴扎罗夫的冷言冷语伤害了阿尔卡季，可是事情往往这样，阿尔卡季责备巴扎罗夫的地方却并不是他不喜欢巴扎罗夫的地方……

“你为什么不肯承认女人有思想的自由呢?”他低声问道。

“因为，小兄弟，据我看来，在女人中间只有一些丑八怪才自由地思想。”

他们的谈话到这儿就结束了。吃过晚饭以后，这两个年轻人马上告辞走了。一阵神经质的、恶意的、但又有点儿胆怯的笑声跟在他们后面，那是库克什娜的；她的自尊心大大地受了伤害，因为这个晚上他们两个人谁也没有理过她。她在舞会里耽搁得最久，到早晨四点钟她还同西特尼科夫跳了一次巴黎式的波尔卡—玛组卡舞。这个有启发性的表演便是省长的舞会的最后一个节目了。

十五

“让我们来看看这位人物是属于哺乳动物的哪一种类，”第二天巴扎罗夫对阿尔卡季说，那个时候他们正走上奥金佐娃下榻的旅馆的楼梯，“我的鼻子闻着这儿有点儿不对。”

“我想不到你会是这样！”阿尔卡季大声说，“怎么？你，你，巴扎罗夫，会有那种狭隘的道德观念……”

---

① 俄谚：“静止的水里有鬼。”意思是：表面正经心里坏。

“你真是古怪的家伙！”巴扎罗夫毫不在意地打断了他的话，“难道你不知道照我们的讲法，而且在我们这种人的中间，‘有点儿不对’就是‘有点儿对’的意思吗？这就是说，有好处。你今天不是对我讲过她的婚姻奇怪吗？不过据我看来，嫁给一个有钱的老头子，一点也不奇怪，反倒是很有见识的。我不相信城里一般人的闲话；不过我倒愿意承认，用我们这位高明的省长的话来说吧，这是不错的。”

阿尔卡季并不回答。他敲起房门来。一个穿号衣的年轻听差把这两个朋友引进一个宽大的房间，这跟所有俄国旅馆的房间一样，陈设并不好；不过房里到处都是鲜花。不多久奥金佐娃穿着一件朴素的早晨的衣服出来了。她在春天的阳光里看起来似乎年轻多了。阿尔卡季介绍了巴扎罗夫，他暗暗吃惊地发觉巴扎罗夫好像有一点儿局促不安的样子，而奥金佐娃却和前一天一样，非常安静。巴扎罗夫自己也感觉到了他的局促不安，便生起气来。“这像什么话！——怕起娘儿们来了！”他想道，他居然像西特尼科夫那样懒洋洋地坐在一把扶手椅里，装出非常随便的神气谈起来，奥金佐娃那对明亮的眼睛始终没有离开他的脸。

安娜·谢尔盖耶夫娜·奥金佐娃是谢尔盖·尼古拉耶维奇·洛克捷夫的女儿，她的父亲是一个著名的美男子、投机家和赌徒，他在彼得堡和莫斯科足足出了十五年的风头，结果把财产输光了，不得不搬到乡下去住，不多久他便死在乡下，留下一份很小的遗产给两个女儿——二十岁的安娜和十二岁[①]的卡捷琳娜。她们的母亲是中落的X公爵家里的一位小姐，她在她丈夫的全盛时期中病死在彼得堡。父亲逝世以后，安娜的处境非常艰苦。她在彼得堡受的那种出色的教育并不适宜于料理田地和家务的琐事——更不宜于过乡间的无聊岁月。在这个地方她连一个人也不认识，没有一个她可以去商量请教的人。她的父亲活着的时候竭力避免跟邻居来往；他看不起他们，他们也看不起他，各有各的理由。然而就是在这个时候她也并不慌张，她马上请了母亲的姊姊阿夫多季娅·斯捷潘诺夫娜·X公爵夫人来。这个刻薄、傲慢的老太太一来就把宅子里几间最好的屋子占据了，而且从早到晚，总是在骂人诉苦；不说出门，就是到花园里散散步，她也要叫她那个惟一的农奴跟随伺候，这个整天板面孔的听差穿一件破旧的、浅蓝色滚边的、豌豆绿的号衣，戴一顶三角帽。

① “十二岁”恐是“九岁”之误，因为根据十四章和十六章来说，安娜比卡佳实际上长十一岁。

安娜耐心地忍受她姨母的一切古怪脾气，按部就班地安排她妹妹的教育；并且似乎已经死心塌地准备在偏僻的乡下过一辈子了……可是命运却给她安排了另一种生活。她偶然被一个四十六岁的大富翁奥金佐夫看见了，那是一个古怪的疑病患者，身体肥胖，不灵活，性情固执，可是人并不愚蠢，脾气也不坏；他爱上了她，向她求婚。她答应嫁给他，他跟她一块儿生活了六年，临死把全部财产都遗留给她。在他死后，安娜·谢尔盖耶夫娜还在乡下差不多住了一年；后来她带着她妹妹到外国去游历，可是只到了德国；她厌烦了，便回到国内，住在她心爱的村子尼科利斯科耶，那地方离某城有四十里的光景。在那儿她有一所富丽堂皇、陈设精致的宅子，还有一个美丽的花园，园里修建了一些温室；她那个亡故的丈夫在满足自己的欲望这方面是不惜花钱的。安娜·谢尔盖耶夫娜很少进城，总是有事情才去，就是去了也住不久。省城里的人都不喜欢她；她跟奥金佐夫结婚的事引起了很多人的攻击，外面流传着种种关于她的谣言，说她曾经帮助父亲在赌钱时作弊，说她到外国去也不是没有原因，她不得不出去掩饰那不幸的后果[①]……"您明白了吧？"那些愤怒的散布谣言的人最后结束道。"她是经过了水火的呢，"有些人这样批评她；省城里一个著名的爱讲俏皮话的才子常常加上一句："还经过铜管呢。"[②]这些话传到她的耳朵里，她却当作没有听见似的，因为她有着独立的和相当坚决的性格。

奥金佐娃靠在椅背上，把一只手放在另一只手上面，一面听巴扎罗夫讲话。他这天跟他往常的习惯相反，讲了相当多的话，而且显然想引起她的兴趣——这又是叫阿尔卡季吃惊的。他并不能够断定巴扎罗夫有没有达到目的。从安娜·谢尔盖耶夫娜的脸上，他很难看出巴扎罗夫给了她什么样的印象：她脸上仍旧保持着亲切的、优雅的表情；她那美丽的双目因了注意而闪光，但这却是不动感情的注意。巴扎罗夫的不自然的态度起初给了她一种不好的印象，就像是一股不好闻的气味，或者一个刺耳的声音；可是她立刻明白他只是局促不安，因此她反而得意起来。她最厌恶庸俗，可是没有人能够拿庸俗来责备巴扎罗夫。这天阿尔卡季接连地看到了许多奇怪的事情。他以为巴扎罗夫对着奥金佐娃那样聪明的女人一定会谈论他的主张和见解了：她自己也表示过愿意听这个"有胆量对什么都不相信的人"谈话的；可是巴扎罗夫并不谈

① 大概是说她有了外遇，去外国生小孩儿。

② 俄谚，有"饱经沧桑"、"历尽辛苦"的意思。

那些，却只谈医学，谈顺势疗法，谈植物学。他们发觉奥金佐娃并没有在孤寂中虚度她的光阴：她读了不少好书，而且会说一口正确流利的俄语[①]。她谈到音乐，可是看见巴扎罗夫不承认艺术，她又很自然地把话题拉回到植物学上面，也不顾阿尔卡季已经开始在大谈民歌旋律的价值了。奥金佐娃仍旧把阿尔卡季当作一个弟弟；她似乎很喜欢他的温厚和年轻人的单纯——但也就尽于此了。他们从容地、活泼地足足谈了三个多小时，而且话题时常变换。

最后这两个朋友站起来告辞。安娜·谢尔盖耶夫娜亲切地望着他们，伸出她的美丽白净的手给他们，她想了一忽儿，便带着一种犹豫不决的、却又是愉快的微笑说：

"要是两位不嫌沉闷的话，先生们，请到尼科利斯科耶村我那儿来玩吧。"

"哪儿的话，安娜·谢尔盖耶夫娜，"阿尔卡季大声说，"我会认为这是最大的幸福……"

"您呢，麦歇巴扎罗夫？"

巴扎罗夫只鞠了一个躬，还有最后一个惊讶在等着阿尔卡季：他看见他的朋友脸红了。

"怎么样？"他在街上对巴扎罗夫说，"你还是照先前那种意见，说她是——哦—哦—哦吗？"

"谁知道？你瞧，她那态度多么冷！"巴扎罗夫答道；他停了一忽儿又说，"她完全是一位公爵夫人，一位女王。她只差衣服后面的长裾和头上的王冠罢了。"

"我们的公爵夫人讲俄语也不会有这样好。"阿尔卡季说。

"她是尝过生活的苦味来的，我的小兄弟，她也吃过我们吃的面包。"

"无论如何，她很可爱。"阿尔卡季说。

"多么出色的身体！"巴扎罗夫接着说，"应当马上送到解剖教室去。"

"闭嘴，不要乱讲，叶夫盖尼！这太不像话了。"

"啊，不要生气，你这小孩子。我是说第一流的身体。我们一定要到她家里去。"

"什么时候去？"

"好，就是后天吧。我们待在这儿又干些什么呢？跟库克什娜一块儿喝

① 当时俄国上流社会中的人习惯讲法语（其次是德语），只有对家仆等等才完全说俄语。

香槟吗？听你那位亲戚，那位自由主义的大人物吹牛吗？……我们还是后天走吧。而且，我父亲那个小庄子离那儿也不远。这个尼科利斯科耶村是在某路上，不是吗？”

“是的。”

“Optime.[①]干吗还要耽搁呢？那是傻瓜，不然就是聪明人才磨磨蹭蹭呢。我跟你说，那是一个多么出色的身体！”

三天以后，这两个朋友坐车到尼科利斯科耶去。天气很好，也不太热，驿站的、喂得饱饱的马匹步伐整齐地跑着，轻轻地摇动它们的编成辮子的尾巴。阿尔卡季望着大路，自己也不知道为了什么缘故，微微笑起来。

“给我道喜吧，”巴扎罗夫突然嚷道，“今天六月二十二日，是我的命名日。看我的天使怎样来守护我。家里的人今天在等我回去，”他又放低声音说……“好，让他们等吧……这有什么要紧！”

十六

安娜·谢尔盖耶夫娜的庄园坐落在一座倾斜的、没有掩蔽的小山上，附近有一所黄色的砖砌的教堂：它有绿的屋顶，白的圆柱，正门上面有一幅“意大利”风格的《基督复活》的al fresco[②]。在这幅画上，一个戴盔的、皮肤黝黑的武士伏在前面，他那肥圆的形状特别引人注目。教堂后面伸延着两排长长的村里的房屋，草屋顶上凌乱地竖起一些烟囱。主宅的建筑和教堂同一个样式，就是我们所称为亚历山大式的；这所宅子也漆成了黄色，也有绿的屋顶，白的柱子，三角形的门楣上绘着这一家的纹章[③]。当初省城里的建筑师设计修建这两所建筑物的时候，他曾得到去世的奥金佐夫的赞许，这位奥金佐夫，据他自己说，看不惯那些毫无用处的、随便弄出来的新花样。宅子两边长着古园的阴森森的乔木，一条剪过枝的枞树荫路通向大门。

两个穿号衣的、身材高大的听差在前厅迎接我们这两位朋友，其中的一个立刻跑去通知管事[④]。那个身穿黑色礼服、身体肥胖的管事马上出现了，他引

---

① 拉丁文：很好。

② 意大利语：壁画。

③ 用来表示宗谱的纹章图案。欧洲旧日贵族均有此种世袭的纹章。

④ 在地主宅子里管理家务的人。

着客人走上一条铺着地毯的楼梯，到了一间特别的屋子，这里面已经为他们预备了两张床和全副盥洗的用具。显而易见，宅子里是很有秩序的；什么东西都是干干净净，到处都有一种特别好闻的香味，就像在各部大臣的会客室里一样。

"安娜·谢尔盖耶夫娜请二位在半点钟以后下去相见，"管事通知说。"现在您还有什么吩咐？"

"没有什么吩咐，"巴扎罗夫答道，"只是要麻烦您拿一杯伏特加来。"

"是，先生。"管事说，露出一点儿惊奇的神情，便退出了，他走起路来，皮靴咯吱咯吱地响。

"好大的气派！"巴扎罗夫说，"你们那班人是这样说的吧，是不是？一句话说完，她是一位公爵夫人就是了。"

"一位漂亮的公爵夫人，"阿尔卡季回嘴说，"她见第一次面就把我们两位大贵族请到她家里来住了。"

"尤其是我，一个未来的医生，而是医生的儿子，教堂执事的孙子……我想，你知道我是一个教堂执事的孙子吧？……"

"就跟斯彼兰斯基[①]一样。"巴扎罗夫停了一忽儿，又撇了撇嘴接着说下去，"无论如何，她是娇养惯了的；啊，这位太太是怎样地娇养惯了啊！我们还得穿上礼服吗？"

阿尔卡季只是耸了耸肩……不过他也感到有点儿局促不安了。

半点钟以后巴扎罗夫同阿尔卡季一块儿走进了客厅。这是一间高大宽敞的屋子，陈设相当富丽，可是趣味并不太高。一些笨重的、值钱的家具全照老规矩那样顺着墙壁安放，糊墙纸是棕色的，上面印着金花；这些家具还是奥金佐夫生前托他的一个朋友，也是他的代理人，一个酒商从莫斯科买来的。在一面墙壁的正中放着一张沙发，沙发上头挂着一个脸颊浮肿的、金黄头发的男人的肖像——他好像不高兴地望着客人。"一定是他了，"巴扎罗夫低声对阿尔卡季说，他皱起鼻子，加上一句，"我们还是逃走吧？"可是这个时候女主人进来了。她穿了一件薄纱衫子。她的头发很光滑的梳到耳朵后边，使她那纯洁、容光焕发的脸上添了一种少女的风韵。

---

① 斯彼兰斯基(1772—1839)，俄国政治家。沙皇亚历山大一世时代，他为了巩固专制政体而提出一个温和的国家改革草案。他是一个乡村牧师的儿子。

“谢谢你们守约来了，”她说，“请你们在我这儿住些时候；这地方的确不坏。我要给你们介绍我的妹妹；她钢琴弹得很好。您对这个是没有兴趣的，麦歇巴扎罗夫；可是您，麦歇基尔萨诺夫，我想您是喜欢音乐的。除了我妹妹以外，我还有一个上了年纪的姨妈住在这儿，此外还有一个邻居有时候过来打打牌；我们这个圈子就只有这么几个人。现在我们坐下吧。”

奥金佐娃发表这一篇短短的欢迎辞，发音吐字都特别清楚，好像她早记熟了似的；接着她就跟阿尔卡季谈起来。她的母亲原来是跟阿尔卡季的母亲认识的，阿尔卡季的母亲跟尼古拉·彼得罗维奇恋爱的时候，她的母亲还是阿尔卡季的母亲的知心朋友。阿尔卡季便热心地谈起他的亡母来；巴扎罗夫在翻看那些画片册子。“我变得多么驯良了。”他暗暗想道。

一条戴着蓝色颈圈的漂亮猎狗跑进客厅里来，爪子拍着地板，它后面跟着一个十八岁模样的少女①：黑头发，浅褐色皮肤，一张相当圆的、讨人喜欢的脸，一对不大的黑眼睛。她手里提着满满一篮的花。

“这是我的卡佳。”奥金佐娃说，她朝她的妹妹点一下头算是介绍。

卡佳略微行一个礼，便坐在她姊姊身边，挑选她的花。那条猎狗名叫非非，它轮流地跑到两个客人跟前，摇摆尾巴，并且把它的冷的鼻子放在他们的手上。

“那都是你自己摘的？”奥金佐娃问道。

“我自己摘的。”卡佳答道。

“姨妈来喝茶吗？”

“她来。”

卡佳讲话的时候，脸上带着微笑，这笑容是很动人的、害羞的、坦白的；她又做出一种又滑稽又正经的样子偷偷望她的姊姊。她的一切都是非常年轻的，还没有成熟的：她的声音，她脸上的柔毛，粉红色的手带着白净的、起涡的掌心，略微瘦削的两肩……她不住地红脸，喘气。

奥金佐娃掉头向着巴扎罗夫说：

“您是出于礼貌，才一个人看画片吧，叶夫盖尼·瓦西里伊奇。”她开始说，“那不会使您发生兴趣的。您还是坐近我们，让我们来辩论什么吧。”

---

① 作者在第十四章中说安娜二十九岁，在第十五章中说她们姊妹的父亲逝世的时候安娜只有二十岁，卡佳十二岁，是安娜比卡佳只大八岁，这里说卡佳十八岁，那么安娜比卡佳大十一岁了。“十二岁”恐是“九岁”之误。

巴扎罗夫坐近了一点儿。

"您想要我们辩论什么呢?"他说。

"随您高兴吧。我警告您,我是个非常喜欢辩论的人。"

"您?"

"我。好像这叫您诧异了。为什么呢?"

"因为照我的判断,您的性情是平稳的、冷静的。可是辩论需要热情。"

"您怎么能够这么快就明白了我的性情呢? 第一,我性子急,又固执——您最好问问卡佳;第二,我很容易入迷。"

巴扎罗夫望着安娜·谢尔盖耶夫娜。

"也许,您知道得更清楚些。您既然高兴辩论——就请吧。我刚才在看您的画片册子里的萨克逊瑞士①的风景,您说那不会叫我感到兴趣。您这样说,是因为您以为我没有艺术的理解,事实上我的确没有;可是从地质学的观点看来,这些风景也许会引起我的兴趣,譬如说,从山脉构成的观点看来。"

"请您原谅;我以为做一个地质学家,就应当去念这一门学问的书籍、专著,不会去看图画的。"

"一本书用了整整十页的篇幅说明的事情,我只要看一幅图画立刻就清楚了。"

安娜·谢尔盖耶夫娜静了一忽儿。

"那么您连一点点艺术的理解都没有吗?"她说,把肘搁在桌上,这样一来她的脸离巴扎罗夫更近了些,"您怎么能够没有它呢?"

"我倒要请教,要它来干什么呢?"

"它至少可以教您去了解人,去研究人。"

巴扎罗夫笑了笑。

"第一,生活的经验便可以做到那一点;第二,我告诉您,研究个别的人只是白费功夫。所有的人,在身心两方面都是彼此相似的;我们每个人都有着同样构造的脑子、脾脏、心、肺;便是所谓精神的品质也都是一样的;那些小的变异是无足轻重的。只要有一个人来作标本,我们便可以判断所有的人了。人就像一座林子里的树木,没有一个植物学家会想起去把一棵一棵的桦树拿来分别研究的。"

---

① 指德国南部萨克逊邦的群山,因风景优美,故又称萨克逊瑞士。

卡佳正在慢慢地一朵一朵地配着花，这个时候她吃惊地抬起头来望巴扎罗夫，碰到了他那敏速的、随便的眼光，她连耳根都红了。安娜·谢尔盖耶夫娜摇了摇头。

“一座林子里的树木，”她跟着他说了一遍，“那么照您看来，聪明人跟愚蠢人，好人跟坏人是没有差别的了？”

“不，有差别的：就像病人跟健康人的差别一样。一个害肺病的人的肺部跟你我的肺部情形不同，虽然它们的构造原先也是一样的。我们大概知道身体上的病是从哪儿来的；精神上的病却是从坏的教育来的，是从自小就塞满在人们脑子里的种种胡话来的，一句话说完，是从不健全的社会情形来的。社会一改造，病就不会有了。”

巴扎罗夫说这番话的时候，看他的神情好像他自始至终都在对自己说：“信不信由您；在我都是一样！”他慢慢地用他那长长的手指去摸他的连鬓胡子，他的眼光就在几个角落里打转。

“那么您认为，”安娜·谢尔盖耶夫娜说，“只要社会一改造，就不会有笨人同坏人了？”

“无论如何，在合理的社会组织里面，一个人不管是愚蠢，是聪明，是坏是好，都是一样的。”

“是的，我明白；他们的脾脏都是一样的。”

“正是这样，太太。”

奥金佐娃转身向着阿尔卡季。

“那么您的意见怎样呢，阿尔卡季·尼古拉耶维奇？”

“我赞成叶夫盖尼的意见。”他答道。

卡佳偷偷看了他一眼。

“您两位叫我吃惊，”奥金佐娃说，“可是我们以后再讨论吧。现在我听见我姨妈过来喝茶了；我们不要在她面前谈这些话。”

安娜·谢尔盖耶夫娜的姨母X公爵夫人是一个瘦小的女人，一张干瘪的脸缩成只有拳头那样大，一对恶狠狠的眼睛在花白的假发下面注意地望着人，她走进屋子来，不大招呼客人，就在宽大的天鹅绒的扶手椅上面坐了。这把椅子是只有她一个人可以坐的。卡佳放了一个脚凳在她的脚下；这个老太太也不谢一声，连看也不看她一眼，只有她的两只手在那差不多盖住她整个瘦小身子的黄色披巾下面微微地动了动。公爵夫人喜欢黄色，她的包发帽上也束着鲜黄色的丝带。

“您睡得好吗，姨妈?”奥金佐娃提高声音问道。

“那条狗又在这儿了，”老太太喃喃地答道，她看见非非迟疑不决地朝着她走了两步，便叫道，“去，去!”

卡佳唤着非非，一面去给它开了门。

非非很高兴地跑出去，以为是领它出去散步了；可是它看见自己孤零零的给关在门外，就开始用爪子抓门，叫起来。公爵夫人皱起眉头。卡佳正打算出去……

“我想茶已经预备好了，”奥金佐娃说，“请吧，先生们。姨妈，请您去喝茶。”

公爵夫人一声不响地从椅子上站起来，带头走出了客厅。他们全跟在后面进了饭厅。一个穿号衣的小用人从桌子那儿轧轧地拉出一把已经放上几个垫子的、也是神圣不可侵犯的扶手椅来，她坐了下去；卡佳来斟茶，给她端了第一杯茶过去，这个杯子上面也印着这一家的纹章的图案。老太太放了一点蜂蜜在茶杯里(她觉得喝茶放糖是罪过，又是浪费，虽然事实上她自己从来没有在糖上花过一个戈比)，她忽然用嘶哑的声音问道：

“伊万公觉①信里讲些什么?”

没有人回答她。巴扎罗夫同阿尔卡季立刻猜想到，她们对她虽然很恭敬，可是并不把她放在眼里。“她是给养来做幌子的，”巴扎罗夫想道，“只是为了她那贵族的身份。”喝过茶，安娜·谢尔盖耶夫娜提议出去散一忽儿步；可是外面落起小雨来了，因此除了公爵夫人一个人以外全回到客厅里去了。那个爱打牌的邻居来了。他的名字叫波尔菲里·普拉东内奇，是一个胖子，头发已经花白了，两腿很短，就像在车床上车出来的一样；他很有礼貌，又很爱笑。安娜·谢尔盖耶夫娜仍然专同巴扎罗夫讲话，她问他是不是愿意同他们打一回旧式的朴烈费兰斯②，巴扎罗夫答应了，他说他应当事先准备好去尽他的县城医生的职责。

“您得小心，”安娜·谢尔盖耶夫娜说，“波尔菲里·普拉东内奇同我两个会打败您的。你呢，卡佳，你去弹点儿什么给阿尔卡季·尼古拉耶维奇听；他

---

① “公觉”即“公爵”，公爵夫人念得不清楚。

② 一种类似“威斯特”的纸牌戏。

喜欢音乐,而且我们也可以听。”

卡佳不大乐意地走到钢琴前面去,阿尔卡季虽然喜欢音乐,却也不大乐意地跟在她后面;他觉得奥金佐娃好像在赶他走开似的,他跟所有的这样年纪的年轻人一样,已经感到有一种朦胧的、折磨人的情感在他的心中涌起来了,这像是恋爱的预感。卡佳揭开钢琴的盖子,并不去望阿尔卡季,低声问道:

“您要我弹什么呢?”

“随您的意思吧。”他冷淡地答道。

“您比较喜欢哪一种音乐呢?”卡佳再问一句,并没有改变姿势。

“古典的。”阿尔卡季仍旧用冷淡的调子回答。

“您喜欢莫札特[①]吗?”

“我喜欢莫札特。”

卡佳拿出莫札特的c小调奏鸣曲中的幻想曲的谱子。她弹得很好,虽然有些严谨、呆板。她挺起身子坐在那儿,一动也不动,眼光一直盯在乐谱上面,嘴唇闭得紧紧的,只有在奏鸣曲快完结的时候,她的脸才红起来,一股头发散垂下来,搭在她的黑眉上。

奏鸣曲的最后一部分叫阿尔卡季特别感动,在那无忧无虑的旋律的醉人的欢乐中间突然闯进来十分悲惨的而且几乎是悲剧的痛苦……可是莫札特的音乐在他心中引起的思想却跟卡佳没有一点儿关系。他望着她,心里不过在想:“哦,这位年轻小姐弹得并不坏,她长得也不难看。”

卡佳弹完了奏鸣曲,两只手仍然放在键盘上,她问道:“够了吗?”阿尔卡季回答说,他不敢再麻烦她了,便跟她谈起莫札特来;他问她这奏鸣曲是她自己挑选的,还是别人介绍给她的?可是卡佳回答得非常简单:她藏起来了,缩回到她的壳里去了。她一遇到这种情形,就不轻易再出来;在这种时候她的脸上甚至露出一种固执的、差不多是呆板的表情。她并不一定害羞,却是不相信人,而且有点儿让那个把她教育大了的姊姊吓唬住了,这个事实不用说她的姊姊一点儿也没有想到。阿尔卡季末了只好把非非(它已经回来了)叫到他跟前,他带着温和的微笑拍拍它的头。卡佳又动手去理她的花。

这时候巴扎罗夫接连地输。安娜·谢尔盖耶夫娜打牌打得很精;波尔菲里·普拉东内奇也能够保本,巴扎罗夫是输家,输的数目虽然不大,可是他已

---

① 莫札特(1756—1791),奥地利大作曲家,维也纳古典乐派的代表人物。

经有点儿不高兴了。吃晚饭的时候安娜·谢尔盖耶夫娜又谈起植物学。

“明天早晨我们一块儿散步去吧,”她对他说,“我想向您请教那些野生植物的拉丁学名同它们的属性。”

“拉丁学名对您有什么用处呢?”巴扎罗夫问道。

“每样东西都应当有秩序。”她答道。

“安娜·谢尔盖耶夫娜是个多么了不起的女人!”阿尔卡季回到了女主人给他和他朋友预备好的屋子里,忍不住这样地嚷起来。

“不错,”巴扎罗夫答道,“一个有脑筋的女人。唔,她也见过世面的。”

“你这话是什么意思,叶夫盖尼·瓦西里伊奇?”

“是好的意思,是好的意思,好朋友阿尔卡季·尼古拉伊奇!我相信她一定把她的田产管理得非常之好。可是了不起的并不是她,却是她的妹妹。”

“什么,那个皮肤浅黑色的姑娘吗?”

“不错,那个皮肤浅黑色的姑娘。她是新鲜的、纯洁的、害羞的、不大讲话的,并且还有这样那样,任你怎么说都可以。她是值得人关心的。你想把她造成一个什么样的人就可以造成什么样的人,可是另一个呢——那是一个老于世故的人。”

阿尔卡季并不回答巴扎罗夫,他们两个人上床的时候,各人有各人的心思。

这个晚上安娜·谢尔盖耶夫娜也在想她的客人。她喜欢巴扎罗夫,因为他没有那种对女人的殷勤,还因为他有那些锋利的见解。她在他身上看到了一种她从未见过的新的东西,而她又是一个好奇的女人。

安娜·谢尔盖耶夫娜是一个相当古怪的人。她没有一点成见,也没有坚定的信仰,她遇着什么事情从来不退缩,但也没有一个固定的目标。她把许多事情看得十分清楚;她对许多事情都感到兴趣,可是没有一样使她完全满足过;事实上她也不要求完全的满足。她的智力一方面想了解一切,同时对一切都很冷淡:她的怀疑从没有平息到使她忘怀的程度,它们也不曾发展到足以使她烦恼。要是她没有钱,又不是一个独立的人,她也许会投身到斗争中去,会认识到什么是激情……可是她的生活太舒适了,虽然她有时候也感到厌倦;她一天一天地过着悠闲的日子,从来没有匆忙的时候,也难得有过激动不安。固然有时候在她的眼前也燃起过彩虹,可是在它们消逝以后她反倒呼吸得更自由,对它们并没有丝毫的惋惜。她的想像甚至于超过了一般的道德法规所认为可以容许的范围；可是就在那个时候她的血液仍然像往常那样平静地在她那非常匀称的、宁静的身子里循环流动。有时在香汤沐浴之后她浑身暖融融的没有一点力气，她便会想到人生的空虚、烦恼、艰苦、罪恶……她的心灵中便会充满突如其来的勇气，而且涌起高尚的渴望；可是只要有一阵风从半掩的窗户吹进来，安娜·谢尔盖耶夫娜就会缩着身子，抱怨，而且差不多要发脾气了，那个时候她只有一个要求：这种可恨的风不要吹到她的身上。

她跟所有没有真正恋爱过的女人一样，总是想望着什么东西，可是她自己也不知道想望的是什么。严格说来，她并不想望什么，可是她又觉得自己对什么东西都想望似的。她勉强地忍受着那个死去的奥金佐夫（她嫁给他是为着生活打算，不过要是她不认为他是一个好人，她不见得就会答应结婚），因此她暗暗地怀着一种对一切男人的憎恶，她把男人都当作不干净的、粗笨的、懒惰的、软弱而讨厌的东西。有一回她在国外一个地方遇见一个年轻漂亮的瑞典人，带着一种骑士的风度，宽广的前额下配上一对诚实的蓝眼睛；他给她的印象很深，可是这并没有妨碍她回到俄国来。

“这个医生是一个怪人！”她躺在华美的床上，枕着有花边的枕头，身上盖一条薄薄的绸被，心里这样想道……安娜·谢尔盖耶夫娜从她的父亲那儿多少继承到一点儿爱奢华的癖性。她很爱她那个虽然不务正业而心地善良的父亲。他也十分宠她，常常和善地跟她开玩笑，好像把她看做平辈一样；他非常信任她，什么事都跟她商量。至于她的母亲，她差不多忘记她了。

“这个医生真是一个怪人！”她又对自己说。她伸一伸腰，微微一笑，把手放在脑后，然后匆匆地浏览了一两页无聊的法国小说，便丢开书——睡着了，清洁芬芳的衬衣裹住她那清洁的、冷冷的身子。

第二天上午刚刚用过早饭，安娜·谢尔盖耶夫娜便陪巴扎罗夫去采集植物，在午饭时间才赶回来；阿尔卡季没有出去，他跟卡佳在一块儿过了将近一个小时。他觉得跟她在一起并不乏味；她自动地把前一天弹过的奏鸣曲为他再弹了一遍；可是后来奥金佐娃终于回来了，他看见她，心里马上难过起来……她有些脚步疲乏地穿过花园走来；她两颊鲜红，一双眼睛在她那顶圆草帽下面显得比平日更明亮。她的手指玩弄着一枝野花的细茎，那件薄薄的短外套滑落到她的肘上，帽上的宽丝带飘到她的胸前。巴扎罗夫走在她后面，还是跟往常一样，充满自信而又随便，他的脸上虽然露出喜欢的、甚至亲切的表情,可是阿尔卡季看了,心里并不高兴。巴扎罗夫含糊地吐出一声:“早安!”便回到他的屋子里去了。奥金佐娃心不在焉地跟阿尔卡季握一握手,也从他的身边走了过去。

“早安!……”阿尔卡季心里想道。“难道我们今天还没有见过面吗?”

十七

人人知道,时间有时候像鸟一样地飞着,有时候像蛆一样地爬着;不过要是一个人连时间究竟过得是快还是慢也不觉得,他便是很幸福的了。阿尔卡季同巴扎罗夫正是这样地在奥金佐娃家里过了两个星期。他们能够这样住下去,一半还是因为她在她的家庭同生活两方面都规定了良好的秩序。她自己严格遵守这秩序,也叫别人不得不服从。每天要做的事情都有一定的时间。早晨整八点钟全家的人都聚在一块儿吃早茶,从早茶到早饭的时间里面,各人随意做自己的事,女主人便接见她的总管(她在田产管理上采用了代役租制的办法)、她的管事和她的女管家,处理一些事情。午饭前大家又聚在一块儿,或是谈话,或是看书;晚上不是出去散步,就是打牌,或者弄音乐;到晚上十点半钟安娜·谢尔盖耶夫娜便回到自己的屋子里,发出命令安排第二天的事情,然后上床睡觉。巴扎罗夫不喜欢日常生活中用这种有规律的并且带一点儿做作意味的守时刻办法,“就像在轨道上滚着一样,”他这样形容道;那些穿号衣的听差,那些讲究礼节的管事伤害了他的民主的情感。他说,既然讲究到这样程度,那么索性学学英国人的排场,穿起礼服打上白领结吃午饭好了。他有一回明白地把这个意见对安娜·谢尔盖耶夫娜讲了。她的态度是那样自然,因此在她面前谁也会毫不迟疑地发表自己的意见。她听他讲完了话,然后对他解释道:“从您的立场看来,您是对的,也许在这一点上头我的太太气味太重了;不过一个人在乡下过日子,要不讲究秩序,那就会烦闷死了。”她仍然照样行她的办法。巴扎罗夫嘴里虽然咕噜着,可是他同阿尔卡季在奥金佐娃家里过得这么舒适,主要的原因正是这宅子里的一切都是在“轨道上面滚着的”。虽是这样,可是这两个年轻人刚刚在尼科利斯科耶住了一两天,他们就都有了一点儿改变了。安娜·谢尔盖耶夫娜虽然很少赞成巴扎罗夫的意见,但是她显然对他发生了兴趣,而他却开始露出一种从来不曾有过的烦躁不安来:他很容易发脾气,不乐意讲话,脸上常常带怒容,不能够静静地坐在一个地方，好像有什么事情在催促他去做。阿尔卡季呢，他自己后来断定是爱上了奥金佐娃，渐渐地沉落在一种静静的忧郁里面了。不过这忧郁并不妨碍他同卡佳做朋友；它反而促成他跟她亲近要好。“她看不上我？也罢！……可是这儿还有一个好人，她倒不嫌弃我。”他这样想着，他心里又尝到宽大的感情的那种甜味了。卡佳隐隐约约地感觉到他跟她交往是想在这里面寻找一种安慰，她并不阻止他或者她自己去享受这种半含羞半信任的友谊的纯洁天真的快乐。他们当着安娜·谢尔盖耶夫娜的面并不交谈：卡佳在她姊姊的锋利的眼光下面总是把自己的内心完全隐藏起来；而阿尔卡季像一个在恋爱的人所应有的情形那样，在他的恋爱的对象跟前，他不能够再注意到别的事物了；可是他同卡佳单独在一块儿的时候他觉得快乐。他知道自己不能够引起奥金佐娃的兴趣；他单独同她在一块儿的时候，他又不好意思，不知道怎样安放手脚才好，她也觉得对他无话可说：在她眼里他太年轻了。在另一方面，阿尔卡季在卡佳面前却又觉得十分舒畅自然；他对待她的态度很迁就，并不阻止她对他讲出音乐、小说、诗和别的一些琐碎事情给她留下的印象，他自己却没有注意，也没有明白这些琐碎事情也正是引起他的兴趣的东西。而卡佳本人也没有想到给他驱除郁闷。阿尔卡季在卡佳的身边感到舒畅，奥金佐娃在巴扎罗夫身边的时候也是这样，因此这四个人常常在一块儿过了一忽儿之后，便分作两对走开了，特别是在散步的时候。卡佳赞美大自然，阿尔卡季也爱大自然，不过他不敢明白承认就是了；奥金佐娃同巴扎罗夫一样，颇为漠视大自然的美。这两个年轻朋友常常分开的结果便是，他们中间的关系开始起了变化。巴扎罗夫不再对阿尔卡季谈论奥金佐娃，连她的“贵族的派头”也不骂了；诚然他仍旧像先前那样地称赞卡佳，只劝阿尔卡季去把她那感伤的倾向抑制些，可是他的称赞很匆促，他的劝告也枯燥无味，总之他跟阿尔卡季讲的话比从前少得多了……他好像在躲避他似的，他好像不好意思同他在一块儿似的……

阿尔卡季把这一切全看在眼里，可是他却把他的观察藏在心里不讲出来。

这个“新现象”的真实原因就是奥金佐娃在巴扎罗夫的心中唤起的感情，这感情使他痛苦，还使他愤怒，可是倘使有人对他隐约地提到在他心中也许发生了什么变化，他就会马上带着轻蔑的笑声和讥讽的辱骂来否认他有这种感情。巴扎罗夫很喜欢女人和女性美；可是那种理想的，或者照他自己所说的，浪漫主义的爱情，他认为是荒唐，是不可宽恕的愚蠢，他把骑士的感情看作一种残疾，一种病症，他不止一次地说他很奇怪托更堡[①]同那一切骑士爱情歌手[②]和行吟诗人[③]为什么不给送进疯人院去。他常常说："一个女人中了你的意，你就想尽方法达到你的目的；要是达不到目的——那你就掉过背走吧——世界大得很。"奥金佐娃中他的意；那些关于她的谣言、她的思想的自由与独立、她那明显的对他的好感，这一切似乎都于他有利；可是他不久便看出来，在她身上他是不会"达到目的"的，要说掉过背向着她吧，他自己很诧异地发觉，他也没有力量办到。他只要一想到她，他的血马上沸腾；固然他不难使他的血平静下来，可是另外有一种东西盘据在他心上，这东西是他一向不让进来的，这东西是他一向嘲笑的，而且是他的骄傲所坚强地反抗的。他跟安娜·谢尔盖耶夫娜谈话的时候，他所表示的对一切带有浪漫色彩的情感的淡漠的轻蔑，比在什么时候都更厉害；可是只剩下他一个人的时候，他就会生气地承认他自己也有了浪漫的情感了。这个时候他就会跑到树林里，迈着大步走来走去，弄断那些拦路的树枝，又低声咒骂她同他自己；不然他就会跑进仓房爬到干草堆上面，紧闭着眼睛，竭力使自己睡去，自然他不容易就睡着。突然间他仿佛觉得那两只贞洁的手抱住了他的脖子，那两片高傲的嘴唇回答他的接吻，那一对明慧的眼睛温情地——是的，温情地——望着他的眼睛，他的头发晕了，这一忽儿他忘记了自己，直到愤怒又在他心中燃烧起来的时候。他又发觉自己在想着种种"可耻的"思想，好像有一个魔鬼在戏弄他似的。有时候他觉得奥金佐娃也有了改变了；她的脸上似乎带了一点特别的表情，也许……可是想到这儿他总是顿起脚来，或者咬紧牙齿，捏紧拳头跟自己生气。

然而巴扎罗夫也没有完全看错。他打动了奥金佐娃的心；她对他感到了兴趣，她时常想到他。他不在她身边的时候，她并不觉得乏味，她也不焦急地盼着他来，可是他一到，她马上显得兴高采烈了；她喜欢单独同他在一块儿，她喜欢跟他谈话，即使他得罪了她或者触犯了她的趣味和她的文雅的习惯，她也不见怪。她好像很想同时试探他，也试验她自己似的。

一天他同她在花园里散步，他突然声音抑郁地对她说他打算不久回到他父亲的村子里去……她的脸色变成苍白，好像有什么东西刺痛她的心，刺得这样痛，使她自己都觉得惊奇并且思索了好久这究竟是什么意思。巴扎罗夫说

---

① 托更堡是席勒的长诗《骑士托更堡》(1797)中的主人公，他死在所爱的女人的窗下。

② 或译"游唱歌手"，是中世纪德国吟咏骑士爱情的诗人。

③ 是从十一世纪到十三世纪在法国南部和意大利北部活动的吟咏诗人。

要走的话并非故意说来试探她，看看她对这件事的态度怎样；他是从来不“说假话”的。那天早晨他会着了他父亲的总管季莫费伊奇，那是在他小时候照应过他的人。这个季莫费伊奇是一个经验丰富、精明能干的矮老头子，一头变了色的黄头发，一张风吹日晒的红脸，一对含着小颗眼泪的、眯起来的眼睛，他穿一件厚厚的青灰布的短外套，束一根皮条，穿一双柏油漆的长靴。他意外地在巴扎罗夫的眼前出现了。

“喂，老人家，你好！”巴扎罗夫嚷道。

“您好，叶夫盖尼·瓦西里伊奇少爷。”那个矮小的老头子说，他高兴地笑起来，脸上立刻现出了满脸的皱纹。

“你来干什么？他们差你来叫我吗，是吗？”

“哪儿的话，少爷，您怎么可以这样想呢？”季莫费伊奇结结巴巴地说（他记住他动身的时候他的主人是怎样郑重地吩咐过他的），“我进城去给老爷办事情，听说您少爷在这儿，才特地弯过来看看您少爷……我是不敢来惊动您的。”

“得啦，不要撒谎了，”巴扎罗夫打断了他的话，“你说这是到城里去的路吗？”

季莫费伊奇踌躇了一下，没有回答。

“我父亲好吗？”

“谢谢上帝，少爷。”

“我母亲呢？”

“阿琳娜·弗拉西耶夫娜也很好，谢谢主。”

“他们望我回去吧，我想？”

这个矮小的老头子把他那小小的脑袋偏在一边。

“啊，叶夫盖尼·瓦西里伊奇，他们怎么不望您呢？上帝作证，我看见您那两位老人家就不由得心痛啊。”

“唔，好啦，好啦，闭嘴吧！对他们说我就要回来了。”

“是，少爷。”季莫费伊奇叹了一口气回答道。

他走出大门，用两只手把他那顶小帽戴在头上，一直盖到耳朵，然后爬进他留在门口的那辆破旧的、竞赛用的四轮敞篷车，打起马走了，可是并不是朝城里的方向跑去。

这天晚上奥金佐娃同巴扎罗夫坐在她的房里，阿尔卡季在厅子里踱来踱去听卡佳弹琴。公爵夫人已经上楼回到自己房里去了；她向来讨厌客人，尤其讨厌这两个“新式狂徒”，她这样称呼他们。在客厅、饭厅那些地方，她只有板起脸生气；可是她回到自己房里，便在她的女用人面前大骂特骂，骂得连包发帽和假发也都在她的头上跳起来了，这一切奥金佐娃全知道。

“您怎么打算离开我们呢？”她说，“您答应我的话又怎样了？”

巴扎罗夫吓了一跳。

“答应了什么，太太？”

“您已经忘了吗？您说过要教我一点儿化学呢！”

“太太，怎么办呢！我父亲望我回去；我不便再耽搁了。不过您可以读 Pelouse et Frémy, Notions générales de Chimie①；这是一本好书，写得很清楚。您要知道的东西那里面全有。”

“可是您该记得：您对我说过，一本书并不能够代替……我忘记您是怎样说的了，可是您明白我的意思……您还记得吗？”

“太太，怎么办呢？”巴扎罗夫又说了一遍。

“为什么要走呢？”奥金佐娃放低声音说。

他望了她一眼。她的头靠着扶手椅的椅背，她那两只一直露到肘边的膀子交叉地放在胸上。在那盏盖着镂空纸罩的孤灯的微光底下，她的脸色显得更苍白了。她的身子完全藏在一件宽大的白衣服的柔软的褶纹里面；只有那双也是交叉着的脚稍微露了一点儿脚尖在外头。

“为什么要留下？”巴扎罗夫回答道。

奥金佐娃略略转动一下头。

“您问为什么吗？您在我这儿不是住得很高兴吗？难道您想您走了就不会有人想念您？”

“我相信不会的。”

奥金佐娃沉默了一忽儿。

“您这样想就错了。可是我不相信您的话。您这句话不会是认真说的。”巴扎罗夫仍然坐着不动，“叶夫盖尼·瓦西里伊奇，您为什么不说话？”

“叫我对您说什么呢？一般的人都是不值得想念的，我更不值得。”

“为什么这样？”

---

① 法语：柏鲁日与弗列米合著的《化学概论》。

“我是个实际的、乏味的人。我又不会讲话。”

“您在讨人恭维了,叶夫盖尼·瓦西里伊奇。”

“那不是我的习惯。您难道不知道您那么看重的生活的优美的一方面,却跟我全不相干吗?”

奥金佐娃咬着她的手绢儿的角儿。

“随您怎样想都可以,可是您走了以后我要觉得寂寞了。”

“阿尔卡季会留下的。”巴扎罗夫说。

奥金佐娃略略耸了耸肩。

“我要觉得寂寞了。”她又说了一遍。

“真的吗?无论如何这不会久的。”

“您怎么会这样想呢?”

“因为您自己对我讲过,只有在您的日常生活的秩序打破了的时候,您才会感到寂寞。您把您的生活安排得那么有规律,叫人挑不出一点儿错来,那里面再没有地方来容纳寂寞或者烦恼……容纳任何不愉快的情感了。”

“那么您以为我真是一点儿错也没有吗?……那是说,我把生活安排得那么有规律吗?”

“那还用说!这儿就有一个例子:再过几分钟,就要打十点了,我预先知道您就要赶我走的。”

“不,我不要赶您走,叶夫盖尼·瓦西里伊奇。您多坐一忽儿好了。请打开那扇窗……我觉得有点儿气闷。”

巴扎罗夫站起来把窗推了一下。窗门发出响声,一下子就开了……他没有料到会开得这么容易;而且他的手有点儿发抖。柔和的黑夜带着它那差不多是黑色的天空,它那微微摇曳的树木,和那清凉的露天空气的芬芳,探头进屋子里来了。

“请把窗帘放下来,再坐一忽儿吧,”奥金佐娃说,“在您离开以前我要跟您谈谈。给我讲讲您自己的事;您从没有谈过您自己的事呢。”

“我努力想同您谈些有用的事情,安娜·谢尔盖耶夫娜。”

“您太谦虚了……可是我倒愿意知道一点儿您的事,还有您的家庭,您的父亲——您就是为了他要离开我们。”

“她为什么讲这样的话呢?”巴扎罗夫想道。

“那些都是毫无趣味的,”他大声说,“尤其是讲给您听;我们是普通的老百姓……”

“那么您是把我看作一个贵族了？”

巴扎罗夫抬起眼睛望着奥金佐娃。

“不错。”他故意带着锋利的调子说。

她笑了笑。

“我看您对我知道得很浅，虽然您肯定说所有的人都是一样的，不值得花费时间去研究他们。以后我会找个时间把我的一生讲给您听……可是请您先讲您的吧。”

“我对您知道得很浅，”巴扎罗夫跟着说了一遍，“您也许是对的；也许真的每个人都是一个——谜，就拿您来作个例子吧：您躲开交际社会，您觉得它讨厌，您却请了两个大学生到您这儿来住下。有着您这样的聪明，您这样的美丽，您却住在乡下，究竟是为了什么呢？”

“什么？您说的什么？”奥金佐娃急急地插嘴道，“像我的……美丽？”

巴扎罗夫皱皱眉头。

“不要去管那个，”他说，“我是说我不大明白您为什么要住在乡下？”

“您不明白……可是您会照您的看法给您自己解释吧？”

“不错……我认为您老是住在一个地方，是因为您让自己娇养惯了，因为您喜欢安乐、舒服，对别的一切事情都很冷淡。”

奥金佐娃又笑了笑。

“您绝对不相信我也会有动感情的时候吧？”

巴扎罗夫从眉毛底下扬起眼光看了她一眼。

“是让好奇心鼓动的吧，也许有的；别的就没有了。”

“真的吗？好，现在我明白为什么我们两个人很谈得来了；您看；您跟我完全是一样的。”

“我们很谈得来……”巴扎罗夫声音有点儿沙哑地说。

“是的！……啊，我忘记您要走开了。”

巴扎罗夫站起来。灯光在这个幽暗、芳香、孤单的屋子的中央朦胧地摇晃；窗帘不时在动，从那缝里流进来一阵一阵沁人肌肤的、清凉的夜气，可以听见夜的神秘的细语声。奥金佐娃连动也不动一下；可是她渐渐地让一种隐秘的激动控制了她……这情感也传染到巴扎罗夫身上了。他突然感觉到自己是同一个年轻、美丽的女人单独地在一块儿……

“您到哪儿去？”她慢慢地问道。

他不答话，却在一把椅子上坐下来。

“那么您当我是一个平静的、柔弱的、娇养惯了的女人了，”她用同样的声音缓慢地说，眼睛一直没有离开窗，“我却知道我自己很不幸福。”

“您不幸福？为着什么？难道您会把无聊的闲话放在心上？”

奥金佐娃微微皱起眉头，他把她的话这样地解释，使她烦恼。

“我一点儿也不关心那种闲话，叶夫盖尼·瓦西里伊奇，我太骄傲了，不会让它来扰乱我的心。我不幸福，因为……我没有生活的欲望，没有生活的热情。您带着不相信的神气望我，您以为这是一个坐在天鹅绒椅子上满身花边的‘贵族’讲的话。我并不隐瞒这个事实：我喜欢您所说的舒服，同时我又没有多少生活的欲望。随便您怎样去解释这种矛盾吧。可是在您的眼里这都是浪漫主义。”

巴扎罗夫摇摇头。

“您身体健康，又是个独立的人，而且有的是钱；您还要什么呢？您要什么呢？”

“我要什么？”奥金佐娃跟着说，她叹了一口气，“我很疲倦，我老了；我觉得我已经活得很久了。是的，我老了。”她把短外套的边儿轻轻地拉下来盖她那两只光膀子。她的眼光跟巴扎罗夫的碰到一块儿了，她微微红了脸。“在我后面已经拖了这么多的回忆：我在彼得堡的生活、财富，以后是贫穷，然后是我父亲的死、我的结婚，再后是国外旅行诸如此类的事……这么多的回忆，却没有一桩值得记起的事；可是在我前面，在我前面——是一条很长、很长的路，却没有目的地……我真不想往前走了。”

“您就这样地灰心绝望么？”巴扎罗夫问道。

“不，可是我感到不满足，”奥金佐娃慢吞吞地答道，“我想，要是我对一件什么事能够发生强烈的兴趣……”

“您想恋爱，”巴扎罗夫打断了她的话，“可是您不能爱；这就是您的不幸的原因。”

奥金佐娃仔细地看她那件短外套的袖子。

“我真的不能恋爱吗？”她说。

“很难讲！只是我不该说那是不幸。恰恰相反，一个人碰到这种把戏才真可怜呢！”

“碰到，碰到什么？”

“恋爱。”

“您怎么会知道那个呢？”

“我听见人说的。”巴扎罗夫生气地回答。

“你在卖弄风骚，”他心里想，“你闲着没有事做，便逗着我玩，可是我……”事实上他的心倒要碎了。

“并且您也许，太苛求了。”他说，把整个身子俯下来，玩着扶手椅上面的穗子。

“也许是的。我的理想是：不完全则宁无。一个生命换一个生命。拿我的去，给你的来，没有后悔，没有回头。否则不如不要。”

“唔？”巴扎罗夫说，“那倒是公平的条件，我很奇怪您到现在……还没有找到您要求的东西。”

“您以为把自己整个交给某一样东西是容易的事吗？”

“倘使一个人考虑起来，等待起来，而且给你自己定了价，我是说，把自己看得很高，那就不容易了；可是不用考虑就把自己交出去却是非常容易的事。”

“人怎么能不把自己看得很高呢？倘使我没有一点儿价值的话，谁还用得着我的忠诚呢？”

“那不是我的事；要找出来我值多少，那是别人的事情。主要的是能够献出自己。”

奥金佐娃把身子离开了椅背。

“听您讲话，”她说，“好像您自己完全经历过了似的。”

“我不过顺口说说罢了，安娜·谢尔盖耶夫娜；您知道那全不是我的本行。”

“可是您能够献出自己吗？”

“我不知道。我不喜欢说大话。”

奥金佐娃不说话，巴扎罗夫也不做声。钢琴的声音从客厅里传到他们这儿来。

“怎么这样晚卡佳还在弹琴？”奥金佐娃说。

巴扎罗夫站起来。

“不错，现在真晚了，是您睡觉的时候了。”

“等一等,您急着到哪儿去? ……我还有一句话得跟您讲。”

“什么话?”

“等一等。”奥金佐娃轻轻地说。

她的眼光定在巴扎罗夫的脸上;好像她在注意地观察他似的。

他在屋子里走了几步,忽然走到她身边,匆匆说了一声“再见”,紧紧地握着她的手,握得她几乎叫出声来,他便走出去了。她把她的给捏痛了的手指放到嘴唇上,吹吹气,突然冲动地从扶手椅上站起来,急急地向房门走去,好像她想把巴扎罗夫唤回来似的……女用人端着一个银托盘,托了一个玻璃水瓶从外面进来。奥金佐娃连忙站住,吩咐这女用人出去,她又坐下来,又在想什么事情。她的发辫散开了,像一条黑蛇似的垂在她的肩头。安娜·谢尔盖耶夫娜的屋子里好久都还点着灯,她动也不动地一直坐了很久,只是有时用手指头去摸她的光膀子,夜的寒气把它们刺得有点儿痛了。

两个多小时以后巴扎罗夫回到屋子,他的皮靴给露水打湿了,他的头发散乱,脸色难看。他看见阿尔卡季手里拿着一本书坐在写字台前面,上衣紧紧扣着,一直扣到喉咙口。

“你还没有睡?”他带着一种像是烦恼的声音说。

“你今晚跟安娜·谢尔盖耶夫娜坐得真久。”阿尔卡季不回答他的话,却另外说。

“不错,你跟卡捷琳娜·谢尔盖耶夫娜在弹钢琴的时候,我都是跟她在一块儿。”

“我没有弹……”阿尔卡季没有说完便打住了。他觉得泪水涌上眼睛来了,他不愿意在他这个爱挖苦人的朋友面前哭出来。

十八

第二天奥金佐娃下来吃早茶的时候,巴扎罗夫埋下头望着他的杯子坐了好久。随后他突然抬起头看她……她掉过脸来对着他,好像他轻轻推了她一下似的;他觉得她的脸色在一夜的工夫有些苍白了。她不久就回到她自己的屋子里去了,到吃早饭的时候才出来。这一天从大清早起落着雨;要出去散步是不可能的。大家都聚在客厅里。阿尔卡季拿了最近一期的杂志,大声念起来。公爵夫人照例在脸上露出惊讶的神情,好像他在做什么不体面的事情一样，后来她就恶狠狠地瞪着他；可是他并不理睬。

"叶夫盖尼·瓦西里伊奇，"安娜·谢尔盖耶夫娜说，"请您到我屋子里来……我有话要问您……您昨天提到一本参考书……"

她站起身子，向门走去。公爵夫人朝四周看了看，那神情仿佛在说："瞧我，瞧我；瞧我多惊奇！"她又瞪着阿尔卡季；可是他提高了声音，并且跟坐在近旁的卡佳交换了一个眼色，然后继续念下去。

奥金佐娃急急地走进她的房间。巴扎罗夫迈着快步跟在她后面，他的眼睛仍旧埋着，只有他的耳朵还听到她那绸衣服的轻微的旋转声和窸窣声在他前面轻轻飘过。奥金佐娃坐的是她前一晚上坐的那把扶手椅，巴扎罗夫也坐在他的原位上。

"那本书叫什么名字？"她静了一忽儿以后问道。

"Pelouse et Frémy, Notions générales, ……"巴扎罗夫回答，"不过我还可以介绍您读 Ganot, Traité élémentaire de physique expérimentale[①]。那本书里插图比较清楚些，一般地说来，这本教科书……"

奥金佐娃伸出手来。

"叶夫盖尼·瓦西里伊奇，请您原谅，可是我并不是请您到这儿来谈教科书的。我想把昨晚的话继续谈下去。您走得太突然了……这不会叫您厌烦吗？……"

"照您的意思办吧，安娜·谢尔盖耶夫娜。可是我们昨晚谈的是什么呢？"

奥金佐娃瞟了他一眼。

"我们好像谈的是幸福。我跟您谈我自己的事。哦，我提到了'幸福'这个字眼。那么请您告诉我，甚至于在我们，譬如说欣赏音乐吧，或者领略一个美好的黄昏，或者同有风趣的人谈话而感到愉快的时候，为什么我们所感到的，仿佛是某种存在于别一个地方的无量幸福的暗示，并不是实在的幸福（就是我们自己所有的那种幸福）呢？这是什么缘故呢？也许您没有那样的感觉吧？"

"您知道俗话说：'这山望着那山高'，"巴扎罗夫答道，"您昨天对我说您感到不满足。事实上我从没有让这种思想跑进我的脑子里来过。"

"也许在您看来它们是可笑的吧？"

---

① 法语：加诺著的《实验物理学初阶》。

“不,可是它们并不跑进我的脑子里来。”

“真的? 您知道吗? 我倒很想知道您在想什么呢!”

“什么? 我不明白您的意思。”

“请听我说,我很早就想跟您坦白地说。我用不着告诉您——您自己是知道的——您不是一个寻常的人:您还年轻——您前面有一个远大的前途。您究竟预备做什么呢? 您打算有一种什么样的前程呢? 我是说,您想达到什么样的目的呢? 您向着什么地方走呢? 您心里想些什么呢? 一句话说完,您是什么人呢? 您是什么呢?”

“您叫我莫名其妙了,安娜·谢尔盖耶夫娜。您知道我是研究自然科学的,至于我是个什么人……”

“是的,您是什么人呢?”

“我已经跟您讲过,我是一个未来的县里的医生。”

安娜·谢尔盖耶夫娜做了一个不耐烦的动作。

“您说这句话是什么意思? 您自己并不相信它。阿尔卡季可以这样地回答我,可是您不成。”

“为什么阿尔卡季……”

“您不要再讲啦! 您怎么可以满足于这种卑微的工作呢? 您不是常常说您不相信医学吗? 您——您有那样的抱负——去做一个县城的医生! 您不过拿这样的回答来敷衍我,因为您一点不信任我。可是您知道吗,叶夫盖尼·瓦西里伊奇,我是能够了解您的;我也曾经穷过来的,我也像您那样有过抱负的;我也许还经历了您经历过的同样的艰苦。”

“这是很好的,安娜·谢尔盖耶夫娜,可是您得原谅我……我自来就不习惯谈论自己的事,而且您跟我中间还有很大的距离……”

“什么样的距离? 您又在说我是一个贵族吗? 不用再提啦,叶夫盖尼·瓦西里伊奇:我以为我已经给您证明了……”

“就是除开那一点不说,”巴扎罗夫打岔道,“我们去谈论、去思索‘未来’有什么用处呢? ‘未来’大半都不是能够由我们做主的。那个时候倘使我们有机会做一点儿事情,那是再好没有的了;倘使没有机会——至少我们还可以高兴自己并没有预先说了一堆空话。”

“您把友谊的闲谈当作空话吗? ……还是您把我看成一个不值得您信任的女人? 我知道您瞧不起我们女人。”

“我并没有瞧不起您,安娜·谢尔盖耶夫娜,这您自己也知道的。”

“不,我一点儿也不知道……不过姑且假定:我明白您为什么不愿意谈论您将来的活动;可是说到您心里现在究竟发生着什么……”

“发生!”巴扎罗夫跟着她说道,“好像我是一个国家,一个社会似的!无论如何这是完全没有趣味的;况且难道一个人能够常常把他心里‘发生’的任何事情完全大声说出来吗?”

“啊,我不明白为什么您不能够把您心里的一切事情全说出来呢?”

“您能够吗?”巴扎罗夫反问道。

“能够。”安娜·谢尔盖耶夫娜稍微迟疑一下,才答道。

巴扎罗夫低下了头。

“那您比我幸福。”

安娜·谢尔盖耶夫娜疑问地望着他。

“就算是这样吧,”她继续说,“可是我仍然觉得我们并没有白白地认识了一场;我仍然觉得我们会成为好朋友的。我相信您的这种——叫我怎么说呢,紧张、矜持到后来终于会消灭的。”

“那么您看出我的矜持……跟您所说的……紧张来了。”

“是的。”

巴扎罗夫站起来,走到窗前。

“您想知道这种矜持的原因吗,您想知道我心里发生着什么吗?”

“是的。”奥金佐娃带着一种她当时还不明白的害怕再说了一遍。

“您不会生气吧?”

“不。”

“不?”巴扎罗夫背朝着她站在那儿,“那么让我告诉您吧,我像一个傻瓜,像一个疯子那样地爱着您……您到底逼我讲出来了。”

奥金佐娃伸出双手来,可是巴扎罗夫正把他的前额紧紧靠着窗上的玻璃。他快要透不过气来了;他浑身颤栗。但这并不是年轻人的胆怯的打颤,也不是第一次表白爱情时候的甜蜜的惊惶;这是在他的心中挣扎着的强烈的、痛苦的激情——那种并非不像愤怒、也许还跟愤怒密切相关的激情……奥金佐娃又害怕他,又怜悯他。

“叶夫盖尼·瓦西里伊奇!”她说,她的声音里有着一种不自觉的温柔。

他连忙转过身来,用一种要把人吞下去的眼光望了望她,他突然抓起她的两只手，把她拉到他的胸前。

她并不马上挣脱他的搂抱；可是过了一忽儿，她便远远地站在一个角落里，望着巴扎罗夫了。他又向她奔过去……

"您误会我的意思了。"她连忙惊惶地低声说。看她那个样子好像他要是再往前走一步，她就会喊叫似的……巴扎罗夫咬着嘴唇，走出去了。

半小时以后一个女用人给安娜·谢尔盖耶夫娜送来一张巴扎罗夫的字条；上面只有一行字：我"是不是应该今天就走，还是可以住到明天？""为什么要走呢？我没有了解您——您也没有了解我。"安娜·谢尔盖耶夫娜这样回答他，可是她心里想道："我也没有了解我自己。"

一直到午饭时候，她都没有出去，她把两只手放在背后，不停地在屋子里走来走去，有时候在窗前站一忽儿，有时候立在镜子前面，用一条手绢儿慢慢地擦她的脖子，她觉得脖子上还有一个地方像火那样地在烧着。她问自己，是什么东西使她"逼"（照巴扎罗夫的说法）他吐露他心里的秘密呢，她是不是事前猜到了一点儿……"这应该怪我，"她高声说道，"可是我不能够事先料到这个。"她又在思索了，她记起了巴扎罗夫向她跑过来时候脸上那种差不多带兽性的表情，不由得满脸通红……

"或者？"她突然说，但又马上停止，摇了摇她的鬈发……她看见镜子里面的自己：她那向后仰的头，同她那半开半阖的眼睛和嘴唇上的神秘的微笑，这个时候好像在对他讲一桩她自己也觉得羞愧的事……

"不，"她最后下了决心说，"上帝知道这会引出什么样的事情来；这是开不得玩笑的；无论如何，世界上最好的还是平静。"

她的心境的平静并不曾被动摇；可是她觉得忧郁，有一阵子她还掉了几滴眼泪，不过她不能够说这是为了什么——决不是为了受到的侮辱。她并不觉得自己受了侮辱；她倒觉得错在自己。在各种不明显的情感（如对过去生活的感触和对新奇事物的渴望等）的影响下面，她强迫自己走到一定的界线上去，强迫自己去望界线的那一边，她在界线那一边看见的甚至不是一个深渊，却是空虚……或者丑恶。

十九

奥金佐娃的自制力虽然很强，她虽然从来不受任何成见的拘束，可是她走进饭厅吃午饭的时候，还是觉得相当窘。不过这一顿饭也平平静静地过去了。波尔菲里·普拉东内奇来了，讲了各种各样的故事；他刚从城里回来。在那些故事中间，有一件是，布尔达路省长下令叫他的担任特别差使的属员们都要在靴子上装好踢马刺，以便他随时差遣他们骑马到各处去办紧急差使。阿尔卡季一面小声跟卡佳讲话，一面又敷衍地装出在听公爵夫人说话的神气。巴扎罗夫板起脸，固执地不做声。奥金佐娃看了他两三次——并不是偷偷地看，她正眼望着他的脸，他的脸上带着怒容，脸色很难看，眼睛埋着，整个脸上都是那种轻蔑的、坚决的表情，她想道："不……不……不……"午饭后她陪着大家到园子里去，她看见巴扎罗夫要跟她讲话，便朝旁边走了几步，停下来。他走到她身边，可是仍然不抬起眼睛来，他声音低沉地说：

"我应当向您道歉，安娜·谢尔盖耶夫娜。您一定在跟我生气。"

"不，我并不生您的气，叶夫盖尼·瓦西里伊奇，"奥金佐娃答道，"可是我很难过。"

"那更糟了。无论如何，我已经受够惩罚了。我的处境是很可笑的，您一定同意我的说法。您写信给我说：'为什么要走呢？'可是我不能住下去，也不想住下去。明天我就不会在这儿了。"

"叶夫盖尼·瓦西里伊奇，您为什么……"

"为什么我要走呢？"

"不，我的意思不是这个。"

"过去的事是无法挽回的了，安娜·谢尔盖耶夫娜……这是迟早会发生的。因此，我必须走开。我只能想到一个使我能留在这儿的条件；可是那个条件永不会有的。因为，请您宽恕我无礼，您并不爱我，您也永不会爱我吧？"

巴扎罗夫的眼睛在他的黑眉毛下面闪动了一下。

安娜·谢尔盖耶夫娜并不回答他。"我害怕这个人，"这个思想在她的脑子里闪过去。

"再见，太太。"巴扎罗夫说，他好像猜到了她的思想似的，随后他就走回屋子里去了。

安娜·谢尔盖耶夫娜慢慢地跟在他的后面，她把卡佳唤到身边来，挽着她的膀子。她一直到天黑尽了都没有离开卡佳。她不打牌，只是不断地笑着，可是这跟她的苍白、烦恼的脸色并不相称。阿尔卡季非常纳闷，他像所有年轻人观察人那样观察她——那就是说，他不断地问他自己："这是什么意思？"巴扎罗夫把自己关在屋子里，不过他还是出来喝茶。安娜·谢尔盖耶夫娜想跟他讲几句亲切的话，可是她不知道怎样跟他讲起……

一件意外的事情使她摆脱了窘境：管事进来报告，西特尼科夫来了。

这个年轻的进步分子像一只鹌鹑似地飞进屋子里来：那种古怪样子是很难用言语形容出来的。尽管他脸皮很厚，居然打定主意下乡来拜访一个他简直不熟、又从没有邀请过他的女人，只是因为他打听到那两个聪明而又跟他相熟的朋友住在她的家里，但他还是连骨髓也胆怯起来，他把事先背熟了的那些道歉和问候的话全忘了，却喃喃地说出一些无聊的话，譬如说叶夫多克西娅·库克什娜叫他来向安娜·谢尔盖耶夫娜问安啦，阿尔卡季·尼古拉耶维奇也一直对他大大地称赞她啦……说到这儿他就结结巴巴地讲不下去，心里又慌又急，竟然坐到自己的礼帽上面。不过也没有人把他赶出去，安娜·谢尔盖耶夫娜还把他介绍给她的姨妈和妹子，因此他不久就恢复了常态，滔滔不绝地大谈起来。庸俗的出现往往是生活中有益的事情：它能使过度的紧张得到松弛，它向自以为是或忘我的情感提醒它同它们的密切关系，使那些情感清醒过来。西特尼科夫一来，一切都变得好像比较迟钝，比较简单了；晚饭时候大家也多吃了些，并且比往常早睡了半小时。

"我现在可以用你从前对我讲过的话来问你了，"阿尔卡季上了床对着也在脱衣服的巴扎罗夫说，"'你为什么这样不快活？你一定尽了什么神圣的义务吧？'"

在这两个年轻人中间近来发生了一种假装不在乎的互相挖苦的情形，这常常是暗中不快或心里猜疑的一种征候。

"我明天要到我父亲那儿去了。"巴扎罗夫说。

阿尔卡季抬起身子，支在他的肘拐上。他一面觉得诧异，一面又不知道为了什么觉得高兴。

"啊！"他说，"你是为了这个不快活吗？"

巴扎罗夫打了一个呵欠。

"要是你知道得太多，你就要变老了。"

"安娜·谢尔盖耶夫娜怎样呢？"阿尔卡季追问道。

"什么安娜·谢尔盖耶夫娜怎样？"

"我是要说她肯放你走吗？"

"我又不是她花钱雇的人。"

阿尔卡季思索起来了，巴扎罗夫在床上躺下，脸向着墙壁。

他们沉默了几分钟。

"叶夫盖尼！"阿尔卡季突然叫起来。

"唔？"

"我明天跟你一块儿走。"

巴扎罗夫不答话。

"不过我是回家去，"阿尔卡季继续说，"我们同路到霍赫洛夫村，在那儿你可以向费多特雇马。我倒想认识你家里的人，可是我又害怕对他们同你都有些不便。你以后还要到我们家里来是不是？"

"我的东西全留在你家里呢。"巴扎罗夫说，他并不掉过头来。

"为什么他不问我干吗要走，而且走得像他那样地突然呢？"阿尔卡季想道。"实际上我为什么要走呢，他又为什么要走呢？"他继续往下想。他对自己的问话找不到一个满意的答复，不过他心里却充满了痛苦。他觉得要离开这种他已经过惯了的生活，是很难受的；可是他单独留下来又显得有点儿古怪。"他们两个人中间发生了什么事情了，"他推测道，"那么，他走了以后我还待在她眼前又有什么好处呢？我只有叫她更讨厌我；我连最后的希望也会失掉了。"他就在想像中描绘起安娜·谢尔盖耶夫娜的面貌来；后来另一个面颜渐渐地透过这个青年寡妇的美丽的容貌露了出来。

"我也舍不得卡佳！"阿尔卡季轻轻地对他的枕头说，已经有一滴眼泪落在那上面了……忽然他把头发向后一甩，高声说道：

"西特尼科夫这笨蛋到这儿来干什么？"

巴扎罗夫起先在他的床上动了一下，然后说出下面的答话来：

"兄弟，我看你还是个傻瓜。我们少不了西特尼科夫这种人的。我，你得明白这个，我用得着像他那种傻瓜。不一定要天神才会烧罐子！[①] ……"

"啊哈，哦！"阿尔卡季心里想道。巴扎罗夫的深得没有底的傲慢只到这一瞬间才显露在他的眼前。"那么，你同我都是天神吗？这是说——你是一尊天神，那么我是不是一个傻瓜呢？"

"不错，"巴扎罗夫板起脸说，"你还是一个傻瓜。"

第二天阿尔卡季对奥金佐娃说他要跟巴扎罗夫一块儿走的时候，她并不

---

① 俄谚，意思是：傻瓜也用得着。

表示特别的惊讶;她好像有什么心事而且很疲倦。卡佳只是默默地、严肃地望着他;公爵夫人却高兴得忍不住在披巾下面画起十字来,这连他也看出来了。可是同时西特尼科夫却着实地惊慌起来了。他穿了一套崭新的漂亮衣服(这一次不是斯拉夫派的服装了),刚刚走来吃早饭;昨天晚上那个给派去伺候他的人看见他带了那么多的衬衣来,惊奇得了不得,现在突然间他的朋友们要撇下他走了!他急急地走了几步,又转回来,跳来跳去,就像一只野兔给人赶到了树林边上那样,后来他突然差不多带着恐怖地,而且差不多要哭出声来地对女主人说他也要走了。奥金佐娃并不挽留他。

"我这辆有篷轻便马车很舒服,"这个倒霉的年轻人转身对阿尔卡季说,"您可以坐我的车一块儿走,叶夫盖尼·瓦西里伊奇可以坐您的那辆敞篷车,这样倒更方便些。"

"可是对不起,您根本不顺路,而且到我那儿去路还很远!"

"那不要紧,不要紧;我时间多着呢,而且我还有事情要到那个方向去。"

"干包税的事吗?"阿尔卡季非常瞧不起地问道。

可是西特尼科夫心里很不痛快,他也不像平常那样地发笑了。

"我给您保证,我的有篷轻便马车是特别舒服的,"他喃喃地说,"容得下我们三个人。"

"不要拒绝麦歇西特尼科夫的好意叫他伤心吧。"安娜·谢尔盖耶夫娜说。

阿尔卡季看了她一眼,深深地埋下头去。

早饭后客人就动身了。奥金佐娃跟巴扎罗夫分别的时候,伸出手给他,并且说:

"我们还要再见的,是吗?"

"听您吩咐吧。"巴扎罗夫答道。

"那么我们还要再见。"

阿尔卡季第一个走下台阶:他上了西特尼科夫的有篷轻便马车。管事很恭敬地扶着他,可是他却恨不得要把这个人打一顿,不然就自己哭一场才痛快。巴扎罗夫坐在四轮敞篷车里面。他们到了霍赫洛夫村,阿尔卡季等着客店老板费多特换好了马,便走到四轮敞篷车那边,带着平日的微笑对巴扎罗夫说:"叶夫盖尼,带我去吧,我要到你那儿去。"

"坐下,"巴扎罗夫从牙缝里说。

西特尼科夫正绕着他的马车的轮子来回走着,起劲地吹口哨,听见这些话,他只好张了口望着;阿尔卡季冷静地从有篷轻便马车上面拿下了他的行李,坐在巴扎罗夫身边,向着他先前同车的伙伴客气地点点头,叫一声:“走吧!”四轮敞篷车转动起来,过了一忽儿就看不见了……西特尼科夫非常狼狈,他望着他的车夫,车夫正在用鞭子轻轻打着右边那匹马的尾巴玩。西特尼科夫跳进有篷轻便马车,对两个过路的农民咆哮道:“戴上帽子,你们这些混蛋!”便往城里去了,他到得很晚,第二天他在库克什娜的家中痛骂这两个“可恶的傲慢的粗人”。

阿尔卡季在四轮敞篷车里,坐在巴扎罗夫的旁边,他紧紧地捏住巴扎罗夫的手,许久都不做声。巴扎罗夫对他的握手和沉默好像很了解,而且很珍视。巴扎罗夫前一个晚上整夜没有睡,没有抽烟,他有几天几乎没有吃一点儿东西。在他那顶戴到眉毛上的帽子下面,他的已经瘦了许多的侧面显得更阴郁,更瘦了。

“喂,兄弟,”他终于开口说,“给我一支雪茄。你看看我的舌头是不是发黄?”

“是,是发黄。”阿尔卡季答道。

“唔……雪茄也没有味道了。机器发生故障了。”

“你近来的确有了改变了。”阿尔卡季说。

“没有关系!就会好的。只有一桩事麻烦——我母亲心肠太软了;倘使你不把肚皮吃得鼓起来,一天不吃它十次东西,她就难过得不得了。我父亲倒没有什么,他到处都去过,什么都经历过来的。不,我抽不下去了。”他说着就把雪茄烟扔到大路上尘土中去了。

“到你的庄子是不是有二十五里?”阿尔卡季问道。

“二十五。你问这位聪明人吧。”

他指着坐在驾车座位上的农民说,那是费多特雇用的人。

可是聪明人答道:“谁能够知道呢?这一带的里又没有量过。”他又继续小声地骂那匹辕马“拿脑袋踢人”,这就是说,埋着头摇晃。

“不错,不错,”巴扎罗夫说,“这对你是一个教训,年轻的朋友,一个有益的例子。鬼知道,这是胡说八道!每个人都吊在一根细线上,在他的脚下随时都会裂开一个深渊,可是他仍然给他自己制造出种种的烦恼,毁坏他的生活。”

“你指的什么?”阿尔卡季问道。

“我并不指什么;我是直截了当地说我们两个都做了傻瓜。解释又有什么用!不过我在医院里实习的时候已经看到,一个人要是恼恨自己的病,——他一定会战胜这个病。”

“我完全不懂你的意思,”阿尔卡季说,“我倒觉得你没有什么可以抱怨的理由。

“既然你完全不懂我的意思,那么让我告诉你,——在我看来,宁可在马路上敲石子,也不要让一个女人来管住一根小指尖。那都是……”巴扎罗夫正要说出他爱用的那个字眼“浪漫主义”,但又制止了自己,另外说:“废话。你现在不相信我的话,可是我告诉你:你我跟女人交际过了,我们觉得这是很愉快的;可是人离开这种交际,就像在大热天泡进冷水里头一样。一个男人没有工夫去注意这些琐碎事情;西班牙的俗话说得好:男人应当凶。喂,你这个聪明人,”他又转头向那个坐在驾车座位上的农民说,“我想你有老婆吧?”

那个农民掉过他的眼睛近视的扁平脸来望这两个朋友。

“老婆?有的。我怎么会没有老婆!”

“你打她吗?”

“打老婆?这种事情是有的。无缘无故我并不打她。”

“很好。唔,那么她打你吗?”

那个农民拉了拉缰绳。

“老爷,您讲的什么话。您真喜欢开玩笑……”他显然有点儿不高兴了。

“你听见吧,阿尔卡季·尼古拉耶维奇!可是我们挨了一顿打了……这就是做一个受过教育的人的下场。”

阿尔卡季勉强笑了笑;巴扎罗夫转过脸去,以后一路上他就没有再开过口。

二十五里的路在阿尔卡季看来好像有五十里那样远。可是后来在一个山岗的斜坡上终于出现了巴扎罗夫的父母住的小村庄。紧靠着这个小村庄,在一座年轻的桦树林子里露出一所草顶的小宅子。两个农民戴着帽子站在第一座农家小屋的门前对骂。“你是一口大猪,”一个骂道,“比一口猪崽子还坏。”“你老婆是个巫婆,”另一个回骂道。

“从他们这种没有拘束的态度看来,”巴扎罗夫对阿尔卡季说,“从他们爱打趣的谈话的调子看来,你就可以猜到我父亲的农民并没有受到太多的压迫了。啊，现在他本人走出来站在宅子门口台阶上面了。他们一定听到了铃声。这是他，这是他——我认得出来他那个样子。唉，唉，他头发这样花白了，可怜的人！”

二十

巴扎罗夫从四轮敞篷车里探出身去；阿尔卡季便从他的朋友的背后伸出头去望外面，他看见在这小小宅子门前的小台阶上站着一个瘦长的人，他有一头蓬松的头发，一个瘦削的鹰鼻，身上穿着一件旧的军大衣，没有扣上钮扣。他正叉开腿站在那儿，抽着一根长烟斗，眼睛怕阳光，眯缝起来。

马站住了。

“你到底来了，”巴扎罗夫的父亲说，他仍然在抽烟，不过烟管在他的手指中间跳动起来了，“喂，下车来，下车来，让我来抱抱你。”

他拥抱起他的儿子来了……“叶纽沙，[①]叶纽沙，”一个女人的颤抖的声音叫着。门打开了，门口现出一个又矮又胖的老太太，头上戴着白色包发帽，身上穿一件花短衫。她一边叹气，一边摇摇晃晃地走过来，要不是巴扎罗夫把她搀住，她一定会跌倒了。她那两只圆圆的小胳膊马上绕着他的脖子，她的头紧紧靠在他的胸上，这个时候一点儿声息也没有；只听见她的断断续续的呜咽声。

老巴扎罗夫深深地呼吸着，眼睛眯缝得比先前更厉害。

“啊，得啦，得啦，阿里莎！[②] 停住吧，”他说，一面跟那个站在四轮敞篷车旁边一动也不动的阿尔卡季交换了一瞥，连那个坐在驾车座位上的农民也把头掉开了；“这完全是用不着的！请停住吧。”

“啊，瓦西里·伊万内奇，”老太太结结巴巴地说，“我多少年没有看见我的宝贝，我的好儿子，叶纽兴卡[③]了，……”她还不放松她的胳膊，只抬起她那张泪湿了的、带着感动表情的起皱纹的脸，稍微离开巴扎罗夫，用幸福的、同时又可笑的眼光把他望了一忽儿，随后又扑过去将他搂住了。

“啊，是啊，这自然是人之常情，”瓦西里·伊万内奇解释道，“不过我们还

①③ 叶纽沙和叶纽兴卡都是叶夫盖尼的爱称。

② 阿里莎是阿琳娜的小名。

是到屋子里头去好些。还有一位客人跟叶夫盖尼一块儿来。请您原谅，”他掉转身子朝着阿尔卡季把右脚向后移一下鞠一个躬说，“您明白女人的弱点；而且，啊，母亲的心……”

他的嘴唇和眉毛也在抽动，下巴也在打颤……可是他显然在竭力克制自己，勉强做出几乎是淡漠的样子来。阿尔卡季跟他行了礼。

“真的，我们进去吧，妈妈。”巴扎罗夫说，他把这个衰弱的老太太搀进里面去了。他让她坐在一把舒服的扶手椅上，又匆匆地跟父亲拥抱了一下，还把阿尔卡季介绍给父亲。

“我很荣幸能够认识您，”瓦西里·伊万诺维奇说，“不过请您包涵点：我们家里什么都简陋得很，完全是照军队里的办法。阿琳娜·弗拉西耶夫娜，请你安静点；怎么这样软弱！我们这位客人要责怪你了。”

“少爷，”老太太含着眼泪说，“我们还没有请教您的大名同父名……”

“阿尔卡季·尼古拉伊奇。”瓦西里·伊万诺维奇恭敬地低声对她说。

“请您原谅我这个傻老婆子，”老太太擤一擤鼻涕，把头向右边一歪，又向左边一歪，小心地先擦干一只眼睛，接着又擦干另一只眼睛，“请您原谅我。您知道我还以为我要死了，见不到我的好……好……好……儿子了。”

“现在我们不是活着见到他了吗，太太，”瓦西里·伊万诺维奇插嘴说，“塔纽什卡，”一个穿着一件鲜红的印花布衫子的十三岁的光脚小女孩，正怯生生地在门外探头张望，他便转身唤她道，“给你太太倒杯水来——放在托盘上端来，听见没有？——还有你们两位先生，”他带一种旧式的诙谐腔调说，“请你们两位到一个退伍老兵的书房里去坐坐吧。”

“让我再抱你一回，叶纽谢奇卡[①]，”阿琳娜·弗拉西耶夫娜呻吟起来。巴扎罗夫向她俯下身去。“啊，你长得多漂亮了！”

“啊，我倒不知道他漂亮不漂亮，”瓦西里·伊万诺维奇说，“可是他是一个男子汉，就是人们所说的‘屋门非’[②]了。现在我希望，阿琳娜·弗拉西耶夫娜，你已经满足了你做母亲的心，你得设法满足这两位贵客的肚皮吧，因为，你知道，夜莺不能够靠寓言充饥[③]。”

老太太从椅子上站起来。

---

① 叶纽谢奇卡也是叶夫盖尼的爱称。

② 俄国腔的法语 homme fait（真正的男子汉）。

③ 俄谚，意为空谈不能充饥。

“马上,瓦西里·伊万内奇,桌子就会摆好的。我要亲自跑到厨房里头去,叫人烧好茶炊,所有的东西都会准备好,所有的东西。啊,我已经三年没有看见他,没有给他弄过吃的、喝的了;这不是容易的事啊!”

“好啦,好太太,留神快点儿张罗吧,不要丢脸了;你们两位先生,请跟我来吧。啊,季莫费伊奇来给你请安了,叶夫盖尼。他,我敢说,这个凶老头子也很高兴的。喂,凶老头,你高兴吗?请跟着我走吧。”

瓦西里·伊万诺维奇慌慌忙忙地往前走,他的破拖鞋一路上踢跶踢跶地响着。

他的房屋全部只有六个很小的房间。其中有一间,就是他现在带我们的朋友进去的那一间,是称作书房的。一张粗腿的桌子占满了两个窗户中间的地位,桌子上堆满了给陈年的灰尘弄脏了、看起来好像是烟熏黑了的文件;墙上挂了几支土耳其枪,几根马鞭,一把指挥刀,两幅地图,几幅解剖图,一幅胡费兰德①的肖像,一幅嵌在黑框子里面、用头发编成的姓名缩写的花字,一张配着玻璃镜框的文凭,一张已经坐坏了、到处露出窟窿的皮沙发放在两口白桦木大柜中间;书架上凌乱地堆满了书籍、盒子、鸟的标本、罐子、药瓶;在一个角落里放着一架坏了的发电机。

“我已经告诉过您,我亲爱的客人,”瓦西里·伊万诺维奇说,“我们在这儿过的可以说是兵营的生活。”

“得啦,不要说了,有什么可以道歉的地方呢?”巴扎罗夫打岔道,“基尔萨诺夫知道得很清楚,我们不是大富豪,你又没有宫殿。现在的问题是我们把他安顿在哪儿?”

“叶夫盖尼,你不要着急,耳房里有一间很好的屋子:他住在那儿一定很舒服。”

“那么,你修了一排耳房了?”

“是啊,少爷,就是洗澡房那儿,少爷。”季莫费伊奇插嘴道。

“我是说洗澡房旁边的那一间,”瓦西里·伊万诺维奇连忙解释道,“现在是夏天了……我马上就到那儿去安排;季莫费伊奇,你把他们的行李搬进来吧。你,叶夫盖尼,我当然把书房让给你用。Suum cuique.②”

---

① 胡费兰德(1762—1836),德国学者,彼得堡科学院国外名誉院士,《长寿术》一书的著者。

② 拉丁语:各得其所。

“现在你看见他了！一个多么有趣的老头儿，他人真好，”巴扎罗夫等瓦西里·伊万诺维奇刚走出去了，马上对阿尔卡季说：“他恰恰和你父亲一样，是个古怪的人，不过是另外的一种。他讲话太多。”

“我觉得你的母亲太好了。”阿尔卡季说。

“不错，她是个实心的女人。你等着看她给我们弄一顿什么样的午饭吧。”

“他们没有料到您今天回来，少爷，他们没有买牛肉。”季莫费伊奇说，他正把巴扎罗夫的箱子拖了进来。

“没有牛肉我们也会吃得很好。没有也就罢了。俗话说得好：贫穷不是罪恶。”

“你父亲有多少农奴？”阿尔卡季突然问道。

“这田产不是他的，是我母亲的；我记得，有十五个农奴吧。”

“一共二十二个。”季莫费伊奇带着不满意的神情说。

拖鞋的踢跶踢跶的声音又听得见了，瓦西里·伊万诺维奇又走了回来。

“再过几分钟，您的屋子就可以接待您了，”他得意地大声说，“阿尔卡季……尼古拉伊奇？我没讲错您的父名吧？这是伺候您的人，”他说，一面用手指着那个跟他一块儿进屋里来的短头发小孩，这个小孩身上穿一件两肘破烂的蓝色长外衣，脚上穿一双并不是他自己的皮靴。“他叫费季卡。啊，我儿子虽然叫我不要说，我还是要再说一遍，请您包涵点，他做不了什么事。不过他知道怎样装烟斗。您当然抽烟吧？”

“我平常抽雪茄。”阿尔卡季答道。

“您这个办法很好。我自己也喜欢抽雪茄，可是在我们这种偏僻地方，很不容易弄到雪茄。”

“得啦，不要再说穷诉苦了，”巴扎罗夫又打断了他的话，“你还不如坐在这儿沙发上，让我来好好地看你一下。”

瓦西里·伊万诺维奇笑着，坐了下来。他的面貌很像他的儿子，只是他的前额低一些、窄一些，他的嘴稍微阔一些；他老是在动，时时耸动肩膀，好像他的衣服太紧，使他的膈肢窝下面很不舒服似的；他一忽儿眨眨眼睛，一忽儿咳嗽两声，一忽儿动动手指。他的儿子却一直露出一种毫不在乎的镇静。

“说穷诉苦！”瓦西里·伊万诺维奇跟着说了一遍，“叶夫盖尼，你不要以为我想打动（就这么说吧）我们客人的同情心：说我们住在怎样一个荒凉偏僻的地方。其实恰恰相反，我认为在一个有思想的人看来，没有一个地方是荒凉偏僻的。至少我竭力不叫自己身上长满（就照一般人那样地说吧）青苔，不叫自己落伍。”

瓦西里·伊万诺维奇从口袋里掏出一方新的黄色的绸手帕来，这是他匆匆忙忙地跑到阿尔卡季的屋子去的时候顺手拿来的，他一面摇动手帕，一面继续说：

“我这话并不是指，譬如说，下面的事实说的：那就是，我对我的农民实行代役租制，把我的地给他们种，他们把一半的收成给我，在我自己这一方面，牺牲也不算小。我认为这是我的义务，常识也命令我这样做，虽然别的地主们连做梦也没有想到这个。我现在是指科学，指教育来说的。”

“不错；我看见你这儿有一本一八五五年的《健康之友》[①]。”巴扎罗夫说。

“这是一个老朋友讲交情送给我的，”瓦西里·伊万诺维奇连忙答道，“不过我们，譬如说，还知道一点儿颅相学，[②]”他又说，这句话主要是对阿尔卡季说的，他一面指着柜子上面那个画有编号的小方格的石膏人头，“就是沙因林[③]的名字我们也并非不知道，还有拉德马黑尔[④]。”

“这个省里的人还相信拉德马黑尔吗？”巴扎罗夫问道。

瓦西里·伊万诺维奇咳嗽起来。

“这个省里……自然，先生们，你们知道得更清楚；我们怎么能够赶上你们呢？现在该你们来替换我们了。在我那个时候有一位拥护体液病理学[⑤]的霍夫曼[⑥]，还有布朗同他的活力论[⑦]，——我们觉得他们很可笑，可是在某个时期他们自然也享过大名来的。现在你们又有新的人来代替拉德马黑尔了，你们崇拜他，可是再过二十年人们又会笑他了。”

“我对你说，省得你心里不舒服，”巴扎罗夫说，“现在我们根本就看不起医学，我们对什么人都不崇拜。”

“那是怎么一回事？啊，你不是要做一个医生吗？”

---

① 从一八三三年到一八六九年在彼得堡出版的一种医学杂志。

② 一种反科学的理论，认为根据头颅测量的数据即可判断人的心理特点。

③ 沙因林（1793—1864），德国医生，教授。

④ 拉德马黑尔（1772—1849），德国学者，医生。

⑤ 一种古老的理论，认为生病是体内液体失调的结果。

⑥ 霍夫曼（1660—1742），德国医生，学者。

⑦ 布朗（1735—1788），苏格兰著名内科医生。活力论是生物学中的唯心主义派别，认为有机体中存在着一种支配生命现象的非物质的（超自然的）力量。

“不错，可是这两件事并不冲突。”

瓦西里·伊万诺维奇把中指插进烟斗里去，那里面还有一点儿燃着的热灰。

“好吧，也许是的，也许是的，——我不跟你辩论。我是什么呢？一个退伍的军医，渥拿都①，现在我变成了一个农业家。”他又掉过头去对阿尔卡季说，“我在您祖父的旅里做过事情，是的，先生，是的，先生，我当年也见过不少的世面。我进过各种社交界，接触过各种人物！我本人，现在站在您面前的这个人，也曾经给维特根施泰因公爵和茹科夫斯基②看过脉！那些参加过十四日③的南军的人，您明白吧。（他说到这儿，便带着特别意味地紧闭他的嘴唇。）他们我全认识。唔，可是我的事情是另外的一种；你只要知道用你的柳叶刀就够了！您祖父是一位非常受人尊敬的人，一位真正的军人。”

“你老实说吧，他是个不折不扣的呆子。”巴扎罗夫懒洋洋地说。

“啊，叶夫盖尼，你怎么说出这种话来！想一想……固然基尔萨诺夫将军不是一个……”

“得啦，不用提他了，”巴扎罗夫打岔道，“我坐车来的时候看见你那座桦树林子倒很高兴，它长得很漂亮。”

瓦西里·伊万诺维奇马上高兴起来。

“你瞧瞧我现在有一个多好的小花园！每棵树都是我亲手栽的。我有水果、草莓同各种各类的药草。不管你们年轻先生们怎样聪明，可是老巴拉赛尔苏斯④说出了神圣的真理：in herbis, verbis et lapidibus……⑤你知道，自然，我已经不行医了，可是每个星期总有两三次我还得重操旧业。他们来请教，我不能够把他们赶走。有时候贫苦的人跑来找我帮忙。这儿连一个医生也没有。这儿有一个邻居，一个退伍的少校，想不到他也在给人看病。我向人问过：‘他学过医没有？’他们告诉我：‘不，他没有学过；他行医多半是为了行善。’哈，哈！为了行善！啊，你觉得怎样？哈，哈！哈，哈！”

---

① 俄国腔的法语：voilà tout（如是而已）。

② 维特根施泰因（1768—1842），俄国元帅，在一八一二年卫国战争中任彼得堡方面的步兵军长。茹科夫斯基（1783—1852），俄国浪漫主义派诗人。

③ 指一八二五年十二月十四日圣彼得堡十二月党人发动的武装起义。参加起义的人大半是军官，分为南方协会与北方协会。

④ 指瑞士名医和化学家巴拉赛尔苏斯（1493—1541），他批判地修改了古代医学思想，促使化学制剂应用到医学上来。

⑤ 拉丁语：在草、言语和石头里面。意思大概是：应当治病。

“费季卡，给我装好烟斗！”巴扎罗夫厉声说道。

“这儿还有一个医生，他去看一个病人，”瓦西里·伊万诺维奇带着扫兴的表情说下去，“那时候病人已经 ad patres① 去了；用人不让医生进屋，只告诉他：‘现在用不着您了。’他没有料到这一层，慌张起来，就问道：‘唔，你主人临死前打嗝儿没有？’‘打的。’‘打得厉害吗？’‘厉害。’‘啊，很好，’他就转身回去了。哈，哈，哈！”

只有老人一个人在笑，阿尔卡季勉强露出笑容。巴扎罗夫只是拼命地抽烟。谈话就这样地继续了一点钟的光景；阿尔卡季还有时间到他屋子里去了一趟，那间屋子原来是澡房的外房，不过却是很舒服，很干净的。最后塔纽莎进来通知，午饭已经预备好了。

瓦西里·伊万诺维奇第一个起身。

“走吧，先生们。要是我打扰了你们，那么请你们宽大地原谅我吧。我那位太太大概会叫你们满意的。”

午饭虽是匆匆准备的，却很可口，而且很丰富；只是酒却像人们所说的那样，不够味：这是一种差不多黑色的西班牙甜酒，有一点儿像青铜又像松脂的味道，还是季莫费伊奇从城里一家熟铺子里买回来的；还有苍蝇也非常讨厌。平日有一个农奴的小孩拿着一大枝绿树枝在旁边赶苍蝇；可是这一回瓦西里·伊万诺维奇因为怕年轻人批评，便把他打发走了。阿琳娜·弗拉西耶夫娜已经换好了衣服：她戴着一顶有丝带的高包发帽，披着一条淡青色带花的披巾。她看见她的叶纽沙，忍不住又哭起来，可是这一次却用不着她丈夫来劝她：自己连忙揩干了眼泪，因为她害怕把披巾弄脏。只有这两个年轻人在吃东西：主人同主妇早已吃过午饭了。费季卡在旁边伺候，他因为没有穿惯靴子，显然觉得很不舒服，还有一个男人相貌的独眼妇人在旁边给他帮忙，她叫安菲苏什卡，平日兼做管家、养鸡、洗衣的职务。在他们吃午饭的中间，瓦西里·伊万诺维奇一直不停地在屋子里走来走去，他脸上带着非常快乐的、甚至十分幸福的表情，谈论着拿破仑的政策和错综复杂的意大利问题②所引起的严重的

---

① 拉丁语：到祖先那儿。

② 意大利为摆脱奥国统治、争取独立和统一的斗争的问题在十九世纪六十年代曾引起俄国社会的注意，引起俄国报刊，特别是革命民主派杂志的《现代人》和《口笛》的热烈讨论。在意法奥战争中奥地利失败，但在签订威腊法郎加和约时（1859 年）拿破仑三世出卖了意大利，仍让奥地利保持对威尼斯的统治。

忧虑。阿琳娜·弗拉西耶夫娜并不注意阿尔卡季,也不劝他多吃;她把她的圆脸(她的丰满的樱桃色嘴唇,她的脸颊上和眉毛上的小黑痣使她的脸显得非常和善)支在她的捏紧的小拳头上面,她的眼睛始终不离开她的儿子,而且一直不停地在叹气;她非常着急地想知道他这次回来要住多少时候,可是她又害怕问他。“要是他说只住两天又怎么办呢?”她想道,她的心就沉下去了。烤肉端上桌子以后,瓦西里·伊万诺维奇便不见了。过了一忽儿,他拿着半瓶开了塞子的香槟酒回来。“你瞧,”他叫道,“我们虽然住在乡僻地方,可是遇到喜庆事情,我们也有一点儿东西来助兴呢!”他斟满了三个高脚杯和一个小酒杯,提议祝“贵客们”的健康,便依照军人的规矩把酒一口喝光了;他还勉强阿琳娜喝光那一小杯酒。蜜饯端上来的时候,阿尔卡季虽然不能吃甜的东西,也觉得他应当把那四种新做好的蜜饯每一样尝一点儿,尤其因为他看见巴扎罗夫坚决地一点儿也不吃就马上抽起雪茄来。然后茶同奶油、牛油、脆饼干一块儿送上来了;吃过了茶,瓦西里·伊万诺维奇便带他们到园子里去欣赏黄昏的美景。他们走过一条长凳的时候,他轻轻地对阿尔卡季说:

“我爱在这个地方对着落日冥想:这对一个像我这样的隐士倒合适。那儿,再远一点儿的地方我栽了几棵贺拉西[①]喜欢的树木。”

“什么树?”巴扎罗夫在旁边听见了便问道。

“啊,……刺槐。”

巴扎罗夫打起呵欠来。

“我想,现在是我们的旅客投入摩尔甫斯[②]的怀抱里的时候了。”瓦西里·伊万诺维奇说。

“那是说,该睡觉了,”巴扎罗夫插嘴说,“这个意见不错。的确是时候了。”

他向他的母亲告辞的时候,他吻她的前额,她却拥抱他,又偷偷地在他背后画了三次十字,给他祝福。瓦西里·伊万诺维奇陪阿尔卡季到他的屋子里去,并且盼望他“睡得好,就像我在您那幸福的年纪的时候一样”。阿尔卡季在他那间澡房的外房里的确睡得非常好;屋里有一股薄荷味道;两只蟋蟀在灶后竞赛似地唱催眠歌。瓦西里·伊万诺维奇走出阿尔卡季的屋子又到他的书

---

① 贺拉西(公元前65年—前8年),罗马著名诗人。用颂歌和寄语歌颂在大自然怀抱中的生活乐趣。

② 希腊神话中的梦神,是睡神许普诺斯的儿子。

房里去，他蜷着身子坐在沙发上他儿子的脚边，准备跟他儿子谈一忽儿；可是巴扎罗夫说自己很瞌睡，马上把他打发走了，事实上巴扎罗夫一直到天亮才睡着。他睁大眼睛生气地注视着黑暗。童年的回忆在他心上并没有什么力量，而且他还不能够摆脱他最近的痛苦的印象。阿琳娜·弗拉西耶夫娜先祷告到她自己满意了，后来又跟安菲苏什卡谈了许久、许久的话，安菲苏什卡一动也不动地站在她主人面前，用她那只独眼死死地盯着她，鬼鬼祟祟地低声讲着她对于叶夫盖尼·瓦西里伊奇的一切观察和意见。老太太的脑袋已经让快乐，让酒，让雪茄烟气味弄昏了：她的丈夫还想跟她谈话，也只好摇摇手打住了。

阿琳娜·弗拉西耶夫娜是一个真正的俄国古时候的名门妇女：她应当早生两百年，生在旧的莫斯科时代[①]。她笃信宗教，而且容易感动，她相信各种的兆头、占卜、咒语和梦；她相信圣痴[②]的预言，相信家怪，相信树精，相信不吉利的相遇，相信凶眼，相信流行的丹方，相信星期四那天不吃盐[③]，相信世界末日就在眼前；她相信要是复活节整夜礼拜的烛光不灭，荞麦的收成一定好；她又相信菌子要是让人眼看见了，就不会长大；她相信魔鬼喜欢有水的地方；她相信每个犹太人的胸口上都有一块血印；她害怕老鼠，害怕蛇，害怕青蛙，害怕麻雀，害怕蚂蟥，害怕打雷，害怕冷水，害怕穿堂风，害怕马，害怕羊，害怕红头发的人，害怕黑猫，她把蟋蟀同狗当做不干净的生物；她从来不吃小牛肉、鸽子[④]、龙虾、乳酪、龙须菜、西洋野菜、野兔，她不爱吃西瓜，因为切开的西瓜使她想起了施洗的约翰的头[⑤]，她提起牡蛎就要打颤，她爱吃——可是严格持斋[⑥]；一天二十四小时里头她睡去了十小时，然而要是瓦西里·伊万诺维奇头痛，她就整夜不睡；除了《亚历克西或林中小屋》[⑦]外，她从没有读过一本书；她一年写一封，最多写两封信；可是处理家务，做果干，做蜜饯，她却十分擅长，虽然她自己的手从来不沾一下，而且她往往一坐下来就不愿意再移动。阿琳

---

① 指莫斯科做帝国首都的时期，在她这个时候俄国首都在圣彼得堡。

② 当时旧俄一般迷信的人认为这种半疯的低能人得到了神的感召，能够跟神接谈，几乎把他们当作了预言家。

③ 古时俄罗斯农村旧俗，星期四不吃盐。

④ 在从前，多数俄国人把鸽子看作圣灵的象征，不吃鸽子，也不杀鸽子。

⑤ 耶稣以前的传道者，被希律王锁在监里。希律根据他弟妇希罗底的要求，吩咐护卫兵在监里斩了约翰，把头放在盘子里，拿来给希罗底的女儿。（见《圣经·新约》《马可福音》和《马太福音》。）

⑥ 即斋期中不吃肉的规定。

⑦ 《亚历克西或林中小屋》是法国小说家狄克烈—狄米尼尔（1761—1819）的一本感伤的小说，有俄译本。

娜·弗拉西耶夫娜心肠很好，并且在她的范围内她也绝不是愚蠢的。她知道世界上的人是分为两类的：一种是主人，他们的职责是发命令，另一种是寻常老百姓，他们的职责是服从命令，——因此她也并不厌恶卑屈谄媚和跪拜的礼节；可是她对待比她低下的人却很仁慈、温和；她从来不让一个乞丐空手回去；虽然她有时候也议论旁人；却从来没有讲过谁的坏话。她年轻时候很漂亮，会弹古钢琴[①]，还会讲几句法语，可是自从她并不情愿地勉强跟她丈夫结了婚，跟他一块儿漂游了许多年以后，她的身子长胖了，也忘记了音乐和法语。她很爱她的儿子，也很怕他；她把她的田产完全交给瓦西里·伊万诺维奇去管理——她自己现在一点儿也不过问；只要她的老伴跟她谈起那些快要实行的改革和他自己的计划，她马上就唉声叹气，接连地摇手绢儿表示不要听下去，而且吓得把眉毛越抬越高。她多疑善虑，老是觉得会有大难临头，要是她想起什么伤心的事情，马上就会痛哭起来……像这样的女人现在是一天一天地少起来了。只有上帝知道我们究竟应当不应当为这桩事情高兴！

二十一

阿尔卡季早晨起来，打开窗，第一眼看到的便是瓦西里·伊万诺维奇。这个老年人穿了一件布哈拉[②]式的宽睡衣，腰间束着一条手帕，正在起劲地挖菜园。他看见了他的年轻的客人，便把身子靠在铲子上，大声说：

“祝您健康！您睡得好吗？”

“非常好。”阿尔卡季答道。

“您瞧我在这儿像辛辛纳图斯[③]那样挖地种晚萝卜呢。我们现在生在这样一个时代，——感谢上帝！——人人都应当靠自己的手来维持生活，靠别的人是没有用的，一个人总得自己劳动。现在看起来让·雅克·卢梭[④]究竟是对的了。要是在半点钟以前，我的亲爱的先生，您就会看见我在干一桩完全不同的事情。一个乡下女人来抱怨她‘肚子绞痛’——那是她的讲法，可是在我们却叫

① 一种击弦键盘乐器，是钢琴的前身。

② 地名，在中亚细亚。

③ 辛辛纳图斯（约公元前5世纪），罗马的贵族和执政官。据传说，他生活朴素，自己种地。

④ 让·雅克·卢梭（1712—1778），法国杰出的思想家，启蒙学者，小资产阶级民主主义者。主要著作是《论人类不平等的起源和基础》。他认为人的教育和幸福生活的条件之一是劳动。

做痢疾,我……我怎么说才好呢……我给她服鸦片;我又给另一个女人拔了一颗牙齿。我劝这个女人上麻药……她却不肯。我干这些事都是 gratis[①]——安那马久尔[②]。而且这也不足为奇;您知道我是一个平民,homo novus[③],我不是世家出身,不像我妻子那样……您要不要在喝早茶以前到这儿荫凉处来,呼吸一点儿早晨的新鲜空气?"

阿尔卡季便出去到了他身边。

"再一次欢迎,"瓦西里·伊万诺维奇说,把手举到他头上那顶油腻的无边小帽旁边,行了一个军礼,"我知道,您过惯了阔气的、快乐的生活,不过就是当代伟人也不至于不高兴在农舍里头住上几天的。"

"啊哟,"阿尔卡季叫起来,"您怎么把我比作当代伟人呢?我也没有过惯阔气的生活。"

"请原谅,请原谅,"瓦西里·伊万诺维奇客气地笑答道,"虽然我现在是不中用的古董了,可是我也曾见过世面的——我可以根据一个人的行为来判断他的为人。我多少也算得是一个心理学家,一个观相家。要是我没有那种——我姑且大胆地说吧——本领,我早就完蛋了;像我这样一个小人物,是立不住脚的。我这样对您说并不是恭维您:我看见您跟我儿子的交情,万分高兴。我刚才看见他了;他同往常一样,起得很早——您一定知道他这种习惯——到附近散步去了。请许我问一句——您跟我儿子认识很久吗?"

"从去年冬天起的。"

"不错,先生。请许我再问一句,——我们坐下来谈谈不好吗?请许我这个做父亲的人直爽地问您一句,您觉得我的叶夫盖尼怎样?"

"您的儿子是我所遇见的一个挺了不起的人。"阿尔卡季起劲地答道。

瓦西里·伊万诺维奇的两只眼睛突然睁得很圆;两颊略微发红。铲子从他的手里落了下来。

"那么您以为……"他开始说……

"我相信,"阿尔卡季打岔道,"您的儿子有一个伟大的前程;他会给您府上增光。我跟他第一次见面的时候,我就这样地相信。"

"这……这是怎样的呢?"瓦西里·伊万诺维奇费力地慢慢说道。一个快

---

① 拉丁语:免费的。

② 俄国腔的法语:en amateur(业余的)。

③ 拉丁语:新人。

乐的微笑使他的阔嘴张开了，那笑容一直留在他的嘴唇边。

"您要不要我告诉您我们是怎样认识的？"

"要的……而且大概讲一下……"

阿尔卡季便讲起巴扎罗夫的故事来。他这次比他跟奥金佐娃跳玛组卡舞的那个晚上谈得更起劲，更热烈。

瓦西里·伊万诺维奇注意地听着，他一忽儿擤鼻涕，一忽儿把他的手帕放在两只手里搓成一团，一忽儿咳嗽，一忽儿又把头发搔得直立起来，——最后他实在忍不住了，他俯下头去，在阿尔卡季的肩头吻了一下①。

"您使我快乐极了，"他说，笑容一直没有消失，"我应当告诉您，我……崇拜我的儿子；我的老妻更不用提了——我们都知道母亲对儿子是怎样的！——可是我也不敢在他面前表露我的感情，因为他不喜欢这样。任何的感情流露他都反对；许多人因为他的性格坚强而批评他，认为这是骄傲、无情的表示，可是像他这样的人是不能够用平常的尺度来衡量的，不是吗？随便举个例子说，别人处在他的境地一定会成为他父母的累赘；可是他，您相信吗？从生下来的那天起他就没有多花过一个戈比，上帝知道的。"

"他是一个没有私心的、正直的人。"阿尔卡季说。

"的确是没有私心的。可是我，阿尔卡季·尼古拉伊奇，我不但崇拜他，我还以他自豪，我的虚荣心就是：有一天他的传记里面会写上这样的几行：'一个寻常的军医的儿子，不过这个父亲很早就看得出他的伟大，并且不惜花任何代价来完成他的教育'……"老人讲不下去了。

阿尔卡季捏了捏他的手。

"您的意思怎样？"瓦西里·伊万诺维奇停了一忽儿又问道，"他是不是会在医学方面得到您所预料的声名呢？"

"当然不是在医学方面，不过就是在这方面他也会成为第一流的学者。"

"那么在哪一方面呢，阿尔卡季·尼古拉伊奇？"

"现在很难说，不过他会成名的。"

"他会成名的！"老人跟着说了一遍，他静静地思索起来了。

"阿琳娜·弗拉西耶夫娜叫我来请你们进去喝茶。"安菲苏什卡走来说，手里端着一大盆熟了的覆盆子。

---

① 在帝俄时代，吻主人的肩头是农奴们的习惯。

瓦西里·伊万诺维奇吃了一惊。

“有没有凉的奶油来拌覆盆子?”

“有的,老爷。”

“记住,要冷的!不要客气,阿尔卡季·尼古拉伊奇;多拿一点儿。怎么叶夫盖尼还不来呀?”

“我在这儿。”巴扎罗夫的声音从阿尔卡季的屋子里传出来。

瓦西里·伊万诺维奇连忙转过身去。

“啊哈!你想拜望你的朋友;可是你去晚了,amice①,我跟他已经谈了好久了。现在我们得进去喝茶去:母亲在叫我们。哦,我有几句话想跟你谈谈。”

“谈什么事情?”

“这儿有一个农民;他在害着黄疸病……”

“是说黄疸病吗?”

“是的,一种慢性的、顽强的黄疸病。我给他开了矢车菊和小连翘,叫他吃萝卜,又给他苏打;可是这些都只是姑息剂;还想给他用点更有效的药。你虽然看不起医学,不过我相信你一定可以给我一点很好的意见。这个我们以后再谈吧。现在先进去喝茶。”

瓦西里·伊万诺维奇高高兴兴地从凳子上跳起来,口里哼着《罗勃》②里面的句子:

> 法则,法则,法则让我们自己来规定,
> 活……活……就是要活得快乐!

“好大的活力!”巴扎罗夫说着,就离开了窗口。

到了中午的时候。隐在一片连绵不断的浅白色薄云后面的太阳好像在燃烧一样。四周很静;除了公鸡在村子里挑衅般地对啼,让听见的人发生一种古怪的瞌睡和烦闷的感觉以外,再没有别的声音;在什么地方的一棵树顶上,有一只小鹰高高地在那儿连连发出哭唤似的哀鸣。阿尔卡季和巴扎罗夫躺在一个小小的干草墩的荫处,身子底下垫了两三抱草,这虽是干了的草,并且发出沙沙的声音,可是它们仍然带绿色,仍然有香味。

---

① 拉丁语:朋友。

② 全名为《恶魔罗勃》,是德国作曲家梅耶贝尔(1791—1864)在一八三〇年所作的歌剧。

"那棵白杨，"巴扎罗夫开始说，"使我记起了我的童年；它长在土坑边上，那儿原先是个烧砖的地方，在那个时候我相信土坑同白杨有一种特殊的法力；我在它们旁边，从来不觉得厌烦。我当时并不明白我之所以不厌烦，只因为我是一个小孩。唔，我现在长大了，法力也就不起作用了。"

"你在这儿一共住了多少时候？"阿尔卡季问道。

"连续住了两年的光景；后来我们就出去旅行。我们过一种漫游的生活，老是一个城市一个城市地搬来搬去。"

"这所宅子盖了很久吧？"

"很久了。是我外祖父盖的，就是我母亲的父亲。"

"你的外祖父，他是个什么人？"

"鬼知道。大概是个准少校吧。他在苏沃罗夫①手下干过事，他老是讲他那些越过阿尔卑斯山的故事——说不定是在吹牛。"

"怪不得你们客厅里挂了一幅苏沃罗夫的像。我喜欢像你们这样的小宅子：又古老，又暖和；还有一种特别的气味。"

"灯油和苜蓿混在一块儿的气味，"巴扎罗夫打个呵欠说，"这些可爱的小宅子里的苍蝇……呸！"

"告诉我，"阿尔卡季停了一下又说，"你小时候他们管束得严不严？"

"你看见我父母是怎样的人。他们并不是严厉的人。"

"你爱他们吗，叶夫盖尼？"

"爱的，阿尔卡季。"

"他们多爱你啊！"

巴扎罗夫静了一忽儿。

"你知道我在想什么吗？"他后来把两只手托住后脑勺，问了这一句。

"不知道。你在想什么？"

"我在想：我父母在世界上活得非常快乐。我父亲已经六十岁了，他还在忙忙碌碌，谈着姑息剂，给人治病，对农民厚道——一句话说完，他过的是称心如意的日子；我母亲也很快乐；各种各样的事务把她的时间全占去了，她一忽儿唉声，一忽儿叹气，她连想到自己的时间也没有；可是我……"

---

① 苏沃罗夫（1729—1800），俄国统帅，于一七九九年在意大利打败了拿破仑一世，同年他统率下的俄罗斯军队在向瑞士进军中，完成了越过阿尔卑斯山的行军。

“可是你呢?”

“我想:我躺在这儿草墩底下……我占的这块小地方跟其余的没有我存在、并且和我不相干的大地方比起来是多么窄小;我所能生活的一段时间跟我出世以前和我去世以后的永恒比起来,又是多么短促……在这个原子里,这个数学的点里,血液在循环,脑筋在活动,渴望着什么东西……这是多么荒谬!这是多么无聊!”

“让我来说一句,你这番话可以应用在一般人的身上……”

“你说得对,”巴扎罗夫打岔道,“我正要说,他们——我是指我的父母——现在整天忙着,并不去想一想他们自己的渺小;他们并不因为这个感到不舒服……可是我……我只感到厌倦和愤怒。”

“愤怒?为什么愤怒?”

“为什么?你怎么能够问为什么?你已经忘记了吗?”

“我什么都记得,可是我仍然不承认你有愤怒的权利。你不幸福,我承认,可是……”

“嗳!那么你,阿尔卡季·尼古拉伊奇,我看得出,你对爱情的看法是同一般新的年轻人一样了。你咯咯咯地唤着母鸡,可是等到母鸡走过来,你又跑开了!我不是这样的。可是用不着再讲这个了。再说那些没有办法的事,未免太可羞了。”他翻了一个身。“啊哈!这儿有一只勇敢的蚂蚁在拖一只半死的苍蝇。带走它,兄弟,带走它!不要去管它怎样抵抗,你得利用这个事实:你作为一个动物就有不承认怜悯心的权利,不像我们这些毁掉自己的人。”

“你不应该这样说,叶夫盖尼!你什么时候毁过你自己来的?”

巴扎罗夫抬起头来。

“这是惟一的我可以自傲的事。我没有毁掉我自己,所以一个小娘儿们也不会把我毁掉。阿门[①]!现在完结了。关于那件事你不会听见我再讲一个字了。”

这两个朋友静静地躺了一忽儿。

“不错,”巴扎罗夫又说,“人是奇怪的生物。要是我们从远处、从旁边来看‘父亲们’在这儿过的那种与世隔绝的生活,似乎没有比这更好的了。你吃啦,喝啦,并且知道你的举动是最合理的,最聪明的。可是不然;你不久就会感

① 基督教祷告的结尾词,意即:“心愿如此”。

到苦闷了。你总想跟别人来往，哪怕是去跟他们吵架也好，总想跟他们来往。”

“一个人应当好好地安排生活，要使它每一刻的时光都过得有意义，”阿尔卡季带着思索地说。

“谁说的！有意义的事情即使错误，也是好的；可是没有意义的事也可以忍受……可是——无聊的闲话，无聊的闲话……这却是受不了的。”

“一个人只要不承认无聊的闲话，对他无聊的闲话也就不存在了。”

“哼……你不过是把大家都知道的道理颠倒过来说罢了。”

“什么？你这句话是什么意思？”

“我就告诉你：譬如说教育是有利的，这是大家都知道的道理，可是要说教育是有害的，就是把大家都知道的道理颠倒过来了。它听起来好像更漂亮，其实是二而一的。”

“那么真理是在哪儿，在哪一方面呢？”

“哪儿？我像回声那样地回答你：在哪儿？”

“今天你心里不痛快，叶夫盖尼。”

“真的？我想大概是太阳把我晒得太厉害了，而且也不应该吃那么多的覆盆子。”

“那么睡一忽儿午觉倒不坏。”阿尔卡季说。

“好吧；只是你不要望我：每个人的睡相都是愚蠢的。”

“别人对你怎样想法，在你看来不都是一样的吗？”

“我不知道跟你讲什么好。一个真正的人是不应当顾虑这个的；对一个真正的人，别人用不着去议论他，别人对他只有两个办法：不是服从他，就是恨他。”

“这倒古怪！我什么人都不恨。”阿尔卡季想了一下说道。

“我恨的人很多。你是个心肠又软、感情又脆弱的家伙；你怎么会恨人呢？……你胆小；你不大相信你自己。……”

“那么你呢，”阿尔卡季打岔地说，“你相信你自己吗？你把自己看得很高吗？”

巴扎罗夫不响了。

“等到我遇着一个在我面前不低头的人，”他一个字一个字清晰地说，“那么我再来改变我对我自己的意见。恨！不错，譬如，我们今天走过我们的管理人菲利普的小屋的时候，——就是那座又漂亮、又白的小屋，——你说，要是连最后的一个农民也有这样一所房屋的时候，俄国就到了完善的境地了，我们大家应当努力促成它的实现……我却特别恨这个最后的农民，不管他叫菲利普，或是西多尔，我应当为他出力，他对我连谢也不谢一声……本来我为什么要他谢我呢？唔，他将来要住在干净的白色小屋里头，而我的身上要长起牛蒡来[①]；以后又怎么样呢？”

“得啦，叶夫盖尼……要是有人听见你今天讲的话，他会跟那班骂我们没有原则的人表示同意了。”

“你讲话就同你伯父一样。一般地说，原则是不存在的——你到现在还不知道吗？只有感觉。一切都依靠着感觉。”

“怎么这样呢？”

“就这样的。譬如拿我来说，我采取一种否定的态度，——这是由于我的感觉；我喜欢否认——我的脑子是那样构成的，就再没有别的了！为什么我喜欢化学？为什么你爱苹果——这也是由于我们的感觉。这都是一样的。再要比这更深一层，人就看不透了。这样的话不是每个人都肯对你说的，而且我下次也不会再跟你讲它。”

“什么？那么正直也是一种感觉吗？”

“那还用说！”

“叶夫盖尼！”阿尔卡季声音忧郁地说。

“啊？什么？这句话不合你的胃口吗？”巴扎罗夫打岔说，“不，兄弟。既然下了决心要把所有的东西全割下，就该把自己的脚也砍掉[②]。可是我们谈哲理也谈够了。普希金说得好：‘大自然送出睡梦的静寂。’”

“他从没有说过这一类的话。”阿尔卡季说。

“好吧，倘使他没有说过，他既然是一个诗人，他就很可以说——而且也应当说这句话。我想，他一定在军队里头干过。”

“普希金从来没有做过军人。”

“对不起，在他的每页书上都是：‘战斗去，战斗去，为了俄罗斯的荣誉！’”

“啊，看你乱编些什么！我要说这实在是毁谤了。”

---

① 意思是：在我的墓地上要长起牛蒡来。

② 意思是：否定一切。

“毁谤？事情太重大了！你想拿这样的话来吓唬我！不管你怎样去毁谤一个人，他实际上总要比你讲的坏二十倍。”

“我们还是睡一忽儿觉吧。”阿尔卡季带着不痛快的调子说。

“我非常赞成。”巴扎罗夫答道。

可是他们都睡不着。两个年轻人的心里都充满了一种差不多是仇视的情感。过了五分钟的光景，他们睁开眼睛，默默地对望了一下。

“你瞧，”阿尔卡季突然嚷道，“一片枯萎的枫叶离开了树枝，正朝地上落下来，它飘着就像一只蝴蝶在飞一样。这不奇怪吗？最悲惨的死的东西——却跟最快乐的活的东西一样。”

“啊，朋友，阿尔卡季·尼古拉伊奇！”巴扎罗夫大声说，“我求你一件事：不要用美丽的辞藻。”

“我会讲什么就讲什么……你这真是专制了。我脑子里头有了一个思想，我为什么不该把它讲出来呢？”

“不错；那么为什么我又不该讲出我的思想呢？我觉得那种美丽的辞藻实在不好听。”

“那么什么话好听呢？骂人吗？”

“啊—啊！我看你真想步你伯父的后尘呢。要是那个白痴听见了你的话，他不知道会多么高兴！”

“你把帕维尔·彼得罗维奇叫做什么？”

“我叫得非常恰当，他是一个白痴。”

“可是这叫人太难堪了！”阿尔卡季嚷起来。

“啊哈！家族的感情在讲话了，”巴扎罗夫冷静地说。“我早看出来这种感情在人们心中是根深蒂固的。一个人可以放弃一切，破除一切的偏见；可是要他承认他那个偷手绢儿的兄弟，这是随便举例说的，是一个小贼，——那就办不到了。老实说：我的兄弟，我的——不是天才……这是可能的吗？”

“是单纯的正义感在我心里讲话，一点儿也不是家族的感情，”阿尔卡季热烈地答道。“不过你既然不了解那种感情，你既然没有那种感觉，你就不能够批评它。”

“换句话说，阿尔卡季·基尔萨诺夫太高深了，我是不能够了解的。我只好低头不做声。”

“请你不要说吧，叶夫盖尼；我们结果会吵起来的。”

“啊,阿尔卡季!给我一个恩典。我求你,让我们痛痛快快地吵一回。”

“可是我们后来也许会弄到……”

“打架吗?”巴扎罗夫打岔地说。“好吧?这儿,在干草上面,在这种牧歌的环境里,离开世界和人们眼睛又远——那是不要紧的。不过你不是我的对手。我一动手就会掐住你的喉咙……”

巴扎罗夫伸开他那瘦长的、结实有力的手指……阿尔卡季掉转身走开,玩笑似地做出准备抵抗的姿势……可是他朋友的脸色在他眼里显得非常凶恶——在他那嘴唇上似笑非笑的微笑里,在他那发光的眼睛里,有一种不是开玩笑的恐吓的表情,他不由自主地觉得胆怯起来……

“啊!原来你们跑到这个地方来了!”瓦西里·伊万诺维奇的声音在这个时候说,这个老军医在年轻人的面前出现了,他穿一件自己家里做的亚麻布上衣,头上戴一顶也是自己家里做的草帽。“我到处找你们……可是,你们倒挑选了一个很好的地方,你们干得很好。躺在‘大地’上面,仰望‘天空’……你们知道,这句话里面有一种特别的意思吗?”

“我除了要打喷嚏的时候,从来不仰望天空,”巴扎罗夫嘟哝说,他又转过脸对阿尔卡季小声说,“可惜他打了我们的岔。”

“唔,不要说了,”阿尔卡季低声说,他暗暗地捏一下他朋友的手,“就是再深的友情也不见得长久受得住这样的冲突。”

“我望着你们,我年轻的朋友,”瓦西里·伊万诺维奇也在这个时候说,他把头摇了摇,两手交叉着按在他亲手做的弯曲得很巧妙的、柄上雕一个土耳其人头的手杖上头,——“我望着你们,我就止不住我的赞美。你们有多大的力量,精力最旺盛的青春,多大的能力,多大的才干!简直是……卡司托耳跟波卢克斯①。”

“现在你瞧——他来卖弄他的神话学了!”巴扎罗夫说,“你一听就知道他从前是一个了不起的拉丁语学者了!啊,我好像记得你从前得过拉丁语作文的银牌奖章——是不是?”

“狄俄斯枯里②,狄俄斯枯里!”瓦西里·伊万诺维奇反复地说。

“啊,得啦,父亲;不要婆婆妈妈的了。”

---

① 希腊神话中大神宙斯跟勒达生的双生子。这里是指一对非常亲密的朋友。

② 狄俄斯枯里是卡司托耳和波卢克斯二神的合称。

“偶尔来一次是可以的，”老人喃喃地说，“不过先生们，我并不是找着来恭维你们的；我是来，第一，告诉你们快开午饭了；第二，我要通知你一声，叶夫盖尼……你是一个聪明人，你通晓人情，你知道女人家的脾气，那么你会原谅的……你妈妈因为你回家来要做一次谢恩礼拜。你不要以为我来请你去参加谢恩礼拜——它已经做完了；可是阿历克赛神甫……”

“这儿的教士吗？”

“是的，那个教士；他要在我们这儿……吃饭……我并没有料到，我也不赞成……可是也不知道怎样搞的……他没有了解我的意思……唔，而且阿琳娜·弗拉西耶夫娜……不过他倒是一个很好的、明白事理的人。”

“我想他不会把我的一份午饭也吃掉吧？”巴扎罗夫说。

瓦西里·伊万诺维奇笑了起来。

“啊呀！这是什么意思！”

“好啦，我不再要求什么了。我不管同谁一桌吃饭都可以。”

瓦西里·伊万诺维奇戴正他的帽子。

“我早就相信你不受任何偏见的拘束。就拿我来说吧，一个六十二岁的老头儿了，我也没有偏见。（瓦西里·伊万诺维奇不敢承认是他自己要做谢恩礼拜的……他对宗教的虔诚不亚于他的妻子。）并且阿历克赛神甫很想跟你认识。你也会喜欢他的，你等一忽儿瞧吧。他并不反对打牌，并且有时候——这句话只有在我们中间讲——他还抽一袋烟呢。”

“好吧。我们吃过饭来打一圈，我会好好地赢他。”

“嘿！嘿！嘿！我们瞧吧！恐怕靠不住。”

“怎么？难道你的兴致还不减当年？”巴扎罗夫特别加重语气地说。

瓦西里·伊万诺维奇的青铜色脸颊上泛起一层局促的红晕。

“你不害臊吗，叶夫盖尼……过去的事就让它过去吧。好的，我愿意在这位先生面前承认我年轻时候有过这种嗜好，——这是事实；而且我为它也受够苦了！啊，天气真热！让我跟你们坐一忽儿。我想，我不会妨碍你们吧？”

“啊，一点儿也不。”阿尔卡季答道。

瓦西里·伊万诺维奇呻吟一声，在干草上坐了下来。

“亲爱的先生们，”他说，“你们现在这个睡铺叫我想起了我从前在军队里的露营生活，包扎所也是在一个像这样的靠近干草堆的地方，而且就是这样的地方在当时也是很难得的。”他又叹了一口气，“我一生也经历过许许多多的事情。举一个例子说吧,要是你们愿意听的话,我给你们讲一桩比萨拉比亚大瘟疫中的古怪事情。”

“你就是为了那桩事情得到弗拉季米尔勋章的吗?”巴扎罗夫插嘴道,“我们知道,我们知道……那么,你为什么不把它挂在身上?”

“我不是跟你讲过我没有偏见吗?”瓦西里·伊万诺维奇结结巴巴地说(他刚刚在前一天叫人把红丝带从他的衣服上拆了下来),他接着就讲起瘟疫的故事来,“您瞧,他睡着了,”他突然指着巴扎罗夫对阿尔卡季轻轻地说,又好意地眨了眨眼,然后大声叫道,“叶夫盖尼!起来!我们去吃午饭吧……”

阿历克赛神甫生得魁伟、肥胖,一头浓发梳得很光,他那件淡紫色绸法衣上面束了一根绣花腰带,他看起来像是一个非常机灵知趣的人。他连忙先伸出手给阿尔卡季和巴扎罗夫,好像他预先知道他们并不要他祝福似的①,他的举止大都是毫无拘束的。他既不降低自己的尊严,也不得罪别人;他偶尔也笑话神学校里教的拉丁语,却极力维护他的主教;他喝了两杯酒,却不肯喝第三杯;他接了阿尔卡季的一根雪茄,并不马上抽它,说是他要带回家去。他只有一桩事叫人看了觉得不大舒服,就是他时时小心翼翼地、慢慢地举起手去捉脸上的苍蝇,有几回居然把苍蝇压扁了。他坐在牌桌旁边并不显得十分高兴,结果他却从巴扎罗夫手里赢了两个半卢布的钞票:在阿琳娜·弗拉西耶夫娜家里,没有人会用银子计算②……她照旧坐在她儿子的身边(她是不打牌的),她照旧用一只小拳头支住她的脸颊;她只有去叫人端一点儿新的吃食上来的时候才站起身子走开。她不敢去亲巴扎罗夫,他不鼓励她,也不让她去亲他;而且瓦西里·伊万诺维奇也劝过她不要太“麻烦”他了。“年轻人不喜欢那种事情,”他这样地跟她讲了好几次。(这儿用不着说那天的午饭是多么丰富;季莫费伊奇大清早就亲自赶车去买一种特别的契尔卡斯的牛肉③;管理人到另一个方向去买淡水鳕、鲈鱼、龙虾;单是蕈子一样就给了那些乡下女人四十二戈比。)可是阿琳娜·弗拉西耶夫娜的眼睛牢牢地盯着巴扎罗夫,眼里表示的不只是深爱与温情;那里面还有忧愁,也搀杂得有恐惧和好奇心;那里面还可以看出一种温顺的责备来。

---

① 通常教士看见人不握手,只给他们祝福,他们便吻他的手。阿历克赛神甫知道巴扎罗夫和阿尔卡季不会接受他的祝福,便先伸出手给他们。

② 当时银子的价值与钞票的价值不同,银子贵得多。这是尼古拉一世滥发钞票的结果。

③ 这是上等的牛肉。

可是巴扎罗夫却无心去分析他母亲的眼里究竟是什么表情；他很少跟她讲话，不过偶尔问她一两句简短的话罢了。有一次他要借她的手来换一换"手气"；她就静静地把她那柔软的小手放在他的粗大的掌上。

"怎样，"她等了一忽儿，问道，"有没有用处？"

"更坏了。"他漫不经心地笑了笑答道。

"他打的牌太冒险了，"阿历克赛神甫好像表示惋惜地说，他一面抚摸他的漂亮的胡子。

"拿破仑的方法，好神甫，拿破仑的方法，"瓦西里·伊万诺维奇插嘴说，他打出了一张"爱司"。

"可是它把拿破仑送到圣海伦那[①]去了。"阿历克赛神甫说，他拿出王牌把"爱司"吃了。

"你要不要喝一点儿红醋栗水，叶纽谢奇卡？"阿琳娜·弗拉西耶夫娜问道。

巴扎罗夫只是耸了耸肩。

"不成！"第二天巴扎罗夫对阿尔卡季说，"我明天就要离开这儿了。我烦透了；我想工作，可是在这儿无法工作。我想再到你们的村子那儿去；我的实验标本也都留在那儿。在你们家里一个人至少可以关起门来。在这儿虽然我父亲老是对我说这一句话：'我的书房让给你用——没有一个人打扰你。'可是他自己始终就没有离开过我一步。我又不好意思把他关在门外。我母亲也是这样。我听见她在隔壁不住地叹气，可是倘使我去看她，我又没有话对她说。"

"她一定会非常伤心，"阿尔卡季说，"他也会那样。"

"我还要回来看他们。"

"什么时候？"

"唔，等我要到彼得堡去的时候。"

"我特别同情你的母亲。"

"为什么呢？是她请你吃饱了草莓吗，还是别的缘故？"

阿尔卡季埋下了眼睛。

---

① 南大西洋上一个英国海岛，一八一五年拿破仑一世给放逐在这个岛上，他后来（1821）便死在这儿。

“你不了解你的母亲,叶夫盖尼。她不只是一个很好的女人,她的确是很聪明的。今天早晨她跟我谈了半小时,谈的话都是非常切实,非常有趣的。”

“我想你们自始至终都是在谈论我吧?”

“我们并不是单单谈论你。”

“也许;你作为旁观者看得清楚些。倘使一个女人能够谈得上半小时的话,那往往是一个好的现象。可是我仍然要走。”

“可是你要把这个消息告诉他们,也不是一桩很容易的事。他们一直在议论怎样安排我们这两个星期里的生活。”

“这是不容易的事。今天有什么魔鬼叫我去把我父亲挖苦了一顿:他前两天叫人把他的一个纳租的农民抽了一顿鞭子,——他做得很对;不错,不错,你用不着这样害怕地望着我——他做得很对,因为那个农民是一个惯贼,一个酒鬼;只是我父亲绝没有料到我,像人们说的那样,已经知道了这桩事情。他非常狼狈。现在我又要叫他格外伤心了……不要紧!他不久会好的。”

巴扎罗夫虽然说是“不要紧”;可是这一天已经过完了,他还不能够下决心把他的主意告诉瓦西里·伊万诺维奇。最后,他在书房里跟他父亲道过了晚安,他才假装打一个呵欠,说道:

“啊,……我差点儿忘了告诉你……明天请你差人把我们的马带到费多特那儿去换班。”

瓦西里·伊万诺维奇吓了一跳。

“基尔萨诺夫先生要走吗?”

“不错;我跟他一块儿走。”

瓦西里·伊万诺维奇连脚也站不稳了。

“你要走?”

“不错……我一定得走。请你叫人把马预备好。”

“好吧……”老人结结巴巴地说,“预备备用的马……好……只是……只是……这是怎么一回事呢?”

“我得到他那儿去稍微住一些时候。以后我还要回来的。”

“啊!稍微住一些时候……很好。”瓦西里·伊万诺维奇掏出手帕来,擤了擤鼻子,身子差一点儿弯到地上了,“好吧……都会给你办妥的。我还以为你会在我们这儿……住长些。三天……分别了三年,这,这实在少;实在少,叶夫盖尼!”

"可是我对你说过,我很快就会回来的。我一定要去一趟。"

"一定要……那有什么办法呢?责任超过一切。那么得把马送去吧?很好。不用说,阿琳娜和我都没有料到这个。她刚从一个邻居那儿讨了一点花来,预备给你装饰屋子呢。(瓦西里·伊万诺维奇没有提起他自己每天早晨天刚亮就光着脚趿起拖鞋去找季莫费伊奇商量,用他那打颤的手指掏出一张一张的破钞票,差遣季莫费伊奇去买各种东西,特别关照他买好的饮食,买红葡萄酒,据他看来,这两个年轻人是极喜欢喝红葡萄酒的。)主要的是……自由;这是我的规则……我不想妨碍你……不……"

他突然闭了嘴,向着门走去。

"我们不久会再见的,父亲,真的。"

可是瓦西里·伊万诺维奇并不掉转身来,他只是摆摆手,便走出去了。他回到他的寝室,看见妻子已经睡着了,他便轻轻念他的祷告辞,免得把她惊醒。可是她仍然醒了。

"是你吗,瓦西里·伊万诺维奇?"她问道。

"是我,妈妈。"

"你从叶纽沙那儿来吗?你知道不知道,我怕他睡在沙发上不舒服?我叫安菲苏什卡给他铺上你的旅行褥子,放上新枕头;我本来应该把我们的鸭绒被给他,可是我记得他不喜欢睡太软的床。"

"不要紧,妈妈;你不要担心。他睡得很好。主啊,怜悯我们罪人吧[1]。"他又继续小声地念他的祷告辞了。瓦西里·伊万诺维奇很可怜他的老妻;他不想现在就告诉她明天有一个多大的悲痛在等着她呢。

巴扎罗夫和阿尔卡季第二天便走了。从大清早起全家就充满了忧郁、沮丧的气氛;安菲苏什卡打碎了盘子、碟子;连费季卡也弄得糊涂起来了,结果他无缘无故脱掉了脚上的靴子。瓦西里·伊万内奇从来没有像这样地惊忧过;他显然竭力装出什么也不怕的样子,大声讲话,用力走路,可是他的面容显得消瘦,他的眼睛一直在避开儿子的眼光。阿琳娜·弗拉西耶夫娜轻轻地哭着;她简直不知道要怎样办才好,要不是她的丈夫在大清早花了整整两个小时的工夫劝她,她就会没法控制自己了。巴扎罗夫不止一次地答应他一定在一个月里头回来,最后他终于从他们的挽留的拥抱中挣脱了身子,坐上四轮敞篷

① 这一句是他的祷告辞。

车；马跑起来，铃子在响，车轮在转动，——他们的影子再也看不见了，尘土定了下来，季莫费伊奇伛偻着身子，摇摇晃晃地爬进他的小房子去了；这所小小的宅子里只剩下这一对老人，连宅子也突然显得老朽龙钟了；瓦西里·伊万诺维奇刚才还立在台阶上起劲地摇着手帕，现在他却在一把椅子上坐下来，他的头垂到胸前。"他丢开，丢开我们了，"他喃喃地说，"丢开我们了；他不高兴同我们在一块儿。现在只剩下我们孤孤单单的了！"他接连念了几遍，每次他都把一只手伸出来，食指单独地举起[1]。后来阿琳娜·弗拉西耶夫娜走到他身边：把她的灰白的头靠着他的灰白的头，说道："瓦夏[2]，这是没有办法的事！儿子不再需要我们照管了。他就像一只鹰，高兴飞来就飞来，高兴飞去就飞去；你我却像生在树孔里的两朵蕈子，我们紧紧靠在一处，从来不移动一下。只有我对你永远不变，你对我也是一样。"

瓦西里·伊万诺维奇把手从他的脸上取下来，抱着他的妻子，他的朋友，抱得紧紧地，比他年轻时候抱她还要紧些：在他悲痛的时候她安慰了他。

二十二

我们的朋友除了偶尔交换几句没有多大意思的话以外，就闭上嘴，一直坐车到了费多特那儿。巴扎罗夫并不十分满意自己，阿尔卡季也不满意他。他也感到了那种只有很年轻的人才知道的没来由的悲哀。车夫换好了马，爬上驾车座位，问道："向右去还是向左去？"

阿尔卡季打了一个颤。向右去的路是到城里去的，从城里便可以回家；向左去的路是到奥金佐娃的家去的。

他望了一下巴扎罗夫。

"叶夫盖尼，"他问道，"到左边去吗？"

巴扎罗夫把脸掉开。

"这多愚蠢！"他喃喃地说。

"我知道这愚蠢，"阿尔卡季答道，"可是这有什么害处呢？难道这是第一回吗？"

---

① 俄谚：像手指一样地孤单。

② 瓦夏是瓦西里的小名。

巴扎罗夫把帽子拉下来盖住前额。

"随你的意思办吧，"他末了说。

"向左去！"阿尔卡季大声说。

四轮敞篷车便朝尼科利斯科耶的方向转动了。可是这两个朋友决定了这件愚蠢的事情以后，反而比先前更不高兴开口了，甚至都好像是在生气似的。

奥金佐娃的管事在宅子的台阶上迎接他们，他那种态度使这两个朋友马上觉得：他们这次突然顺从了自己一时的冲动，是一种欠审慎的举动。这儿的人显然并没有料到他们会再来。他们带着一副尴尬的面貌，在客厅里坐了大半天。后来奥金佐娃出来见他们了。她像平日那样亲切地接待他们，可是对他们这样快回来表示惊讶；并且从她那缓慢的举动和言语上看来，她是不大高兴他们回来的。他们连忙声明，他们只是路过这儿顺便来拜访她，三四小时以后他们就得动身进城去。她不过轻轻地发出了一声惊叹，她请阿尔卡季代她问候他的父亲，随后就叫人去请她的姨母来，公爵夫人带着睡容出来了，这使她那满是皱纹的老脸显得更凶了。卡佳不大舒服，没有出来。阿尔卡季忽然觉得他想见卡佳的心情至少是同想见安娜·谢尔盖耶夫娜的心情一样迫切。四个小时在没有多大意义的闲谈中间消磨过去了；安娜·谢尔盖耶夫娜不论听他们讲话，或者自己说话，始终没有露出一丝笑容。一直到他们告辞的时候，她从前的那种友情才似乎又在她的心中活动起来。

"我这一阵子脾气不大好，"她说，"不过你们千万不要介意，一半天请再来——我是对你们两位说的。"

巴扎罗夫同阿尔卡季两个人默默地鞠躬回答，然后坐上车去，他们一路上也不再停留，让车子一直往马利因诺跑去，第二天的傍晚他们就平安地到了那儿。在这长途中他们谁都没有提过奥金佐娃的名字；尤其是巴扎罗夫，他几乎没有开口，却带着一种冷酷的紧张表情不停地朝路旁边另一个方向望去。

马利因诺的每一个人看见他们回来，都非常高兴。尼古拉·彼得罗维奇因为儿子离家太久，心里开始有点儿着急，所以在费尼奇卡眼睛发亮地跑来告诉他"年轻先生们"回家的时候，他马上发出一声叫喊，摇摆着两腿从沙发上面跳起来；连帕维尔·彼得罗维奇也多少感到一点儿愉快的兴奋，他跟这两个回家的游子握手的时候还露出谦和的微笑。接着是谈话和问询；阿尔卡季谈得最多，尤其是在晚饭的时候，这顿饭一直吃到半夜。尼古拉·彼得罗维奇叫人拿出几瓶刚从莫斯科送到的黑啤酒来；他也同他们一块儿喝酒，直喝到两颊通红，他不断地发出一阵一阵的半小孩气的、半神经质的笑声。连用人们也都传染到了这种普遍的快乐。杜尼亚莎好像疯了似的，不停地跑来跑去：乒乒乓乓地开门关门；彼得在半夜两点多钟还拿出吉他来弹一支哥萨克圆舞曲。琴弦在静寂的空气中发出一种哀婉的、悦耳的音调；可是除了开始的几下装饰音以外，这个有教养的听差就弹不出什么来了；他天生没有音乐才能，就同他没有任何其他的才能一样。

在这个时候，马利因诺的生活并不十分美满，可怜的尼古拉·彼得罗维奇的处境很不好。农庄里的麻烦一天一天地增加起来——这都是些令人心烦的没有道理的麻烦。他雇的长工给他的麻烦简直是不能忍受的。有的人要求算清工钱，有的人又要求增加工资，还有一些人领了预支的工钱就带着跑了。马病了；马具好像是给火烧坏了似的；工作做得很马虎；从莫斯科买来的一架打麦机因为太重不合用，另一架只用了一次就坏了；牛舍给烧去了一半，只因为用人中间有一个瞎眼老太婆在刮风天拿了一块烧着的木头去熏她自己的病牛……那个老太婆一口咬定说这个灾祸的起因是：主人想做一种从来不曾有过的新式干酪和各种牛奶食品。总管突然懒起来了，他开始在发胖，俄国人凡是得到舒服的位置的，都长得很胖。他只要远远地望见尼古拉·彼得罗维奇，就会丢一块木片去打一只在旁边走过的小猪，或者骂一个光着半身的小孩来表示他热心工作，可是在其余的时候他大半是在睡觉。那些佃农不但不按期纳租，还偷盗树林里的木材；看守人差不多每夜都在“农庄”的牧地上捉住几匹农民的马，有时候要经过一番争夺以后才能够把马带走。尼古拉·彼得罗维奇本来规定了罚金作为赔偿损失，可是每回的结果总是马白白吃了主人的一两天草料，仍旧由原主领回家去。末了，又加上这样的事：农民中间发生了争执：弟兄闹着分家，他们的妻子不能够住在一处；突然间打起架来了，就好像听到谁的号令似的，一下子整个村子都惊动了，全村的人立刻跑到事务所的台阶前面，往往有的人喝得酩酊大醉，有的人打得满脸伤痕，都围着主人要求公平裁断，他们中间闹的闹，叫的叫，还有女人的哭号，同男人的咒骂混在一块儿。主人在这个时候不得不费力把打架的双方拉开，他不得不把嗓子都叫哑了，虽然他自己早就知道没有办法得到一个公平的解决。在收割的时候人手不够；附近地方一个独院地主①做出极恳切的样子来商量，表示他愿意供给收

① 俄国农奴时代低级官吏后裔出身的小地主，土地不多，可蓄农奴，并与农奴同样负担赋役。

割的人，讲定了两卢布一俄亩的代价，结果他却用最无耻的手段把尼古拉·彼得罗维奇骗了；他自己村子里的妇女要着从没有听见过的高的工钱，却让麦子落在田里；一方面收割的工作不能好好进行，另一方面监护院[①]却逼他并且威吓他要他立刻把借款的利息付清……

"我已经用尽我的力量了！"尼古拉·彼得罗维奇不止一次灰心地说，"我自己不能够打架；要是叫警察来吧，又跟我的原则冲突；可是对付这班人，要是不用惩罚去吓唬他们，便什么都干不了！"

"Du calme, du calme。"[②]帕维尔·彼得罗维奇听见了，就会拿这样的话安慰弟弟，可是连他自己也不免要哼几声，皱皱眉头，拉拉小胡子。

巴扎罗夫完全不管这些"无谓的争吵"，而且他是一个客人，也不便去干预别人的事情。他到马利因诺的第二天就着手研究他的青蛙、纤毛虫同化合物，整天忙着这些工作。阿尔卡季却跟他相反，他觉得自己有一种责任，即使不给父亲帮忙，至少也得做出准备给父亲帮忙的样子。他耐心地听父亲讲那些事，有一回他还提供了意见，他并没有想到要父亲采用他的意见，只不过借此表示他的关心罢了。田地上的事情他并不讨厌，他甚至高兴地幻想过将来从事农业的工作，可是这个时候他的脑子里却装满了别的思想。阿尔卡季，连他自己也觉得奇怪，现在不停地想着尼科利斯科耶；要是前一些时候有人对他说，他同巴扎罗夫住在一个屋顶下面，而且是住在怎样一个——住在他父亲的屋顶下面，他会感到无聊的话，他一定只会耸耸肩头，可是现在他实在感到无聊，而且只想走开。他想出去散步，走到疲倦为止，可是这个办法也没有用。有一天他跟他父亲谈话，听说尼古拉·彼得罗维奇收藏着几封颇有趣味的信，是奥金佐娃的母亲从前写给阿尔卡季的母亲的，从此他就缠着父亲，不让父亲安静一忽儿，一直到尼古拉·彼得罗维奇翻遍了二十个各种各样的箱子和抽屉，把信找出来交给他为止。阿尔卡季拿到这些已经半朽烂了的信笺以后，他觉得心里安宁了，就好像看见了他现在应该去的目的地似的。"我是对你们两位说的，"他不断地低声念道，"这是她自己说出来的！我要去，我要去，管它呢！"可是他记起上一次的拜访，她的冷淡的接待和他自己的狼狈的情形，他又胆怯了。到底是年轻人的"瞎碰"的精神，和那种碰碰自己的运气、不要人保护试试自己一个人的力

---

① 监护院是帝俄时代的管理照顾孤儿、寡妇和私生子的慈善机关，用它的基金放款生息。

② 法语：安静点儿，安静点儿。

量的私愿——最后得到了胜利。他回到马利因诺以后不到十天，便借了研究星期学校[1]的机构的名义，坐车到城里去了。他从那儿又转到了尼科利斯科耶。他一路上不停地催车夫快跑，他没命地往那儿跑去，就像一个年轻的军官奔赴战场一样：他又害怕，又高兴，又急得快要透不过气来。“最要紧的事情是——我不该乱想，”他接连对自己说。他的车夫碰巧是一个雄赳赳的小伙子，见到酒店便停下车来问：“喝一杯吗？”或者“要不要喝一杯？”可是他喝过以后就不爱惜自己的马了。最后那所熟悉的宅子的高屋顶望得见了……“我是做什么呀？”这个思想突然在阿尔卡季的脑子里闪了一下。“好吧，现在不好转回去了！”三匹马步伐一致地向前飞跑；车夫对它们吆喝着，吹着口哨。一忽儿小桥在马蹄和车轮下面轰响起来了，一忽儿剪齐的枞树荫路过来迎接他们……在深绿丛中露出了一个女人的粉红衣裳，一张年轻的脸从一把阳伞的细穗子下面望着他们……他认出了卡佳，她也认出他来。阿尔卡季吩咐车夫拉住马，他跳下车来，走到她面前。“原来是您！”她说道，渐渐地整个脸都红了，“我们去找姊姊去，她就在花园里，她一定高兴看见您的。”

卡佳领着阿尔卡季走进花园。他觉得他遇到她正是一个特别幸运的预兆；他很高兴见到她，仿佛她就是他自己的妹妹似的。一切都很顺利：不用管事，不用通报。在一条小路的转角他看见了安娜·谢尔盖耶夫娜。她背朝着他立在那儿。她听见脚步声，便静静地转过身来。

阿尔卡季又发慌了，可是她的第一句话就使他马上放下心来。“您好，逃亡的人！”她用她那平静而亲切的声音说，一面走过来迎接他，她脸上带笑，同时又眯起眼睛避开风和阳光，“卡佳，你在哪儿找到他的？”

“我给您带了一件东西来了，安娜·谢尔盖耶夫娜，”他说，“您一定料不到的。……”

“您带了您自己来了，这比什么东西都好。”

二十三

巴扎罗夫带着讥讽的怜悯送走了阿尔卡季，他还让阿尔卡季明白他这次旅行的真正目的一点儿也没有瞒过他，随后他一个人关起门来：一阵工作的热

---

① 这是为一般做工的人开办的补习学校。

狂占有了他的心。他现在不跟帕维尔·彼得罗维奇争论了,尤其是因为帕维尔·彼得罗维奇在他面前过分地摆起贵族架子,而且不大用言语来表示意见,却常用一些声音。只有一次他们谈到当时算是很时髦的关于波罗的海各省贵族的权利的问题①,帕维尔·彼得罗维奇跟这个**虚无主义者**争论起来;可是他忽然自己打住了,冷冷地客气地说:

"不过,我们是不能够彼此了解的;至少我没有了解您的荣幸。"

"当然啊!"巴扎罗夫嚷道,"一个人什么都能够了解——以太怎样颤动啦,太阳上面发生了什么啦;可是别人擤鼻子怎么会跟他自己擤鼻子不一样,这他就不能够了解了。"

"什么,这是一句俏皮话吗?"帕维尔·彼得罗维奇带着询问的口气说,便走到一边去了。

然而他有时候也要求巴扎罗夫允许他参观他的实验,有一次他还把他那张用上等化妆品洗得很干净而且擦得香喷喷的脸挨近显微镜,去看一只透明的纤毛虫怎样吞下一小粒绿色灰尘,又怎样用它的喉咙里那些非常灵活的类似拳头的小东西咀嚼它。尼古拉·彼得罗维奇到巴扎罗夫的屋子里去的次数比他哥哥多得多;要是没有田地上的事情绊住他,他一定会天天去,照他自己的说法,"学习"了。他并不打扰这个青年自然科学家:他总是坐在一个角落里,专心望着,偶尔发出一句小心谨慎的问话。在吃午饭和晚饭的时候,也往往设法把话题转到物理学、地质学,或者化学上面去,因为他知道所有其他的题目,连农业也包括在内,更不用说政治了,要不引起冲突,至少也会引起彼此的不痛快。尼古拉·彼得罗维奇料到他的哥哥对巴扎罗夫的憎恶并没有减少。在许多事情中间只要举出一件小事就可以证明他的猜想不错。附近一带发现了霍乱症,连马利因诺这个村子里也给它"拉去"了两个人。有一天夜里帕维尔·彼得罗维奇忽然有了相当厉害的病象。他熬了一整夜的痛苦,可是他并不去请巴扎罗夫给他医治。第二天他们见到面,巴扎罗夫问他:为什么不叫他去看看,他回答道:"啊,我好像记得您自己说过您不相信医学。"他的脸色还很苍白,但已经仔细地梳洗过而且刮过脸了。日子就这样地过去了。巴扎罗夫毫不懈怠地、但又闷闷不乐地做他的研究工作……这个时候在尼古

① 波罗的海沿岸多数贵族对农民的肆无忌惮的剥削早在十八世纪四十年代末就有萨马林在他的《里加来信》里予以揭露。这些书信以手稿的形式在莫斯科和彼得堡两地广为流传。从一八五六年起波罗的海沿岸贵族们在农奴问题上采取的反动立场不止一次在报刊上遭到批评。

拉·彼得罗维奇的宅子里头还有一个人,他虽然没有对她吐露过胸怀,可是他却高兴跟她谈话……这个人就是费尼奇卡。

他遇见她的时候大半是大清早,在花园中或者在院子里;他从不到她的屋子里去,她也只有一次到过他房门口来问他——应不应该给米佳洗澡?她不但信任他,不但不怕他,并且她在他面前反而比在尼古拉·彼得罗维奇面前举动更自由,更随便。要说明这个原因倒不是容易的事;也许她无意识地感觉到巴扎罗夫身上没有一点儿贵族气派,没有一点儿那种既引人神往又叫人害怕的高贵气派。在她的眼睛里看来,他是一个很好的医生,又是一个朴实的人。她当着他的面毫无拘束地照应她的孩子;有一次她忽然头晕接着又头痛,还从他的手里喝过一调羹药。在尼古拉·彼得罗维奇面前她好像在躲开巴扎罗夫:她这样做并不是在作假,却是为了尊重礼俗。她比从前更害怕帕维尔·彼得罗维奇了;最近一些时候他开始在暗中观察她,有时候他会突然在她背后出现,就像是从地底下跳出来似的,穿一套英国式的衣服,带一张没有感情的、又好像在侦察什么似的脸,两只手插在裤袋里。"好像淋了你一身冷水似的,"费尼奇卡对杜尼亚莎抱怨道,杜尼亚莎的回答是一声长叹,她想着另一个"无情的"人。巴扎罗夫自己一点儿也没有想到,他竟成了杜尼亚莎心里的残酷的暴君了。

费尼奇卡喜欢巴扎罗夫;巴扎罗夫也喜欢她。他跟她谈话的时候,连他的脸也变了样子:他的脸上现出一种愉快的、而且差不多是和善的表情,他平日那种毫不在乎的态度现在也换上了一种开玩笑的关心。费尼奇卡长得一天比一天地漂亮了。在年轻妇女的生命中间有一个时期她们会像夏天的蔷薇一样忽然开花吐艳;费尼奇卡现在到了这个时期了。一切都给她增添了美丽,连这个时候的七月的暑气也是这样。她穿了一件薄薄的白衣衫,她自己显得更白净,更轻盈了;太阳没有把她晒黑;可是这种她躲避不了的炎热在她的脸颊上和耳朵上轻轻地染了一层浅红,这炎热使她全身感到一种软软的慵懒,给她的美丽的眼睛添一种睡梦恍惚的表情。她差不多不能够做事情了,两只手不知不觉地滑到膝上。她连路也不大走了,只是带着那种可笑的无可奈何的样子整天唉声叹气。

"你应当多洗澡。"尼古拉·彼得罗维奇对她说。

他在一个还没有完全干掉的水塘上搭了一个帐篷,把水塘改做了浴池。

"啊,尼古拉·彼得罗维奇!走到池子那儿,人就要死了,再走回来,又要死一次。您瞧,园子里头就没有一个阴凉地方。"

“真的,园子里头没有阴凉地方,”尼古拉·彼得罗维奇答道,一面摸自己的眉毛。

一天早晨七点钟,巴扎罗夫散步回来,在丁香凉亭里遇见费尼奇卡。丁香花早谢了,可是枝子上还是一片浓绿。她坐在一张凳子上,照旧在头上搭着一条白帕子,身边放了一大堆还带着露水的红色的和白色的蔷薇花。他跟她道了早安。

“啊!叶夫盖尼·瓦西里伊奇!”她说,稍微揭起包头帕子的边儿来望他,她举起手的时候,那只膀子连肘也露出来了。

“您在这儿做什么?”巴扎罗夫说,就在她旁边坐了下来,“您在扎花束吗?”

“是的;预备早饭桌上用的。尼古拉·彼得罗维奇喜欢花。”

“可是现在离早饭时间还很远呢。这大堆的花!”

“我现在摘了它们,只是因为过一忽儿天就热起来了,我也不能够出来了。只有在这个时候还透得过气。天热起来我就连一点儿力气也没有了。我真害怕我是不是要生病了。”

“您真想得古怪!让我来摸摸您的脉。”巴扎罗夫拿起她的手来,摸了摸她那跳得很均匀的脉搏,可是他连脉动的次数也不去数就放下她的手来,说,“您要活一百岁呢!”

“啊,您不要乱说!”她嚷道。

“为什么?您不想长寿吗?”

“好啦,可是一百岁!我们祖母活到八十五岁——她受了多少活罪!人又脏,又黑,又聋,又驼背,又是不停地咳嗽;她只是自己的一个累赘。这算是什么生活!”

“那么,还是年轻好?”

“可不是吗?”

“可是为什么年轻好呢?告诉我吧!”

“您怎么能够问为什么呢?我现在在这儿,我年轻,我什么事都能够做——来来,去去,拿这个,拿那个,用不着求别人帮忙……还有比这个更好的吗?”

“可是对于我,年轻年老都是一样的。”

“您怎么说——都是一样的呢?像您说的那样是不可能的。”

“那么,您自己判断判断吧,费多西娅·尼古拉耶夫娜,我的青春对我有什么用处。我一个人孤零零地活着……”

“这一直是由您自己决定的。”

“这完全不由我！我倒希望有个人可怜我。”

费尼奇卡瞟了巴扎罗夫一眼,不过并没有讲什么。

“您拿的是什么书?”她停了一忽儿问道。

“这个吗？这是一本很深奥的书,很难念的。”

“您老是在用功吗？您就不觉得厌烦吗？我猜您已经什么都懂得了。”

“好像并不什么都懂得似的。您试着念念看。”

“可是我一点儿也不懂。这是俄文吗?”费尼奇卡问道,她双手接过这本封面很重的书。“这本书真厚!”

“不错,这是俄文。”

“反正我还是一点儿也看不懂。”

“我并不要您懂它。我想看您念书的样子。您念书的时候,您那小小的鼻尖动得非常好看。”

费尼奇卡随手翻到论《木焦油》的一章,便低声拼着念起来,她忽然笑了,把书丢开……书从凳子上滑到地上去了。

“我也爱看您笑的样子。”巴扎罗夫说。

“不要讲了!”

“我爱听您讲话。就好像溪水在淙淙地流着似的。”

费尼奇卡把头掉开。“您真古怪!”她说,又动手挑选花去了,“您怎么肯听我讲话？您是跟那些聪明的太太小姐们讲惯了的。”

“啊,费多西娅·尼古拉耶夫娜！相信我:世界上所有的聪明的太太小姐们也抵不上您这小小的肘子。”

“是啦,您编出一套话来了!”费尼奇卡合起两只膀子,低声说。

巴扎罗夫从地上捡起那本书来。

“这是一本医书,您为什么把它扔掉?”

“医书?”费尼奇卡跟着说了一遍,她又转过脸向他,“您知道吗？自从您给了我那点儿药以后,您还记得吗？米佳就睡得很好了！我不知道要怎样谢您才好;您真是一个很好的人。”

“可是说实话,医生是要酬报的,”巴扎罗夫微笑道,“您一定知道,医生都是贪心的人。”

费尼奇卡抬起眼睛望巴扎罗夫，她的上半边脸上正照着一片白色的反光，这使她的眼睛显得更乌黑了。她不知道他是不是在说笑话。

“要是您愿意的话，我们是很高兴的……不过我得问问尼古拉·彼得罗维奇……”

“您以为我要钱吗？”巴扎罗夫打断了她的话，“不，我并不要您的钱。”

“那么要什么呢？”费尼奇卡问道。

“要什么？”巴扎罗夫跟着说了一遍，“您猜猜看！”

“我怎么猜得着呢？”

“好吧，我来告诉您；我要……一朵这样的蔷薇花。”

费尼奇卡又笑了，她甚至拍起手来，她觉得巴扎罗夫的要求有趣极了。她一边笑，一边又很得意。巴扎罗夫不转眼地望着她。

“好的，好的，”她末了说，便俯下身子去挑选凳子上的花，“您要哪一种——红的还是白的？”

“红的，却不要太大。”

她又坐直了。

“这儿，您拿去吧。”她说了，可是立刻又缩回她那只伸出去的手，咬了一下她的嘴唇，看看凉亭的入口，又侧耳听了一忽儿。

“怎么啦？”巴扎罗夫问道，“尼古拉·彼得罗维奇吗？”

“不……老爷到田上去了……而且我也不怕老爷……可是帕维尔·彼得罗维奇……我觉得……”

“什么？”

“我觉得大老爷到这儿来了。不……并没有人。您拿去吧。”费尼奇卡把蔷薇花给了巴扎罗夫。

“您为什么要害怕帕维尔·彼得罗维奇？”

“我看见大老爷就害怕。话——他倒不说什么，却总是很古怪地望着我。我知道您不喜欢他。您该记得您在先老是跟他吵架？我不知道您跟他吵些什么，可是我看得出您把他弄得团团转……”

费尼奇卡用她的手做出在她看来巴扎罗夫怎样摆弄帕维尔·彼得罗维奇的样子。

巴扎罗夫微微笑起来。

“可是倘使他把我打败了，”他问道，“您肯来给我帮忙吗？”

“我怎么能够给您帮忙呢？可是没有一个人打得过您。”

“您这样想吗？可是我知道有一只手，只要它愿意，就可以用它的一根指头把我打倒。”

“这是什么样的手？”

“什么，您真的不知道吗？您闻闻看您给我的这朵蔷薇花多香。”

费尼奇卡伸过她的脖子来，把她的脸凑近这朵花……包头帕子从头上滑到肩头了；她那一头柔软的、乌黑的、发光的、略微蓬乱的浓发露了出来。

“等一下；我要同您一块儿闻。”巴扎罗夫说。他俯下头来，在她那微微张开的嘴唇上用力吻了一下。

她吃了一惊，连忙用她的一双手推他的胸，可是她的力气不够，他还可以再亲一个时间较长的吻。

丁香后面发出一声干咳。费尼奇卡马上移到凳子的另一头去。帕维尔·彼得罗维奇出现了，微微弯一下身子，带着一种含恶意的忧郁的表情说：“你们在这儿。”便走开了。费尼奇卡立刻将花全收拾起来，走出凉亭去了。“这是您的不是了，叶夫盖尼·瓦西里耶维奇。”她走开的时候低声对巴扎罗夫说。从她的声音里他听出来她是真的在责备他。

巴扎罗夫记起了最近的另一个情景，他一边觉得惭愧，一边又感到傲慢的遗憾。可是他马上又摇摇头，带着讥讽的口气庆贺他自己“认真扮演了赛拉东[①]这个角色”，便回到自己的屋子去了。

帕维尔·彼得罗维奇走出了花园，慢慢地走到树林那边。他在那儿耽搁了好一忽儿；他回来吃早饭的时候，尼古拉·彼得罗维奇关心地问他，他是不是身体不大舒服——他的脸色很不好看。

“你知道，我有时候会发黄疸病的，”帕维尔·彼得罗维奇安静地答道。

二十四

两个多小时以后他去敲巴扎罗夫的房门。

---

① 赛拉东是法国小说家狄尔非（1568—1625）的长篇小说《阿斯特列》中的男主人公，这是一个一般人所谓的“风流少年”。

"请原谅我打扰您的科学研究，"他说，就在靠窗口的一把椅子上坐下来，两只手撑住一根精致的带象牙柄的手杖（他出门的时候通常是不带手杖的），"可是我不得不要求您给我五分钟的时间……不会再多的。"

"我的全部时间都听凭您支配。"巴扎罗夫说，他看见帕维尔·彼得罗维奇跨进门槛，脸色马上有了一点儿改变。

"我只要五分钟就够了。我有一个问题要向您请教。"

"一个问题？关于什么的？"

"请您听我讲吧。您初到我弟弟家来住的时候，我还没有放弃跟您谈话的快乐，我领教过了您对于许多问题的意见；可是据我记得，您不论跟我讲话，或者在我面前讲话，都没有提到打架和一般的决斗的问题。现在请问您对这个问题有什么意见？"

巴扎罗夫本想站起来迎接帕维尔·彼得罗维奇，现在就在桌子边上坐下了，交叉着两只胳膊。

"我的意见是这样，"他说，"从理论上讲起来决斗是很荒谬的；可是从实际上讲起来——那又是另一回事了。"

"那么要是我没有听错的话，您是想说，不管您在理论上对决斗的意见怎样，在实际上您受了别人的侮辱一定不肯白白地放过了？"

"您完全猜中我的意思了。"

"很好，先生。我听见您这样说心里很高兴。您的话可叫我免掉疑惑了……"

"您是想说，免掉踌躇吧。"

"这都是一样的，先生；我只要讲得让别人了解就成了；我……不是神学院里的耗子①。您的话使我省掉了一桩不愉快的手续。我决定了要跟您决斗。"

巴扎罗夫睁大了眼睛。

"跟我？"

"的确是跟您。"

"为着什么？请许我问一句。"

"我可以对您说明理由，"帕维尔·彼得罗维奇说，"可是我觉得还是不说

---

① 蔑视的意思：我不是钻在故纸堆里咬文嚼字的。

的好。据我看来,您在这儿简直是多余的;我讨厌您;我看不起您;要是您觉得这还不够……”

帕维尔·彼得罗维奇的眼睛发亮了……巴扎罗夫的眼睛也在闪闪地发光。

“很好,先生,”他同意说,“用不着再解释了。您倒忽然异想天开,要在我身上试试您那骑士精神来了。我本来可以不给您这种愉快的,不过——就照您的意思办吧!”

“我很感谢您,”帕维尔·彼得罗维奇答道,“那么我可以盼望您接受我的挑战,用不着我采取激烈的手段了。”

“那就是,直截了当地说,用这根手杖吗?”巴扎罗夫冷静地说,“这是很对的。您用不着再侮辱我了。老实说,那种办法对您也不是很安全的。您可以保留您那‘尖头曼’①的面子……我也像一个‘尖头曼’似地接受您的挑战。”

“那就很好了,”帕维尔·彼得罗维奇说,便把他的手杖放在角落里,“我们再简单地谈一谈我们的决斗的条件;可是我倒想先知道,您是不是以为我们应该正式吵一次架,作为我挑战的借口呢?”

“不;最好不要什么形式。”

“我也这样想。我也以为我们不必去找我们这次冲突的真正原因。我们彼此不能相容。这还不够吗?”

“真的,这还不够吗?”巴扎罗夫讥讽地跟着他说。

“至于决斗的条件,我们只好不要公证人,——因为我们到哪儿去找公证人呢?”

“一点儿也不错,我们到哪儿去找公证人呢?”

“那么请容许我向您提出下面一个办法:决斗在明天大清早举行,就定在六点钟吧,地点在林子后面,武器是手枪,距离定为十步……”

“十步吗?好吧;我们在这样一个距离,是可以你恨我,我恨你的。”

“那么八步也可以。”帕维尔·彼得罗维奇说。

“可以的;怎么不可以呢?”

“每人放两枪;而且为了预防万一起见,每人的口袋里先放好一封信,说是自寻短见。”

---

① 英语 gentleman(绅士)的译音。

“这一点我不大赞成，”巴扎罗夫说，“这未免带了一点儿法国小说的气味，有点儿不像是真的了。”

“也许是的。不过您一定同意：犯了杀人的嫌疑也不是一件愉快的事情。”

“那我同意了。可是也还有一个办法可以避免这种罪名。我们不要公证人，不过我们可以找到一个见证人。”

“请问找谁呢？”

“那么找彼得吧。”

“哪一个彼得？”

“您弟弟的听差。他是一个站在现代文明的高峰的人，他会‘郭米尔浮’①尽他在这种场合中应尽的职责。”

“我想您是在开玩笑了，亲爱的先生。”

“一点儿也不。您要是把我这个提议仔细想一想，您就会相信这是很合理的，而且很平常的。袋子里藏不住锥子②；不过我得负责把彼得准备妥当，好带他上战场去。”

“您还是在开玩笑，”帕维尔·彼得罗维奇说，就从椅子上站起来。“不过承您很客气地答应了我的要求，我也没有权利再向您要求什么了……这样一切都讲定了……啊，也许您没有手枪吧？”

“我怎么会有手枪呢，帕维尔·彼得罗维奇？我又不是军人。”

“那么我把我的借给您用。您可以相信我已经有五年没有用过手枪了。”

“这倒是个叫人放心的消息。”

帕维尔·彼得罗维奇拿起他的手杖来……

“现在，我亲爱的先生；现在我只有对您表示谢意，再没有别的了；我不再打扰您的工作了。请允许我向您告辞吧。”

“到明天我们有幸运碰头的时候再见吧，我亲爱的先生。”巴扎罗夫说，他把客人送到门口。

帕维尔·彼得罗维奇走出去了，可是巴扎罗夫还在门前站了一忽儿，他忽然嚷起来：“呸，好吧，见鬼！多漂亮，多傻！我们演了多出色的喜剧！就跟训

---

① 即法语 comme il faut，意思是“适当地”。巴扎罗夫故意用俄国腔把它念了出来。

② 俄谚，意思是不能把事情长久隐瞒起来。

练过的狗用后腿站着跳舞一样。可是要拒绝也不行；唔，我相信他会打我的，那么……（巴扎罗夫想到这儿脸都变白了；他的自尊心一下子都引起来了。）那么我就会掐死他，就像掐死一只小猫一样。”他回去看他的显微镜，可是他的心跳得厉害，而且从事观察的时候所必须有的平静的心境已经失去了。“他今天看见我们了，”他想道，“可是他真的是在维护他的弟弟吗？接个吻——也不是什么大不了的事情。一定还有别的缘故。呸！说不定他自己也爱上她了？一定的，他爱上她了；这是很明显的事情。想起来多么复杂！……真糟！”他最后断定说。“不管你怎样看法，总之很糟。第一，要把问题摊开，而且无论如何得离开；还有阿尔卡季……同那个窝囊废尼古拉·彼得罗维奇。这事情很糟，非常之糟。”

这一天过得特别静，特别沉郁。世界上好像就没有费尼奇卡这个人似的；她同洞里的老鼠一样整天守住她的小屋子。尼古拉·彼得罗维奇带着一种焦虑的神气。他听见人说他的麦子生了黑穗病，他对他的麦子本来抱着极大的希望。帕维尔·彼得罗维奇的那种冷冰冰的礼貌把每个人，连普罗科菲奇在内，都吓坏了。巴扎罗夫动手给他父亲写信，却又把信笺撕掉，丢在桌子下面。“要是我死了，”他想道，“他们会知道的；不过我并不会死。不，我还要在这个世界上好好地活上一阵子呢。”他吩咐彼得第二天天一亮就到他的屋子里来办一件重要事情。彼得还以为他要带他到彼得堡去。巴扎罗夫睡得很迟，整夜做着乱梦……在这些梦里奥金佐娃老是在他面前转来转去，她同时又是他的母亲，她后面还跟着一只生黑髭须的小猫，这只小猫却是费尼奇卡；然后帕维尔·彼得罗维奇又变做一座大树林出现了，可是他仍然不得不跟他决斗。彼得在四点钟就来把他叫醒；他马上穿好衣服同彼得一块儿出去了。

这是一个可爱的、清凉的早晨；浅蓝明净的天空里飘起鱼鳞似的彩色小云片，晶莹的露珠撒满在草茎和树叶上面，蜘蛛网上沾了露水，银子似地闪闪发光；润湿的黑土上仿佛还留着玫瑰色晨曦的余痕；百灵的歌声漫天地撒下来。巴扎罗夫到了树林那儿，就在林边树荫里坐下来，这个时候才把他要彼得做的事情跟彼得讲明白了。这个文明的当差吓得要死；可是巴扎罗夫安慰他说，并不要他做别的事，他只要站在远处望着他们就成了，并且他也不需要负任何的责任。“同时，”巴扎罗夫又说，“你想一想你扮的是多重要的角色！”彼得摊开两只手，埋下头，身子靠在一棵桦树上，吓得脸都发青了。

从马利因诺来的路是环绕着这座树林的；路上铺了一层薄薄的尘土，昨天以来还不曾有车轮或者脚步踏过。巴扎罗夫不由自主地顺着这条路望去,他摘了一片草放在口里嚼着,一面不停地对自己说:“多么傻!”清晨的寒气使他打了两三次冷噤……彼得垂头丧气地望着他,可是巴扎罗夫只是微微笑着:他并不害怕。

路上响起了一阵马蹄声……一个农民从树背后转了出来。他赶着两匹拴在一块儿的马,他走过巴扎罗夫面前的时候,有点儿奇怪地望了望他,并没有谄媚地鞠躬,这又叫彼得不安了,他认为这是一个不吉的预兆。“还有一个也起得很早的人,”巴扎罗夫想道,“可是他至少是起来办事的;而我们呢?……”

“好像大老爷来了,先生。”彼得忽然低声说。

巴扎罗夫抬起头,看见了帕维尔·彼得罗维奇。他穿一件薄的方格子上衣,配一条雪白的裤子,急急地顺着路走过来;他胳肢窝下挟了一个用绿布包着的匣子。

“对不起,我想让你们等了好久了,”他说,先向巴扎罗夫鞠了一个躬,然后又向彼得鞠一个躬,他认为彼得此刻带有几分公证人的性质,“我不愿意叫醒我的听差。”

“没有关系,先生,”巴扎罗夫答道,“我们也是刚刚到的。”

“啊!那就更好了!”帕维尔·彼得罗维奇朝四下望了望,“这儿看不见一个人,没有人来妨碍我们……我们可以动手吗?”

“我们动手吧。”

“我想您不要什么新的解释吧?”

“不,我不要。”

“您高兴装子弹吗?”帕维尔·彼得罗维奇问道,他从匣子里取出手枪来。

“不;您装吧,我来量步数。我的腿要长些,”巴扎罗夫带笑地说,“一,二,三……”

“叶夫盖尼·瓦西里伊奇,”彼得吃力地结结巴巴地说(他像发寒热似地浑身在打颤),“随便您怎么说,我可要走开了。”

“四……五……走开,小兄弟,走开;你还可以躲在一棵树后面,塞住你的耳朵,只是不要把眼睛闭上就成了;倘使谁倒下了,你就跑去扶他起来。六……七……八……”巴扎罗夫站住了,“够了吗?”他转身向帕维尔·彼得罗维奇问道,“要不要我再加两步?”

“随您办吧，”帕维尔·彼得罗维奇答道，他把第二颗子弹也塞进了。

“好吧，我们就再加两步，”巴扎罗夫用他的靴尖在地上划了一道线，“这儿就是界线。啊，我们每个人要从这道界线往后退多少步呢？这也是一个重要的问题。这一点昨天并没有讨论过。”

“我想，十步吧，”帕维尔·彼得罗维奇答道，他把两支手枪都递给巴扎罗夫。“您费神挑选一支吧。”

“遵命。可是，帕维尔·彼得罗维奇，您得承认我们的决斗真是古怪到了可笑的程度了。您只要看看我们的公证人的脸色。”

“您老是爱开玩笑，”帕维尔·彼得罗维奇答道，“我并不否认我们这次的决斗是古怪的，可是我认为应当警告您，我是准备认真跟您交手的。A bon entendeur, salut！①”

“啊！我们两个都下了决心要消灭对方才罢手，这一点我并不怀疑；可是为什么不要笑笑，把 utile dulci② 联在一起呢？您对我讲法语，我就对您讲拉丁语。”

“我是在认真地跟您交手。”帕维尔·彼得罗维奇又说了一遍，就走到他的位置上去了。巴扎罗夫也从界线起数了十步，站住了。

“您准备好了吗？”帕维尔·彼得罗维奇问道。

“好了。”

“我们可以彼此走近了。”

巴扎罗夫慢慢地往前走，帕维尔·彼得罗维奇把左手插在裤袋里也向他走来，渐渐地举起了枪口……“他瞄准我的鼻子，”巴扎罗夫想道，“他多么注意地眯起眼睛，这个强盗！这种感觉可不舒服。我来望他的表链吧……”有什么东西嘶的一声在他耳边擦了过去，同时响起了枪声。“我听见了，可见并不要紧。”这个思想在巴扎罗夫的脑子里闪了一下。他再走一步，并不瞄准，就扳了枪机。

帕维尔·彼得罗维奇微微抖了一下，用手按住他的大腿。一股血顺着他的白裤子流下来。

巴扎罗夫丢下手枪，跑到他的对手身边。

---

① 法语：对会听话的人不用多说！

② 拉丁语：有用同愉快。

“您伤了吗?”他说。

“您有权叫我回到界线上去,”帕维尔·彼得罗维奇说,“伤是不要紧的。照我们的规定,我们每人还可以再放一枪。”

“好吧,可是,对不起,下一次来吧,”巴扎罗夫答道,他连忙扶住帕维尔·彼得罗维奇,这位先生的脸色渐渐变成惨白了。“现在,我不是一个参加决斗的人,我是一个医生,我得先看一看您的伤势。彼得!到这儿来,彼得!你躲到哪儿去了?”

“全是废话……我用不着别人帮忙,”帕维尔·彼得罗维奇慢吞吞地小声说,“我们应当……再……”他要拉他的小胡子,可是他的手不听他的指挥了,眼睛模糊了,他失去了知觉。

“这倒是桩新事情!他昏过去了!又该怎么办!”巴扎罗夫不由自主地大声说,一面把帕维尔·彼得罗维奇放到草地上,“来看看伤口怎样吧。”他掏出一方手帕,揩去血迹,摸了摸伤口的四周……“没有碰到骨头,”他含糊地说,“枪弹进去不深,一条筋,vastus externus① 擦伤了。再过三个星期他就可以跳舞了……可是他昏过去了!啊,这些神经质的人!真是,多嫩的皮肤!”

“他给杀死了吗,先生?”彼得的颤抖的声音在他背后响了起来。

巴扎罗夫回头去看。

“快去拿点儿水来,小兄弟,他还要比你我活得久呢。”

可是这个改良的听差似乎不懂他的话,他动也不动一下。帕维尔·彼得罗维奇慢慢地睁开了眼睛。“他要死了!”彼得低声说,开始画起十字来。

“您说得不错……多傻的一副脸相!”受伤的“尖头曼”勉强露出微笑说。

“去拿水呀,该死的!”巴扎罗夫叫道。

“不用……这是一种短时的 vertige②。请帮忙我坐起来……这就好了……现在只消用什么东西把伤口包扎起来,我可以走回家去,不然您可以叫一辆马车来接我。要是您同意的话,我们的决斗也用不着再来了。您做得很高尚……我是说今天,今天——请注意。”

“过去的事情不必再提了,”巴扎罗夫答道,“说到将来呢,您也用不着操心,因为我打算马上就走了。现在让我来给您把腿包扎好;您的伤势并不重,

① 拉丁文:股外巨筋。

② 法语:头晕。

可是最好要止住血。不过我还得先把这个家伙弄醒转来才成。”

巴扎罗夫抓住彼得的领子摇晃他，要他去叫一辆马车来。

“当心不要惊动我弟弟，”帕维尔·彼得罗维奇对他说，“不要去对他讲什么。”

彼得飞跑去了；他跑去叫马车的时候，这两个仇人就坐在地上，一句话也不讲。帕维尔·彼得罗维奇努力不去看巴扎罗夫；他无论如何不肯跟巴扎罗夫和解；他为自己的高傲、为自己的失败害羞，为他自己一手造成的整个事件害羞，虽然他心里想这样的结束是再好没有的了。“至少，他不会待在这儿讨嫌了，”他拿这种想法安慰自己，“这一点倒是我应该感谢的。”他们一直沉默着，这是一种痛苦的、尴尬的沉默。他们两个人心里都不痛快。每个人都明白对方是了解自己的。这种感觉在朋友中间是愉快的，在仇人中间却是极不愉快的了，尤其是在这个时候他们既不能解释明白，又不能分开。

“我没有把您的腿绑得太紧吧？”巴扎罗夫最后问道。

“不，一点儿也不；非常好，”帕维尔·彼得罗维奇答道；过了一忽儿他又说，“我弟弟是瞒不过的；我们得告诉他，我们是为了政治问题吵起来的。”

“很好，”巴扎罗夫说，“您可以说我把所有的亲英派全痛骂了。”

“那好极了。您想，那个人会以为我们在干什么呢？”帕维尔·彼得罗维奇指着旁边一个农民继续说，那人在决斗前几分钟赶着两匹拴在一块儿的马走过巴扎罗夫面前，这时候他又打原路走回来，他望见了“老爷们”便摘下帽子，往一边走开了。

“谁知道他！”巴扎罗夫答道，“倒好像他什么都不想似的。俄国农民是个神秘的陌生人，拉德克立甫夫人①已经讲得很多了。谁能够了解他！他连他自己都不了解。”

“啊！您又来了！”帕维尔·彼得罗维奇说，他突然嚷了起来，“您瞧您那个傻瓜彼得干的好事！我弟弟现在坐车赶来了！”

巴扎罗夫掉过头来，正看见坐在马车上的尼古拉·彼得罗维奇的惨白的脸。他不等车停就跳下车来，跑到他哥哥的面前。

“这是怎么一回事？”他带着激动的声音说，“叶夫盖尼·瓦西里伊奇，请

---

① 安·拉德克立甫（1764—1823），英国女小说家。她的小说大都是带着幻想的恐怖和神秘的性质，在俄国流行过一个时候。

告诉我,什么事情?”

“没有什么,”帕维尔·彼得罗维奇答道,“他们用不着惊动你的。我跟巴扎罗夫先生有过一番小小的争论,我受到了一点儿惩罚。”

“可是这究竟是为了什么呢?看在上帝面上告诉我吧!”

“我怎么跟你讲好呢?巴扎罗夫先生讲起罗伯特·皮尔爵士①的时候,态度很不恭敬。我得赶快声明一句,这全是我一个人的错,巴扎罗夫先生的举动很光明。是我向他挑战的。”

“哎哟,你一身都是血!”

“那么你以为我血管里流的是水吗?不过这样放一点儿血对我倒也有好处。医生,您说对不对?搀我上马车去,不要只管发愁。我明天就会好了。就是这样;很好。走吧,车夫。”

尼古拉·彼得罗维奇跟在马车后面;巴扎罗夫正打算留在后面……

“我得请您照应我哥哥,”尼古拉·彼得罗维奇对他说,“等到我们从城里请另一位医生来的时候。”

巴扎罗夫默默地点了点头。

过了一小时,帕维尔·彼得罗维奇已经躺在床上了,他的腿包扎得很妥帖。全家的人都给惊动了;费尼奇卡很不好过。尼古拉·彼得罗维奇不声不响地扭自己的手,可是帕维尔·彼得罗维奇却在笑,讲笑话,特别跟巴扎罗夫开玩笑;他穿一件细麻布衬衣,罩上一件很漂亮的短晨衣,头上戴了一顶土耳其毡帽,他不许人拉下窗帘,他用诙谐的口吻抱怨那种不许他吃东西的办法。

可是到了傍晚他就发起热来,头也痛了。城里的医生也来了。(尼古拉·彼得罗维奇没有依他哥哥的话,真的,连巴扎罗夫也劝他不要听从;巴扎罗夫在自己的屋子里坐了一整天,脸色黄黄的,满脸怒容,他去看病人的时候总是竭力不多耽搁;他碰见费尼奇卡两次,可是她害怕地避开了。)新来的医生主张进一点儿清凉饮料;不过他也赞成巴扎罗夫的意见,说是并没有危险。尼古拉·彼得罗维奇对医生说,他的哥哥不小心地打伤了自己,医生的回答只是一个“哼!”字,可是就在这个时候他接到了二十五个银卢布,便又说:“是这样吗!啊,这样的事的确时常发生的。”

这天晚上宅子里没有一个人上床睡觉,也没有一个人脱衣服。尼古拉·

---

① 罗伯特·皮尔爵士(1788—1850),英国政治家,保守党的领袖。

彼得罗维奇不断地踮起脚到他哥哥的屋子里去,又踮起脚走出来;他的哥哥迷迷糊糊地睡着,轻轻地在呻吟,对他用法语说:“Couchez-vous[①],”并且要水喝。有一回尼古拉·彼得罗维奇差费尼奇卡送了一杯柠檬水来;帕维尔·彼得罗维奇注意地望着她,把一杯水都喝光了,连一滴也不剩。第二天天刚亮的时候他的热度稍微高了一点儿,还讲起胡话来。帕维尔·彼得罗维奇起初说了些不连贯的话,后来他忽然睁大眼睛,看见他弟弟站在床前,俯下身子焦虑地望着他,他便说:

“尼古拉,你是不是觉得费尼奇卡有点儿像奈莉吗?”

“像哪一个奈莉,帕沙[②]?”

“你怎么还要问? 像P公爵夫人……尤其是脸的上半部。C'est de la même famille.[③]”

尼古拉·彼得罗维奇没有回答,可是他暗暗地惊奇一个人的旧情会这样地深长。

“这下子我明白了。”他想道。

“啊,我多么爱这个没有头脑的东西!”帕维尔·彼得罗维奇把双手放在脑袋后面呻吟地说,“我不能够让随便一个胆大妄为的人去挨……”过了几分钟他又轻轻地说。

尼古拉·彼得罗维奇只是叹气;他一点儿也没有疑心这些话指的是谁。

第二天早晨八点钟巴扎罗夫来见尼古拉·彼得罗维奇。他已经收拾好行李,并且把他的青蛙、昆虫和鸟儿全放走了。

“您是来告别的吗?”尼古拉·彼得罗维奇站起来迎着他说。

“是的,先生。”

“我了解您,我完全赞成您。自然我那可怜的哥哥是不对的:他已经受了罚了。他自己对我说是他逼着您那样做。我相信您没有办法避免这次决斗,那是……那大半是由于你们二位平日的见解老是对立的缘故。(尼古拉·彼得罗维奇有些语无伦次了。)我哥哥是一个旧式的人,脾气躁,又顽固……谢谢上帝,事情就这样地了结了。我已经安排好了,不让这件事情声张出去……”

---

① 法语:您睡吧。

② 帕沙是帕维尔的小名。

③ 法语:这是一家的人。

“我把我的地址留给您，万一发生什么问题……”巴扎罗夫随随便便地说。

“我希望不会发生什么问题，叶夫盖尼·瓦西里伊奇……我很抱歉，您在我家里作客会得到这么的……这么一个结局。更使我痛苦的是阿尔卡季……”

“我想，我会见到他的，”巴扎罗夫答道，他素来只要听到“解释”“抱歉”一类的话就觉得不耐烦，“要是我见不到他的话，我求您代我问候他，并且让我道歉吧。”

“我也求您……”尼古拉·彼得罗维奇一面答礼一面说。可是巴扎罗夫不等他讲完这句话，就转身走了。

帕维尔·彼得罗维奇听说巴扎罗夫要走，他表示他想跟巴扎罗夫见一次面，握一握手。可是就在这个时候巴扎罗夫还是像冰一样地冷冷的；他知道帕维尔·彼得罗维奇想表示自己的宽宏大量。他没有能够向费尼奇卡告别：他只是隔着窗子跟她对望了一眼。他觉得她的脸色很不好看。“她说不定给毁掉了，”他暗暗地想道，“不过她总会熬过去的！”彼得心里很难过，他居然俯在巴扎罗夫的肩头哭了，直到巴扎罗夫问他：他是不是老爱哭，才把他阻止了；杜尼亚莎不得不跑到林子里去，免得在人前哭出来。那个引起这一切悲痛的人坐上了一辆大车，抽着一支雪茄，大车走完了三里，到了转弯的地方，基尔萨诺夫的田庄同它的新宅子像一根线似地最后一次出现在他的眼前，他只吐了一口唾液，喃喃地骂了一句：“可恶的小绅士！”他用外衣把身子裹得更紧了。

帕维尔·彼得罗维奇不久就好起来了；可是他不得不在床上躺了快一个星期。他相当耐心地忍受这种他所谓的囚禁生活，不过他也花了很多的工夫在化妆上，还不停地叫人洒香水。尼古拉·彼得罗维奇常常读报给他听；费尼奇卡照常地伺候他，给他端肉汤，端柠檬水，送半熟鸡蛋，送茶；可是她每次走进他的屋子来，她心里总是怀着一种恐惧。帕维尔·彼得罗维奇的出人意外的举动把宅子里所有的人都吓着了；费尼奇卡吓得比别人更厉害；只有普罗科菲奇一个人不觉得惊奇；他向人解释，在他年轻的时候老爷们是时常打架的，“不过只有老爷跟老爷打，至于像那样的贱人，要是有什么无礼的举动，叫人把他拉到马房去抽一顿鞭子就完事了。”

费尼奇卡几乎没有受到良心的责备；可是她有时候想起了这次吵架的真正原因，心里就难过起来；帕维尔·彼得罗维奇又是那么古怪地望着她……就是她背对着他的时候,她也觉得他的眼睛盯在她身上。这种一直没有停止的内心的不安使她渐渐地消瘦了,但是又照例地使她变得更动人了。

有一天——这件事情是在早晨发生的——帕维尔·彼得罗维奇觉得身子好多了,从床上起来躺到沙发上去,尼古拉·彼得罗维奇看见他哥哥这天好多了,便出去到打麦场去了。费尼奇卡送了一杯茶进来,放在一张小桌子上,她正要退出去,帕维尔·彼得罗维奇留住了她。

"您这样匆忙地到哪儿去,费多西娅·尼古拉耶夫娜?"他问道,"您还有事吗?"

"不,大老爷……是,大老爷……我得去倒茶。"

"您不去,杜尼亚莎也会倒的;您陪我这个病人坐一忽儿吧。啊,我有几句话得跟您说。"

费尼奇卡默默地在一把扶手椅的边上坐了下来。

"听我说,"帕维尔·彼得罗维奇拉拉他的小胡子说,"我很久就想问您:您好像怕我似的?"

"您说我怕您,大老爷? ……"

"是的,您。您从来不看我,好像您的良心有点儿不安似的。"

费尼奇卡红了脸,可是她正眼望着帕维尔·彼得罗维奇。她觉得他有点儿古怪,她的心开始轻轻地发抖了。

"您的良心清白吗?"他问她道。

"它为什么不清白呢?"她低声说。

"谁知道为什么! 而且您会对不起谁呢? 对不起我吗? 那是不会有的。对不起这宅子里的别的什么人吧? 那也是不可能的。难道是对不起我弟弟吗? 可是您爱他,不是吗?"

"我爱他。"

"用您的整个灵魂,用您的整个心吗?"

"我用我的整个心爱尼古拉·彼得罗维奇。"

"真的? 望着我,费尼奇卡。(他第一次这样地唤她……)您知道,说谎是一桩很大的罪过。"

"我并没有说谎,帕维尔·彼得罗维奇。要是我不爱尼古拉·彼得罗维奇——以后我就不该再活下去!"

"您决不会抛弃他去爱别人吧?"

“我抛弃他去爱谁呢？”

“不管是谁！那么刚离开这儿的那位先生怎样？”

费尼奇卡站了起来。

“啊，我的上帝，帕维尔·彼得罗维奇，您为什么要折磨我？我对您做过了什么错事吗？您怎么能说出这样的话？……”

“费尼奇卡，”帕维尔·彼得罗维奇忧郁地说，“您知道我看见了……”

“您看见了什么，大老爷？”

“在那儿……在凉亭里。”

费尼奇卡脸红得连耳朵和发根都红起来了。

“那怎么是我的过错呢？”她吃力地说。

帕维尔·彼得罗维奇坐了起来。

“您没有过错吗？没有吗？一点儿也没有吗？”

“在世界上我只爱尼古拉·彼得罗维奇一个人，而且我要永远爱他！”费尼奇卡突然用力大声说，她的咽喉让抽泣哽住了。“至于您看见的那件事，就是在最后裁判的那一天[①]我也要说，我在这件事上是没有过错的，就是在那个时候我也是没有过错的；要是有人疑心我背了我的恩人尼古拉·彼得罗维奇做出那种事情，我马上就死……”

可是说到这儿她的声音哑了，同时她觉得帕维尔·彼得罗维奇抓起她的手紧紧地捏住……她望着他，呆了。他的脸色比先前更惨白了；他的眼睛发光，最叫人惊奇的，是一大滴孤寂的眼泪顺着他的脸颊流下来。

“费尼奇卡！”他用一种古怪的低声说，“爱吧，爱我的弟弟吧！他是一个这么善良、这么好的人！不要抛弃他去爱世界上任何别一个人；不要去听任何别一个人的话！您想一想，还有什么比爱一个人而得不到人爱更可怕的事！永远不要离开我那个可怜的尼古拉！”

费尼奇卡的眼睛干了，她的恐怖消失了，她感到非常惊讶。可是她看见帕维尔·彼得罗维奇，帕维尔·彼得罗维奇本人把她的一只手贴在他的唇边，头朝着她的手埋下去，他并不吻它，只是偶尔发出痉挛的叹息，那个时候她不知道有什么样的感觉……

---

① 信奉耶稣教的人相信世界末日会到来，那个时候所有的灵魂都要从坟墓里出来，受上帝的裁判。这便是所谓最后的裁判。

"主啊!"她想道,"是不是他的病又发作了? ……"

这个时候他的整个毁掉了的生命在他的内心里激荡了。

楼梯在急速的脚步下面格格地响起来……他推开她,把头放倒在枕上。门开了,尼古拉·彼得罗维奇走进来,带着高兴的样子,精神健旺,脸色红红的。米佳跟他父亲一样气色很好,也是红红的脸,只穿一件小衬衫,在他父亲的怀里跳跳蹦蹦,还用他那光着的小脚趾去捉他父亲那件乡下外套的大钮扣。

费尼奇卡马上朝尼古拉·彼得罗维奇跑过去,把他同他儿子一块儿抱着,拿她的头靠在他的肩上。尼古拉·彼得罗维奇吃了一惊,费尼奇卡,这个平日害羞的、谨慎的费尼奇卡,从没有在第三个人面前跟他亲热过的。

"什么事?"他说,他又望了他哥哥一眼,便把米佳递给她,"你不觉得不舒服吧?"他走到帕维尔·彼得罗维奇跟前问道。帕维尔·彼得罗维奇把脸藏在一张细麻布手帕下面。

"不……这……没有什么……相反的,我倒觉得好多了。"

"你搬到沙发上太急了,"尼古拉·彼得罗维奇说,他转过头去向费尼奇卡问了一句,"你到哪儿去?"可是她已经砰的一声关上门走了,"我抱了我的勇士来给你看;他吵着要他的伯伯。她为什么把他抱走了呢? 可是你有什么事吗? 啊,你们两个人是不是闹了什么别扭?"

"弟弟!"帕维尔·彼得罗维奇庄严地说。

尼古拉·彼得罗维奇颤抖了一下,他有点儿害怕起来,可是他自己也说不出是什么缘故。

"弟弟,"帕维尔·彼得罗维奇又说,"答应我你要照我的要求做一桩事。"

"什么要求? 你说吧。"

"这是很重要的;照我看来,你一生的幸福都靠着它。我现在要对你说的话我这些天来已经想了好久了……弟弟,尽你的责任,尽一个正直、高尚的人的责任。你原本是一个最好的人,不要再让自己受到诱惑,不要再让你这个不好的榜样继续存在下去!"

"帕维尔,你的意思究竟是什么?"

"跟费尼奇卡结婚……她爱你;她是你儿子的母亲。"

尼古拉·彼得罗维奇向后退了一步,惊讶地拍起手来。

"你这样说吗,帕维尔? 我一向以为你是最不赞成这种婚姻的! 你这样说! 可是你也许不知道,正因为尊重你的缘故,我才没有尽了你说得很对的我的这个责任!”

“在这种场合中尊重我,你就错了,”帕维尔·彼得罗维奇带着忧郁的微笑答道,“我渐渐觉得巴扎罗夫骂我的贵族气派的话是对的了。不,亲爱的弟弟,我们不要再顾什么面子,也不要再去管人们怎么讲法:我们如今老了,心定下来了;我们现在应该把一切的虚荣心丢开。让我们像你所说的那样,尽我们的责任吧;瞧着吧,我们这样还可以换来幸福。”

尼古拉·彼得罗维奇跑过去拥抱他的哥哥。

“你毕竟把我的眼睛打开了!”他大声说,“我常常说你是世界上最聪明的、心肠最好的人,果然没有错,现在我又知道你明白事理同你心地高贵的程度一样。”

“轻点儿,轻点儿;”帕维尔·彼得罗维奇打岔说,“不要弄痛你这个明白事理的哥哥的腿,他快到五十岁的年纪还像一个准尉似地跟人家决斗呢。那么事情已经决定了;费尼奇卡要做我的……belle-soeur① 了。”

“我亲爱的帕维尔!可是阿尔卡季会怎样说呢?”

“阿尔卡季?他一定高兴得不得了,你可以相信我的这句话!结婚是违反他的原则的,可是他的平等的观念却可以满足了。而且,老实说,等级 au dix-neuvième siècle② 还有什么意义呢?”

“啊,帕维尔,帕维尔!让我再亲你一次吧。别怕,我会小心的。”

弟兄两个又拥抱了一下。

“你觉得怎样,是不是现在就该把你的意思让她知道?”帕维尔·彼得罗维奇问道。

“为什么要这样急?”尼古拉·彼得罗维奇答道,“是不是你们已经谈过了?”

“我们已经谈过了?Quelle idée!③”

“好啦,那就对了。第一你得先好起来,而且那桩事情不会跑掉的。我们应当仔细地想一下,商量商量……”

“可是你不是已经决定了吗?”

“自然,我已经决定了,我诚心诚意地感谢你。我现在要走了;你需要休

---

① 法语:弟媳。

② 法语:在十九世纪。

③ 法语:什么想法!

息；任何的兴奋对你都是不好的……不过我们以后还可以再讨论。好好地睡吧，我亲爱的，上帝保佑你恢复健康。”

“他为什么要这样地感谢我？”帕维尔·彼得罗维奇在他弟弟走后一个人想道，“好像这不是由他做主似的！等他结了婚，我马上就走开，到一个远的地方去——或者德累斯顿①，或者佛罗伦萨②。我要一直在那儿住到我死的时候。”

帕维尔·彼得罗维奇用香水打湿他的前额，闭上了眼睛。他的美丽的消瘦的头躺在雪白的枕头上，承着鲜明耀眼的白日的光辉，好像是死人的头……他也的确是一个死人了。

二十五

在尼科利斯科耶，花园里一棵很高的梣树荫下，卡佳同阿尔卡季正坐在一个长凳形的草土墩上；非非躺在他们近旁的地上，它的瘦长身子带了一种猎人们所谓的“兔伏式”的漂亮的曲线。阿尔卡季同卡佳都不做声；他手里拿着一本半打开的书，她在一个篮子里捡起剩下来的一点儿白面包屑，丢去喂一小群麻雀，它们不失它们那种又害怕、又大胆的本性，在她的脚边吱吱喳喳地跳来跳去。一阵微风在梣叶丛中吹过，使得阴暗的小径上同非非的黄色的背上那些淡金色的光点慢慢地来回移动；匀静的树荫罩着阿尔卡季同卡佳的全身，只是偶尔有一线日光在她的头发上亮起来。两个人都不讲话，可是他们不讲话和他们坐在一块儿的样子正可以表示他们的互相信任的亲密：他们两个人似乎谁都不去注意身边的同伴，可是同时谁都暗暗地高兴这个同伴在自己身边。他们的面貌，自从我们上次跟他们分手以后，也有了改变了：阿尔卡季看起来更安静些，卡佳更活泼些，更大胆些。

“您不觉得，”阿尔卡季说，“俄国人给梣树起的名字很好吗；再没有一种树的叶子在空中是这么轻，这么鲜明的。③”

卡佳抬起眼睛向上望了望，说声：“是”，阿尔卡季便想道：“这一位并不责备我用了美丽的辞藻。”

---

① 德国的城市。

② 意大利的城市。

③ “梣树”原文是 ясень；“鲜明”原文是 ясно，两个字同一词根。

“我不喜欢海涅，”卡佳望了一下阿尔卡季手里拿的那本书说，“不管是他笑的时候，或者哭的时候：只有在他沉思和忧郁的时候我才喜欢他。”

“我却喜欢他笑的时候。”阿尔卡季说。

“这是您那种爱讥讽人的脾气的原有的痕迹。（“原有的痕迹！”阿尔卡季想道——“要是被巴扎罗夫听见了怎样？”）等着吧，我们要把您改造的。”

“谁要改造我？您？”

“谁？——姊姊；还有波尔菲里·普拉东内奇，您现在已经不跟他吵架了；还有姨妈，您前天还陪她到礼拜堂去的。”

“我不能说不去啊！至于安娜·谢尔盖耶夫娜，您不记得，她在好些地方都是跟叶夫盖尼一样的意见吗？”

“我姊姊那个时候受了他的影响，就跟您一样。”

“跟我一样？那么让我问一句，您是不是看出我现在已经摆脱了他的影响了？”

卡佳不答话。

“我知道，”阿尔卡季接着说下去，“您从来就不喜欢他。”

“我不能够评论他。”

“您知不知道，卡捷琳娜·谢尔盖耶夫娜，我每回听到这样的回答我就不相信……世界上就没有一个人是我们谁都不能够评论的！这只是一种遁辞罢了。”

“好吧，那么我告诉您，我……不能说是我不喜欢他，不过我觉得，他跟我不是一类的人，我跟他也不是一类的……您跟他也不同。”

“这是为什么呢？”

“我怎么跟您讲呢……他是猛兽，您同我却是驯服了的。”

“我也是驯服了的？”

卡佳点了点头。

阿尔卡季搔了搔他的耳朵。

“我对您说吧，卡捷琳娜·谢尔盖耶夫娜，您知道，这是一种侮辱。”

“那么您愿意做猛兽吗？”

“不是做猛兽；而是要坚强、有活力。”

“这样的事并不是可以想望到的……您瞧，您的朋友并不想望这样，可是他做到了这样。”

“哼！那么您以为他对安娜·谢尔盖耶夫娜有很大的影响吗？”

“是的。不过没有一个人能够长久支配她的。”卡佳低声说。

“您为什么这样想呢？”

“她很骄傲……我的意思不是这样……她把她的独立看得很重要。”

“谁又不看重独立呢？”阿尔卡季问道，这个时候在他的心中闪过了一个思想：“独立有什么好处？”“独立有什么好处？”卡佳也这样想着。年轻人时常亲密地在一块儿谈得很好的时候，他们往往会起同样的念头。

阿尔卡季笑了笑，他挨近卡佳轻轻地说：“老实说，您有点儿怕她吧？”

“怕谁？”

“怕她，”阿尔卡季带有深意地说。

“那么您呢？”卡佳反过来问他道。

“我也怕；您注意，我说：我也怕。”

卡佳伸出一根手指威吓地指着他。

“我倒觉得奇怪，”她说，“我姊姊从没有像现在这样待您好的；比您头一回来的时候好多了。”

“真的！”

“怎么，您没有注意到吗？您不觉得高兴吗？”

阿尔卡季想了一忽儿。

“我靠了什么取得安娜·谢尔盖耶夫娜的好感呢？是不是因为我把您母亲的信带了给她呢？”

“这是一个原因，也还有别的原因，我不说。”

“什么原因？”

“我不说。”

“啊，我知道：您是很固执的。”

“我是这样。”

“并且会观察人。”

卡佳瞟了阿尔卡季一眼。

“也许是这样的；这叫您生气吗？您在想什么？”

“我在想您从哪儿学会了这样观察人的。您这么怕羞，不相信人；您跟谁都不接近……”

“我一向都过着孤独的日子；这叫人不得不想得很多。可是我真的跟谁都不接近吗?”

阿尔卡季感激地望了卡佳一眼。

“这一切都很好,”他说,“可是处在您的地位的人,我是说,处在您的环境的人,很少有这种观察的能力;他们就跟帝王一样,不容易知道真理。”

“可是您知道,我并没有钱。”

阿尔卡季愣了一下,他没有马上懂得卡佳的意思。“不错,事实上财产都是她姊姊的!”他突然明白了;这个思想并没有使他不高兴。

“您说得多么好!”他说。

“什么?”

“您说得很好;简单明白,并没有不好意思,也没有做作。我说,我常常想,一个人知道并且说出来自己是个穷人,他的感情里头一定有一种特殊的东西,一种骄傲吧。”

“靠了我姊姊的好心,我倒从来不曾有过这样的体验。我刚才提到我的环境,也只是顺口讲出来的。”

“好的;不过您得承认您也有一点儿我刚才所说的骄傲的。”

“请您举一个例子吧?”

“例如,您——原谅我问您这句话——您不肯嫁一个有钱人吧,是不是?”

“要是我很爱他的话……不,我想就是那个时候我也不肯嫁给他。”

“啊!您瞧!”阿尔卡季大声说,停了一下又说,“您为什么不肯嫁给他呢?”

“因为歌子里面也唱过不平等的婚姻。”

“大概您喜欢支配人,不然……”

“啊,不!为什么我要这样呢?刚刚相反,我倒愿意顺从别人;只有不平等才是难受的。一个人尊重自己,顺从别人,那是我能够了解的;那是幸福;可是一种依赖的生活……不,我已经过够了。”

“过够了,”阿尔卡季跟着卡佳说了一句,“是的,是的,”他接着往下说,“难怪您是安娜·谢尔盖耶夫娜的妹妹;您跟她一样,是喜欢独立的;不过您不肯讲出来罢了。我相信,不管您的感情是多么强烈,多么神圣,您一定不肯先表示出来……”

“那么您以为应该怎样呢?”卡佳问道。

“你们是一样地聪明;您的性格纵使不比您姊姊的强,至少也是跟她一样……”

“请您不要拿我跟我姊姊相比，”卡佳连忙打岔道，“那是对我很不利的。您好像忘记了我姊姊又漂亮，又聪明，而且……尤其是您，阿尔卡季·尼古拉耶维奇，不应该说这种话，不应该做出这种正经的脸色。”

“您说‘尤其是您’，是什么意思，——您怎么会以为我是在开玩笑？”

“自然，您是在开玩笑。”

“您这样想吗？可是要是我真相信我说的话呢？要是我认为我还没有把我的意思充分表达出来呢？”

“我不懂您的话。”

“真的吗？好吧，我现在明白了：我一定把您的观察力估得太高了。”

“怎样呢？”

阿尔卡季不回答，却把脸掉开了，卡佳在篮子里找了几粒面包屑，向着麻雀抛去；可是她挥手的时候用劲太大，那群麻雀没有啄面包屑就飞走了。

“卡捷琳娜·谢尔盖耶夫娜！”阿尔卡季突然说道，“也许在您看来，都是一样的；可是让我告诉您，我看不但您姊姊不如您，世界上任何一个人都不如您。”

他站起来，很快地走开了，好像他脱口而出的话把他自己吓跑了似的。

卡佳让她的两只手同篮子都落在膝上，她垂下头，把阿尔卡季的背影望了许久。渐渐地一片红晕透出她的脸颊来了；可是她的嘴唇并没有笑，她的乌黑的眼睛露出一种惊惶的和一种没法说明的感情。

“你一个人在这儿？”她听见安娜·谢尔盖耶夫娜的声音在她的身旁说，“你好像是跟阿尔卡季一块儿到园子里来的。”

卡佳慢慢地抬起眼睛望她的姊姊（姊姊打扮得很雅致，甚至可以说是很讲究，她站在小径上，用她那撑开的阳伞的伞尖去搔非非的耳朵），慢慢地答道：

“是的，我一个人。”

“那我也看见的，”安娜·谢尔盖耶夫娜带笑说，“那么他回到他的屋子里去了。”

“是的。”

“你们在一块儿念书吗？”

“是的。”

安娜·谢尔盖耶夫娜托着卡佳的下巴把她的脸抬起来。

"我希望,你们没有吵嘴吧?"

"没有。"卡佳说,她轻轻地推开了她姊姊的手。

"你回答得多么正经!我以为可以在这儿找到他,打算约他出去散步。他说了好几次要我跟他出去散步。城里给你送来了皮鞋;你快去试试看;我昨天已经注意到你那双皮鞋实在太旧了。你对这些事情总不大留心,其实你倒有一双漂亮的小脚!你的手也不错……不过稍微大一点儿;所以你得特别注意你这双小脚。可是你又是一个不爱打扮的人。"

安娜·谢尔盖耶夫娜顺着小径走了,她那身漂亮的衣服一路上发出轻微的窸窣声;卡佳从凳子上站起来,拿起那本海涅诗集,也走了——可是并不去试她的皮鞋。

"漂亮的小脚!"她想道,一面慢慢地、轻轻地走上了被太阳晒得滚烫的露台的石级,"你说漂亮的小脚……唔,以后他要跪在这双脚跟前的。"

可是她马上不好意思起来,连忙跑上楼去了。

阿尔卡季经过走廊朝他的屋子走去;管事从后面追上来,通知他说,巴扎罗夫先生在他的屋子里等他。

"叶夫盖尼!"阿尔卡季差不多带着害怕的样子喃喃地说,"他来了好久了吗?"

"刚刚到,他吩咐不用通知安娜·谢尔盖耶夫娜,一直领他到您的屋子里去。"

"难道家里出了什么不幸的事情吗?"阿尔卡季想着,急急忙忙跑上了楼梯,推开了房门。他看见巴扎罗夫的脸色,马上放了心,其实这位不速之客的脸上虽然是照常地精神饱满,但也已经消瘦些了,一个经验多一点儿的人是可以从那张脸上看出一种内心不安的表征来的。他的肩头披了一件满是尘土的大衣,头上戴了一顶便帽,他正坐在窗台前;就是在阿尔卡季大声欢呼着扑到他身上去的时候,他也没有站起来。

"真想不到!是哪阵风把你带来的?"阿尔卡季反复地说,在屋子里走来走去,就像那种自以为,而且也想让人看到自己是很高兴的人一样,"我想,我们家里一切都顺遂吧,人人都好吧?"

"你们家里一切都顺遂,可是并不是人人都好,"巴扎罗夫说,"不要多讲话,叫人给我倒一杯克瓦斯来,你坐下,听我用几句我想是直截了当的话把事情给你讲明白。”

阿尔卡季静了下来，巴扎罗夫便讲了他跟帕维尔·彼得罗维奇的决斗。阿尔卡季大吃一惊，而且很伤心，不过他觉得不必把这种感情表露出来；他只问他伯父的伤是不是真的不重；他听到巴扎罗夫这样回答：伤倒是很有趣的，不过不是从医学方面来说，他勉强笑了笑，可是他心里却很难过，又觉得惭愧。巴扎罗夫好像知道了他的这种心事。

“不错，兄弟，”他说，“你瞧，这就是跟封建的人物住在一块的结果。你自己也会变成一个封建人物，去参加他们的骑士的比武了。好吧，先生，所以我现在动身回‘父亲们’那儿去了。”巴扎罗夫这样地结束了他的故事，“我顺路弯到这儿来……把这桩事情全部告诉你，我要说，要是我不把无用的谎话当做傻事的话。不，我弯到这儿来——鬼知道为了什么。你知道，一个人抓住自己的头发，把自己拔起来，就像从菜园地里拔起一根萝卜似的，有时候也是很好的事；这就是我最近做的事情……可是我又想再看一下我刚刚丢开的东西，看一下我在那儿生长的菜园。”

“我盼望这些话不是指我说的，”阿尔卡季发急地说，“我盼望你不是想丢开我吧？”

巴扎罗夫掉转眼睛注意地，而且差不多要看透对方的心似地望了阿尔卡季一眼。

“这会叫你这么难过吗？我觉得你早已把我丢开了。你看起来气色多好，多整齐漂亮……你跟安娜·谢尔盖耶夫娜的事情一定进行得很顺利了。”

“你说我同安娜·谢尔盖耶夫娜的什么事情？”

“怎么，你不是为了她才从城里到这儿来吗，小鸟儿？哦，那儿的星期学校活动得怎样了？难道你不爱她吗？或者你已经到了该说话审慎的时期了？”

“叶夫盖尼，你知道我一向对你是很坦白的；我可以对你明说，我可以对你发誓，你弄错了。”

“哼，从前倒是没有这样说过，”巴扎罗夫低声说，“可是你也不用着急，这事情跟我完全没有关系。一个浪漫派会说：‘我觉得我们的路开始分岔了，’可是我只说我们彼此厌腻了。”

“叶夫盖尼……”

“好朋友，这不是什么不幸的事情。在这个世界上我们厌腻的东西不是很多吗？我想现在我们应该分手了，是不是？我自从到了这儿以后，我就觉得浑身都不舒服，就像我读了果戈理写给卡卢加省长夫人的信①似的。而且，我并没有吩咐他们把马解下来。”

“我敢说，这是不行的！”

“可是为什么？”

“我不讲我自己；可是这对安娜·谢尔盖耶夫娜未免太失礼了，她一定想看见你。”

“啊，那你就错了。”

“刚刚相反，我相信我并不错，”阿尔卡季答道，“你为什么要装假呢？我们既然讲到这个，那么我问你，你自己不是为了她才到这儿来的吗？”

“那也许是的，可是你毕竟错了。”

可是阿尔卡季并没有错。安娜·谢尔盖耶夫娜想见见巴扎罗夫，差了管事来请他去。巴扎罗夫去见她之前还换了衣服：原来他预先就把新衣服放在箱子里容易拿到的地方。

奥金佐娃接待他的地方，不是在他那次突然表白他的爱情的屋子，却是在客厅里。她亲切地把她的指尖伸给他，可是她的脸上现出一种不由自主的局促的表情。

“安娜·谢尔盖耶夫娜，”巴扎罗夫连忙说，“我第一件事就得使您放心。现在站在您面前的，是一个早已恢复了他的理性，并且希望别人也忘记了他的傻事的人。这次我离开的时间要很长；您会承认，尽管我不是一个软弱的人，可是我想到您对我仍旧怀着厌恶的心思的时候，我就是走了，心里也会难过。”

安娜·谢尔盖耶夫娜深深地叹了一口气，好像一个人刚刚爬到了高山顶上似的，一个微笑使她的脸显得有生气。她第二次伸出手给巴扎罗夫，而且在巴扎罗夫握着她的手的时候，她也把他的手握了一下。

“过去的事不用提了，”她说，“我尤其不愿意提它，因为凭我的良心说，我那个时候也有错，倘使不算挑逗，至少也是别的东西。一句话说完，让我们还是像从前那样地做朋友吧。那是一场梦，不是吗？谁记得梦里的事情呢？”

“谁记得它们？而且，爱情……您知道，只是一种故意装出来的感情

---

① 这里指的是果戈理在一八四一年六月四日写给斯米尔诺娃的信。题目是《什么是省长夫人》。

罢了。”

“真的吗？我听了很高兴呢。”

安娜·谢尔盖耶夫娜是这样地说，巴扎罗夫也是这样地说；他们都以为自己说的是真话。他们的话果然是真的，完全真的吗？他们自己也不知道，作者更不知道了。可是他们接着又谈下去，好像他们彼此完全信任似的。

安娜·谢尔盖耶夫娜问了巴扎罗夫一些话，也问起他在基尔萨诺夫家中做了些什么事情。他差一点儿就要讲出他跟帕维尔·彼得罗维奇决斗的事了，可是他想到她也许会疑心他是想显露显露自己，便忍住不说了，他只回答她说，他这些时候都在做他的研究工作。

“我呢，”安娜·谢尔盖耶夫娜说，“我起初很忧郁，也不知道是为了什么缘故；您想不到，我还准备到外国去呢！……后来又好了，您的朋友阿尔卡季·尼古拉伊奇来了，我又回到旧轨道上去，扮起我擅长的角色了。”

“什么角色呢，我可以问吗？”

“姨妈啦，女教师啦，母亲一类的角色——随便您怎么说都可以。哦，您不知道我从前总不大明白您怎么会跟阿尔卡季·尼古拉伊奇成了亲密的朋友；我觉得他相当平凡。可是现在我知道他比较清楚一点儿，也看出来他是一个聪明的人……主要的是他年轻，他年轻……不像您同我，叶夫盖尼·瓦西里伊奇。”

“他在您面前还是那么害羞吗？”

“他是那样吗？……”安娜·谢尔盖耶夫娜说，她想了一忽儿又说下去，“他现在跟我熟悉多了；他常常跟我谈话。他从前老是躲开我。其实我那个时候也不想找他谈话。他跟卡佳非常要好。”

巴扎罗夫觉得不耐烦了。“一个女人总免不掉要耍滑头的。”他想道。

“您说他老是躲开您，”他冷笑地说，“可是他爱着您，也许这对您已经不是秘密吧？”

“怎么！他也？”安娜·谢尔盖耶夫娜脱口说了出来。

“他也是的，”巴扎罗夫恭敬地鞠了一个躬，跟着她说，“难道您会不知道，难道我告诉您的还是新的消息？”

安娜·谢尔盖耶夫娜埋下她的眼睛。

“您错了，叶夫盖尼·瓦西里伊奇。”

“我不这样想。可是也许我不该提起这个。”随后他又暗暗地在自己心里说："你以后不要再对我要滑头吧。"

"为什么不该呢？可是我以为您这样一来未免把那个过眼即逝的印象看得太重了。我现在开始疑心您是喜欢夸张的了。"

"我们最好还是不要谈它吧，安娜·谢尔盖耶夫娜。"

"为什么呢？"她回答道；可是她自己就把话题转了。她跟巴扎罗夫在一块儿仍然觉得有点儿拘束，虽然她已经对他说过，并且还叫她自己也相信，过去的一切事情全忘记了。她跟他谈着最简单的话的时候，甚至于在她跟他开玩笑的时候，她也还感到一阵轻微的恐惧 。就好像航海的人无忧无虑地在轮船上谈笑，跟在陆地上完全一样；可是只要发生了一点儿最小的故障，只要有了一点儿不寻常的征象，他们每个人的脸上立刻会现出特别惊惶的表情，这证明出来：他们时时刻刻都感觉到那个随时都会发生的危险。

安娜·谢尔盖耶夫娜跟巴扎罗夫并没有谈多久的话。她开始露出沉思的样子来；她答话的时候也带着心不在焉的神气，后来她提议他们一块儿到大厅里去，他们在那儿看到公爵夫人同卡佳。"可是阿尔卡季·尼古拉伊奇到哪儿去了？"安娜·谢尔盖耶夫娜问道；她听说他已经有一个多小时没有出来了，便差人去请他来。人们找了好一忽儿才把他寻到；他藏在花园里树木繁茂的地方，两只手交叉地支着下巴，坐在那儿出神。他的思想是深邃的、严肃的，却并不是忧郁的。他知道安娜·谢尔盖耶夫娜跟巴扎罗夫单独在一块儿，并不像以前那样地感到妒嫉；相反的，他的脸上渐渐地发出光彩；他似乎又是惊奇，又是快乐，而且决定了一桩事情。

二十六

亡故的奥金佐夫生前并不喜欢新奇的东西，可是他也不反对"某种高尚趣味的活动"，因此他在花园里面、温室和池塘的中间，用俄国砖修了一座类似希腊柱廊式样的建筑物。奥金佐夫在这个柱廊或者画廊的后山墙上，造了六个壁龛，预备安置他在外国定购的六座石像。这六座石像代表着孤独、沉默、沉思、忧郁、羞耻和敏感。其中的一个，就是把手指放在嘴唇上的沉默的女神，已经运到而且安置好了；可是当天便有几个农家孩子把她的鼻子打坏了；虽然附近一个泥水匠给她补上了一个"比先前的还要好过一倍的"新鼻子，奥金佐夫还是叫人把她搬开，她现在还立在打麦仓的角落里，已经放了好些年了,引起一般乡下女人对她的迷信的恐怖。柱廊的正面早已被繁茂的矮树掩盖了;只有那些圆柱顶还在浓密的绿叶丛中露出来。在这个柱廊里即便是在正午时候也是很凉爽的。安娜·谢尔盖耶夫娜自从在那地方看见一条蛇以后便不喜欢到那儿去了;可是卡佳还常常来坐在一个壁龛下面的宽石凳上。在这个地方,在树荫和清凉中,她不是念书,便是做别的事情,再不然便是沉浸在完全宁静的感觉里面,这种感觉我们每个人一定都知道,它的魅力就在于:半意识地静静听着生命的洪流在我们身外同在我们内心绵绵不息地泛滥。

巴扎罗夫来到以后的第二天,卡佳坐在她心爱的石凳上,阿尔卡季又坐在她的旁边。是他求她带他到"柱廊"这儿来的。

这个时候离早饭时间还有一小时的光景;带露的清晨已经变做炎热的白天了。阿尔卡季的脸上还保留着前一天的表情,卡佳好像有什么心事似的。她的姊姊刚刚用过早茶便把她叫到屋子里去,起先跟她亲热了一下,姊姊的这种举动常常叫卡佳害怕,接着姊姊就劝她待阿尔卡季要小心一点儿,尤其不要单独跟他谈话,因为她的姨妈同全宅子的人好像已经在注意了。而且在前一天晚上安娜·谢尔盖耶夫娜不高兴;卡佳也觉得心里不安,好像她承认自己做错了事情似的。她这次答应阿尔卡季的要求的时候,她对她自己说,这是最后的一次了。

"卡捷琳娜·谢尔盖耶夫娜,"他带一种不大好意思的随便的态度说,"自从我有幸跟您同住在一个宅子里以后,我跟您谈过许多事情;可是还有一个对我非常重要的……问题,我一直到现在还没有提过。您昨天说过我在这儿有了改变了,"他继续说下去,他一面去望卡佳的盯在他脸上的询问的眼光,一面又躲避这眼光,"我的确大大地改变了,您比任何人都知道得更清楚——我实在是靠了您才有这个改变的。"

"我……靠了我?……"卡佳说。

"我现在已经不是初来时候的那个自命不凡的孩子了,"阿尔卡季接着说,"我没有白活了二十三年;跟从前一样,我愿意做一个有用的人,我愿意把我所有的力量都献给真理;可是我不再到我从前寻觅理想的地方去寻找我的理想了;理想自己来找我了……就在我的身边。在今天以前,我并没有认识我自己;我要我自己去做一些我力不胜任的工作……我的眼睛最近才睁开了,这是靠了一种情感……我没有把话讲得十分清楚,不过我盼望您会了解我……"

卡佳不回答,可是她不再望着阿尔卡季了。

“我以为,”他用了更激动的声音接下去说,在他的头上有一只碛鹨藏在桦树叶中间无忧无虑地唱起歌来,“我以为每个正直的人都应当对那些……对那些……一句话说完,对那些跟他亲近的人讲真心话,所以我……我打算……”

可是说到这儿,阿尔卡季的雄辩就接不上来了;他不知道要怎样才好,他结结巴巴地说不出话来,终于不得不停止一忽儿。卡佳仍然不抬起眼睛。她好像不明白他说这些话的用意,仿佛还在等着什么似的。

“我料到我的话会叫您吃惊,”阿尔卡季鼓起勇气又说,“尤其因为这个情感多多少少……多多少少,请留心听着,——跟您有点儿关系。您还记得吧,您昨天责备我不够严肃认真,”阿尔卡季说,看他的神情,他好像是一个走进了沼地里的人,明知道自己每走一步就越陷越深,可是他仍然急急往前走去,总希望他能够尽快地跨过这块沼地;“那种责备的话是常常对付……常常落到……年轻人身上的,即使他们已经不应当受责备了;要是我的自信力大一点儿的话……(“来帮助我,帮助我吧!”阿尔卡季十分着急地想道;可是卡佳仍然跟先前一样,不掉过头来。)要是我能够希望……”

“倘使我能够确实相信您所说的。”在这个时候他们听到了安娜·谢尔盖耶夫娜的清朗的声音。

阿尔卡季立刻不做声了,卡佳的脸变成了苍白。在这一丛遮住柱廊的矮树旁边有着一条小路。安娜·谢尔盖耶夫娜同巴扎罗夫一块儿正顺着这条小路走过来。卡佳同阿尔卡季不能够看见他们,却听见了每一句话、她的衣服的窸窣声,连呼吸也听见了。他们走了几步,好像故意地在柱廊前面站住了。

“您瞧,”安娜·谢尔盖耶夫娜继续往下说,“您同我都错了;我们两个人都不算太年轻了,尤其是我;我们都是生活过来的,我们都疲倦了;我们两个人——为什么还要客气呢?——都是聪明人;起先我们对彼此都感到了兴趣,打动了好奇心……可是后来……”

“后来我就变成枯燥乏味的了。”巴扎罗夫插嘴说。

“您知道这并不是我们分手的原因。不过无论如何,我们彼此都不需要,这是主要的一点;我们两个人……我怎么说好呢?……相同的地方太多了。我们起初还不曾明白这一点。反而,阿尔卡季……”

“您需要他么?”巴扎罗夫问道。

“不要讲啦，叶夫盖尼·瓦西里伊奇。您告诉我说，他对我不是没有好感的，我自己一向就觉得他是喜欢我的。我知道我可以做他的姨妈了，可是我不瞒您说，我近来也常常想他。在那种年轻的、新鲜的情感里面有一种特殊的吸引力……”

“在这种情形里通常是用‘魅力’这个字眼的，”巴扎罗夫打岔道，在他那平静而低沉的声音里听得出一股怨气，“昨天阿尔卡季在我跟前好像隐藏着什么似的，他没有讲起您，也没有讲您的妹妹……那是一个重要的征候。”

“他像哥哥一样地待卡佳，”安娜·谢尔盖耶夫娜说，“我喜欢他的这种地方，不过我也许不该让他们这样地亲近。”

“您这话是从……做姊姊的心里发出来的吗？”巴扎罗夫把声音拉长地说。

“自然是的……可是为什么我们老是站住呢？我们走吧。我们谈得多奇怪，不是吗？我绝没有想到我会跟您谈这些话。您知道，我怕您……同时又信任您，因为您实在是一个好人。”

“第一，我一点儿也不好；第二，我对您已经是毫不重要了，您还对我说我是一个好人……这好比把一顶花冠戴在死人头上一样。”

“叶夫盖尼·瓦西里伊奇，我们并不是常常能够控制自己的……”安娜·谢尔盖耶夫娜说；可是一阵风吹过，吹得树叶沙沙地响起来，把她后面的话吹走了。

“您知道，您是自由的。”隔了一忽儿巴扎罗夫的声音说。

其余的话听不清楚了；脚步声远去了……这周围又没有声音了。

阿尔卡季掉头去望卡佳。她还是像先前那样地坐着，只是她的头埋得更低了。

“卡捷琳娜·谢尔盖耶夫娜，”他把两只手紧紧地捏在一块儿，声音打颤地说，“我永远爱您，不会改变，而且除了您我再也不爱别人。我想告诉您这个，想知道您对我的意见，而且向您求婚，因为我不是一个有钱的人，因为我准备为您牺牲一切……您不回答我？您不相信我？您以为我是随便说说的吗？可是请您回想最近这几天的情形吧！难道您这许久还不相信所有——请您听明白我的话，——所有其他的东西都早已不留痕迹地消灭了吗？望着我，对我说一个字也好……我爱……我爱您……相信我！”

卡佳用了一种又严肃又高兴的眼光望了阿尔卡季一眼，她迟疑了好一忽儿，才带了一点儿笑意地说一声："是。"

阿尔卡季从石凳上跳了起来。

"是！您说了'是'，卡捷琳娜·谢尔盖耶夫娜！这个字是什么意思？只是说我爱您，您相信我……或者……或者……我不敢说下去了……"

"是。"卡佳又说了一遍，这一次他明白她了。他抓起她那双大而美丽的手按在他的心上，他欢喜得快透不过气来。他差一点儿站不稳了，他只能够反复地叫着："卡佳，卡佳……"她却天真地哭起来，又暗暗地笑自己流了眼泪。谁要是没有见过自己所爱的人眼中这样的泪水，他就还不了解在这个世界上一个人在害羞和感激的陶醉中能够快乐到怎样的程度。

第二天大清早安娜·谢尔盖耶夫娜差人把巴扎罗夫请到她的书房里去，她勉强笑了笑，把一张摺好的信笺递给他。这是阿尔卡季写的信：他在信里向她妹妹求婚。

巴扎罗夫把信匆匆地看了一遍，努力控制自己，不让他心里突然发生的幸灾乐祸的情感表露出来。

"原来是这么一回事，"他说，"好像您在昨天还以为他像哥哥似地爱着卡捷琳娜·谢尔盖耶夫娜呢。您现在打算怎么办？"

"您以为我该怎么办呢？"安娜·谢尔盖耶夫娜仍然带笑问道。

"我以为，"巴扎罗夫也带笑答道，其实他和安娜·谢尔盖耶夫娜一样，心里很不高兴，没有一点儿想笑的心思，"我以为您应该给这一对年轻人祝福。从各方面看来这是美满的婚姻；基尔萨诺夫的境况还不坏，他是他父亲的独养子，他的父亲又是个好人，不会反对他的。"

奥金佐娃在屋子里来回踱着。她的脸色一忽儿红一忽儿白。

"您这样想吗？"她说，"为什么不呢？我也觉得没有障碍……我替卡佳高兴……也替阿尔卡季·尼古拉耶维奇高兴。自然我要等他父亲的回信。我要差他自己去见他父亲。可是这桩事情就证明我昨天对您说我们两个人都老了的话是对的了……我怎么一点没有看出来呢？这倒怪了！"

安娜·谢尔盖耶夫娜又笑了起来，她连忙把头掉开了。

"现在的年轻人都变得很狡猾了，"巴扎罗夫说着，也笑了起来，"再见吧，"他停了一下又说，"我希望您把这桩事情解决得很圆满；我在远处也会高兴的。"

奥金佐娃连忙回过脸来向着他。

“难道您要走吗？为什么您现在不住下来呢？住下吧……跟您谈话是一桩愉快的事情……好像人就在悬崖的边上走着似的。起先觉得害怕，可是走下去胆子就大了。您住下吧。”

“谢谢您留我住下，安娜·谢尔盖耶夫娜，而且称赞我的谈话的本领。可是我觉得我已经在不是我自己的圈子里耽搁得太久了。飞鱼能够在空中支持一个时候，不过它们不久就得跳回水里去；请您也答应我回到我自己原来的环境里去吧。”

奥金佐娃望了望巴扎罗夫。他的苍白的脸上露出苦笑。“这个人爱过我的！”她想道，她可怜他，便带着同情伸出手给他。

可是他也了解她的意思。

“不！”他说，往后退了一步，“我是一个穷人，可是我到现在还没有受过别人的赒济。再见吧，太太，请您保重。”

“我相信我们这次并不是最后的见面。”安娜·谢尔盖耶夫娜带了一种无意的动作说。

“在这个世界上什么事情都可能发生的！”巴扎罗夫答道，他鞠了一个躬走出去了。

“那么你想给你自己筑一个窠了，”巴扎罗夫当天蹲在地板上收拾箱子的时候，对阿尔卡季说，“为什么不行呢，这是很好的事。可是你用不着装假。我还以为你打的是另一个主意呢。说不定连你自己也想不到吧。”

“我跟你分手的时候我的确没有料到这个，”阿尔卡季答道，“可是为什么你自己也装假，说这是‘很好的事’呢，好像我不知道你对于婚姻的见解似的。”

“啊，好朋友，”巴扎罗夫说，“你怎么说这样的话！你看见我在干什么：我的箱子里头有一个空的地方，我正在塞点儿干草进去；在我们的人生的箱子里头也是这样的；我们应该塞点儿东西进去，倒比让它空着好。请你不要动气：你一定还记得我一向对卡捷琳娜·谢尔盖耶夫娜的意见吧。有些年轻小姐得到了聪明的名声，只是因为她叹气叹得很聪明，可是你的那一位是会保卫自己的，的确她会保卫自己，因此她将来一定会把你抓在她的掌握中，不过这是应该的。”他砰的一声关上箱盖，从地板上站起来，“现在在临别的时候，让我再跟你说一遍……因为我们欺骗自己也是没有用的：我们这次是永别了，这你自己也觉得……你做得很聪明；你不宜于过我们这种痛苦的、清寒的、孤单的生活。你没有锐气，没有愤恨，不过你有的是青年的勇敢，青年的热情。你不宜于做我们的事。像你们这一类的贵族至多不过做一些高贵的顺从或者高贵的愤慨的举动，那是没有用处的。譬如说吧，你们不肯战斗——却以为自己是好汉——可是我们却要战斗。啊，好吧！我们的灰尘会使你的眼睛不舒服，我们的污泥会把你的身上弄脏，可是你没有长到我们那样的高！你不知不觉地在自我欣赏，你喜欢骂你自己；可是我们讨厌这些——我们要压倒别的人！我们要去改变别的人的性格！你是个很好的人；不过你毕竟是一个软软的、自由派的少爷——借一句我父亲常说的话：爱渥拉都①。"

"你是要跟我永别了吗，叶夫盖尼？"阿尔卡季忧郁地说，"你没有别的话跟我说吗？"

巴扎罗夫搔他的后脑勺。

"不错，阿尔卡季，不错，我还有别的话跟你说，不过我不说了，因为说起来又是浪漫气味——那是说，有点儿肉麻。你赶快结婚吧，筑好你的窠，多养几个孩子。他们一定是聪明的，因为他们生得正是时候，跟你我不一样。啊哈！我看马已经预备好了。该走了！我已经跟大家辞过行了……现在怎样？喂，拥抱一下吗？"

阿尔卡季跑过去抱住他从前的导师和朋友的脖子，泪水从他的眼里涌了出来。

"这就是青春！"巴扎罗夫平静地说，"可是我把我的希望放在卡捷琳娜·谢尔盖耶夫娜的身上。你瞧吧，她会很快地把你安慰好的！"

"再见，老弟！"他坐上了大车以后，对阿尔卡季说，又指着一对并排蹲在马房屋顶上的寒鸦说道，"这是你的榜样！照着办吧。"

"这是什么意思？"阿尔卡季问道。

"怎么？你对博物学的知识就这么浅，还是你忘了寒鸦是一种最可尊敬的家禽呢？这是你的榜样！……再见，西乌尔②。"

车子辘辘地响着走了。

巴扎罗夫说对了。这天晚上阿尔卡季跟卡佳谈话的时候，他就完全忘了他的导师。他已经开始服从卡佳了，卡佳也觉察到这个，并不惊奇。他得在第

① 这是用俄国腔念出来的法国话：et voilà tout（如是而已）。

② 用俄国腔念出来的意大利字 signor：先生。

二天动身回马利因诺去见尼古拉·彼得罗维奇。安娜·谢尔盖耶夫娜并不去管束这一对年轻人，只是为了礼俗的关系才不让他们长久单独地在一块儿。她很大量地把公爵夫人跟他们隔开，老公爵夫人听见他们就要结婚的消息，只气得流着眼泪大发脾气。起初安娜·谢尔盖耶夫娜还担心自己看见他们的幸福会觉得有些难过，可是事实却完全相反，她看了不但不难过，反而感到兴趣，后来她居然感动了。这件事情叫安娜·谢尔盖耶夫娜又高兴，又不愉快。"巴扎罗夫果然说对了，"她想道，"那不过是好奇心，就只是好奇心，贪舒服，自私自利……"

"孩子们！"她大声说，"爱情是一种故意装出来的情感吗？"

可是卡佳跟阿尔卡季连她的意思也不懂。他们常常躲开她；他们在无意中偷听到的谈话还时常萦绕他们的心。可是安娜·谢尔盖耶夫娜不久就使他们心安了；这在她并不是难事：她自己已经心安了。

二十七

巴扎罗夫的年老的双亲完全没有料到他们的儿子会回家来，因此他们看见他的时候更加欢喜得不得了。阿琳娜·弗拉西耶夫娜非常兴奋，在家里不停地来回跑着，惹得瓦西里·伊万诺维奇把她比做一只"母鹧鸪"；她那件短短的衫子后面拖着短短的下摆，使她的确有点儿像一只鸟。瓦西里·伊万诺维奇自己也只是唔唔地哼着，咬着他的长烟斗的琥珀嘴子，或者用手指抓住脖子，把脑袋往左右转动，好像他要试一下他的脑袋是不是装得很牢，随后他忽然又张开他的阔嘴，发出一阵没有声音的笑。

"我回来要在你这儿整整住六个星期，老爸爸，"巴扎罗夫对他说，"我要做我的工作，请你不要来打扰我。"

"你就是把我的面貌都忘记了，我也不会来打扰你！"瓦西里·伊万诺维奇答道。

他果然遵守诺言。他像上次那样把他儿子安顿在他的书房里以后，竭力躲开他儿子，并且还阻止他的妻子对儿子作不必要的慈爱的表示。"好妈妈，叶纽沙上次回来的时候，"他对她说，"我们吵得他有点儿厌烦了：这回我们应当聪明些。"阿琳娜·弗拉西耶夫娜同意丈夫的话，可是这对她并没有什么好处，因为她只有在吃饭的时候才看见儿子，而且现在她简直不敢跟他讲话了。“叶纽兴卡，”她有时会唤他，可是不等他回过头，她就玩弄着她的手提袋的绳带，低声说，“没有什么，没有什么，我这是……”随后她就去找瓦西里·伊万诺维奇，手支着脸颊，跟他商量说：“亲爱的，你知道不知道叶纽沙今天午饭高兴吃什么——白菜汤呢还是红菜汤？”“为什么你自己不去问他呢？”“他会讨厌我的！”然而过了几天巴扎罗夫便不再把自己关起来了；工作的热狂消退了，苦恼的厌倦和沉闷的烦躁抓住了他。他的一切举动里都显出来一种奇怪的疲倦；连他的脚步，那本来是坚定、快速、勇敢的，现在也改变了。他不再一个人散步了，他开始去找人谈话；他到客厅里喝茶，跟瓦西里·伊万诺维奇在菜园里来回走着，一声不响地跟他父亲一块儿抽烟；有一回他还问起阿历克赛神甫来。瓦西里·伊万诺维奇起先很高兴这种改变，可是他的快乐不久就没有了。“叶纽沙真叫人担心，”他偷偷地对他妻子诉苦道，“他并不是不满意或者生气，那倒还不要紧；他心里难过，他不快活——那是可怕的。他老是不讲话，哪怕他肯骂我们也好；他一天天地瘦起来，他的脸色也不好看。”“主啊，主啊！”那个老妇人低声说，“我想在他的脖子上挂一道护身符，可是他自然不会答应的。”瓦西里·伊万诺维奇好几次极小心地转弯抹角向儿子打听他的工作、他的健康和阿尔卡季的近况……可是巴扎罗夫的回答却是勉强的，顺口说出来的；有一次他觉察到他父亲渐渐用话套他讲出什么来，他就生气地说：“为什么你讲话老是像踮起脚在我周围绕圈子？这个办法比从前的更坏。”“啊，啊，我没有什么用意！”可怜的瓦西里·伊万诺维奇连忙答道。他又发挥政治的意见，这也得不到结果。有一天谈到就要实行的农奴解放，他便谈起进步来，希望用这个引起他儿子的共鸣；可是巴扎罗夫只是冷淡地答道：“昨天我走过院子篱笆那儿，我听见本地农民的小孩在唱歌，他们不唱从前的歌子，却哼着：‘正当的时候来了，我的心里感到爱了。’……这就是你的进步。”

有时候巴扎罗夫走到村子里去，用他平日的揶揄的口吻跟随便一个农民谈起话来。“喂，”他对农民说，“老兄，把你们的人生观讲给我听听；你瞧，他们说，俄罗斯的全部力量和将来都是捏在你们手里的，历史上的一个新纪元也要由你们来开创——我们的真正的语言同我们的法律都是你们给我们的。”农民要末是不回答，要末就是断断续续地讲出几句这样的话来：“我们也能够……因为这是……要看我们的，譬如说，结果。”“你给我讲讲你们的‘米尔’

是什么东西，”巴扎罗夫打岔说，“是不是就是那个站在三条鱼背上的‘米尔’①？”

“少爷，大地才是站在三条鱼背上的，”那个农民就用他那种家长式的慈祥的单调声音和气地答道，“可是在我们的那个，就是说‘米尔’上面，老爷的意志是很有势力的，这是大家都知道的事；因为你们是我们的父亲。主人的规矩越严，农民越高兴。”

巴扎罗夫有一回听到了这样的回答，便轻蔑地耸了耸肩膀，转身走了。农民也慢慢地走回家去。

“他在讲些什么？”另一个脸色阴沉的中年农民问道，他一直站在自己的小屋门口，远远地望着巴扎罗夫跟这个农民谈话，“讲欠租的事情吗？”

“什么欠租的事，老兄，”头一个农民答道，现在他讲话没有一点儿家长式的单调声音了，却反而有一种毫不在乎的粗暴的调子，“啊，他这样那样地乱讲了一忽儿，他大约舌头发痒了。当然啦，他是一位少爷；他懂得什么呢？”

“他哪儿懂得！”另一个农民说，接着他们抖了抖帽子上的土，又拉了拉腰带，两个人就去商量他们自己的工作和需要去了。唉！这位轻蔑地耸了耸肩膀、自以为懂得怎样跟农民谈话的巴扎罗夫（他跟帕维尔·彼得罗维奇争论的时候这样夸过口），这位自信心很强的巴扎罗夫却从来没有怀疑过在他们的眼里他不过是一个逗人发笑的小丑……

巴扎罗夫后来终于给自己找到事情做。有一天瓦西里·伊万诺维奇在他面前给一个农民包扎受伤的腿，可是老人的手有些发颤，他不能够裹好绷带；儿子给他帮了忙，从此以后巴扎罗夫便时常帮父亲给人治病，虽然他同时又不断地嘲笑他自己向父亲推荐的治疗法，嘲笑马上采用这个治疗法的父亲。可是巴扎罗夫的讥笑并没有叫瓦西里·伊万诺维奇心里有一点儿不好意思，它们反而给了他安慰。他用两根手指把他那件染着油渍的便衣提起来，提到肚皮那儿，一面抽烟斗，一面高兴地听巴扎罗夫讲话；巴扎罗夫的俏皮话越刻毒，他那感到幸福的父亲就笑得越痛快，把一口黑牙齿全露出来了。他甚至于把儿子的那些无味的或者毫无意义的俏皮话，常常重复地说来说去，譬如说，有好几天他不论对题不对题都说一句：“这是第九位的事！②”只因为他儿子听说

---

① 俄文“米尔”（мир）这个字除了乡村自治组织外，还有一个意义是“世界”，旧俄传说世界是放在三条鱼背上的。

② 意为：毫不重要的事。

他去做早礼拜，用了那一句话讲他。“谢谢上帝！他的郁闷已经过去了！”他悄悄地对妻子说，“他今天还这么挖苦过我，真是好极了！”而且，他想起自己有一个这样的助手，便喜欢得不得了，心里充满了骄傲。“是的，是的，”他把一瓶古拉药水或一罐白油膏拿给一个穿粗布男大衣、包着有角的头巾的乡下女人的时候，就对她说，“因为我儿子住在我家里，你应当时时刻刻感谢上帝，好女人，现在可以用最科学的、最新的方法来给你治病。你明白这是什么意思吗？就是法国皇帝拿破仑的御医也并不比他好。”那个乡下女人是来抱怨她“浑身刺痛”的（可是这句话的意思她自己也说不明白），她听了他的话，只是深深地鞠了一个躬，伸手在怀里掏出了包在一幅毛巾角上的四个鸡蛋。

巴扎罗夫有一次还给一个过路的卖布小贩拔了一颗牙；这虽是一颗很平常的牙齿，瓦西里·伊万诺维奇却把它当作古董似的保存起来，而且把牙齿拿给阿历克赛神甫看，口里不住地说：

“您瞧，多长的根！叶夫盖尼的力气真不小！那个卖布的差一点儿跳到半空中去了……我看，就是一棵橡树，也会跳起来的！……”

“很值得佩服！”阿历克赛神甫不知道应该怎样回答，也不知道应该怎样把这位高兴得不得了的老年人对付过去，末了只好这样说。

有一天附近一个村子的农民带了他的兄弟到瓦西里·伊万诺维奇家里来看病，病人害的是伤寒。这个可怜的人躺在一捆干草上面快要死了；他满身都是黑点子，早就失掉了知觉。瓦西里·伊万诺维奇惋惜地说，为什么早没有人想到来找医生看病，他表示现在已经没有希望了。果然这个农民还没有把他兄弟送回家，病人就在车子上死了。

三天以后巴扎罗夫走进他父亲的屋子，问他父亲有没有硝酸银。

“有的，你要来做什么用？”

“我得用它来……烧一个伤口。”

“谁的伤口？”

“我自己的。”

“什么，你自己的！为什么有伤口？是什么一种伤口？在什么地方？”

“这儿，在我手指上。我今天到那个村子里去，你知道，就是那个害伤寒的农民的村子。他们不知道为了什么缘故，正要解剖他的尸首，我已经很久没有动这种手术了。”

“后来？”

“后来,我请求县医让我来动手;我就割伤了。”

瓦西里·伊万诺维奇的脸色马上变成灰白,他连一句话也不说,就跑进书房里去,立刻拿了一块硝酸银回来了。巴扎罗夫正要拿起它就走。

“看在上帝的分上,”瓦西里·伊万诺维奇说,“让我给你弄吧。”

巴扎罗夫笑了笑。

“你真喜欢做医生!”

“不要开玩笑了,我求你。把手指拿给我看。伤口不大。我弄得痛不痛?”

“压紧一点儿,不要怕。”

瓦西里·伊万诺维奇停止了。

“叶夫盖尼,你以为怎样,是不是用烙铁来烧一下更好些?”

“那是应该早弄的;可是现在连硝酸银,其实也不中用了。倘使我受到传染,现在已经晚了。”

“怎么……晚了……”瓦西里·伊万诺维奇差不多讲不出话来了。

“那是没有疑问的!已经隔了四个多小时了。”

瓦西里·伊万诺维奇又把伤口烧了一忽儿。

“那个县医就没有硝酸银吗?”

“没有。”

“怎么能够呢,我的上帝!一个医生连这样一件万不可少的东西也没有!”

“你还没有看见他的柳叶刀呢。”巴扎罗夫说着便走开了。

这一天一直到晚上,第二天又一个整天,瓦西里·伊万诺维奇不断地找了种种的借口到他儿子的房里去;虽然他一点儿也不提起伤口,甚至于找了一些极不相干的话来谈,他却牢牢地望着他儿子的脸,他那么惊惶地望他的儿子,所以巴扎罗夫忍受不下去了,生气地嚷着要他走开。瓦西里·伊万诺维奇答应他的儿子,以后不再打扰他了,在他这方面,也得这样办,因为阿琳娜·弗拉西耶夫娜(他自然一切都瞒着她)开始钉着他问起来,问他为什么不睡觉,问他有什么心事。整整两天他都坚持下去了,虽然他还是偷偷地留心看他的儿子,觉得他儿子脸色很不好看……可是第三天吃午饭的时候,他再也忍不下去了。巴扎罗夫埋着头,什么都不吃。

“你为什么不吃呢,叶夫盖尼?”他装出很随便的样子问道,“我觉得今天菜做得很好。”

“我不想吃,所以我不吃。”

“你胃口不好吗?你的头怎样?”他胆怯地说,“痛不痛?”

“痛。为什么不头痛呢?”

阿琳娜·弗拉西耶夫娜坐直了身子,注意地听他们讲话。

“不要生气,叶夫盖尼,我求你,”瓦西里·伊万诺维奇继续说,“你肯让我给你按按脉吗?”

巴扎罗夫站起来。

“我用不着按脉,就可以告诉你;我发烧。”

“有没有发寒颤呢?”

“有点儿发寒颤。我去躺一忽儿,你给我送点儿菩提花茶来。我一定着凉了。”

“怪不得我昨晚上听见你咳嗽。”阿琳娜·弗拉西耶夫娜说。

“我着凉了。”巴扎罗夫又说了一遍,就出去了。

阿琳娜·弗拉西耶夫娜忙着预备菩提花茶,瓦西里·伊万诺维奇便走到隔壁屋子里去,不声不响地拉他自己的头发。

这天巴扎罗夫就没有再起床,他整夜都是处在一种沉重的、半昏迷的睡眠状态中。早晨一点钟光景他勉强睁开了眼睛,看见灯光底下父亲的苍白的脸正俯下来望他,他叫他父亲出去;他父亲说声请他原谅便走了,可是马上又踮起脚走回来;半个身子藏在柜门背后,不转眼地一直望着儿子。阿琳娜·弗拉西耶夫娜也没有睡,她让书房的门开着一点儿,她不停地到门口来听听“叶纽沙呼吸怎样”,又来看看瓦西里·伊万诺维奇。她只能够望见他那一动也不动地俯着的背,可是就是这个也叫她松了一口气。第二天清早巴扎罗夫挣扎着起来了;他觉得一阵头晕,鼻子也出了血;他又躺了下去。瓦西里·伊万诺维奇默默地伺候他;阿琳娜·弗拉西耶夫娜进来看他,问他觉得怎样。他答道:“好些了,”便翻身向着墙壁。瓦西里·伊万诺维奇对他的妻子摇着双手,要她出去;她咬着嘴唇免得哭出声来,便走开了。整个宅子似乎一下子就变得暗淡无光了;每个人的脸上都带着愁容;四周静得出奇;院子里一只爱叫的公鸡让送到村子里去了,它好久都不明白为什么这样对待它。巴扎罗夫仍然躺在床上,脸向着墙壁。瓦西里·伊万诺维奇试着拿种种的问题去问他,可是巴扎罗夫厌烦了,老人便回到扶手椅上坐下,动也不动一动,只是间或拉拉自己的手指节发出响声。他到花园里去了几分钟,像一座石像那样地立在那儿,仿佛心中充满了说不出的惊惶(惊惶的表情始终没有离开他的脸),然后又回到他儿子的房里,竭力避开他妻子的询问。她最后抓住他的胳膊,痉挛地、几乎是威胁地问道:"他害什么病?"他连忙定一定神,勉强回答她一笑;可是叫他自己也害怕的是:他发出的不是微笑,却是一阵不知道从哪儿来的狂笑。他一早就差人去请医生。他觉得应该把这桩事情告诉他的儿子,免得儿子生气。

巴扎罗夫突然在长沙发上翻过身来,用那对失神的眼睛呆呆地望他的父亲,要水喝。

瓦西里·伊万诺维奇拿了一点儿水给他,便趁势摸了一下他的前额。额头烧得跟火一样。

"老爸爸,"巴扎罗夫声音嘶哑地慢慢说,"我的情形很糟。我受到传染了,过几天你就得埋葬我。"

瓦西里·伊万诺维奇连脚都站不稳了,好像什么人在他的腿上打了一拳似的。

"叶夫盖尼!"他结结巴巴地说,"你这是什么意思! ……上帝保佑你吧!你着凉了! ……"

"得啦,"巴扎罗夫不慌不忙地打岔说,"医生是不可以这样说的。一切传染的征候都有了,你自己也知道的。"

"传染的征候……在哪儿,叶夫盖尼? ……哪儿的话!"

"这是什么?"巴扎罗夫说,他挽起他衬衫的袖子,给他父亲看他的胳膊上发出来的那些显示着凶兆的红斑点。

瓦西里·伊万诺维奇吓得浑身打起寒颤来。

"我们假定,"他末了说,"我们假定即使……即使有点儿像……传染……"

"脓毒血症。"他的儿子提醒说。

"啊,是……一种……流行病……"

"脓毒血症,"巴扎罗夫声音清楚而严厉地说,"你难道忘了你的笔记本吗?"

"啊,是的,是的——随你怎样说好了……无论如何,我们要治好你的病!"

"得啦,这是胡说八道。可是我们也不必争论这个。我没有料到会死得这么早;老实说,这是一桩极不愉快的意外事情。你同母亲你们两位应当利用你们的坚定的宗教信仰了;现在是试验它的好机会了。”他又喝了一点儿水,“我想求你办一桩事……趁现在我的脑子还清醒的时候。明天或者后天,你知道,我的脑筋就要辞职了。就是现在我也没有十分把握我讲话是不是讲得很清楚。我躺在这儿,我老是觉得有些红狗在我周围跑,可是你暗中注意地望着我,好像望着一只山鸡似的。我好像喝醉了似的。你完全懂我的意思吗?”

“哪儿的话,叶夫盖尼,你说话非常清楚。”

“那就更好了。你跟我说过你已经差人去请了医生。你这样做是为了安慰你自己……你也安慰我一下吧:差一个送信人去……”

“到阿尔卡季·尼古拉伊奇那儿去吗?”老人插嘴道。

“阿尔卡季·尼古拉伊奇是谁?”巴扎罗夫说,他好像在思索似的。“啊,不错!那只小鸟儿!不,不要去动他;他现在成了一只寒鸦了。不要怕,这还不是说胡话呢!差一个人去见奥金佐娃,安娜·谢尔盖耶夫娜;她是这儿的一位地主太太……你知道吗?(瓦西里·伊万诺维奇点点头。)就说叶夫盖尼·巴扎罗夫差人来问候她,并且来告诉她:他要死了。你肯办吗?”

“我就去办……不过你真会死吗,叶夫盖尼?……你自己想一想!要是你死了,那么还有什么公道呢?”

“这个我倒不知道;不过请你差一个人去。”

“我马上就差人去,我自己给她写信。”

“不,为什么要你写呢?只说我差人问候她;不用再讲别的。现在我又要回到我的红狗那儿去了。奇怪!我要集中思想去想死的事情,可是总没有用。我看见一个斑点一样的东西……再也没有别的。”

他又很吃力地翻过身去向着墙壁。瓦西里·伊万诺维奇走出了书房,勉强支持着走进妻子的睡房,立刻跪倒在神像面前。

“祷告吧,阿琳娜,祷告吧,”他呻吟地说,“我们的儿子快死了。”

医生,就是那个没有硝酸银的县医,来了,他给病人看了病,劝他们安心等待病情的变化,他还说了几句可望痊愈的话。

“您见过病得像我这样的人还不到极乐国土去的吗?”巴扎罗夫问道,他突然抓住长沙发旁边一张笨重桌子的腿,摇了摇桌子,就把它推开了。

“还有力气,还有力气,”他说,“力气全在,可是我就得死了!……一个老年人至少还有时间从容地跟生命分离,可是我……好的,去试一试否认死吧。

死就来否认你，这就够了！谁在这儿哭？”他停了一下又说，“母亲吗？可怜的人！她那出色的红菜汤以后又给谁吃呢？你，瓦西里·伊万诺维奇，好像你也哭了。啊，要是基督教不能给你帮忙，你就做一个哲学家，一个斯多噶派[①]好了！怎么，你不是夸口说你是一个哲学家吗？”

“我是个什么哲学家！”瓦西里·伊万诺维奇呜咽地说，眼泪顺着两颊直流下来。

巴扎罗夫的病势一小时比一小时地更沉重了；病情进展得非常快，外科的中毒往往是这样的。他还没有失掉知觉，还懂别人对他讲的话，他还要挣扎。“我不愿意说胡话，”他捏紧拳头，喃喃地说，“多无聊！”他马上又说，“唔，八减十，还剩多少呢？”瓦西里·伊万诺维奇像发了疯似地在屋子里走来走去，起先主张用这一种治法，然后又想用另一种，末了他只是不停地拉被子盖上儿子的脚。“得用冷布单包缠……呕吐药……肚皮上贴芥末膏……放血，”他紧张地说。那个让他挽留下来的县医赞成他的意见，给病人喝柠檬水，自己却一忽儿要烟斗来抽，一忽儿又要点儿“添暖加力的东西”，那就是说伏特加。阿琳娜·弗拉西耶夫娜坐在门口一个矮凳上，只不时出去祷告一忽儿。几天以前，她梳妆用的小镜子从她手里滑下来打碎了，她一向把这种事情当作凶兆；就是安菲苏什卡也找不到话来安慰她。季莫费伊奇到奥金佐娃那儿去了。

夜里巴扎罗夫很不好……高烧使他非常痛苦。快到早晨的时候他稍微好了一点。他请阿琳娜·弗拉西耶夫娜给他梳梳头发，他亲了一下她的手，喝了两口茶。瓦西里·伊万诺维奇恢复了一点精神。

“谢谢上帝！”他不住地说，“转机来了，转机到了。”

“喂，现在就这样想吗？”巴扎罗夫说，“一个字眼有多大用处！他找到它了；他说‘转机’，就得到安慰了。真奇怪，一个人还相信一些字眼。譬如说，人家讲他是个傻瓜，虽然没有打他，他还是要难过；人家要是叫他聪明人，即使不给他一个钱，他也非常满意。”

巴扎罗夫的这篇小小的演说，大有他从前讲的“俏皮话”的味道，把瓦西里·伊万诺维奇大大地感动了。

“好啊，说得真好，真好！”他叫道，做出要拍手的样子。

巴扎罗夫悲哀地笑了笑。

---

① 希腊哲学的一派，又称淡泊学派。转义为坚忍不拔、经得住考验的人。

“那么,据你看来,”巴扎罗夫说,“究竟是转机过了呢,还是它正来了?”

“你好些了,那是我看得出来的,这就使我高兴了,”瓦西里·伊万诺维奇答道。

“唔,很好;高兴总是不坏的。不过去她那儿,你还记得吗?你差人去了吗?”

“我当然差人去了。”

病人的这种好转的现象并没有继续多久。病又沉重起来了。瓦西里·伊万诺维奇坐在巴扎罗夫的身边。这个老人心里好像有什么不寻常的痛苦似的。他几次要讲话——却又讲不出来。

“叶夫盖尼!”他终于说出来了,“我的儿子,我的宝贝的,亲爱的儿子!”

这种不寻常的称呼在巴扎罗夫的心上发生了效力……他稍微转过头来,显然在挣扎着要把那个正压在他心上的昏迷的力量甩开,他终于吐出声音:

“我的父亲,什么事?”

“叶夫盖尼,”瓦西里·伊万诺维奇接着往下说,他在巴扎罗夫面前跪了下来,虽然巴扎罗夫已经闭上眼睛,看不见他了。“叶夫盖尼,你现在好些了;上帝保佑,你就要好的;可是利用现在这个时机,安慰安慰你母亲和我,尽一次基督徒的责任吧!我跟你讲这种话,是很可怕的;不过更可怕的是……永久,叶夫盖尼……想一想吧,怎样的……”

老人讲不下去了,他儿子虽然仍旧闭上眼睛躺着,可是他的脸上却现出一种奇怪的表情。

“要是这桩事情可以给你们安慰的话,我就不拒绝,”巴扎罗夫末了说,“不过我想不必这样着急。你自己还说我好些了。”

“好些了,叶夫盖尼,好些了;可是谁知道呢,一切都得看上帝的意思,你尽了这个责任……”

“不,我要等一忽儿,”巴扎罗夫打岔说,“我同意你的话,转机已经来了。要是我们两个人都弄错了的话,那也不要紧!你知道,失掉知觉的人也可以领圣餐的。”

“叶夫盖尼,我求你……”

“我要等一忽儿,现在我想睡了。不要打扰我。”

他把头放回在原地方。

老人站起身来,坐在扶手椅上,捏住下巴,咬起自己的手指来……

他突然听到一阵弹簧马车的声音[①],这声音在乡下偏僻地方特别容易引人注意。轻快的车轮越滚越近,现在连马的鼻息声也听得见了……瓦西里·伊万诺维奇跳起来,跑到窗口去。一辆用四匹马拉的两个座位的马车正跑进他这小小住宅的院子里来。他不明白这是什么一回事,只感到一种糊里糊涂的快乐,一口气跑到台阶上去了……一个穿号衣的听差打开车门;从车里走出一位穿黑大衣、戴黑面纱的太太来……

"我是奥金佐娃,"她说,"叶夫盖尼·瓦西里伊奇还活着吗?您是他的父亲吧?我请了一位大夫来了。"

"恩人!"瓦西里·伊万诺维奇大声说,他抓起她的手,战战兢兢地放在他的嘴唇上。这个时候安娜·谢尔盖耶夫娜请的医生,一个有德国脸型、戴眼镜的、矮小的人,不慌不忙地从车上走下来了。"还活着,我的叶夫盖尼还活着,现在他有救了!妻啊!妻啊!一位天使从天上下降到我们这儿来了……"

"这是什么一回事,我的上帝!"老妇人从客厅里跑出来,结结巴巴地说;她也没有弄清楚是什么事情,就在穿堂里跪在安娜·谢尔盖耶夫娜的脚跟前,像一个疯婆子似地亲起她的衣裾来。

"您这是做什么!您这是做什么!"安娜·谢尔盖耶夫娜接连地说;可是阿琳娜·弗拉西耶夫娜并不去理会她,而同时瓦西里·伊万诺维奇不住地说:"一位天使!一位天使!"

"Wo ist der Kranke?[②] 病人在哪儿?"末了医生有点儿生气地说。

瓦西里·伊万诺维奇醒悟过来了。"在这儿,这儿,请跟我来,威尔结斯结尔·黑尔·科列加[③]。"他记起了从前学过的东西,便加上这么一句。

"啊!"德国人带着苦笑说。

瓦西里·伊万诺维奇把他们引进了书房。

"安娜·谢尔盖耶夫娜·奥金佐娃请的大夫来了,"他弯下身子凑近他儿子的耳朵说,"她本人也在这儿。"

巴扎罗夫突然睁开眼睛。"你说什么?"

"我说安娜·谢尔盖耶夫娜·奥金佐娃在这儿,她带了一位大夫来看你。"

---

① 当时乡下路坏,所以乡下的马车大都没有装弹簧。

② 德语:病人在哪儿?

③ 俄国腔的德语译音:最可尊敬的同事先生。

巴扎罗夫动动眼睛朝四处望。

“她在这儿……我要见她。”

“你就会看见她的，叶夫盖尼；可是我们得先跟大夫谈谈。现在既然西多尔·西多利奇（这是那个县医的名字）已经走了，我得把你的病史详细讲给他听，我们要稍微商量一下。”

巴扎罗夫看了这个德国人一眼。“好吧，就请快点儿谈，只是不要用拉丁语；你知道，我懂得 jam moritur[①] 的意思。”

“Der Herr scheint des Deutschen mächtig zusein。[②]”埃斯库拉皮乌斯[③]的这个新弟子转过脸对瓦西里·伊万诺维奇说。

“以黑……加伯[④]……我们还是讲俄国话吧。”老人说。

“啊，啊！原来是这样，[⑤]……好吧……”

他们就商量起来。

半小时以后，安娜·谢尔盖耶夫娜由瓦西里·伊万诺维奇陪着，走进书房里来。医生已经悄悄地告诉她：病人没有好的希望了。

她望了巴扎罗夫一眼……就在房门口站住了，她看见那张发红的、同时又死气沉沉的脸同那对盯着她的失神的眼睛，不禁大吃一惊。她只觉得害怕，是一种冰冷的、难堪的害怕；她马上想道，要是她真的爱过他的话，她一定不会有这样的感觉。

“谢谢您，”巴扎罗夫用力地说，“我没有料到这个。这是慈善的行为。现在我们又见面了，正如您所答应的。”

“安娜·谢尔盖耶夫娜太好了……”瓦西里·伊万诺维奇说。

“父亲，请你出去一忽儿。安娜·谢尔盖耶夫娜，您允许吗？好像，现在……”

他把头动一下，指点着他那睡倒的无力的身体。

瓦西里·伊万诺维奇走出去了。

“好，谢谢您，”巴扎罗夫又说了一遍，“这是皇上的派头。据说沙皇也要

---

① 拉丁语：已经要死了。

② 德语：这位先生似乎也精通德语。

③ 罗马神话中的医神。

④ 俄国腔的德语译音：我曾经。

⑤ 德国腔的俄语译音。

去看垂死的人。”

“叶夫盖尼·瓦西里伊奇,我希望……”

“啊,安娜·谢尔盖耶夫娜,让我们说实话吧。我是完结了。我掉在车轮下面了。所以显然也用不着想到将来了。死是一种古老的玩笑,可是它对每个人都是很新鲜的。一直到现在我还是不害怕……不过我就要失掉知觉了,那么一切都完了!(他没有力气地摇摇手。)啊,我应当对您讲什么呢?……说我爱过您吧!那句话以前就没有意思,现在更没有意思了。爱是一种形体,我自己的形体已经坏了。我不如说,您生得多么动人!您现在站在这儿,这么美……”

安娜·谢尔盖耶夫娜不由自主地打了一个哆嗦。

“不要紧,不用担心……在那儿坐下吧……不要靠近我:我的病是传染的。”

安娜·谢尔盖耶夫娜很快地穿过屋子走了过来,坐在靠近巴扎罗夫躺的长沙发的一把扶手椅上。

“高贵的心肠!”他低声说,“啊,多么近,又是多么年轻,鲜艳,纯洁……在这间不干净的屋子里!……好,永别了!祝您长寿,这是比什么都好的事情,趁着您还年轻的时候,好好地利用您的时间。您瞧,这是一个多么难看的景象,虫子给压得半死了,可是它还在蠕动。您瞧,我也想过:我还要办好那么多的事情,我不要死。为什么我要死呢?我还有使命,因为我是一个巨人!现在这个巨人的全部使命就是:怎样才死得体面,虽然在旁人看来这是没有关系的……不管怎样:我是不会摇尾乞怜的。”

巴扎罗夫闭了嘴,伸手去摸他的杯子。安娜·谢尔盖耶夫娜拿了一点儿水给他喝,却并不取下她的手套,而且胆怯地不敢多呼吸。

“您会忘掉我的,”他又说,“死人不是活人的朋友。我父亲会对您说,俄国要失掉一个怎样的人……那是胡说,不过请您不要打破老年人的幻想。您知道……无论用什么玩具哄小孩都行。① 还请您安慰安慰我母亲。像他们那样的人在你们的上流社会里就是白天点起火去找也找不到……俄国需要我……不,明明是不需要我。那么谁又是俄国需要的呢?鞋匠是需要的,裁缝是需要的,屠户……卖肉……屠户……等一下,我有点儿糊涂了……那儿有一座树林……”

巴扎罗夫把手按在额上。

安娜·谢尔盖耶夫娜俯下身去挨近他。

---

① 俄谚:“只要小孩不哭,玩什么都好。”

"叶夫盖尼·瓦西里伊奇,我在这儿……"

他马上拿开手,撑起半个身子来。

"永别了,"他突然用力说,他的眼睛射出最后的光。"永别了……请听着……我那个时候没有亲您……吹一下快尽了的灯,让它灭了吧……"

安娜·谢尔盖耶夫娜把嘴唇挨了挨他的前额。

"够了!"他说,头落回到枕上去了,"现在……黑暗……"

安娜·谢尔盖耶夫娜轻轻地走了出去。

"怎样?"瓦西里·伊万诺维奇低声问道。

"他睡着了。"她用几乎听不见的声音回答。

巴扎罗夫就没有再醒过。快到傍晚时候他完全失了知觉,第二天他就死了。阿历克赛神甫给他举行了临终前的宗教仪式。在行最后涂油仪式的时候,圣油涂到他的胸上,他的一只眼睛睁开了,没有生气的脸上一瞬间现出一种类似恐怖的战栗,好像因为看见穿法衣的教士、烟雾缭绕的香炉和神像前的烛光的缘故。最后他的呼吸停止了,全家的人都放声哭起来,这个时候瓦西里·伊万诺维奇突然充满了愤怒。"我说过我要抗议,"他嘶声叫着,他的脸涨得通红,而且变了相,他捏紧拳头在空中挥舞,好像在威吓什么人似的:"我抗议,我抗议!"可是阿琳娜·弗拉西耶夫娜带着满脸的眼泪跑过去抱住他的脖子,两个人一齐跪倒在地上。安菲苏什卡后来在用人房里对人说:"他们并排地垂着他们的脑袋,就像正午时候的一对羔羊……"

可是中午的炎热过去了,接着来的是黄昏同黑夜,人又回到了那个静寂的安身处,在那儿,疲劳的、痛苦的人可以得到安适的睡眠……

二十八

六个月过去了。白色的冬天到了,它带来了:晴朗无云的严寒的冷寂,轧轧作声的积雪,树枝上浅红色的霜花,浅绿色的天空,烟囱上袅袅的浓烟,门突然打开时冲出来的一阵阵的热气,还有行人的好像让寒气冻伤了的通红的脸,和冻得打战的马的飞奔。正月里的某一天已经快过完了,傍晚的寒冷在静止的空气中更觉刺骨,血红的夕阳又匆匆地逝去。在马利因诺宅子的窗里正是灯烛辉煌,普罗科菲奇穿着黑礼服,戴着白手套,带着特别庄严的表情在餐桌上摆了七份餐具。一个星期以前在本地区的小礼拜堂里静悄悄地举行了两对夫妇的婚礼，几乎连证人也没有——这是阿尔卡季同卡佳，尼古拉·彼得罗维奇同费尼奇卡的婚礼。在这一天尼古拉·彼得罗维奇替他的哥哥饯行，他的哥哥有事情要到莫斯科去。安娜·谢尔盖耶夫娜在参加了婚礼、并且送了一份厚礼给这对年轻夫妇以后，马上也到莫斯科去了。

正是在三点钟的时候，大家围着餐桌坐下来。米佳也占了一个座位，旁边有一个包着锦缎头帕的奶妈照应他，帕维尔·彼得罗维奇坐在卡佳同费尼奇卡的中间；两位“新郎”便挨着自己的妻子坐下。我们这两位朋友近来都有点儿改变了，他们都长得更漂亮，而且更有男子气概了；只有帕维尔·彼得罗维奇比以前瘦了一点儿，这反而给他那富于表情的面貌添了优雅和大贵族气派……费尼奇卡也不同了。她穿了一件新绸衫，头发上扎了一条宽的天鹅绒带子，脖子上挂了一条金链子，她坐在那儿，恭恭敬敬地一动也不动，她对她自己，对她周围的一切，都很恭敬，她老是微笑，好像要说：“请你们原谅，我并没有错。”不只是她——所有其余的人也都在微笑，好像也都带着抱歉的样子；他们都觉得有一点儿拘束，有一点儿惋惜，其实都很高兴。他们带着近于滑稽的殷勤互相周旋，仿佛他们全同意来表演一出天真的喜剧似的。卡佳算是这些人里面最镇静的了：她安心地朝她的四周看；尼古拉·彼得罗维奇已经非常喜欢她了，这是看得出来的。午饭快吃完的时候，尼古拉·彼得罗维奇站起来，手里拿着酒杯，脸向着帕维尔·彼得罗维奇。

“你要离开我们了……你要离开我们了，亲爱的哥哥，”他说，“当然，不会久的；不过，我还是不能不对你说，我……我们……我多么……我们多么……唔，挺糟的是，我们不会演说！阿尔卡季，你说吧。”

“不，爸爸，我一点儿也没有准备。”

“好像我就准备得挺好似的！好吧，哥哥，只是让我们来拥抱你一下，祝你万事顺遂，盼你尽快地回到我们这儿来！”

帕维尔·彼得罗维奇跟每个人都亲过了，自然连米佳也在内；对费尼奇卡，他还亲了一下她的手，可是她还没有学会把手伸给别人去亲呢；他喝干了第二次斟满的酒，深深地叹了一口气，说道：“祝你们快乐，朋友们！Farewell！[①]”这最后一句英国话谁也没有注意到；[②]不过大家都很感动。

---

① 英语：别了。

② 帕维尔不说“再见”，却说“别了”，可见他不打算再回到他们中间来。这一点大家都没有注意到。

“巴扎罗夫的纪念。”卡佳在她丈夫的耳边轻轻地说，她跟他碰了碰杯。阿尔卡季用热烈的握手来回答她，可是他不敢高声提出祝饮的话。

这好像应该完结了吧？可是也许有一两位读者想知道我们在前面介绍过的那些人物现在——就是这个时候——在做些什么事情。我们愿意让他们满意。

安娜·谢尔盖耶夫娜最近嫁了人，她结婚不是为了爱情，却只是出于信念。她的丈夫是一个俄国未来的政治家，这是一个很聪明的人，一个处世常识丰富、意志坚强、而且有惊人辩才的法学家——年纪不大，脾气好，冷得像冰一样。他们处得极和睦，可能有一天会达到幸福吧……可能会产生爱情吧。X公爵夫人死了，她一死，马上就让人忘记了。基尔萨诺夫父子一直住在马利因诺；他们的事业开始好转。阿尔卡季现在对经营农庄的事非常热心，他们的“农场”如今每年可以有一笔相当大的收入。尼古拉·彼得罗维奇做了调解官[①]，他拿出全力来办事，他不停地在他那个区里奔走，发表长篇演说（他以为农民应当给“开导到明白事理”，那就是说，应当对他们把同一套话反复地说许多遍，讲到他们听累了为止）；可是说实话，不但一班有教养的乡绅对他并不十分满意，那班绅士讲起“解放”这个字眼来，时而讲得漂亮干脆，时而忧郁凄凉，故意把 эмансипация（解放）的第一个字母念掉了（而且念 ман 音的时候还带了很重的鼻音）；还有一班没有受过教育的乡绅也不大喜欢他，那班人常常毫不客气地咒骂“那么个解放”。这两种乡绅都说他心肠太软了。卡捷琳娜·谢尔盖耶夫娜生了一个儿子，叫科里亚；米佳一天高兴地到处乱跑，话也讲得清楚流利了。费尼奇卡，费多西娅·尼古拉耶夫娜，除了她的丈夫和米佳外，就最崇拜她的媳妇，要是她的媳妇弹起钢琴来，她便高兴地整天坐在媳妇旁边。我们顺便讲一讲彼得。他越长越傻，也越是神气。他讲起话来把所有 e 的音都念成 ю，他把“现在”（“杰别儿”）念成了“久比忧儿”，可是他也结了婚，并且得到一份相当可观的嫁妆，他的妻子是城里一家菜园主人的女儿，曾经拒绝了两个很好的求婚者，只因为他们没有表；彼得不但有表——他还有一双漆皮鞋。

在德累斯顿的布吕尔台地[②]上，每天下午两点到四点中间——那是最时

---

① 一八六一年农奴解放以后新设的一种官职；专门调解地主和农民中间关于土地的纠纷。

② 布吕尔台地：在易北河上德累斯顿旧要塞墙上；布吕尔（1700—1763）是波兰国王和萨克森选帝侯奥古斯图斯三世的首相。

髦的散步时间——您可以遇见一个五十岁光景的人。他的头发完全灰白了，他好像害着关节炎似的，可是他的相貌仍然很漂亮，衣服也很讲究，而且举止间还带了一种特别的风味，那是只有在高等社会里生活了很久的人才会有的。这就是帕维尔·彼得罗维奇。他从莫斯科到外国去休养，就在德累斯顿住了下来，在这儿他喜欢跟英俄两国的游客来往。他待英国人没有架子，差不多到了谦虚的地步，不过仍然保持着他的尊严，他们觉得他有点儿枯燥乏味，可是尊敬他是一位十足的绅士，用他们自己的话说，"a perfect gentleman"[①]。他待俄国人比较自由，没有拘束，他随意发脾气，常常挖苦他自己，也挖苦他们，不过他始终保持着极和蔼的、而且随便的态度，没有一点儿失礼的地方。他抱着斯拉夫派的见解，谁都知道，在上流社会里这是被认为 très distingué![②] 他从来不阅读俄文书报，可是在他的写字台上有一个银质的烟灰碟，形状像一只俄国农民穿的树皮鞋。我们的游历家都喜欢去拜望他。马特维·伊里奇·科利亚津有一个时期处在暂时的反对派的地位出国，到波希米亚的温泉去的时候经过这儿，很隆重地拜访了他；他跟本地人很少来往，可是他们非常崇拜他。倘使要找宫廷乐队演奏会、戏院等等的门票，没有一个人能够比 der Herr Baron von Kirsanoff[③] 更容易、更快的了。他尽力做一些好事，他还逐渐得到一点儿声名；以前他并没有白做大社交家啊；可是生活对他是一个负担……这个负担比他自己所料想的还重得多……我们只消看他在俄国教堂里面，靠在墙边，想着什么事情，许久都不动一动，只是痛苦地咬自己的嘴唇，随后忽然醒悟过来，差不多叫人看不见地用手在胸前画了一个十字……

库克什娜也到外国去了。她现在住在海得堡，已经不研究自然科学，却研究建筑学了，据她自己说，她在建筑学上已经发现了新的法则。她仍然跟一班大学生常常来往，特别是跟那些研究物理学和化学的俄国青年来往，在海得堡有的是这样的人，他们初到的时候，他们对事物的清醒的见解常常叫朴直的德国教授们吃惊，可是后来他们的完全无所作为与极端懒惰又叫这些教授惊奇了。西特尼科夫同两三个这一类的年轻化学家一块儿在彼得堡城里跑来跑去，那些化学家连氧气跟氮气也分不清楚，可是装满了一肚皮的否定和自尊心，还有那个伟大的叶利谢维奇也同他在一块儿，西特尼科夫现在准备自己也

---

① 英语：一位十足的绅士。

② 法语：十分可敬的。

③ 德语：基尔萨诺夫男爵阁下。

做一个大人物了,他在彼得堡闲逛,据他自己说,是在继续巴扎罗夫的“事业”。外面传说他新近让什么人打了一顿,可是他对那个人也报了仇:在一份没有名气的小报上一篇没有人注意的小文章里面,他露了一点意思说打他的人是一个胆小鬼。他把这个叫做讽刺。他的父亲还是像从前那样地虐待他,他的妻子当他是一个傻瓜……和一个文人。

在俄国一个偏僻的角落里有一个小小的乡村公墓。差不多跟所有我们的公墓一样,它的外表是很凄凉的;它四周的沟里早已长满了青草;灰色的木头十字架也倒下来了,在它们的曾经油漆过的顶盖下面慢慢地腐烂;墓石全移动过了,好像有什么人从下面把它们抬起来似的;两三棵光秃的树遮不了日光;羊群自由自在地在坟上面来来去去……可是这些坟中间有一座却没有让人碰过,也没有给畜类践踏过;只有黎明的时候有一些小鸟在坟上唱歌。坟的四周围绕着铁栏;它的两边种了两棵小枞树。叶夫盖尼·巴扎罗夫就埋在这座坟里面。从附近的小村子里常常有一对非常衰老的夫妇来上这座坟。他们互相搀扶着,慢慢地拖着脚步走来;他们走到铁栏跟前,就跪在地上,伤心地哭上好久,他们长久地注意地望着那块不会讲话的石头,他们的儿子就睡在它底下;他们谈了几句简短的话,揩去了石头上的尘土,整理一下枞树的枝子,便又祷告起来,他们不能够离开这个地方,在这儿他们好像跟他们的儿子离得更近,好像跟他们对儿子的回忆也离得更近……难道他们的祷告,他们的眼泪都是没有结果的吗?难道爱,神圣的、忠诚的爱不是万能的吗?啊,不!不管那颗藏在坟里的心是怎样热烈,怎样有罪,怎样反抗,坟上的花却用它们天真的眼睛宁静地望着我们:它们不仅对我们叙说永久的安息,那个“冷漠的”大自然的伟大的安息;它们还跟我们讲说永久的和解同无穷的生命呢……

处 女 地

И. С. ТУРГЕНЕВ

НОВЬ

根据莫斯科国家文学出版社1961年出版《俄罗斯古典文学丛书》《屠格涅夫十卷集》第四卷中《处女地》译出。

第　一　部

要翻处女地，不应当用仅仅在地面擦过的木犁，必须使用挖得很深的铁犁。①

——摘录一个农场主的笔记

一

在一八六八年一个春天的下午，大约一点钟的光景，有一个二十七岁左右的年轻人，穿了一身不整齐的破衣服，走上彼得堡军官街一所五层楼房的后楼梯。这个人吃力地啪哒啪哒拖着一双穿破了的胶皮套鞋，慢慢摇摆着他那肥大、粗笨的身子，终于走到了楼梯顶上，在一扇半开着的破旧的门前站住。他并不拉铃，只是大声喘了一口气，便闯进一间窄小、阴暗的穿堂里去了。

“涅日丹诺夫在家吗？”他提高他那不大清楚的声音问道。

“他不在。我在这儿，进来吧。”从隔壁屋子里传来一个也是相当粗的女人的声音。

“是马舒林娜吗？”新来的人再问道。

“正是我。您是奥斯特罗杜莫夫吗？”

“皮缅·奥斯特罗杜莫夫。”这个人答道，便小心地脱下了胶皮套鞋，又把旧外套挂在钉子上，然后走进那间发出女人声音的屋子里去。

这间屋子里天花板低，又不干净，墙壁漆成深绿色，整个屋子就只有从两扇布满灰尘的小窗透进来的一点点光线。房里全部陈设只有这几样：角落里摆着一张铁床，正当中放着一张桌子，还有几把椅子和一个堆满了书的书架。

---

① 屠格涅夫后来谈到这个题词的涵义，曾经着重指出：“我的题词中的‘铁犁’不是指革命，而是指教育。”

桌子旁边坐着一个三十岁光景的女人，她没有戴帽子，身上穿了一件黑呢衫，正在抽纸烟。她看见奥斯特罗杜莫夫进来，默默地把她那只粗大的、红色的手伸给他。奥斯特罗杜莫夫也默默地握了她的手，便坐到一把椅子上，从衣服的边袋里掏出来一支已经抽了半截的雪茄。马舒林娜给了他一个火——他便抽起烟来；他们都不做声，甚至没有互相望过一眼，两个人便在这间已经烟雾腾腾的屋子里吐起一缕缕青色的烟来。

这两个抽烟的人身上有一些相似的地方，虽然他们的面貌一点儿也不像。在他们的并不端正的面貌（两个人都有粗大的嘴唇、牙齿和鼻子，奥斯特罗杜莫夫的脸上还有一点儿麻子）上可以看到一种正直、坚定和勤劳的神情。

“您看见涅日丹诺夫了吗？”奥斯特罗杜莫夫末了问道。

“看见了。他马上就回来。他拿了几本书上图书馆去了。”

奥斯特罗杜莫夫把脸掉向一边，吐了一口唾沫。

“他为什么老是跑来跑去？我简直找不到他。”

马舒林娜又拿出一支纸烟来。

“他心烦。”她小声说，仔细地点燃了纸烟。

“心烦？”奥斯特罗杜莫夫带着责备的口气跟着她说，“他给宠坏了！就好像我们没有工作给他做似的。天知道我们要怎样才能够把事情完全办妥，——可是他却心烦起来了！”

“莫斯科来信了吗？”过了一会儿马舒林娜问道。

“前天……来的。”

“您读过没有？”

奥斯特罗杜莫夫只是点点头。

“那么……写的什么呢？”

“什么？——应当赶快去。”

马舒林娜把嘴里叼的纸烟拿了下来。

“可是为什么呢？”她问道，“我听说那儿的事情都很顺利。”

“不错，都很正常。不过发现有一个人不可靠。所以，应当开除他，否则就把他完全去掉。而且还有别的事。他们也要您去。”

“信里是这样说的吗？”

“是的；信里说的。”

马舒林娜把她密密的浓发向后甩回去，她的头发本来草草地梳成一根小辫子垂在后面，却飘到前面来盖上她的前额和眉毛了。

“嗯，好罢！”她低声说，“既然已经决定，也就用不着讨论了。”

“当然，不用说了。只是没有钱是完全不行的；我们从什么地方弄到这笔钱呢？”

马舒林娜沉思起来。

“涅日丹诺夫总可以弄到钱。”她轻轻地说，好像在对自己讲话似的。

“我正是为这件事来的。”奥斯特罗杜莫夫说。

“您把信带来了吗？”马舒林娜突然问道。

“我带来了。您要看吗？”

“给我看看……不，不必看了。以后我们一块儿看信吧。”

“我说的是真话，”奥斯特罗杜莫夫不高兴地说，“您不必怀疑。”

“我并不怀疑。”

两个人又不做声了，于是像先前那样，烟圈从他们默默无言的嘴里出来，渐渐地上升，在他们乱发蓬蓬的脑袋上缭绕着。

穿堂里响起了套鞋的声音。

“他回来了。”马舒林娜小声说。

房门轻轻地开了一点点，一个脑袋从门缝里探了进来——然而并不是涅日丹诺夫的脑袋。

这是一个圆圆的小脑袋，有着粗硬的黑头发、宽而多皱纹的前额，浓眉下面配着一对非常灵活的棕色小眼睛、一个鸭嘴一样的向上翘的鼻子和一张生得滑稽的浅红色小嘴。这个小小的脑袋向四面张望一下，点点头，笑了笑——并且露出了上下两排细小的白牙——然后同他那虚弱的身体、短短的胳膊和有点儿弯曲的、有点儿瘸的腿走进房里来了。马舒林娜和奥斯特罗杜莫夫看见这个小脑袋，他们的脸上立刻现出一种类似傲慢、轻蔑的表情，好像两个人都在心里说：“哼！这个人！”他们没有说一句话，而且连动也不动一下。可是新来的客人对这样的接待一点儿也不感到难堪，好像这反倒使他满意似的。

“这是什么意思？”他用非常尖细的声音说，“二部合唱吗？为什么不三部合唱呢？第一男高音到哪儿去了？”

“这是指涅日丹诺夫吗，帕克林先生？”奥斯特罗杜莫夫带着严肃的表情说。

"是,奥斯特罗杜莫夫先生,正是指他。"

"他大概马上就要来的,帕克林先生。"

"我听了真高兴,奥斯特罗杜莫夫先生。"

这个小瘸子转身向着马舒林娜。她皱着眉头坐在那儿,仍旧安闲地吐着烟圈。

"您好吗,最亲爱的……最亲爱的……真是抱歉得很,我老是忘记您的大名和父名。"

马舒林娜耸了耸肩头。

"您用不着知道它!我的姓您是知道的。那就很够了!您为什么老是问:您好吗?您不看见我还活着吗?"

"完全,完全正确!"帕克林大声说,他的鼻孔胀大,眉毛也抽动起来了,"要是您不活着的话,您的忠实的仆人就不会有幸在这儿看见您并且跟您谈话了!我的问话还是从一个不好的旧习惯来的。至于请教您的大名和父名,那是因为单单称您马舒林娜,不大好意思。① 我知道您在写信署名的时候的确也只署'波拿巴'②!对不起,我是说马舒林娜!可是在谈话的时候……"

"那么谁请您跟我谈话呢?"

帕克林发出一阵紧张不安的笑声,好像接不上气似的。

"好,得啦,亲爱的,好姑娘,让我跟您握手吧。不要生气了。我知道您的心肠很好——可我也不坏……是吗?"

帕克林伸了手出去……马舒林娜不大愉快地望了望他,但还是把手伸给他了。

"倘使您一定要知道我的名字,"她仍旧板起面孔说,"好吧,我叫菲奥克拉。"

"我叫皮缅。"奥斯特罗杜莫夫用他的低音说。

"哟!真是……真是领教了!那么请问一句,啊,菲奥克拉!啊,您,皮缅!请问为什么你们两位对我这样不友好……老是这样不友好,而我却……"

"马舒林娜认为,"奥斯特罗杜莫夫打岔道,"其实不止是她一个人的意

---

① 把别人的名字和父名连在一起叫,算是客气的称呼;单称姓就不客气了。

② 波拿巴是拿破仑的姓,这里描写帕克林故意讲错,马上又更正的情形。

见，您对任何事物都从它滑稽可笑的一方面去看它，因此觉得您并不可靠。”

帕克林突然转过身来。

“这正是那些责备我的人经常犯的错误，我最尊敬的皮缅！第一，我并不是老是在笑；第二，这也不能作为我不可靠的理由。以前我不止一次有幸得到你们各位的信任，这种我至今还引以为荣的信任便是证据。我是一个老实人，我最尊敬的皮缅！”

奥斯特罗杜莫夫不大高兴地含含糊糊地说了一两句话，可是帕克林却摇晃着脑袋，做出完全正经的样子接着往下说：

“不！我并不老是在笑！我绝不是一个快乐的人！您看看我吧！”

奥斯特罗杜莫夫望着他。的确，帕克林不笑、不讲话的时候，他的脸上便现出一种沮丧的、差不多是惊恐的表情；只要他张开了口，他的面容又变成了滑稽的，甚至可以说是带恶意的了。然而奥斯特罗杜莫夫还是不做声。

帕克林又把脸掉向马舒林娜：

“喂？您的研究进展得怎样了？您那真正仁慈的技术成功了吗？据我看，要帮助一个毫无经验的公民第一步踏进世界，是一桩困难的事吧？”

“没有什么；要是他并不比您大多少的话，那就不困难了。”马舒林娜（她刚刚通过了助产士的考试）答道，她得意地微笑了。

她生在一个贫穷的贵族家庭里，大约在一年半以前她离开了俄罗斯南部的家到彼得堡的时候，口袋里只有六个卢布；在彼得堡她进了一所助产学校，靠着勤苦不懈的劳动，终于得到了她所想望的毕业文凭。她还没有结婚，而且非常洁身自好。“这是毫不足怪的！”有些怀疑的人记起了前面关于她的相貌的描写便这样说。可是我们仍然说这是奇怪的，而且很难得的。

帕克林听见她挖苦的回答，又笑了起来。

“亲爱的，您真行！”帕克林大声说，“您照样报复得很好！我这才叫活该！为什么我要生得这样矮小呢！不过我们的主人究竟到哪儿去了？”

帕克林有意地改变了话题。他最不甘心的就是他短小的身材和他整个不好看的相貌。这个缺点使他深感痛苦，尤其因为他非常喜欢女人。他甚至愿意牺牲一切去博取女人的欢心！他想到自己的丑陋的外貌比想到他那微贱的出身，想到他那不值得羡慕的社会地位更加难受。帕克林的父亲是一个普通的生意人，他用了种种不正当的手段弄到了九等文官的官衔。他是打官司的能手，他还做投机生意。他替人管理田产和房屋，赚了一点儿钱；可是到晚年他染上了酗酒的嗜好,死后连一文钱也没有留下来。小帕克林(他名叫西拉……西拉·参孙内奇——他也认为这个名字是在挖苦他自己①)在商业学校里念书,德语学得很好。他毕业以后,经过了各种相当大的困难才在一家私人商业事务所里找到一个职务,一千五百银卢布的年薪。这笔钱他除了自己花用外,还要供给一个生病的姑母和一个驼背的妹妹。在我们的故事开头的时候,帕克林才只二十八岁。他认识很多的大学生和年轻人,他们喜欢他那说俏皮话、挖苦人的机智、他那虽然尖刻却也生动有趣的自以为是的言辞、他那虽然片面却很显著而且毫无学究气的博学多识。可是有时候他们却对他非常不客气。有一次他参加一个政治集会到迟了……他走进去,连忙说道歉的话。"可怜的帕克林害怕了!"有人在角落里大声唱起来,大家都笑了。帕克林自己后来也跟着他们笑,其实这句话正刺痛了他的心。"他说得对,这个骗子!"他暗暗想道。他在一家希腊人开的小饭馆里认识了涅日丹诺夫,他常常在那家饭馆里吃中饭,并且随时发表他那些自由、尖锐的意见。他对人说,他这种民主情绪的主要原因就是这儿的希腊饮食太坏,它刺激了他的肝脏。

"是啊……说真的……我们的主人究竟躲到哪儿去了?"他又说了一遍,"我注意他近来好像不大愉快似的。盼望他不是在恋爱吧!"

马舒林娜皱起眉头来。

"他到图书馆借书去了。至于恋爱,他既无时间,也没有对象。"

"为什么不跟您谈恋爱呢?"帕克林差一点儿冲口说了出来。

"我想见他,因为我有一件重要事情要跟他商量。"他大声说。

"什么事?"奥斯特罗杜莫夫问道,"是我们的事情吗?"

"也许是你们的事情;那就是说,我们大家的事情。"

奥斯特罗杜莫夫哼了一声。他心里并不相信帕克林,不过他马上想道:"鬼知道!他真是个狡猾的家伙!"

"他总算回来了!"马舒林娜突然大声说,她那双望着穿堂门的并不漂亮的小眼睛里露出了优雅、温暖的光,一种深的内在的光点。

门开了,这次是一个二十三岁光景的年轻人走进屋子里来,他头上戴了一顶便帽,腋下挟了一捆书。他便是涅日丹诺夫。

---

① 西拉·参孙内奇:俄语"西拉"(сила)的意思是"力气";"参孙内奇"就是"参孙的儿子"。参孙是《圣经·旧约·士师记》中徒手撕裂狮子的大力士。帕克林是一个身材短小、文弱无力的瘸子,却有这样一个名字,所以他认为"这个名字是在挖苦他自己"。

二

涅日丹诺夫看见他的屋子里有客人，便在门口站住，他把他们都望过了，丢开便帽，又把书随便扔在地板上，然后不声不响地慢慢走到床前，在床沿上坐下来。他那张好看的苍白的脸，让他一头带波纹的深红色浓发衬托着，显得更苍白了，脸上有一种烦恼和不高兴的表情。

马舒林娜稍微掉开头，咬着嘴唇；奥斯特罗杜莫夫埋怨地说了一句：

"总算回来了！"

帕克林第一个走到涅日丹诺夫的身边。

"你怎么啦？阿列克谢·德米特里奇，俄罗斯的哈姆雷特[①]！有人得罪了你吗？或者只是一阵莫名的忧郁？"

"请你闭嘴，俄罗斯的梅菲斯特费尔[②]！"涅日丹诺夫烦恼地说，"我没有心思跟你比赛平淡无味的俏皮话。"

帕克林笑了。

"你这句话就不对；若说是俏皮，就不是平淡无味；若说是平淡无味，就不是俏皮。"

"得啦，好，好……谁都知道你聪明。"

"我看你有点儿神经紧张，"帕克林故意抑扬顿挫地说，"不然，真的发生了什么事情吧？"

"并没有发生什么特别的事情；只是住在这个讨厌的城市，住在彼得堡，人一把鼻子伸到街上，就会碰到一些卑鄙、愚蠢的事，碰到岂有此理的不公平事情，碰到无聊事情！我在这儿简直待不下去了！"

"那么你是为了这个缘故，才在报上刊登家庭教师待聘的广告，并且声明愿意离开彼得堡吗？"奥斯特罗杜莫夫又埋怨地问道。

"当然，我非常高兴离开这儿！只希望有个傻瓜——给我位置就好！"

"首先您得尽您在这儿的职责。"马舒林娜意味深长地说，她仍然不看他。

---

① 哈姆雷特是莎士比亚的五幕悲剧《哈姆雷特》的主人公，一个传说中的丹麦王子，有着怀疑、犹豫不决的性格。

② 梅菲斯特是歌德的著名诗剧《浮士德》中的魔鬼，他诱惑浮士德博士，想把他引入歧途，但终于失败了。

“什么职责?”涅日丹诺夫突然朝着她掉过脸去问道。马舒林娜咬紧了嘴唇。

“奥斯特罗杜莫夫会告诉您。”

涅日丹诺夫又掉过眼睛去望奥斯特罗杜莫夫。奥斯特罗杜莫夫却只是咳了一声,含含糊糊地说了半句:“等一下。”

“可是说老实话,”帕克林插嘴说,“你听到什么不痛快的消息吗?”

涅日丹诺夫好像让什么东西从下往上一抛似的,跳下床来。

“你还希望什么更不痛快的呢?”他突然声音响亮地嚷道,“俄国的一半都快饿死了。[①]《莫斯科新闻》[②]胜利了!他们要提倡古典教育;[③]大学生的互助储蓄会禁止了;到处都是侦探、压迫、告密、撒谎、欺骗——我们连一步也动不得……可是他还嫌这一切不够,他还要等着新的不痛快的消息,他还以为我在开玩笑……巴萨诺夫给逮捕了,”他稍微压低声音加了这一句,“我在图书馆里听说的。”

奥斯特罗杜莫夫和马舒林娜两人同时抬起头来。

“我亲爱的朋友,阿列克谢·德米特里奇,”帕克林说,“你太激动了,这也难怪你……难道你忘了我们生在什么时代和什么国家吗?在我们这儿,一个掉在水里的人要抓住一根麦秸,也得由他自己制造出来。你又何必为那些事伤感呢?我们应当正面望着魔鬼的眼睛,不要像小孩那样地生气……”

“啊,请,请不要讲了,”涅日丹诺夫愁烦地打岔道,他脸上的肌肉在哆嗦,好像他很痛苦似的,“我们都知道,你是个精力充沛的人,你对无论什么事、无论什么人都不怕……”

“我什么人都不怕?!”帕克林刚刚开头说。

“究竟是谁出卖了巴萨诺夫呢?”涅日丹诺夫继续说,“我不明白!”

“不用说——是一个朋友。我们的朋友们干这种事情真有本领。你应当小心提防他们!我举一个例子,我有过一个朋友,他看起来很不错;他很关心我和我的名誉!你瞧,有一天他跑到我家里来……他大声嚷着:‘您要知道,

---

① 这里指的是一八六八年的大灾荒。

② 《莫斯科新闻》是俄国反动政论家米·尼·卡特科夫(1818—1887)主编的报纸,它经常对进步刊物进行恶毒的攻击。一八六六年卡拉科佐夫谋刺沙皇亚历山大二世案发生后,进步刊物《现代人》和《俄国言论》同时被政府封闭。涅日丹诺夫指的便是这件事情。

③ 指当时像卡特科夫那样的反动政论家认为自然科学是“虚无主义”的养料,他们企图变更教育制度,加强学校管理,着重以古希腊文、拉丁文为基础的、使学生远离实际生活的古典教育。

外面正在散布一些诽谤您的谣言呢：人们咬定说您毒死了您的亲叔父，——又说有人介绍您到某一个人家去做客，您到了那儿立刻背朝着女主人坐下来，而且整个晚上都是这样地坐着！那位女主人让您气哭了，哭了。真是荒唐！真是无聊！只有傻瓜才相信这种谣言！'好吧，以后又怎样呢？过了一年我跟这位朋友闹翻了……他写了一封绝交信给我，说：'你这个害死自己叔父的人，你居然不知羞耻敢于侮辱一位尊贵的太太，拿背朝着她坐下……'等等的话。朋友们就是这样！"

奥斯特罗杜莫夫同马舒林娜对看了一眼。

"阿列克谢·德米特里耶维奇！"奥斯特罗杜莫夫用他那深沉的低音唤道，他显然想打断这种毫无意义的连篇废话，"瓦西里·尼古拉耶维奇从莫斯科寄来了一封信。"

涅日丹诺夫稍微吃了一惊，他又埋下了眼睛。

"他写些什么？"他后来问道。

"唔，是要……要我同她……"奥斯特罗杜莫夫动动眉毛，暗指着马舒林娜，"一块儿去。"

"怎么？还要她去吗？"

"还要她去。"

"有什么困难吗？"

"很明显，困难就在……钱上面。"

涅日丹诺夫从床上起来，走到窗前去。

"要很多钱吗？"

"五十卢布……不能少。"

涅日丹诺夫沉默了一会儿。

"我现在没有钱，"他后来低声说，一面拿手指头敲着玻璃窗，"不过……我可以弄到。我会弄到的。你把信带来了吗？"

"信吗？它……带来了……当然……"

"你们为什么老是躲开我呢？"帕克林提高声音说，"难道我不值得你们信任吗？即使我并不完全赞成……你们所从事的工作，难道你们以为我会出卖你们，或者泄露你们的秘密吗？"

"无意间……说不定！"奥斯特罗杜莫夫用他的低音说。

"不论有意无意都不会！马舒林娜小姐望着我微笑……可是我说……"

“我并没有笑！”马舒林娜不高兴地插嘴说。

“可是我说，”帕克林继续说，“你们各位缺少鉴别力；你们不知道怎样认清谁是你们的真正朋友！倘使一个人爱笑，你们便以为他没有诚意……”

“难道不是这样吗？”马舒林娜生气地打岔道。

“譬如，你们现在需要钱，”帕克林重新打起精神说，这一次他也不去反驳马舒林娜了，“可是涅日丹诺夫身边没有……我可以给你们钱。”

涅日丹诺夫很快地从窗口转过脸来。

“不……不……这用不着。我会弄到钱……我要去预支一部分我的津贴。我记得，他们还欠我一点儿。不过，奥斯特罗杜莫夫，把信拿给我看。”

奥斯特罗杜莫夫起初静静地坐了一会儿，然后看了看四周，便站起来，弯下身子，卷起一只裤腿，从靴筒里抽出一张仔细折叠起来的蓝色纸片；不知道为了什么缘故，他拿着纸片吹了一口气，然后才交给涅日丹诺夫。

涅日丹诺夫接过了纸片，展开它仔细地读了一遍，便递给马舒林娜。她先站起来，然后把信读了，这时帕克林伸过手来拿信，她却不理他，把信交还给涅日丹诺夫。涅日丹诺夫耸了耸肩，便把这封秘密信递给帕克林。帕克林也照样地看完了信，意味深长地闭紧嘴唇，不说一句话，严肃地把信放在桌上。奥斯特罗杜莫夫拿起信，擦燃一根粗大的火柴，屋子里立刻充满了强烈的硫磺气味，他又把信拿得高高的，高过他的头顶，好像要让所有在场的人都看见似的，然后烧了信，他并不顾惜自己的手指，等到信烧光了，才把灰放进火炉里去。在烧信的时候没有人说一句话，甚至没有人动一下；所有的人的眼睛都望着地板。奥斯特罗杜莫夫有一种注意力集中的、认真做事的表情，涅日丹诺夫好像在生气似的，帕克林的神情紧张不安，马舒林娜仿佛在参加一个庄严的宗教仪式。

这样地过了两分钟光景……每个人都觉得有点儿不自在。帕克林第一个认为应该打破沉默了。

“那么怎么办呢？”他说，“我献给祖国祭坛的祭品肯不肯收呢？我可以为公共事业献出，即使不是五十卢布的全部，至少二十五个或者三十个卢布吗？”

涅日丹诺夫忽然发了火。好像他心里充满了烦恼……庄严的烧信举动并不曾使他的烦恼消减，它只等着找一个借口爆发出来。

“我对你说过，不要，不要……不要！我不答应，我也不收你的钱！我会弄到钱,我会马上弄到钱。我不要任何人的帮助。”

“老弟,得啦,”帕克林说,“我看你虽然是个革命者,你却不是一个民主主义者。”

“你不如直说我是个贵族!”

“你在某种程度上……的确是贵族。”

涅日丹诺夫勉强笑起来。

“原来你是在说我是私生子。好朋友,你不必麻烦了……你不提起,我也不会忘记的。”

帕克林狼狈地绞扭着自己的两只手。

“好啦,阿廖沙!你怎么啦!你怎么能把我的话这样地解释呢?我今天简直认不出你了。”涅日丹诺夫不耐烦地动了动脑袋,耸了耸肩,“巴萨诺夫的被捕叫你很难过,不过他自己也太不谨慎……”

“他没有隐瞒自己的信念,”马舒林娜板起面孔插嘴说,“我们不应当批评他!”

“是的;不过他也得想到他现在可能牵连到的别人啊。”

“您怎么能这样看他呢?”奥斯特罗杜莫夫也咆哮起来,“巴萨诺夫是个刚毅的人;他绝不会出卖任何人。至于谨慎……帕克林先生,并不是每个人都可以办到的。”

帕克林觉得受了侮辱,正要答话,涅日丹诺夫却阻止了他。

“各位,”他大声说,“劳驾,请暂时丢开政治吧!”

众人都不做声了。

“我今天碰到了斯科罗皮兴①,”帕克林后来又说,“我们全俄罗斯的批评家、美学家和热心家。真是个叫人受不了的家伙!他永远在发酵,起泡,跟一瓶坏了的起泡的克瓦斯②完全一样……茶房拿着瓶子跑,拿他的手指头当软木塞塞住瓶口,一颗胀大的葡萄干在瓶颈卡住了,——它还在出水,发出嗞嗞的声音,——等到泡沫散尽了,瓶底便只剩下几滴臭水,不但不能解渴,反而使人肚皮痛。这是一个对年轻人非常有害的人物。”

---

① 斯科罗皮兴是一个虚构的人物,影射当时进步的音乐和美术评论家弗·斯塔索夫(1824—1896)。斯塔索夫后来当面带笑问屠格涅夫是不是指他。屠格涅夫也含笑回答:“当然多多少少有您,可是也有别的许多人……”在本书最后一章里帕克林同马舒林娜谈话的时候,他还提到这个名字。

② 克瓦斯是一种用面包或水果发酵制成的清凉饮料。

帕克林的比喻虽然正确、恰当，却并没有引起别人脸上的一丝笑意。只有奥斯特罗杜莫夫一个人表示，对于美学能够感到兴趣的年轻人即使被斯科罗皮兴引入了迷途，也是值不得怜惜的。

"好啦，您不要忙，"帕克林热情地嚷道，他是这样的一种人：他越是得不到别人的同情，自己越是热烈，"这个问题，我认为即使不是政治问题，它也是重要的。据斯科罗皮兴说，一切古代的艺术品都是毫无价值的，只是因为它太老了……照这样说法，那么艺术，一般的美术都不过是一时的风气，值不得我们认真讨论的！倘使艺术没有一个坚实的基础，没有永久性，那么它有什么用呢？我们拿科学、拿数学做例子吧，您会把欧勒尔、拉普拉斯、高斯[①]当作过了时的无聊的人吗？不，您会承认他们的权威的。那么难道拉斐尔和莫扎特[②]是笨蛋吗？难道您的自豪感要反对他们的权威吗？艺术的法则比科学的法则更难掌握……这个我同意；可是法则是存在的，看不见它们的人就是瞎子；不管是有意或者无意都是一样！"

帕克林住了口……可是没有一个人答话，好像他们的嘴里都含着水似的——好像他们都有点儿替他羞愧似的。只有奥斯特罗杜莫夫不高兴地说：

"对那班让斯科皮罗兴引入迷途的年轻人我还是一点儿也不同情。"

"得啦，去你的吧！"帕克林想道，"我要走了。"

帕克林原本是来找涅日丹诺夫商量从外国偷运《北极星》(《钟声》已经停刊了)[③]的事，可是话题这么一转，他觉得还是不提为妙。他已经拿起了他的帽子，这个时候从穿堂里，连一点儿预先的响动或者敲门声也没有，突然传来一个非常悦耳的、洪亮的男中音。单是这个声音就可以使人想到这是一个出身高贵、温文有礼、甚至一身香气的人。

"涅日丹诺夫先生在家吗？"

大家惊惶地互相交换眼色。

"涅日丹诺夫先生在家吗？"男中音又问了一遍。

"在家。"涅日丹诺夫终于回答了。

---

① 雷·欧勒尔(1707—1783)，瑞士数学家和物理学家，彼得堡和柏林的科学院院士；彼·拉普拉斯(1749—1827)，法国数学家和天文学家；卡·高斯(1777—1855)，德国数学家和天文学家。

② 拉斐尔(1483—1520)，文艺复兴时期的意大利画家，与达·芬奇和米开朗琪罗二人齐名；莫扎特(1756—1791)，奥国作曲家，维也纳古典乐派的代表人物。

③ 《北极星》和《钟声》都是俄国革命民主主义者亚·赫尔岑(1812—1870)在伦敦出版的刊物。(其实《钟声》是在1868年12月停刊的。)把这种革命出版物运进沙皇俄国，当时是"犯罪"行为。

房门小心地、慢慢地开了，一个将近四十岁的男人走了进来，他缓缓地从他那头发剪得短短的漂亮的脑袋上取下那顶光滑发亮的帽子。他身材高大、体格匀称、相貌堂堂。虽然已经是四月的末尾了，他穿的那件上等厚呢大衣上面，还配着一条很值钱的獭皮领子。他那优雅的自信的态度和温文的从容的招呼叫涅日丹诺夫和帕克林、还有马舒林娜……甚至奥斯特罗杜莫夫都吃了一惊！他们在他进来的时候不由自主地全站了起来。

三

这个优雅的男人走到涅日丹诺夫的面前，带着和蔼的微笑说："涅日丹诺夫先生，我已经有幸同您见过面了，而且还跟您谈过话呢，要是您还记得，前天——在戏园子里。（来客停了一下，好像在等待答话似的，涅日丹诺夫稍微点了点头，脸已经红了。）是的！……我今天是看见了您的广告才来的……要是对在座的这位女士和这两位先生没有妨碍的话，我想跟您讲几句话……"（来客向马舒林娜鞠了一个躬，又把他那戴着浅灰色瑞典手套的手朝帕克林和奥斯特罗杜莫夫挥动了一下。）

"不……您不必这样……"涅日丹诺夫带了一点儿窘态地答道，"这几位女士、先生们不会见怪的……请坐吧。"

客人谦和地鞠了一个躬，很有礼貌地抓住一把椅子的靠背，拉到他身边来，可是他看见房里别的人全站着，自己便不坐下，只是用他那双虽然睁得不大却是十分明亮的眼睛朝四周看了一遍。

"再见，阿列克谢·德米特里奇，"马舒林娜突然大声说，"我以后再来。"

"我也，"奥斯特罗杜莫夫添了一句，"我也以后……来。"

马舒林娜走过客人的身边，好像有意不理睬他，却一直走到涅日丹诺夫面前，热烈地握了涅日丹诺夫的手，也不跟别人打招呼，便走出去了。奥斯特罗杜莫夫跟在她后面，故意把靴子踩得很响，并且不止一次地哼鼻子，似乎在说："你这个倒霉的獭皮领子！"客人用了谦恭而带有几分好奇的眼光送他们出去。然后他又把这样的眼光射到帕克林的身上，好像盼望帕克林也跟着这两位离开的客人出去似的。可是帕克林轻轻走到一边，躲在一个角上，他自从客人进来以后，脸上便露出一种特别的矜持的微笑。客人在椅子上坐下。涅日丹诺夫也坐下了。

“我姓——西皮亚金,您大概已经听见过了。”客人带着含有几分骄傲的谦虚开始说。

可是我们应当先把涅日丹诺夫在戏园子里遇见他的事情叙述一下。

那天因为萨多夫斯基[①]从莫斯科来,在这里演出奥斯特罗夫斯基[②]的戏《各守本分》。大家都知道,鲁萨科夫这一角色是这位著名演员喜欢扮演的一个角色。涅日丹诺夫在中饭前到售票处去买票,已经有不少的人等在那儿了。他本来打算买一张池座票,可是他刚刚走到售票窗口,站在他后面的一个军官就伸出手把一张三卢布的钞票从他的脑袋上递过去,向售票员大声说:“他〔指涅日丹诺夫〕多半是要等找钱的,我不需要。请赶快给我一张前排的票子……我有事情!”“军官先生,对不起,我也要一张前排的票子!”涅日丹诺夫厉声地说,便把他身边仅有的一张三卢布的钞票扔进小窗口去。售票员把戏票给了他,这天晚上涅日丹诺夫便坐在亚历山大剧院的贵族席里了。

他穿得很坏,没有戴手套,靴子也没有擦过,他觉得难为情,又因为自己会有这种感觉在生气。他右边坐着一位胸前挂满了宝星的将军;左边坐的便是这位优雅的绅士,三级文官西皮亚金,也就是两天以后叫马舒林娜和奥斯特罗杜莫夫大为吃惊的客人。将军时时侧眼看涅日丹诺夫,好像在看什么不体面的、意外的、甚至十分讨厌的东西似的;西皮亚金却不同,虽然也斜着眼睛看他,可是眼光里并没有敌意。涅日丹诺夫四周的人看来都不是寻常人物,而且他们彼此都很熟,不断地交谈、招呼、应酬,有些谈话还是从涅日丹诺夫的头顶上来往的。他坐在那把宽大、舒适的扶手椅上,动也不动一下,觉得很不自在,好像自己是一个贱民[③]一样。他心里只觉得痛苦、羞愧、厌恶;奥斯特罗夫斯基的喜剧和萨多夫斯基的演技并没有给他多少快感。突然间——说来很奇怪!——在幕间休息的时候,他的左邻——不是挂满宝星的将军,却是胸前连什么显贵的表记都没有的那一位——亲切而有礼貌、还带了一点儿讨好的迁就态度跟他谈起话来。这位绅士谈到奥斯特罗夫斯基的戏,希望涅日丹诺夫以“年轻一代人的代表”的身份发表他对这个戏的意见。涅日丹诺夫吃了一

---

① 普·米·萨多夫斯基(1818—1872),俄国著名演员,擅长扮演奥斯特洛夫斯基的剧本中的男主角。

② 亚·尼·奥斯特罗夫斯基(1823—1886),俄国剧作家。喜剧《各守本分》是他的早期作品(1853年),鲁萨科夫是《各守本分》中的男主人公。

③ 贱民是南印度居民中一个既受压迫又无权利的阶层。

惊,有点儿不知所措,起初只是短短地、不连贯地回答着……连他的心也跳得很厉害;可是随后他就跟自己生起气来;他为什么要这样激动呢?难道他不是同别人一样的人吗?于是他毫无拘束、也无顾忌地发表他的意见,说到后来,他的声音是那样的高,态度是那样热烈,显然把邻座那个挂勋章的将军弄得很不舒服了。涅日丹诺夫是奥斯特罗夫斯基的热烈的崇拜者;不过他觉得不管作者在《各守本分》里面表现了多大的才能,然而作者借维霍列夫这个漫画化的角色来讥讽文明的意图却是不能赞同的。他的谦和的邻人十分注意地并且同情地听他讲话,到下一次幕间休息的时候,他又同他谈起话来,这一次不谈奥斯特罗夫斯基的喜剧,却谈着各种各样的题目,谈到日常生活,谈到科学,甚至谈到政治问题。他显然对这个滔滔不绝的年轻人感到了兴趣。涅日丹诺夫不仅仍然毫无拘束,而且就像俗话所说的那样,大卖力气。他仿佛在说:"你既然好奇,就好好地听着吧!"坐在他右边的将军现在不是觉得不舒服,却引起了愤怒,甚至起了疑心了。散戏以后西皮亚金非常客气地向涅日丹诺夫告辞,可是他并没有问起涅日丹诺夫的姓名,也没有说出自己的姓名来。他站在台阶上等候马车的时候,遇到了他的一个好朋友,沙皇的侍从武官 Г 公爵。"我在我的包厢里看见你,"公爵对他说,洒了香水的唇须下面露出了笑容,"你知道跟你谈话的那人是谁?""不,我不知道;你知道吗?""小伙子不算愚蠢吧,是不是?""一点儿也不愚蠢;他是谁呢?"公爵低下脑袋在他的耳边用法语小声说:"我的弟弟,是的;他是我的弟弟。我父亲的私生子……他姓涅日丹诺夫……我以后再跟你讲吧。……我父亲完全没有料到会生下他——因此让他姓涅日丹诺夫[1]。不过他也帮助他的……il lui a fait un sort……我们也给了他一份津贴。倒是个聪明的小伙子……而且由于我父亲的恩惠,他还受到很好的教育。可是他入了歧途,居然成了拥护共和政体的人……我们便不再跟他往来了……Il est impossible![2] 再见,我的车子在等我了!"公爵走了。第二天西皮亚金在《政治新闻》上看见了涅日丹诺夫登的广告,便来拜访他……

"我姓西皮亚金,"他对涅日丹诺夫说,这时候他坐在涅日丹诺夫对面一把藤椅上,用他那威严的眼光望着这个年轻人,"我在报上看到您登的广告,您想找一个家庭教师的位置,我特地来聘请您。我结婚了;有一个儿子,一个

---

① 俄语 нежданов 含有"不曾料到的"的意思。

② 法语:这实在叫人受不了!

九岁的孩子；我坦率地说，孩子倒很有才能。我们通常都是在乡下度过夏天和秋天的大部分，这是在C省，离省城有五俄里。那么，您是不是愿意跟我们一块儿到那儿去过暑假，教我的儿子念俄国历史和语文？我记得这两个科目是您在广告上提到的。我冒昧地设想您会喜欢我、我的家庭和我们那个地方的景致。我们那儿有一个漂亮的花园，有小河，有新鲜的空气，还有一所宽敞的房子……您答应吗？倘使您答应的话，我只需要问一问您的条件，不过我并不以为，"西皮亚金说到这里略略皱着眉头，"在这方面我们两个人中间会有什么困难。"

西皮亚金讲话的时候，涅日丹诺夫的眼睛始终牢牢地望着他，望着他那略朝后仰的不大的脑袋，望着他那低而窄却又显得有智慧的前额，他那优美的罗马人的鼻子，他那令人喜欢的眼睛，他那端正的嘴（从这张嘴里他那些动人的话像水一样地流了出来），望着他那英国式下垂的长长的连鬓胡子——他出神地望着，不知道应该怎样回答。他想道："这是什么意思？为什么这个人要来讨好我呢？他是一个贵族——而我呢？！我们有什么共同的地方？是什么理由引他到我这儿来的呢？"

他沉在自己的思想里沉得那么深，因此在西皮亚金讲完话闭上嘴等待他回答的时候，他也没有吐出一个字来。西皮亚金望了那个坐在角落里的帕克林一眼，帕克林的眼睛同涅日丹诺夫的一样也在牢牢地盯着他。"是不是因为有这个第三者在座，涅日丹诺夫不便讲话吗？"西皮亚金高高地耸起他的眉毛，好像顺从了他自己愿意陷入的这种古怪的环境似的，跟着他又提高声音重说了一遍。

涅日丹诺夫吃了一惊。

"当然，"他连忙说，"我很高兴地……答应……只是我得承认……我不能不感到惊奇……并没有人介绍我……而且说老实话，我前天在戏园子里发表的意见在您听来是很不入耳的……"

"那您就完全错了，亲爱的阿列克谢……阿列克谢·德米特里奇！这是您的大名吧？"西皮亚金笑道，"我敢说，我是出名的有自由主义思想、进步思想的人；刚刚相反，您的意见除了年轻人所特有的那些地方，要是您不见怪，容我直说，就是稍微过火的地方，除了那些地方以外，您的意见我一点儿也不反对，而且我还喜欢您那种年轻人的热诚。"

西皮亚金毫不踌躇地讲着这些话：平稳、流畅的语言从他的嘴里出来，就像在油上涂蜜一样地光滑。

“我的妻子跟我一样的想法，”他接着说，“她的见解似乎跟您的更接近；这是很自然的事，她比我年轻！我在我们见面的第二天在报上读到您的大名——我顺便提一下，您并没有按照一般的习惯，您把您的大名同住址一块儿登了出来（其实我在戏园子里就知道了您的大名）——而……这……这件事情打动了我，我在它——在这种巧合上看出了一种……原谅我用迷信的句子……可以说是命运的安排！您提到介绍；可是我并不需要介绍。您的仪表、您的人格引起了我的好感。我认为这就够了。我素来相信自己的眼力。那么我可以信任它吗？您答应吗？”

“我当然……答应……”涅日丹诺夫答道，“我也要努力报答您的信任，不过有一件事情我现在得说一说：我愿教您的儿子念书，可是我不能照管他。我不会做那种事情——说老实话，我也不愿意束缚自己，不愿意失去我的自由。”

西皮亚金伸出手在空中轻轻挥了一下，好像在赶走一只苍蝇似的。

“请放心，亲爱的先生……您不是做那一类事情的人；而且我也不要找人照管我的儿子——我要找一位教师，现在请到了。好吧，您有什么条件吗？经济的条件？就是说，讨厌的钱呢？”

涅日丹诺夫不知道应该怎样说才好……

“请听我说，”西皮亚金说，他把全身俯向前面，并且用指尖亲热地去触涅日丹诺夫的膝头，“在我们体面人中间，这种问题是用两句话就可以解决的。我每月送给您一百卢布；往返的旅费当然由我负担。您同意吧？”

涅日丹诺夫又红了脸。

“这比我希望得到的多得多了……因为……我……”

“很好，很好……”西皮亚金打岔道，“我认为事情已经决定了……那么您——就是我们家里的人了。”他从椅子上站起来，突然现出非常高兴和畅快的表情，好像收到了什么礼物似的。他的一切举动都带一种叫人愉快的亲密，甚至带了一点儿开玩笑的样子。“我们一两天内动身，”他口气随便地说，“虽然照我的职业来说，我是个庸庸碌碌的人，而且是拴在城里走不开的，可是我却高兴在乡下过春天……那么您的头一个月就打今天算起吧。我的妻子已经带着小儿到莫斯科了，她先走。我们会在乡下……在大自然的怀里找到他们。我和您一块儿动身吧……就像两个光棍一样……哈，哈！”西皮亚金发出一阵讨好的微带鼻音的笑声。“那么现在……”

他从大衣袋里掏出一个黑色镶银的皮夹,从里面取出一张名片来。

“这是我在这儿的地址。请您——明天光临吧。那么……就在十二点钟左右。我们那个时候再谈吧!我还想讲一点儿我在教育方面的意见……好吧——我们还要把行期决定下来。”西皮亚金握着涅日丹诺夫的手,“您知道吗?”他又说,一面把声音压低,把脑袋稍微侧在一边,“倘使您需要预支的话……请您不要客气!我可以让您预支一个月!”

涅日丹诺夫实在不知道应当怎样回答;他带着同样惶惑的表情望着这张愉快、谦和的脸,这张对他十分陌生的脸却又这么亲近地挨近他,并且带着好意地对他微笑。

“您不需要吗?怎样?”西皮亚金低声说。

“容我明天告诉您吧。”涅日丹诺夫最后答道。

“很好!那么——再见!明天见!”西皮亚金放开了涅日丹诺夫的手,正要出去……

“请让我问您一句,”涅日丹诺夫突然说,“您刚才对我说,您在戏园里就知道我的姓名的。是谁告诉您的呢?”

“谁?是您的一位熟朋友,我想,还是一位亲戚,公爵……Г公爵。”

“沙皇的侍从武官吗?”

“是的;是他告诉的。”

涅日丹诺夫的脸比先前更红了,而且张开嘴……却没有说出一句话来。西皮亚金又同他握了一次手,不过这一次没有说话,他先向涅日丹诺夫鞠了一个躬,然后又向帕克林鞠躬,走到门口,才把帽子戴上,他脸上带着洋洋得意的微笑,走出去了;这种笑容表示出来他意识到自己这次的访问一定产生了很深的印象。

四

西皮亚金刚刚跨出门槛,帕克林立刻从椅子上跳起来,跑到涅日丹诺夫的面前,向他祝贺。

“好,你钓上了一尾大鱼!”他哧哧地笑道,不住地跺脚,“你知道这是谁?鼎鼎大名的西皮亚金,御前侍从,还可以说是社会的栋梁,一位未来的大臣!”

“我一点儿也不知道他的事情。”涅日丹诺夫不高兴地说。

帕克林失望地挥了挥手。

“这正是我们的不幸。阿列克谢·德米特里奇，我们什么人都不认识！我们想采取行动，我们想把整个世界翻转过来，可是我们却不跟这个世界发生关系，只同两三个朋友往来，就在一个窄小的圈子里转来转去……”

“对不起，”涅日丹诺夫打岔道，“你这个说法不对。我们只是不愿意同敌人往来罢了；至于我们自己一类的人，至于老百姓，我们一直是同他们接近的。”

“等一等，等一等，等一等，等一等！”帕克林也照样地打岔说，“第一，说到敌人，我请你记住歌德的诗：

> Wer den Dichter will versteh'n,
> Muss in Dichter's Lande geh'n……①

可是我要说：

> wer die *Feinde* will versteh'n,
> Muss in *Feindes* Lande geh'n……②

躲避自己的敌人，不知道他们的习惯和生活方式，这是多么荒谬！多么……荒……谬！对！对！要是我想射杀树林里的一只狼，我就得先知道所有它经常走的路……第二，你刚才说起同老百姓接近……老弟！一八六二年波兰人走进‘树林里去’③；现在我们要到同一个树林里去；这就是说，到老百姓中间去，那儿跟任何地方的树林一样，也是黑暗的、浓密的。”

“那么照你的意见，我们怎么办呢？”

“印度人投身在贾格诺特的大车的车轮下面④，”帕克林忧郁地答道，“车轮辗碎他们，他们幸福地死去。我们也有我们的贾格诺特……它一定会辗碎我们，可是并不给我们幸福。”

“那么照你的意见，我们怎么办呢？”涅日丹诺夫又说了一遍，这一次他几

---

① 德语：谁要了解诗人，就得到诗人的国度里去……

② 德语：谁要了解敌人，就得到敌人的国度里去……

③ 当时是一八六三年一月波兰人民发动反封建、反沙皇统治的起义的前夕。

④ 贾格诺特是印度教徒崇拜的毗瑟拏神像。每年例节，人们用大车载贾格诺特神像游行市内，迷信的人相传要是伏在地上让大车辗死，便可以升天。

乎要嚷起来了,"你要我们写宣传小说吗?"

帕克林张开两只胳膊,脑袋靠在左边肩上。

"小说——不管怎样——你倒可以写,因为你有文学的才能……好啦,不要生气,我不说了!我知道你不高兴提到这个;不过我赞成你的意见:胡诌些东西,加'夹心',再加上些时髦句子,譬如:——'"啊!我爱您!"她跳起来……'"我毫不在乎!"他急急地说'等等,这样写东西实在毫无趣味。因此我对你再说一遍,去同各个阶层接近,就从最高的开头吧!我们不应当把希望完全放在奥斯特罗杜莫夫一类人的身上!他们固然是正派的好人,可是他们愚蠢!愚蠢!!你就瞧我们这位朋友吧。他那双靴底就不是聪明人穿的靴底!他刚才为什么跑开了?他不高兴同一个贵族坐在一间屋子里呼吸同样的空气!"

"请你不要在我面前批评奥斯特罗杜莫夫,"涅日丹诺夫暴躁地打岔道,"他穿厚皮靴,只是因为价钱便宜。"

"我不是那个意思。"帕克林刚刚开始说……

"他要是不高兴同一个贵族坐在一间屋子里,"涅日丹诺夫提高声音接下去说,"我倒要称赞他;可是更难得的还是,他知道怎样牺牲自己——倘使要他去死,他会去死的,这一点你同我都办不到!"

帕克林做了一个可怜的怪相,指着他那双瘦小的瘸腿。

"阿列克谢·德米特里奇,我的朋友,我怎么能打仗呢?得啦!不要提这种事了……我再说一遍,我非常高兴你同西皮亚金先生接近,我甚至预料到这样的接近对我们的事业有很大的好处。你会走进上流社会中去!你会看见《西班牙书简》①中所说的那些母狮②,那些有着装上钢丝弹簧的柔软身子的女人;你去研究她们吧,老弟,研究她们吧!你要是一个伊壁鸠鲁的信徒③,我就要替你担心了……的确,我要担心!不过你当然不是为着这个目的才要去做家庭教师!"

---

① 《西班牙书简》是沙俄评论家瓦·彼·鲍特金(1811—1869)的著作(1857)。作者在这本书里面赞美了西班牙妇女的美丽和温柔。书中有这样的句子:"像丝一样柔软的身体安放在钢铁一般的肌肉上"。作者谈到西班牙人跳舞的动作,说这种动作好像是"给激怒了的老虎的跳跃"。帕克林的俏皮话就是根据以上的句子编出来的。

② 指交际花。

③ 伊壁鸠鲁(公元前341—前270),古希腊哲学家,他的生活目的是没有痛苦、身体健康和心灵平静。伊壁鸠鲁主义在伦理学上接近幸福说。后被享乐主义者加以庸俗的解释。

“我要去做家庭教师,”涅日丹诺夫插嘴说,“是为了免得挨饿……”他在心里又加了一句:“我还想离开你们大家过一阵子!”

“好吧,不用说啦!不用说啦!所以我劝你:去研究吧!不过那位绅士留下多大一股香味!”帕克林故意吸进了一口气,“这正是《钦差大臣》里面那位市长夫人所梦想的那种真正的‘龙涎香’!”

“他向Γ公爵问起我的事情,”涅日丹诺夫低声喃喃地说,他又出神地望着窗户,“我的全部历史他说不定都知道了。”

“不是说不定,倒是一定的!不过这有什么关系呢?我可以打赌他正是在知道以后才来请你去做家庭教师的。不管你自己怎样,你知道,论血统,你还是一个贵族。不用说,你还是他们里面的一个人!可是我在你这儿耽搁得太久了;我得回去办公,回到剥削者那儿去!再见,老弟!”

帕克林本来朝着房门走去,可是他又站住,掉转身来。

“听我说,阿廖沙,”他带着讨好的调子说,“你刚才不肯收我的钱;我知道,你就会有钱的,不过我仍然请你允许我为共同事业捐献一点儿吧,不管它多么少!我不能够做别的事情,那么让我至少拿一点儿钱出来!你瞧:我放了一张十卢布的钞票在桌子上!你肯收吗?”

涅日丹诺夫不回答,也不动一下。

“不做声便是默认!谢谢你!”帕克林快乐地大声说,便走出去了。

涅日丹诺夫现在是一个人了……他依旧注视着玻璃窗外阴暗、窄小的院子,这个院子就是在夏天也看不到阳光,他的脸色也是一样的阴暗。

我们已经知道涅日丹诺夫的父亲是Γ公爵,一位有钱的副官长。涅日丹诺夫的母亲是这位副官长的女儿的家庭教师,她是一个长得很好看的贵族女子中学毕业生,她生下他以后当天就死了。涅日丹诺夫起初在一个能干而严格的瑞士教育家办的寄宿中学里念书,随后又进了大学。他自己想做法学家,可是他那个素来厌恶“虚无主义”①的将军父亲却要他去“念美学”,这是涅日丹诺夫自己带着苦笑说出来的字眼,指的是念历史语文系。涅日丹诺夫的父亲每年只同这个儿子见三、四面,可是他关心涅日丹诺夫的前程,他临死的时候“为了纪念娜斯坚卡”(涅日丹诺夫的母亲),给涅日丹诺夫留下了六千银卢

---

① 虚无主义——屠格涅夫在他的长篇小说《父与子》(1862)中第一次使用“虚无主义者”这个名词,他把农民出身的知识分子、不承认任何权威的巴扎洛夫称为“虚无主义者”。在十九世纪六十至七十年代,俄国的反动政论家就用这个名词来诽谤那些反对封建农奴制度的革命民主主义者。

布的遗产，这笔款子由涅日丹诺夫的哥哥们，即Г公爵们保管，每年所得的利息作为一种“津贴”交给涅日丹诺夫。帕克林说涅日丹诺夫是贵族，这是有根据的；他身上的一切都表示他的门第很高：他那小耳朵、小手和小脚，他那纤柔、清秀的面庞，他那柔嫩的皮肤，他那细软的头发，连他那略带大舌头发音却很悦耳的声音。他异常地神经质，异常地爱面子，异常地敏感，而且甚至是喜怒无常的；他自小所处的那种暧昧的境地养成了他的敏感、易怒的脾气；可是他的先天的慷慨大度又使他没有染到猜忌、多疑的习性。涅日丹诺夫的性格中的矛盾也正是从这种暧昧的处境来的。他爱洁成癖，又过分讲究细节，可是他极力使自己的言谈中带有讥讽和粗野的调子；他是个天生的理想主义者，热情而又纯贞，大胆而又胆怯，他把这种胆怯和纯贞当作可耻的毛病，因而感到惭愧，并且以嘲笑理想为自己的职责。他有一颗柔弱的心，不愿意同人们往来；他容易发脾气，却从不记仇。他恼恨他的父亲要他去“念美学”；他毫不隐瞒地公开谈论政治问题和社会问题，抱着最激烈的见解（这并不是空话）；他又暗暗地欣赏艺术、诗歌和一切美的表现……他自己还写过诗。他小心地藏好那一册写诗的笔记本，彼得堡的朋友中间只有帕克林一个人靠自己特有的那种嗅觉猜到这个笔记本的存在。涅日丹诺夫把写诗当作一个不可宽恕的弱点，只要别人提起一句半句，他就非常不高兴，觉得受了侮辱。靠了他那位瑞士教师，他得到不少的学识，并且不怕劳动；他工作甚至十分热心，不过说实在话，常常是冷一阵、热一阵，并不能持久。他的朋友们都爱他……他们喜欢他天生的正直、他的善良和他的心地纯洁；可是涅日丹诺夫的命星不好；他生活并不容易。他自己深知这个事实，不管朋友们待他多么好，他仍然感到孤寂。

他依旧站在窗前，他想着，愁闷地、痛苦地想着他就要开始的旅行，想着他的命运的这个没有料到的新的转变……他离开彼得堡并无留恋，这儿没有对他特别珍贵的东西；而且他知道他秋天就要回来。可是他仍然有点儿迟疑不决，他不由自主地感到沮丧。

“我是个什么样的教师！”他忽然想道，“一个什么样的教育家？！”他快要责备自己居然答应担任教师的职务了。然而这样的责备是不公平的。涅日丹诺夫有着相当丰富的知识，虽然他喜怒无常，儿童们却高兴同他亲近，他也容易对他们发生感情。涅日丹诺夫突然感到的愁闷正是一般有忧郁病的人，一般喜欢沉思的人在变换居住地方的时候常常感觉到的。至于活泼的、多血质的人，他们就不会有这种感觉：要是他们日常生活的秩序给打乱了，他们所习惯的环境改变了，他们反而会觉得高兴。涅日丹诺夫沉在自己的思索中沉得这么深，他渐渐地、几乎是不自觉地将他的思想用文字表达出来；在他心中发生的感情，已经开始采取韵律的形式了……

"呸，见鬼！"他高声嚷了出来，"我好像又要做诗了！"他全身抖了一下，便离开了窗前；他看见帕克林留下的十卢布的钞票在桌子上，便拿起来塞进口袋里去，一面在屋子里来回地走着。

"我只好预支了，"他反复地想道，"幸亏这位先生提出来。一百卢布……并且我的哥哥们那儿——这几位公爵大人那儿还有一百卢布送来……五十卢布还债，五十或者七十做旅费……剩下的全给奥斯特罗杜莫夫。帕克林留下的，——也给他……而且还可以在梅尔库洛夫那儿拿到一点儿……"

他这样地在暗中计算的时候，先前的韵律又在他的脑子里动起来了。他站在那儿，沉思着……两眼出神地望着一边，一动也不动……然后他的两只手好像在摸索似地打开了桌子的抽屉，从抽屉的深处拿出一本写得满满的笔记本……

他坐到一把椅子上，眼睛仍然望着别处，拿起一支笔，低声哼着，时时把头发甩到后面，他开始一行一行地写，一会儿勾掉一些字，一会儿又急匆匆地写下去……

通穿堂的门半开了，马舒林娜的脑袋伸了进来。涅日丹诺夫没有注意到她，继续在写自己的诗。马舒林娜出神地望了他好一阵，把脑袋往两边摇了摇，又缩回去了……可是涅日丹诺夫突然挺起腰来，回头一看，着急地说："啊，是您！"连忙把笔记本扔进抽屉里去。

马舒林娜于是踏着坚定的脚步走进屋子里来。

"奥斯特罗杜莫夫叫我来找您，"她迟疑地说，"看什么时候可以取到钱。——要是您今天拿到钱，我们今天晚上就动身。"

"今天不行，"涅日丹诺夫皱着眉头答道，"明天来吧。"

"几点钟呢？"

"两点钟。"

"很好。"

马舒林娜沉吟了一会儿，忽然伸出手给涅日丹诺夫……

"我似乎打扰了您；请原谅我。而且……我就要走了。谁知道我们还会不会再见？我想跟您告别。"

涅日丹诺夫紧握住她的又冷又红的手指。

“您在我这儿看见那位绅士吗?”他说,“我同他讲定了。我到他那儿去做家庭教师。他的庄园在C省,就在省城附近。”

马舒林娜的脸上现出了愉快的微笑。

“在C省城附近!那么我们说不定还会再见。也许会把我们派到那儿去。”马舒林娜叹了一口气,“啊,阿列克谢·德米特里奇……”

“什么?”涅日丹诺夫问道。

马舒林娜露出聚精会神的表情。

“没有什么。再见!没有什么。”

她又一次紧紧地握了涅日丹诺夫的手,便走了。

“整个彼得堡没有一个人像这个……古怪女人那样关心我的!”涅日丹诺夫想道。“可是为什么她要来打扰我呢?……不管怎样,结果总是好的。”

第二天早晨涅日丹诺夫到西皮亚金在城里的住宅去,宅子里一间陈设大方而严格、完全跟一位自由主义政治家和英国派绅士的尊严相称的富丽堂皇的书房内,他坐在一张大写字台的前面,写字台上放了些毫无用处的文件,堆得非常整齐,旁边有几把从未使用过的大的象牙裁纸刀,——他在那儿坐了整整一个钟头,听那位具有自由思想的主人滔滔不绝地对他讲许多聪明的、好意的、谦和的话。末了他拿到了一百卢布的预支月薪,十天以后他涅日丹诺夫便同这位聪明的自由主义政治家和英国派绅士并肩靠在头等车包房里面的天鹅绒软席座位上,沿着尼古拉铁路[①]的颠簸不平的路轨向莫斯科驶去。

五

一所石头建筑的大公馆,有着圆柱和希腊式的正门,这是西皮亚金的父亲(那个以农学家和“喜欢动手打人”出名的地主)在本世纪二十年代中修建的,在这所公馆的客厅里坐着西皮亚金的妻子,瓦连京娜·米哈伊洛夫娜,这个十分美貌的夫人,现在正在这儿等待她的丈夫随时到来,她已经得到丈夫动身的电报了。根据这间客厅的布置可以看出最新流行的讲究的趣味的影响:所有的陈设都是很好看的而且讨人喜欢的——所有的陈设,从令人悦目的花花绿

① 从彼得堡通往莫斯科的铁路。

绿的印花棉布窗帘、桌布、帷幔,一直到散放在桌上和架子上的形式各种各样的细瓷的、青铜的、水晶玻璃的小摆设——它们在一起显得很柔和、很和谐,而且映着从大开的高窗外面自由流进来的五月的阳光,更显得融合了。客厅的空气里充满铃兰的香味(这种非常美丽的春花一大束、一大束地在这间屋子里到处现出悦目的白色),时时有一股轻轻掠过园中茂盛的树木吹进来的微风拂动了它。

这是一幅多美的画面!这一家的女主人瓦连京娜·米哈伊洛夫娜·西皮亚金娜本人就把这幅画完成了——她给它添上了意义和生命。她是一个三十岁光景的高身材的女人,有着深褐色的头发,脸色浅黑、光洁而鲜艳(它使人想起了《西施庭的圣母》[①]),她还有一对非常深而又像天鹅绒的、美妙的眼睛。她的嘴唇稍微厚一些,有些苍白,她的肩头高了一些,她的手也略嫌大一些……可是不管这一切,无论谁看见她优雅地信步在客厅里走来走去,时而弯下她那苗条的、但是腰束得稍微紧一些的身子去看花,带着微笑去闻花香;时而重新安放一只中国花瓶;时而急急到镜子前面去整理她的光泽的头发,微微眯起她那对长得很好看的眼睛——我们可以这样说,谁都会小声甚至大声称赞道,他从未见过这么迷人的女人!

一个长得好看的鬈头发的九岁男孩,穿着苏格兰式的服装,光着两只大腿,鬈曲的头发上擦了不少发油,正急急忙忙地跑进客厅来,看见瓦连京娜·米哈伊洛夫娜,便突然站住了。

"科利亚[②],你要什么?"她问道。她的声音同她的眼睛一样,是柔和的,像天鹅绒一样的。

"妈妈,是这样,"孩子慌张地说,"太姑姑[③]叫我到这儿来的……她要我拿点儿铃兰……到她的屋子里去……她一点儿也没有……"

瓦连京娜·米哈伊洛夫娜捏着她的小儿子的下巴,把他那个擦了不少发油的脑袋抬起来。

"你去对太姑姑说,她向园丁要铃兰去;这些花是我的……我不愿意别人动它们。去对她说,我布置好的东西,不喜欢别人弄乱它们。我这几句话你能够照样对她讲吗?"

---

① 《西施庭的圣母》是意大利画家拉斐尔的杰作。

② 科利亚是尼古拉的小名。

③ 指安娜·扎哈罗夫娜,西皮亚金的姑姑。

“我能够……”孩子小声说。

“好吧，那么，……你讲一遍。”

“我会说……我会说……你不愿意。”

瓦连京娜·米哈伊洛夫娜笑了起来。她的笑声也是很温柔的。

“我知道叫你传话是不中用的。好吧，这也不要紧，随你怎样讲好了。”

孩子匆匆地亲了一下母亲的戴满戒指的手，又急急忙忙地跑开了。

瓦连京娜·米哈伊洛夫娜用眼光送他出了客厅，叹了一口气，信步走到包金的鸟笼跟前，笼里一只绿鹦鹉正爬在柱上，小心地用它的嘴和爪钩住笼柱，她用指尖把鹦鹉逗弄了一会儿；然后坐到一张矮小的长沙发上，从一张雕花的圆桌上拿起最近一期的《两世界评论》①，随手翻看起来。

一声很恭敬的咳嗽使她抬起头往后看。门口站着一个穿号衣、打白领结的、相貌端正的听差。

“你有什么事，阿加丰？”瓦连京娜·米哈伊洛夫娜仍然用她那温柔的声音问道。

“太太，谢苗·彼得罗维奇·卡洛梅伊采夫来了。要请他进来吗？”

“请他进来；当然请他进来。叫人去告诉玛丽安娜·维肯季耶夫娜，要她到客厅里来。”

瓦连京娜·米哈伊洛夫娜把《两世界评论》扔到小桌上，她靠在长沙发靠背上，抬起眼睛，做出沉思的样子——这个姿势对她非常适合。

谢苗·彼得罗维奇·卡洛梅伊采夫，一个三十二岁的年轻人进来了，从他从从容容、随随便便、懒洋洋地走路的神气，从他脸上突然现出喜色，微微侧身鞠躬，然后好像有弹性似地挺起腰来的姿态，从他像是带鼻音又像是献殷勤的讲话的调子，从他很有礼貌地拿起瓦连京娜·米哈伊洛夫娜的手很大方地吻一下的态度——从这一切便可以猜想到这位新来的客人并不是外省的居民，也不是偶然来拜访的乡下的有钱的邻居，却是一个真正的彼得堡上流社会的显贵。他穿了一身最漂亮的英国式服装：花呢上衣的平平的边袋里露出彩色绣边的白麻纱手绢儿的一个角儿，是折成小小的三角形的；单眼镜吊在一根稍微宽一些的黑丝带上面；没有光泽的白色瑞典手套，跟他那条银灰色方格子的裤子恰好相配。卡洛梅伊采夫先生的头发是剪得短短的，胡须是剃得光光的；

① 《两世界评论》(《Revue des Deux Mondes》)，从一八三一年起在巴黎出版的法国资产阶级的刊物。

他的面貌略带几分女性，一对小眼睛靠得很近，鼻子瘦小扁平，嘴唇又厚又红，这一切表示出一个有教养的贵族的闲适放纵的生活。他的相貌温和可亲……却也很容易现出不高兴的、甚至粗暴的表情：要是有什么人或者什么事情冒犯了他谢苗·彼得罗维奇，或者触犯了他那保守的、爱国的、宗教的原则——啊！那么他便是残酷无情的了！他的全部优雅立刻化为乌有了；他那柔和的眼睛里露出一种不怀好意的眼色；他的漂亮的嘴里吐出难听的话来——并且呼吁——尖声呼吁长官给他帮忙！

谢苗·彼得罗维奇的祖先原是普通的菜园主。他的曾祖拿自己出生的地名[①]做本人的姓，叫做科洛缅佐夫；他的祖父却改作科洛梅伊采夫；他的父亲又改了一个字，写作卡尔洛梅伊采夫，最后谢苗·彼得罗维奇再改为卡洛梅伊采夫，他认真地把自己当作纯粹的贵族了；他甚至暗示说他们一家是三十年战争[②]中奥地利元帅冯·加伦美依尔男爵家族的子孙。谢苗·彼得罗维奇在宫廷部任职，官衔是低级宫中侍从。经常有人要他进外交界服务，而且他所受的教育、他对社交的擅长、还有他容易博得妇女欢心的事实，以及他本人的相貌都使他适宜做外交官，可是他的爱国心阻止他进外交界……“mais quitter la Russie? ——jamais！[③]”卡洛梅伊采夫有一份不小的财产，还有许多有势力的朋友。有人说他是一个忠实可靠的人——“un peu trop…féodal dans ses opinions[④]”，这是彼得堡官场中一位重要人物，著名的Б公爵对他的评语。卡洛梅伊采夫请了两个月的假回到C省来料理他的产业，这就是说，来“吓唬一些人，压榨一些人”。因为不这样做是不成的！

“我以为鲍里斯·安德列伊奇已经到了。”他说，客气地微微摇晃身子，两只脚先后动了两下，忽然向旁边看了一眼，他这是在摹仿某一位非常重要人物的姿态。

瓦连京娜·米哈伊洛夫娜微微眯缝起眼睛。

“不然您就不会来吗？”

卡洛梅伊采夫甚至把脑袋朝后一仰，他觉得西皮亚金夫人的问话太不公

---

① 出生的地名指柯洛姆纳，属莫斯科省。

② 三十年战争——德国各新教诸侯同天主教诸侯和皇帝间的战争。这次新旧两教派间的战争后来演变成全欧洲范围的战争。德国是主要战场，也是参战者的军事掠夺和侵略的对象。战争从一六一八年开始，到一六四八年结束，共继续三十年之久。

③ 法语：可是离开俄国吗？——绝不！

④ 法语：他的见解里多了点儿封建的气味。

平，而且太不合理了。

“瓦连京娜·米哈伊洛夫娜！”他嚷起来，“天啊！您怎么会以为……”

“得啦，好，好，坐下吧。鲍里斯马上就要到了。我已经派了马车到车站接他去了。稍微等一会儿吧……您就会看见他的。现在几点钟了？”

“两点半，”卡洛梅伊采夫答道，他从背心的袋里掏出一只镶珐琅的金表，拿给西皮亚金娜看了看，“您见过我的表吗？这是米哈伊尔，您知道吗……就是塞尔维亚的公爵……奥布列诺维奇①，他送给我的。请看，这儿有他的名字缩写的花字。我们是很好的朋友。我们一块儿出去打猎。真是一位了不起的人物！他具有统治者所少不了的铁腕。啊，他不肯让人捉弄他！不……绝……绝不！”

卡洛梅伊采夫坐到一把扶手椅上，交叉着两只腿，安闲地取下他左手的手套。

“要是我们这儿，我们省里有一个像米哈伊尔那样的人，多么好！”他说。

“为什么？有什么事情叫您不满意吗？”

卡洛梅伊采夫皱了一下鼻子。

“还不是那个地方自治会！那个地方自治会！到底有什么好处！它不过是削弱行政当局的权力，而且引起……一些无用的思想（卡洛梅伊采夫挥动他那只摆脱了手套压迫的左手）……和一些无法实现的希望。（卡洛梅伊采夫在他的手上吹了吹。）我在彼得堡就讲过这番话了……mais, bah!② 风总是不朝这个方向吹。连您的丈夫……您想一想！不过他是一位著名的自由主义者！”

西皮亚金娜在小的长沙发上挺起腰来。

“怎么，您，麦歇③卡洛梅伊采夫，您反对政府吗？”

“我？反对？绝不！完全不会！Mais j'ai mon franc parler. ④我有时候也下一点儿批评，不过我总是服从的！”

“我跟您恰恰相反，我不下批评，我也不服从。”

---

① 奥布列诺维奇王朝是当时塞尔维亚公国（1815—1842 和 1858—1882）和以后塞尔维亚王国（1882—1903）的朝代。米哈伊尔·奥布列诺维奇即米哈伊尔三世。

② 法语：可是，唉！

③ 法语音译，先生。

④ 法语：可是我直言不讳。

"Ah! mais c'est un mot![1] 请您允许我把您这句话转告我的朋友——Ladislas, vous savez,[2]他正在写一部关于上流社会的小说,[3]已经读了几章给我听了。真出色! Nous aurons enfin le grand monde russe peint par lui-même.[4]"

"那部小说要在什么地方发表呢?"

"不用说,在《俄国导报》[5]上面。那是我们自己的《Revue des Deux Mondes》。我看见您在看它。"

"是的,可是您知道它越来越没有意思了。"

"可能是这样……可能是这样……就是《俄国导报》,最近一些时候,——用一句流行的话来说——好像也有点儿不行了。"

卡洛梅伊采夫哈哈大笑起来;他觉得说了"不行",甚至说了"有点儿",都是怪有趣的。

"Mais c'est un journal, qui se respecte,[6]"他继续说,"那是主要的事情。告诉您说,我……我对俄国文学没有什么兴趣;如今在俄国文学里出现的人物老是一些平民知识分子。一个女厨子居然做了小说的女主人公,一个普通的女厨子,parole, d'honneur![7] 可是拉狄斯拉斯的小说我一定会读到的。Il y aura lē petit mot pour rire……[8]还有主张!主张!虚无主义者要出丑了。拉狄斯拉斯在这方面的思想我可以保证,qui est très correct.[9]"

"可是他的过去并不是这样,"西皮亚金娜说。

"Ah! jetons un voile sur les erreurs de sa jeunesse![10]"卡洛梅伊采夫大声说,他把右手的手套也脱下来了。

西皮亚金娜又微微眯起了眼睛。她有些在卖弄她这双神妙的美目。

---

① 法语:啊,这妙极了!

② 法语:拉狄斯拉斯,您知道。

③ 拉狄斯拉斯:这个虚构人物影射博列斯拉夫·马尔凯维奇(1822—1884),他是描写贵族社会的小说家,他的作品在卡特科夫的反动杂志《俄国导报》上面发表。

④ 法语:我们终于要有由自己人描写的俄国上流社会了。

⑤ 《俄国导报》是米·尼·卡特科夫在一八五六年创刊的杂志。在十九世纪六十年代到八十年代,卡特科夫的名字成了保皇党反动派的象征。

⑥ 法语:可是这份杂志是知道自重的。

⑦ 法语:说老实话。

⑧ 法语:会有一点儿逗笑的地方。

⑨ 法语:它是很正确的。

⑩ 法语:啊!忘掉他年轻时候的错误吧!

“谢苗·彼得罗维奇，”她说，“我可以问您一句，为什么您讲俄国话要用那么多的法语呢？我觉得……您不要见怪啊……这已经过时了。”

“为什么？为什么？举个例说，并不是每个人都像您这样精通我们国语的。就拿我来说吧，我以为俄国话是诏书和政府命令的语言；我重视它的纯粹性。我实在佩服卡拉姆辛[①]！……可是俄国话就这样说吧，作为日常用语……果然有这样的东西吗？那么譬如我 de tout à l'heure[②] 说的那句：‘C'est un mot?![③]’您怎样用俄国话讲出来呢？您能照字面直译成‘这是一句话’吗?！得啦吧！”

“我可以说：‘这是一句恰当的话。’”

卡洛梅伊采夫笑了。

“‘一句恰当的话！’瓦连京娜·米哈伊洛夫娜！可是您不觉得那……带了一点儿学究气吗？……一点儿趣味也没有了……”

“得啦，您不会说服我的。可是玛丽安娜在做什么呢？”她按了按铃；一个仆人进来了。

“我叫人去请过玛丽安娜·维肯季耶夫娜到客厅里来。是不是没有通知她？”

仆人还来不及回答，一个年轻姑娘就在他背后门口出现了。她穿了一件宽大的深色短衫，头发是剪短了的。这是玛丽安娜·维肯季耶夫娜·西涅茨卡娅，西皮亚金的外甥女。

六

“请您原谅我，瓦连京娜·米哈伊洛夫娜，”她一边说，一边向着西皮亚金娜走去，“我正忙着走不开，耽搁了一会。”

她向卡洛梅伊采夫鞠了一个躬，便退到一边，在鹦鹉笼旁一个小软凳上坐下，鹦鹉看见她，马上扑起翅膀，并且向她伸过头来。

“玛丽安娜，你为什么坐得这么远呢？”西皮亚金娜说，她的眼光把玛丽安

---

① 尼·米·卡拉姆辛（1766—1828），俄国作家和历史学家，《俄罗斯国家史》（共12卷）的作者。他还写了不少的文学作品。

② 法语：刚才。

③ 法语：那个词？

娜一直送到小软凳上,“你要跟你那个小朋友亲近吗?”她又掉转头向着卡洛梅伊采夫说,“谢苗·彼得罗维奇,您瞧,这只鹦鹉爱上了我们的玛丽安娜呢……”

“我并不觉得奇怪!”

“可是它不喜欢我。”

“这就奇怪了!也许是您惹恼了它吧?”

“从来没有的事;恰恰相反。我给它糖吃。可是它不肯吃我拿给它的东西。不,……这也是喜爱……和讨厌的问题呢……”

玛丽安娜板起脸看了看西皮亚金娜……西皮亚金娜也在看她。

这两个女人是彼此合不来的。

玛丽安娜跟她的舅母相比,几乎可以说是一个“不好看的姑娘”。她有一张圆圆的脸,一个大的鹰钩鼻,一双灰色的非常明亮的大眼睛,一对细眉和两片薄薄的嘴唇。她把一头淡褐色的浓发剪得短短的,而且她看来还是一个落落寡合的人。可是她全身散发出一种壮盛、勇敢、活跃、热情的气息。她的手足都很小;她那健康、柔软的小小身体使人联想到十六世纪佛罗伦萨[①]的雕像;她走起路来既轻快又优雅。

西涅茨卡娅在西皮亚金夫妇家里所处的地位是相当困难的。她的父亲是一个很聪明、很爱活动的人,他有一半波兰人的血统,他已升到将军了,突然因为盗用巨额公款被人告发垮了下来,革去了军衔和贵族爵位,给流放到西伯利亚去。后来他遇到恩赦……又回到俄国本土;可是他没有能够再爬起来,便死在极端的贫穷里。他的妻子是西皮亚金的亲姐姐,玛丽安娜的母亲(她就只有这一个女儿),她受不了这样一个把她的幸福完全毁灭了的打击,在丈夫死后不久便死去了。西皮亚金舅舅把外甥女接到他的家里来;可是玛丽安娜过不惯寄人篱下的生活;她凭着她那刚强的个性全力追求自由——她跟她的舅母一直进行着虽然并不明显却从来没有间断的斗争。西皮亚金娜把她看作虚无主义者和无神论者;而玛丽安娜却憎恨她这位舅母,把舅母当做她的不自觉的压迫者。她躲避她的舅父,和她躲避所有别的人一样。她只是躲避他们,她并不害怕他们:她的生性并不是胆怯的。

---

① 佛罗伦萨是意大利佛罗伦萨省托斯卡纳区的主要城市,意大利的一个文化中心。佛罗伦萨画派是文艺复兴时期意大利最大的现实主义艺术流派。

“讨厌，”卡洛梅伊采夫跟着她说，“不错，这是很奇怪的事。举个例来说，谁都知道我是一个虔诚地信仰宗教的人，一个名副其实的东正教派①；可是我却看不惯教士的辫子、长头发：我看见了就要作呕，就要作呕！”

卡洛梅伊采夫捏紧拳头接连举了两次，想表示他心里作呕。

“我看就是一般的头发也会使您厌烦的，谢苗·彼得罗维奇，”玛丽安娜说，“我相信您也看不惯像我这样把头发剪短了的人吧。”

西皮亚金娜慢慢地扬起眉毛，埋下头去，好像她很惊讶现在的年轻姑娘们跟人谈话时候那种自由随便的态度似的；可是卡洛梅伊采夫却体谅地微笑了。

“不用说啦，玛丽安娜·维肯季耶夫娜，”他说，“像您这样漂亮的鬈发在无情的剪刀下剪掉了，我不能不觉得可惜；可是我并不讨厌；而且不管怎样……您这个例子会使我……我……改变看法的。”

卡洛梅伊采夫找不出一个适当的俄国词儿来②，可是因为女主人刚才说了那一番话，他也不想讲法国话了。

“幸好我的玛丽安娜还不戴眼镜，”西皮亚金娜插嘴说，“而且一直到现在她还没有扔掉领子和袖口；然而我真可惜，她研究自然科学，对妇女问题也感到兴趣……可不是吗，玛丽安娜？”

这些话是故意说来窘玛丽安娜的；可是她并不介意。

“是的，舅母，”她答道，“凡是关于这方面的著作，我都找来读过了；我想知道妇女问题的要点在什么地方。”

“年轻人就是这样！”西皮亚金娜掉头对卡洛梅伊采夫说，“您和我现在都不过问这些事情了，是吗？”

卡洛梅伊采夫表示赞同地微微一笑：他听见这位可爱的贵妇人讲愉快的玩笑话，觉得自己应当附和一下。

“玛丽安娜·维肯季耶夫娜仍然充满了理想主义……”他说，“充满了年轻人的浪漫主义……这个倒合乎时代……”

“其实，我把我自己也骂到了，”西皮亚金娜打岔说，“我对这些问题也是感到兴趣的。您知道，我还不算太老。”

“我对这一切也感到兴趣，”卡洛梅伊采夫连忙大声说，“只是我禁止别人

---

① 东正教派是基督教的一派。信仰东正教的主要是希腊人、东斯拉夫人、罗马尼亚人。俄罗斯人大都信奉东正教。

② 卡洛梅伊采夫在这里用的是一个法国字。

谈论这个!”

“您禁止别人谈论这个吗?”玛丽安娜反问道。

“对啦!我要向公众说:你们发生兴趣,我并不妨碍你们……可是要谈论……嘘!”他把手指放到嘴唇上,“无论如何,在书刊上谈论——那是要禁止的!无条件禁止的!”

西皮亚金娜笑了起来。

“什么?您主张由部里成立一个委员会来解决这些问题吗?”

“成立一个委员会倒很好。您以为我们解决这个问题就不如那班饿肚皮的下等文人吗?那班人除了自己鼻子底下的东西以外什么都看不见,却认为自己是……第一流的天才。我们要派鲍里斯·安德列耶维奇做主任委员呢。”

西皮亚金娜笑得更厉害了。

“您瞧,您倒要小心;鲍里斯·安德列耶维奇有时候还是这样一个雅各宾派①……”

“沙各,沙各,沙各。”鹦鹉唧唧呱呱地叫着。

瓦连京娜·米哈伊洛夫娜对它摇着手绢儿。

“不要打扰聪明的人讲话!……玛丽安娜,管管它吧。”

玛丽安娜转身向着鸟笼,用手指甲搔鹦鹉的脖子,鹦鹉马上服服帖帖把头伸给她。

“对啦,”西皮亚金娜接着说,“鲍里斯·安德列伊奇有时候也叫我吃惊的。他倒有点儿……有点儿……像保民官②。”

“C'est parce qu'il est orateur!③”卡洛梅伊采夫热烈地说,他又讲起法语了。“您的丈夫很有口才,谁也赶不上他;而且他又是出惯了风头的;……ses propres paroles le grisent.④……并且他又好名……可是近来他有点儿不痛快,可不是吗? Il boude? Eh?⑤”

---

① 雅各宾派是十八世纪末叶法国资产阶级革命时期的“雅各宾俱乐部”的成员,即左派共和党。瓦连京娜·米哈伊洛夫娜在这里美化了她的丈夫。

② 保民官是古罗马(公元前5世纪初起)的保民官,由平民选出,他们的职务是保护平民,防止贵族官吏的非法行为。最初只有二人,后来增加为十人。

③ 法语:这是因为他是演说家啊!

④ 法语:他的话使他自己陶醉了。

⑤ 法语:他生气?嗯?

西皮亚金娜看了玛丽安娜一眼。

“我一点儿也没有注意到。”她停了一下回答道。

“是的，”卡洛梅伊采夫带着沉思的调子说，“复活节没有给他晋级。”

西皮亚金娜又用她的眼光向他指着玛丽安娜。

卡洛梅伊采夫微微一笑，略略眯缝起眼睛，好像在说：“我懂了。”

“玛丽安娜·维肯季耶夫娜！”他突然用不必要的高声叫起来，“您今年还打算再到学校里教课吗？”

玛丽安娜离开鸟笼掉转身来。

“您对这个也感到兴趣吗，谢苗·彼得罗维奇？”

“当然啦；我的确很感兴趣。”

“您不会禁止这个吗？”

“那班虚无主义者，就是单单想学校的事，我也要禁止；可是在宗教界的指导——和监督下面，连我自己也要办学校呢！”

“真的！可是我不知道今年应该怎么办才好。去年一切都很糟。而且夏天办什么学校呢？”

玛丽安娜讲话的时候脸渐渐涨得通红，好像她讲这些话很费力，好像她是勉强说下去似的。她还有很强的自尊心。

“你还没有充分准备好吗？”西皮亚金娜带了一点儿讥讽的调子说。

“也许没有。”

“怎么？”卡洛梅伊采夫又嚷起来，“你们怎么说？天啊！教乡下丫头念字母——还用得着准备吗？”

然而就在这个时候科利亚跑进了客厅，口里嚷着：“妈妈，妈妈！爸爸来了！”在他的后面一位头发灰白的老太太颤巍巍地移动两只短小的胖腿走了进来。她头戴一顶包发帽，披着一条黄色披肩，她也来通知大家，鲍连卡[①]马上就要到了。

这位太太是西皮亚金的姑姑，名叫安娜·扎哈罗夫娜。客厅里的人马上全站起来，跑进穿堂，再从那儿走下台阶，到了大门口。一条修剪过的枞树林阴道从大路一直通到门前；一辆四匹马拉的四轮马车正沿着这条林阴道滚滚地跑过来。瓦连京娜·米哈伊洛夫娜站在最前头，摇着她的手绢儿，科利亚用

---

① 鲍连卡是鲍里斯的小名。

刺耳的尖声叫起来；马车夫敏捷地勒住出汗的马，听差慌慌张张地从驾车的座位上跳下来，匆匆打开了门，他差一点儿把铰链和门扣都拉脱了——于是，鲍里斯·安德列耶维奇，他的嘴唇上、眼睛里以及整个脸上都露出谦和的微笑，他的肩头灵活地动了一下，脱掉了大衣，他从车上走了下来。瓦连京娜·米哈伊洛夫娜又敏捷又漂亮地把两只胳膊绕住他的脖子，同他接连地亲了三下。科利亚跺着一双小脚，在后面拉父亲的常礼服的下摆……可是西皮亚金连忙摘下脑袋上那一顶既不舒适又不好看的苏格兰旅行帽，先跟安娜·扎哈罗夫娜接了吻，随后又同玛丽安娜和卡洛梅伊采夫（他们也出来站在门前了）两个打了招呼（他同卡洛梅伊采夫来了一次热烈的英国式的 shakehands①，"摇摇晃晃"就像在拉绳打钟一样）——到这个时候他才转过身看他的儿子；他的两只手插到儿子的胳肢窝下面，把儿子举了起来，让儿子靠近他的脸。

在他们做这些动作的时候，涅日丹诺夫像一个罪人似地悄悄从马车里爬出来，站在前面车轮的旁边，他不摘下帽子，只是皱着眉头看看他的四周……瓦连京娜·米哈伊洛夫娜跟丈夫拥抱的时候，她的锐利的眼光就从他的肩头射到这个新人的身上了；西皮亚金早先告诉过她要带一个家庭教师回来。

所有出来迎接的人仍然在同这位刚到的主人寒暄、握手，一面动身走上台阶去，主要的男女仆人排成队站在台阶的两旁。他们并不走上前去吻主人的手（这种"亚洲礼节"早已废止了），只是恭敬地弯下身子鞠躬；西皮亚金给他们还礼的时候，与其说是点头，还不如说是略略动了一下鼻子和眉毛。

涅日丹诺夫也慢慢地走上了宽阔的台阶。他刚走进穿堂，西皮亚金已经在用眼光寻找他了，他把他介绍给他的妻子，给安娜·扎哈罗夫娜和玛丽安娜；然后他又对科利亚说："这是你的老师，你要听他的话！快跟他握手！"科利亚胆小地把手伸给涅日丹诺夫，牢牢地望着他；可是他显然觉得这位教师没有什么特别有趣或者引人注目的地方，便又转身缠他的"爸爸"去了。涅日丹诺夫觉得很尴尬，就跟那回在戏园子里一样。他穿了一件旧的、相当难看的大衣；他的脸上和手上都盖满了路上的尘土。瓦连京娜·米哈伊洛夫娜对他说了几句亲切的话，可是他没有完全听懂它们，也不曾回答她。他只注意到她的一双眼睛特别明亮地、特别温柔地望着她的丈夫，而且紧紧偎在丈夫的身边。他不喜欢科利亚的鬈曲的、擦了油的头发；他看见卡洛梅伊采夫，便想道："好

---

① 英语：握手。

一个会奉承的家伙!"对其余的人他一点儿也不注意。西皮亚金威严地把头掉转了两次,好像在打量他的家宅似的,他这种动作使他那长而下垂的连鬓胡子和小而略圆的后脑勺十分显著。接着他便用他那有力的、好听的声音(这声音显不出一点儿旅行的疲乏)唤他的听差道:"伊万!把教师先生引到绿屋子去,把他的行李也拿去。"他又对涅日丹诺夫说,他现在可以休息,打开行李取东西,盥洗一下——午饭时间在这儿是五点整。涅日丹诺夫鞠了一个躬,便跟着伊万走到二楼上那间"绿"屋子去了。

所有的人都到客厅里去。在那儿又是一番问候。一个半盲的老奶妈进来给主人行礼。西皮亚金尊敬她上了年纪,让她吻了一下他的手,随后他向卡洛梅伊采夫告个罪,便由他的妻子陪着,回到他的寝室去了。

七

仆人把涅日丹诺夫引进一间很清洁又很宽敞的屋子,它的窗户是朝着花园开的。这个时候窗户大开,一阵微风轻轻地吹起白色的窗帷,它们胀得像帆一样,微微向上升起,接着又落了下去。金色的反光缓缓地在天花板上滑动;整个屋子里充满了春天的新鲜而微带湿意的香气。涅日丹诺夫遣开了仆人,取出箱子里的东西,洗了脸,换好了衣服。这次旅行使他倦得要命;整整两天的功夫他始终同一个陌生人坐在一块儿,就跟这个人谈了许多各种各样的、毫无用处的话,他的神经受到了刺激;一种痛苦(这并不全是烦闷,也不全是怨恨)偷偷地钻进了他的灵魂的深处;他恼恨自己没有勇气,可是心里还是不舒服。

他走到窗前去看下面的花园。这是一所很古老的园子,土壤是富饶的黑土,像这样的园子在莫斯科附近是很难见到的。花园筑在一座微斜的小山的长长斜坡上,园内分成四个明显的部分。在宅子前面两百步的光景,有一个花圃,还有几条笔直的沙土的小径,有大丛的洋槐和丁香,又有几个圆形的花坛;左面,穿过马房的院子一直到打谷场的是果树园,密密地种着苹果树、梨树、李树、红醋栗树和覆盆子;正对着宅子高高地耸起一条菩提树林阴路,两边枝杈相交,成了一个大的正方形。右面的视线让种着两排银色白杨的大路挡住了;在一丛垂桦的后面现出来一座温室的斜顶。整个园子披上了一层初春的嫩绿;夏天有的昆虫的喧嚣在这个时候还听不见;嫩叶轻轻地发响,燕雀在什么地方歌唱，两只斑鸠在同一棵树上咕咕地叫起来，一只孤单的布谷鸟每叫一声便要换一个地方；从水车贮水池的那一面远远地传来一阵白嘴鸦的噪声，好像许多大车车轮在一块儿轧轧地滚动，在这一切新鲜、幽静、和平的生活上面，明亮的白云缓缓地飘浮着，露出它们丰满的胸脯，很像一些懒惰的大鸟。涅日丹诺夫凝视着，倾听着，张开他的凉凉的嘴唇吸着新鲜的空气……

他的心轻松多了；他感到了宁静。

这个时候在楼下的寝室里别人正在谈论他。西皮亚金告诉他的妻子他怎样认识涅日丹诺夫，Г公爵对他讲了一些什么，还有他同涅日丹诺夫在路上谈了些什么话。

“是个聪明的家伙呢！”他反复地说，“学问倒不错；固然他是个赤色分子，可是你知道，我是不在乎的；至少这种人是有抱负的。而且科利亚又太小，还不会学到他那些胡话。”

瓦连京娜·米哈伊洛夫娜带着温柔的、同时又有一点儿嘲笑味道的微笑，听她的丈夫讲话，好像他在向她承认自己做了什么古怪而有趣的恶作剧似的；她想她的“seigneur et maître[①]”，这样一位堂堂的绅士和大官，居然能够像二十岁的年轻人那样突然想起做一件调皮的事，她甚至感到满意。西皮亚金站在镜子前面，他穿着一件雪白的衬衫，挂着一副浅蓝色丝吊带，正照着英国人的习惯用两把刷子分刷他的头发；瓦连京娜·米哈伊洛夫娜却缩起她那双穿皮鞋的脚坐到一张矮矮的土耳其式横榻上，告诉他家里的各种消息。她讲到纸厂的事，说纸厂——真不幸！——并不像所期望的那样办得好；她又讲到厨子，说他们早就该换厨子了；她讲到教堂墙壁上的灰泥脱落了；她还讲到玛丽安娜，也讲到卡洛梅伊采夫……

在这对夫妇之间有一种真正的和睦与信任；他们确实过着古时候人所说的“爱与和睦”的生活；西皮亚金梳好头发，便学着古骑士的样子要求瓦连京娜·米哈伊洛夫娜把她的“小手”伸给他，她把两只手都伸给他了，一面带着柔媚的得意看他依次地吻了她的双手，——这个时候两人脸上表露的感情都是善良的、正直的，不过在她一方面这种感情反映在那双值得拉斐尔的画笔的美目里，而在他一方面却是从一对普通将军的“眼睛”里映出来的了。

涅日丹诺夫五点钟准时下楼吃午饭，通知开饭的信号不是摇铃，却是敲中

---

① 法语：君主和主人。

国的“铜锣”。全家的人已经在饭厅里面了。西皮亚金的脑袋在高领结上面摇动,又一次对涅日丹诺夫表示欢迎,请他在安娜·扎哈罗夫娜同科利亚中间的坐位上坐下。安娜·扎哈罗夫娜是一个老处女,她是西皮亚金亡父的妹妹;她的身上有一股樟脑的气味,就像在箱子里放了很久的旧衣服的气味一样,而且她老是带着焦躁、忧愁的样子。她在这个家里担任科利亚的保姆或者家庭教师一类的职务;因此涅日丹诺夫给指定在她同她照管的孩子中间坐下的时候,她那张起皱纹的脸上露出了不高兴的表情。科利亚斜起眼睛偷看他的新邻人;这个聪明的孩子很快地就看出来教师有点儿不好意思,局促不安;他不抬起眼睛,也不大吃东西。这使得科利亚很高兴;在这以前他一直担心他的教师是一个脾气暴躁而且很严厉的人。瓦连京娜·米哈伊洛夫娜也在看涅日丹诺夫。

“他看来像个大学生,”她想道,“他还没有进过交际场呢,可是他一张脸倒生得漂亮,他头发的颜色也特别,跟一个使徒的头发一样,古代意大利的画家总是把那个使徒画成红头发的;他的手也很干净。”的确在座的每个人都在看涅日丹诺夫,而且他们好像怜悯他,起初一个时候不去打扰他;他自己也感觉到这个,心里暗暗地高兴,可是不知道为了什么缘故,他同时又有点儿生气。桌上卡洛梅伊采夫同西皮亚金两个在谈话。他们谈到地方自治会,谈到省长,谈到修筑道路的劳役,谈到赎回土地的契约,他们又谈到他们在彼得堡同莫斯科两个地方的共同的朋友,谈到刚刚得势的卡特科夫先生的学校①,谈到招募工人的困难,谈到罚款和牲畜对田地的损害,他们还谈到俾斯麦②,谈到六六年的战争③,谈到拿破仑三世④,卡洛梅伊采夫恭维拿破仑三世是一个非常的人物。这个年轻的“侍从”居然随意发挥他的最反动的见解;他甚至于提议为他认识的一位绅士的榜样(显然他是在开玩笑)干杯,据说这位激昂的地主在某一家命名日的宴会上大声嚷着:“我只为我所承认的惟一的原则干杯,为笞刑干杯,为罗德列尔⑤干杯!”

---

① 卡特科夫的学校就是在这一年(1868)开办的。

② 奥托·俾斯麦(1815—1898),普鲁士和德国的政治家,顽固的保皇党人和“铁血宰相”。

③ 指一八六六年俄国对布哈拉统治者的战争。布哈拉现在是乌兹别克斯坦的一个重要城市。

④ 拿破仑三世即路易·拿破仑(1808—1873),拿破仑一世的侄儿。他是一个反动的政治家。一八四八年底当选法国总统,一八五二年底发动政变,自封为皇帝,一八七〇年战败,让普鲁士军队俘虏,后被废。

⑤ 彼·路·罗德列尔伯爵(1754—1835),法国经济学家和政治家。

瓦连京娜·米哈伊洛夫娜皱了皱眉头,她说他引用的这几句话——de très mauvais goût[①]。然而西皮亚金却发表了极端自由主义的见解,他客气地反驳了卡洛梅伊采夫,他讲话没有顾忌;甚至稍微挖苦了他几句。

"您对于农奴解放的恐惧,亲爱的谢苗·彼得罗维奇,"西皮亚金谈了一些别的事,又对卡洛梅伊采夫说,"叫我想起了我们那位可尊敬的、最善良的朋友阿列克谢·伊万内奇·特韦里季诺夫在一八六〇年写的请愿书。他拿着它,在彼得堡漂亮的客厅里不断地朗诵。里面有一句挺妙的话讲到解放后的农奴一定要拿着火把走遍全国。可惜您没有看见我们那位亲爱的好阿列克谢·伊万内奇鼓起两腮,眼睛睁得圆圆的,张开孩子似的小嘴说:'火—火把!火—火把!拿着火—火把到处走!'现在解放[②]已经成了事实……拿着火把的农民又在哪儿呢?"

"特韦里季诺夫只讲错了一点儿,"卡洛梅伊采夫带了忧郁的调子说,"拿着火把到处走的并不是农民,却是另外一种人。"

在这以前涅日丹诺夫简直没有注意到那位坐在斜对面的玛丽安娜,现在听了这句话,他突然把眼光射到她的脸上,她也正把眼光射了过来,他们对看了一眼,他立刻觉得这个愁眉苦脸的姑娘和他是有同样的信仰、同样的主张的。西皮亚金把她介绍给他的时候,她没有给他留下一点儿印象;那么为什么他单单要同她交换这一瞥眼光呢?他暗暗地这样问他自己:坐在这儿静静地听这种意见,也不出声反驳,他的沉默可能让人误会他自己赞成它们,这是不是卑鄙可耻的事呢?涅日丹诺夫又看了玛丽安娜一眼,他觉得在她的眼里看到了对他的疑问的一个答复,她的眼睛仿佛在说:"等一等吧;现在还不是时候……不值得这样……以后吧;总来得及的……"

他想到她了解他,觉得高兴。他又去听他们谈话。现在是瓦连京娜·米哈伊洛夫娜接替她的丈夫讲话了,她讲得比她的丈夫更自由,更进步。她不明白,"简直不明白,"一个受过高等教育的人,年纪又轻,怎么会拥护这种陈腐的观念!

"不过我相信,"她接着又说,"您只是拿它当俏皮话说的!至于您,阿列克谢·德米特里奇,"她掉过脸对着涅日丹诺夫殷勤地笑了笑(他暗暗地奇怪

---

① 法语:太煞风景。

② 指一八六一年宣布废除俄国农奴制度的事实。

她怎么知道他的教名同父名),"我知道您不会有谢苗·彼得罗维奇的那种担心,鲍里斯已经对我讲过您跟他在路上谈了些什么话。"

涅日丹诺夫红了脸,低头望着他面前的盘子,低声含糊地说了几句听不清楚的话;他这样做并不是由于害怕,倒是因为他还没有习惯同这种上流社会的太太交谈。西皮亚金娜仍然对他微笑,她的丈夫带着保护人的神气表示赞成她的意思……卡洛梅伊采夫不慌不忙地把他那单眼镜嵌在他的眉毛和鼻子的中间,不转睛地望着这个敢于不同意他的"担心"的大学生。可是用这种办法很难窘住涅日丹诺夫;刚刚相反,他马上挺起腰来,也照样盯着这个上流社会的官僚:就像先前突然感觉到玛丽安娜是他的同志那样,现在他突然觉得卡洛梅伊采夫是一个敌人了!卡洛梅伊采夫也有这样一种感觉;他让他的单眼镜落了下来,把脑袋掉向一边,他想勉强笑一笑……可是他笑不出来;只有那个一向暗中崇拜他的安娜·扎哈罗夫娜在心里拥护他,她因此更加憎恨这个把她跟科利亚隔开了的讨厌的邻人了。

午饭不久便吃完了。大家都到阳台上去喝咖啡;西皮亚金同卡洛梅伊采夫点燃了雪茄烟。西皮亚金敬了涅日丹诺夫一支真正的古巴出产的上等雪茄烟,可是他推辞了。

"啊!不错!"西皮亚金大声说,"我忘了:您只抽您自己的纸烟。"

"古怪的嗜好。"卡洛梅伊采夫哼出了这句话。

涅日丹诺夫差一点儿要发作了。他几乎要说出这样的话来:"我很清楚上等雪茄和纸烟的两种不同的味道,不过我不想领旁人的情罢了。"……可是他极力忍住了,不过他马上把这第二次的侮辱记在他的仇人的账上。

"玛丽安娜!"西皮亚金娜突然大声说道,"你用不着在这位生客面前客气……你尽管抽你的纸烟吧。并且,我听说,"她掉过头对涅日丹诺夫说,"您的朋友里面年轻小姐都抽烟吗?"

"太太,的确是这样。"涅日丹诺夫淡淡地答道。这是他对西皮亚金娜说的第一句话。

"我却不抽,"她接着说,温柔地微微眯缝起她那双天鹅绒般的眼睛,"我落伍了。"

玛丽安娜好像故意要气气她的舅母似的,慢慢地、小心地取出了一支纸烟同一小盒火柴,开始抽起烟来。涅日丹诺夫也拿了一支烟,向玛丽安娜借了火来点燃了。

这是一个非常美丽的傍晚。科利亚同安娜·扎哈罗夫娜到花园里去了；其余的人还在阳台上坐了一小时的光景，领略清新的空气。谈话相当活跃……卡洛梅伊采夫攻击文学；西皮亚金在这方面也表现出自己是一个自由主义者，他维护文学的独立性，并且证明文学的效用，他还讲到夏多布里昂①，讲到亚历山大·巴甫洛维奇皇帝②赐给他（夏多布里昂）圣安德列勋章③的事！涅日丹诺夫没有参加辩论；西皮亚金娜在旁边望着他，她的神情仿佛表示她一方面赞许他这种谦虚的克制，可是另一方面她又觉得有点儿出乎意外。

后来大家到客厅里去喝茶。

“我们有个很不好的习惯，阿列克谢·德米特里奇，”西皮亚金对涅日丹诺夫说，“我们每晚都打纸牌，而且——您瞧……还是一种犯禁的打法！我不邀您参加……不过玛丽安娜也许高兴给我们弹钢琴。您喜欢音乐吧，我这样希望，不是吗？”西皮亚金没有等着回答，就拿出一副纸牌来。玛丽安娜坐到钢琴前面去，她不好不坏地弹了几首门德尔松的《无词歌》④。“Charmant! Charmant! quel touché!⑤”卡洛梅伊采夫离得远远地叫起来，好像他给烫伤了似的；不过这种叫喊倒还是为了礼貌的缘故。至于涅日丹诺夫，虽然西皮亚金说过希望的话，可是他对音乐并没有一点儿爱好。

这时西皮亚金和他的妻子、卡洛梅伊采夫同安娜·扎哈罗夫娜已经坐下来打纸牌了……科利亚来道了晚安，他受了父母的祝福，并且拿一大杯牛奶代替茶喝了以后，便去睡了；他的父亲还在后面大声吩咐，说明天他要开始跟着阿列克谢·德米特里奇上课。过了一会儿，西皮亚金看见涅日丹诺夫无所事事地待在屋子的当中，带着紧张的表情在翻一本照片簿，便对涅日丹诺夫说，他不用客气，他可以到自己的屋子去休息，因为他路上一定很疲倦了；西皮亚金又告诉涅日丹诺夫，他家里的第一个原则便是：自由。

涅日丹诺夫得到这个许可，便跟每个人道了晚安，走出去了；他走到门口，正碰上玛丽安娜，他又看了看她的眼睛，虽然她没有对他微笑，反而皱起了眉毛，他还是相信她会是他的同志。

---

① 弗·勒·德·夏多布里昂（1768—1848），法国作家，浪漫主义者。

② 亚历山大·巴甫洛维奇皇帝（1777—1825），即沙皇亚历山大一世。

③ 圣安德列勋章——这种勋章通常只赐给王族（并且限于男人），偶尔还赠给外国的君主。

④ 非·门德尔松—巴托尔迪（1809—1847），德国作曲家，指挥家。《无词歌》是他的钢琴曲集。

⑤ 法语：妙极了！妙极了！弹得真好！

他回到自己的屋子里，满屋都是带香味的清新空气；窗户开了一整天了。花园里，正对着他的窗口，一只夜莺一声一声响亮地歌唱；在菩提树圆圆的树梢上，夜晚的天空里有一片温暖而朦胧的红光；月亮要升上来了。涅日丹诺夫点燃一支蜡烛；夜间的灰色飞蛾纷纷从黑暗的园子里飞进来就火光，绕着烛光飞舞挤在一起，可是一股一股的微风又把它们吹散，还吹得青黄色的烛光闪烁不停。

“多古怪！”涅日丹诺夫在床上躺下以后，这样想道……“主人夫妇看来都是善良、开通，甚至于仁慈的人……可是我却觉得心里非常不痛快。一位宫中高级侍从……一位宫中低级侍从……好吧，还是早晨去想它聪明些……伤感有什么用。”

这个时候，在花园里巡夜的更夫接连地大声敲着他的梆子，一面拉长了声音喊：“听——听——着！”①

“注——意！”另一个凄凉的声音回答。

“呸！我的天！这简直是一座监牢！”涅日丹诺夫自语道。

八

涅日丹诺夫起身很早，他不等着仆人进来伺候，便穿好衣服到园子里去了。这个园子很大，很美，管理得非常好；几个雇工正在用铁铲铲平小径，翠绿色灌木丛中闪露出那些拿着草耙的农家姑娘的大红包头帕。涅日丹诺夫一直走到池塘跟前，水面朝雾已经消散，只是岸边一些绿荫深笼的暗处，仍然罩着一片雾气。太阳升得不高，它射下一片粉红色的光在丝一样光滑的、带铅色的、宽阔的水面上。五个木匠在木头船埠旁边忙碌地工作；一只新的、漆得很好看的小船停在那儿，轻轻地摇来摇去，在水上引起了浅浅的涟漪。少有人声，人们即使讲话也压低了声音。这一切都使人感觉到早晨，感觉到静寂，感觉到早晨工作的顺利，使人感觉到一种安排妥善的生活的秩序和规律。涅日丹诺夫突然在林荫路的转角，遇见这个秩序和规律的化身——西皮亚金本人了。

他穿了一件豌豆绿的常礼服，这种常礼服的样式和晨衣相似，还戴着一顶

---

① 这是沙俄时代哨兵夜里互相呼应时的用语。所以涅日丹诺夫说这是一座监牢。

有条纹的便帽；他拄了一根英国的竹手杖；他那张刚刚修过的脸上容光焕发。他是出来视察自己的产业的。西皮亚金殷勤地招呼了涅日丹诺夫。

“啊哈！”他嚷道，“我看您也很年轻，也是个早起的人！（他大概想用这句不大恰当的俗话来表示他高兴涅日丹诺夫跟他一样起得很早。）八点钟我们全家一块儿在饭厅里喝早茶，十二点吃早饭；请您在上午十点教科利亚念俄语，下午两点念历史。明天五月九日是科利亚的命名日①，放一天假；不过我想请您今天就上课。”

涅日丹诺夫深深地点头，可是西皮亚金却照法国的规矩告别，迅速地接连举了几次手到自己的嘴唇和鼻子上，然后灵巧地挥着手杖，吹着口哨走开了——他完全不像一位达官贵人，倒很像一个好脾气的俄国 country-gentleman②。

涅日丹诺夫在园子里一直待到八点钟，尽量享受古树的荫凉和空气的凉爽，领略小鸟的歌声；这时锣声响了起来，唤他回到宅子里去。全家的人都在饭厅里聚齐了。瓦连京娜·米哈伊洛夫娜很殷勤地招呼他；她的晨装使她在他的眼里显得非常美丽。玛丽安娜还是和平时一样地板起脸，带着专心的表情。十点整他当着瓦连京娜·米哈伊洛夫娜的面讲了第一课；她事先问过涅日丹诺夫，她在场会不会妨碍他授课，而且在授课时间内她的举动十分审慎。他看出科利亚是一个聪明的小孩；起初免不了有一些拘束不安和犹豫的情形，后来功课进行得非常顺利，瓦连京娜·米哈伊洛夫娜显然很满意涅日丹诺夫，她还亲切地跟他讲了几次话。他躲躲闪闪……不过并不太厉害。第二课讲俄国历史，瓦连京娜·米哈伊洛夫娜也来旁听。她含笑说，她在这门功课上跟科利亚一样地需要一位老师来教导，她还是像在第一课时那样安静而有礼貌地听他讲课。两点到五点中间，涅日丹诺夫坐在自己的屋子里给彼得堡的朋友们写信，——他的心境……不好也不坏：他不觉得烦闷，也不感到苦恼；他那过于紧张的神经渐渐地松弛下来。可是在吃午饭的时候，他的神经又紧张起来了，虽然卡洛梅伊采夫并没有在座，女主人的殷勤还是跟先前一样；然而就是这种殷勤使他烦恼。更坏的是他的邻座，老处女安娜·扎哈罗夫娜，显然对他怀着敌意，绷着脸；玛丽安娜仍然做出一本正经的样子，连科利亚也毫无礼貌

① 命名日是和本人同名的圣徒的纪念日。

② 英语：乡绅。

地用脚碰他。西皮亚金好像也不大高兴。他很不满意他的纸厂的经理,那个德国人还是他出了高薪聘来的。西皮亚金开始骂起所有的德国人来,他说他在某种程度上也是一个斯拉夫派①,不过没有到热狂的地步;于是他又提起一个叫索洛明的俄国年轻人,据说他在管理附近一个商人的工厂,成绩非常好;他很想认识这位索洛明。傍晚,卡洛梅伊采夫来了,他的庄子离阿尔查诺耶(西皮亚金的村子的名称)只有十里路。又来了一位和解中间人②,这是莱蒙托夫在他那两行有名的诗:

> 领带遮到耳根,礼服拖到脚跟……
> 留着唇髭,声音尖尖——眼光迟钝。

里刻画得很恰切的地主中间的一个。

还来了一个牙齿全掉了的邻居,这个人带着垂头丧气的样子,却穿了一身非常整齐的衣服;县医也来了,这是一个极坏的庸医,却爱用些科学术语来夸耀自己的博学;譬如他说,他觉得库科利尼克③比普希金好,因为库科利尼克含有丰富的"原形质"。他们坐下来打牌。涅日丹诺夫便回到自己的屋子里去,读书写字,一直坐到午夜。

第二天五月九日是科利亚的命名日。"主子们"全家坐了三辆无篷的四轮马车(听差站在车后面的踏板上)去做礼拜,虽然教堂离这儿不过四分之一里的路程。一切安排得很隆重,很堂皇。西皮亚金系上他的勋章带;瓦连京娜·米哈伊洛夫娜穿了一件很漂亮的浅丁香色的巴黎式外衫。在教堂做礼拜的时候,她拿着一本深红色天鹅绒封面的小巧的祈祷书念她的祷告辞。这本小书叫几个老年人大吃一惊,有一个老年人忍不住问他的邻人道:"她在干什么?上帝宽恕她,她在作法吧,是不是?"④在教堂中弥漫着的花香里面掺杂了农民的新上衣强烈的硫磺气味,涂上柏油的长靴和暖鞋的气味——可是神香

① 斯拉夫派是十九世纪中叶俄国社会思潮中的一个流派,这一派断言俄国社会的发展道路不同于西欧,因为俄国存在着农村公社和东正教,俄国的国家政权是同人民"融合无间"的。斯拉夫派在农民问题上采取自由主义的立场,一方面,他们主张农民要有人身自由,赞成自上而下地废除农奴制,重视农民的作用,并且大力搜集和研究民间口头创作,但另一方面,他们又拥护专制制度和地主土地所有制。

② 和解中间人是俄国农奴制度废除以后,从贵族中选出的所谓"和解中间人",来调解旧农奴和贵族之间的纠纷。

③ 涅·库科利尼克(1809—1868),俄国剧作家和诗人,写过一些反动剧本。

④ 东正教教会人士通常不用祈祷书,从小就学会把祷告辞等等背得烂熟。所以那些老年人看见西皮亚金娜拿着小书念祷告辞,会以为她在施魔法。

的又好闻又叫人透不过气的香味把它们全压过了。执事们和教堂工友们在唱歌班的位子上非常热心地唱着圣歌,他们得到了工厂职工的援助,居然在"演唱会"[①]上大卖力气!有一个时候在场的人都感觉到有点儿……可怕。男高音的声音(这是一个肺病很重的工人克利姆唱出来的)单独地唱出了半音、短音、变音的调子;这些调子是很可怕的,可是倘使它们突然中断,那么整个"演唱会"马上就完了……不过这件事情……也平安无事地……应付过去了。基普里安神甫是一个外貌很可敬的教士,他戴上法冠,佩上锦章,[②]拿出一个本子开始他那堂皇的讲道;不幸这位热心的神甫忽然想起应该举出几位贤明的亚述[③]国王的名字,这些名字念起来却很吃力——虽然他多少显示了一点儿他的博学,可是他出了一身大汗!涅日丹诺夫好久没有进过教堂了,他躲到角落里,夹杂在农妇的中间,她们偶尔斜起眼睛看看他,恭恭敬敬地画十字,深深地埋下头去,郑重地给她们的婴孩揩鼻涕。可是那些身上穿新外衣、额前垂着珠串的农家少女和穿着有腰带的衬衫、肩头绣花、胳肢窝下镶红布条的男孩却掉过脸朝着这个新的礼拜者,注意地打量他……涅日丹诺夫也望着他们,他想起了种种的事情。

礼拜的时间很长,因为大家知道在正教教会的礼拜中显灵者圣尼古拉的谢恩式差不多是最长的了,——礼拜做完以后,全体教士接受了西皮亚金的邀请,到老爷的公馆里去。他们在那儿还举行了一些适合当时情况的仪式,连在屋子里洒圣水的事也做过了,然后坐下来,享受主人的丰盛的早餐,在席上他们照例谈着一些冠冕堂皇而又枯燥无味的话。虽然现在不是公馆里的主人、主妇吃早饭的时候,他们也坐下来吃一点儿,喝一点儿。西皮亚金还讲了一个笑话,不用说是很得体的,不过也很好笑,像他这样身居高位、佩红绶带(勋章带)的人会说出这种笑话,倒产生了一种可以说是愉快的印象,这还使基普里安神甫起了一种感激和惊讶的感觉。基普里安神甫为了"报答"主人,也为了表示自己随时可以谈点有意思的事情,便讲起"大主教"最近视察的时候跟他谈的一段话,主教召集全县的教士到城里修道院中去见他。"他对我们很严

---

① 在礼拜的仪式当中,教士要在祭坛上圣像壁的紧闭的门内领受圣餐。那个时候教堂里面的会众什么也看不见、听不到,通常由唱诗班唱一些精选的圣诗,这些节目一般称为"演唱会"。

② 法冠和锦章都是教士等级的标志。锦章有两种形状:方形和菱形,佩在教士法衣上;法冠是用紫色天鹅绒做的,也有两种形状,等级较低的教士戴圆锥形的法冠。

③ 亚述是公元前三千年末在美索布达米亚形成的早期奴隶制国家。

厉,非常严厉,”基普里安神甫对大家说,“他起初详细问我们普通教区的情形,又问起我们怎样处理事情,随后他还把我们考了一番……他也问过我:‘你的教堂节日是什么日子?’我说:‘救世主变容节。’‘你知道那天唱的赞美歌吗?’‘我想我是知道的!’‘你唱唱看!’好,我马上就唱起来:‘您在山上变了容,啊基督,我们的主……’,‘不要唱了!你知道变容是什么意思,我们应当怎样解释?’我答道:‘简括地说,是基督想给他的门徒看见他全部的荣光。’他说:‘答得好,这张小幅的圣像送给你做个纪念。’我跪在他的面前。我说:‘谢谢大主教!……’所以我并不是空着手离开他的。”

“我也有认识大主教的光荣,”西皮亚金庄严地说,“真是一位很可敬的教士!”

“的确很可敬!”基普里安神甫表示同意说,“只是可惜他太信任教区的监督司祭了……”

瓦连京娜·米哈伊洛夫娜提起农民学校的事,她说玛丽安娜是未来的教员;那个教堂执事被派为学校的监督,他是一个体格魁梧的人,留着波纹状的长辫子,看起来倒有点儿像奥尔洛夫快马①的梳得很好的尾巴,他想发言表示赞成,可是他没有想到他的肺活量,他发出了这么粗大的声音,不但叫别人大吃一惊,连他自己也吓了一跳。这以后不久教士们全告辞走了。

科利亚穿了一件配着金钮扣的短上衣,他是今天的主角:他收了礼物,还受了祝贺,在这所公馆的前前后后都有人来吻他的手,其中有工厂的工人,家里的仆人,老太婆和年轻姑娘,还有农民(他们还遵照从前农奴时代的老习惯),大家围着宅子前面一些堆满馅饼和伏特加酒瓶的桌子吵吵嚷嚷。科利亚有点儿害臊,同时又很高兴,他又骄傲,又有点儿害怕;他跟他的父母亲热了一会儿,便跑到外面去了。吃午饭的时候西皮亚金吩咐人开香槟酒,在为他的儿子的健康干杯之前,他还发表了一通训话。他说到“为国土服务”的重大意义,他指出他期望他的尼古拉(他在这个时候称呼他儿子的本名)走的道路……他又说到他(尼古拉)的责任:第一对家庭;第二对阶级,对社会;第三对人民——是的,各位亲爱的先生,对人民;第四对政府!西皮亚金渐渐地兴奋起来,后来他真的在发表演说了,他摹仿罗伯特·皮尔②的姿势把手放在他

① 奥尔洛夫快马是十八世纪末到十九世纪初在沃龙涅什州奥尔洛夫伯爵的赫烈诺夫养马场培养出来的挽用马。这是一种力气大、善于奔驰、筋肉健壮的骏马。

② 罗伯特·皮尔(1788—1850),英国保守派政治家,做过内阁首相。

的大礼服的后襟下面；他说到“科学”这个词儿的时候自己非常感动，最后他用一个拉丁字 Laboremus！① 来结束他的演说，他马上又把这个拉丁字译成了俄语。科利亚手里拿着高脚酒杯，他得绕着桌子去感谢他的父亲，并且让在座的每个人同他接吻。

涅日丹诺夫又跟玛丽安娜交换了一瞥眼光……他们大概有同样的感觉……可是他们并不交谈一句。

然而涅日丹诺夫只觉得这一切事情很可笑，甚至有趣好玩，他并没厌恶和不快的感觉，他还觉得这位殷勤多礼的女主人瓦连京娜·米哈伊洛夫娜是一个聪明的女人，她知道自己在尽女主人的职责招待客人，同时暗自欣喜这儿还有一个同样聪明、颖悟的人了解她……她对待他的态度使他的自尊心得到了怎样大的满足，这一层涅日丹诺夫自己大约还没有想到。

第二天，又开始了授课，生活照常地过下去。

不知不觉地过了一个星期……涅日丹诺夫这个时期中的体验和思想在他写给一个叫做西林的人的信里讲得很明白。西林是他的好友，又是他的中学同学，不住在彼得堡，却住在一个遥远的省城里，在一个有钱的亲戚家中，完全靠亲戚生活。他的处境使他动弹不得，因此他做梦也没有想到离开那个地方；他身体虚弱，胆子又小，又没有什么才干，可是心地非常纯洁。他对政治没有兴趣，不过偶尔读一两本平平常常的书，无聊时便吹笛子消遣，他还害怕看见年轻的小姐。西林热爱着涅日丹诺夫，他的心地素来宽厚。涅日丹诺夫从来没有对任何人像对弗拉基米尔·西林那样尽情地吐露胸怀；他给西林写信的时候，他老是觉得好像在同一位住在另一个世界里的亲爱的知己交谈，或者在同他自己的良心交谈一样。涅日丹诺夫连想也不能想到再同西林一块儿在一个城市里友好地住下去……要是他们再住在一块儿，他多半马上就会对西林冷淡的，因为他们两个很少有共同的地方；可是他很高兴而且很坦率地写长信寄给西林。对别的人——至少在纸上——他总有一点儿卖弄和做作；对西林他绝不这样！西林是一个不会写信的人，很少回信，就是写，也只有一些短短的拙劣的句子；但是涅日丹诺夫并不需要长篇的回答；他不等回答，也早知道他的朋友是把他的信上的每句每字都吞了下去的，就像路上的尘土吸收雨点一样，他会把涅日丹诺夫的秘密当作圣物一般地守护着，而且在他那偏僻的、

① 我们工作吧！

无法摆脱的孤寂的岁月中他只有以涅日丹诺夫的生活为生活了。涅日丹诺夫从来没有对任何人讲过他同西林的关系，他把这种关系看得非常宝贵。

“那么，亲爱的朋友，我的纯洁的弗拉基米尔，”他这样给西林写道；他常常称呼西林为纯洁的，并不是没有理由！“你祝贺我吧：我到了一个有吃有住的地方，我可以休息一会儿，让我的力量恢复过来。我现在住在一位有钱的大官西皮亚金的家里，当家庭教师。我在教他的小儿子，我吃得很好（我一生没有吃过这样的饮食！），睡得好！在风景优美的田野愉快地散步——然而主要的是，我暂时摆脱了彼得堡朋友们的照料；虽然我起初感到十分无聊，可是现在却觉得好多了。我不久就得套上你所知道的纤绳，也就是像俗话所说：我既然名为蘑菇，就得让人采来放在篮子里（事实上他们正是为了这个才让我到这儿来的）；不过目前我可以过这种宝贵的动物的生活，长得胖些——有兴致的时候也许还要做诗。至于所谓观感留到下次再说。看来这个庄子管理得很好，只是工厂大概不成；赎回了自由的农民好像不大容易接近似的；公馆里雇用的听差都摆出很懂礼貌的面孔。可是这个我们留着以后再谈吧。公馆里的主人夫妇都是很有礼貌的人，自由主义者；老爷总是那么谦虚，那么谦虚——后来他又突然高谈阔论起来，他是一个教养很高的人！夫人真像是画上的美人——我觉得她很聪明；她对每个人都很注意，却又是十分温柔！她的身子柔软得好像一根骨头也没有！我有点儿怕她；你知道我素来不善于同太太小姐们交际！有一些邻居——那些下流东西；还有一位老太太，她总是欺负我……可是最使我感到兴趣的是一个姑娘，她究竟是亲戚，或者只是陪伴女人①，只有上帝知道！我跟她没有谈上两句话，可是我觉得她同我是一类的人……”

这里还有一段话描写玛丽安娜的相貌和她的生活习惯；然后他接着写道：

“她不快活，骄傲，自尊心很强，又不肯讲话，主要是不快活，这一层我毫不怀疑。她为什么不快活呢？我到现在还不明白。她是一个正直诚实的人，这个我看得出来；至于她的脾气好不好，我就不知道了。事实上除了愚蠢的女人外，还有什么脾气好的女人呢？难道这样的女人是不可少的吗？虽是这么说，然而我对女人的事情究竟知道得太少了。女主人不喜欢她……她也不喜欢女主人……可是她们两个谁有理，我却不知道了。我想多半是女主人不

① 陪伴女人是贵族地主的穷亲戚或者朋友的女儿，寄食在贵族地主的家里；陪女主人消遣，高声念书给女主人听等等都是她们的工作。

对……因为她对这个姑娘非常客气，而这个姑娘只要同她的女恩人讲一句话，连她的眉毛也会痉挛地扯动起来。是的，她是一个极端神经质的人；在这一点她很像我。她同我一样，都是怪脾气，不过也许不是一样的情形。

“等我把这一切再弄清楚一点儿，我还要给你写信……

“我刚刚对你说过，她差不多没有同我讲过什么话；可是她对我讲过的寥寥几句话（她老是突然地、意外地讲出来的）里面，含有一种粗野的直爽……我喜欢这个。

“顺便说一说，你那位亲戚仍然待你不好吗？他没有想到他要死吗？

“《欧洲导报》①上面那篇论奥伦堡省最后的僭称王的文章②你读过没有？好朋友，事情发生在一八三四年！我不喜欢这份杂志，而且那篇文章的作者是一个保守派；不过事情是很有趣的，它叫人多费脑筋去思索……”

九

五月已经过了一半；炎热的初夏到了。一天涅日丹诺夫讲完了历史课，走到园子里去，从那里他又进了一个桦树林，这个树林是同花园的一面连接着的。树林的一部分还是在十五年前被木材商人砍伐了的；可是所有这些地方密密麻麻地长满了嫩桦树。茂密的柔嫩的树干立在那儿，仿佛一些暗银色的柱子，横断面上还有着浅灰色的年轮；树上小小的叶子现出鲜明、均匀的绿色，好像有人把它们洗干净了、涂上了油漆似的；春天的嫩草穿过一层铺得平坦的去年的深黄色落叶，伸出了它们尖尖的小小舌头。好些条狭窄的小径贯穿了整个树林；一些黄嘴的黑鸟吃惊似地突然叫了一声，掠过这些小道，飞得低低的，快要挨到了地面，然后拼命朝前一冲，飞进密林中去了。涅日丹诺夫信步走了半个小时，后来便在一段砍剩的树桩上坐下，树桩四周有好些灰色的旧木

---

① 《欧洲导报》是一种温和的自由主义性质的杂志，一八六六年创刊。

② 指尼·阿·谢列达的论文《奥伦堡地方后来的骚动》（载《欧洲导报》1868 年 4 月号）。这篇文章讲到一八三四年国家农民听到谣言、误传和看到伪造的公文，以为要把他们改作农奴，便发动起义的事。但是文章里并没有关于僭称王的话。屠格涅夫故意改换了这篇文章的题目，以便让他的主人公涅日丹诺夫有机会暗示出民粹派策略的一些特点。后来有一个民粹派的作者回忆起十九世纪七十年代的运动时，这样说：“有一些青年很喜欢僭称王的想法，并且以为要是一个新的普加乔夫（1873 至 1875 年俄国农民起义的领袖，曾冒充已故的沙皇彼得三世）作为冒充的沙皇出现，就可能用一些诏令改变社会制度。另一些人认为，在得不到可靠消息的地方，为着革命宣传的目的，利用谣言、传闻来影响不识字的人，也并不是坏事。”

片，它们积成一小堆，还是当初给斧头砍下时候的那个样子。冬雪好多次盖在它们上面——到春天又离开它们融化了，却始终不见人来动它们。涅日丹诺夫背向着墙壁一样的密密的嫩桦树，藏在又浓又短的树荫里；他什么事都不想，他完全沉浸在一种特殊的春天的感觉里面，不论在年轻人或者老年人的心中，这种感觉多少要掺杂一点儿苦闷——这在年轻人是一种焦急不安的等待的苦闷，在老年人便是一种静止的追悔的苦闷……

涅日丹诺夫突然听见了逐渐走近的脚步声。

来的人不止一个，这不是穿树皮鞋或者笨重的长靴的农民，也不是赤脚的农妇。好像是两个人不慌不忙、脚步匀整地走来了……还有女人衣服轻微的沙沙声……

突然响起了一个男人的重浊的声音：

"这就是您最后的话？绝不吗？"

"绝不！"另一个声音回答，这是女人的声音，涅日丹诺夫听来好像很熟。过了一会儿，从这一段环绕着嫩桦树的小路的角上，玛丽安娜同一个褐色皮肤、黑眼睛的男人转了出来，这个男人是涅日丹诺夫以前从没有见过的。

两个人看见涅日丹诺夫，便呆呆地站住了；涅日丹诺夫也大吃一惊，他仍然坐在树桩上不立起来……玛丽安娜脸红得一直到了发根，可是她马上又轻蔑地冷笑一下……她这一笑是什么意思呢——是笑她自己红了脸，还是在笑涅日丹诺夫？……她的同伴皱着他的浓眉，在他那对惊惶不安的眼睛里，带黄色的眼白闪起了亮光。他看了看玛丽安娜，于是两个人掉转身，背朝着涅日丹诺夫，默默地走开了，还是一样慢的脚步，涅日丹诺夫惊愕地望着他们的后影。

半小时以后，涅日丹诺夫回到宅子里，进了他的房间——后来听见锣声响了，他便到客厅里去，他刚才在林子里遇见的黝黑皮肤的陌生人也在那儿。西皮亚金把涅日丹诺夫引到那个人面前，介绍说是他的 beau-frère'a[①]，瓦连京娜·米哈伊洛夫娜的哥哥——谢尔盖·米哈伊洛维奇·马尔克洛夫。

"先生们，我盼望你们两位成为要好的朋友！"西皮亚金带着他特有的那种庄严、和蔼却又是漫不经心的微笑大声说。

马尔克洛夫默默地鞠了一个躬；涅日丹诺夫照样地回答了他……西皮亚金把自己的小脑袋微微朝后面一仰，耸了耸肩头，便走开了。他仿佛在说：

---

① 法语：内兄。

"我已经把你们拉在一块儿了……你们会不会要好，跟我没有多大的关系！"

瓦连京娜·米哈伊洛夫娜走到这两个站着不动的人的身边来，又给他们介绍了一番；然后她带着特别亲热的喜悦的眼光（好像她可以随意叫这种眼光到她美妙的眼睛里来似的），望着她的哥哥说：

"怎么，cher Serge，[1]你完全忘记我们了！科利亚的命名日那天你也不来。你忙得这么厉害吗？"她掉过脸对涅日丹诺夫说，"他正在对他的农民实行新的办法，这是他自己想出来的特殊办法；把所有的东西都分四分之三给他们，四分之一留给自己；就是这样他还觉得自己拿得太多了。"

"我妹妹喜欢讲笑话，"马尔克洛夫也对涅日丹诺夫说，"不过我倒赞成她这个意见，要是一个人把属于一百人的东西拿去了四分之一，那的确太多了。"

"您看出来我喜欢讲笑话吗，阿列克谢·德米特里耶维奇？"西皮亚金娜问道，她的眼光和声音里面仍然带着那种亲热的温柔。

涅日丹诺夫找不出话来回答；恰恰在这个时候仆人来通报卡洛梅伊采夫来了，女主人便出去迎接他。过了几分钟，管事进来，用唱歌似的声音通知开饭了。

在吃午饭的时候，涅日丹诺夫忍不住暗暗地注意玛丽安娜和马尔克洛夫。他们并排坐着，两个人都埋下眼睛，闭紧嘴唇，脸上带一种忧郁、严峻而且类似怨恨的表情。涅日丹诺夫尤其惊讶，马尔克洛夫怎么能是西皮亚金娜的哥哥呢？他们两个太不像了。相似的也许只有一点，就是两个人的皮肤都带褐色；可是在瓦连京娜·米哈伊洛夫娜身上，她那没有光泽的脸庞、胳膊、肩头反而增加了她的娇媚……而在她的哥哥身上，这样的肤色却到了黝黑的程度，有礼貌的人叫它做青铜色，可是在俄国人的眼里它却叫人联想到皮靴筒。马尔克洛夫的头发是鬈曲的，他还有一个略带钩形的鼻子、厚厚的嘴唇、瘦削的两颊、凹陷的肚皮和一双青筋嶙嶙的手。他一身瘦骨嶙峋，讲起话来声音刺耳，并且带有一种断断续续的铜似的嗓音。他的眼光老是带着睡意，脸上笼着愁容，真是一个肝火旺、爱发脾气的人！他吃得很少，却不停地把面包揉成一个一个的小球，只偶尔抬起眼睛看看卡洛梅伊采夫。卡洛梅伊采夫为了一件对他颇不愉快的事去见省长，刚从城里回来，关于这件事他很小心，一字不提，可是谈到

---

[1] 法语：亲爱的谢尔盖。

别的事情，他又滔滔不绝地大发议论了。

他太放肆的时候，西皮亚金照例要制止他。西皮亚金虽然觉得“qu'il est un affreux réactionnaire[①]”，可是听到他讲的那些笑话和俏皮话[②]，自己也着实笑了好几回，卡洛梅伊采夫还说起，他听见农民“oui, oui! les simples mougiks[③]”给律师起的名字，高兴得不得了。“撒谎的，撒谎的！”他赞赏地叫道，“Ce peuple russe est délicieux![④]”接着他又说他有一回参观平民学校，他问学生一个问题：“斯特罗福卡米尔[⑤]是什么？”没有一个人能够回答他，连教师也答不出来。以后他又问：“皮菲克[⑥]是什么？”他引了诗人赫姆尼采尔的一句诗：“愚蠢的皮菲克学着别的野兽的样子。”[⑦]也没有人回答这个问题。所谓平民学校不过如此！

“可是请原谅，”瓦连京娜·米哈伊洛夫娜说，“连我也不知道这些野兽是什么。”

“太太！”卡洛梅伊采夫大声说，“您用不着知道。”

“那么为什么老百姓又应当知道呢？”

“为什么？因为对他们说来，知道一只皮菲克或者一只斯特罗福卡米尔，总比知道什么蒲鲁东[⑧]——或者什么亚当斯密[⑨]好得多。”

可是西皮亚金马上又出来制止他了，说亚当斯密是人类思想的一颗明星，要是把他的学说（他给自己斟了一玻璃杯“沙多·狄凯姆”[⑩]）……同母亲的……奶汁（他把酒杯举到鼻端闻闻酒味）一块儿喝下去，倒是有益的事情！他喝干了一杯酒；卡洛梅伊采夫也喝了一杯，他称赞酒好得不得了。

马尔克洛夫对这位彼得堡侍从的高谈阔论并没有特别注意，他却用探问的眼光看了涅日丹诺夫两次；他弹着他的面包小球，差一点儿弹到那位口如悬河的客人的鼻子上了。……

---

① 法语：他是一个可怕的反动派。

② 俏皮话：西皮亚金在这里用俄国腔讲了一个法国字。

③ 法语：是啊，是啊！那些普通的农民。

④ 法语：这班俄国人真妙！

⑤ 希腊语“鸵鸟”的发音。

⑥ 希腊语“猴子”的发音。

⑦ 俄国寓言作家伊·伊·赫姆尼采尔（1745—1784）的寓言和故事全集里并没有这句诗，这是卡洛梅伊采夫随意编造的。

⑧ 彼·蒲鲁东（1809—1865），小资产阶级社会主义者、法国无政府主义理论家。

⑨ 亚当斯密（1723—1790），苏格兰经济学家和哲学家。资产阶级古典政治经济学著名代表人物。

⑩ 法国酒名。

西皮亚金不去同他的内兄应酬;瓦连京娜·米哈伊洛夫娜也没有跟她的哥哥讲什么话;看得出来这对夫妇一向把马尔克洛夫当作怪人看待,他们觉得还是不去惹他的好。

午饭后马尔克洛夫到台球房去抽烟斗,涅日丹诺夫回到自己的屋子里去。在走廊上涅日丹诺夫遇见了玛丽安娜。他打算从她身边走过……玛丽安娜连忙做个手势止住了他。

"涅日丹诺夫先生,"她用颤摇不定的声调说,"本来您对我怎么看法,我都不在乎;不过我还是认为……认为(她一时找不到话说)……我认为我应当告诉您,您今天在树林里遇见我同马尔克洛夫先生在一块儿……您说吧,您大概这样想:为什么他们两个那样慌张,为什么他们到那儿去,好像是有约会似的?"

"我的确有点儿奇怪……"涅日丹诺夫说。

"马尔克洛夫先生,"玛丽安娜打岔道,"向我求婚,我拒绝了他。我要告诉您的就是这些。那么——再见。随您怎么想我都成。"

她连忙掉转身去,急匆匆地沿着廊子走了。

涅日丹诺夫回到自己的屋子,坐在窗前思索。"这个姑娘多古怪!这种粗野的举动,这种毫无原因的坦率,是为了什么呢?她想表示与众不同吧,或者只是装腔作势,再不然便是骄傲?一定是骄傲。她一点儿也受不了别人的猜疑……她更不愿意让别人对她有什么误解。真是古怪的姑娘!"

涅日丹诺夫这样想着;这个时候在下面阳台上别人正在谈论他;下面的话他全听得很清楚。

"我的鼻子闻得出来,"卡洛梅伊采夫肯定地说,"闻得出来这个人——是赤色分子。我从前 avec Ladislas① 在莫斯科总督手下特别机构任职的时候,我学会了识别这些先生——识别赤色分子,还有那班分离派教徒②,我也容易识别他们。有时我的嗅觉特别灵敏。"说到这里卡洛梅伊采夫"顺便"讲起他有一次在莫斯科近郊钉梢钉到一个分离派老头儿,便带着警察突然跑去抓人,"那个老头儿差一点儿从他小屋的窗口跳出去了……他一直到这个时候都是

---

① 法语:跟拉狄斯拉斯一块儿。

② 十七世纪中叶,一部分俄罗斯东正教教徒反对当时莫斯科大主教尼康所施行的教会改革,因此受到迫害,便从东正教分离出来,他们保持着旧的信仰、仪式和习惯,后来就被称为"分离派",或"旧信仰者"。他们的思想虽然也反动,但由于他们反对官方教会,沙皇政府仍对他们进行迫害。

静静地坐着不动一下，这个坏蛋！”

卡洛梅伊采夫忘了说，这个老头儿关进监牢以后，不肯吃东西——饿死了。

“你们这个新来的教师，”卡洛梅伊采夫起劲地说下去，“是个赤色分子，这是毫无疑义的！你们没有注意到他从不先向人行礼吗？”

“为什么他要先向人行礼呢？”西皮亚金娜说，“恰恰相反——我就喜欢他这一点。”

“我是你们府上的客人，他却是府上雇来的，”卡洛梅伊采夫叫了起来，“是的，是的，花钱雇来的，comme un salarié[①]……因此我是他的上人，他应当先向我行礼。”

“您太过分了，我最亲爱的朋友，”西皮亚金打岔说，他故意把“最”字说得响亮些，“倘使您不见怪的话，我要说，这种说法已经落后了。我买他的劳动，买他的工作，可是他仍然是一个自由的人。”

“他不要受约束，”卡洛梅伊采夫继续说，“约束：le frein！所有这些赤色分子全是这样。我跟您讲过，我对他们有一种特别灵敏的嗅觉。在这方面拉狄斯拉斯大约还可以跟我——较量一下！倘使这个家庭教师落到我的手里——我倒要治他一下！我真要治他一下！我要叫他换一种调子来唱；看见他卑躬屈膝地向我鞠躬……多妙！”

“下贱东西，吹牛大王！”涅日丹诺夫差一点儿在上面骂起来了……可是这个时候他的房门突然打开——涅日丹诺夫感到不小的惊愕，他看见马尔克洛夫走了进来。

十

涅日丹诺夫站起来离开坐位迎接马尔克洛夫；马尔克洛夫一直走到他面前，不行礼，也不笑，却问他：是不是圣彼得堡大学的学生阿列克谢·德米特里耶夫·涅日丹诺夫？

“是……正是。”涅日丹诺夫答道。

马尔克洛夫从衣袋里掏出一封开口的信来。

---

① 法语：等于一个雇工。

“那么，请您读这个。瓦西里·尼古拉耶维奇寄来的。”他含着特别意义地压低声音加了上面一句。

涅日丹诺夫展开信笺读着。这是一种半正式的通告，信上先介绍持信人谢尔盖·马尔克洛夫是一个“自己人”，并且是完全可靠的；接着便是关于目前迫切需要联合行动、推行一些大家都知道的规约等等的指示。涅日丹诺夫是这个通告的一个收信人，并且也列为可靠的人。

涅日丹诺夫同马尔克洛夫握了手，请他坐下，自己也在椅子上坐了。马尔克洛夫起初并不讲话，却点了一根纸烟抽起来。涅日丹诺夫也照样做了。

“您已经有机会接近这儿的农民吗？”马尔克洛夫最后问道。

“不；我还没有机会。”

“那么您在这儿住了好久吧？”

“快到两个星期了。”

“很忙吗？”

“不太忙。”

马尔克洛夫板起脸咳嗽了一声。

“哼！这儿的老百姓脑子空空，”他接着说，“什么都不懂。他们应该受教育。他们真穷，可是没有人向他们说明为什么会穷到这样。”

“据我看来您妹夫从前的那些庄稼人现在倒并不穷。”涅日丹诺夫说。

“我妹夫是个狡猾的家伙；他很会骗人。这儿的农民的确还不错；可是他有一个工厂。我们应当在这方面努力。我们只消刨一下，整个蚂蚁堆就会马上动起来的。您带来小册子没有？”

“带来了……不过不多。”

“我可以给您找些来。您怎么不带书来呢？”

涅日丹诺夫不回答。马尔克洛夫也不做声，他只是从鼻孔里喷出烟来。

“然而这个卡洛梅伊采夫简直是一个混蛋！”马尔克洛夫突然说。“吃午饭的时候，我真想站起来，走到这位老爷跟前，把他那无耻的厚脸痛打一顿，也可以儆戒别人。可是不！我们现在还有比打侍从更重要的事情。现在不是跟那班信口胡说的傻瓜生气的时候；我们现在要阻止他们做傻事情。”

涅日丹诺夫表示赞成地点点头，马尔克洛夫又抽起纸烟来。

“在这儿所有的听差中间，只有一个人稍微有一点儿头脑，”马尔克洛夫又说下去；“不是指那个伺候您的伊万……他是个蠢材，我指的是另一个听差……他叫做基里尔，专门伺候开饭的。（这个基里尔是一个酒鬼。）您得留意他。他是个不顾一切的家伙……不过我们对他也不必客气。您觉得我妹妹怎样？”他说这句话的时候，抬起头来，把他的黄眼睛向着涅日丹诺夫，“她比我妹夫还要狡猾。您觉得她怎样？”

“我觉得她是一位温和可亲的太太……而且她很漂亮。”

“哼！你们彼得堡的先生们真会讲话……我只有佩服！那么……您觉得……”他说到这里，突然皱起眉头，沉下脸来，把以后的话咽下去了。“我看我们应当好好地谈一谈，”他又说，“这儿不是讲话的地方。鬼知道！我敢说有人在门外偷听。您知道，我有一个好主意吗？今天是星期六，明天您大概不教我外甥念书吧？……是不是？”

“明天下午三点钟我要跟他排演一下。”

“排演！就像在演戏似的！这样的字眼一定是我亲爱的妹妹想出来的。好吧，这也没有关系。您高兴去吗？现在就到我家去吧。我的村子离这儿不过十俄里。我有几匹好马：它们跑得像风一样快，您在我家里住一夜，再过一个上午，我在明天三点钟以前送您回来。您同意吗？”

“好吧，”涅日丹诺夫说，从马尔克洛夫进来的时候起，他就处于一种又是兴奋又是拘束的状态。这种突然的亲密使他有些局促不安；可是他对马尔克洛夫也发生了好感。他觉得，他了解，他面前这个人虽然看来有些呆相，可是无疑是一个老实人，而且是性格坚强。接着他又想起了树林里奇怪的相遇和玛丽安娜意外的自白……

“那妙极了！”马尔克洛夫大声说，“您马上准备动身吧；我去吩咐套车。我想，您大概用不着向这儿的主人请假吧？”

“我得先通知他们。我觉得不告诉他们，不能走开。”

“我会告诉他们，”马尔克洛夫说，“您不要担心。他们现在打牌打得很起劲——不会注意到您走开了。我妹夫一心想做一位大政治家，可是他惟一的资本便是打得一手好牌。不过据说好些人都是靠了这个本领成功的……您快准备吧。我马上去安排一切。”

马尔克洛夫告辞走了；一个小时以后涅日丹诺夫便同他一块儿坐在他那辆宽敞的、摇摇晃晃的、很旧、却又很舒适的四轮马车里，一张大的皮坐垫上面。矮小的马车夫在驾车座位上不停地吹口哨，他吹出非常悦耳的鸟叫声；拉车的三匹花马（它们黑色的鬃毛和尾巴都给编成了辫子）在平坦的大路上飞跑着；在黑夜最初的阴影的笼罩下（他们动身的时候正敲着十点钟），一些树木、矮林、田野、草地、峡谷，时前时后，或远或近地，在他们的两旁溜过去了。

马尔克洛夫的小小的村子名叫博尔旬科沃（共有两百俄亩[①]，每年有七百卢布左右的收入），这个村子离省城只有三俄里，离西皮亚金的村子却有六俄里。他们从西皮亚金家到博尔旬科沃，必须经过省城。这两个新结识的朋友还不曾谈上五十句话，就看见了城外那些小市民住的破烂的小屋，木板屋顶已经倾陷了，歪斜的小窗里射出昏暗的灯光；车轮滚上了城里石头铺的路，发出辚辚声；马车不停地左右颠簸，他们也跟着车身摇来晃去，呆板的、有山墙的砖砌两层楼的商人住宅，门前有圆柱的教堂，酒店，一一从他们身边过去了……这是星期六的晚上，街上已经没有了行人，可是小酒馆里仍然十分拥挤。从那里送出来一些嘶哑的叫嚷、醉汉的歌声和手风琴的带鼻音的难听的声音。有时一家小酒馆的门突然打开了，马上流出一股又臭又热的强烈的酒精气味和长夜灯红红的灯光。差不多每一家小酒馆的门前都停得有农民的小型大车，车上驾的是毛蓬蓬的、大肚子的驽马；它们柔顺地埋下长毛下垂的脑袋，好像在睡觉似的；从小酒馆里面一会儿走出一个衣服破烂、腰带解开的农民，一顶鼓起来的冬帽挂在脑后，就像挂了一个口袋一样，他把胸膛靠在车杆上，静静地立在那儿慢慢地伸手摸索，又摊开两只手，好像在掏什么东西；一会儿又走出一个瘦削的工厂职工，歪戴着便帽，敞开黄色土布衬衣，赤着双足（因为他的靴子押在店里了），他摇摇晃晃地走了几步，便站住，搔了搔背，——突然呻吟一声又回转去了。

“俄国人给酒制服了。”马尔克洛夫忧郁地说。

“那是忧愁逼着他喝酒的，谢尔盖·米哈伊洛维奇老爷！”马车夫接嘴说，并不回过头来。他每经过一家小酒馆的时候，便要停止吹口哨，露出沉思的样子。

“走！走！”马尔克洛夫答道，他怒气冲冲地摇了摇上衣的领子。车子走过一个宽大的市场（那儿充满了卷心菜和蒲席的气味），又走过总督的官邸（门前立着漆得花花绿绿的岗亭），还走过一所塔楼高耸的私人住宅，又走过一条林荫大路，可是两旁新植的幼树都已经死了；车子又走过一个商场，在那儿却只听见狗在叫，锁链在响，随后车子渐渐地走完了城区，穿过城门，赶上了

---

① 1俄亩合1.093公顷。

一个趁着夜凉出去的很长、很长的大车队，这以后车子又驶进了广大田野的新鲜空气里面，在两旁植柳的宽阔的路上，平稳地、疾速地向前跑去。

我们现在应当简单地讲讲马尔克洛夫的身世了。他比他的妹妹西皮亚金娜大六岁。他是炮兵学校的学生，毕业后当了军官；可是后来他升到中尉，便因为跟司令官（一个德国人）不和，被迫辞职了。从那个时候起他就恨死了德国人，尤其是那些归化了俄国的德国人。这次辞职引起了他同父亲的争吵，因此他一直到父亲病故都没有同父亲见面；可是父亲死后他继承了这一份小小的产业，就在这儿住下来。在彼得堡的时候，他常常同各种聪明而又有进步思想的人来往，他非常崇拜他们；后来他的思想就完全依照他们指引的方向改变了。马尔克洛夫读书不多，他读的大都是与事业有关的书，特别是赫尔岑的著作。他还保留着他的军人习惯，他过着极为俭朴的、僧侣们过的那种刻苦的生活。不多几年前他热情地爱上一位少女，可是她极其无礼地抛弃了他，嫁给一个副官了，那个副官也是德国人。马尔克洛夫从此恨起所有的副官来。他想写几篇专门论文讲俄国炮兵的缺点，可是他没有一点儿叙述的才能，连一篇文章也不曾写出来；不过他还是用他那粗大、拙劣、好像是小孩写的字迹涂满了好些灰色的大张稿纸。马尔克洛夫是一个极其顽固、极其勇敢的人，他不能够宽恕，也不能够忘记，他经常为他自己和一切被压迫的人感到极大的委屈，他不惜干任何事情。他那有限的智力只能专门注意某一点：他所不了解的事物对他是不存在的；可是他却憎恨、轻视虚伪和欺骗的行为。对高高在上的人物，对他所谓的“反动”（即反动派），他素来很严厉，甚至很粗鲁；对人民，他却很忠厚；对农民，他就像对待弟兄一样地和气。他的田产管理得并不怎么好；他的头脑里装满了各种各样社会主义计划，可是他不能够实行它们，就同他写不成他的论炮兵缺点的文章一样。一般地说来，他无论在什么时候，做什么事情，都不走运；在炮兵学校里，他有一个绰号，叫做“失败者”。他为人真诚，直率，天性富于热情而带阴郁，在某种场合他可以显得残酷、凶狠，够得上称为一个恶棍，——但是他也能够毫不迟疑地牺牲自己，而且不希望酬报。

出城不过三里光景，马车突然驶进一座白杨林子的幽暗里，看不见的树叶在暗中颤动，发出沙沙的声音，空气中充满了新鲜而强烈的树林的香味，头顶上露出淡淡的光点，地上现出交柯的树影。月亮已经从天边升了起来，它又红又大，好像是一面铜盾。车子刚刚从树下冲出去，前面便是一所小小的地主的庄园。矮矮的房屋把月轮遮住了，宅子正面三扇有灯光的窗户，好像是三个明亮的正方形。正门大开着,仿佛从来没有关过似的。院了里昏暗中现出了一辆高大的双轮带篷马车,车后横木上系着两匹白色的驿马。不知道从哪儿跑出来两只小狗(它们也是白色的),对着车子只顾狂吠,虽是刺耳的叫声,却不含有恶意。宅子里有人在走动,马车到了台阶前便停下来,马尔克洛夫吃力地钻出车子,用脚找到了马车的铁踏板(这个踏板照例是由他的家用铁匠装在极不方便的地方),然后对涅日丹诺夫说:

"我们到家了;您会在客人中间找到您的熟朋友,可是您绝不会想到在这儿遇见他们的。请进去吧。"

十一

客人原来是我们的老朋友,奥斯特罗杜莫夫和马舒林娜。他们两个都坐在马尔克洛夫家中陈设极其简陋的小客厅里,在一盏煤油灯的灯光下面喝啤酒,抽烟。涅日丹诺夫来到这里并没有使他们惊讶;他们知道马尔克洛夫打算把他带来;可是涅日丹诺夫在这里看见他们,却大大地吃惊了。他进去的时候,奥斯特罗杜莫夫只是短短地说了一句:"老弟,你好!"马舒林娜起初脸涨得通红,随后才把手伸给他。马尔克洛夫向涅日丹诺夫说明奥斯特罗杜莫夫和马舒林娜是为了最近便要付诸实行的"共同行动"给派来的,他们在一个星期以前离开彼得堡,奥斯特罗杜莫夫留在C省做宣传工作,马舒林娜还要到K地去会某一个人。

虽然并没有人发言反对,马尔克洛夫却突然动怒了。他眼里冒出火,咬着小胡子,用一种激动的、喑哑的、却又很清楚的声音抨击目前在各处发生的罪恶行为,说到立刻行动的必要,他认为实际上万事已经齐备,只有胆小的人现在才会迟疑不前;他力说某种程度的暴力是不可少的,就像医治脓疮一样,不管疮长得怎么熟,也少不了用柳叶刀来割一下![1] 柳叶刀的比喻,他用了好几次,他显然很喜欢这个比喻,其实它并不是他自己想出来的,却是他在什么书上读到的。看来他对玛丽安娜的爱情完全绝望,因此他对什么都不再关心了,他只想尽可能地早些开始"行动"。他激烈地、单纯地、怒气冲冲地说着,他说得直截了当,好像是用斧头砍伐一样;他的话单调而有力,从他两片苍白的嘴

---

① 使用柳叶刀,即动手术,这里是指革命。

唇里一句一句地吐出来，使人想到一只凶恶的老看家狗断断续续地狂吠。他说他同近郊的农民、工人都很熟，他知道他们里面也有一些能干的人，例如戈洛普廖克村的叶列梅，你叫他做任何事情，他都会马上去干。这个戈洛普廖克村的叶列梅的名字老是挂在他的嘴边。他讲了十句话便要拿右手在桌子上重重地打一下，不是用掌心，却是用手棱砍的，他还将左手举到空中，并且单单把食指分开。他那双多毛的、青筋嶙嶙的手，那根指头，那种单调的嗡嗡声，那对燃烧似的眼睛——它们产生了一个强烈的印象。马尔克洛夫在路上很少同涅日丹诺夫讲话；他的怒气一直在往上升……现在爆发出来了。马舒林娜和奥斯特罗杜莫夫对他笑一笑，看他一眼，或者偶尔短短地叫一声表示他们的赞成，可是涅日丹诺夫却有一种古怪的感觉。起初他还想反驳；想指出性急的害处和时机未成熟、计划不周密的行动的危险；最使他感到惊奇的是他看出一切都已经完全决定，没有丝毫的疑惑，更未想到有查明情况的必要，甚至不设法了解人民的真正要求……可是后来他的神经像琴弦一样地拉紧了，颤抖着，他带着一种绝望的心情，眼里快要流出愤激的泪水，声音变成了尖锐的叫喊，他开始像马尔克洛夫那样激昂地讲起话来，他甚至比马尔克洛夫还要激昂。究竟是什么在推动他，这是很难说的；是对他自己最近的松懈的懊悔吗？是对他自己或者对别人的恼恨吗？是他渴想压制某种正在咬啮他内心的小虫，或者他不过想在新来的密使面前表现自己？……不然，就是马尔克洛夫的话真正感动了他，使他的血在沸腾？他们一直谈到天明；奥斯特罗杜莫夫同马舒林娜始终没有离开他们的坐位，而马尔克洛夫同涅日丹诺夫也不曾坐下片刻。马尔克洛夫站在一个地方，动也不动一下，完全像一名哨兵；涅日丹诺夫却不停地在屋子里踱来踱去，他的脚步不平稳，时而急，时而慢。他们谈到目前应当采用的方法和手段，谈到各人应当担负的任务；他们把小册子和传单挑选了一下，分扎成几包；他们还讲到一个姓戈卢什金的商人，他是一个分离派教徒，虽然没有受过什么教育，却是一个很可靠的人；又讲到一个年轻的宣传家基斯利亚科夫，据说他很能干，不过太狡猾，而且把自己的才能看得太高；他们也提起索洛明的名字……

“就是那个经管一家纱厂的索洛明吗？”涅日丹诺夫问道，他记起了在西皮亚金家中饭桌上听到的关于那个人的话。

“就是他，”马尔克洛夫答道，“您一定要认识他。我们还没有把他了解清楚，不过他是一个能干的、非常能干的人。”

戈洛普廖克村的叶列梅的名字又提起来了,另外还讲起两个人:一个是西皮亚金家的基里洛,还有一个缅杰列伊,他的绰号叫"绷着脸";不过这个"绷着脸"不大靠得住——他清醒的时候很勇敢,可是喝了酒就胆小了;而且他差不多老是喝得醉醺醺的。

"那么您自己的人呢?"涅日丹诺夫问马尔克洛夫道,"他们中间有没有可靠的?"

马尔克洛夫回答说有,可是他连一个人的名字也不曾举出来。他又谈起城里的小市民和特种中学的学生,据说他们体力很强,倘使需要动拳头的时候,一定有很大的用处!涅日丹诺夫还问起附近贵族的情形。马尔克洛夫答道,年轻的贵族里面也有五六个人,其中有一个最激烈的却是德国人;谁都知道:德国人是不可靠的……他迟早会欺骗你,出卖你!可是还应当等候基斯利亚科夫送报告来。涅日丹诺夫也还问到军队。这个时候马尔克洛夫讷讷起来了,拉拉他那长长的连鬓胡子,最后才说这方面的情况目前一点儿也不清楚……也许基斯利亚科夫会得到消息。

"那么这个基斯利亚科夫究竟是什么人呢?"涅日丹诺夫忍不住提高声音问道。

马尔克洛夫意味深长地笑了笑,说这是一个人……这样的一个人……

"不过我跟他并不熟,"他接着又说,"我一共只见过他两次。可是他真会写信,信写得真好!!我要拿给您看……您会吃惊的。简直——跟火一样!他的活动力又是那么强!他跑遍俄国总有五六趟……每到一个驿站,他就要写一封十页到十二页的信!"

涅日丹诺夫疑问地看了奥斯特罗杜莫夫一眼,可是奥斯特罗杜莫夫却像一尊木偶似地坐在那里,连眉毛也不动一下;马舒林娜的嘴上露出苦笑,她不动,也不做声,涅日丹诺夫想问马尔克洛夫,在自己的领地上实行过社会主义方向的改革没有,可是奥斯特罗杜莫夫打断了他的话。

"现在讨论那些有什么用呢?"奥斯特罗杜莫夫说,"那还不是一样,后来一切都要改变的。"

话题又回转到政治方面了。先前那个躲在内心深处的小虫现在又来咬涅日丹诺夫的心;痛苦越厉害,他讲话越大声,也越激烈。他只喝了一杯啤酒,可是他时常觉得好像喝醉了似的——他的脑袋在旋转,他的心病态地跳得很厉害。最后在早晨三点多钟,讨论完结了,他们走过在穿堂里酣睡的小厮的身边，各人回到自己的屋子去，涅日丹诺夫上床以前，还静静地站了好一会儿，他的眼睛注视着自己面前的地板。他想起了马尔克洛夫这一夜所说的话里那种接连不断的、伤心的痛苦调子：一定是这个人的自尊心受到伤害了；他一定很痛苦，他的个人幸福的希望落空了，然而他却忘记了他自己，把自己完全献给他所相信的真理！“这是一个不聪明的人，”涅日丹诺夫想道……“不过做一个那样的人岂不是比像我自己所感觉到的我这样的人强一百倍吗？”

可是他对自己的这种自卑念头生起气来。

“为什么要这样想呢？难道我不也能够牺牲自己吗？各位，等等吧……还有你，帕克林，你总有一天会相信我虽然是一个研究美学的人，我虽然也写诗……”

他气冲冲地用手把头发往后一掠，咬了咬牙齿，匆匆地脱去衣服，倒在那张又冷又潮湿的床上。

“晚安！”马舒林娜的声音从门外送进来，“我住在您的隔壁。”

“再见，”涅日丹诺夫答道，他马上记起来，整个晚上她的眼睛一直没有离开他。

“她这是什么意思呢？”他低声自语道，他觉得不好意思了，“啊，还是快些睡着吧。”

可是要镇定他的神经，并不是容易的事……等到最后他落入昏沉、不舒服的睡眠里的时候，太阳已经相当高地升在天空了。

这天早晨他起得很迟，头痛得厉害。他穿好衣服，走到阁楼的窗前（他的房间就在这阁楼上），他看出来马尔克洛夫的庄园其实并不是什么庄园：他那小小的厢房建筑在一个开阔的高地上，不远的地方还有一座树林。厢房的一边有一座小小的谷仓，一间马房，一个地窖，一间草屋顶塌了一半的小木房；另一边有一个小池子，一片菜园，一块大麻田和一间屋顶也塌掉一半的小木房；稍远一点儿，有一个禾捆干燥棚，一个小的打禾棚和一个空着的打禾场——这便是他的眼睛所能见到的全部“财富”了。这一切都带着可怜的、衰败的样子，不过并不像是荒芜了，让人弃置了，倒像是一棵没有好好生根的小树，它从来就没有开过花。涅日丹诺夫下楼去了。马舒林娜坐在饭厅里茶炊旁边，显然是在等他。她告诉他，奥斯特罗杜莫夫有事情到别处去了，两个星期内不会回来；马尔克洛夫出去指挥雇农去了。现在已经到了五月下旬，目前并没有什么要紧的工作，马尔克洛夫想到一个计划，用他个人的财力砍伐一座小桦树林,他大清早就到那儿去了。

涅日丹诺夫觉得心里异常疲倦。昨天晚上说了那么多的不能再犹豫的话,并且反复地讲着立刻"动手"的必要。可是怎样动手呢?向哪一方面动手呢?又怎样不犹豫呢?问马舒林娜是没有用的:她不会迟疑;她应当做什么事,她自己知道得很清楚,那就是到K地去。这以外的事情她便不去想了。涅日丹诺夫不知道应当对她讲什么话好;他喝过茶以后,便戴上帽子,向桦树林那面去了。在路上他遇见几个赶着运牲口粪的大车的农民,他们以前都是马尔克洛夫的农奴。他便跟他们谈起来……可是他们也没有讲出什么。他们好像也很疲劳,不过这是通常的肉体的疲劳,和他所感到的完全不同。据他们说,他们的旧主人是一位忠厚的老爷,只是有点儿古怪;他们料到他会破产的,因为他不按照常规办事,却只顾照自己所想的任意去做,不肯学他祖先的榜样。他太深奥了,任你怎样用心,也懂不了他的意思;不过他的心肠太好了!涅日丹诺夫再往前面走去,就遇到了马尔克洛夫本人。

他正走着,身边围了一大群工人;远远地可以望见他在跟工人谈话,对他们解说什么;可是后来他绝望地摇起手来,好像在表示:我不干了!他的管家跟在他的身边,这是一个眼睛十分近视的年轻小伙子,外貌平平常常。这个管家只顾不停地说:"就照您的意思办,老爷。"这些话却是马尔克洛夫极不高兴听的,他倒希望他的管家有更多的独立性。涅日丹诺夫走到马尔克洛夫面前,他在马尔克洛夫的脸上看到了他自己也有的那种精神疲劳的表情。他们彼此打了招呼;马尔克洛夫马上又谈起昨天晚上讨论过的"问题"(这次的确谈得更简略),谈起近在眼前的变革;可是疲劳的表情并没有从他的脸上消去。他满身都是汗水和灰尘;木屑同青苔的绿丝还挂在他的衣服上;他的声音嘶哑了……他身边那些工人全不做声了;他们不知是害怕他,还是暗暗地笑他……涅日丹诺夫望着马尔克洛夫,不觉又想起了奥斯特罗杜莫夫的话:"现在讨论那些有什么用呢?那还不是一样,后来一切都要改变的!"一个工人做错了事,跑来请求马尔克洛夫免除他的罚款……马尔克洛夫起先大发脾气,把他痛骂一顿,后来也就饶恕了他……"那还不是一样……后来一切都要改变的……"涅日丹诺夫便向主人借车马准备回去;马尔克洛夫对这个要求好像感到惊讶,可是他仍然回答马上把一切办妥。

他同涅日丹诺夫一块儿回家……一路上他累得摇摇晃晃。

"您怎么啦?"涅日丹诺夫问道。

“我疲乏了!”马尔克洛夫粗暴地说,“你跟这些人讲话,不管你怎么讲,他们一点儿也不明白,他们总不肯照你吩咐的去做……他们简直连俄国话都不懂。譬如你说‘участок①’,他们很明白……可是你说‘участие②’……什么叫做‘участие’?他们就不懂了!这也是俄国话,真见鬼!他们还以为我想分一块地给他们呢!”马尔克洛夫曾经打算向农民解释合作的原理,以便在自己的领地上实行它,可是遇到了他们坚决的反对。有一个农民甚至对他说:“坑已经够深了,可是这么一来我们就看不见它的底了……”其余的农民同声叹了一口长气,弄得马尔克洛夫毫无办法。

到了家里,马尔克洛夫打发开了跟他的人,便去吩咐套车、开饭。他家里的佣人一共有这几个:一个小听差,一个女厨子,一个车夫和一个耳朵里长毛的年迈的老仆,这个老仆爱穿一件粗布长袍,他还是马尔克洛夫的祖父的当差。他老是带着十分忧郁的眼光望他的主人;可是他什么事也不做,而且事实上也没有他做得了的事情;不过他老是蜷缩着身子坐在门口带阶梯的小平台上。

早餐是煮老的鸡蛋、鳀鱼和冷杂拌汤(听差端上来用旧的香膏罐盛的芥末,用香水瓶装的醋),饭后涅日丹诺夫便坐进了他昨天晚上坐来的那辆马车;可是拉车的三匹马只剩了两匹,因为第三匹马在钉蹄铁时给钉伤了,有点儿瘸。吃早饭的时候马尔克洛夫很少讲话,他也不吃东西,只是使劲地呼吸……他发了两三句牢骚,都是关于他的田产的,接着他又摇摇手,好像在说:“……那还不是一样,后来一切都要改变的。”马舒林娜要求涅日丹诺夫把她带到城里:她想在那儿买点儿东西。她说:“我可以走回来,不然,我还可以搭上农民回家的车子。”马尔克洛夫把他们送到台阶上,说他不久还要请涅日丹诺夫再来;并且那个时候……那个时候(他突然抖了抖身子,又振奋起来了)——一定可以最后决定了;那个时候索洛明也会来的;他,马尔克洛夫只等瓦西里·尼古拉耶维奇的消息,只等消息一来,他们便要马上“动手”,——因为老百姓(就是连“участие”这个字也不懂的老百姓)不肯再等了。

“啊,您不是要拿什么人的信给我看吗——他叫什么名字?基斯利亚科夫?”涅日丹诺夫问道。

---

① 俄语:“部分”或“一块地”。

② 俄语:“分摊”或“参加”。

“过一半天……过一半天，”马尔克洛夫匆匆答道，“那个时候什么事情都办好了。”

马车走动了。

“您准备着吧！”马尔克洛夫的声音最后说道。马尔克洛夫站在台阶上，老仆人站在主人的身旁，脸上仍然带着他那不变的忧郁的眼光，挺起他的弯曲的身体，两只手交叉地放在背后，身上发出黑麦面包和粗布的气味，他听不见近旁别人讲话的声音，——这便是那个“模范仆人”，马尔克洛夫的祖父留下来的老朽的当差了。

一路上马舒林娜没有讲话，她只顾抽她的纸烟。车子走近城门的时候，她忽然发出一声长叹。

“我替谢尔盖·米哈伊洛维奇难过。”她说，她的脸色变得阴沉了。

“他实在太累了，”涅日丹诺夫说，“我看他的田地管理得很不好。”

“我替他难过的倒不是这个。”

“那么是什么呢？”

“他是个不幸的人，到处碰壁！……像他这样的好人我们在哪儿去找呢？可是……人家总瞧不起他！”

涅日丹诺夫看了她一眼。

“那么您知道他的什么事情吗？”

“我一点儿也不知道……不过您自己看得出来的。再见，阿列克谢·德米特里奇。”

马舒林娜下了车。一个小时以后，涅日丹诺夫的车子驶进了西皮亚金的院子。他觉得不大舒服……他一晚没有睡觉……还有那一切的争论……那些讨论……

一张美丽的脸从窗里望出来，对他殷勤地微笑……这是西皮亚金娜在欢迎他回家了。

“她那对眼睛多好！”他想道。

十二

来吃午饭的人很多。饭后涅日丹诺夫趁着忙乱中没有人注意他的时候，悄悄地溜到自己的房里去了。他想一个人关在房里静静地过一阵子，只要能把他这次旅行中带回来的印象稍微整理一下也好。吃饭的时候瓦连京娜·米哈伊洛夫娜注意地望过他几次，可是显然没有找到同他讲话的机会；玛丽安娜自从那次做出意外的古怪举动使他大为吃惊以后，好像有点儿不好意思，老是在躲避他。涅日丹诺夫拿起了笔，他很想跟他的朋友西林笔谈；可是现在就是对这位友人他也讲不出什么话了；大约是他的脑子里挤了一大堆互相矛盾的思想和感触，他不想去理顺它们，便把这一切全推到明天去了。客人中也有卡洛梅伊采夫先生；他从没有像今天这样傲慢自大，这样带豪绅气派地瞧不起人；可是他那些放肆的言论对涅日丹诺夫并不起一点儿作用：他根本就不注意它们。他仿佛给笼罩在云雾中似的；这像是一幅半明不暗的帷幔把他跟世界上其余的一切隔开了。而且，说也奇怪！透过这幅帷幔他只能看出三个人的脸——都是女人的脸——三张脸上的眼睛都牢牢地望着他。这是：西皮亚金娜，马舒林娜和玛丽安娜。这是什么意思？为什么单单是这三个人呢？她们有什么共同的地方吗？她们对他有什么要求呢？

他早早上了床，可是睡不着。他的脑子里充满了阴郁的（虽然并不就是痛苦的）思想……关于那个不可避免的结局的、关于死的思想。这些思想是他熟悉的。好久以来他就拿它们反复地考虑，他有时对死灭的可能性感到恐惧，有时又对它表示欢迎，而且几乎因此非常高兴。后来他感到了一种他所熟悉的特殊的兴奋……他从床上起来，走到书桌前坐下，他想了片刻，便在他那个秘密珍藏的笔记本上面几乎一字不改地写了这样的诗句：

在我死去的时候，亲爱的朋友，
请记住我的遗言：
把我的文稿完全焚毁，
让它们和我同时消逝！
请在我的身上盖满鲜花，
让阳光照进我的房里；
乐师们到我的门前弹奏，
可不要奏哀悼的乐曲！
就像在摆酒宴的时候，
请大家放开欢乐的歌喉，
让快乐的弓弦
拉出狂欢的舞曲！

我听见琴弦的余音
在我的耳旁慢慢逝去，
我也要死，闭上眼睛沉睡……
请不要用无益的呻吟
扰乱我死前的宁静。
让尘世欢乐的轻快声音
作我催眠的歌曲
送我到另一个世界去！

他写着“朋友”这个字眼的时候，他想到的正是西林。他低声念了一遍这首诗，他笔下写出的东西使他自己也吃惊了。这种怀疑，这种冷漠，这种轻率的无信仰——这一切怎么跟他的原则相合呢？怎么跟他在马尔克洛夫家里讲的话相合呢？他把笔记本扔在抽屉里，回到床上去了。可是一直到天明前云雀开始在发白的天空中歌唱的时候，他才沉沉地睡去。

第二天他刚刚教完课，坐在台球房里，西皮亚金娜进来了，她看了看四周，含笑地走到他面前，邀请他到她的书房里去。她穿了一件印花轻纱衫子，很朴素，却极动人；镶花边的袖子，仅仅长到肘部；腰间束着一根宽的丝带，一缕一缕浓密的鬈发垂在脖子上。她的全身——从她那双半闭的眼睛柔和的眼光，到她的声音、举动和脚步的那种懒洋洋的调子，全流露着殷勤和爱娇，一种谨慎的却又含有鼓励意味的爱娇。西皮亚金娜把涅日丹诺夫引进她的书房里，这是一间很舒适、很可爱的屋子，里面充满了鲜花的芬芳，香水的气味，女人衣裳的清新味，和一位夫人常在的气息；她请他坐在一把扶手椅上，自己坐在他的旁边，她开始问起他这次出门的情形和马尔克洛夫的生活情况，她问得那么仔细，那么温柔，那么殷勤！虽然她早先从没有在涅日丹诺夫面前提过马尔克洛夫的事，可是现在她对她哥哥的命运表示真诚的关心；从她的一些话可以明白，玛丽安娜在她哥哥心里唤起的感情并没有逃过她的注意；她的语调中带了一点点忧郁……不过究竟是因为他这种感情并没有得到玛丽安娜的回答呢，还是因为她哥哥挑上了一个跟他意气不相投的少女，这却难说了。然而主要的是，她分明在笼络涅日丹诺夫，想取得他的信任，使他在她面前不要害羞。瓦连京娜·米哈伊洛夫娜甚至抱怨他不该对她有误解。

涅日丹诺夫静静地听她讲话，望着她的膀子和她的肩头，时而看看她的粉红色的嘴唇，她的微微波动的鬈发。起初他只是非常简短地回答她；他觉得他的喉咙和胸膛好像给什么东西堵住了似的……可是渐渐地这种感觉又让另一种感觉代替了,这另一种感觉也是窘迫不安的,不过并不是完全没有快感;他绝没有料到这样一位高贵的、美丽的太太,这样一位贵妇人居然能对他这个普通的大学生感兴趣;而且她不只是对他感兴趣,她好像还有点儿向他卖弄风情似的。她为什么要这样做呢?涅日丹诺夫暗暗地问他自己,可是他找不到回答,其实他也用不着去找回答。西皮亚金夫人谈到科利亚了;她甚至对涅日丹诺夫说,她想接近他,只是为了要同他认真商谈她儿子的事情,而且还要向他请教他关于俄国儿童教育的意见。她会突然产生这样一个愿望,倒是有点儿古怪的事。可是真正的原因并不是瓦连京娜·米哈伊洛夫娜所说的这个。事实上是一阵类似肉欲的冲动抓住了她;她渴想征服这个倔强的年轻人,使他拜倒在她的脚下。

可是在这里我们要略略追述一下往事。

瓦连京娜·米哈伊洛夫娜的父亲是一个眼光极其狭窄,并不灵活的将军,他在军队里服役了五十年,才只得到一个宝星和一个带扣。她的母亲是一个诡计多端的狡猾的小俄罗斯人[①],很有才能,她同那个地方的多数女人一样,外貌非常老实,甚至带了一点儿蠢相,但是她却知道怎样利用这个外貌取得最大的利益。瓦连京娜·米哈伊洛夫娜的父母并不是有钱的人;然而他们还是把她送进了斯莫尔尼修道院[②]去念书,在那里她虽然被人看做共和党,可是她念书用功,品行优良,因此仍然受到优待。她离开修道院以后,便和母亲同住在一套出租的房间里(她的哥哥到乡下去了,她的父亲,就是那位有一个宝星和一个带扣的将军已经死了),这一套房间非常清洁,可是也很冷;人在这些屋子里讲话,会看见一股一股的白气从他们的口中出来;瓦连京娜·米哈伊洛夫娜常常笑着说:“好像是在教堂里似的。”她勇敢地忍受了贫穷、窘迫生活的一切艰苦:她的脾气平和得叫人吃惊。靠了她母亲的帮忙,她不但保持了旧日的社会关系,而且还结识了不少新的友人:在交际场中,每个人都谈到她,甚至在上流社会中也是这样,都说她是一位很可爱的、很有教养、端庄知礼的小姐。瓦连京娜·米哈伊洛夫娜有几个求婚的人;她看中了西皮亚金,便很简单、很巧妙、很快地使他爱上了她……不过他自己不久就明白他不能够找到更好的

---

① 小俄罗斯人是旧时对乌克兰人的贬称。

② 斯莫尔尼修道院是皇室直辖的圣彼得堡贵族女子学校,这是当时最好、最时髦的女子学校。

妻子了。她聪明，性情不坏，也可以说是善良，其实她冷静、淡漠……可是她不容许别人对她冷淡。瓦连京娜·米哈伊洛夫娜充满着一般“可爱的”利己主义者所特有的一种娇媚。这种娇媚里面并没有诗意，并没有真正的多情，却含得有温柔，同情，甚至还有柔情。不过这些可爱的利己主义者不能忍受别人的违拗：她们喜欢支配人，却不高兴别人有独立性。像西皮亚金娜这样的女人惯于挑动没有经验的热情男子，而她们自己却喜欢规律和安静的生活。她们很容易做到贞洁——她们头脑冷静，可是她们经常有支配人、挑动人和取悦人的欲望，这种欲望使她们显得活泼而有光彩。她们的意志很坚强，她们的魅力一部分就在于这种坚强的意志……要是那些仿佛不由自主的隐秘的柔情的火星在这样一个明净、纯真的女性身上亮了起来，男人很难不动心的；他等待着时机到来，以为冰要融化了；可是晶莹的冰只是在表面放光，它并不会融化，而且它也绝不会给搅动的！

在西皮亚金娜，稍稍卖弄风情并没有多大的关系：她很明白这对她没有危险，而且也不会有危险。看见别人的眼睛时而黯淡，时而闪闪发光，别人的脸颊上泛起欲望和恐惧的红晕，别人的声音颤抖而中断，使得别人神魂颠倒——啊，这对她的心灵是多么愉快啊！夜深她躺在她的干净的床上，享受她那宁静的睡眠——想起了那些激动的言语、眼光和叹息，这又是多么快意的事！她带着非常满意的笑容平静下来，完全意识到自己的不可侵犯、自己的坚贞，然后又抱着多么优美的俯就态度去接受她那位温文有礼的丈夫的合法的爱抚！这样的回忆对她是极其愉快的，她有时竟然感动得情不自禁，打算做一件好事，帮助别人……她曾经建立了一所小小的养老院来纪念一位大使馆的秘书，那个人疯狂地爱着她，还为她自杀过一回！虽然她自小就没有多少宗教的情感，可是她却真诚地为他祈祷过。

她也怀着这样的心情来找涅日丹诺夫谈话，她用种种办法想使他拜倒在她的“脚下”。她竭力同他亲近，她好像对他坦白地吐露胸怀，并且怀着殷勤的好奇心，带着半母性的温柔，暗中注意到这个长得非常好看的、动人的、倔强的过激派慢慢地、笨拙地对她软化了。过了一天，一点钟或者一分钟，这一切便会完全消失，不留一点儿痕迹；可是目前她却觉得这是一件称心的事，她觉得有点儿好玩，有点儿可怕，甚至有点儿感伤的味道。她忘记了涅日丹诺夫的身世，又想到这方面的关心容易打动正在感觉到人地生疏的孤寂的人，便向他问起他幼年时期的情况和他的家庭……可是她听见他那支吾的粗鲁的回答，马上猜到自己做错了一件事，她还想挽回这个错误，便更慷慨地对他诉说自己的一些心事……好像在那困人的夏天中午的炎热里一朵盛开的玫瑰张开了它的浓香的花瓣，可是夜晚的凉气一来，它又会把花瓣紧紧地闭上的。

然而瓦连京娜·米哈伊洛夫娜并没有能够完全挽回她的错误。涅日丹诺夫的创痛给触到以后，便不能再像先前那样地信任她了。那个永远跟着他、老是在他心底发痛的创伤又痛起来；他的民主派的猜疑和自责也给唤醒了。"我不是为了这个到 这儿来的，"他想道；他记起帕克林的讥讽的劝告来了。谈话刚刚停顿，他便利用这个时机站起来，微微鞠了一个躬，"带着极蠢的样子"（他忍不住低声这样地讲到他自己）走出去了。

瓦连京娜·米哈伊洛夫娜看见了他的窘相，她含笑地望着他出去，从她的微笑看来，可以断定她还是把他的窘相解释作对她有利的。

涅日丹诺夫在台球房里遇到了玛丽安娜。她站在离西皮亚金娜的房门不远的地方，背向着窗户，两手紧紧地交叉在一块儿。她的脸差不多全给阴影遮住了，可是她一双大胆的眼睛却带着固执的询问，极其倔强地望着涅日丹诺夫，她的紧闭的嘴唇表示出极端的轻蔑和令人难堪的怜悯，他因此惊愕地站住了……

"您有什么话要对我讲吗？"他不由自主地问道。

玛丽安娜停了一会儿才回答：

"没有……也许有；我有话讲。不过不是现在。"

"什么时候呢？"

"等等吧。也许——明天；也许——永不。您瞧，我连您——究竟是什么样的人，也还不知道呢。"

"可是，"涅日丹诺夫又说，"我有时候觉得……我们两个人中间……"

"可是您对我一点儿也不知道，"玛丽安娜打岔说，"好吧，等一等。也许明天。现在我得去找我的……太太。明天见。"

涅日丹诺夫向前走了两步，可是又突然退回来。

"啊，不错！玛丽安娜·维肯季耶夫娜……我老早就想问问您：您可不可以让我跟您一块儿到学校去——去看您在那儿做的事情——趁着学校还没有关门的时候？"

"当然可以……不过我想跟您谈的并不是学校的事。"

“那么谈什么呢?”

“明天见吧。”玛丽安娜又说一遍。

可是她没有等到明天;就在这天傍晚,在离阳台不远的一条菩提树荫路上,她同涅日丹诺夫谈起来了。

十三

她先去找他讲话。

“涅日丹诺夫先生,”她声音急促地说,“我看您完全给瓦连京娜·米哈伊洛夫娜迷住了?”

她没有等他的回答,便掉转身顺着林荫路走去;他也跟上去在她的身旁走着。

“您怎么这样想呢?”他停了一会儿问道。

“难道不是这样吗? 倘使不是这样,那么她今天失算了。我想得到她怎样苦心地经营,她怎样小心地撒下她的小网。”

涅日丹诺夫不做声,只是侧眼望了望这个古怪的交谈者。

“您听我说,”她接着说下去,“我也不想掩饰:我不喜欢瓦连京娜·米哈伊洛夫娜——您知道得很清楚。您会以为是不公道吧……不过请您先想一想……”

玛丽安娜的声音中断了。她红了脸,兴奋起来了……她每次兴奋起来,都像是在发怒似的。

“您也许会在心里暗问:‘为什么这位年轻小姐要对我讲这一切的话呢?’”她又说,“我想,那次我对您讲起……马尔克洛夫先生的时候,您一定也是这样想的。”

她突然弯下身去摘了一朵小小的蕈子,把它折成两段,丢开了。

“您错了,玛丽安娜·维肯季耶夫娜,”涅日丹诺夫说,“刚刚相反,我倒以为我得到了您的信任,——这使我非常高兴。”

涅日丹诺夫的话并不完全真实:这个念头还是他刚刚想起来的。

玛丽安娜望了他一眼。她一直到这个时候都掉开了眼睛不去看他。

“也不能说是您得到了我的信任,”她沉吟地说,“本来我一点儿也不知道您。可是您的处境跟我的太像了。我们两个是一样不幸的;把我们拉拢的就是这个。”

“您不幸吗?”涅日丹诺夫问道。

“您呢——您不是这样吗?”玛丽安娜反问道。

涅日丹诺夫不做声了。

“您知道我的身世吗?”她激动地说,“我父亲的经历?他的流放?不知道?好吧,我来告诉您,他给逮捕了,过了堂,定了罪,褫夺了官职……什么都没有了——又给流放到西伯利亚。他后来死在那儿……我母亲也死了。我舅父西皮亚金,我母亲的弟弟,来照应我;我是花他的钱长大的;他是我的恩人,瓦连京娜·米哈伊洛夫娜是我女恩人——可是我却拿不怀好意的忘恩负义来报答他们,因为可能是我的心肠很硬——而且别人的面包也是不好吃的——我受不了这种宽厚的侮辱——我忍受不了这种寄食的生活……我也不能隐瞒自己的感情——我老是给别人的大头针刺痛,我没有嚷出来,也只是因为我太高傲了。”

玛丽安娜断断续续地说这些话的时候,她的脚步却越来越快了。

她突然站住了。

“您知道我舅母——想把我弄开,要我嫁给……那个讨厌的卡洛梅伊采夫吗?她本来知道我的信念——在她的眼里看来,我是一个虚无主义者——可是他!不用说他是看不上我的,您瞧,我并不漂亮,不过我可以让人卖出去。您瞧,这又是一样恩惠了。”

“那么为什么您不——”涅日丹诺夫刚刚开了口,马上又把话咽下去了。

玛丽安娜望了望他。

“为什么我不答应马尔克洛夫的求婚——您是这个意思吗?是吧?可是叫我怎么办呢?他是一个好人。不过这并不是我的错,我不爱他。”

玛丽安娜又走在前面了,好像她有意给听话的人解除回答她这个意外的自白的义务似的。

他们两人走到林荫路的尽头了。玛丽安娜急急转进一条通过一大片接连不断的云杉林中间的窄路,便顺了这条小路走着。涅日丹诺夫跟在她的后面。他感到双重的惊讶:这个古怪的少女会突然对他这样坦白,把什么话都讲了出来,这是够奇怪的了;可是使他更惊奇的是他并不觉得这种坦白古怪,他反而觉得这是很自然的事。

玛丽安娜突然转过身来,在路当中站住了,她的脸跟涅日丹诺夫的脸相隔有一俄尺[①]的光景,她的一双眼睛牢牢地盯住他的眼睛看。

“阿列克谢·德米特里奇,”她说,“您不要把我舅母当做坏人……她不是!她不过是爱做假,她是一个戏子。她喜欢装模作样,她要所有的人都称赞她是个美人儿,并且拿她当圣人来崇拜!她想出一句中听的话,她对一个人讲了,接着又对第二个人,第三个人说,并且老是假装好像她刚刚想出了这句话似的,她还要用她那对出色的眼睛表达她的意思!她很清楚她自己;她知道她的相貌像圣母[②],她什么人也不爱!她做出非常关心科利亚的样子,其实也不过是常常跟一些聪明人谈谈科利亚罢了。她本人并没有害人的心思……她倒是很仁慈的!然而要是别人当着她的面弄断你全身的骨头……她也毫不在乎!她不会动一根指头去救你;不过要是对她有利,要是她用得着的时候……那么……啊,那么!”

玛丽安娜闭了嘴;怒气堵住了她的咽喉。她很想让它发泄出来,她管不住自己了——可是她再也讲不出话来。玛丽安娜是特殊的一类不幸的人(在俄国,这一类人现在已经不少了)……正义使他们满足,却并不带给他们快乐,他们对于不公正的行为是极其敏感的,他们万分痛恨这种行为。她讲话的时候,涅日丹诺夫注意地望着她;她那张涨红的脸和头上略微散乱的短发,她那两片薄嘴唇的痉挛的哆嗦,在他看来是带有几分威胁的,是有意义的,而且是美丽的。让树枝的密网截断了的太阳光,斜射在她的额上,印下了金色的斑纹——这条火舌倒是跟她整个脸上的激动的表情,她那对大大睁开的、不动的、发光的眼睛和她那讲话时候的热烈的颤音相称的。

“请您告诉我,”涅日丹诺夫后来问道,“您为什么说我不幸呢?您知道我的过去吗?”

玛丽安娜点了点头。

“是的。”

“那么……您是怎样知道的呢?什么人对您讲过我吗?”

“我知道……您的家世。”

“您知道……是谁告诉您的呢?”

“唔,就是那位瓦连京娜·米哈伊洛夫娜,您那么迷恋着的那一位!她没

① 1俄尺合0.71米。

② 这里指的是拉斐尔画的圣母像《西施庭的圣母》。

有忘记当着我的面说，照她往常的办法，顺便淡淡地提起，不过讲得很清楚——不带一点儿同情，倒像一个毫无成见的自由派妇女——她说，我们这位新家庭教师生活里有一件意外的事情！请您不用惊讶，瓦连京娜·米哈伊洛夫娜是这样的脾气：她同样地，而且还带了一点儿同情的调子，几乎对每一位客人都说：'我的外甥女生活里……有一件意外的事情：她父亲因为受贿给流放到西伯利亚去了！'不管她怎样把自己看做是一位贵妇人——其实她不过是一个挑拨是非、装模作样的女人。这就是您那位拉斐尔的圣母！"

"对不起，"涅日丹诺夫说，"为什么说她是'我那位'呢？"

玛丽安娜掉开身子，又顺着小路往前走了。

"因为您跟她谈了那么久的话。"她含糊地说。

"我几乎一句话也没有说，"涅日丹诺夫答道，"只是她一个人在讲话。"

玛丽安娜默默地继续向前走着。在这里小路转了弯，云杉林好像让开了似的，他们的面前现出一块小小的草地来，草地中央长着一棵有窟窿的垂桦，在这棵老树树干的四周，围了一圈坐凳。玛丽安娜在凳上坐下；涅日丹诺夫便坐在她的身旁。在他们两人的头上轻轻地摇曳着长条的垂枝，枝上长满了绿色小叶。在他们四周，稀疏的青草丛中开出了一些铃兰的白花——整个草地上弥漫着嫩草的清香，他们在云杉林里闻够了叫人透不过气来的树脂浓味以后，现在觉得舒畅多了。

"您想跟我一块儿去参观这儿的学校，"玛丽安娜又说起来，"好吧？我们去吧……只是我不知道。您大概不会怎么满意的。您已经听见说过——我们的主要教员就是教堂执事。他是一个好人，可是您简直想不到他对学生讲些什么东西！学生中间有一个男孩……名叫加拉西伊。他是个孤儿，十岁了，您会不会相信，他念书比所有的学生都好！"

跟着话题的突然改变，玛丽安娜自己也仿佛改变了：她的脸色转苍白了，态度也镇静多了，她的脸上现出局促不安的表情，好像她因为刚才说的那些话感到羞愧似的。她分明是想把涅日丹诺夫引到随便一个什么"问题"上面去——譬如学校的问题，农民的问题，——免得他们的谈话仍然像先前那样地紧张。可是这个时候他对"任何问题"都没有兴趣。

"玛丽安娜·维肯季耶夫娜，"他说，"我对您坦白地说：我完全没有料到……我们中间刚才发生的那一切事情（他说到"发生"这个字眼，她便略加注意地听起来），我觉得我们突然就很……很接近了。应当是这样。我们好些时候来就互相接近了;只是我们都没有讲出来。所以我也要毫不隐瞒地对您讲话。您在这儿家里过着痛苦难熬的日子;可是您的舅父——虽然他眼光狭窄,不过据我看来,他倒是个好心人,不是吗?难道他不了解您的处境,不同情您吗?"

"我的舅父?第一——他完全不是一个人;他是一个官僚——一位枢密官或者一位大臣……我不知道。第二……我也不想随意抱怨人,讲别人的坏话:我在这儿的生活并非痛苦、难熬,这就是说,我在这儿并没有受到压迫;我舅母的那些刻薄话,对我实在不算一回事……我完全是自由的。"

涅日丹诺夫惊讶地望着玛丽安娜。

"那么……您刚才对我说的那一切话……"

"您要笑我,就请笑吧,"她接着说,"不过我要是说我不幸——并不是我自己的不幸,我有时好像觉得我在替全俄国受压迫的人、贫苦的人受苦……不,不是在受苦,我是在替他们生气——替他们不平……我准备着为他们……牺牲我的生命。我觉得不幸,因为我是一个小姐——一个寄食的人,我什么事都不能做——什么事都不会做!从前我父亲在西伯利亚、我同妈妈两人留在莫斯科的时候——啊,我多么想到他那儿去!并不是我对他有多大的爱或者多大的尊敬——不过是我自己非常想知道,我要亲眼看见,那些流放人和受迫害的犯人过的是什么样的生活……我多么厌恶我自己,厌恶所有那些安闲、富足的人……后来他回来了,身心两方面都毁了,——他开始低声下气,到处奔走,巴结人……啊……这叫人多么痛苦!他死了倒好!……我妈妈也死了。可是我却留在世上……为了什么呢?为了让我感觉到我的脾气坏,我忘恩负义,我同谁也处不好,我一无所能——对任何事情,对任何人我都是一无所能!"

玛丽安娜掉开身子,她的手滑到了圆凳上。涅日丹诺夫很同情她;他轻轻挨了一下她这只下垂的手……可是玛丽安娜马上将手缩了回去,并非她认为涅日丹诺夫的举动不对,却只是不要——千万不要——让他以为她在向他乞怜。

云杉林的枝叶间远远地露了一下女人的衣服。

玛丽安娜挺起腰来。

"瞧,您的圣母打发她的侦探来了。这个女仆是派来监视我的,她要向她的太太报告,我在什么地方,跟什么人谈话。我舅母大概猜到我跟您在一块儿，她觉得不体面……尤其是她今天在您面前表演了那一场多情的戏以后。的确——现在应当回去了。我们走吧。”

玛丽安娜立起来；涅日丹诺夫也站起来了。她掉过头去看他，她的脸上突然露出一种很动人的、有点不好意思的、差不多孩子气的表情。

“您不会生我的气吧？您不会以为我也是在您面前装模作样吧？是吗？不，您不会的，”她不等涅日丹诺夫回答，便又继续说下去，“您瞧，您和我是一样的不幸，并且您的脾气也……不好，和我的一样，明天我们一块儿到学校去，因为现在我们是好朋友了，是这样吧？”

玛丽安娜同涅日丹诺夫走近宅子的时候，瓦连京娜·米哈伊洛夫娜正站在阳台上拿着长柄眼镜望他们，她带着她通常那种甜甜的微笑慢慢地摇她的头；她随后掉转身子，穿过大开的玻璃门回到客厅里去，西皮亚金已经坐在里面同那位没有牙齿的邻居打起纸牌来了（这个邻居是顺便进来喝茶的），她故意拖长声调，一字一字地大声说：

“空气多么潮湿！这对身体不好！”

玛丽安娜同涅日丹诺夫对望了一眼；西皮亚金刚刚赢了对方的牌，便用真正的大臣的眼光斜着往上看了看他的妻子，然后又把他这带着睡意的、冷冷的、却又是很敏锐的眼光掉去看那两个刚刚从黑暗的园子里进来的年轻人。

十四

又过了两个星期。一切事情照常进行。西皮亚金处理日常事务，即使不像一位部长，至少也像一位司局长，他仍然保持他那高傲、仁慈、而又爱挑剔的态度；科利亚照常念书；安娜·扎哈罗夫娜还是仿佛有一肚皮怨气的样子；客人来来去去，谈着闲话，打牌，好像毫不厌倦似的。瓦连京娜·米哈伊洛夫娜依旧常常对涅日丹诺夫献殷勤，不过她的亲切中掺了一点儿好意的讽刺。涅日丹诺夫和玛丽安娜成了亲密的朋友——他惊奇地发觉她的性情竟是相当平和，他可以同她谈任何事情，都不会碰到她十分激烈的反对。她陪他去学校参观了两次，可是他头一次去的时候，就知道他在那儿做不了什么事情。学校完全受着那位可敬的教堂执事的支配，这是得到西皮亚金的许可的，而且还是西皮亚金出的主意。那个教堂执事教语文课教得相当好，不过方法很旧——在考试的时候，他却出了一些够荒唐的问题；譬如有一天他问加拉夏，“云中暗水”应当怎样解释，加拉夏不得不按照这个教堂执事的解释回答道：“这是不可解释的。”还有一层，就是这个学校不久就要放暑假，要到秋天才开学。涅日丹诺夫记起了帕克林和别的朋友的劝告，他极力设法同农民接近；然而他不久就明白他只是尽可能地用自己的观察力去研究他们，并没有做一点宣传工作！他过去差不多都是在城里度过的，因此他和乡下人的中间便有一条他跨不过的大沟。涅日丹诺夫居然同酒鬼基里洛，甚至同“绷着脸”缅杰列伊讲过话了；可是，说也奇怪！他好像害怕他们，而且除了几句很短的普通骂人话以外，他从他们那儿什么也没有听到。另外一个农民菲丘耶夫叫他毫无办法。这个农民的面孔很强悍，看起来倒有点儿像强盗……“好，这个人一定靠得住。”涅日丹诺夫想道。可是后来怎样呢？菲丘耶夫却是一个单身无家的农民；米尔[①]把他的地收去了，因为他（一个健康而且有力气的人）不能够干活。“我不能够！”菲丘耶夫哀声呻吟，又发出一声长叹，抽抽噎噎地对人说，“我不能够干活！杀掉我吧！不然我会自杀的！”结果他在街上向人讨铜板来买面包糊口了……他的脸和利纳尔多·利纳尔狄尼[②]的完全一样。对工厂工人，涅日丹诺夫也没有办法；这班家伙不是太活泼，就是太消沉……涅日丹诺夫简直跟他们讲不上话来。他给他的朋友西林写了一封长信谈论这件事情，苦恼地抱怨他自己的无能，他把这个归罪于他受的教育不好和他那种很糟糕的美学癖！他突然得出结论，认为他在宣传工作上的任务是用文字，而不是用口头语言；可是他计划写的小册子一本也没有写成。凡是他勉强写下来的东西，照他自己看来，都显得虚伪，不自然，在语调和文辞两方面都不正确，而且有两次——啊，真可怕！——他不知不觉地又要做起诗来了，或者又跑到怀疑主义的、个人的表白上面来了。他甚至下了决心把他自己的失败告诉玛丽安娜（这是信任同亲密的重要表示！）……他又惊奇地发现她对他表同情，自然不是同情他的文学趣味，她同情的却是目前正在折磨他的那种精神的病态，这种病她多少也有一点儿。玛丽安娜跟他一样地反对美学；可是事实上她不爱马尔克洛夫、不肯同他结婚的理由却正是因为马尔克洛夫没有一点儿美学观点！不用说，玛丽安娜还没有勇气向自己承认这个，可是我们知道，我们自己也还不怎么理解的秘密，正是我们身上最强的东西。

---

① 即农村公社，旧乡村自治的组织。

② 利纳尔多·利纳尔狄尼是德国小说家吴尔皮乌斯（1762—1827）的同名长篇小说的主人公，一个侠盗。

日子就这样慢慢地过去了,虽然不很平稳,却也并不乏味。

涅日丹诺夫的心上发生了奇怪的变化。他不满意自己,不满意他的活动,也就是说,他的不活动;他的话里几乎总是带有自我谴责的严厉与刻毒的苦味;可是在他的内心,在他的心灵的深处,感觉却不坏;他甚至有一种安慰的感觉。这是乡村幽静的环境、新鲜的空气、夏天的气候、可口的饮食、闲适的生活等等的结果呢?还是由于他生平第一次尝到同女性心灵接触的甜蜜?——这是很难说的。不过,不管他怎样向他的朋友西林诉苦,而且是真心诉苦,其实他心里倒很轻松。

然而涅日丹诺夫的这种心情在一天里面就突然让人粗暴地破坏了。

那天早晨涅日丹诺夫收到瓦西里·尼古拉耶维奇的一封信,要他和马尔克洛夫一面等待以后的指示,一面马上去见前面说过的那个索洛明和一个叫戈卢什金的商人(这是一个住在C城的"旧教派"[①]),同他们取得联络。这封信使涅日丹诺夫非常激动;他在信上隐约地看到对他的无所事事的责备。这些时候仅仅表现在文字上的苦恼,现在又从他的心底升上来了。

卡洛梅伊采夫来吃午饭,他带着很苦恼、很激动的样子。

"你们想象看,"他差不多带着哭声说,"我刚才在报上看到一个多么可怕的消息:我的朋友,我亲爱的米哈伊尔,塞尔维亚的公爵,在贝尔格莱德给坏人暗杀了。[②] 要是我们不断然制止这些雅各宾派和革命党的话,不知道他们还会干出什么事情来!"

西皮亚金"要求讲几句话",他说这种卑鄙的暗杀大概不是雅各宾派干的,"在塞尔维亚可以说是没有这种人,"这是奥布列诺维奇的敌人卡拉盖奥尔吉耶维奇[③]的党人干的……可是卡洛梅伊采夫不肯听这些话,他仍然带着哭声说,那位遇害的公爵怎样喜欢他,还送给他一支多漂亮的枪!……他越说越激动,怒气也越往上升,他从外国的雅各宾派讲到本国的虚无主义者和社会主义者,后来他居然痛骂起来。他照流行的办法,两只手抓起一块大的白面包,在他的汤盘上掰成两半,就像在Café Riche[④] 地道巴黎人那样的派头,他表

---

① 即分离派教徒。

② 米哈伊尔·奥布列诺维奇于一八六八年七月在贝尔格莱德被奥国特务暗杀。

③ 卡拉盖奥尔吉耶维奇:塞尔维亚(1808—1813,1842—1858,1903—1918)和南斯拉夫(1918—1941年)统治者的朝代。

④ 法语:利席咖啡店。

示对那些不论跟任何人或者任何事情作对的人，他要把他们全砸碎，全捣成粉碎！！他就是照这样说的。“时候到了！时候到了！”他把汤匙送到嘴边，接连嚷道，“时候到了！时候到了！”他又说一遍，同时把他的酒杯递给听差为他斟白葡萄酒。他又尊敬地谈起那些伟大的莫斯科政论家①来——并且“Ladislas, notre bon et cher Ladislas.②”也不断地挂在他的嘴上。他说话的时候，眼睛不时望着涅日丹诺夫，好像都是对他说的。“喂，你听着吧！”他好像在说，“看我揍你！我这是对付你的！这又是对付你的！”涅日丹诺夫后来再也忍不下去了，他开始反驳，他的声音的确有一点儿颤抖（当然不是由于胆怯），还有点嘶哑；他出来替年轻一代人的希望、原则和理想辩护。卡洛梅伊采夫马上尖声回答——他生气的时候老是用假嗓讲话——并且咒骂起来。西皮亚金态度尊严地站在涅日丹诺夫的一边；瓦连京娜·米哈伊洛夫娜也赞成她丈夫的意见，安娜·扎哈罗夫娜极力想引开科利亚的注意，她的愤怒的眼光从她那顶垂下来的包发帽下面抬起来，无目的地向四处张望；玛丽安娜好像变成了石头似的坐在那儿，动也不动一下。

可是涅日丹诺夫听见拉狄斯拉斯的名字给讲到第二十次的时候，突然冒起火来，拿手掌在桌子上猛拍一下，大声叫道：

“好一个权威！好像我们不知道这个拉狄斯拉斯是什么东西似的！他不过是一个天生的走狗罢了！”

“啊……啊……您……您……您……在……在说些什么？”卡洛梅伊采夫气得结结巴巴地大声说……“您怎么敢这样批评一位大人物，像布拉津克拉姆普夫伯爵同科夫里日金公爵③那样有地位的人都很尊敬他！”

涅日丹诺夫耸了耸肩头。

“介绍得很好：科夫里日金公爵，那个势利小人……”

“拉狄斯拉斯是我的朋友，”卡洛梅伊采夫尖声叫道，“他是我的同志——而且我……”

“那么更对不起您了，”涅日丹诺夫打断他的话说，“这就是说您的见解同

---

① 指反动的政论家卡特科夫和列昂节夫。

② 法语：拉狄斯拉斯，我们的亲爱的好拉狄斯拉斯。

③ 布拉津克拉姆普夫和科夫里日金都是虚构的人物。科夫里日金影射反动诗人维亚泽姆斯基（1792—1878），他主持过书刊检查机关。批评家别林斯基说他是“贵族社会的公爵，文学界的走狗”。

他的一样，那么我的话也可以用到您的身上。”

卡洛梅伊采夫气得脸发白。

“什……什么？什么？您怎么敢？您要……马上……受……”

“您高兴马上拿我怎么办呢？”涅日丹诺夫带着讥讽的客气第二次打断了他的话。

要不是西皮亚金在这两个仇人刚刚争吵的时候就出来劝阻，那么不知道这一场争吵会得到什么样的结局。西皮亚金提高声音，摆出一副庄严的神气，这里面究竟是政府要员的威风占优势呢，还是家主的尊严居上，这是很难说的——他带着镇静的坚决态度说，他不愿意在他的桌上再听见这种放肆的言论；他又说，他很早就定下了一个规则（他改正道：“神圣不可侵犯的规则”），要尊重一切的信仰，不过有一个条件（他说到这里，就把他那戴着刻有纹章的戒指的食指伸起来），就是，不得超越礼节和规矩的范围；因此他一方面不得不责备涅日丹诺夫先生的言论未免有失检点，不过在涅日丹诺夫先生这样的年纪，这倒是可以原谅的；另一方面他又不能同意卡洛梅伊采夫先生攻击敌对阵营里的人的态度，可是这种过火的举动也还是出于对公众利益的热心。

“在我的屋檐下，”他结束地说，“在西皮亚金家的屋檐下，既没有雅各宾派，也没有走狗，有的都是诚实的人，他们一旦彼此了解，就会互相握手的。”

涅日丹诺夫同卡洛梅伊采夫两个都不做声了，可是他们并没有握手；显然他们互相了解的时候还不曾来。正相反，他们从来没有像现在这样厉害地彼此憎恨过。午饭就在这种不愉快的、令人难堪的沉默中结束了；西皮亚金勉强讲了一段外交界的趣事，但是讲到一半就打住了。玛丽安娜始终埋下头望着她面前的盘子。她不愿意把涅日丹诺夫的言论在她心中唤起的同情表露出来——这并不是由于胆小，啊，不是！主要的是，她不肯让西皮亚金娜看出她的秘密。她觉得西皮亚金娜的锐利的眼光正牢牢地盯在她的脸上。事实上西皮亚金娜的眼睛就一直望着她和涅日丹诺夫两个。他意外地发脾气起初叫这位聪明的太太大吃一惊，可是后来她好像恍然大悟了，因此她由不得暗暗地叫了一声：“啊呀！……”她突然猜想到涅日丹诺夫从她的身边溜开了——这个涅日丹诺夫不久以前还是在她的掌握之中的。“那么出了什么事了……是玛丽安娜吗？是的；一定是玛丽安娜……她喜欢他……是的，他也……”

“应该想个办法。”她这样结束了她的考虑。然而卡洛梅伊采夫还是气得不得了。甚至两个小时以后，他打纸牌叫“不要”或者“我买”的时候，他的心还在痛。虽然他装出“满不在乎”的神气,可是他的声音里却有一种受委屈的隐忍的颤音!事实上只有西皮亚金一个人非常满意这件事情。他有了机会来显示他的雄辩的力量,镇慑刚刚起来的风暴……他通晓拉丁文,不会不熟悉维吉尔的“Quos ego!”①他没有意思把自己比作镇慑暴风雨的海神;可是他想起了海神,便有同情的感觉。

十五

涅日丹诺夫等到了适当的机会,便告辞出来,回到房里,把自己锁在里面。他不想看见任何人,只除了玛丽安娜。她的屋子是在一条长廊(这条长廊把整个二楼分隔成了两个部分)的尽头。涅日丹诺夫只到她的房里去过一次,而且仅仅坐了几分钟;可是他忽然觉得要是他这个时候去敲她的房门,她一定不会生气,恐怕她自己还有话跟他讲呢。现在已经相当迟,大概十点左右了;西皮亚金夫妇认为在饭桌上的争吵以后,没有必要去打扰他,他们继续陪卡洛梅伊采夫打牌。玛丽安娜吃过饭以后不久也就不见了,瓦连京娜·米哈伊洛夫娜两次问起了她。“玛丽安娜·维肯季耶夫娜到哪儿去了呢?”她起先用俄语问,后来又用法语问了一遍,她的话并不是单单向某一个人发问的,倒可以说是向墙壁发问的,这是一般吃惊不小的人的常态;可是过了一会儿,她也就专心去打牌了。

涅日丹诺夫在他的屋子里来回走了几遍,然后沿着长廊走到玛丽安娜的门前,在门上轻轻地敲着。没有应声。他再敲了一次,想打开门……门是锁着的。可是他刚刚回到自己房里,在桌子前面坐下来,他的门忽然嘎嘎地轻轻响了一声,他听见玛丽安娜的声音说:

“阿列克谢·德米特里奇,是您到我那儿来的吗?”

他马上跳起来,跑到廊上去;玛丽安娜站在他门前,手里拿着一支蜡烛,脸色灰白,动也不动一下。

“是的……我……”他低声说。

“来,”她说,便顺着长廊走去,可是还没有走到长廊的尽头,她忽然站住

---

① 维吉尔(公元前70—前19),古罗马诗人。“Quos ego”引自维吉尔的长诗《埃涅阿斯纪》第一卷,这是愤怒的海神对海上风暴说的威慑的话。原意是“我要惩罚那些……”。他只讲了两个词就打住了,没有把“要惩罚(ulciscar)”这个动词讲出来。

了,用手推开了一道矮矮的门。涅日丹诺夫看见一间小小的、差不多空空的屋子。“还是到这里面去好,阿列克谢·德米特里奇,这儿没有人打扰我们。”涅日丹诺夫顺从了。玛丽安娜把蜡烛放在窗台上,便转过身向着涅日丹诺夫。

“我明白您为什么想看见我,”她说,“您在这个公馆里很痛苦,我也是一样。”

“是的,我想看见您,玛丽安娜·维肯季耶夫娜,”涅日丹诺夫答道,“不过自从我跟您熟了以后,我在这儿就不觉得痛苦了。”

玛丽安娜若有所思地笑了笑。

“谢谢您,阿列克谢·德米特里奇;可是请告诉我,经过这一切不愉快的事情以后,难道您还要在这儿住下去吗?”

“我想他们不见得会要我住下去,他们会辞退我!”涅日丹诺夫答道。

“您不自动辞职吗?”

“自动? ……不。”

“为什么呢?”

“您要我说真话吗? 因为您在这儿。”

玛丽安娜埋下头,朝屋子里面稍微走了两步。

“而且还有,”涅日丹诺夫继续说,“我还得留在这儿。您一点儿也不知道——不过我愿意,我还觉得我应当,把什么都告诉您。”他走近玛丽安娜,握着她的手。她没有把手缩回去,却只是望着他的脸。“请听吧!”他突然感到一种强烈的冲动,大声说,“请听我说!”房里本来有两三把椅子,他也不坐下,却仍然站在玛丽安娜面前,握住她的手,马上热情地、热烈地、连他自己也没有料到那样滔滔不绝地对她讲起他的计划、他的意图、他接受西皮亚金聘请的理由,——还有他的亲戚、朋友、他的过去,凡是他平日不肯讲的,凡是他从来没有对人讲过的一切,他都对她讲了! 他又讲起他收到的那些信,讲起瓦西里·尼古拉耶维奇,讲起所有的事——连西林也讲出来了! 他说得很快,没有停顿,也没有一点儿犹豫,好像他在责备自己,没有早把他的一切秘密告诉玛丽安娜,好像他在求她原谅似的。她注意地、贪婪地听着他讲话;起初她很惊讶……但是这种感觉马上就消失了。她心里充满了感激、骄傲、倾心、决意。她的脸、她的眼睛发起光来;她把她的另一只手放在涅日丹诺夫的手上,非常兴奋地张开她的嘴唇……她突然显得十分美丽了!

他后来终于闭了口,望着她,好像他还是第一次看见这张脸似的,虽然这张脸对他已经是极其亲切、极其熟悉的了。

他发出了一声深深的长叹……

“啊！我把什么事都对您说了，我做得真好！”他的嘴唇几乎讲不出话来了。

“是的，好……好！”她也轻轻地跟着他说。她不知不觉地在摹仿他，她的声音也快要讲不出话了。“这就是说，您知道，”她继续说，“我现在愿意听您的差遣，我愿意替你们的事业做一点点事情；不论什么事，只要是应该做的，我都愿意做，不管要我到什么地方，我都去；我始终全心全意地盼望着做您高兴的事……”

她也不做声了。她再说一句话，感动的眼泪就会畅快地落下来了。她的坚强的性情突然像蜡一样地软化了。现在支配着她的就是那个对于活动的渴望，对于牺牲，对于立刻牺牲的渴望。

门外响起了什么人的脚步声——是小心的、急速的、轻轻的步子。

玛丽安娜突然伸直了身子，缩回了她的手——她的心情马上改变，她快活起来了。一种轻视的表情，大胆的表情在她的脸上闪现出来。

“我知道这个时候是谁在偷听我们，”她故意把声音提得很高，让每个字清清楚楚地传到廊上去，“是西皮亚金夫人在偷听我们……可是我一点儿也不在乎……”

沙沙的脚步声听不见了。

“现在怎样呢？”玛丽安娜转身对涅日丹诺夫说，“我应当怎么办？我怎么给您帮忙呢？告诉我……快告诉我！我怎么办？”

“怎么办？”涅日丹诺夫说，“我还不知道……我收到马尔克洛夫的信。”

“什么时候？什么时候？”

“今天晚上。明天我得跟他一块儿到工厂去看索洛明。”

“是的……是的……马尔克洛夫——又是一个很好的人！他是个真正的朋友。”

“就像我这样吗？”

玛丽安娜笔直地望着他的脸。

“不——不像您这样。”

“怎样呢？……”

她突然把脸掉开了。

“啊！难道您还不明白您在我的心中是什么样的人和我这个时候有什么样的感觉吗？……”

涅日丹诺夫的心跳得很厉害，他不由自主地埋下了眼睛。这个少女，她爱上了他，爱上他这个无家可归的不幸的人——她十分信任他，她准备跟随他，同他一块儿去追求同一个目标。这个非常好的姑娘——玛丽安娜——在这一刻在涅日丹诺夫的心目中成了世间一切真和善的化身——成了他从没有尝过的家庭、姊妹、妻子的爱的化身，——成了祖国、幸福、斗争、自由的化身！

他抬起头来，看见她的眼睛又在望他了……

啊，这明亮的、美丽的眼光一直射到他的灵魂的深处！

“所以，”他声音不稳定地说，“我明天要去……等我从那儿回来的时候，我要告诉……您……（他突然觉得对玛丽安娜用这个客气的称呼“您”并不恰当。）我要告诉您我了解了些什么，我们决定了些什么事情。从此以后，凡是我要做的，凡是我会想到的，任何事情，我都让你……第一个知道。”

“啊，我的朋友！”玛丽安娜大声说，她又抓住他的手，“我也一样地答应你。”

这个“你”字从她的嘴里出来，非常容易，非常简单，好像是十分自然的事情——好像这是意气相投的知己朋友之间的称呼“你”一样。

“我可以看信吗？”

“信在这儿，在这儿。”

玛丽安娜匆匆地看了信，她差不多怀着敬意地抬起眼光望着他。

“他们交给你这样重要的任务吗？”

他回答她一笑，便把信放回他的衣袋里去了。

“多奇怪，”他说，“我们彼此表白了爱情——我们互相爱着——可是我们并没有讲过一句爱情的话。”

“为什么要讲呢？”玛丽安娜低声说，她突然扑过去搂住他的脖子，她的头紧紧靠在他的肩上……他们连吻也不接一次——大概这太庸俗了，而且不知道因为什么，还觉得有点儿可怕——至少他们两个有这样的看法——他们只是紧紧地再握了一次手，就马上分开了。

玛丽安娜回转去取她先前放在空屋子窗台上的蜡烛，——只有在这个时候她才有一种类似困惑的感觉。她吹灭了烛，在浓浓的黑暗中急急走过长廊，回到她的屋子里，她又在黑暗中脱去衣服，上了床——不知道因为什么现在这黑暗倒使她感到很愉快。

十六

第二天早晨涅日丹诺夫醒来,他想起昨天晚上发生的事情,并不觉得有一点儿不安;他反而充满了一种轻松的、清醒的快乐,好像他做了一件本来早就该做的事情一样。他去向西皮亚金请了两天的假,西皮亚金马上答应了,不过态度很严肃。涅日丹诺夫便动身到马尔克洛夫家里去。在动身之前他设法跟玛丽安娜见了一面。她也没有露出一点儿害羞或者不安的样子;她安静地、坚决地望着他,很自然地称他:"你"。她只是关心他会在马尔克洛夫那儿知道些什么事情,她要求他详细地全讲给她听。

"这是不用说的。"涅日丹诺夫答道。

"其实,"他想道,"我们为什么要担心呢?在我们的友谊上,个人的感情倒占着……次要的地位——不过我们是永远不会分开的了。这是为了事业吗?对,为了事业!"

涅日丹诺夫这样想着,他自己也不怀疑,他的思想里究竟有多少是真的,有多少是假的。

他看见马尔克洛夫的情绪仍然是那样疲倦和沉郁。他们草草地吃了午饭,便坐上前一次坐过的四轮马车(第二匹边套的马很年轻,而且从来没有拉过车,因为马尔克洛夫的那匹马还瘸着腿,他只好向农民租了一匹耕马来代替),到商人法列耶夫的大纺纱厂去找索洛明。涅日丹诺夫的好奇心给唤起来了:他很想接近他最近听见人谈得很多的那个人。索洛明已经得到了通知:这两位客人刚刚在工厂大门前停下来,说出他们的姓名以后,马上让人引进"工程师—厂长"住的那间并不好看的小小的侧屋里去了。索洛明当时正在工厂的正屋里;一个工人跑去唤他,涅日丹诺夫和马尔克洛夫便走到窗前去看外面的景象。工厂显然很兴旺,工作十分繁忙;到处都有不停的活动的闹哄哄的声音:机器的喘息声和敲打声,织布机的响声,轮子的嗡嗡声,皮带的拍击声;同时手推车、大桶和载货马车不断地进进出出;发号施令的大声吼叫夹杂在铃声和哨声中间;男工穿粗布外衣,腰间系一根带子,用一根皮带束着头发,女工穿印花布衣服,他们匆忙地来来去去;装上马具的马让人牵过去了……这是上千人紧张得像弦一样地用全力工作时发出来的闹声。一切都有规律地、照着合理的方式积极地进行；无论什么地方，无论什么东西，不但没有一点儿优美、整齐的样子，连整洁也谈不到；刚刚相反，到处是疏忽、龌龊、煤烟。这儿一扇玻璃窗破了，那儿墙上灰泥脱落了，板壁缺了一些，门又张开了大口；正面大天井当中有一个大的黑水洼，积了一洼脏水，泛着彩虹的颜色；远处分散地堆了一些砖；泥地上四处都是蒲席和麻袋的破片、箱子同一些断绳；几只长毛蓬蓬、肚子干瘪的狗懒洋洋地走来走去，连一点儿叫声也没有；在一个角上，篱笆下面坐着一个乱头发、大肚皮的四岁光景的小孩，他一身都是煤烟，伤心地哭着，好像所有的人都不理他似的；在他旁边有一头同他一样满身煤烟的母猪，给一群吃奶的小猪围着，它正在大吃卷心菜头；晾在拉长的绳子上的破烂内衣随风飘动——到处都是这么一种气味，这么一种恶臭！一所俄国的工厂，不错；却不是一所德国的或者法国的工厂。

涅日丹诺夫看了马尔克洛夫一眼。

“我听见好多人讲索洛明很能干，”他说，“我得说，这一切混乱实在叫我吃惊；这是我没有料到的。”

“这不是混乱，”马尔克洛夫忧郁地答道，“这是俄国式的不爱干净。不过——这是几百万卢布的事业！他不得不顺从旧的习惯，适应事业上的需要，还要照顾老板本人的意见。你知道法列耶夫是什么样的人吗？”

“一点儿也不知道。”

“他是莫斯科最大的吝啬鬼。一句话，是个资本家。”

这时索洛明走进房来。他本人跟工厂一样，又叫涅日丹诺夫失望了。看头一眼，他好像芬兰人，或者更像瑞典人。他是高个子、浅黄色头发、宽肩膀、干瘦的人；他有一张黄色的长脸，一个短而阔的鼻子，一对极小的带绿色的眼睛，一种安详的眼光，两片向前突出的厚嘴唇，两排大大的白牙齿和一个刚刚让茸毛盖满的、中间凹进去的下巴。他一身打扮同一个手艺人或者一个火夫差不多，他身上穿一件口袋松垂的旧厚呢上衣，脑袋上戴一顶弄皱了的油布便帽，脖子上围一条羊毛围巾，脚上穿一双涂柏油的长靴。一个四十岁左右的男人同他一块儿进来；这个人穿了一件普通的厚呢长外衣，有一副极其灵活的茨冈人的面貌和一对锐利的漆黑的眼睛，他一进房来就用这对眼睛打量涅日丹诺夫……马尔克洛夫是他已经认识的。他名叫帕维尔；据说他是索洛明的得力助手。

索洛明不慌不忙地走到两位客人面前，默默地伸出他那只长了茧子的瘦骨嶙峋的手把他们的手先后握过了，从抽屉里拿出一个封好的纸包，他还是不说一句话，把纸包递给帕维尔，帕维尔接过来，马上走出去了。索洛明伸了一个懒腰，咳嗽了一声；手一动把那顶便帽从后脑勺上扔开了，便在一把油漆过的小木椅上坐下，他指着一把同一类的长椅对马尔克洛夫和涅日丹诺夫说：

“请坐。”

马尔克洛夫首先向索洛明介绍了涅日丹诺夫；索洛明又同涅日丹诺夫握了一次手。然后马尔克洛夫谈起“事业”来，提到瓦西里·尼古拉耶维奇的信。涅日丹诺夫把信交给索洛明。索洛明注意地、从容地读着，他的眼睛跟着字迹一行一行地在纸上移动，涅日丹诺夫一直在旁边望着他。索洛明坐在靠近窗口的地方；已经下沉的太阳明亮地照着他那张略带汗迹的晒黑了的脸和他那带灰尘的浅黄色头发，在上面洒下许多金色的光点。他读信的时候，他的鼻孔微微颤动，而且鼓胀起来，他的嘴唇动着，好像他在念着每一个字似的；他双手紧紧捏住信纸，把它捧得高高的。不知道因为什么缘故，这一切倒使涅日丹诺夫感到愉快。索洛明把信交还给涅日丹诺夫，对他笑了笑，随后又去听马尔克洛夫讲话。马尔克洛夫不住地讲着，讲着，可是后来他终于讲完了。

“您知道吧，”索洛明说，他那略带嘶哑的声音是年轻而有力的，涅日丹诺夫听来觉得很愉快，“在我这儿谈话不大方便；让我们到您那儿去，您府上离这儿也不过七里地。我想你们是坐马车来的吧？”

“是的。”

“好……车里会有我的坐位吧。一小时以后我的工作就完了，我就完全自由了。我们要好好谈一下。您也有空吗？”他掉转头向涅日丹诺夫问道。

“一直到后天都有空。”

“好极了。我们就在他家里过夜。谢尔盖·米哈伊雷奇，可以吗？”

“这还用问！当然可以。”

“好吧——我马上就好了。我只要把身上稍微弄干净一点儿。”

“您工厂的事情怎样呢？”马尔克洛夫含有用意地问道。

索洛明朝旁边看了看。

“我们要好好谈一下，”他又说一遍，“稍微等一会儿……我马上就好了……我忘了一点儿事情。”

他出去了。倘使他先前没有给涅日丹诺夫留下一个好的印象，那么涅日丹诺夫大概会想，也许甚至会问马尔克洛夫：“他是不是故意躲开？”可是这一类的问题他连想也不曾想过。

一个钟点以后，在这座大楼的每一层，从所有的楼梯，从所有的门里，大群的喧嚷的工人拥了出来，马尔克洛夫、涅日丹诺夫和索洛明坐的马车也就在这个时候出了工厂的大门到大路上去了。

"瓦西里·费多特奇！要干起来吗？"帕维尔把索洛明送到大门口，末了大声问道。

"等一等，……"索洛明答道。他接着向他的朋友们解释道："这是夜班的事。"

他们到了博尔旬科沃，在那儿吃了晚饭（这大半是为了礼貌的关系），随后就抽起雪茄烟、谈起话来，这是俄国人那种讲起来就没完没了的夜间长谈，像这种形式的长谈在任何另外一个国家的人们中间都是很少有的。不过就是在谈话的时候，索洛明也并没有满足涅日丹诺夫的期望。他讲话非常少……少得几乎可以说他并没有讲过话；可是他听得很注意，要是他偶尔发表一点儿意见或者批评一两句，他的话总是有道理，有分量，而且很短。索洛明看来并不相信俄国就要发生革命；可是他不愿意把自己的意见强加给别人，他也不阻止他们去试一下，而且他不是站得远远地观望，他倒是站在他们的近旁。他同彼得堡的革命者很熟，并且在某种程度上同情他们，因为他自己也是老百姓出身的；可是他明白就是这些老百姓（离了这些老百姓"你什么事也做不了"）由于环境所迫，对革命还是很冷淡，对他们需要做长时期的工作，使他们有所准备，然而这不是那些革命者的方法和手段所能办到的。因此他才站在一旁，不过这并不是一个伪君子或者一个滑头的办法，他倒像一个有见识的年轻人，不肯白白地牺牲自己或者别人。至于听呢……他为什么不听别人的意见，并且要是能够的话，他为什么不想多知道一些呢？索洛明是教堂执事的独子；他有五个姊妹，全嫁给教士和教堂执事了；可是他得到他那个严肃而头脑清醒的父亲的许可，离开了宗教学校去学数学，他对力学特别感兴趣；他到一家英国人办的工厂里工作，那个英国人像父亲似地爱他，并且供给他到曼彻斯特①去留学，他在那儿住了两年，还学会了英语。他不久前才到这个莫斯科商人的厂里来做事。虽然他对他的部下很严（这种作风是他在英国学来的），可是他们对他还是有好感，他们说："自己人！"他的父亲对他很满意，叫他做"切实可靠的

---

① 曼彻斯特是英国的工业城市，棉布制造业的中心。

人”,他父亲惟一抱怨的地方,就是儿子不想结婚。

我们已经讲过,在马尔克洛夫家里夜间长谈中间,索洛明几乎没有讲过一句话;可是等到马尔克洛夫谈起他对工厂工人怀着期望的时候,索洛明便照自己的习惯简单明了地说,我们俄国工人跟外国工人不同,——是最不爱说话的人。

“农民呢?”马尔克洛夫问道。

“农民?他们中间现在出了好些富农,而且一年一年地多起来;富农只知道自己的利益;其余的人都是绵羊,愚昧无知。”

“那么我们到哪儿去寻找呢?”

索洛明笑了笑,说:

“你们寻找,就寻到。①”

他脸上差不多一直带着笑容,他的笑容同他本人一样,也是非常老实的,却又不是毫无意义的。他对待涅日丹诺夫的态度很特别;这个年轻大学生在他的心中唤起了同情,并且差不多是慈爱的感情。

在这次夜间长谈的中间涅日丹诺夫突然急躁起来,十分激动;索洛明静静地站了起来,大踏步穿过屋子,把涅日丹诺夫脑后的一扇开着的小窗关上了……

讲话的人吃惊地望着他,他好意地说:“您不要受凉才好。”

涅日丹诺夫便开始问他,在他管理的工厂里,他打算实行什么样的社会主义思想,他的做法是不是要叫工人也分到一份利润。

“好朋友!”索洛明答道,“我们办了一所学堂和一所小医院,可是连这一点儿我们的老板也像熊一样不肯让步!”

只有一次索洛明认真发了脾气,把他有力的拳头在桌子上用劲地捶了一下,叫桌子上所有的东西,连放在墨水瓶旁边的一普特重的哑铃在内,全蹦了起来,因为他听见讲起一桩法院压迫工会的不合理的做法……

涅日丹诺夫同马尔克洛夫谈起怎样“动手”,怎样实行他们的计划的问题,索洛明仍旧怀着好奇心,甚至带着敬意地听着;可是他自己却没讲过一句话。他们一直谈到凌晨四点钟。他们什么话不谈到呢!马尔克洛夫也曾带了点儿神秘意味地讲到那个不知道疲倦的旅行家基斯利亚科夫,讲到他的书信,

---

① 这是《圣经·新约·马太福音》第七章第七节中耶稣的话。

它们越来越有趣味了；他答应拿几封给涅日丹诺夫看，他还答应让他带回家去，因为那些信很长，字迹又不清楚；而且信里面含有不少的学问，甚至还有诗，并不是什么浅薄的打油诗，却是带着社会主义倾向的诗！马尔克洛夫从基斯利亚科夫讲到兵，讲到副官，讲到德国人，最后他又讲到他的论炮兵的文章；涅日丹诺夫谈海涅和别尔纳的对立，①谈蒲鲁东，谈艺术上的现实主义；索洛明只是听着，听着，边思索，边抽他的烟，脸上一直带着笑容，他没有讲过一句俏皮话，可是他好像比任何人更明白问题究竟在什么地方。

钟敲了四点……涅日丹诺夫和马尔克洛夫倦得快要站不住了，索洛明却还是很有精神。朋友们分别了，不过他们已经约定第二天到城里去看旧教派的商人戈卢什金，谈宣传的事。戈卢什金本人很热心，而且他还答应介绍一些新的信徒！索洛明表示他怀疑是否值得去拜访戈卢什金。可是他后来也认为值得去一趟。

十七

马尔克洛夫的客人们还在睡觉的时候，他的妹子西皮亚金夫人差人送了一封信来。在信里瓦连京娜·米哈伊洛夫娜对他讲了一些家庭琐事，并且向他要回他借去的一本书，——末了她在“又及”里顺便告诉他一段“有趣的”新闻：他的旧爱玛丽安娜爱上了家庭教师涅日丹诺夫，家庭教师也爱上了她，她，瓦连京娜·米哈伊洛夫娜并不是在传播别人的闲言闲语，她是亲眼看见、亲耳听见的。马尔克洛夫的脸色变得像黑夜那样的阴沉……可是他不说一句话；他吩咐把书交给来人，他看见涅日丹诺夫下楼来的时候，照常向他问好，甚至把他答应过的一包基斯利亚科夫的书信给了他；不过他并不留下来陪伴涅日丹诺夫，却出去“料理事务”去了。涅日丹诺夫也就回到自己的屋子里翻看刚刚拿到的这些信。那个年轻的宣传家在信里老是讲他自己，讲他紧张的活动；据他自己说，他在最近一个月里走了十一个县，到过九个县城，二十九个村子，五十三个小村庄，一个田庄和八个工厂；他在干草棚里睡了十六个夜晚，在马

① 亨·海涅(1797—1856)，德国诗人。一八四〇年他出版了小册子《路德维希·别尔纳》，批判小资产阶级评论家和政论家路·别尔纳(1786—1837)的艺术和政治的观点。涅日丹诺夫在这里谈起他们的对立，显然是由于读到俄国革命民主主义评论家德·伊·皮萨列夫一八六七年发表的论文《亨利希·海涅》而产生的新印象，这篇文章对海涅和别尔纳的论争作了分析。

房里睡了一夜,甚至在牛棚里睡过一夜(他在这儿还打了括弧,标上注意符号,表示他对跳蚤一点儿也不在乎);他去过农民的土屋,工人的集体宿舍;他到处教训人,教诲人,散发小册子,并且匆匆忙忙地采集消息;有些他当场记录下来,有些他用最新的记忆法保留在他的记忆里;他一共写了十四封长信,二十八封短信,十八张字条(其中有四张是用铅笔写的,一张用血写的,一张是用煤烟和着水写的);他能够做到这一切,只是因为他学会照昆丁·约翰逊、斯韦尔里茨基、卡列里乌斯以及其他政论家和统计学家的榜样,有系统地支配他的时间。然后他仍旧谈到自己,谈到他的幸运;谈到他怎样而且用什么补充了傅立叶[①]的欲望论;肯定他是第一个找到"基地"的人,说他不会"活在世界上不留一点痕迹"[②],说他自己也感到吃惊,他,一个二十二岁的年轻人,居然已经解决了生命和科学的一切问题,又说他要把俄国翻转过来,他甚至要"给它一个震动!""Dixi!!"[③]他在这一行的末尾加上这样一个字。"Dixi"这个字在基斯利亚科夫的信里用得很多,而且总是在这个字后面加两个惊叹号。在某一封信里有一首社会主义的诗,是写给一位少女的,开头是这样的句子:

不要爱我,请爱理想!

涅日丹诺夫暗暗地惊讶起来,与其说是为了基斯利亚科夫先生的自吹自擂,倒不如说是为了马尔克洛夫的忠厚的好心肠……可是他马上就这样想道:"去他的美学!基斯利亚科夫先生也许倒有用处。"用早茶的时候三个朋友聚在饭厅里,不过前一夜的争论他们不再提了。谁都不想讲话,只有索洛明一个人很安静地沉默着;涅日丹诺夫和马尔克洛夫好像内心十分激动。

他们用过早茶以后便动身到城里去;马尔克洛夫的老仆人坐在门口带台阶的小平台上,用他平日愁闷的眼光送他的旧主人。

涅日丹诺夫要去结识的那个商人戈卢什金是一个有钱的、做化学品杂货的商人(一个费多谢派[④]的"旧教派")的儿子。他自己并没有把父亲遗留的

---

① 沙尔·傅立叶(1772—1837),法国空想社会主义者。傅立叶主张社会应该建立在认识人的天性和人的欲望的基础上,这些欲望的和谐的满足会给全人类带来幸福。他相信这种社会制度的现实性,在这种制度下,资本家和劳动者的欲望都可以毫无障碍地得到满足。

② 莱蒙托夫的《沉思》中的诗句大意。

③ 拉丁语:"我说!!"

④ 分离派教徒中有两大派:有教士派和无教士派。无教士派中又分若干小派,其中较大的共有四派,第一派是海岸派,由于教徒最初的住地北方海岸得名;第二派就是费多谢派,十八世纪初从海岸派分离出来,比前一派更拘泥形式。

财产加多，因为他是个一般人所谓只知享乐的人，一个俄国式的伊壁鸠鲁的信徒，他没有一点儿经营商业的机灵。他是四十岁的人，相当肥胖，相貌不好看，一脸麻子，还有一对小小的猪眼睛；他说话很快，常常颠三倒四，并且时时手舞足蹈，发出大笑声……总之，使人感觉到他是一个自尊心极强的、娇生惯养的、有些傻气的人。他自以为是一个很有学问的人，因为他穿德国服装，虽然他家里并不干净，却很好客，又有些有钱的朋友——他常去看戏，并且保护一些游乐场的女演员，他跟她们讲一种古怪的半吊子的法国话。他有一种非常想出名的欲望，就是说，让戈卢什金的姓名传遍世界！苏沃罗夫和波将金①从前就是这样的，那么为什么卡皮通·戈卢什金现在又不行呢？就是这种欲望战胜了他生就的吝啬，把他（照他自鸣得意地所说的那样）扔到反对派里头去（他起初把"反对派"这个字眼干脆念成"对派"，后来才学会念了），使他同虚无主义者发生关系：他随意发表最极端的见解，挖苦他自己的旧教派，在斋戒期吃荤食，打牌，喝香槟像喝水一样。他从来没有遇到麻烦，因为，据他说，"只要用得着，我会买通一切衙门，每个漏洞都堵住了，每张嘴都闭上了，每只耳朵都聋了。"他是一个鳏夫，又没有儿女；他姐姐的几个儿子奴颜婢膝、战战兢兢地在他身边转来转去……可是他总是骂他们为没有受过教育的傻瓜、野蛮人，他几乎从不让他们到他跟前。他住在一所大的、收拾得并不干净的砖砌的宅子里；有一些房间里放的全是外国家具，——可是另外一些屋子里除了几把油漆过的椅子和一张漆布面长沙发外，什么也没有。到处都挂着画，全是拙劣的；火红色的风景画，淡紫色的海景，莫勒的《接吻》②，膝和肘都是红色的肥胖的裸体女人。戈卢什金虽然没有家眷，可是他养了一大群家仆同各种各样的寄食者；他收留他们并不是出于慷慨，却又是由于他那个想出名的欲望，这些人可以由他指挥，他可以在他们面前摆架子。"我的食客们，"他得意忘形的时候，就常常这样说；他不读书，可是他对一些学术上的话却记得特别牢。

这三个年轻人在戈卢什金的书房里见到他。他穿了一件长襟外衣，嘴里叼着一根雪茄烟，装作在读报的样子。他看见他们，马上跳起来，转来转去，红着脸，大声叫人立刻送点儿吃的东西来，向他们问了几句话，又为了什么事在

---

① 亚·瓦·苏沃罗夫（1730—1800），俄国元帅，杰出的军事家；格·亚·波将金（1739—1792），俄国元帅，叶卡捷琳娜二世的宠臣。

② 费·安·莫勒（1812—1875），俄国历史画家和肖像画家，《接吻》（1840）这幅画使他获得院士的称号。

发笑——这些都是同时做出来的。马尔克洛夫和索洛明是他认识的；涅日丹诺夫却是一位生客。戈卢什金听说涅日丹诺夫是一个大学生，便又笑起来，再跟他握一次手，说：

"好极了！好极了！我们的人现在增多了……学问是光明，无知是黑暗——我自己没有受过一个钱的教育，可是我明白，所以我也搞得不错。"

涅日丹诺夫觉得这位戈卢什金先生有点儿胆怯，有点儿局促不安……事实上正是这样。"卡皮通老兄，当心啊！不要摔到泥里去！"他凡是遇到生人的时候，他的头一个想法就是这样。然而他很快就恢复了常态，又用他那急促而口齿不清的、混乱的调子谈起瓦西里·尼古拉耶维奇来，谈起他的性格，谈起宣……传的必要（宣传这个字眼他很熟悉，不过他却慢慢地念出来）；又谈起他戈卢什金怎样发现了一个新的好青年，一个极其可靠的人；谈起他认为现在到了使用……使用柳叶刀的时候了（他讲到这里，看了马尔克洛夫一眼，然而马尔克洛夫毫不理会）；随后他又向着涅日丹诺夫吹嘘起自己来，他吹嘘的本领跟那个伟大的通讯员基斯利亚科夫不相上下。他说他早已不跟那班任意胡为的人为伍了，他很了解无产阶级（这个字眼他也记得很牢）的权利，又说他虽然的确离开了商业，从事银行的业务（为了增加他的资本），但是这也只是为了让这个资本可以在一定的时候用到……公共事业上，这就是说用到人民的利益上面；又说他戈卢什金实际上是最轻视钱财的！他说到这儿，仆人送小吃进来了，戈卢什金便故意咳嗽了两声，问他们要不要喝点儿什么？他就自己带头，端起满满一杯胡椒浸的酒喝干了。

客人便吃起来。戈卢什金把一大块黑鱼子酱塞进嘴里去，他认真地喝着酒，一面说："请吧，各位，请吧，上等的马公酒①。"他又掉过脸向着涅日丹诺夫，问他从什么地方来，住在哪儿，住了多久；他听说他住在西皮亚金的家中，便叫起来：

"我知道这位老爷！他不成！"随后他就骂起C省所有的地主来，因为，据他说，他们不但没有公民的精神，就连他们自己的利益也不懂……只是，说也奇怪！他虽然骂得很起劲，他的眼睛却总是东张西望，露出惊慌不安的眼神。涅日丹诺夫不能够判断他是哪一种人，他对他们有什么用处。索洛明照常地不做声；马尔克洛夫带着十分愁闷的脸色，涅日丹诺夫终于问起他来，是不是

---

① 马公酒是法国马公（Mâcon）地方的名产，葡萄酒。

有什么心事？马尔克洛夫回答说没有什么，可是他的腔调里却分明含着这样的意思：的确有什么事情，不过你用不着知道。戈卢什金又骂起什么人来了，随后他又换了口气夸奖年轻人，他说："现在这班聪明能干的小伙子出现了！真聪明能干！啊！"索洛明打断了他的话，问他先前说的那个可靠的好青年是谁，他在什么地方找到他的？戈卢什金哈哈地笑起来，他说了两遍："啊，您就会看见的，您就会看见的。"他便向索洛明问起他的工厂的情形，问起他的那个"滑头"老板，对他这些问话，索洛明答得非常简单。随后戈卢什金给众人斟了香槟酒；他又把脑袋俯到涅日丹诺夫的耳朵边，小声说："为共和国干杯！"就把酒一口喝干了，涅日丹诺夫只略略抿了一口。索洛明说他早晨不喝酒；马尔克洛夫带着气愤和决断的表情把杯里的酒喝得一滴不剩。他好像忍耐不下去了；他似乎在说："我们净在这儿浪费时间，一点儿也没有讲到正经事情。"……他突然伸手在桌面上打了一下，沉着脸叫起来："各位！"他正要讲话……

就在这个时候，从外面走进来一个头发十分光滑、下巴朝前撅、带着肺结核病患者病容的人，穿着一件商人穿的黄色土布的长袍，像张开两只翅膀似地伸着两手。他向众人鞠了一个躬，对戈卢什金小声讲了两句话。

"马上，马上，"戈卢什金急急忙忙地答道，"各位，"他又对众人说，"我得请你们原谅……我的管事瓦夏有点儿小事情跟我商量（戈卢什金故意开玩笑地这样讲），我不得不向你们告一会儿假；不过盼望各位赏脸今天在我这儿用饭——在下午三点钟；那个时候我更可以畅谈！"

索洛明也好，涅日丹诺夫也好，都不知道应该怎样回答他；可是马尔克洛夫仍然板起脸，声音粗暴地马上答道：

"当然，我们要来的；不然，岂不成了滑稽戏吗？"

"那么，太谢谢啦，"戈卢什金接下去说，他弯下身子向马尔克洛夫补充了一句，"不管怎样，我捐献给事业'千个'卢布……请放心！"

他这样说的时候，把右手挥动了三次（大指和小指都是竖起来的），表示："决不食言。"

他把客人送到门前，站在门口大声说：

"我三点钟在家恭候。"

"我们会来的！"马尔克洛夫一个人答道。

三个人刚到了街上，索洛明马上说："各位，我要雇车——回工厂去了。

午饭以前这段时间里我们干吗呢？在街上逛荡吗？老实说，我们这位商人……我看……从他身上就像从公羊身上那样，既得不到毛，也得不到奶。”

“不，毛倒是有一点儿的，”马尔克洛夫不高兴地说，“他刚才还答应出钱。您讨厌他吗？我们也不可以苛求。我们——又不是眼界太高的待嫁姑娘。”

“我哪里是讨厌他！”索洛明安静地说，“我只是问我自己，我留在这儿有什么用。不过，”他看了涅日丹诺夫一眼，带笑地接下去说，“好吧，我留下就是了。‘有人做伴，就是灾难也容易度过’①。”

马尔克洛夫抬起头来。

“那么我们到公园去吧；今天天气好。我们还可以看看人。”

“去吧。”

他们去了；马尔克洛夫和索洛明在前头走，涅日丹诺夫跟在他们后面。

十八

涅日丹诺夫的心境是十分奇怪的。最近两天来这么多新的感受，新的面孔……他生平第一次同一个少女接近了，这个少女他十之八九是爱上了；另一方面，他参加了事业的开始工作，这个事业又是他十之八九愿意集中全副精力去进行的……那么又怎样呢？他快乐吗？不……他动摇吗？他害怕吗？烦恼吗？啊，当然不是。那么他至少感到了那种全身心的紧张，那种争先上阵的渴望，像一般战士在战争逼近的时候所常常感到的吗？也不是。那么他真正相信这个事业吗？他相信他自己的爱情吗？“啊，该死的美学！怀疑派！”他的嘴唇没有声音地轻轻说。为什么他不叫不吼的时候就有这种厌倦、甚至这种不想说话的心情呢？他想用叫吼来压制的是什么样一种内心的声音呢？可是玛丽安娜，那个非常好的忠诚的同志，那个纯洁而热情的人儿，那个完美的少女，难道她不爱他吗？他遇见她，得到了她的友情，她的爱，这不是很大的幸福吗？而且现在走在他前面的这两个人，这个马尔克洛夫，这个索洛明（他同他还不熟，可是他已经对他很有感情了），他们不都是俄国人、俄国生活的优秀的典型吗？认识他们，同他们接近不也是幸福吗？那么为什么会有这种模糊、不安、痛苦的感觉呢？为什么会有这种烦闷，它又是怎样来的呢？“如果你是

① 这是一句俄罗斯谚语。

个考虑太多的人，是个害忧郁病的人，"他的嘴唇又悄悄地说起来，"你会做个什么样的革命者呢？你应当去写你的诗，去无聊地混日子，忙你自己那些无聊的思想和感触，去埋头分析种种心理的幻想和微妙，最重要的是不要把你那病态的、神经质的激动和怪想当作男性的愤怒，当作一个有坚强信仰的人的真诚的忿恨！啊，哈姆雷特，哈姆雷特，丹麦王子，怎样才可以摆脱你的鬼影呢？怎样才可以不事事都摹仿你，连那种可耻的自怨自艾的乐趣也要摹仿呢？"

"阿列克西斯！朋友！俄罗斯的哈姆雷特！"一个熟悉的尖细的声音像是这些思想的回声似地突然响了起来，"我看见的真是你吗？"

涅日丹诺夫抬起眼睛，——他吃惊地看见帕克林站在他面前！帕克林打扮得像一个牧羊人，穿着肉色的夏季衣服，脖子上没有打领带，一顶配了浅蓝色丝带的大草帽扣在后脑勺上，脚上穿了一双漆皮鞋！

帕克林马上一瘸一拐地走到涅日丹诺夫跟前，抓住他的两只手。

"第一点，"他说，"我们虽然在公园里头，也得照老习惯，拥抱……接吻……一！二！三！第二点，你知道，要是我今天没有碰到你，你明天也一定会看见我的，因为我知道你的住处，而且我还是专为看你到这个城里来的……我怎么到这儿来，以后再谈吧；第三点，请你把我介绍给你的朋友。你简单地对我说他们是谁，对他们说我是谁就成了，以后我们还是好好地玩我们的！"

涅日丹诺夫按照这个朋友的愿望，把他（帕克林）同马尔克洛夫、索洛明的姓名介绍了，再对他们彼此说明他们是什么样的人，住在什么地方，做什么事情等等。

"很好！"帕克林大声说，"让我引你们离开人群（虽然说老实话，这儿并没有什么人），到一个偏僻的座位去，我沉思的时候常常坐在那儿欣赏自然界的美丽。那儿望出去，景致非常美：省长公署，两座漆着条纹的岗亭，三个宪兵，一条狗也没有！对我这些话不要太惊怪了，我是白费力气说来逗你们发笑的！据我的朋友们说，我是俄国式机智的代表人物……无怪乎我要成了瘸子了。"

帕克林把朋友们引到"偏僻的座位"跟前，他赶走了两个讨饭女人以后，便请他们坐下来。这几个年轻人开始"交换思想"，这通常是一件相当讨厌的事，尤其是在初次会面的时候，并且总是毫无结果的。

"等一等，"帕克林突然向着涅日丹诺夫嚷起来，"我得跟你说明我为什么在这儿。你知道，我每年夏天总要带我妹子到什么地方走一趟；我听说你在这个城的附近，我便记起来有两个非常好的人住在这个城里，是一对夫妇，他们是我们的亲戚……是我母亲方面的。我父亲是个小市民,(涅日丹诺夫已经知道这个事实,帕克林是说给另外两个人听的)可是我母亲是贵族。他们老早就邀请我们到他们家做客!我想——好吧!……这正合我的意思。他们是心肠挺好的人,对我妹子只有好处;还有什么能比这个更好呢?所以我们就到这儿来了。正好跟我想的一样!我说不出我们在这儿多舒服!可是他们是多好的人!多好的人啊!你们的确应当认识他们!你们在这儿干什么呢?你们在什么地方吃午饭呢?你们为什么单单跑到这儿来呢?"

"我们到一个叫做戈卢什金的人那儿吃午饭……他是这儿的一个商人。"涅日丹诺夫答道。

"几点钟?"

"三点。"

"你们去看他是为着……为着……"帕克林留意地看了索洛明一眼,索洛明微微一笑,他又看了看马尔克洛夫,马尔克洛夫的脸色越来越阴沉了……

"喂,阿廖沙,你告诉他们……你做一个什么共济会会员的暗号吧……告诉他们用不着提防我……我是你们的……你们里头的人……"

"戈卢什金也是我们的人。"涅日丹诺夫说。

"这就好极了!现在离三点还有很长时间。听我说,我们一块儿到我亲戚那儿去吧!"

"什么,你疯了!怎么可以……"

"你不用担心!完全由我负责。你想想看:沙漠里的一块绿洲!无论是政治、文学、或者任何现代的东西都没有到这里头来看过。那座大肚皮的小宅子,你现在在任何地方都看不到。宅子里头全是——古香古色;人是古的,空气也是古的……没有一样东西不是古的,叶卡捷琳娜二世①,发粉,箍骨②裙,十八世纪!主人同主妇……你想想看:一对夫妻,两个都老了,很老了,一样的年纪,没有一点儿皱纹;圆圆的,肥肥的,干干净净的,真正的一对小鹦鹉;善良到了愚蠢的地步,到了圣洁的地步,真是无限的!有人对我说'无限'善良的人往往缺乏道德情感……可是我懂不了这种奥妙;我只知道我那两位亲爱的老人就是善良的好人!他们从没有生过儿女。这一对'带点傻气的人'!城

① 叶卡捷琳娜二世(1729—1796),沙皇彼得三世的皇后,后来举行宫廷政变,推翻了她的丈夫,做了俄国的女皇。

② 从前女人用来张开裙子的有弹性的张裙圈。

里的人就叫他们做‘带点傻气的人’。两个人穿一样的衣服,就是条纹的宽袍,料子非常好,这种料子现在什么地方也找不到了。他们彼此像得很,只是一个头上戴着包发帽,另一个却戴小帽,这顶小帽跟女人的包发帽一样,也有一种绉边,不过没有带子罢了。要是不靠这根带子,你就分不出谁是谁了;尤其因为男的没有胡须。他们一个叫福穆什卡,一个叫菲穆什卡。我对你说,我们应当像看古董一样地花钱去看他们才是。他们相爱到了极点;不过要是有人去访问他们,真是非常欢迎!这样好脾气的人:他们马上玩起他们所有的小戏法来讨你欢喜。只有一件事:在他们家不许抽烟。这不是说他们是分离派教徒[①],只是因为他们受不了烟味……自然,在他们那个时代什么人抽烟呢?他们也不养金丝雀,因为那个时候这种鸟是很少见的……这是很好的运气,你也会承认的!好吧?你们去吗?”

“说真话,我不知道。”涅日丹诺夫说。

“等一等:我还没有讲完呢。他们的声音也是很像的,要是闭上眼睛,你就不知道哪一个在讲话。只是福穆什卡讲话更温和些。各位,你们要去进行一个伟大的工作——也许还是一场激烈的斗争……那么,你们跳进大风大浪之前,为什么不先去泡一下……”

“到死水里去泡吗?”马尔克洛夫打岔道。

“那有什么关系呢?不错,那是死水;不过却不是腐朽的。草原上就有这样的小池子,虽然水不是活水,可是池子里从来不长青苔,因为池子底下有喷泉。我这两位老人家也有喷泉——在那儿,在他们的心底,很干净,非常干净。现在的问题就是:你们想不想知道一百年,一百五十年以前人们怎样生活?要是想知道,就请赶快跟我去。说不定突然有一天,有一个钟点——他们两个人一定是在同一个钟点——我那对鹦鹉会从他们的架子上摔下来,那一切古风马上就会跟着他们绝迹了,那座大肚皮的小宅子也会消失了,在原地方会长出来我祖母常常对我讲的、凡是从前有过‘人迹’的地方常常生长的那些——那就是荨麻、牛蒡、苦菜、苦艾、马蹄草,连那条街也不会有了,以后人们来来去去,永远看不见这样的东西了!”

“怎么样?”涅日丹诺夫大声说,“我们马上就去吧?”

“我非常高兴,”索洛明说,“这种事情我并不喜欢,不过它有趣味;要是帕

① 分离派教徒反对抽烟。

克林先生真的能够保证我们的拜访对别人没有什么不便的地方,那么……为什么不去呢……”

“您不用怀疑!”帕克林接着也大声说,“他们只会高兴的——再没有别的了。一点儿也用不着客气!我告诉您,他们是好脾气的人;我们还可以要他们唱歌。您呢,马尔克洛夫先生,您也去吗?”

马尔克洛夫生气地耸了耸肩头。

“我不要一个人待在这儿!请您给我们带路吧。”这几个年轻人从坐位上站了起来。

“跟你一块儿的那位先生很凶,”帕克林指着马尔克洛夫在涅日丹诺夫的耳边低声说,“跟吃蝗虫的先驱者约翰[①]一模一样……单吃蝗虫,不加一点儿蜂蜜!可是这一位,”他接下去又说,一面朝索洛明的方向点了点头,“倒很不错!他笑得多好!我看出来,只有那种自己比别人优越却并不觉得的人才笑得像这样。”

“真有这样的人吗?”涅日丹诺夫问道。

“很少;不过有却是有的。”帕克林答道。

十九

福穆什卡和菲穆什卡——即福玛·拉夫连季耶维奇·苏博切夫和叶夫菲米娅·帕夫洛夫娜·苏博切娃,两个人都是从同一个古老的俄罗斯贵族血统传下来的,他们被一般人认为差不多是C城最老的居民。他们结婚很早,多年以前就在这儿郊外他们祖传的木头房子里定居下来,始终没有搬动过,并且无论在哪一方面都从没有改变过他们的生活方式和习惯。对他们来说,时间似乎是静止不动的;从来没有什么“新鲜事物”跑进他们的“绿洲”里来过。他们的财产并不大;可是他们的农民仍然按照老规矩,一年里面总要送几次家禽和粮食来。在规定的日期里村长便送来地租,还送来一对松鸡,说是在他们的领地上树林里打的,其实这样的树林早就没有了。他们照例在客厅门口招待他喝茶,送他一顶羊皮小帽和一副绿色麂皮手套,并且祝他一路平安。苏博切

① 先驱者约翰——即“施洗约翰”,耶稣以前的传道者,死于公元二十七年左右。《圣经·新约》《马太福音》第三章和《马可福音》第一章中都有这样的叙述:“这约翰身穿骆驼毛衣服,腰束皮带,吃的是蝗虫、野蜜。”

夫的家里仍然像从前那样，养了不少家奴。老仆卡里奥培奇穿了一件高领小铜钮扣的、用极厚的布做的无袖上衣，照例拉长了声音报告道：“饭菜摆好了，”然后就站在太太的椅子背后打瞌睡。他照管食器柜，兼管“各种干果，小豆蔻和柠檬”。有人问他有没有听见讲过所有的农奴都给解放了的事情，他总是这样回答：“谁有工夫注意这种事情？比方说，土耳其人给解放了，可是，谢谢上帝，我逃掉了这种事情！”年轻姑娘普夫卡是一个矮子，她是雇用来专门让主人开心的，还有一个老奶妈瓦西里耶夫娜常常在吃午饭的时候走进饭厅来，头上包一块深色头帕，用她那含糊不清的声音讲各种新闻——讲拿破仑，讲一八一二年的战争①，讲“反基督者”②和白色的黑人；不然，她就拿手支着下巴，带着痛苦的面容，述说她做了一个什么样的梦，这又是什么预兆，又说她怎样用纸牌占运气。苏博切夫一家的宅子本身就跟城里所有的房屋不同；它是完全用栎木修建的，窗户都是正方形。双层玻璃窗框从来没有拉动过。这所宅子里有各种各样的穿堂、小屋、正房、单房、围着栏杆的台阶、旋柱上的鸽子窝、还有各式的后廊和小屋。宅子前面有一个小花圃，后面是一个花园，园子里有种种的小房间，如谷仓、酒窖、冷藏室等等……真正一大堆！这些屋子里并没有贮藏多少东西；有的已经塌了；可是它们全是年代久远的建筑物，因此也就照样保存了下来。苏博切夫家只有两匹很老的、背上有凹处的、毛茸茸的马；其中一匹老得身上现出了白点，他们便给它起了个名字叫“不动”。这两匹马每月至多一次套上一辆样式特别的马车，这辆马车全城的人都认得，样子像一个地球仪，前面部分截去了四分之一，里面蒙了一层黄色的外国料子，料子上到处都是大的线团，看起来就像一个一个的小硬瘤。这种料子最早也是在伊丽莎白女皇时代③在乌德勒支或者里昂④织成的。苏博切夫家的马车夫也很老了，身上老是有鲸油和柏油的气味；他的胡须是从眼睛底下生起的，他的一对眉毛就像小瀑布似地垂下来，跟他的胡须连在一起。他的动作非常缓慢，闻一撮鼻烟要花五分钟，将马鞭插在他的腰带上，也要花两分钟，单单把“不动”套在车上，就得花他两小时。他的名字叫彼尔菲什卡。要是苏博切夫夫妇偶尔坐他们的马车出去，遇到车子上小坡的时候，他们总是吓得厉害

---

① 指拿破仑一世于一八一二年侵略俄国的战争。

② 指在所谓“世界末日”到来之前出现的基督的敌人。

③ 伊丽莎白·彼得罗夫娜(1709—1761)，彼得一世的女儿，俄国女皇(1741—1761)。

④ 乌德勒支是荷兰的城市，里昂是法国的城市，这两个地方的丝织毛织物都很有名。

(下坡的时候他们也一样害怕),便紧紧抓住马车的吊带,两个人同时大声反复地说:“请赐马——马…… 以参孙的气力…… 让我们——比羽毛还要轻……比灵魂还要轻!! ……”全 C 城的人都把苏博切夫夫妇当作怪人,差一点儿当他们是一对疯子;他们自己也明白他们跟现代社会风气不相适应……可是他们并不十分介意:他们始终保持着他们出生、成长、以至结婚的那个时代的生活方式。那些习俗中只有一样他们没有遵守:就是他们出世以来从没有责罚过什么人,也没有鞭打过谁。要是他们的仆人里面,有人成了一个无可救药的小偷或者酒鬼,他们起初忍耐着,对他容忍了好些时候,就像人忍受坏天气一样;后来他们便设法弄走他,让他去伺候别的主人。“让别人也来忍受一下吧。”他们会这样说。可是他们很少遇到这样的灾难,少到这种事居然成了他们一生中的划时代的地步。例如,他们会这样说:“已经很久了;还是那个胡作非为的阿尔多什卡在我们这儿的时候;”或者说:“我们祖父那顶带狐狸尾巴的皮小帽给偷走的时候。”在苏博切夫家这样的小帽现在还在用着。还有一种显著的旧习俗的特征在他们身上也找不出来:不论福穆什卡也好,菲穆什卡也好,两个人对宗教都没有多大的信仰。福穆什卡甚至遵守伏尔泰①的信条;菲穆什卡看见教士怕得要死;她相信教士们都长着凶眼。她常常说:“神甫到我家里来坐一会儿,看! 奶油就变酸了!”他们很少到教堂去,他们按照天主教的规矩持斋,就是说,只吃鸡蛋、牛油和牛奶。这件事城里的人都知道,不用说这对他们的名声没有好处。可是他们的好心肠博得了众人的好感;这一对古怪的苏博切夫夫妇虽然被人嘲笑,被人当作疯子和“带点傻气的人”,但事实上他们还是受人尊敬的。

不错,他们是受人尊敬的……可是并没有人拜访他们。不过他们也并不介意。他们两人在一块儿从来没有感到无聊,因此也从没有分开过,并且也不想同别人来往。福穆什卡和菲穆什卡两个人从来没有生过病;倘使他们中间有一个人感到有点儿不舒服,两个人都要喝菩提花茶,用暖油擦擦腰,或者滴一点儿烧烫的脂油在脚掌上,那么很快地就好了。他们每天的生活都是同样的。他们起身迟,早晨用研钵形的小杯子喝可可;他们肯定地说:“茶是在我们那个时代以后才流行的。”他们两个人面对面地坐着,或者闲聊(话题是永

① 弗·伏尔泰(1694—1778),十八世纪法国著名的启蒙运动者,哲学家,作家。他猛烈抨击天主教和僧侣主义,但是又承认神的存在和宗教的必要性。

远有的!),或者读点《娱闲录》《世界镜》或《阿奥尼德》[①],或者翻看一本古老的纪念册,这本红色山羊皮封面带金边的册子,据上面的题词看来,是一位 M-me Barbe de Kabyline[②] 的遗物。这本纪念册是怎样和什么时候落到他们手里来的,连他们自己也不知道。这里面有几首法文诗,还有许多俄文诗和像下面关于西塞禄[③]的"简短的"感想这一类的文章:

> 西塞禄就任执法官[④]时之心境,本人曾作如下之说明:彼已往受任官职,必呼吁上帝证明其心地之清白,此时更以最神圣之约束加诸己身,以求担任此职不致陨越,凡刑律所禁之游乐彼固不致耽溺,即常人所需之娱乐彼亦力求避免。下面注明:"作于西伯利亚饥寒交迫中。"

有一首题名《契尔西斯》的好诗,里面有这样的诗句:

> 全宇宙一片宁静,
> 朝露闪耀着喜悦的光辉,
> 它用清凉抚慰自然界,
> 给大自然带来新的生命!
>
> 契尔西斯独自怀着愁烦的心,
> 他忧郁,寂寞,痛苦万分。
> 亲爱的阿涅塔已经远去,
> 契尔西斯怎能独自欢欣?

还有一首即兴诗是一七九〇年一位路过的上尉写的,日期是"五月第六日":

> 我永远不能忘记
> 你这可爱的乡村!
> 我将牢牢记住
> 时间过得多甜蜜!

---

① 《娱闲录》《世界镜》《阿奥尼德》都是十八世纪后半期出版的刊物。(阿奥尼德是希腊神话中司文艺、美术、科学等的九女神缪斯的别名。)这里说明这一对夫妇读的都是一个世纪以前的古老期刊。

② 法语:瓦尔瓦拉·科贝林夫人。

③ 西塞禄(公元前106—前43),古罗马雄辩家,政治家。

④ 古罗马有即决裁判权的官吏。

在您这高贵主人的府上
我有幸受到殷勤的款待!
这可纪念的五天的幸福生活
我和最可敬的人一块儿度过!
这儿有许多漂亮的太太小姐,
还有别的一些逗人欣爱①的人儿。

纪念册的最后一页并没有诗,却写上一些治胃病、痉挛、还有——唉!治蛔虫的药方。苏博切夫夫妇在正午十二点钟准时吃午饭,吃的全是旧式烹调的饮食:奶渣饼、酸味黄瓜汤、牛肉白菜汤、腌黄瓜汤、面粉粥、鸡蛋面包、果子羹、果酱、蕃红花烧鸡、蜂蜜油饼。吃过饭他们便睡午觉,只睡短短一小时,一点儿不多;他们起来了,又面对面坐着,喝一点儿越橘水,有时候也喝一种叫做"四十的智慧"的汽水,不过差不多每次都是全跑到瓶外来,主人夫妇因此大笑不止,却给卡利奥佩奇添了许多烦恼:他得把"各处"揩干净。他又把厨子和管家埋怨了好久,好像他们就是这种饮料的发明人似的……"这种东西有什么好处?它只会弄脏'假具'②!"这以后苏博切夫夫妇又读点儿什么书,或者跟那个矮子姑娘普夫卡开玩笑,或者两个人一块儿唱一首古老的抒情歌。他们的声音完全一样,高而弱,有一点儿颤抖,还带一点儿嘶哑(特别是在午睡以后),但也不是没有悦耳的成分。后来他们也打打纸牌,他们总是依照旧的打法,譬如"克列勃斯"、"拉穆希"③或者甚至打双梦家的波士顿④!随后茶炊端出来了;他们在晚上喝茶……**这是**他们对时代精神的让步,不过他们每次都说这是一个弱点,这种"中国草药"使得俄国人的身体一天一天地衰弱起来。然而他们一向都很注意不攻击新时代,也不赞美旧时代;他们生下来就只过着这一种生活方式;只要别人不强迫他们改变他们的生活方式,他们也愿意让别人去过另外一种方式的,甚至更好的生活。到八点钟卡利奥佩奇把晚饭端出来,老是有一样冷杂拌汤⑤;在九点钟,胀得高高的条纹鸭绒被已经把福穆什卡和菲穆什卡的肥胖的身体抱在它松软的怀里了,安静的睡眠便毫不迟

---

① 这位上尉把"喜爱"误写成了"欣爱"。

② 他口齿不清,把"家具"说成了"假具"。

③ 都是纸牌戏的名称。

④ 按照纸牌戏"波士顿"的打法,四个人使用两副五十二张的纸牌,现在只有两个人打,因此有双梦家。

⑤ 冷杂拌汤是用克瓦斯饮料、蔬菜、肉丁或鱼肉做成的冷汤。

延地落到他们的眼皮上。在这所古老宅子里一切都静止了;神像前的小灯发着微光,散发着麝香和香膏的气味;蟋蟀叫着——这一对好心的、可笑的、纯朴的老夫妇睡得很甜。

现在帕克林正是把他的朋友们带到这两个怪人,或者照他的说法,这两个“鹦鹉”的家里来,他的妹子就寄居在这儿。

帕克林的妹子是一个聪明的少女,相貌也不难看。她的眼睛很漂亮,可是她那不幸的驼背毁了她,使她失去一切自信心和快乐,并且变成一个多猜疑的、几乎是凶恶的姑娘。她碰巧取了这个怪名字:斯南杜里娅!帕克林想给她改为索菲雅,可是她一定要保留她这个古怪的名字,说一个驼背的女子正应该叫做斯南杜里娅。她是一个出色的音乐家,钢琴弹得不错。“应该感谢我的长手指,”她带了点儿苦味地说,“驼背的人都有这样的手指。”

客人来的时候,福穆什卡和菲穆什卡刚刚午睡醒来,正在喝越橘水。

“我们走进十八世纪里来了。”他们刚刚跨进苏博切夫家的门槛,帕克林便大声嚷起来。

的确他们在穿堂里就遇到了十八世纪,这是贴在浅蓝色矮屏风上面的盛装的贵妇和骑士们的黑色剪影。拉瓦德尔[①]的这种剪影,上个世纪八十年代在俄国很流行。这么多的客人——一共四个——突然来拜访,在这个少有宾客的宅子里引起了骚动。他们听见了纷扰的脚步声,穿鞋的和赤足的都有;几个女人从门里探出脑袋来,但一下子又不见了;有人给推出门来,有人哼哼唧唧,有人哧哧地笑,有人慌慌张张地小声说:“去你的!”

后来卡利奥佩奇穿着他那件粗布的无袖上衣出现了,他打开“大厅”的门大声通报道:

“老爷,西拉·参孙内奇跟别的几位老爷一块儿来了!”

主人夫妇比他们的仆人镇静多了。他们的客厅虽然相当大,可是看见四个大人一块儿闯了进来,他们的确也有点儿吃惊。帕克林立刻使他们安静下来,他用了种种俏皮话把涅日丹诺夫、索洛明、马尔克洛夫三个人逐一介绍了,说他们都是温和的人,跟“衙门”没有关系。

福穆什卡和菲穆什卡特别讨厌“衙门”的人,那就是说,官场中的人。

---

① 约翰·拉瓦德尔(1741—1801),瑞士作家和神秘家,相面术的创始人。他的著作《相面术》当时很出名。

斯南杜里娅被她哥哥唤了进来，她比苏博切夫老夫妇更慌张，更拘谨。夫妇两人一齐说着同样的话请客人坐下，问他们要喝茶还是喝可可，或者喝带蜜饯的汽水？可是他们听说客人什么都不要，因为不久前在商人戈卢什金家中吃过早饭，过一会儿又要到那儿去吃午饭，他们也就不勉强客人吃什么，两个人把两只手完全一样地、交叉地放在肚子上，跟客人谈起话来。

起初大家谈得没精打采，不过很快谈话就活跃起来了。帕克林讲起果戈理的有名的故事，说一位市长居然挤进了那个已经挤得水泄不通的教堂，一块大馅饼也像这位市长那样地挤进了他的肚皮里，引得两位老人大笑，他们笑得眼泪都流出来了。他们的笑法也是完全一样的：起先发出很尖的声音，最后便是咳嗽，脸也挣红了，并且冒出一脸的汗。帕克林一向就看出来，果戈理的一段故事对于像苏博切夫夫妇这类的人会产生一种十分强烈的、而且还带有爆发性的效果；不过他现在的目的还不在于使他们两位开心，倒是想拿他们来向他的朋友们夸耀，因此他改变了战法，使得这一对老人不久就谈笑自若，不感到拘束了。福穆什卡把他心爱的那个木雕鼻烟壶拿出来给客人们赏鉴，在这上面从前还可以看出三十六个人像，有着种种的姿态；这些像早已完全磨掉了，可是福穆什卡还看见他们，并且能够把他们指着一一地数出来。“看，”他说，“这儿的一个正在看窗外；看，他把脑袋伸了出去……”他用他那根带长指甲的肥短指头指着的地方跟鼻烟壶盖上的其他地方没有什么不同，都是一样的平坦。随后他又让客人看他头上挂的一幅油画，画上一个猎人（侧面）骑着一匹浅黄色的马（也是侧面）在积雪的平原上飞奔。猎人戴一顶浅蓝帔的白羊皮高帽，穿一件天鹅绒滚边的骆驼毛无领长袍，束一条镀金的腰带，一只绣花缎子的连指手套插在腰带下面，一把插在黑金镶嵌的银鞘里的匕首挂在腰带上。这个猎人显得很年轻，身体肥壮，他一只手里拿着一个饰着红穗子的大号角，另一只手捏着缰绳和马鞭。马的四只脚全悬在空中，画家很小心地在每只脚上画出了蹄铁，连钉子也不曾漏掉。“请注意，”福穆什卡说，一面用他那根肥短的手指指着白色背景上马腿后面四个半圆形的点子，“雪上的足印——连这些也画进去了！”可是为什么只有四个足印——为什么再往后些就连一个也不见呢——对于这一点福穆什卡就避而不谈了。

“您知道这就是我。”他停了一下，不好意思地笑了笑又加上一句。

“真的！”涅日丹诺夫叫起来，“您还是猎人吗？”

“是的……不过并不久。有一回马跑得很快，把我从马头上摔下来，伤了我的‘库尔彼依’。嘿，菲穆什卡吓坏了……她不许我再去打猎。我从此就不再干了。”

“您伤了什么呢？”涅日丹诺夫问道。

“库尔彼依。”福穆什卡压低声音再说了一遍。

客人们默默地互相望着，没有人知道这种“库尔彼依”是什么东西；只有马尔克洛夫知道哥萨克人或者契尔克斯人的帽子上毛茸茸的穗子叫做“库尔彼依”，可是福穆什卡不可能伤到这个！然而谁也没有勇气问他这个“库尔彼依”指的究竟是什么东西。

“好，你已经吹嘘过自己了，”菲穆什卡突然说，“我也要来夸一夸自己。”

她从一张小小的“包涅尔久茹拉①”（这是一种古老的书桌，书桌的腿又小又弯，桌面上有一个活动的圆拱形盖子，打开的时候可以推进桌背里去）里，拿出一幅嵌在椭圆形铜框子里的微型水彩画像。画的是一个完全裸体的四岁小孩，肩上挂着一个箭袋，胸前束了一根浅蓝色丝带，小小手指的指尖在摩弄箭头。孩子有一头很好的鬈发，有一点儿斗眼儿，脸上带着笑。菲穆什卡把水彩画拿给客人们看。

“这是——我……”她说。

“您？”

“是的，我。我小时候的。那个时候有一个法国画家，一位很出色的画家！经常来拜望先父。他在先父的命名日给我画了这个像。他是个多好的法国人！以后他还常到我们家来。他进来的时候，碰碰他的鞋跟，然后扭动脚，扭动脚，还要吻你的手，他走的时候，总要吻吻他自己的手指尖，的确是这样！他还要向右，向左——向后，向前鞠躬！他是个多好的法国人！”

客人们都称赞这个画家的作品；帕克林甚至承认他看出了一些相似的地方。

福穆什卡谈起现在的法国人来，他发表意见说，他们一定都变坏了。“您为什么这样想呢，福玛·拉夫连季奇？”“得啦吧！……您只看他们目前起的那些名字就知道了！”“那么举个例吧？”“譬如诺让·曾特·洛兰②！完全是强盗的名字！”福穆什卡好奇地顺便打听：“目前在巴黎当政的是谁？”他们告

---

① 是用俄国腔讲的法国话 bonheur dus jour（目前的幸福）。

② 即诺让·圣·洛兰（Nogent Saint Lorraine），他用俄语腔调念法国名字。

诉他是“拿破仑”,他似乎大吃一惊,并且现出不高兴的神气。“怎么能这样?一个这么老的人![1]”他说,马上又闭了嘴,不好意思地看了看四周。福穆什卡的法文程度很差,他读的是伏尔泰著作的译本(他的床头有一部《老实人》[2]的手抄本,放在一个收藏珍贵物品的匣子里面),可是他有时候会讲出这样的话来:“亲爱的先生,这是‘福斯巴尔盖’!”(他的意思是:“这是可疑的”,“不确的”。)引起了许多人的嘲笑,后来他遇见一位有学问的法国人,才知道这是一七八九年以前法国最高审判机关的一句旧的习用语。

菲穆什卡看见话题转到法国和法国人上面,便下决心把一个在她心里憋了许多时候的疑问讲出来。她起初想问马尔克洛夫,可是他板起面孔;她可以问索洛明……“可是不!”她这样想道,“他是个普通人,他一定不懂法国话。”所以她向涅日丹诺夫发问。

“亲爱的先生,我想请教您一件事,”她说,“请不要见怪!我的亲戚西拉·参孙内奇常常笑我,笑我这个老妇人没有知识。”

“什么事呢?”

“我说,倘使我要问:‘这是什么?’用法国话说,是不是:‘凯塞—凯塞—凯塞—里雅’?”

“是的。”

“也可以说:‘凯塞—凯塞—里雅’吗?”

“可以。”

“简单说:‘凯塞—里雅’行吗?”

“也可以这样说。”

“意思都是一样的吗?”

“是的。”

菲穆什卡沉思了一会儿,便摊开了两只手。

“哦,西路什卡[3],”她后来说,“我错了,你是对的。可是这些法国人!……真厉害!”

帕克林开始要求这对老夫妻唱点什么抒情短歌……两位老人都笑了,他们奇怪他怎么会有这样的念头;可是他们不久就同意了,只是提出一个条件要

---

① 他把拿破仑三世当作拿破仑一世了。

② 伏尔泰的小说。

③ 西路什卡是西拉的爱称。

斯南杜里娅弹大键琴[1]给他们伴奏，——她知道弹什么。在客厅的一个角上有一架小小的钢琴，客人们先前都没有注意到。斯南杜里娅在这架“大键琴”前面坐下来弹了几下……像这样的没有牙齿的、酸溜溜的、枯涩的、衰老的声音，涅日丹诺夫一生从没有听见过；可是这对老夫妻马上唱了起来。

福穆什卡先唱道：

难道只是为了感受
爱情中的痛苦，
上天才给了我们
一颗求爱的心？

菲穆什卡接着唱：

难道在这个世界上，
什么地方有一颗热爱的心，
它完全脱离悲伤和痛苦？

福穆什卡接唱道：

没有！没有！没有！

菲穆什卡重唱一遍：

没有！没有！没有！

他们两人合唱道：

痛苦和爱情连在一起，
到处，到处，到处都是如此！

福穆什卡单独重唱一遍：

到处，到处，到处都是如此！

“好！”帕克林大声叫起来，“这是第一节；第二节呢？”

“好吧，”福穆什卡答道，“只是，斯南杜里娅·参孙诺夫娜，颤音怎样了？我这一节诗后面应当有颤音。”

---

① 一种类似钢琴的乐器，风行于十六至十八世纪。

“好的，”斯南杜里娅答道，“我就给您弹颤音。”

福穆什卡又唱起来：

世界上可曾有恋爱的人，
他不知道痛苦和愁闷？
又有谁真诚热爱
而不悲哭呻吟？

菲穆什卡接下去唱道：

心在愁闷中摇荡，
像小舟漂在大洋，
为什么要给我们这一颗心？

“故意为难！故意为难！故意为难！”福穆什卡叫起来，他停了一下，让斯南杜里娅弹出颤音。

斯南杜里娅弹出了颤音。

福穆什卡又唱了一遍：

故意为难！故意为难！故意为难！

然后是二人合唱：

上天啊，请把心收回去，
收回去，收回去，收回去！
收回我这一颗心！

最后又用颤音收尾。

“好！好！”除了马尔克洛夫外，客人全叫起来，他们甚至鼓掌。

“难道他们不觉得自己在充当逗人笑……的角色吗？”掌声停了以后涅日丹诺夫马上想道，“也许他们不觉得，也许他们觉得，不过他们以为：‘这有什么害处呢？我们又不害人，我们甚至是做来让别人开心的！’要是好好地想一想，他们是对的，完完全全对的！”

他这样一想，便突然对他们表示了谢意，他们只是欠身答礼，并没有离开他们的椅子……可是在这个时候从隔壁屋子里（也许是一间寝室，或者是女仆房，早就有小声讲话和沙沙的声音从那儿传出来了）矮子姑娘普夫卡意外地出来了,老保姆瓦西里耶夫娜跟在后面。普夫卡尖声叫起来,并且做出种种怪相,老保姆时而制止她,时而又鼓动她。

马尔克洛夫早已现出不耐烦的神情(索洛明却笑得比平时更开朗),现在马尔克洛夫突然对福穆什卡发作起来。

"我想不到您,"他仍然板着脸粗暴地说,"以您那种开明的见识(我听说,您不是一位伏尔泰的信徒吗?)居然能够把一个应当作为怜悯对象的东西——我是说:残废人——拿来取乐……"说到这里他记起了帕克林的妹子,便把话咽下去了;可是福穆什卡脸通红,结结巴巴地说:"您看……我没有……她自己……"普夫卡跑到马尔克洛夫面前。

"你怎么敢讲我们老爷、太太的坏话?"她口齿不清、唧唧呱呱地说,"他们收养像我这样一个无依无靠的穷人,给我住,给我吃,给我喝,你就眼红吗?未必你看见别人的面包,眼睛就不舒服吗?你这个讨厌的黑面孔的下贱东西,你看你的胡子,就跟蟑螂一样,你是从哪儿钻出来的?"普夫卡说到这儿,便用她肥短的手指做出他的唇髭的模样。瓦西里耶夫娜咧着她那张没有牙齿的嘴笑起来——隔壁屋子里响起了一阵回声。

"当然我没有资格评论您,"马尔克洛夫对福穆什卡说,"收养穷人和残废人是一件好事。不过让我对您说,过着奢侈的生活,贪图舒服,纵使不曾加害别人,却不肯伸起一根指头去帮助您的同胞……这也不是好事;说老实话,我就瞧不起您这种德行!"

这个时候普夫卡震耳地尖叫起来。她不懂马尔克洛夫在讲些什么;不过她知道这个"黑面孔"在骂她的主人……他怎么敢!瓦西里耶夫娜也喃喃地讲了些什么。福穆什卡两手抄在胸前,脸朝着他的妻子,差不多带哭声地说:"菲穆什卡,亲爱的,你听见这位先生的话吗?你我都是罪人,恶人,伪君子……我们贪图享受,啊!啊!……你我应当给赶到街上去,从家里赶出去,每人给一把扫帚,叫我们自己去谋生。啊,哦!哦!"普夫卡听见这些悲痛的话,便叫得更响了。菲穆什卡眯起眼睛,歪着嘴唇,深深地吸了一口气,准备大声哭诉。

要不是帕克林出来干涉,事情不知道会怎样了结。

"这是什么意思?好啦!"他说着,一面挥手发出一阵大笑,"你们不害臊吗?马尔克洛夫先生不过开了一个小小的玩笑。可是他的脸生成这样严肃,因此他的话听起来好像很厉害,你们便认真起来了!得啦!叶夫菲米娅·帕夫洛夫娜，亲爱的，我们现在就要走了——您知道我们还有什么要求吗？请您给我们大家算算命……您在这方面很有本领。妹妹！去把纸牌拿来！”

菲穆什卡看了丈夫一眼，他坐在那儿已经完全安静了，她也就静下来了。

“纸牌，纸牌……”她说，“可是我完全生疏了，亲爱的先生，已经忘记了，我好久就没有摸过它们了……”

然而她还是亲自从斯南杜里娅的手里拿过一副古怪的老式的、玩隆姆别尔的纸牌①来。

“我给哪一位算命呢？”

“哦，给每个人算，”帕克林说；可是他心里马上想道：“你看，她真是一个没有主见的老太婆！你可以随便摆弄她……可爱极了！”他又大声说，“给每个人算，好婆婆，给每个人算；给我们讲我们的命运、我们的性格、我们的未来……给我们讲一切的事情！”

菲穆什卡刚刚动手摆开纸牌，可是她突然把整副牌抛开了。

“我不用靠纸牌算命！”她大声说，“我不要纸牌，也知道你们的性格。怎样的性格就有怎样的命运。这一位（她指着索洛明），是一个冷静、坚定的人。这一位（她吓唬地指着马尔克洛夫），是一个激烈的、危险的人。（普夫卡对马尔克洛夫伸了一下舌头。）至于你，（她望着帕克林。）我不用对你说，你自己也知道——是一只风信鸡②！至于这一位……”

她指着涅日丹诺夫，支吾起来。

“怎么样呢？”他说，“请告诉我：我是一个什么样的人？”

“你是一个什么样的人？……”菲穆什卡拉长声音慢慢地说，“你是一个可怜的人——就是这样！”

涅日丹诺夫打了一个寒噤。

“可怜！为什么这样呢？”

“因为！我可怜你——就是这样。”

“可是为什么呢？”

“为什么！我的眼睛这样告诉我的。你以为我是个傻瓜吗？尽管你有一头红头发，我还是比你聪明。我怜悯你……这就是我要对你讲的！”

---

① 玩这种牌戏所使用的特殊纸牌，当时已很少见。

② 这是说，他没有定性，容易改变，就像随风转向的风信鸡那样。

众人都不做声……他们互相望了一会儿,没有一个人讲话。

“好吧,再见,朋友们,”帕克林大声说,“我们在府上坐得太久,一定把你们烦死了。这几位先生现在要告辞了……我也要跟他们一块儿去。再见吧,谢谢你们的款待。”

“再见,再见,请再来。不要厌弃我们,”福穆什卡和菲穆什卡同声说……随后福穆什卡又突然唱道:

“长,长,长生,长……”

“长,长生。”卡里奥培奇打开门让这几个年轻人出去的时候,他完全出人意外地用他那男低音跟着唱起来。

四个人突然到了这所大肚皮房子门前的街上了;普夫卡的尖声叫喊从窗里送了出来。

“傻瓜!”她叫道,“傻瓜!”

帕克林大声笑起来;可是没有一个人响应他。马尔克洛夫甚至轮流地看了每个人一眼,好像他希望听见一两句怒骂似的……

只有索洛明照常地微笑着。

二十

“怎么样?”帕克林第一个开口说,“我们已经到过十八世纪了,现在让我们直接跳进二十世纪去!戈卢什金是那么进步的人,我们不好把他算在十九世纪里面。”

“怎么,你认识他吗?”涅日丹诺夫问道。

“他是个名满全球的人;我说:‘让我们跳进’,我的意思是跟你们一块儿去。”

“这是什么意思?你不认识他吗?”

“是这样吗!你们难道认识我那对‘鹦鹉’吗?”

“可是你给我们介绍了的!”

“那么你给我介绍就成了。你们同我之间是不可能有什么秘密的——戈卢什金又是个爽快的人。你瞧着,他看见一个新面孔,一定很高兴。在我们这儿C省里,不大讲究礼节!”

“不错,”马尔克洛夫咕噜道,“你们这儿的人的确不客气。”

帕克林把脑袋摇晃了两下。

“您这大概是说我吧……没有办法！我是应当挨骂的。不过我说，我的新相识，请您把您那暴躁脾气引起的忧郁思想暂时抛开一下！最主要的……”

“我的新相识先生，”马尔克洛夫急躁地打岔道，“让我也给您……一个警告：我从来没有跟人开过任何玩笑，今天更受不了！您怎么会知道我的脾气呢？（他特别用力说出这个“气”字。）明明在不久以前我们才第一次见面。”

“好，等一等，等一等，不要动气，不要发誓。不用这样我也相信您，”帕克林说，他又向着索洛明：“喂，您，”他提高声音说，“您，连那位有洞察力的菲穆什卡也说您是个冷静的人，您的确有一些令人安心的作用，请问我是不是有一点儿叫人不愉快、或者乱开玩笑的心思？我只要求跟你们一块儿到戈卢什金那儿去，而且我对别人也不会有害的。马尔克洛夫先生脸色发黄，又不是我的错。”

索洛明起初耸了耸一只肩头，随后又耸另一只肩头，这是他的习惯，他不能够马上决定怎样回答别人问话的时候，他总是这样做的。

“不用怀疑，”他后来说，“您，帕克林先生，您不会对别人有害，您也没有那样的心思；您为什么不能到戈卢什金那儿去呢？我想，我们在那儿也会跟在您亲戚家里一样地过得很愉快，而且还是一样地有益处。”

帕克林伸着手指头指点他。

“啊！我看您也是不怀好意的！不过您也要到戈卢什金那儿去吧，是吗？”

“我当然去。反正今天这一天是完了。”

“好吧，那么，en avant，marchons！① 到二十世纪去！到二十世纪去！涅日丹诺夫，你是个进步的人，你带路！”

“很好，我们走吧；不过你不要老是讲同样的俏皮话，省得我们以为你的俏皮话快说光了。”

“不会光的，还有很多给你们留着呢！”帕克林高兴地答道，他急急地走到前面去了，据他自己说，他不是在跳跃，他是在“瘸着走”。

“这位先生倒很有意思，”索洛明说，他挽着涅日丹诺夫的胳膊走在帕克

---

① 法语：向前，开步走！

林的后面,“要是他们把我们全送到西伯利亚去——千万不要这样!——还有一个人来给我们开心的!”

马尔克洛夫默默地走在最后。

这个时候在戈卢什金的家里人们正在用尽方法安排一顿“阔气的”或者“考究的”午饭。做了一样很油腻的、味道很坏的鱼汤;还准备了种种的“热馅饼和酱汁肉”——(戈卢什金虽是“旧教派”,他却是一个站在欧洲文化顶点上的人,喜欢吃法国菜,还雇了一个俱乐部的厨师,这个厨师因为不爱干净被那儿开除了出来);最重要的是拿出了几瓶香槟酒用冰镇起来。

主人用他特有的那些笨拙的装腔作势、匆忙的样子和接连的傻笑来欢迎我们这几个年轻人。果然不出帕克林所料,他见到帕克林非常高兴;他问起:“他是我们的人吗?”可是他不等回答,自己又嚷起来,“啊,不用说!他一定是的!”随后他便告诉他们,他刚刚从那个“怪物”省长那儿回来,省长老是拿什么鬼知道的慈善机关的事情麻烦他……戈卢什金究竟是在夸耀他晋见了省长的光荣呢,还是高兴自己居然在进步的年轻人面前骂了省长,这个却是无法断定的。随后他又把他先前讲过的那个新同志介绍给他们。这个新同志究竟是谁呢?原来就是这天早晨报告什么事情的那个头发十分光滑、患肺结核病、下巴朝前撅的小个子,戈卢什金的管事,戈卢什金叫他做瓦夏。“他不善于讲话,”戈卢什金同时把五根指头伸出来指着他说,“可是对我们的事情是非常忠心的,”瓦夏只是鞠躬,红脸,眨眨眼睛,露出牙齿笑笑,他做得这么难看,又是叫人无法断定:他究竟是一个粗俗的傻瓜呢,还是——正相反——十足的骗子和滑头。

“好吧,请用饭吧,各位,请用饭吧。”戈卢什金口齿不清地说。他们先吃了不少的小吃,然后在席前坐下来。刚刚喝过了鱼汤,戈卢什金就吩咐开香槟。冻过的酒像薄冰一样地从瓶颈滴到举着的酒杯里。“为我们……我们的事业干杯!”戈卢什金大声说,他同时向着仆人眨眨眼,点点头,好像在告诫他们,在外人面前应当小心尽职!新同志瓦夏还是不讲话,他坐在他的椅子边上,始终做出卑躬屈节的样子,这同他的老板所说的他对他非常忠心的信仰完全不协调,不过他喝起酒来倒是拼命的!……别的人都在谈话,这其实是主人同帕克林两个人讲话;特别是帕克林。涅日丹诺夫心里很烦;马尔克洛夫带着恼怒和忿恨的表情,和他在苏博切夫家里的时候一样地厉害,不过是另一种样子;索洛明在旁边观察。

帕克林很开心！他那聪明的谈吐叫戈卢什金非常高兴，戈卢什金一点儿也没有想到就是这个“小瘸子”不停地在他邻座的涅日丹诺夫的耳边讲着批评他戈卢什金的最恶毒的话！他还以为帕克林是一个老好人，可以让他随意“玩弄”……他喜欢他，一半是因为这个缘故。要是帕克林坐在他身边，他就会用手指头戳戳他的肋骨，拍拍他的肩头；现在他只好隔着桌面对他点点头，脑袋朝他的方向摇摇摆摆……可是在涅日丹诺夫和他的中间坐着的首先就是马尔克洛夫，“那片乌云”，其次还有索洛明。然而帕克林每讲一句话，戈卢什金总要大笑一次，他甚至没有听见话就先笑起来，并且拍自己的肚皮，露出他那发青色的牙床。帕克林不久就看出来他要听些什么话，于是开口骂起一切来（这是他最擅长的），——任何事同任何人他都骂到了：保守派、自由党、官吏、律师、行政长官、地主、地方自治会议员、国会议员、莫斯科、彼得堡！

“是，是，是，”戈卢什金附和道，“不错，不错，不错，不错！譬如我们这儿的市长，就是不折不扣的驴子！一个十足的笨蛋！我跟他讲了一两件事情，可是他什么也不懂；他跟我们那位省长一样糟！”

“您那位省长是个傻瓜吗？”帕克林问道。

“我对您说：他是驴子！”

“那么您注意到没有，他讲话用喉音，还是用鼻音？”

“您这是什么意思？”戈卢什金有点儿莫名其妙地问道。

“您难道不知道吗？在我们俄国高等文官全用喉音讲话；我们的高等武官全用鼻音讲话；只有最高级的官员才同时用喉音和鼻音讲话。”

戈卢什金哈哈大笑起来，连眼泪都掉下来了。

“是，是，”他口齿不清地说，“他用鼻音讲话……他是个武官。”

“哼，你这个笨蛋！”帕克林心里想道。

“在我们这儿什么都是腐败的，不管你到哪儿，都是一样，”戈卢什金停了片刻又嚷起来，“什么都是腐败的，什么都是！”

“最尊敬的卡皮通·安德列伊奇，”帕克林加重语气地说，——可是他刚才还对涅日丹诺夫小声说过：“他为什么老是动他的胳膊，好像他的上衣胳肢窝底下太紧了似的？”——“最尊敬的卡皮通·安德列伊奇，相信我的话，敷衍的办法现在是不中用了！”

“什么敷衍的办法！”戈卢什金突然止住笑，带了一种凶狠的表情大声叫起来，“现在只有一件事情：全都连根拔起！瓦西卡，喝呀，你……你！”

“我在喝呢，卡皮通·安德列伊奇。”管事答道，他把一杯酒倒下喉咙去了。

戈卢什金也“咕嘟一下子喝光了”。

“他怎么忍下去的？”帕克林低声对涅日丹诺夫说。

“习惯嘛！”涅日丹诺夫答道。

可是喝酒的不止是管事一个人。渐渐地众人都有了酒意。涅日丹诺夫、马尔克洛夫，甚至索洛明都渐渐地参加了谈话。

涅日丹诺夫起初怀着一种鄙视的心情，一种恼恨他自己的心情，因为他不能坚持到底，白白地浪费了时间，他又发起议论来，他说现在不再是讲空话的时候了，现在是“行动”的时候了；他甚至说起已经找到的地盘！！他说到这里一点儿也不觉得自相矛盾，却要求他们给他指出来目前存在的可以信赖的现实的要素，——他说他看不见它们。“不管你怎样努力，社会没有同情，人民没有觉悟。”不用说，没有人回答他；并不是因为回答不出来，却是因为每个人都在发表自己的意见。马尔克洛夫讲起话来就像在打鼓，离不掉他那低沉的、含怒的、又固执、又单调的声音（“完全像在砍卷心菜一样，”帕克林说）。他究竟在讲些什么，这是不大容易懂的；在他短短地停顿一下的时候，可以听见“炮兵”这个字眼从他的嘴里出来……他大概在说他所发现的炮兵组织的缺点。德国人和副官也得到了处罚。连索洛明也说等待的方法有两种：一种是什么事也不做地空等，另一种是一边等、一边把事业向前推动。

“我们不需要渐进派。”马尔克洛夫不高兴地说。

“以前的渐进派都是从上面来的，”索洛明说，“我们要试试从下面做起。”

“不需要，见他的鬼！不需要，”戈卢什金起劲地附和道，“应当一口气干，一口气干！”

“就是说您想从窗里跳出去吗？”

“我要跳！”戈卢什金喊叫起来，“我要跳！瓦西卡也要跳！只要我发出命令，他就会跳出去！喂，瓦西卡？你要跳的，是不是？”

管事喝光了一杯香槟。

“卡皮通·安德列伊奇，您到哪儿，我也跟到哪儿。我怎敢有别的想法？”

“啊，这才好！不然我会叫你绝对服从的！”

不到一会儿工夫，醉汉们说的话就出现了一片混乱。“巨大的”叫嚣和呼喊响成了一片。各种各样的词句就像灿烂发光的初雪雪花在温暖的秋空中回旋飘舞一样，它们在戈卢什金家饭厅的燥热空气里旋转，起落，互相推挤，词句就是这些：进步、政府、文学；租税问题 、教会问题、妇女问题、法庭问题；古典主义、现实主义、虚无主义、共产主义；国际派、教权派、自由派；资本、行政、组织、团体、甚至结晶！这种叫嚣正是戈卢什金非常喜欢的；在他看来这就是本质的东西。他胜利了。他好像在说："我们在这儿！让开路，不然我要杀掉你！……卡皮通·戈卢什金来了！"管事瓦夏后来喝得大醉，鼻子响个不停，并且对他面前的盘子讲话，突然像发狂似地大声叫起来："初级中学校——是什么鬼东西呢??!"

戈卢什金突然站起来，发紫的脸往后仰，在他这张脸上，粗暴、专制和得意的表情中还奇怪地掺杂了一种类似暗中疑惧甚至恐怖的表情，他叫吼起来："我再贡献一千吧！瓦西卡，去拿来！"瓦西卡小声答道："太好了。"帕克林脸色苍白，满头是汗(他在这最后一刻钟里面，醉得和管事一样)，他突然从座位上跳起来，把两只手举得高过了头，断断续续地说："贡献！他说：贡献！啊！神圣的字眼给亵渎了！牺牲[①]！没有一个人敢于升得像你这么高，没有一个人有力量执行你交给他的任务，至少我们这儿几个人是不成的，——这个任性胡闹的家伙，这个混蛋钱包，张开它的大肚皮，漏出一点点卢布来，便高声大叫：'贡献！'他还想别人给他道谢；他还等着一顶桂冠——这个下贱东西！"戈卢什金或者是没有听见帕克林的话，或者是听见了却没有懂它的意义，再不然便是把这番话当作笑话看，因为他接着又嚷起来："不错！一千卢布！卡皮通·安德列伊奇的话是——神圣的！"他突然把手伸进他的侧袋里去。"钱在这儿，这是现款！装到袋里去吧；要记住卡皮通！"他每逢兴奋到某种程度的时候，就会像小孩一样用第三人称称呼他自己。涅日丹诺夫把扔在满是酒迹的桌布上的钞票拾了起来。现在用不着等待什么了，并且时间也不早了，他们都站起来，拿起各人的帽子走了。

他们到了露天里，大家都觉得脑袋发晕，特别是帕克林。

"嗯，现在我们到哪儿去呢？"他吃力地说。

"我不知道你们要到哪儿去，"索洛明答道，"不过我要回家了。"

"到工厂吗？"

"到工厂。"

---

① 在俄文中"贡献"和"牺牲"是同一个词。

“现在，在晚上，还步行吗？”

“为什么不呢？这儿既没有狼，没有强盗，我的腿又没有毛病，可以走路。夜里走路倒凉快。”

“可是有四里路呢！”

“就是五里我也不在乎。朋友们，再见！”

索洛明扣好上衣，拉下便帽盖到前额，点燃一根雪茄，迈着大步顺着大街走了。

“你往哪儿去呢？”帕克林又问涅日丹诺夫。

“我到他那儿去。”涅日丹诺夫指着马尔克洛夫说，马尔克洛夫抄着双手，动也不动地站在一旁。“我们这儿有马和车子。”

“好吧，好极了……我呢，老弟，我到‘绿洲’去，到福穆什卡和菲穆什卡那儿去。老弟，你知道，我要对你讲什么话？这儿，那儿都是荒唐……只是十八世纪的荒唐比二十世纪的荒唐更接近俄罗斯的现实生活。各位，再见；我喝醉了……请不要见怪。让我再讲一件事！世上再找不出……一个比我妹子斯南杜里娅更好的女人；然而她是——一个驼背，并且叫斯南杜里娅。世界上的事都是这样！她应当起这样的一个名字。你们知道圣斯南杜里娅是谁吗？这是一位有美德的女人，她经常探监牢，给犯人医伤，给病人治病。好吧，再见！再见，涅日丹诺夫，——可怜的人！还有你，军官……哼！孤僻的人！再见！”

他摇摇晃晃地跛行着，朝着“绿洲”慢慢地走去。马尔克洛夫和涅日丹诺夫一块儿走到他们寄放马车的驿站那儿，吩咐把马套好，半个小时以后，他们便坐在车上沿着公路走了。

二十一

天空暗云低垂，天色虽然还没有黑尽，路上的车迹还看得见，在前面微微地发亮，可是两旁的景物都变得模糊了，每一样东西的轮廓连在一起，成了一些大的黑块。这是一个昏暗的、变幻不定的夜；潮湿的急风一阵一阵地吹过，送来大片田里的麦香和雨的气味。他们走过了作为路标的小槲林，转进乡村土路去的时候，情况更不好了；狭窄的车路有时简直看不出来……车夫把车子赶得更慢了。

“希望我们不要迷路才好。”涅日丹诺夫说；他一直到这个时候都没有讲过话。

“不！我们不会迷路！”马尔克洛夫答道，“一天不会有两桩倒霉事。”

“那么第一桩倒霉事是什么呢？”

“什么？我们白白地浪费掉一天——难道您倒不在乎吗？”

“不错……不用说……那个戈卢什金！！我们不该喝那么多的酒。我的脑袋现在痛得……厉害。”

“我不是说戈卢什金，至少他给了一点儿钱；因此，我们的拜访也并不是毫无所获！”

“那么您不是懊恼帕克林把我们引到他的……他叫他们做什么呢……哦，‘鹦鹉’那儿去吧？”

“那用不着懊恼……也用不着欢喜。我对那种好玩的东西并不感兴趣……我没有把它当作倒霉事。”

“那么是什么呢？”

马尔克洛夫不回答，他只是往他的角上稍稍靠后一点儿，好像要把自己隐藏起来似的。涅日丹诺夫看不清楚他的面貌；只有他的小胡子像一条横的黑线现了出来；可是从这天早晨起涅日丹诺夫就知道马尔克洛夫心里有一种隐忍住的暗中不快——还是不要触到他这个地方为好。

“对我讲吧，谢尔盖·米哈伊洛维奇，”他停了一会儿又说，“您真佩服那位基斯利亚科夫先生的书信吗——就是您今天给我读的那些？您知道，原谅我不客气地说——那简直是废话！”

马尔克洛夫挺起腰来。

“第一，”他含怒地说，“您对这些信的意见，我完全不同意。我觉得它们是很了不起的……而且是很诚恳的！第二，基斯利亚科夫在做工作，并且很辛苦，——而且，更重要的是，他有**信仰**；他相信我们的事业，他相信革—命！我得告诉您一件事，阿列克谢·德米特里耶维奇，我觉得**您**，您对我们的事业很冷淡，您并不相信它！”

“您从哪儿得出这个结论呢？”涅日丹诺夫慢慢地问道。

“从哪儿？从您讲的每一句话，从您整个的行为！！今天在戈卢什金家里说没有看见我们可以信赖的要素的人是谁呢？您！谁要求我们给他指出这些要素来呢？又是您！并且在您那个朋友，那个无聊的小丑和爱挖苦别人的人，帕克林先生，两眼朝着天说，我们里头没有一个人能够牺牲自己的时候，是谁在附和他呢？是谁点头赞成呢？那不又是您吗？您高兴怎样讲自己，就怎样讲吧；您要怎样想自己，也随您……这是您的事情……可是我知道有些人能够把一切使生活变得美好的东西完全抛弃，连爱情的幸福也不要，只求为他们的信仰服务，只求忠于他们的信仰！那么，您今天……不用说，做不到这样！”

“今天？为什么恰恰是今天呢？”

“啊，为了上帝的缘故，不要装假了，您这个幸福的唐·璜[①]，您这个恋爱的胜利者！”马尔克洛夫叫起来，他把车夫完全忘记了，车夫虽然没有从驾车的座位上掉过头来，却能够听清楚他们讲的每一句话。不过说实在话，这个时候车夫更用心在看路，顾不到坐在他后面的先生们的争论了，他小心地、甚至有点儿害怕地策着辕马，马摇着脑袋，朝后倒退，让车子滑下了一个斜坡，这样的斜坡在他们的路上本来是不该有的。

“对不起，我不大懂您的意思。”涅日丹诺夫说。

马尔克洛夫不自然地、带恶意地笑起来。

“您不懂我的意思！哈！哈！哈！我全知道了，阁下！我知道您昨天同谁谈过恋爱；我知道您拿您漂亮的面孔和口才把谁迷住了；我知道谁把您引进她的屋子里去……晚上十点以后！”

“老爷！”车夫突然转过头对马尔克洛夫说，“请拉住缰绳……我要下车看看。我想我们走错路了……那儿，好像有个水沟……”

事实上车子已经偏倒在一边了。

马尔克洛夫把车夫交给他的缰绳紧紧抓住，仍然那样大声地说下去：

“我并不责备您，阿列克谢·德米特里奇！您利用……您并没有错。我只说我并不奇怪您对我们共同事业的冷淡态度；我再说一遍，您有别的心事。我顺便还要说到自己，哪里会有这样一个人：他事先料得到少女心里喜欢的是什么，或者了解她们想望的是什么！！”

“我现在懂您的意思了，”涅日丹诺夫开始说，“我明白您的苦恼，我也猜得出是谁在侦察我们，并且赶快来告诉您……”

“这也不是什么功劳，”马尔克洛夫继续往下说，他装出没有听见涅日丹诺夫讲话的样子，并且故意把每个字音拖长，仿佛唱歌似的，“并不是身心两

---

① 唐·璜是西班牙传奇人物，一个专门玩弄女性的荒淫贵族。唐·璜这个名字后来成了“游戏情场的登徒子”的同义语。

方面有特出的地方……不！这只是……一切私生的孩子，一切……私生子的倒霉的运气！"

这最后的一句话是马尔克洛夫急匆匆地、不连贯地说出来的，他说了马上就像僵了一样不做声了。

涅日丹诺夫甚至在黑暗中也觉得他自己的脸完全发白，他的脸颊上起了一阵寒栗。他差一点儿控制不住自己要扑过去掐住马尔克洛夫的脖子了……"这个侮辱必须用血，用血来洗掉……"

"我找到路了！"车夫叫起来，他在右前轮旁边出现了，"我搞错了一点儿，朝左边转了……现在不要紧了！我们一下子就到了；离我们家还不到一里路。请坐好！"

他爬上了驾车座位，从马尔克洛夫的手里接过了缰绳，拉转辕马的脑袋。车子猛烈地震动了两下，便更平稳地、更快地向前跑了，黑暗好像在裂开，并且在往上升，轻烟似地飘动——前面现出小山的形状。随后亮起一线灯光……灭了……又现出一线灯光……一只狗叫了起来……

"我们的村子到了，"车夫说，"喂，快，我的小猫！"

越来越多的灯光迎着他们。

"您既然这样地侮辱了我，"涅日丹诺夫后来终于说了，"您就容易理解，谢尔盖·米哈伊洛维奇，我不能够在您家里过夜了；所以，虽然我觉得这是一件不愉快的事，我也只好求您，到了您家里的时候，把您的马车借给我，让我到城里去；明天我可以想办法回家；以后我会让您得到您一定盼望着的通知。"

马尔克洛夫并没有马上回答。

"涅日丹诺夫，"他突然用一种不大响亮的、几乎是绝望的声音说，"涅日丹诺夫！为了上帝的缘故，求您到我家里去吧——就是叫我跪下来求您饶恕也行！涅日丹诺夫！忘记吧……忘记，忘记我那些蠢话吧！啊，谁能够知道我是多么不幸啊！"马尔克洛夫用拳头打自己的胸膛，从那里仿佛发出了呻吟。"涅日丹诺夫！你要宽宏大量！把手伸给我……不要拒绝饶恕我！"

涅日丹诺夫伸出手给他，犹豫不决地，但还是伸出来了。马尔克洛夫把它捏得紧紧的，涅日丹诺夫差一点儿叫出声来了。

马车停在马尔克洛夫家的台阶前。

"你听我说，涅日丹诺夫，"一刻钟以后，马尔克洛夫在他的书房里对涅日丹诺夫说……“你听我说！”（他就只用“你”称呼涅日丹诺夫，他对这个他发觉是他的幸运的情敌，他刚刚恶毒地侮辱了的、他还想杀死的、还想撕成碎片的人用了这个意外的亲密称呼“你”——在这个“你”字里面有一种坚决放弃的意味，一种谦卑的、痛苦的恳求，还有一种权利的主张……涅日丹诺夫承认这个权利，并且也用“你”的称呼同马尔克洛夫谈起来。）

“你听我说！我刚才对你说过，我抛弃了恋爱的幸福，我拒绝了爱情，只求为我的信仰服务……这是胡说，吹牛！我从没有得到过那一类的东西，我也没有什么可以舍弃的！我生下来就是没有才能的，这一辈子也会是没有才能的……也许这倒是应该如此。这个既然我没有份，我就得去干别的事！既然你能够把两桩事情合在一块儿……能够爱，能够被爱……同时又能够给事业出力……好，你真行！我羡慕你……可是我自己——办不到。我不能够。你是个幸福的人！你是个幸福的人！我不能够！”

马尔克洛夫压低声音说了这些话，他坐在一把矮椅上，埋着头，两只手无力地垂在腰间。涅日丹诺夫站在他面前，全神贯注在一种沉思的注意里，虽然马尔克洛夫说他是幸福的人，可是他看起来并不像是幸福的人，并且自己也不觉得幸福。

“我年轻的时候给女人骗了，”马尔克洛夫继续说，“她是个很好的姑娘，可是她把我扔了……为了谁呢？为了一个德国人！为了一个副官！而玛丽安娜……”

他停了一会儿……这是他第一次说出她的名字，这个名字仿佛烧着他的嘴唇似的。

“玛丽安娜没有欺骗我；她明白地对我说，她不喜欢我……我怎么会使她喜欢呢？好吧，她已经委身给你了……这又有什么关系呢？她不是自由的吗？”

“啊，等一下，等一下！”涅日丹诺夫大声说，“你在讲什么?! 什么委身？我不知道你妹子给你写了些什么，可是我向你保证……”

“我不是指肉体；可是她在精神上已经委身给你了——拿她的心，她的灵魂给了你了，”马尔克洛夫打岔说，涅日丹诺夫的惊呼显然给了他一点儿安慰，“她做得很不错。至于我的妹子……她当然没有使我难过的心思……事实上她对我这种事情并不关心；不过她一定恨你，也恨玛丽安娜。她并没有说谎……可是，不用再讲她了！”

"是的，"涅日丹诺夫想道，"她恨我们。"

"一切都是往很好的方面走的，"马尔克洛夫说，他坐的姿势也没有改变，"最后的束缚也给我摆脱了，现在再也没有可以妨碍我的了！你不用去管戈卢什金是一个任性胡闹的家伙：那是无关紧要的。至于基斯利亚科夫的书信……它们也许是荒谬可笑的……是这样；不过我们应当注意主要的事情。照他说来……到处都准备好了。也许你不相信这个吧？"

涅日丹诺夫没有回答。

"也许你是对的；不过你知道，要是我们等着一切，完完全全的一切，都准备好了才动手，那么我们就永远不会动手了。要是我们把所有的后果预先来考虑一下，在它们中间一定有坏的后果。比如，我们的先驱者计划解放农奴的时候，那怎样呢？他们能够料到农奴解放的一个后果却是产生了一个放高利贷的地主阶级吗？这种人把一俄石[①]腐烂的黑麦作价六个卢布卖给农民，却从他那儿拿回来：（马尔克洛夫弯起一根指头）第一，价值六个卢布的劳动，此外（马尔克洛夫弯起另一根指头）整整一石上好的黑麦——还要（马尔克洛夫又弯起第三根指头）加上利息！实际上他们把农民的最后一滴血都吸干了！你得承认我们的解放者没有能够在事前料到这个！然而即使他们料到了，他们没有事先拿所有的后果衡量一下，就去解放了农奴，他们也没有做错！所以我……就下了决心了！"

涅日丹诺夫用疑问的、惊奇的眼光望着马尔克洛夫；可是马尔克洛夫把眼睛掉开，望到角落里去了。他皱着眉毛，隐住眼瞳；他咬他的嘴唇，咀嚼他的唇髭。

"是的，我下了决心了！"他又说一遍，一面用他多毛的黝黑的拳头拍打他的膝盖，"要知道，我很顽固……我并不是白做了半个小俄罗斯人[②]呢！"

他站起来，拖着他那双仿佛没有力气的脚走到他的寝室里去，从那儿拿来装在玻璃镜框里的玛丽安娜的小幅画像。

"你拿去吧，"他用一种悲痛的，但又是平稳的声音说，"我以前画的。我画得很坏；不过你看，我觉得这倒像她（这幅用铅笔绘的侧面像的确很像）。老弟，拿去吧，这是我的遗嘱。跟这幅画像一块儿我现在让给你——不是我的

---

① 俄石是沙俄容量单位，装散体物，1 俄石合 209.91 升。

② 意指马尔克洛夫的母亲是小俄罗斯人。

权利……我并没有权利……不过，你知道——一切！我让给你一切——连她在内。老弟，她是个好姑娘……”

马尔克洛夫不做声了；他的胸部的起伏是看得见的。

“拿去吧。你不跟我生气吗？好，那么拿去吧。现在我完全……用不着……这一类东西了。”

涅日丹诺夫接过了画像；可是一种奇特的感情压住他的心。他觉得自己没有权利接受这个礼物；他又觉得要是马尔克洛夫知道他涅日丹诺夫心里在想些什么，他（马尔克洛夫）也许不会把这幅画像送给他。涅日丹诺夫把这张小心地装在镶着金色窄纸边的黑框里的小圆形纸片拿在手里，不知道怎样做才好。“我手里捏的是一个人的整个生命啊，”他想道。他明白马尔克洛夫现在作出了多大的牺牲，可是为什么，为什么单单给他呢？把画像交还吗？不！那就会是最大的侮辱了……说到底，难道这张脸不是他所珍爱的吗？难道他不爱她吗？

涅日丹诺夫带了一点儿内心的恐惧抬起眼睛望马尔克洛夫……这个人是在看他，是在探索他的思想吗？可是马尔克洛夫又把眼睛掉向角落里去，并且又在咀嚼他的小胡子了。

老仆人手里拿着一支蜡烛走进屋子里来。

马尔克洛夫吃了一惊。

“是睡觉的时候了，阿列克谢兄弟！”他大声说，“早晨比晚上想得更周到些。明天我借给你马，让你回家去——再见吧！”

“你也再见吧，老家伙！”他突然掉向这个仆人，在他的肩头拍了一下，“我有不对的地方，请你原谅！”

老人大吃一惊，差一点儿让蜡烛落在地上，两眼望着他的主人，在这双眼睛里露出一种跟他平日的忧郁不相同、并且更厉害的表情。

涅日丹诺夫走到他的屋子里去。他觉得很不好受。喝下去的酒使他的脑袋还在痛，耳朵里一直在响，他虽然闭上眼睛，也看得见眼前的闪光。戈卢什金、管事瓦西卡、福穆什卡、菲穆什卡在他面前不停地转来转去；远远地现出玛丽安娜的形象，她像是不信任似的，不肯走近来。这一天他自己说过、做过的一切，他现在看来，都是完全虚伪的，做作的，都是多余的、骗人的废话……至于他应当做的事情，他应当努力实现的目标却不知道在什么地方，那是难于达到的，那是藏得很严密的，那是埋在地狱的深坑里面的……

他再三地想从床上起来，走到马尔克洛夫那儿，对他说："收回你的礼物，把它收回去吧！"

"呸！生活是多讨厌啊！"他终于这样地嚷了起来。

第二天早晨他走得很早。马尔克洛夫已经站在台阶上，身边围了一些农民。是他把他们召集在一块儿的呢，还是他们自己来的，涅日丹诺夫决定不了；马尔克洛夫很简单、很冷淡地跟他告了别……可是在他看来，马尔克洛夫好像要对农民讲什么重要事情似的。老仆人带着他那一向不变的眼光待在那儿。

马车很快地穿过了城区，它转到乡下以后就飞跑起来。马还是一样的，不过车夫——或者因为涅日丹诺夫住在有钱人的公馆里，或者因为别的理由——指望多得一点儿酒钱……我们都知道，每逢车夫喝了酒，或者相信就要有酒喝的时候，马总是跑得极快的。这是一个六月的日子，不过空气相当凉爽。高高的、动得很快的云在蓝色天空中飞过，一阵强烈的、没有变化的风吹起来，在给昨天的雨打湿了的路上扬不起一点儿尘土。爆竹柳发出飒飒声，闪闪地发亮，在风里摇来摇去——一切都在动，都在飞扬；远处小山中鹌鹑的叫声越过草木畅茂的幽谷传来，仿佛这叫声也有翅膀飞了过来似的。一群白嘴鸦在晒太阳；在那条平直的、光秃的地平线上有一些像黑色跳蚤似的东西移动着——农民在拿他们的休闲地耕第二遍。

可是涅日丹诺夫并没有看到……这一切景象……他甚至不曾注意到他进了西皮亚金的庄园，——他完全沉在自己的思想里面了……

可是他看见宅子的屋顶、楼房和玛丽安娜房间的窗户的时候，他突然打了一个颤。"是的，"他对自己说，心里感到一阵温暖，"他说得对，她是一个好姑娘，并且我爱她。"

二十二

涅日丹诺夫匆匆换了衣服，去给科利亚上课。他在饭厅里遇见西皮亚金，西皮亚金冷淡而有礼貌地对他鞠了一个躬，仿佛不高兴地说："玩得愉快吗？"便走进他的书房去了。这位政治家在他那大臣的头脑里已经打定了主意，等假期一完，马上就把这个——"的确显著的赤色分子"——家庭教师送回彼得堡去，目前还得小心地监视着他。"Je n'ai pas eu la main heureuse cette fois-ci，"他想道，"不过……j' aurais pu tomber pire。"[①]瓦连京娜·米哈伊洛夫娜对涅日丹诺夫的感情却更坚决，更明确得多。她现在简直讨厌透了他……他，这个乳臭未干的孩子！他侮辱了她。玛丽安娜没有想错：在廊上偷听她和涅日丹诺夫讲话的，正是瓦连京娜·米哈伊洛夫娜……这位尊贵的太太并不以此为可耻。她在他出门的两天里面，虽然没有对她的"轻佻的"外甥女讲出什么，却时刻都让她的外甥女明白，她是什么都知道的；并且要不是她一半轻视她又一半可怜她的话，她一定会气愤得不得了……她只要看玛丽安娜一眼，或者对她讲一两句话，她整个脸颊都现出压抑住的内心的轻蔑的表情，她的眉毛也交织着讥讽和怜悯的感情扬了起来；她的美妙的眼睛带着温和的惊愕，带着忧郁的厌恶望着这个倔强的少女，她依着她的"幻想和怪僻"，居然在黑暗的屋子里……跟一个没有毕业的大学生……亲……亲嘴了！

可怜的玛丽安娜！她那端庄而骄傲的嘴唇上还没有印过任何男人的吻呢。

然而瓦连京娜·米哈伊洛夫娜并不曾对她丈夫讲起她的这个发见；她只是当着他的面，带了含有深意的微笑对玛丽安娜讲几句话，这笑容跟她的话的内容又没有一点儿关系。瓦连京娜·米哈伊洛夫娜甚至有点儿后悔给哥哥写了那封信……可是仔细一想，她又觉得写了再来后悔还是比不写信、不后悔好些。

涅日丹诺夫在饭厅里吃早饭的时候见了玛丽安娜一面。他觉得她黄瘦了；她这天一点儿也不漂亮；可是他走进饭厅的时候，她向他投过来的那迅速的一瞥一直刺透他的心。另一方面，瓦连京娜·米哈伊洛夫娜却望着他，好像不停地暗中说："我给你道喜！做得好！高明极了！"同时她还想从他的脸上知道马尔克洛夫有没有把信给他看过。末了她断定是给他看了的。

西皮亚金听说涅日丹诺夫到过索洛明管理的工厂，便向他打听"那个在各方面值得注意的工业设备"的情况；可是不到一会儿的工夫他从这个年轻人的答话里看出来涅日丹诺夫在那儿的确没有看到什么，便恢复了尊严的沉默，看他的神气，好像他在责备自己不该想从这么一个不成熟的人那儿得到什么有益的知识！玛丽安娜离开饭厅的时候，设法对涅日丹诺夫小声说："你在花园尽头那个老桦树林里等我；我只要能够抽身，马上就到那儿去。""她也用

---

① 法语：我这回没有碰上好运……幸好还没有弄出大的乱子。

‘你’称呼我，跟他一样。”涅日丹诺夫想道，这种亲密虽然使他有点儿感到惊慌，却又感到愉快！……要是她突然又称他“您”，要是她跟他疏远起来——那么这会是这么古怪，简直是不可能的！

他觉得这样会使他不幸的。他究竟是不是在爱她，他自己还不知道；不过他觉得她对他是很宝贵的，亲近的，并且是不可少的——最重要的是，不可少的，——他整个身心都有这样的感觉。

玛丽安娜约他去的那个树林一共有一百多棵高耸的老桦树，其中大部分都是垂桦。风还没有停；长长的枝条像散开的辫子似的在微风里飘动、摇荡；云还是和先前一样，高高地在天空飞驰，要是有一片云掩盖了太阳，那个时候一切的景物都变成——不是变成黑暗，却成了一样的颜色。随后云片飞过去了，明亮的光点又突然在各处乱动起来：它们搅成一团，闪闪发光，又和一块一块的暗影混在一起……树声和摇曳还是一样；可是添了一种喜庆的欢乐。激情闯进一颗苦闷、激动的心里的时候，带来的正是这种强烈的快乐……涅日丹诺夫的胸膛里有的正是这样的一颗心。

他倚在一棵桦树干上——等待着。他的确不知道他心里有什么样的感觉，他也不想知道；他觉得比在马尔克洛夫家里的时候更害怕，但同时又安心。他想见她，想跟她谈话，比做什么事都更心切；那个把两个生物突然拴在一块儿的绳结已经套在他的身上了。涅日丹诺夫想起了轮船要靠码头的时候投向岸上去的缆绳……现在绳子已经紧紧地拴在桩上，轮船停稳了。

靠了码头！谢天谢地！

他突然打了一个颤。一个女人的衣服远远地在路上闪现出来。这是她。可是她究竟是向他走来，还是走开呢，他却不能断定，直到后来他看出来那些明暗的点子由下往上地在她的身上滑动……他才明白，她是朝着他走来的。要是她到别处去，那些斑点就得从上向下地移动了。再过一会儿，她就走近他，站在他面前了，脸上带着快乐的、欢迎的表情，眼里射出爱抚的眼光，唇上浮着淡淡的、愉快的微笑。他抓住她伸出来的手——可是马上讲不出一句话；她也不说什么。她刚才走得很快，有点儿气急；但是他看见她的时候那种高兴的神情，分明使她很高兴。

她先讲话。

“好吧，”她说，“快告诉我，你们决定了些什么事情？”

涅日丹诺夫吃了一惊。

“决定了……难道现在就应该决定什么事情吗?”

“好吧,你明白我的意思! 告诉我你们谈了些什么事情。你看见了什么人? 你跟索洛明认识了没有? 告诉我所有的事,所有的事! 等一下——我们到那儿去,再远一点儿。我知道一个地方……那儿不是这么容易给人看见的。”

她拉着他走了。他顺从地跟着她走过高而稀疏的枯草丛中。

她把他引到了她说的那个地方。那儿有一棵在风暴中倒下来的大桦树横在地上。他们就在树干上坐下来。

“你讲吧,”她又说了一遍,可是她自己马上却接着说,“啊! 我看见你多高兴! 我还以为那两天长日子永远过不完了。你知道,我现在完全相信瓦连京娜·米哈伊洛夫娜偷听了我们讲话。”

“她写信告诉马尔克洛夫了。”涅日丹诺夫说。

“她告诉他了?!”

玛丽安娜不做声了,她的脸渐渐地涨得通红,不过这并不是由于羞愧,却是由于另一种更强烈的感情。

“这个坏的、恶的女人!”她缓慢地小声说,“她没有权利做这种事情! 好吧,这也没有关系! 快告诉我,快告诉我。”

涅日丹诺夫讲起来……玛丽安娜带着一种呆呆的注意的表情静静听着,只有在她以为他讲得太快、没有讲细节的时候,她才打断他。然而他这次出门的经过情形,并非所有的细节都使她同样地感到兴趣;福穆什卡和菲穆什卡使她发笑,可是他们引不起她的注意。他们的生活跟她的生活隔得太远了。

“就好像听你讲纳武霍多诺索尔①的事情一样。”她说。

可是马尔克洛夫说了些什么话,甚至戈卢什金有什么样的想法(不过她马上就明白了他是个什么样的家伙),特别是索洛明的见解怎样,他是什么样的一种人——这些倒是她应当知道,而且是她急于想知道的。“到底什么时候呢? 什么时候呢?”在涅日丹诺夫讲话的时候,她的脑子里反复地想着的、并且常常到她的嘴上来的就是这一个问题,然而他却好像在避开,凡是可以给这个问题一个肯定答复的事情,他都没有谈到。后来他自己也觉察到了,他讲得津津有味的正是玛丽安娜最不感兴趣的那些细节……可是他仍然常常回到

---

① 纳武霍多诺索尔(公元前604—前561),巴比伦国王。

那些细节上去。滑稽的描写使她感到不耐烦;失望的、灰心的调子使她不愉快……他不得不反复地谈到“事业”,谈到“问题”。说到这个题目上来,再多的话也不会使她厌烦。涅日丹诺夫记起来在他还没有进大学以前,有一个夏天他在几个好朋友的别墅里避暑,他常常给朋友的孩子们讲故事,他们也是不喜欢详细的描写,也是不喜欢纯粹个人感觉的表现……他们也要求行动、事实!玛丽安娜并不是小孩,可是拿她的感情的直爽和单纯来说,她倒和小孩相近。

涅日丹诺夫真诚地、热烈地称赞马尔克洛夫,讲到索洛明的时候他特别有好感。他一面用几乎是过分推崇的词句来赞美索洛明,一面又不停地问他自己:为了什么缘故对那个人这样看重呢?他并没有讲过什么了不起的话;他的某些话好像还是跟他(涅日丹诺夫)的见解相反的……“他的性格是稳健的,”他心里想道,“他是一个精细周到的、朝气蓬勃的人,像菲穆什卡所说的那样,他是一个高大的人;他有沉静、坚强的魄力;他知道自己需要的是什么东西,他相信自己,也得到别人的信任;他从不急躁……始终保持平衡!平衡!……这是最重要的;我缺少的正是这个。”涅日丹诺夫不响了,他完全沉在深思里面……他突然觉得一只手放在他的肩上。

他抬起头来:玛丽安娜用了关心的、温柔的眼光在看他。

“朋友!你怎么啦?”她问道。

他从他的肩上拿起她的手,头一回在这只小而结实的手上吻了一下。玛丽安娜微微地笑了笑,好像她在诧异,怎么他会想到这种殷勤上面来。接着她也沉思起来了。

“马尔克洛夫把瓦连京娜·米哈伊洛夫娜的信给你看了吗?”末了她问道。

“是的。”

“那么……他怎样呢?”

“他吗?他是个最高贵、最不自私的人!他……”涅日丹诺夫正要把画像的事告诉玛丽安娜——可是他又忍住了,只是重说一遍:“最高贵的人!”

“哦,是的,是的!”

玛丽安娜又沉思起来。她突然在他们两人坐的桦树干上转身向着涅日丹诺夫兴奋地问道:

“那么你们决定了些什么事情?”

涅日丹诺夫耸了耸肩膀。

“什么，我已经对你讲过了，现在，——什么都没有决定；还应当再等些时候。”

“再等些时候？……等什么呢？”

“最后的指示。”（“我在撒谎，”涅日丹诺夫想道。）

“从谁那儿？”

“从……你知道……瓦西里·尼古拉耶维奇那儿。并且我们还要等着奥斯特罗杜莫夫回来。”

玛丽安娜带着询问的眼光看涅日丹诺夫。

“告诉我，你究竟见过瓦西里·尼古拉耶维奇没有？”

“我见过他两次……都只是匆匆一面。”

“他是个什么样的人？是个了不起的人吗？”

“我怎么对你说呢？他现在是我们的领袖，是的，他在指挥。没有纪律，我们的工作就搞不好；我们应该服从。”（“这完全是胡说，”他这样想道。）

“他的相貌怎样呢？”

“怎样？短胖的身材，浅黑的皮肤，……颧骨高高，像一个加尔木克人①……面貌相当粗野。只有一对眼睛却是非常灵活的。”

“他谈起话来怎样？”

“他不大谈话，他命令。”

“为什么他做了领袖呢？”

“哦，他是个性格坚强的人。他没有一件事不敢做。在必要的时候他会杀人。因此——别人都怕他。”

“索洛明的相貌怎样？”玛丽安娜停了一会儿，又问道。

“索洛明也不漂亮；只是他的面孔端正、淳朴、正直。像这样的面孔在宗教学校学生（自然是好学生）里头是可以见到的。”

涅日丹诺夫把索洛明详细描绘了一番。玛丽安娜向涅日丹诺夫凝望了许久……许久……然后自语似地说：

“你也有很好的面孔。我想，跟你一块儿生活，会幸福的。”

这句话感动了涅日丹诺夫；他又拿起她的手，把它举到自己的嘴唇边……

① 加尔木克人是西伯利亚的游牧民族。

“你不要再这样殷勤了，”玛丽安娜含笑说——她的手给吻着的时候，她总是微笑的，“你不知道：我得向你认错。”

“你做了什么呢？”

“是这么一回事。你不在家的时候，我进了你的屋子，我在你的桌上看到一个写诗的笔记本，（涅日丹诺夫吃了一惊：他想起他的确忘记收起那个本子，就让它放在屋子里的桌上了。）我要向你承认，我不能制止我的好奇心，读了它。这是你写的诗吧？”

“我写的；你知道吗，玛丽安娜？我是怎样喜欢你，怎样信任你，最好的证据就是我几乎一点儿也不生你的气。”

“几乎？那就是说你有一点儿生气了？顺便说一说，你叫我做玛丽安娜；可是我不能叫你涅日丹诺夫，我要叫你阿列克谢。那首以‘在我死去的时候，亲爱的朋友’这一句开头的诗也是你写的吗？”

“我写的……我写的。只是请你不要提了……不要折磨我吧。”

玛丽安娜摇摇头。

“它非常忧郁。这首诗……我希望，是在你认识我以前写的。不过据我看来，诗倒是好诗。我觉得你本来可以做个文学家，可是我完全相信你有一个比文学更好的、更高的使命。不用说，要是没有别的事可做的话，先做这种文学工作也是好的。”

涅日丹诺夫很快地看了她一眼。

“你这样想吗？是的，我同意你的意见。在文学上成功，还不如在事业上失败。”

玛丽安娜一时冲动地站了起来。

“是的，亲爱的，你说得不错！”她大声说，她的整个脸由于喜悦的火焰和光辉与崇高感情的感动而开朗起来。“你说得不错！不过我们也许不会马上失败的；我们会成功，你看吧，我们会有用处的，我们的生命不会完全浪费的，我们要到老百姓中间去……你会什么手艺吗？不会？好吧，不要紧——我们可以劳动，我们可以尽我们的力量给我们的同胞服务。必要的时候，我可以烧饭，缝衣服，洗衣服……你看吧，你看吧……这里面并没有什么功劳——却有幸福，幸福……”

玛丽安娜闭上了嘴；可是她的眼睛注视着远方，——不是那个在她眼前伸展出去的远方，却是另一个人所不知的、还没有存在过的，而她却看见的远方——她的眼睛射出光芒来……

涅日丹诺夫朝着她的腰弯下身去……

“啊,玛丽安娜!”他低声说,“我配不上你!”

她突然浑身抖了一下。

“这是回家的时候了,应当回去了!”她说,“不然,她们马上又要来找我们。不过我想,瓦连京娜·米哈伊洛夫娜不会再理睬我了。在她的眼睛里我是——不可救药的了!”

玛丽安娜说到“不可救药”的时候,脸上现出十分快乐的表情,因此涅日丹诺夫抬起眼睛望着她,他也忍不住微微笑了起来,跟着她重说了一遍:“不可救药的了!”

“可是使她感到奇耻大辱的是,”玛丽安娜继续往下说,“你不拜倒在她的脚下。不过这都没有关系——然而有一件事我要跟你谈谈……我在这儿不能再待下去了……我要逃跑。”

“逃跑?”涅日丹诺夫跟着她说。

“是的,逃跑……你一定不会待下去吧?我们一块儿走……我们应当在一块儿工作……你会跟我一块儿走吧?”

“我跟你一块儿走到世界的尽头!”涅日丹诺夫大声说,他的声音由于兴奋和一种突然的感激而颤抖起来。“到世界的尽头!”在这个时候,不论她想去什么地方,他都会跟她一块儿去,连头也不回。

玛丽安娜了解他了,她发出一声短短的、幸福的叹息。

“那么你拿着我的手……只是不要吻它——捏得紧紧的,像一个同志,像一个朋友——像这样!”

他们一块儿走回家去,一路上沉思着,并且感到幸福;柔草爱抚他们的脚,嫩叶在他们四周低语;明暗的点子在他们的衣服上晃动;他们两个都为着这光的不停的嬉戏、风的快乐的吹动、树叶的鲜明的光彩微笑了,为着他们自己的青春、为着他们彼此微笑了。

第　二　部

二十三

那天索洛明在戈卢什金家中吃过午饭，急急忙忙地走了将近五里夜路以后，去敲工厂高高的围墙的便门，那个时候天已经大亮了。守夜人马上开了门，跟在他后面的三条拴着链子的牧羊狗起劲地摇着毛蓬蓬的尾巴，他恭敬而关心地把索洛明送到那间侧屋去。他看见他的头头平安地回来，显然很高兴。

"您怎么夜里就回来了，瓦西里·费多特奇？我们还以为您要到明天才回来。"

"不要紧，加夫里拉；夜里走路倒更适意。"

索洛明同工人之间的关系非常好，不过也有点儿不寻常：他们尊敬他是一位上司，却又把他看作一个同辈，一个自己人；而且在他们的眼里他还是一个很有学问的人！他们常常说："瓦西里·费多特奇的话总是对的！什么学问他都懂，没有一个英国人比得上他。"事实上有一回一个著名的英国工业家来参观这个工厂，不知道是因为索洛明用英语同他谈话呢，还是因为他佩服索洛明的学识，他不停地拍着索洛明的肩头，笑着，请他到利物浦[①]去；他又用不合语法的俄国话结结巴巴地对工人们说："好，你们的这个人很不错！很不错！"工人们也开心地大笑起来，他们也露出了一点儿骄傲的神气；他们心里想："我们的人本来就是这样！他是我们自己人！"

他真的是他们的人，并且是他们的自己人。

第二天早晨索洛明的心爱的帕维尔走进他的屋子里，叫醒他，让他洗了脸，对他讲了一些事情，又问了他一些话。然后他们在一块儿匆匆地喝了早

① 利物浦是英国著名的商业都市和重要海港。

茶,索洛明便穿上他那件灰色的、油腻的工作服到工厂去了;他的生活又像一个大的飞轮似地转动起来了。

可是一个新的中断又来了。

索洛明回来后的第五天,忽然有一辆四匹好马拉的华美的敞篷四轮小马车驶进工厂的院子里来,一个穿浅豆绿色号衣的听差由帕维尔引着走进了侧屋,郑重地交了一封信给索洛明,信口的封蜡上盖有纹章,是"鲍里斯·安德列耶维奇·西皮亚金阁下"差人送来的。信是香喷喷的,不是普通香水的气味——呸!倒是一种特别高雅的英国的香味,信上虽然用的是第三人称,但并不是秘书拟稿的,却是这位大人的亲笔,在这封信里,这位阿尔查诺耶庄的开明的主人首先请求索洛明先生原谅他向一位素不相识、却已久仰大名的人求教,他"冒昧"邀请索洛明先生到他的庄子去,他有一件工业企业方面的重要事情要向索洛明先生领教。他派了一辆马车来,希望索洛明先生光临。倘使索洛明先生本日不便外出,敬请另外订一个适当的日期,他西皮亚金当再派马车来迎接。后面是一些习惯用的客套话,在信的末尾还有一行"Post scriptum"[①],这却是用第一人称写的:"我盼望您俯允来敝处便饭,可以穿常服。"("便"字下面还加了一道线[②]。)那个穿浅豆绿色号衣的听差多少带了一点儿局促不安的表情,同时交了一封涅日丹诺夫的信给索洛明。这只是一张简单的字条,封口处也没有蜡印,信上只有寥寥的几行:"请来吧。这儿十分需要您——您会有很大的用处;不用说,这不是指西皮亚金先生那方面说的。"

索洛明读了西皮亚金的信,心里想着:"我不随便又怎么出去呢?我在工厂里没有一套礼服……而且我干吗要跑到那儿去呢?……这只是糟蹋时间!"可是看了涅日丹诺夫的字条以后,他却搔起后脑勺来,又走到窗前,他感到踌躇了。"您要我怎样回话呢?"浅豆绿色号衣的听差恭恭敬敬地问道。

索洛明还在窗前站了一会儿,然后他把头发抖到后面去,又拿手按在前额上,他答道:

"我去。等我换换衣服。"

听差很有礼貌地退出去了,索洛明叫了帕维尔来,跟他谈了一会儿,又到工厂去跑了一趟,然后他穿了一件外省裁缝做的腰身很长的黑色常服,戴了一

---

① 拉丁语:"附言"或"再启"。

② 表示注意的意思,与中文加圈相等。

顶使他的面貌显得很呆板的、已经褪成红褐色的高筒帽,坐上了敞篷小马车。他忽然记起了他忘记戴手套,便叫那个"无所不在的"帕维尔给他拿来一副新洗过的白麂皮的手套,这副手套的每根指头尖都鼓胀起来,就像饼干一样。索洛明把手套塞在他的衣袋里,说是可以动身了。听差带着突然的、完全不必要的勇敢跳上了驾车座位,那个彬彬有礼的车夫用假嗓吹了一声口哨,马便跑动起来。

马车载着索洛明渐渐靠近西皮亚金的庄子的时候,那位政治家正坐在他的客厅里,膝上放了一本书页裁开了一半的政治小册子,同他的妻子谈论索洛明。他告诉她,他写信给索洛明的目的,确实是想使那个人脱离商人的工厂,到他这儿来,因为他的工厂的情形太糟,需要彻底的改革!虽然他自己在信里向索洛明提过请他择定日期,可是西皮亚金连想也没有想到索洛明会不肯来或者改期来。

"可是你知道,我们的是造纸厂,不是纺纱厂呢。"瓦连京娜·米哈伊洛夫娜说。

"都是一样,亲爱的:那儿有机器,这儿也有机器……而且他是——一个工程师。"

"可是他也许是一个专家呢!"

"亲爱的,第一——在俄国并没有专家;第二——我已经说过他是工程师。"

瓦连京娜·米哈伊洛夫娜微笑了。

"你瞧,亲爱的;你在年轻人那儿已经碰了一次钉子;你当心不要犯第二次错误。"

"你是说涅日丹诺夫吗?可是我觉得我的目的是达到了的。他教科利亚念书,倒是一个很好的教师。而且,你知道,non bis in idem!原谅我的学究气……这句话的意思是:事情不会重复的。"

"你以为不吗?可是我却以为世界上所有的事都是重复的……特别是非常自然的事……而且特别是在年轻人的中间。"

"Que voulez-vous dire?①"西皮亚金问道,他用平稳的姿势把小册子扔在桌子上。

① 法语:您这话是什么意思?

“Ouvrez les yeux——et vous verrez![1]”西皮亚金娜答道；不用说，他们用法语交谈，相互总是使用“您”这个称呼。

“哼！”西皮亚金说，“你是指那个大学生吗？”

“指那位大学生先生。”

“哼！难道他在这儿做了……（他的手在额头近处摩了一下）……什么事情吗？嗯？”

“睁开你的眼睛！”

“玛丽安娜吗？嗯？”（第二个“嗯”字比第一个带了更多的鼻音。）

“我告诉你，睁开你的眼睛！”

西皮亚金皱了皱眉。

“好吧，我们以后再来细谈这桩事情。现在我只想谈一件事。这个索洛明在我们这儿也许会感到拘束……这是很自然的事，他不惯交际。因此我们要好好接待他……不要把他吓唬了。我不是在说你，你是我的真正的珠宝，只要你高兴，一转眼就可以叫人拜倒的。J'en sais quelque chose, madame![2] 我是在讲别人；譬如我们那位……”

他指着放在格子架上的一顶时髦的灰色帽子；那是卡洛梅伊采夫先生的，他这天清早就到阿尔查诺耶庄来了。

“你知道，Il est très cassant；[3]他非常瞧不起老百姓，这件事我极……不赞成！我这一晌来注意到他喜欢发脾气，喜欢挑剔。他那件小事，（西皮亚金不明确地随便朝着一个方向点了点头……可是他的妻子明白他的意思。）——没有成功吗？嗯？”

“我跟你再说一遍：睁开你的眼睛！”

西皮亚金稍微抬起了身子。

“嗯？（这个“嗯”字含着一种完全不同的意义，并且是用一种不同的……低得多的声调发出来的。）原来如此！难道过去我的眼睛还睁得不够大！”

“那是你自己的事；不过说到你那个年轻人，只要他今天肯来，——你也用不着担心；我总会尽量小心招待的。”

然而事实怎样呢？其实是用不着小心的。索洛明一点儿也不感到拘束，

---

① 法语：睁开眼睛——您就会看见！

② 法语：我知道一点儿这种事情，太太！

③ 法语：他太粗暴了。

也完全没有给吓唬着。仆人通报他到了的时候，西皮亚金马上站起来，大声吩咐着，声音高得在穿堂里也听得见："请他进来，当然，请他进来！"便走到客厅门口，站在门前等着。索洛明刚跨过门槛，几乎撞到西皮亚金的身上，西皮亚金把两只手都伸给他，亲切地笑起来，摇着头，殷勤地说："您肯……赏光……非常感谢！"又把他引到瓦连京娜·米哈伊洛夫娜跟前。

"这是内人，"西皮亚金说，用手掌轻轻按一下索洛明的背，好像推他到瓦连京娜·米哈伊洛夫娜面前似的；"亲爱的，这位是我们这儿第一流的工程师和制造家瓦西里……费多谢耶维奇·索洛明。"西皮亚金娜立起来，把她的美丽的睫毛很漂亮地向上一扬，起先像对一个熟朋友似地对他亲切地笑了笑；然后伸出她的小手，掌心向上，肘靠住腰，头略略朝着手的方向俯下……带了一点儿向人恳求的样子。索洛明让这对夫妇在他面前玩够了他们那些把戏，他同他们两人握了手，听说请坐，马上就坐下了。西皮亚金又絮絮地问他要不要吃什么东西，索洛明却答说，他不要吃什么，并且一点儿也不觉得旅途的疲劳——他完全可以供他差遣。

"那么我可以请您去看看工厂吗？"西皮亚金问道，好像他有点儿不好意思，并且不敢相信他的客人会这么迁就似的。

"马上就去也行。"索洛明答道。

"啊，您太客气了！我去吩咐套车吗？或者您喜欢走路去？……"

"我想，您的工厂离这儿不远吧？"

"半里路，不会再多的！"

"那么为什么还要坐车呢？"

"那，好极了！来人，我的帽子、手杖，快！而你，我的好太太，请你张罗给我们准备午饭。帽子！"

西皮亚金比他的客人更激动，他又嚷了一次："可是我的帽子在哪儿呢？"他这位大官僚居然像一个很活泼的小学生那样跑了出去。西皮亚金跟索洛明谈话的时候，瓦连京娜·米哈伊洛夫娜却在一旁暗中注意地观察这个"新青年"。他安静地坐在扶手椅上，两手光光地（他根本没有把手套戴上）放在膝头上，他虽然带了一点儿好奇心，却还是很从容地看屋子里的家具和绘画。"这是怎样一种人呢？"她想道。"他是一个平民……完完全全的平民……可是他的态度是多么自然！"索洛明的态度的确很自然，并且和另外一种人不同，那种人故意装作自然，却摆出架子："你看看我，你就明白我是什么样的人!”他倒像这样一种人——他的思想和感情虽然坚定,同时却是简单的。西皮亚金娜想跟他谈话——可是使她自己吃惊的是,她竟找不出一句话来。

“天啊!”她想道,“难道我就让这个工人制服了?”

“鲍里斯·安德列伊奇得好好地谢谢您,”她终于说,“您肯把您一部分宝贵的时间为他花掉……”

“我的时间也并不很宝贵,太太,”索洛明答道,“并且您知道,我在您这儿也不会耽搁多久。”

“Voilà où l' ours a montr é sa patte,[①]”她用法语想道,可是这个时候她的丈夫在开着的房门口出现了,头上戴着帽子,手里拿着“司的克[②]”。他半掉转身子,从容地大声说:

“瓦西里·费多谢伊奇! 现在动身吗?”

索洛明站起来,向瓦连京娜·米哈伊洛夫娜鞠了一个躬,便跟着西皮亚金走出去了。

“请跟我来,这儿来,这儿来,瓦西里·费多谢伊奇!”西皮亚金接连地说,好像他们正在穿过一座密林,索洛明需要一个向导似的。“这儿来! 这儿有台阶,瓦西里·费多谢伊奇。”

“您高兴叫我的父名的时候,”索洛明不慌不忙地说,“我不是费多谢伊奇,我是费多特奇。”

西皮亚金几乎惊愕地回过头来看了他一眼。

“啊! 实在对不起,瓦西里·费多特奇!”

“没有关系;请不用提了。”

他们刚走到院子里,就遇见了卡洛梅伊采夫。

“你们到哪儿去?”他问道,斜着眼睛看了看索洛明;“到工厂去吗? C' est là l' individu en question?[③]”

西皮亚金把眼睛大大地睁开,微微摇了摇头,作为警告的表示。

“是的,到工厂去……请这位工程师先生——看看我的毛病同缺点。让我来介绍:卡洛梅伊采夫先生,我们的邻居地主;索洛明先生……”

卡洛梅伊采夫几乎看不出地微微点了两次脑袋,并不是朝着索洛明的方

---

① 法语:现在熊露出它的脚爪来了。

② 英语音译,手杖。

③ 法语:这就是我们谈过的那个人吗?

向，他连看也不看索洛明。可是索洛明却注视着卡洛梅伊采夫，——在他那半闭着的眼睛里闪现出一种什么东西……

“我可以跟你们一块儿去吗？”卡洛梅伊采夫问道，“我是喜欢学习的。”

“当然可以。”

他们走出院子，到了路上，还没有走上二十步光景，就看见本教区的教士穿一件窄腰肥袖的长袍（衣襟掖在腰里），走回那个所谓“教士区”去。卡洛梅伊采夫立刻撇下他那两个同伴，迈着坚定的大步子走到教士面前，教士完全没有料到他的这个举动，倒有点儿张皇失措，他求教士给他祝了福，又在教士的汗湿的发红的手上大声吻了一下，然后转身向着索洛明，投了一瞥挑战的眼光。他显然知道“一点儿”索洛明的事情，想对这个有学问的流氓夸耀一番，并且表示对他的轻蔑。

“C'est une manifestation, mon cher?[①]”西皮亚金带了点儿不高兴地小声说。

卡洛梅伊采夫鼻子里喷了一股气。

“Oui, mon cher, une manifestation nécessaire par le temps qui court![②]”

他们到了工厂。一个长了一部大胡子、装了一嘴假牙齿的小俄罗斯人来迎接他们，前任经理是一个德国人，后来被西皮亚金辞退了，这个小俄罗斯人便是他的继任。这个小俄罗斯人也只是暂时代理着罢了；他显然对这种事情一点儿也不知道，他除了唉声叹气，接连说“说不定……”和“正是这样”外，什么都不会做。

工厂的视察开始了。有几个工人认识索洛明，便向他鞠躬。他甚至对其中一个说：“喂，格里戈里，你好！你在这儿？”他很快就看出来工厂管理太坏。钱花得很多，大半是白花了的，机器的质量也不好；其中许多都是多余的，不必要的；许多应该配备的机器却又没有。西皮亚金不停地望着索洛明的眼睛，想猜出他的意见，他又发了一些吞吞吐吐的问话，他想知道索洛明至少是不是满意这儿的秩序。

“啊，秩序倒不错，”索洛明答道，“可是您能够有什么赢利呢？我有点儿怀疑。”

---

① 法语：这是示威吗，好朋友？

② 法语：是啊，好朋友，这是现今不可少的示威啊！

不只是西皮亚金,连卡洛梅伊采夫也觉得了:索洛明在这个工厂里就像在家里一样,他全熟悉,连极细小的事他也知道,他就像是这儿的主人。他把手放在机器上,就像一个会骑马的人把手放在马的脖子上一样;他用手指拨动一个轮子,这个轮子不是停止动作,就是立刻转动;他从大桶里拿出一点儿纸浆放在掌上,它所有的缺点马上全现出来了。索洛明说话极少,他连看也不看那个大胡子的小俄罗斯人;他默默地走出了工厂。西皮亚金和卡洛梅伊采夫在后面跟着。

西皮亚金不要别人送他出来……他甚至顿脚咬牙!他心里很不愉快。

“我从您的脸色知道,”他对索洛明说,“您不满意我的工厂,我自己也明白这个工厂办得不好,没有赢利;可是请您不要客气,老实对我说……它最大的缺点究竟在什么地方?要怎样才能够使它改进?”

“造纸业不是我的专业,”索洛明答道,“不过我可以告诉您一件事:办工业不是贵族们的事情。”

“您以为贵族们办这种事情就是贬低身份吗?”卡洛梅伊采夫插嘴说。

索洛明照常开朗地笑了笑。

“啊,不是!一点儿也不是!这怎么会扯到贬低身份上面去呢?并且即使发生了这一类的事——我看贵族也不见得就会对它感到厌恶的。”

“什么,先生?您这是什么意思,先生?”

“我只是想说,”索洛明安静地说,“贵族不习惯做这种事情。在这方面,需要的是商业核算;一切都要改;要深思熟虑。贵族就不考虑这一层。我们看见他们各处开办布厂、纸厂和别的工厂,可是到后来所有这些工厂都落到什么人的手里去了呢?落到商人的手里去了。很可惜,因为商人是吸血鬼;不过这是没有办法的。”

“照您的意思,”卡洛梅伊采夫大声说,“我们贵族就没能力处理财政问题了。”

“啊,恰恰相反!在这方面,贵族是最擅长的。要求建筑铁路的特权,开设银行,为他们自己取得专利权,或者诸如此类的事,——在这些事情上,没有人比得上贵族!他们积了雄厚的资本。我刚才说的是这个意思,可是您就不高兴了。不过我现在讲的是正规的工业企业。我说正规的——因为开个小酒铺,设个小杂货店,借点麦子借点钱给农民,收百分之百或者百分之一百五十的利钱,像现在我们许多贵族地主干的那样,在我看来,都不是真正的财政的事业。”

卡洛梅伊采夫没有回答。他正是马尔克洛夫同涅日丹诺夫最近一次的谈话中提起的那种新式的放高利贷的地主，并且他在盘剥的手段上尤其残酷，他绝不让农民同他本人见面交涉；他不许他们走进他那间香喷喷的西欧式的书房！却雇了一个管理人代表他跟农民打交道。他听见索洛明这番从容不迫的、并且好像是冷漠的谈话，心里十分恼怒……可是这一次他不做声了，只有由于嘴巴紧闭而引起的两颊筋肉的抖动泄露了他内心的愤怒。

“可是，瓦西里·费多特奇，请允许我说几句，请允许我说几句，”西皮亚金说，“您刚才讲的一切在从前倒是很正确的，那个时候贵族享有着……一些完全不同的权利，完全处在另一种地位。可是现在，经过了一切有益的改革以后，在我们这个工业的时代，为什么贵族不能把他们的注意力、他们的能力用到这类企业上面呢？为什么连普通的、甚至不识字的商人都懂的事情，贵族就不懂呢？他们并不是没有教养，我们甚至可以毫不夸张地说，在某种意义上他们是文明和进步的代表呢。”

鲍里斯·安德列伊奇说得非常好；他的口才在彼得堡任何地方——在他的机关里——甚或在更高的机关里，都会产生大的效果，可是在索洛明的心上却没有一点儿影响。

“贵族管理不了这种事业。”他又说了一遍。

“可是为什么管理不了呢？为什么呢？”卡洛梅伊采夫差一点儿大声叫了起来。

“因为他们毕竟是当官的。”

“当官的？”卡洛梅伊采夫挖苦地大笑道，“我觉得，您简直不知道您在说些什么，索洛明先生。”

索洛明仍然微笑着。

“您有什么根据呢，柯洛敏采夫先生？（卡洛梅伊采夫听见他的姓让人这样地“歪曲”了，他着实吃了一惊。）不，我讲什么话，我自己没有不知道的。”

“那么请您把您刚才这句话解释给我听！”

“好吧：据我看来，所有当官的都是外行，他们始终是这样的，现在贵族也成了外行了。”

卡洛梅伊采夫笑得更厉害了。

“啊，对不起，亲爱的先生；我完全不明白这是什么意思。”

"那就该您倒霉。多用一点儿功……您也许会明白的。"

"亲爱的先生!"

"先生们,先生们!"西皮亚金连忙打岔道,他做出从高处往下看寻找什么人的样子,"请,请……Kallomeïtzeff,je vous prie je vous calmer。[①] 午饭应该快好了。请,先生们,跟我来吧!"

"瓦连京娜·米哈伊洛夫娜!"五分钟以后,卡洛梅伊采夫跑进西皮亚金娜的房里,大声说。"您丈夫做的事太不像话了!他已经弄了一个虚无主义者在你们家里了,现在他又弄了第二个来!这一个更坏!"

"究竟是怎么一回事呢?"

"老实说,鬼知道他在宣传些什么;而且——您就看这一桩事情:他跟您丈夫谈了整整一小时,他没有一次,没有一次称他做'阁下'!——Le vagabond![②]"

二十四

开饭以前,西皮亚金把他的妻子叫到图书室里去。他需要同她单独谈几句话。他好像很焦急似的。他告诉她工厂的情形很不好,他觉得这个索洛明倒是一个非常能干的人,虽然有一点儿……粗暴,因此他们得继续 aux petits soins[③] 招待他。"啊!要是我能够把他留下来那多么好!"他接连说了两遍。卡洛梅伊采夫在座,这使得西皮亚金非常担心……"他来得真碍事!他看什么人都是虚无主义者,他只想严办他们。好吧,他在他自己家里严办他们好了!他简直没法拴住他的舌头!"

瓦连京娜·米哈伊洛夫娜说,她愿意 aux petits soins 招待这位新客,只是据她看来他好像并不需要,并且他也不注意这些 petits soins[④] 似的;这不是因为他粗鲁;却是因为他对什么都毫不在乎,这种情况对一个 du commun[⑤] 人来说,倒是完全意外的。

---

① 法语:卡洛梅伊采夫,我请您安静一下。

② 法语:这个流氓!

③ 法语:殷勤周到地。

④ 法语:殷勤。

⑤ 法语:普通身份的。

"不要紧……还是尽你的力量吧!"西皮亚金求她道。

瓦连京娜·米哈伊洛夫娜答应尽她的力量,事实上她的确尽了她的力量。她先同卡洛梅伊采夫 en tête-à-tête[①] 谈了一番话。不知道她对他讲了些什么,可是他入座的时候,他的面容却好像在表示他"下了决心"不管听到什么话,他都要做到温和、谦虚。这种及时的"让步"使他的整个态度上带了一点儿忧郁的味道;可是多么尊严……啊,他的每个举动都是多么尊严! 瓦连京娜·米哈伊洛夫娜把索洛明介绍给全家的人(他对玛丽安娜特别注意)……吃饭的时候,她请他坐在她的右手边。卡洛梅伊采夫坐在她的左边。他打开餐巾的时候,眼睛稍微眯缝起来,微微笑着,好像在说:"好吧,太太,让我们来演我们的喜剧吧!"西皮亚金坐在他的对面,带了一点儿不安地望着他。西皮亚金娜把座位重新安排过了,现在涅日丹诺夫不再坐在玛丽安娜旁边,却坐在安娜·扎哈罗夫娜和西皮亚金的中间。玛丽安娜在卡洛梅伊采夫和科利亚中间的餐巾上找到了写着她的名字的卡片(因为这顿饭是正式的宴会)。菜是十分讲究;在每个人面前,刀叉的旁边放着一张绘有图画的卡片——这是 menu[②]。汤盘刚刚撤去,西皮亚金马上又谈起他的工厂,谈起一般的俄国工业来;索洛明照常答得简单。他每一次讲话,玛丽安娜的眼光就注视着他。坐在她旁边的卡洛梅伊采夫便对她讲起种种的恭维话(因为别人要求他"不要引起争论"),可是她并没有听他;其实他讲这种客气话也不起劲,不过是在敷衍自己的良心罢了;他知道在这个年轻姑娘跟他的中间有着克服不了的障碍。

至于涅日丹诺夫呢,他同这一家主人之间的关系却突然变得更坏了……在西皮亚金看来,涅日丹诺夫已经成了一样家具,或者一段他完全,真的完全没有注意到的空间! 这种新的关系发生得太快,并且太明显,因此涅日丹诺夫在席上偶然回答一两句他的邻座安娜·扎哈罗夫娜的问话的时候,西皮亚金竟然惊愕地看他的四周,好像在问自己:"那个声音从哪儿来的?"

西皮亚金显然具有俄国大官所有的某些派头。

吃过了鱼,瓦连京娜·米哈伊洛夫娜(她向右面,就是向索洛明尽量表现她所有的本领和魅力)隔着席面用英语对她的丈夫说:"我们的客人不喝葡萄酒,也许他喜欢啤酒吧……"西皮亚金便高声叫人拿"ale[③]"来。可是索洛明

① 法语:私下。
② 法语:菜单。
③ 英语:麦酒。

却安静地对瓦连京娜·米哈伊洛夫娜说:"太太,您不知道我在英国住了两年多,我能听也能说英国话。我告诉您这个,省得您讲秘密话的时候给我听见。"瓦连京娜·米哈伊洛夫娜笑了起来,她请他不用多心,因为他不会听到讲他的坏话;她暗暗地觉得索洛明的举动有点儿古怪,不过也有他独特的客气。

这个时候卡洛梅伊采夫终于忍耐不住了。

"您既然在英国住过,"他说,"那边的风俗习惯您一定研究过了。请让我问一句,您觉得它们是值得仿效的吗?"

"有些值得;有些不值得。"

"这倒简单,不过还不大明白,"卡洛梅伊采夫说,他故意装出没有看见西皮亚金对他做的手势似的,"您今天讲过贵族的事……您在英国一定有机会就地研究过那儿所谓的 landed gentry① 吧?"

"没有,我没有那种机会;我生活在完全不同的圈子里头;不过我对这班绅士也有一个概念。"

"好吧? 您以为这种 landed gentry 在我们中间是不可能有的吗? 或者我们根本就不应该希望有这样一种人呢?"

"第一点,我的确以为这是不可能有的;第二点,我们也不值得希望有这样一种人。"

"先生,这是为什么呢,先生?"卡洛梅伊采夫说,这两个"先生"的称呼是用来安慰西皮亚金的,他已经很是不安,在椅子上也坐不稳了。

"因为再过二三十年,你们的 landed gentry 就不会存在了。"

"可是先生,对不起;先生,这是为什么呢,先生?"

"因为那个时候,土地都会落到那些实际占有者的手里去了——不管他们是什么样的出身。"

"到商人手里吗,先生?"

"恐怕,大部分是商人。"

"可是怎么会那样呢?"

"他们买了它——我说的是土地。"

"从贵族那儿买去吗?"

---

① 英语:贵族地主。

“从贵族老爷们那儿。”

卡洛梅伊采夫倨傲地笑了笑。

“我记得您先前说过我们的工厂和工场是这样的情形，现在您又说我们全部的土地也是这样？”

“我现在说全部的土地也是一样的情形。”

“那么您大概是很高兴的了？”

“一点儿也不，我已经对您说过了；老百姓不会得到一点儿好处。”

卡洛梅伊采夫略略举起一只手。

“想想看，您多关心老百姓啊！”

“瓦西里·费多特奇！”西皮亚金用尽力气大声唤道，“他们给您拿啤酒来了！”他又压低声音加了一句，“Voyons，Siméon！[1]”

可是卡洛梅伊采夫不肯停下来。

“我看，您对商人也并没有太好的意见，”他又对索洛明说；“可是，他们不是由老百姓出身的吗？”

“那么又怎样呢，先生？”

“我觉得凡是属于老百姓的或者同老百姓有关的，在您的眼里都是很好的。”

“啊，先生，不是这样！您完全错了。我们的老百姓也有许多可以责备的地方，虽然他们在大体上并不是常常不对。直到现在，我们的商人是强盗；他利用他的私产去抢人……你又怎么办呢？他们抢你，你也去抢别人。至于老百姓……”

“老百姓呢？”卡洛梅伊采夫把声音提高得尖尖地问道。

“老百姓——在睡觉。”

“您想叫醒他们吗？”

“这该不是坏事吧。”

“啊哈！啊哈！先生，原来是……”

“请原谅！请原谅！”西皮亚金带着命令的口气说。他明白现在他应当出来制止……结束争论了！他便制止！他便结束它！他略略挥动一下右手，肘拐仍然靠在桌子上，他发表了一通又长又详细的讲话。他一方面赞美保守派，

---

① 法语：够啦，谢苗！

另一方面又恭维自由主义者，他偏袒自由主义者，他认为自己是属于这一派的；他过分赞扬老百姓，却又指出他们的一些缺点；他表示绝对相信政府——不过他又怀疑是不是它所有的官吏都会实现它良好的意图。他承认文学的功用和重要，可是他又说要是没有小心的监督，文学便是危险的东西。他把眼睛望着西方：起初他很高兴——后来又怀疑起来；他又把眼睛转向东方：起初他很灰心，后来却突然充满了希望！最后他提议为这三种要素结合的繁荣干杯：

"宗教，农业和工业！"

"在政权的保护下面！"卡洛梅伊采夫严肃地补充说。

"在开明和宽大的政权下面。"西皮亚金纠正道。

众人默默地干了杯。西皮亚金左边那个叫做涅日丹诺夫的空间居然的确发出不赞成的声音，可是并没有引起别人的注意，又落回到静默里去了；席上也没有再发生什么论争，宴会平平安安地结束了。

瓦连京娜·米哈伊洛夫娜带着最动人的微笑端了一杯咖啡给索洛明；他喝了咖啡——正在用眼睛找他的帽子……可是让西皮亚金轻轻地挽住胳膊把他引到书房里去了。在那儿西皮亚金先敬他一支上等雪茄烟，然后便敦请他在最优厚的条件下到他西皮亚金的工厂来！"完全由您一个人支配，瓦西里·费多特奇，完全由您一个人支配！"索洛明接过了雪茄，却谢绝了敦请。不管西皮亚金怎样邀请，他还是不答应。

"不要干脆地说：'不！'亲爱的瓦西里·费多特奇。至少请您考虑到明天吧！"

"可是到明天还是一样——我不能接受您的聘请。"

"等到明天吧！瓦西里·费多特奇！考虑一下，对您又有什么不便呢？"

索洛明承认，这对他并没有什么不便……不过他走出了书房，却又去寻他的帽子。可是那个一直到现在还没有机会跟他交谈一句话的涅日丹诺夫走到他面前急急忙忙地小声说：

"请您千万不要走，不然我们就不能谈话了。"

索洛明便不拿他的帽子了，西皮亚金看到他在客厅里踌躇，便大声说：

"不用说，您今晚就在我们这儿过夜了。"

"我听您的吩咐。"索洛明回答道。

站在客厅窗前的玛丽安娜向他投了一瞥感谢的眼光，这使他思索了好一会儿。

二十五

玛丽安娜没有看见索洛明以前，她心目中的他是完全不同的。她看见他第一眼，觉得他是一个没有定型的、没有个性的人……实际上，像那样瘦削、健壮、淡黄色头发的男人，她这一生见过不少！可是她越是注意他，越是听他讲话，她对他的信任也越是增加——因为他在她的心里唤起的正是信任的感情。这个沉静的、并不迟钝、却有点儿不活泼的人不仅不会说谎，不会吹牛，他还像一堵石壁似的可以给人依靠……他不会出卖别人；而且他还了解别人，帮助别人。玛丽安娜甚至觉得这并不只是她一个人的感觉——索洛明在所有在座的人心里都引起这同样的感觉。她并不特别重视他所说的话；这一切关于商人和工厂的谈话引不起她多大的兴趣；可是他讲话的方式，以及他讲话的时候看人和微笑的姿态——这使她非常喜欢……

一个诚实的人……那是最重要的！——使她感动的就是这个地方。俄国人是全世界最会撒谎的人，可是他们同时又把真实看得比什么都贵重，他们最同情的也就是真实——这是一件人所共知的事实，虽然它不完全被人理解。并且在玛丽安娜的眼里，索洛明身上还盖着一种特别的印章；他的头上有一个光轮：这是瓦西里·尼古拉耶维奇亲自推荐给他的追随者们的一个人。在席上玛丽安娜同涅日丹诺夫“关于他”交换了几次眼光，后来她突然不由自主地将这两个人比较了一番，觉得还是涅日丹诺夫差一些。涅日丹诺夫的相貌不用说是比索洛明的漂亮得多，并且更讨人喜欢；可是他的面部表情却是一些忧虑的感情的混合，譬如烦恼、不安、焦躁……甚至沮丧；他好像坐在针毡上，他想讲话，却又讲不出来，只是神经质地笑着……索洛明却正相反，他似乎带了一点儿厌烦的神气，但他还是十分安闲；他的举动和态度从来不受别人的丝毫影响。“这个人一定可以给我们设法，”玛丽安娜想道，“他会给我们一些有益的意见。”饭后差涅日丹诺夫来找他的正是她。

夜晚过得相当沉闷；幸而散席的时间很迟，离睡觉的时候不远了。卡洛梅伊采夫很有礼貌地板着脸不说一句话。

“您怎么啦？”西皮亚金娜半嘲弄地问道，“您丢了什么东西吗？”

“是这样，太太，”卡洛梅伊采夫答道，“有一个故事说，一位我们近卫军的长官常常抱怨他的兵士丢掉了他们的‘步伐’……‘把步伐给我找来！’我要说：把'先生'这个字眼给我找来！'先生'这个字眼已经丢掉了，因此一切对身份官阶等等的尊敬也跟着丢掉了。"

西皮亚金娜告诉卡洛梅伊采夫，她不打算帮他寻找他丢失的东西。

西皮亚金在席上那篇"演说"的成功使他得意起来，他又发表了两次谈话，在谈话中间他对当前一些必要的措施表示了他那官方的意见；他还用了几个辞——des mots——这都是他特别记下来准备在彼得堡用的，它们并不怎么俏皮，倒可以说是有分量的。其中有一句他甚至讲了几遍，在讲它之前，还要说一句："要是我可以这样说的话。"他批评到当时的一位大臣，说那个人心思不定，又轻浮，并且长于空想。另一方面，他并没有忘记，他在同一个俄国人——一个老百姓出身的人打交道，他便不肯放过机会用了另一些俗话，来表示他自己不仅是一个俄国人，他还是一个"纯粹俄罗斯人"，并且熟悉人民生活的最本质的东西！譬如他听见卡洛梅伊采夫说天雨会妨碍干草的收割，马上就说："干草黑，荞麦白"；接着他还讲了好些谚语，如："店无主，儿无父"；"量十次，裁一次"；"有谷便有斗"；"要是在圣叶戈尔节桦树叶有铜板那么大，在喀山圣母节仓里就有谷子[①]。"说实在话，他有时也把谚语讲错了，譬如他说："鹬要认得自己的灶头！"或者"使得草屋好看的是角落！"[②]可是在那些听他讲了这种错话的人中间大部分连想也没有想到"notre bon[③] 纯粹俄罗斯人"弄错了；并且事实上得感谢柯夫利日金公爵，俄文里的这种"语误"已经是习惯的了。西皮亚金讲这些谚语和俗话的时候，故意做出特别的、粗大的、差不多是嘶哑的声音——d'unevoix rustique[④]。这种俗话倘使在彼得堡、并且在适当的地点和适当的时机说出来，会叫那些有势力的贵妇人称赞道："Comme il connait bien les moeurs de notre peuple！[⑤]"并且那些同样有势力的显要会补充一句："Les moeurs et les besoins！[⑥]"

瓦连京娜·米哈伊洛夫娜极力向索洛明献殷勤；可是她的努力分明失败

---

① 圣叶戈尔节是五月五日（旧俄历 4 月 23 日）；喀山圣母神像节是十一月四日（旧俄历 10 月 22 日）。

② 这里提到的两句谚语，第一句应该是："蟋蟀要认得自己的灶头！"第二句应该是："使得草屋好看的不是角落〔指供神像的角落〕，而是馅饼〔指食物〕。"

③ 法语：我们这位很好的。

④ 法语：朴直的声音。

⑤ 法语：他多熟悉我们老百姓的风俗！

⑥ 法语：风俗和需要！

了，这使她很扫兴；她走过卡洛梅伊采夫身边的时候，忍不住低声说了一句："Mon Dieu, que je me sens fatiguée![1]"

卡洛梅伊采夫嘲讽地鞠了一个躬，回答道：

"Tu l'as voulu, Georges Dandin![2]"

一个厌倦的集会散去的时候，在座的每个人脸上照例要现出一下亲切、谦和的表情；随后彼此匆匆地握了手，笑了笑，友好地哼了哼鼻子，最后，疲乏的客人跟疲乏的主人分开了。

索洛明给安排在二楼上一间差不多是最好的寝室，房里还有英国式的化妆用品和洗澡间。他到涅日丹诺夫那儿去。

涅日丹诺夫热烈地感谢他答应留下来过夜。

"我知道……这对您说是牺牲……"

"唉，得啦！"索洛明从容地答道，"简直说不上牺牲！而且，我不能够拒绝您。"

"为什么呢？"

"啊，因为我喜欢您。"

涅日丹诺夫又是喜，又是惊，索洛明握了他的手。随后索洛明跨坐在一把椅子上，点燃一支雪茄，两肘靠在椅背上，说：

"好吧，告诉我，是什么事情？"

涅日丹诺夫也在索洛明对面一把椅子上跨坐了，不过他不抽雪茄。

"您问——什么事情吗？……事情是我想从这儿逃走。"

"您是说，您想离开这个人家吗？那么怎样呢？祝您成功！"

"不是离开……是逃走。"

"他们不让您走吗？您也许……您预支了薪水吧？倘使是那样，您只要说一句话……我很愿意……"

"您没有明白我的意思，亲爱的索洛明……我说：逃走——不是离开，因为我不是一个人从这儿走的。"

索洛明抬起头来。

"那么跟谁一块儿走呢？"

---

① 法语：天啊，我多倦！

② 法语：是你自己愿意的，乔治·唐丹！（这是法国喜剧作家莫里哀（1622—1673）的三幕喜剧《乔治·唐丹》中乡下财主乔治·唐丹的一句独白。）

“跟您今天在这儿看见的那位姑娘……”

“跟那位姑娘！她相貌很好。是吗？你们互相爱着吗？……或者单单是你们两个人在这个家里都过得不好，才打定主意一块儿离开吗？”

“我们互相爱着。”

“啊！”索洛明静了一会儿，“她是这家主人的亲戚吗？”

“是的。可是她和我们有同样的信仰——她准备做任何事情。”

索洛明微微笑了笑。

“您也准备好了吗？涅日丹诺夫？”

涅日丹诺夫稍微皱了皱眉头。

“为什么问这个呢？时机一到，我就会做给您看。”

“我并不是怀疑您，涅日丹诺夫；我这样问，只是因为我觉得除了您以外，就没有人准备好似的。”

“那么马尔克洛夫呢？”

“不错！还有马尔克洛夫。可是看来，他像是生下来就准备好了似的。”

这个时候有人在轻轻地、急促地敲房门，——没有等着回答，就推开门进来了。这是玛丽安娜。她马上走到索洛明面前。

“我相信，”她说，“您在这个时候，在这儿看见我是不会吃惊的。他（玛丽安娜指了指涅日丹诺夫）不用说，已经把什么话都对您讲了。请把您的手给我，并且您要知道站在您面前的是一个诚实的姑娘。”

“是的，这我知道，”索洛明正经地答道，在玛丽安娜进来的时候，他就马上站起来了。“在吃饭的时候我就望过您，我想：‘这位小姐的眼睛多诚实！’的确，涅日丹诺夫刚刚把你们的计划对我讲了。不过，说实在的，您究竟为什么要逃走呢？”

“为什么？为了我所同情的事业……您不用吃惊：涅日丹诺夫把什么事情都告诉我了……那个事业马上就要开始了……而我却还要待在这个充满了欺骗和谎话的地主家里吗？我所爱的人们要去冒危险，而我却……”

索洛明做了一个手势打断了她的话。

“您不要激动。坐下吧，我也坐下。您也坐吧，涅日丹诺夫。听我说，要是你们没有其他的理由，你们目前实在用不着从这儿逃走。那个事业不会像你们料想的那么快就开始的。多一点儿慎重的考虑，倒是需要的。朝前乱冲，并没有好处。相信我吧。”

玛丽安娜坐下，用她先前披在肩上的带穗的大绒巾裹住身子。

“可是我不能够在这儿再待下去了！这儿每个人都欺负我。今天那个傻婆子安娜·扎哈罗夫娜还当着科利亚的面对我提起我父亲，她说，苹果总落在苹果树旁边！连科利亚也吃了一惊，他问这是什么意思。更不用提瓦连京娜·米哈伊洛夫娜了！”

索洛明又打断了她的话——这次他微微笑了笑。玛丽安娜明白他有点儿在取笑她，可是他的微笑从来不会叫人感觉到受了侮辱。

“您这话是什么意思，亲爱的小姐？我不知道安娜·扎哈罗夫娜是谁，也不知道您讲的是什么苹果树……可是，不要那么想，有个蠢女人对您讲了几句蠢话，您就受不下去吗？那么您以后怎么还能活下去呢？世界上到处都是蠢人。不，这不是理由。还有别的理由吗？”

“我相信，”涅日丹诺夫用低沉的声音插嘴说，“西皮亚金先生一半天就要把我赶走的。他一定听了别人的话。他待我……十分瞧不起。”

索洛明转身向着涅日丹诺夫。

“既然别人要赶您走，那么您为什么还要逃走呢？”

涅日丹诺夫一时找不出一句答话来。

“可是我已对您讲过。”他说……

“他这样说，”玛丽安娜插嘴说，“是因为我要跟他一块儿走。”

索洛明看了看她，好心地摇摇头。

“对，对，亲爱的小姐；不过我再向您说一遍：要是你们想离开这个人家，只是因为你们以为革命马上就要爆发……”

“正是因为这样，我们才写信请您来的，”玛丽安娜打岔说，“我们想确实知道事情究竟到了怎样的地步。”

“要是这样的话，”索洛明接下去说，“我再说一遍，您还可以待在家里——时候还长呢。不过要是你们想逃走，是因为你们互相爱着，除了这个办法就不能够结合的话——那么……”

“好吧，那么怎样呢？”

“那么，我只有祝贺你们，像古话所说，爱与和睦；倘使需要和可能的话，我会尽力给你们帮忙。因为，亲爱的小姐，您，还有他，我跟你们两个人第一次见面，我就爱你们，好像是我的亲人一样。”

玛丽安娜和涅日丹诺夫两人同时走到他跟前，站在左右两边，每人抓住他的一只手。

“请您告诉我们应该怎样办，”玛丽安娜说，“我们假定革命还很远……但是准备性的工作和劳动，在这个家里，在这种环境里却办不到——我们非常愿意去做那样的工作，两个人一块儿……请您告诉我们应该做些什么；您只消告诉我们应该到什么地方去……派我们去吧！您会派我们去的，是吗？”

“到哪儿去？”

“到老百姓那儿去……要不是到老百姓中间去，我们还往哪儿去呢？”

“到树林里去。”涅日丹诺夫想道……他记起帕克林的话来。

索洛明注意地望着玛丽安娜。

“您想认识老百姓吗？”

“是的；我的意思是，我们不仅是想认识老百姓，我们还要行动……并且要为他们劳动。”

“很好，我答应您，您会认识他们的。我会给您找个机会去行动，并且为他们劳动。涅日丹诺夫，您准备去吗……跟着她去……并且为了老百姓？”

“当然，我准备去！”涅日丹诺夫连忙答道。“贾格诺特[①]”，帕克林说过的另一个字眼又闪过他的心头。“那辆大车已经滚滚地过来了……我听得见它轮子的辘辘声。”

“好，”索洛明沉吟地说，“可是你们打算什么时候逃走呢？”

“最好是明天。”玛丽安娜大声说。

“好。可是去哪儿呢？”

“嘘，嘘……轻声点儿……”涅日丹诺夫小声说，“有人从廊上来了。”

大家静了一会儿。

“你们打算逃到哪儿去呢？”索洛明压低声音又问了一句。

“我们不知道。”玛丽安娜答道。

索洛明掉过眼睛去望涅日丹诺夫。涅日丹诺夫只是否定地摇摇头。

索洛明伸出手来，小心地把烛花剪了。

“我告诉你们吧，孩子们，”他末了说，“到我们工厂来。那儿并不舒服，不过却很安全。我会把你们藏起来。我在那儿有一间小小的屋子。没有人会找到你们的。只要你们到了那儿……我们绝不会让你们给人寻到的。你们会

---

① 贾格诺特是印度教徒崇拜的偶像。

说：‘工厂里人多。’这正是它的好处。人多的地方好躲藏。这样行吗，嗯？”

“我们只有感谢您，”涅日丹诺夫说；玛丽安娜听见说是工厂，起初有点儿吃惊，随后就兴奋地接下去说：“当然！当然！您真好！不过我想，您不会让我们在那儿住多久的？您会派我们到什么地方去吧？”

“这要看你们自己了……不过要是你们想结婚的话，在我那儿工厂里也方便。我那儿很近有一个邻居，他是我的一个表哥，他是这个教区的教士，叫佐西玛，人很和善。他会马上给你们证婚的。”

玛丽安娜暗暗地微笑了，涅日丹诺夫又跟索洛明握了一次手，他停了片刻又问道：

“可是告诉我，您工厂的主人，老板，不会讲话吧？他不会对您表示不满吗？”

索洛明斜着眼睛看了看涅日丹诺夫。

“啊，不要担心我的事情……这完全是多余的。只要工厂的情形很好，我的老板不会讲话的。不论是您或者是您这位亲爱的小姐都用不着害怕他会有什么不满的举动。至于工人，你们更不用担心。你们只消事先让我知道，你们什么时候来就行了。”

涅日丹诺夫和玛丽安娜对望了一眼。

“后天，大清早，或者大后天，”涅日丹诺夫末了说，“我们不能够再等了。说不定他们明天就会把我赶出去的。”

“好吧……”索洛明说，就从椅子上站起身来，“我每天早晨都等着你们。而且我这个星期不出门。什么事都会给你们办妥的。”

玛丽安娜走到他身边……（她正向着房门走去。）“再见，亲爱的、好心的瓦西里·费多特奇……这是您的名字，是吗？”

“是这样。”

“再见……或者不：再会吧！并且谢谢，多谢您！”

“再见……晚安，亲爱的孩子。”

“再见，涅日丹诺夫，明天见……”她又添了一句。

玛利安娜急急地走了出去。

这两个年轻人一动也不动地在屋子里待了一会儿，两个人都不做声。

“涅日丹诺夫……”末了还是索洛明开口说，但马上又停止了。“涅日丹诺夫……”他又说，“把这位姑娘的事情告诉我……把您所知道的全告诉我。

她以前的生活是怎样的？……她是谁？……为什么她在这儿？……”

涅日丹诺夫把他所知道的简单地告诉他。

“涅日丹诺夫……”他末了又说，“您得好好照顾这位姑娘；因为……要是出了……什么事情……那就是您的大不是了。再见。”

他走出去了；可是涅日丹诺夫在屋子的当中立了一会儿，小声说了一句：“啊！还是不要想的好！”他又伏倒在床上了。

可是玛丽安娜回到她的屋子里，却看见小桌上有一张小小的字条，上面写着：

我可怜您。您在毁掉自己。您好好地想想吧。您闭着眼睛投进一个什么样的深渊里去？为着谁，又为着什么？

瓦。

屋子里还有一种特别的新鲜的清香：分明是瓦连京娜·米哈伊洛夫娜刚刚从这儿出去。玛丽安娜拿起笔，写了下面的话：“不要可怜我。上帝知道我们两个人里面哪一个更值得人怜悯。我只知道我决不愿意处在您这个境地。——玛。”她把字条留在桌上。她相信她的回答会到瓦连京娜·米哈伊洛夫娜的手里去的。

第二天早晨，索洛明同涅日丹诺夫见过面，并且坚决地谢绝了担任管理西皮亚金工厂的职务以后，便回家去了。他一路上反复地思索，像这样的情形他很少有过：往常车子的摇动就会引他打瞌睡。他想着玛丽安娜，也想着涅日丹诺夫。据他看来，要是他在恋爱的话，他索洛明——他的神态就会完全不同，他的谈话、他的眼光都会是完全两样。“不过。”他想道，“既然我从来不曾有过这样的事，那么我就不知道，要是我遇到这样事情，会有什么样的神态。”他记起一个爱尔兰的姑娘，那是他有一回在一家商店的柜台后面看见的；他记起她有非常漂亮的、差不多黑色的头发，眼睛，浓密的睫毛，她怎样用忧愁的、询问的眼光看他，以后他又怎样在她窗前街上踱来踱去徘徊了多少时候，他怎样兴奋，又怎样不停地问他自己，他要不要跟她认识？他那个时候正经过伦敦；老板派他到那儿去采购物品，交了一笔钱给他。索洛明几乎要在伦敦留下来，并且把钱还给老板了，那个漂亮的波丽给他的印象太深了……（他打听出了她的名字：她的一个女同事这样叫过她的。）然而他控制了自己——回到他的老板那儿去了。波丽比玛丽安娜漂亮；可是玛丽安娜也有同样的忧愁的、询问的眼光……而且她是一个俄国人……

“可是我在想什么呢?”索洛明小声说,“替别人的未婚妻操心!”他把他的外衣的领子摇了摇,好像要摇掉那一切的没有用的思想似的。就在这个时候他到了工厂,在他的侧屋的门口闪现出忠实的帕维尔的身形。

二十六

索洛明的谢绝叫西皮亚金感到受了极大的侮辱:他甚至突然发现这个土生土长的司蒂芬森[①]并不是一个怎么高明的工程师,虽然他也许没有什么做作,可是他毕竟装出好像自己是真正平民的样子。“所有这些俄国人[②],要是他们自以为懂得了一点儿东西,那就坏极啦! Au fond[③] 卡洛梅伊采夫说得不错!”由于这种愤激和不快的心情,这位 en herbe[④] 政治家对涅日丹诺夫更加冷淡、更加疏远了。他告诉科利亚这一天不用跟教师上课,并且以后应当养成独立自主的习惯……然而西皮亚金并不像涅日丹诺夫自己所预料的那样辞退他。他还是不把他放在眼里! 可是瓦连京娜·米哈伊洛夫娜却并不放过玛丽安娜。她们两个人大吵了一次。

这天午饭前两小时的光景,她们似乎突然地发觉客厅里只有她们两个人。她们彼此马上觉得那个不可避免的冲突就要发生了,因此她们稍微迟疑一下,就悄悄地互相坐近了。瓦连京娜·米哈伊洛夫娜微微地笑着;玛丽安娜紧紧闭着嘴唇;她们的脸色都是苍白的。瓦连京娜·米哈伊洛夫娜穿过屋子的时候,她朝两旁看了看,摘了一片天竺葵的叶子……玛丽安娜的眼光牢牢地定在这张向着她走过来的笑脸上。

西皮亚金娜先站住了,用她的指尖敲椅背。

“玛丽安娜·维肯季耶夫娜,”她随便地说,“我看,我们已经通起信来了……我们住在同一个家里,这就有点儿古怪了,您知道我是不喜欢古怪事情的。”

“通信并不是由我开始的,瓦连京娜·米哈伊洛夫娜。”

---

① 乔治·司蒂芬森(1781—1848),英国工程师,火车头的发明者。

② 当时俄国贵族口中的“俄国人”专指俄国的平民。

③ 法语:事实上。

④ 法语:前程远大的。

“是的……您不错。这一次的古怪事情是我的错。只是我也找不到别的办法给您唤起一种感觉……我怎么说才好呢？……一种感觉……”

“您坦白地讲出来吧，瓦连京娜·米哈伊洛夫娜；不要吞吞吐吐——您用不着害怕得罪我。”

“一种……体面感。”

瓦连京娜·米哈伊洛夫娜闭了嘴；屋子里只有她的手指轻轻敲椅背的声音。

“您凭什么认为我失掉了体面感呢？”玛丽安娜问道。

瓦连京娜·米哈伊洛夫娜耸了耸她的肩。

“Ma chère, vous n'êtes plus un enfant,①您完全明白我的意思。难道您以为您的行为我一点儿不知道吗？还有安娜·扎哈罗夫娜，还有全家的人都不知道吗？而且您也并没有小心提防着不让别人知道。您简直旁若无人。也许只有鲍里斯·安德列伊奇一个人没有注意到这些事情……他的心让别的更有意思的、更重要的事情吸引去了。可是除了他以外，您的举动是所有的人都知道的，所有的人！”

玛丽安娜的脸色越来越苍白了。

“我请求您讲得更明确些，瓦连京娜·米哈伊洛夫娜。您究竟因为什么事情不满意呢？”

“L'insolente!②”西皮亚金娜想道。可是她仍然克制了自己。

“您想知道我因为什么不满意吗，玛丽安娜？好吧！……我不高兴您跟一个论门第、论教育、论社会地位都比您低得多的年轻人长时间约会。我不满意……不！这个词儿还嫌太温和了——我厌恶您在太晚……您在半夜到那个年轻人的屋子里去看他。在哪儿呢？就在我的家里！难道您觉得那是正当的事，我不应该出来讲话——并且我应当替您这种轻佻的行为掩饰吗？我是一个清白的女人……Oui, mademoiselle, je l'ai été, je le suis et le serai toujours!③所以我不能不生气。”

瓦连京娜·米哈伊洛夫娜好像被她这种愤怒的重量压坏了似的，在一把扶手椅上坐了下来。

---

① 法语：亲爱的，您不再是一个小孩儿了。

② 法语：蛮不讲理的女人！

③ 法语：是的，小姐，我以前是这样，我现在是这样，将来也永远是这样。

玛丽安娜第一次微笑了。

“我并不怀疑您的品德，不管是过去、现在和将来的，”她说，“并且我是非常诚恳地讲话的。可是您没有理由生气。我并没有在您家里做过什么丑事。您提到的那个年轻人……不错，我的确……爱上了他……”

“您爱麦歇涅日丹诺夫吗？”

“我爱他。”

瓦连京娜·米哈伊洛夫娜在椅子上伸直了腰。

“您怎么啦，玛丽安娜！他不过是一个大学生，没有门第，没有家族——况且他比您年轻，（她说这句话的时候不免有幸灾乐祸的意思。）这会有什么结果呢？像您这样聪明的人能够在他身上找到什么呢？他不过是一个肤浅的孩子。”

“您对他的看法从前不见得就是这样吧，瓦连京娜·米哈伊洛夫娜。”

“啊，我的天啊！亲爱的，请您不要扯到我身上来……Pas tant d' ésprit que ça, je vous prie.①我们现在谈的是您的事情，是您的前途。您想一想！这对您算是一个什么样的配偶？”

“我得承认，瓦连京娜·米哈伊洛夫娜，我倒没有想到配偶的事情。”

“怎么？您说什么？您这话是什么意思呢？就让我们假定说，您是照您心里所想的做的……可是这一切还不是要归结到结婚上面吗？”

“我不知道……我可没有想到这个。”

“您没有想到这个吗？！我看您一定发疯了！”

玛丽安娜稍微转过脸去。

“我们不要讲下去了，瓦连京娜·米哈伊洛夫娜。我们不会谈出什么结果来的。我们决不会互相了解的。”

瓦连京娜·米哈伊洛夫娜猛然站了起来。

“我不能，我还要讲下去！这太重要了……我对您负有责任，在……”瓦连京娜·米哈伊洛夫娜本来要说“在上帝面前！”可是她讲不出口，便改口说：“在全世界面前！我听见您这种疯话，再不能不做声！我为什么不能够了解您呢？目前这班年轻人真是骄傲得不得了！不！……我了解您很透彻；我看得出来您传染到了那些新思想，它们只会把您引到毁灭的路上去！那个时候

① 法语：不要太自作聪明吧，我求您！

就太迟了。”

“也许是这样;不过请您相信我的话:我们就是毁灭,也决不会伸一根手指头向您求救的!”

瓦连京娜·米哈伊洛夫娜拍了下巴掌。

“又是骄傲了,这样厉害的骄傲!不过听我说吧,玛丽安娜,听我说吧,”她突然改了声调往下说……她要把玛丽安娜拉到她身边来,可是玛丽安娜却往后退了一步。“Ecoutez-moi, je vous en conjure![①] 因为我毕竟还没有那样老——也没有那样蠢,我们并不是不能互相了解的。Je ne suis pas une encroutée.[②]我年轻时候还被人当作共和党……并不比您差。听我说吧:我不想说假话。我对您从来不曾有过母性的慈爱,根据您的性格,您不会因此感到遗憾的……可是我从前常常觉得,并且现在也是如此,我对您也有某种的义务,我总是努力去尽这些义务的。也许我心目中替您挑选的配偶(为了您这件婚事鲍里斯·安德列伊奇和我都不惜任何的牺牲),并不合您的理想……可是从我的心底……”

玛丽安娜望着瓦连京娜·米哈伊洛夫娜,望着她那对漂亮的眼睛,望着她那两片略略涂脂的红唇,望着她那双手指略微分开、指头上戴着戒指的白白的手(这位贵妇人含有深意地把手放在她的绸衣的胸前)……她突然打断了瓦连京娜·米哈伊洛夫娜的话。

“您说配偶吗,瓦连京娜·米哈伊洛夫娜?您把您那位没有心肝、鄙俗不堪的朋友,卡洛梅伊采夫先生叫做‘配偶’吗?”

瓦连京娜·米哈伊洛夫娜把手指从胸前拿下来。

“不错,玛丽安娜·维肯季耶夫娜!我是在说卡洛梅伊采夫先生——那位有修养的出色的年轻人,他一定会使他的妻子幸福的,只有疯子才会不肯要他做丈夫!只有疯子!”

“怎么办呢,ma tante[③]?看来我就是那样的女人!”

“可是当真——你看出他的什么缺点吗?”

“啊,什么也没有。我瞧不起他……就是这个。”

瓦连京娜·米哈伊洛夫娜不耐烦地把头摇来摇去——又在扶手椅上坐

---

① 法语:听我说,我恳求您!

② 法语:我不是一个落后的人。

③ 法语:我的舅母。

下来。

“我们不要讲他了。Retournons à nos moutons.[①]那么,你爱涅日丹诺夫先生?”

“是的。”

“你还打算继续跟他……会面吗?”

“是的;我打算。”

“好吧……要是我不允许你呢?”

“我不会听您的话。”

瓦连京娜·米哈伊洛夫娜从椅子上跳起来。

“啊!您不会听我的话!原来是这样!……这就是那个受了我的恩惠、并且由我收养在家里的姑娘对我讲的话,这就是……对我讲的……对我讲的……”

“这就是那个丢脸的父亲生的女儿对您讲的,”玛丽安娜不高兴地接腔说,“您往下说吧,不要客气。”

“Ce n'est pas moi qui vous le fait dire, mademoiselle![②] 可是无论如何,这总不是值得骄傲的事!一个靠我养活的姑娘……”

“您的面包也不是白白给我吃的,瓦连京娜·米哈伊洛夫娜!要是给科利亚请一个法国女教师,您还要多花钱呢……您知道是我教他念法文的。”

瓦连京娜·米哈伊洛夫娜稍微举起一只手来,手里捏了一方麻纱手绢儿(手绢儿上有伊兰伊兰香水[③]的香气,在一个角上还绣着白色的大花字[④]),她想讲话,可是玛丽安娜接着急急地说下去:

“要是您不提您现在列举的那些,要是您不提您那一切虚假的恩惠和牺牲,要是您能够说:‘我曾经爱过的那个姑娘’,那倒不错,一千倍的不错……可是您太老实了,讲不出那样的假话来!”玛丽安娜寒颤似地抖起来。“您始终是恨我的。甚至就在这个时候,像您刚才说过的,在您的心底,您很高兴——是的,高兴,因为我应验了您讲了多少遍的预言,我丢了脸,蒙了满身的

---

① 法语:我们回到我们的本题上来吧。

② 法语:小姐,不是我叫您说的!

③ 伊兰伊兰是马来亚等地生产的蕃荔枝科树木。伊兰伊兰香水就是由这种树木的花蒸馏出来的香水。

④ 即瓦连京娜·米哈伊洛夫娜的名字的缩写。

耻辱；您感到不愉快的只是一点：这个耻辱的一部分会落到你们贵族的、清白的家庭上面。”

“您在侮辱我，”瓦连京娜·米哈伊洛夫娜低声说。“请您离开这儿吧。”

可是玛丽安娜控制不住自己了。

“您说，您家里人，您全家人跟安娜·扎哈罗夫娜，所有的人都知道我的行为！他们全都吃惊，愤怒……可是难道我要向您，向他们，或者向他们中间任何一个人要求什么吗？难道我会重视他们的意见吗？难道你们家的面包是好吃的吗？什么样的穷苦都要比你们家的富贵好！我跟你们一家人的中间不是隔着一个什么东西、什么东西也遮盖不住的无底深渊吗？难道您——您也是一个聪明人——您就看不出这个吗？要是您对我怀着痛恨的感情，难道您就不明白我对您怀着什么样的感情吗？那是太明显的了，我用不着讲出来。”

“Sortez, sortez, vous dis-je……[①]”瓦连京娜·米哈伊洛夫娜接连地说，她不住地顿着她那双漂亮的、瘦小的小脚。

玛丽安娜朝着门走了几步。

“我马上就要离开您了；可是您知道什么吗，瓦连京娜·米哈伊洛夫娜？据说连拉舍尔在拉辛的《巴雅泽》[②]里面讲的‘Sortez!’效果也不好，——更不用说您了！我还有一句话要说，您刚才不是讲过什么……Je suis une honnête femme, je l'ai été et le serai toujours[③]吗？您想想看：我相信我比您清白得多！再见吧！”

玛丽安娜急急地走出去了，瓦连京娜·米哈伊洛夫娜从椅子上跳起来；她想叫，她想哭……可是要叫什么——她却不知道；而且眼泪也不听她的话。

她只是拿手绢儿来搧着，可是手绢儿散发出来的香气越发刺激她的神经。她觉得不幸，她让人侮辱了……她承认她刚才听见的那番话里面也有一点儿真实。不过别人怎么能够这样不公平地判断她呢？“我真是这样一个坏女人吗？”她想道，她照照她对面两扇窗中间挂的那面镜子。镜子里映出一张娇美的脸，带了一点儿心绪不宁的样子，脸上红一块白一块的，不过仍然是一张很

---

① 法语：出去，出去，我给您说的……

② 拉辛（1639—1699），法国悲剧作家。《巴雅泽》是他的五幕悲剧，一六七二年一月初首次上演。爱尔莎·拉舍尔（1821—1858）是法国著名悲剧女演员，用新的方法演古装悲剧，受当时观众的欢迎。

③ 法语：我是一个清白的女人，从前是，将来也永远是。

可爱的脸，和一对很漂亮的、柔和的、天鹅绒一般的眼睛……“我？我是坏女人？”她又想道……“会有这样的眼睛？”

可是在这个时候她的丈夫走了进来，她又用手绢儿盖住她的脸。

“你怎么啦？”他关心地问道，“瓦里娅，你怎么啦？”（他给她起了这个小名，不过他平日并不这样叫她，只有在乡下两个人单独在一起讲私话的时候，他才叫这个小名。）

她起初不讲什么，只说并没有事情，可是后来她很娇媚、很动人地在椅子上转过身来，用两只胳膊搂住他的肩头（他站在她面前朝着她弯下身子），把她的脸藏在他的背心的开襟里，把一切都对他讲了。她尽力不用花言巧语，也没有别的用意，——她即使不曾原谅玛丽安娜，至少也想做到替玛丽安娜讲几句公道话，她把一切过错都推到她（玛丽安娜）的年轻、她的热情的个性、她幼小时候没有受到良好教育等等上面；她同时也多多少少（也没有别的用意）责备自己几句。“倘使这是我的女儿，就不会有这种事情了！我一定会好好地管她的！”西皮亚金体谅地、同情地——而且严肃地听完她的话。她没有把胳膊从他的肩头拿下来、没有把头移开的时候，他一直弯着他的身子；他叫她做天使，亲她的前额，并且说他现在明白了他作为一家之主应当采取什么样的行动，便走出去了，他这个时候的神气，好像是一个通达人情而精力充沛的人，准备去执行某种虽然不愉快却又无法躲避的职责似的……

午饭后，八点钟光景涅日丹诺夫坐在他的屋子里给他的朋友西林写信。

> 亲爱的弗拉基米尔，我现在给你写信，是在我一生中一个重大变化的时候。我给这一家辞退了。我要走了。但这并不算一回事。我不是一个人走的。我以前在信里对你讲过的那个姑娘要跟我一块儿走。我们的命运相同，我们的信仰一致，我们的目的一致，总之我们的情感交流——这一切把我们结合在一块儿了。我们互相爱着：至少，我相信除了我现在感觉到的以外，我再也不能感受到另一种形式的爱情。不过要是我对你说我并没有一点儿隐秘的恐怖，甚至没有一种说不出的内心的疑惧，那我就是在向你撒谎了……前途一片黑暗——我们正一块儿冲进这个黑暗里去。我用不着告诉你，我们要去什么样的地方，并且挑选了什么样的工作。玛丽安娜和我并不追求幸福；我们并不要享乐，我们要站在一块儿，共同奋斗，互相支持。我们的目标明显地摆在我们的面前，可是要走什么样的路才达到它——我们不知道。要是我们找不到同情和援助，至少我

们会找到工作的机会吧？玛丽安娜是一个很好的诚实的姑娘：倘使命运注定我们要灭亡，我也不会责备自己把她引到了毁灭，因为现在她只有这一条生活的道路了。可是弗拉基米尔，弗拉基米尔！我的心很沉重……我给怀疑折磨着，不用说，这不是怀疑我对她的感情，不过……我不知道！无论如何，要回头是太迟了。请你远远地向我们两个人伸出你的手来，祝我们忍耐，祝我们保持自我牺牲的力量，祝我们相爱……爱得更深。还有你们，我们并不认识你们，可是我们却拿我们的整个身心、我们的每一滴心血爱着你们，你们，俄罗斯人民，请接待我们（不要太冷淡），教导我们吧，我们应当从你们那儿学到什么呢？

别了，弗拉基米尔，别了！

涅日丹诺夫写完这几行以后，便动身到村子里去了。第二天夜里天刚刚发亮，他已经站在离西皮亚金的花园不远的桦树林的边上了。在他身后没有多远，在一丛青翠的榛树后面，看得见一辆小小的农民运东西的大车，车前套着两匹去掉马嚼的马；车上，在绳子编的座位下面，一个瘦小的灰白头发的老农民睡在一束干草上，脑袋枕着一件打了补钉的外衣。涅日丹诺夫不停地朝路上看，朝着花园边上那丛柳树看：静寂薄暗的夜色仍旧笼罩在四周的景物上，一些小小的星星还勉强竞赛着闪光，终于消失在蓝天的深处了。沿着正在展开的云片低处的圆边，一道淡淡的红光从东方泛起，同时从那儿送来清晨的最初的寒气。涅日丹诺夫突然吃了一惊，他警觉起来：在他的近旁响起了轧轧的开门声，接着他便听见围墙门打开的声音；一个小小的女人的身形现了出来，一幅围巾裹住她的身子，露在外面的手里提着一个小包；她从静止的柳树荫里，慢慢地走了出来，踏上大路的软尘——又从斜对面跨过了大路（她好像是在用脚尖走路），朝树林走过来。涅日丹诺夫跑过去迎接她。

“玛丽安娜吗？”他低声问道。

“是我！”从那幅往下垂的围巾下面传来这一声轻轻的回答。

“这边，跟我来。”涅日丹诺夫接着说，他笨拙地抓住她那只露在外面的提着小包的手。

她好像冻着了似地在发抖。他引她到车前，把农民唤醒了。农民连忙起来，马上爬到驾车的座位上去，两只胳膊穿进外衣的袖子，抓起那代替马缰的绳子……马动了；他用了一种仍然带着睡意的嘶哑声音小心地去安抚它们。涅日丹诺夫把他的外套铺在绳子编的座位上，然后让玛丽安娜坐在那上面；他拿一块毛毯裹住她的脚(车上的干草有点儿湿),自己就坐在她旁边,他弯下身子朝着农民轻轻地说:“走吧,你知道去哪儿。”农民拉了一下缰绳,马便打着响鼻,哆嗦着,走出了树林;大车的窄小的旧轮发出嘎吱嘎吱的声音,一摇一颠地滚上了大路。涅日丹诺夫用一只胳膊搂住玛丽安娜的腰;她伸出她那冰凉的手指把围巾稍微揭开一点儿,掉转脸对他微微一笑,她说:

“空气新鲜得多可爱,阿廖沙!”

“是的,”农民答道,“露一定很重。”

露已经太重了,车轮的轴头擦到高高的路旁杂草的草尖,便震落下大串细小的水珠,绿草也变成了青灰色。

玛丽安娜又因为冷打起颤来。

“多新鲜,多新鲜!”她用快乐的声音反复地说。“自由,阿廖沙,自由啊!”

二十七

有人跑去通知索洛明,说一位先生和一位太太坐了一辆小小的农民用的大车来要见他,他连忙跑到工厂大门口去。他并不向客人问好,只是对他们点了几次头,他马上吩咐赶车的农民把车子赶进院子里去。他让车子停在他的侧屋前面,他帮助玛丽安娜下了车。涅日丹诺夫跟着她从车上跳下来。索洛明引着他们两人走过一条长长的暗黑的小走廊,登上一道窄小的弯曲的楼梯,到了侧屋的后部——到了楼上。在那儿他打开一扇矮门,三个人都进了一间有着两扇窗的、相当干净的小屋子里面了。

“欢迎!”索洛明带着他平常那种笑容说,不过现在的笑容仿佛比平时更开朗、更高兴。“这儿便是你们的住宅,这间屋子——还有,紧靠着的另一间。并不漂亮,不过没有关系:你们住得下就成了。这儿不会有人监视你们。那儿,就在你们的窗下,有一个园子,我的老板叫它做花园,可是我却叫它做菜园:它靠着墙——左右都是篱笆。挺清静的地方!我再说一遍,您好,亲爱的小姐,还有您,涅日丹诺夫,您好!”

他跟他们两人握了手。他们站在那儿动也不动,也不脱下他们的外面衣服,只是带着默默的、半惊半喜的兴奋向前凝望。

“好吧,你们怎么啦?”索洛明又说,“换换衣服吧!你们带了些什么行李?”

玛丽安娜指着她仍然拿在手里的小包。

"我就只有这个。"

"我的旅行包和行李袋还在大车上。我马上就去拿……"

"不要动,不要动。"索洛明打开了门,"帕维尔!"他朝着楼梯的暗处叫道,"老弟,快去……大车上还有东西……去拿来。"

"马上去!"他们听见那个无处不在的帕维尔回答道。

索洛明转身向着玛丽安娜,她已经取下了围巾,正在解开她的短斗篷。

"一切都很顺利吗?"

"一切……没有一个人看见我们。我留了一封信给西皮亚金先生。瓦西里·费多特奇,我没有带任何衣服出来,因为您要派我们……(玛丽安娜想说"到老百姓中间去",可是不知为了什么理由她又讲不出口。)不过,反正一样:它们对我没有用处。必需的东西,我有钱买。"

"这一切我们以后再安排吧……现在,"索洛明说,他指着那个搬了涅日丹诺夫的东西进来的帕维尔,"我给你们介绍我在这儿的最好的朋友:你们可以信任他……就像信任我一样。"他又压低声音对帕维尔说,"你叫塔季扬娜准备茶炊没有?"

"马上就送来,"帕维尔答道,"还有奶油和一切的东西。"

"塔季扬娜是他的妻子,"索洛明继续对玛丽安娜说,"她是跟他一样可靠的。在您……好吧,对这儿……还没有完全习惯的时候,——就由她来伺候您,亲爱的小姐。"

玛丽安娜把她的短斗篷扔在角落里一张小小的皮的长沙发上面。

"叫我玛丽安娜吧,瓦西里·费多特奇——我不要做小姐。我不要人伺候我……我不是为了要人伺候离开那儿的。不要看我的衣服;我这儿再没有别的了。这些都得换过。"

她那件咖啡色夫人呢①的衣服很朴素;不过这是彼得堡的裁缝做的,跟玛丽安娜的腰身和肩膀非常合式,看起来样子很时髦。

"好吧,就不算伺候您的人,那么照美国人的办法,叫做'帮手'②吧。不过您总得喝茶。现在还早,可是你们两位一定倦了。我现在要去料理工厂的事

---

① 夫人呢是一种特细的呢子。

② 美国人讳言"servant(仆人)",改说"help(帮手)",也是雇用的人的意思。

情；我们等一会儿再见面。你们要什么，可以对帕维尔或者塔季扬娜说。”

玛丽安娜连忙向他伸出两只手来。

“我们应当怎样谢您呢，瓦西里·费多特奇？”她非常感动地望着他。

索洛明把她的一只手轻轻地摩了一下。

“我本来应当说这是值不得感谢的……不过那就不是真话了。我倒宁愿说，您的感谢给了我很大的快乐。我们两相抵消了。再见！帕维尔，我们走吧。”

屋子里只有玛丽安娜和涅日丹诺夫两个人。

她跑到他面前，用她刚才用来看索洛明的同样的眼光看他，只是带着更大的喜悦，更大的感动，更大的幸福。

“啊，我的朋友！”她说，“我们开始新的生活了……终于！终于！你不会相信，这间我们一共得住上几天的简陋的小屋子跟那所可恨的大公馆比起来是多舒适、多可爱！快告诉我，你快乐吗？”

涅日丹诺夫拿起她的两只手，把它们压在他的胸上。

“我幸福，玛丽安娜，因为我是跟你一块儿开始这个新生活的！你以后就是我的指路星，我的依靠，我的勇气……”

“亲爱的阿廖沙！你等一等。我要梳洗一下，把我收拾干净些。我要到我的屋子里去一趟……你呢，——就待在这儿。我过一分钟回来……”

玛丽安娜走进另一间屋子里去，把门关上了，过了一分钟，她把门打开一半，伸出头来，说：

“啊，索洛明真好！”随后她又关上门——听得见钥匙转动的声音。

涅日丹诺夫走到窗前，望着下面的小园子……一棵老的、很老的苹果树不知道因为什么特别引起他的注意。他摇了摇身子，伸了一下懒腰，动手打开他的提包——他并没有取出什么；他深思起来了……

一刻钟以后玛丽安娜带着一张生气勃勃的刚洗过的脸，很快乐、很活泼地走了出来；过了一会儿帕维尔的妻子塔季扬娜拿了茶炊、茶具、面包卷和奶油进来了。

塔季扬娜跟她那个茨冈人相貌的丈夫相反，她是一个纯粹的俄国女人，身材高大，淡褐色的头发梳成一根大辫子，紧紧挽在一把牛角梳上，她没有戴帽子，她的相貌有点儿粗，不过并不讨厌，还有一对十分和善的灰色眼睛。她穿了一件虽然褪了色却是很干净的印花布衣服；她的一双手很白净，并且很好看，只是大了一些；她不慌不忙地鞠了一个躬，声音坚定而清晰地、没有带一点儿故意拖长的声音说："您好。"便动手摆茶炊和茶具。

玛丽安娜走到她跟前。

"让我来帮您，塔季扬娜。请您给我一条餐巾。"

"您不用麻烦了，小姐，我们做惯了的。瓦西里·费多特奇跟我讲过了。您要什么，请只管吩咐。我们很高兴伺候您。"

"塔季扬娜，请不要叫我小姐……我虽是有钱人的打扮，然而我是……我完全是……"

塔季扬娜不转睛地望着玛丽安娜，她那锐利的眼光看得玛丽安娜有点儿不好意思；她便闭了嘴。

"那么您究竟是什么人呢？"塔季扬娜声音平平地问道。

"要是您想知道……我的确……我是一个贵族小姐；不过我想抛掉那一切——做到跟所有的……跟所有普通的女人一样。"

"啊，原来是这样！好的，现在我明白了。我想您也是一个想简单化的人。像这样的人现在也很有一些。"

"您说什么呢，塔季扬娜？简单化？"

"是的……我们现在是这样说，就是说，跟普通的老百姓完全一样。简单化。这是什么意思？教导农民懂得道理，本来是很好的事情。只是这件事情做起来很困难！啊呀，很困——难！祝您成功！"

"简单化！"玛丽安娜再说一遍，"你听见吗，阿廖沙？你我现在是简单化的人了！"

涅日丹诺夫笑了起来，他也跟着她说：

"简单化！简单化的人！"

"他是您的什么人，您的丈夫——还是兄弟？"塔季扬娜问道，她一面用她那一双大而灵巧的手仔细地洗茶杯，一面带着和善的笑容轮流地看涅日丹诺夫和玛丽安娜。

"不，"玛丽安娜答道，"他不是我的丈夫，也不是兄弟。"

塔季扬娜抬起头来。

"那么我想你们是自由同居了。现在这样的事情——也是常有的。在从前大概只有分离派教徒才有这种习惯，——可是现在别的人也这样做了。只要有上帝的祝福，你们就可以顺遂地过日子！用不着找教士。我们工厂里也有人这样办。他们也不是挺坏的人。”

“您说得多好,塔季扬娜!……‘自由同居’。我很喜欢这个说法。我现在就对您说,塔季扬娜,我要向您要些什么。我想给我自己做一件,或者买一件现成的,像您穿的这样的衣服,次一点儿的也成。还有鞋子、袜子和包头帕——都跟您用的那些一样。我还有钱买它们。”

“好的,小姐,这都可以办好……好啦,您不要生气。我不叫您小姐了。只是我应该叫您什么呢?”

“玛丽安娜。”

“您的父名呢?”

“您干什么要知道我的父名呢?单单叫我玛丽安娜好了。我也只是叫您塔季扬娜。”

“本来是没有关系——不过也有关系。您还是告诉我好。”

“那么好吧。我父亲的名字是维肯季;您父亲的名字呢?”

“我父亲叫奥西普。”

“好吧,那么我就叫您塔季扬娜·奥西波夫娜。”

“我也叫您玛丽安娜·维肯季耶夫娜。这好极了!”

“您肯跟我们一块儿喝杯茶吗,塔季扬娜·奥西波夫娜?”

“今天我们头一次见面,我答应您,玛丽安娜·维肯季耶夫娜。我喝一小杯吧。不过叶戈雷奇要骂我的。”

“叶戈雷奇是什么人?”

“帕维尔,我的丈夫。”

“坐下吧,塔季扬娜·奥西波夫娜。”

“好,我就坐下,玛丽安娜·维肯季耶夫娜。”

塔季扬娜在椅子上坐下,一边喝茶,一边咬着方糖。她用手指夹着方糖不停地转动,她用哪一边牙齿嚼方糖,便向哪一边眯缝起眼睛。玛丽安娜跟她谈起话来。塔季扬娜毫无拘束地回答玛丽安娜,又问了一些话,并且讲了一些事情。她几乎把索洛明当作神一样地崇拜。不过她以为瓦西里·费多特奇以下就数到她的丈夫了。可是她又讨厌工厂的生活。

“这儿既不是城里,又不是乡下……要不是为了瓦西里·费多特奇,我一点钟也待不下去。”

玛丽安娜注意地听她讲话。涅日丹诺夫坐得稍微远一些,望着他的女友,他对她的这种注意并不感到惊奇：在玛丽安娜看来这全是很新奇的，可是他却见过几百个像塔季扬娜这样的女人，并且跟她们谈话也有几百次。

“您知道吗，塔季扬娜·奥西波夫娜？”玛丽安娜末了说，“您以为我们要去教导老百姓；不，我们要去为他们服务。”

“怎样去为他们服务呢？教导他们；那便是你们能够办到的服务了。就拿我来做个例子吧。我从前嫁给叶戈雷奇的时候，我不会念书，也不会写字；可是靠了瓦西里·费多特奇，我现在已经学会了。他本人并没有教过我，可是他出钱请一位老年人教。那位老年人教了我。不要看我长得高大，我还很年轻。”

玛丽安娜静了一会儿。

“我想，塔季扬娜·奥西波夫娜，”她又说，“学一种手艺……我以后找您商量。我缝衣服缝不好；要是我学会了做菜，我也可以出去做女厨子。”

塔季扬娜思索起来。

“为什么要出去做女厨子呢？女厨子是有钱人家里或者商人家里才雇用的；穷人自己烧饭吃。还有，给工会、给工人做饭……我看，这是最差的工作。”

“可是我也可以在有钱人家里做事，一面去跟穷人接近。不然，我怎么能够了解他们呢？我不会常有像今天跟您接近的这样的机会。”

塔季扬娜把她的空杯子倒扣在茶碟上。①

“这件事倒很困难，”她末了叹了一口气说，“这不是一下子就可以解决的。我要把我懂的全教给您，不过我自己懂得并不多。我们得跟叶戈雷奇商量一下。他是个了不起的人！他什么书都读！他只要一眨眼的工夫就可以把事情看得很透彻。”她说到这儿便看了玛丽安娜一眼，玛丽安娜正在卷一根纸烟……“要是您不见怪的话，玛丽安娜·维肯季耶夫娜，我还有话跟您说；不过您要是真的想简单化，您就得戒掉它。”她指着纸烟，“因为，像那些职业，譬如做一个女厨子，就不应当抽烟：别人一眼就知道您是一位小姐了。是的。”

玛丽安娜把纸烟扔到窗外去。

“我不再抽烟了……这很容易戒掉。普通的女人是不抽烟的，我也不应该抽烟。”

---

① 按当时俄国农民的习惯，这表示她绝不再喝了。

“您的话一点儿也不错，玛丽安娜·维肯季耶夫娜。在我们老百姓里面男人也有染上这个嗜好的；可是女人——却不。是这样的！……啊！瓦西里·费多特奇到这儿来了。那是他的脚步声。您问他吧：他会马上给您把一切全安排得——非常好。”

果然，索洛明的声音在门外响了起来。

“我可以进来吗？”

“请进来，请进来！”玛丽安娜大声说。

“这是我的一种英国人的习惯，”索洛明进来的时候说，“好吧，您觉得怎样？您还不觉得闷吧？我看见您跟塔季扬娜一块儿喝茶。您要听她的话：她是一个聪明人……我的老板今天来找我……来得真不是时候！他还要待在这儿吃午饭。可是有什么办法！他是老板。”

“他是什么样的一种人？”涅日丹诺夫从他的角落里走出来问道。

“还不错……他一点儿也不胡涂。他算是一个新派人物。很有礼貌，还戴着硬袖，不过他的眼睛对什么事都不肯放过，一点儿也不比旧派商人差。他会亲自动手剥你的皮，一面还要说：‘请您向这边稍稍转一下；那儿还有一小块地方……我得把它收拾干净……’可是他对我却非常柔顺；他离不开我！我这次来只是跟你们说，我们今天也许不会再见面了。午饭会给你们送到这儿来。你们不要到院子里去。您怎么想，玛丽安娜，西皮亚金夫妇会寻找您吗？他们会到处搜索吗？”

“我想他们不会的。”玛丽安娜答道。

“可是我相信他们会的。”涅日丹诺夫说。

“好吧，这不要紧，”索洛明说，“不过起初总得小心。以后就没有什么了。”

“是的；只是还有一件事情，”涅日丹诺夫说，“马尔克洛夫应当知道我住在哪儿；我得通知他。”

“为什么呢？”

“不能不这样做；为了我们的事业。我得让他随时知道我在什么地方。我跟他约定了的。而且他也不会泄漏出去！”

“很好。我叫帕维尔去。”

“您给我准备了衣服吗？”涅日丹塔夫问道。

“您是说服装吗？当然……当然。这简直是化装跳舞会了。好在花钱并不多。再见，你们休息吧。塔季扬娜，我们走吧。”

屋子里又只剩下玛丽安娜和涅日丹诺夫两个人了。

二十八

他们首先又紧紧握着彼此的手，然后玛丽安娜大声说：“等一等，我来帮你收拾你的屋子。”她便把他的东西从旅行包和行李袋里面取出来。涅日丹诺夫要给她帮忙，可是她说她愿意一个人做这些事情：“因为我应当习惯做为人民服务的事。”她真的一个人在抽屉里找出了钉子，用一把刷子的背当作锤子，把钉子敲进墙壁，然后把她的衣服挂在钉子上；她又把内衣等等放进两扇窗户中间一个旧的小五斗橱里面去。

“这是什么？”她突然问道，“一支手枪？装上了子弹吗？你拿它来干什么？”

“没有装上子弹……不过，你把它递给我。你问：拿它来干什么？像我们这种身份的人没有手枪怎么成？”

她笑了，又继续做她的工作，把每一样东西都抖开来，并且用她的手掌拍打它们；她还放了两双鞋子在长沙发底下；她郑重地把几本书、一包纸、同那本写诗的小笔记本放在一张三条腿的三角桌①上，她叫它做写字台兼办公桌，她把另外一张圆桌叫做饭桌兼茶桌。随后她双手拿起写诗的笔记本，捧着它齐到她的眼际，她从它的边上望着涅日丹诺夫，含笑地说：

“等我们将来有空的时候，一块儿来统统读一遍，好吗？嗯？”

“把笔记本给我！我要烧掉它！”涅日丹诺夫大声说，“它只配给烧掉。”

“要是这样，你为什么又把它带了来呢？不，不，我不给你拿去烧掉。不过据说著作家常常拿这种话吓唬人，可是他们从来没有烧掉他们的东西。不管怎样，最好还是我把它拿去。”

涅日丹诺夫要想不答应，可是玛丽安娜拿着笔记本跑到隔壁屋子里去了，——又空着手回来。

她坐在涅日丹诺夫旁边，马上又站了起来。

---

① 三角桌是放在屋角的小桌子。

“你还没有到过……我的屋子。你想看看吗？它并不比你的差。来——我指给你看。”

涅日丹诺夫也站起来，跟着玛丽安娜走进隔壁屋子。她的小屋子（她叫它她的小屋子）比他的那间稍微小些；可是家具却比较新些，干净些；窗台上放着一个插了花的水晶玻璃小花瓶，角落里有一张小铁床。

“你看索洛明多周到！”玛丽安娜大声说，“只是我们不能让自己过得太舒服了；我们不会常常有这样的屋子住的。并且我现在就是这样想；最好的是：不论我们到哪儿去，都是两个人一块儿去，不要分开！这也许难办到，”她停了一会儿又说，“好吧，我们以后再来商量。我看，没有什么关系，你不会回彼得堡去吧？”

“我要在彼得堡干什么呢？到大学去听讲——或者找两个学生来教课吗？这种事情现在对我不合式。”

“我们看索洛明怎么说，”玛丽安娜说，“我们做什么，并且怎么做，他会决定得更好。”

他们回到原先那间屋子里，又肩靠肩地坐下来。他们夸奖索洛明、塔季扬娜和帕维尔；他们谈起西皮亚金，又说他们从前的生活仿佛突然跟他们离得远远的，就像消失在雾里一样；然后他们又握着彼此的手，交换喜悦的眼光；随后他们谈到应当深入哪一种人中间去做工作，又说他们应当怎样行动，免得引起别人对他们的疑心。

涅日丹诺夫说，他们越是少去想这件事，越是做得简单越好。

“当然！”玛丽安娜大声说，“我们要像塔季扬娜说的那样，简单化。”

“我的意思不是那样，”涅日丹诺夫说。“我是说我们不要勉强自己……”

玛丽安娜突然笑了起来。

“阿廖沙，我记得，我还说我们两个都是简单化的人！”

涅日丹诺夫也微笑了，他重复说了一遍：“简单化的人”……以后便沉思起来。

玛丽安娜也在思索。

“阿廖沙！”她唤道。

“什么？”

“我觉得我们两个都有一点儿窘的样子。一对年轻人——des nouveaux mariés,[①]”她解释道,“在他们新婚旅行的第一天一定有这样一种感觉。他们很幸福……他们很满意——不过他们有一点儿窘。”

涅日丹诺夫微微一笑——不过他笑得有点儿勉强。

“玛丽安娜,你很清楚我们并不是像你说的那样一对年轻夫妇。”

玛丽安娜从座位上站起来,笔直地站在涅日丹诺夫面前。

“这要看你的意思怎样。”

“怎样呢?”

“阿廖沙,你知道,只要你像一个诚实的人那样对我说(我相信你,因为你的确是个诚实的人),只要你对我说,你是用那种爱,是的,用它使一个人有权过问另一个人的生活的那种爱来爱我的时候——只要你对我这样说的时候,我就是你的了。”

涅日丹诺夫红了脸,稍微掉开了身子。

“只要我对你这样说的时候……”

“是的,那个时候!可是你自己看,你现在却不这样对我说了……啊,是的,阿廖沙,你的确是一个诚实的人。好吧,我们还是来谈点更重要的事情。”

“可是你知道我是爱你的,玛丽安娜!”

“我倒并不怀疑……我会等着。等一等,我还没有把你的写字台完全整理好。这儿还有一包东西没有打开,一包硬的东西……”

涅日丹诺夫从椅子上跳起来。

“不要动它,玛丽安娜。……我求你……不要动它。”

玛丽安娜回过头来看他,惊愕地扬起她的眉毛。

“这是——机密吗?什么秘密吗?你有秘密吗?”

“不错……不错,”涅日丹诺夫说,他又非常狼狈地解释道,“这是……一幅画像。”

这个词儿不知不觉地从他的嘴里滑了出来。玛丽安娜手里拿的纸包里面的确就是她的画像,马尔克洛夫送给涅日丹诺夫的。

“画像?”她拖长声音说……“女人的画像?”

她把那个小包递给他;他没有拿好,它差一点儿从他的手里滑了下来,纸

---

① 法语:新婚夫妇。

包打开了。

“怎么,这是……我的画像!”玛丽安娜高兴地大声说……“好的,我有权拿我自己的画像。”她把它从涅日丹诺夫的手里拿过来。

“是你画的吗?”

“不……不是我。”

“那么是谁呢?马尔克洛夫吗?”

“你猜对了……就是他。”

“它怎么会到你手里来呢?”

“他送给我的。”

“什么时候?”

涅日丹诺夫便告诉她,在什么时候,并且在怎样的情形下面他得到这幅画像的。他讲话的时候,玛丽安娜轮换地看看他,又看看画像。她和涅日丹诺夫两个人心里都是这样想:“要是他在这间屋子里,他就有权要求……”然而无论玛丽安娜或者涅日丹诺夫都没有把自己的想法大声讲出来……也许是因为他们两个人都知道彼此的想法的缘故。

玛丽安娜静静地把画像用纸包好,放在桌子上。

“他是一个好人!”她小声说,“他现在在哪儿?”

“在哪儿?……在他自己家里。我明天或者后天要去找他拿点儿书和小册子来。他说过要拿给我的,可是我走的时候他明明是忘记了。”

“你,阿廖沙,你以为他把画像送给你的时候他对一切……绝对地对一切全断念了吗?”

“我想是这样。”

“那么你还以为你会在他家里找到他?”

“当然。”

“啊!”玛丽安娜埋下眼睛,两手垂了下来,“塔季扬娜给我们送午饭来了,”她突然大声说,“她真是一个很好的女人!”

塔季扬娜拿了餐具、餐巾、调味瓶架来了。她在放餐具的时候,一面告诉他们工厂里的一些事情。

“老板坐火车从莫斯科来,他楼上楼下到处都跑遍了,好像一个疯子似的,老实说,他什么都不懂,他不过做个样子给人看看。瓦西里·费多特奇把他当作一个抱在怀里的孩子看待。老板想对瓦西里·费多特奇发点儿小脾气,瓦西里·费多特奇马上就叫他讲不出话来。‘我现在就不干了。’瓦西里·费多特奇说,我们那位先生立刻就不敢再神气了。现在他们在一块儿吃饭;老板还带了一个客人来……这个客人对什么都只顾赞好。我想他一定是个有钱的人,看他不大做声只顾点头的样子,就知道。并且他很胖,真胖!一个莫斯科的大亨!啊,俗话说得好:‘莫斯科是全俄国的山底下:万物都滚落到它那儿。’”

“怎么您全注意到了!”玛丽安娜说。

“我的眼睛很尖,”塔季扬娜回答道,“这儿,你们的午饭摆好了。请来用饭吧。我要在这儿坐一会儿,看看你们。”

玛丽安娜和涅日丹诺夫坐下来吃饭;塔季扬娜靠在窗台上,用手支着她的一边脸。

“我看着你们,”她又说,“你们两个多年轻,多斯文!……我看见你们真高兴,甚至叫我心疼!唉,我亲爱的!你们把你们挑不起的重担子放在你们的肩头!像你们这样的人正是那些沙皇的官儿想抓起来坐牢的!”

“不要紧,大婶,不要吓唬我们,”涅日丹诺夫说,“您知道那句俗话:‘既然名为蘑菇,就得让人采来放在篮子里’。”

“我知道……我知道;不过现在篮子总是太窄了,很难爬出来!”

“您有孩子吗?”玛丽安娜问道,她想换一个话题来谈。

“有的;一个儿子,他现在进学堂了。我也有过一个女儿,可是她已经不在了,我的宝贝!她遭了难,给车轮辗了。她要是当场死去倒好!可是,不,她受了好久的罪。从那个时候起,我的心就软下来了;以前我硬得跟一棵树一样!”

“那么,您对您丈夫帕维尔·叶戈雷奇怎样呢?难道您以前不爱他吗?”

“哎!那完全不同;那是姑娘家的事情。您呢,——您爱您那一位吗?或者不爱吗?”

“爱的。”

“非常爱吗?”

“非常爱。”

“真的?……”塔季扬娜看看涅日丹诺夫,又看看玛丽安娜,她不再讲什么了。

现在又是玛丽安娜出来改换话题了。她告诉塔季扬娜,她已经戒烟了;塔季扬娜称赞她。随后玛丽安娜又向塔季扬娜要衣服;她并且提醒塔季扬娜不要忘记教她做饭的事……

“还有一件事情！您可以给我找一点儿结实的、粗的毛线吗？我要给我自己打袜子……普通的。”

塔季扬娜答应她，一切事情都会给她办妥，又把桌子收拾干净，随后就迈着她那坚定而从容的脚步走出去了。

“好吧，我们现在干什么呢？”玛丽安娜转身对涅日丹诺夫说；她没有等他答话，又接着说下去，“你肯吗？既然我们的真正工作要到明天才开头，那么我们把今晚的工夫花在文学上面好不好？我们来读你的诗。我会做一个严格的批评家。”

涅日丹诺夫很久不肯答应……可是后来也就让步了，他从笔记本里面选了几首诗朗读起来。玛丽安娜偎着他坐着，他读诗的时候，她一直望着他的脸。她说得不错：她真是一个严格的批评家。她中意的只有寥寥几首；她喜欢纯粹抒情的、短的诗，和那些据她说是没有教训意味的诗。涅日丹诺夫读得不大好；他没有勇气正式朗读，同时他也不想念得太干燥无味；结果弄得不三不四。玛丽安娜突然插嘴问他，他有没有读过杜勃罗留波夫[①]那首头一句是“让我死吧——死并不足悲”[②]的好诗。她便读给他听，她也读得不大好，有点儿

---

① 尼·亚·杜勃罗留波夫（1836—1861），俄国文艺批评家和诗人。

② 原诗全文如下：

让我死吧——死并不足悲；
只有一件事折磨我病弱的心灵：
死来的时候，不要它对我
开难堪的玩笑。

我害怕朋友们的热泪，
落在我僵冷的尸体上，
我害怕有人怀着愚蠢的热诚，
把鲜花放在我的棺木上；

我害怕朋友们没有一点私心
伴送我的遗体直到墓地；
我害怕我躺在地下，
受到热爱与尊敬。

我害怕我生前所热烈想望
而不能得到的一切，
这时会在我的墓前，
愉快地对我微笑。

《杜勃罗留波夫全集》第四卷第六一五页。——原注

像小孩子读诗似的。

涅日丹诺夫说这首诗太苦、太悲惨了，随后又说他涅日丹诺夫做不出这样的诗，因为他用不着害怕别人在他的墓前流泪……不会有人这样做。

“要是我活得比你久，就会有人的，”玛丽安娜慢吞吞地说；她抬起眼睛望着天花板，停了一会儿，才自语似地小声问道：

“他怎么画出了我的像呢？凭着记忆吧？”

涅日丹诺夫连忙转过身向着她……

“是的；凭着记忆。”

玛丽安娜听见他的回答，吃了一惊。她好像只是在心里想这个问题似的。

“这真是想不到的……”她还是那样小声地讲下去，“他没有画画的才能。我刚才要讲的是什么话……”她大声说，“是的！是说杜勃罗留波夫的诗。一个人应该写像普希金的那样的诗——或者就像杜勃罗留波夫的这样的诗：这不是诗……不过它也是一样地好。”

“那么像我这样的诗，”涅日丹诺夫问道，“就完全不应该写了？是这样吗？”

“像你那样的诗，你的朋友们读了会喜欢，并不是因为诗好，倒是因为你人好，你的诗就跟你本人一样。”

涅日丹诺夫微微笑了笑。

“你把我的诗埋葬了，连我也跟它们一块儿埋葬了！”

玛丽安娜在他的手上打了一下，说他坏……过了一会儿她又说，她倦了，要去睡觉了。

“顺便说说，你知道吗，”她又说，一面摇着她那些短短的、浓密的鬈发，“我有一百三十七个卢布——你有多少？”

“九十八卢布。”

“啊！那么我们还有钱……拿简单化的人来说是太阔气了。好吧，明天见！”

她出去了；可是不到一会儿工夫，她的门又稍微打开了一点儿，从狭窄的门缝里他听见她起先说：“再见！”随后又更柔和地说一声“再见！”钥匙在锁孔里转上了。

涅日丹诺夫在长沙发上坐下去，用手蒙住眼睛……随后他突然站起来，走到门口，敲着门。

“你有什么事吗?”里面问道。

“不要到明天吧,玛丽安娜……不过……就明天吧!”

“明天。”她柔声回答。

二十九

第二天大清早涅日丹诺夫又去敲玛丽安娜的门。

对她的“谁呀?”的问话,他回答道:“是我。你可以出来到我这儿吗?”

“等一下……马上就来。”

她出来了,吃惊地叫了一声。起初她认不出来是他。他穿了一件破旧的、小钮扣、高腰身的浅黄色土布长袍;他的头发梳成俄罗斯式,从中间分开;脖子上束着一条蓝帕子,一顶歪斜的便帽拿在手里,脚上穿着一双不干净的小牛皮长靴。

“啊哟!”玛丽安娜叫道,“你真……难看!”她跑过去匆匆地拥抱了他一下,并且更匆忙地吻了他一下,“可是为什么要打扮成这个样子呢?你看起来倒像是一个没有钱的小市民……不然就像一个小商贩,或者像一个给辞退了的听差。为什么要穿这件长袍——而不穿一件腰部带褶的外衣,或者就简简单单穿一件农民上衣呢?”

“你说得不错,”涅日丹诺夫说,他穿着这一身衣服,的确像一个牲口贩子,他自己也觉得,并且他心里还是烦恼不安的:他感到十分狼狈,甚至把手指张开,双手接连地拍他的胸膛,好像在拍去脏东西似的……“帕维尔说,我穿腰部带褶的外衣或者穿农民上衣,都会马上给人认出来;我穿了这身衣服……照他说来……就好像我一辈子没有穿过别的服装似的!可是我得附带地说一句:这个恭维有点儿伤了我的自尊心。”

“你真的马上就要出去……开始吗?”玛丽安娜兴奋地问道。

“是的;我要去试一下,虽然……事实上……”

“你运气真好!”玛丽安娜插嘴说。

“这个帕维尔的确是一个了不起的人物,”涅日丹诺夫接着说,“他什么事都知道,他的眼睛把你看透了;可是他又突然皱起面孔,好像他同什么都不相干,并且完全不想干预任何事情似的。他自己也为事业出力,可是他总是开玩笑。他从马尔克洛夫那儿给我拿了小册子来;他认识他,并且称呼他谢尔盖·

米哈伊洛维奇。可是为了索洛明,就是赴汤蹈火,他也肯干。”

“塔季扬娜也是这样,”玛丽安娜说,“为什么他们对他这样忠心呢?”

涅日丹诺夫没有回答。

“帕维尔给你拿来的是些什么小册子呢?”玛丽安娜问道。

“啊……寻常的东西。《四弟兄的故事》[1],……好的,还有别的……那些普通的、著名的东西。不过它们都是比较好的。”

玛丽安娜焦急地向四周看。

“可是塔季扬娜怎样了?她答应我一早便来的……”

“她来了,我在这儿。”塔季扬娜说,她手里拿着一个小包走了进来。她在门口听见了玛丽安娜的大声讲话。

“您不用着急……看我给您带了些什么宝贝东西来!”

玛丽安娜连忙跑去接她。

“您带来了?”

塔季扬娜拍拍手里拿的那个小包。

“全在这儿……都齐了……您只消把它们穿起来,跑出去夸耀一下,让大家吓一跳。”

“啊,来吧,来吧,塔季扬娜·奥西波夫娜,亲爱的……”

玛丽安娜把塔季扬娜拖进她的屋子里去了。

这里剩下涅日丹诺夫一个人,他便用特别的、急急忙忙的脚步在房里来回走了两遍(不知道因为什么他会以为小市民是这样走路的);他小心地闻了闻他自己的袖口和他的帽里子——皱起了眉头;他又去照窗子旁边墙上挂的那面小镜,摇着头:他的确很不好看。(“不过这样倒好些,”他想道。)他便拿了几本小册子塞在他的裤子后面的口袋里,做出小市民的腔调,小声对自己讲了一句半句话。“我看是像了,”他又想道,“可是这究竟用得着做戏吗?我这一身打扮就行了。”这个时候涅日丹诺夫记起一个德国流放犯来,那个人要逃出俄国国境,他又讲不好俄国话;可是他靠了一顶有猫皮帽圈的商人小帽(那是他在一个小县城里买来的),到处被人当作商人看待,居然平安地出了国境。

索洛明在这个时候进来了。

---

① 《四弟兄的故事》是民粹派印发的宣传小册子,又名《四个朝圣者》或《真理与虚伪》。书中抨击俄国的社会制度。

“啊哈！”他叫道，“你在练习你那个角色！对不起，老弟；你穿上这一身衣服，别人对你讲话也不便称‘您’了。”

“啊，请您……请你……我早就想请你这样叫我。”

“可是这未免太早了；不过我看，你是想穿惯它。好吧，那么也好。然而你还得等一下：老板还没有走。他睡着了。”

“我晚一些出去，”涅日丹诺夫答道，“我现在到这附近走走，一面等候着差遣。”

“很好！可是我告诉你一件事，阿列克谢兄弟……我可以叫你阿列克谢吗？”

“阿列克谢，可以，你要叫我里克谢也成。”涅日丹诺夫含笑说。

“不；那就过分了。听我说：良言胜于金钱。我知道，你身边有些小册子；你拿到哪儿去散发都成，只是在我的工厂里散发——不——不行。”

“为什么不行呢？”

“因为第一，对你有危险；第二，我答应过老板不让这儿有这种事情，你知道这个工厂毕竟是——他的；第三，我们在这儿已经开始做了一点儿事情——学校还有别的……那么你会把这一切弄糟的。你高兴怎么做，就怎么做——我不来干涉你；可是你不要碰我的工人。”

“小心没有害处……是吗？”涅日丹诺夫讥讽地微微笑道。

索洛明还是像他往常那样开朗地微笑着。

“是的，阿列克谢兄弟；没有害处。可是我看见的是谁呢？我们在什么地方？”

后两句话是指玛丽安娜说的，她站在她的屋子的门口，穿了一件洗过好多次的花花绿绿的印花布衫，肩膀上搭了一条黄围巾，头上包了一张红帕子。塔季扬娜在她的背后朝前张望，好心地在赞赏她。玛丽安娜穿上这一身朴素的衣服，显得更有生气，更年轻；她的这种装束比涅日丹诺夫的长袍更合身。

“瓦西里·费多特奇，请您不要笑我。”玛丽安娜恳求道，她的脸色红得像罂粟花一样。

“多漂亮的一对！”塔季扬娜拍着手叫道，“只是你，我亲爱的小伙子，你不要生气，你好看，好看——不过你跟我这个小姑娘比起来就不算什么了。”

“她的确很可爱，”涅日丹诺夫想道，“哦，我多么爱她！”

“你们看，”塔季扬娜往下说，“她跟我换了戒指。把她的金的给了我，却拿了我那个银的去。”

“普通老百姓家的姑娘不戴金戒指。”玛丽安娜说。

塔季扬娜叹了一口气。

“我会替您好好收藏,亲爱的,您不要担心。”

“好,坐下来吧;你们两个都坐下吧,”索洛明说,他这一阵子一直是稍微埋下头注意地望着玛丽安娜,“你们该记得吧,古时候人们要出门,总要先在一块儿坐一会儿的。你们两个还要走很长的、艰难的路呢。”

玛丽安娜还红着脸,就坐了下来;涅日丹诺夫也坐下了;索洛明也坐下了;最后塔季扬娜也坐在一块竖着的大的劈柴上。索洛明轮流地看他们。

我们要走了,我们要看看,
我们在这儿坐得多么好……

他稍微眯缝起眼睛说。他忽然大笑起来,可是他笑得很好,一点儿也不招人讨厌,正相反,大家都很高兴。

可是涅日丹诺夫突然站了起来。

“我现在就要走了,”他说,“虽然这很不错——只是有点儿像改了装的轻松喜剧,你不要担心,”他又向索洛明说,“我不会碰你的工人。我要在这附近稍微遛遛就回来——我再来告诉你,玛丽安娜,我的冒险吧,要是有什么可讲的话。把你的手伸给我,祝我好运气!”

“为什么不先喝茶去呢?”塔季扬娜说。

“不,还要喝茶干吗! 倘使我想喝什么,我会到小饭馆去,或者就到小酒馆去。”

塔季扬娜摇摇她的头。

“近来大路上小饭馆真多,就像羊皮袄上的跳蚤一样。村子都扩大了——巴尔马索沃就是这样……”

“请了,再见吧……祝您幸福!”涅日丹诺夫又改了口,学着小市民的口气说。可是他还没有走到门口,帕维尔就从廊上把脑袋伸进来,正好到他的鼻子跟前,——把一根细长的、从上到下雕刻成螺旋形的手杖递给他,并且说:

“请把它拿去,阿列克谢·德米特里奇;您走路的时候可以拄着它。您拿这根手杖离您身子越远,它越显得有用处。”

涅日丹诺夫不说什么,就接过手杖来,走出去了;帕维尔跟在他的后面。

塔季扬娜也要走开;玛丽安娜站起来留住了她。

"等一等,塔季扬娜·奥西波夫娜;我有事找您。"

"我马上就拿了茶炊回来。您那位同志不喝茶就走了;看得出他太匆忙了……可是您为什么也要惩罚自己呢?事情会慢慢儿弄好的。"

塔季扬娜走出去了,索洛明也站起来。玛丽安娜背着他站在这儿,可是后来她因为他好久没有讲一句话就转过身来看他,她在他的脸上、在他的眼睛里(他的眼睛正在盯着她)看出一种她以前从没有在他脸上见过的表情,一种探问、焦急、并且差不多是好奇的表情。她害臊起来,又红了脸。索洛明好像觉得她看出了他脸上的表情,也有点儿不好意思了,他便特别提高声音说:

"啊,是啊,玛丽安娜……您现在开了一个头了。"

"什么样的开头呢,瓦西里·费多特奇!我们怎么可以叫它做开头呢?我一下子突然觉得这非常不行。阿列克谢说得不错:我们的确是在演什么喜剧。"

索洛明又在椅子上坐下来。

"可是玛丽安娜,让我说……您心目中的开头是怎样的呢?这并不是堆筑障碍物,上面插起一面旗子,高呼'共和国万岁!'而且这也不是女人干的事。您现在应当干的,倒是找个卢克里亚[①]什么的来教她学点儿有用的东西,而且这也不是一件容易的事,因为卢克里亚不容易理解您的话,她会躲着您,她又会这样想:您要教她学的东西对她没有一点儿用处;过了两三个星期您又得跟另外一个卢克里亚打麻烦了;同时您又得去给一个小孩洗身体,教他念字母,给病人拿药……这就是您的开头。"

"可是瓦西里·费多特奇,您知道这是那班看护妇做的事!那么,为什么还用得着我来做……这一切呢?"玛丽安娜用不明确的手的动作指了指她自己和她的四周,"我却盼望着另一种事情。"

"您想牺牲您自己吗?"

玛丽安娜的眼睛发亮了。

"是的……是的……是的!"

"那末涅日丹诺夫呢?"

玛丽安娜耸了耸她的肩。

---

① 卢克里亚是普通俄罗斯女人的名字。

“涅日丹诺夫怎样！我们一块儿朝前走……不然我便一个人走。”

索洛明牢牢地望着玛丽安娜。

“您知道吗，玛丽安娜……请您原谅我不会讲话……不过据我看来，给一个长头癣的孩子梳头——也是牺牲，而且是许多人都做不了的大牺牲。”

“可是我也不是不肯去做那件事，瓦西里·费多特奇。”

“我知道您不会不肯！是的，您能够做的。您就先做一阵子这样的事；以后您或许——有别的事做。”

“可是要做这样的事，我得先跟塔季扬娜学！”

“好极了……就找她教您吧。您要做个洗锅子、拔鸡毛的邋遢姑娘……谁知道，您也许就会拯救祖国呢！”

“您在笑我，瓦西里·费多特奇。”

索洛明慢慢地摇他的头。

“啊，我的好玛丽安娜，相信我：我不是笑您，我说的是简单的真理。如今你们，你们全体俄国妇女，已经比我们男人更能干，更高强。”

玛丽安娜抬起她的埋下的眼睛。

“我不要辜负您这番期望才好，索洛明……那么——我准备去死！”

索洛明站了起来。

“不，要活下去……要活下去！这是主要的。还有，您想知道您出走以后您家里现在发生什么事情吗？他们会不会采取什么步骤？您只要向帕维尔露一句话，他就会马上把一切打听出来的。”

玛丽安娜感到惊奇。

“他是一个多么不寻常的人！”

“是的……他的确是一个了不起的家伙。比如您要跟阿列克谢结婚——他也会跟佐西玛一块儿给您办好……您该记得我对您讲过有这样一个教士……不过我想——目前——还用不着他吧？不是吗？”

“不。”

“既然不——那就罢了。”索洛明走到那扇隔开两间屋子（涅日丹诺夫的和玛丽安娜的）的门前，俯下身子去看门锁。

“您在那儿看什么？”玛丽安娜问道。

“钥匙锁得住吗？”

“锁得住。”玛丽安娜小声说。

索洛明朝着她转过身来。她并不抬起她的眼睛。

“那么用不着去打听西皮亚金有什么打算了？”他高兴地说，“是用不着吗？”

索洛明正要走出去。

“瓦西里·费多特奇……”

“您有什么事？”

“请您告诉我，您平日不肯讲话，为什么今天跟我讲了这么些话呢？您想不到这使我多高兴。”

“为什么？”索洛明把她的一双柔软的小手握在他的粗大的手里，“为什么？好的，这是因为我很喜欢您。再见。”

他走出去了……玛丽安娜站在那儿，望着他的背影，想着什么，塔季扬娜还没有拿茶炊来，她便去找她，她真的同塔季扬娜一块儿喝了茶，不过她也像一个邋遢姑娘洗了锅子，拔了鸡毛，并且梳理了一个小孩子的乱头发。

吃午饭的时候，她回到她的小房间里……她没有等多久，涅日丹诺夫就回来了。

他回来的时候带着疲倦的样子，满身都是尘土，差不多是倒在长沙发上面。她马上坐到他的身边去。

“怎么样？怎么样？告诉我！”

“你记得那两行诗吧。”他有气无力地答道。

要不是这么悲痛，
那就是十分可笑……①

“你记得吗？”

“我当然记得。”

“好的，那两行诗恰好可以用来形容我头一次的出马。可是不！我这次还要更可笑呢。第一，我相信再没有比演戏更容易的事了；就没有一个人怀疑过我。不过有一件事情我倒没有想到。你得在事先编好一套故事，不然他们老是问你——从哪儿来？为什么？你就回答不出来了。其实连这个也不是怎么重要的。你只要让他到小酒馆去喝杯伏特加，随便你撒什么谎都成。”

---

① 这是莱蒙托夫《致阿·奥·斯米尔诺娃》的诗的最后两行。

“那么你也……撒了谎吗?”玛丽安娜问道。

“我拼命地……撒谎。第二是,所有跟我讲过话的人,没有一个例外,全不满意现状;可是甚至没有一个人想知道怎样去解除他的这种不满意!不过做起宣传的事来我就——很不在行;我只是偷偷地放了两本小册子在屋子里,又扔了一本在一辆大车上……它们会有什么样的结果,那只有上帝知道!我送了小册子给四个人。第一个问我:这是不是宗教的书?他不肯收下;第二个说不识字,不过看见封面有图画,便拿回去给他的孩子;第三个起初赞成我的意见:‘不错,不错……’随后突然把我狠狠地骂了一顿,小册子也没有拿去;第四个后来接了小册子,并且说了许多感谢的话;不过我看他对我的话好像半句也不懂。此外,一条狗咬了我的腿;一个乡下女人在她的小木房门前拿着一把炉叉来吓唬我,她骂起来:‘呸!讨厌家伙!你这个莫斯科的流氓!你这种家伙不得好死!’一个请长假回来的兵一直跟在我后面嚷:‘你等着吧,老弟,不用忙!我们会收拾你的!’他花了我的钱灌饱了酒。”

“还有什么吗?”

“还有什么吗?我脚上磨起了泡;我的靴子有一只大得不得了。现在我饿了,伏特加喝得我的脑袋快要裂开了。”

“那么你喝得很多吗?”

“不,不多——只是做个样子罢了;可是我进了五家小酒馆。我受不了那个脏东西——伏特加。我实在不明白我们的老百姓怎么喝它,这真是无法理解的!倘使一个人要简单化就必须喝伏特加,那么我就无法从命了。”

“就没有一个人怀疑你吗?”

“没有一个人。只有一个酒馆老板,这是一个眼睛带白色、脸色苍白的胖子,只有他怀疑地望着我。我听见他对他的妻子说:‘要留心那个红头发、斜眼睛的家伙。(我到现在才知道我是个斜眼。)他是一个骗子。你看他喝酒喝得多神气!’在这种场合他所谓的‘神气’是什么意思,我不明白;不过这不会是恭维的话。这使我想起果戈理的《钦差大臣》里面的‘莫韦统’①,你记得吗?这或许是因为我想偷偷地把我的伏特加泼在桌子底下的缘故。唉!一个搞美学的人要去跟实际生活接触,那太艰难,太艰难了!”

“下一次就会顺利些的,”玛丽安娜安慰涅日丹诺夫道,“不过我很高兴你

---

① 莫韦统是法语 manvais ton 的译音,意思是“毫无教养的人”。

从幽默的观点来看你第一次的尝试……你真的不厌烦吗？"

"不，我不厌烦；我其实倒觉得有趣。可是我确实知道我现在就要把这一切仔细地想它一番，结果会弄得我非常烦恼，非常不快活。"

"不，不！我不让你去想。我要告诉你，我做了些什么事情。午饭马上就要给我们送来了；现在我还要告诉你，我把……塔季扬娜给我们煮白菜汤的锅子洗得干干净净的。我要告诉你……每件事情，所有的大大小小的事情。"

她真的说了。涅日丹诺夫听着她讲话，他的眼睛老是盯着，盯着她……使得她几次停下来问他，为什么他要这样注意地望她……可是他并不做声。

吃过午饭，她向他提议读点儿施皮尔哈根①的作品给他听。可是她还没有读完第一页，他突然站起来，走到她面前，跪在她的脚下。她稍微抬起身子，他伸出两只胳膊抱住她的膝头，热情地、不连贯地、绝望地说起来。说他宁愿死，他知道他不久就会死……她不动一下，也没有挣开；她安静地接受他的热烈的拥抱，又安静地、甚至爱怜地埋下眼睛望着他。她把两只手放在他的脑袋上，他的脑袋在她的衣褶里颤抖着。可是她的这种镇静，倒比把他推开对他的效力更大。他站起来，说："玛丽安娜，今天和昨天的事情都请你原谅我；你对我再讲一次吧，你愿意等到我值得你爱的时候，——并且请你原谅我。"

"我已经答应你了……我不会改变的。"

"好吧，谢谢你；再见。"

涅日丹诺夫走出去了；玛丽安娜锁上了她的房门。

三十

两个星期以后，就在这间屋子里，涅日丹诺夫俯在那张三条腿的小桌上，照着微弱的、昏暗的烛光，给他的朋友西林写信。（时间早已过了半夜。长沙发上、地板上乱扔着沾染污泥的衣服；不停的细雨敲着窗上的玻璃，强大的暖风带着大声叹息吹过屋顶。）

亲爱的弗拉基米尔，我现在给你写信，却不写出发信的地址，并且这

① 弗·施皮尔哈根（1829—1911），德国小说家，他的长篇小说《寡不敌众》（1866）当时在俄国非常流行。在这个作品中他反映了一八四八年革命后德国的社会；表现了杰出的个人没有群众的支持在社会改革中不能取得成功的思想。

封信还是差专人到一个远的邮局寄发的，因为我住在这儿还是一个秘密，要是我把它泄露了，那还会连累别人。我只能告诉你，我和玛丽安娜一块儿已经在一个大工厂里住了两个星期了。就在我上次写信给你的那一天，我们从西皮亚金家里逃了出来。一个朋友把我们收留在这儿：这个人，我就称他做瓦西里。他是这儿的头号人物——一个很出色的人。我们不过暂时在这个工厂里住一下。我们等着行动的时候到来就会走的，——虽然照现在的情形看来，那个时候并不像就要到来的样子！弗拉基米尔，我的心里不好受，很不好受。首先，我得告诉你，虽然玛丽安娜和我一块儿逃出来，可是我们到现在还是像兄妹一样。她爱我……并且对我讲过，她会成为我的，只要……我觉得我有权利向她这样要求的时候。

弗拉基米尔，我并不觉得我有这个权利！她相信我，相信我的诚实——我不会欺骗她。我知道我从来没有比爱她更多地爱过别人，并且也永远不会。（我坚决地相信！）可是，不管怎样！我怎么能够把她的命运同我的命运永远连在一块儿呢？一个活人——同一具死尸？好吧，即使不是同一具死尸——也是同一个半死的家伙！我的良心在哪儿呢？我知道你会说，要是激情太强烈了——良心就会沉默的。正是因为这个缘故，我才是一具死尸；你也可以说，一具诚实的、善良的死尸。请你不要大声叫嚷说我老是喜欢夸张……我对你讲的全是真话！真话！玛丽安娜性情沉着，她现在全神贯注在她所信仰的活动上面……可是我呢？

好吧，我们不谈爱情、个人的幸福、以及所有这类的事情。我"到老百姓中间去"已经有了两个星期了。我绝不是撒谎，再没有比这个更荒唐的事情了。不用说，这是我的错，不是工作本身的错。你知道，我不是一个斯拉夫派；我不是那种刚刚同老百姓接触就在老百姓中间找到了万灵药的人；我不把老百姓当作法兰绒兜肚绑在我疼痛的肚皮上……我想自己去影响他们；可是怎么样呢？怎样办到这个呢？看来是这样：我同老百姓在一块儿的时候，我始终只是低声下气，听他们讲话，要是碰上我开口——那就糟极啦！我自己觉得我不成。我就像一个蹩脚演员，扮着自己不擅长的脚色。是非心和怀疑都不中用了，连那种挖苦我自己的可怜的幽默也不中用了……这一切连一个钱也不值！我一想起就觉得讨厌；我很讨厌看见我穿的那身破衣服，瓦西里叫这做化装跳舞会的打扮！人们说，我们应当先学老百姓的语言，了解他们的习惯同脾气……废话！废话！废话！人应当相信自己说的话，他才可以说自己想说的话！我有一次偶尔听见一个分离派教徒的先知在讲道。谁知道他讲了些什么鬼话；这是经文、文言同土话（不是俄国土话，只是一种白俄罗斯的方言）的杂拌儿……他像乌鸦那样翻来覆去地叫着“圣灵下降了……圣灵下降了……”可是那个时候他的眼睛发了光，他的声音低沉而坚定，他的拳头捏得紧紧的——他好像是铁铸成的一样！听的人并不懂他的话，可是他们崇拜他！而且他们还跟着他走。我开始讲话像罪人一样，我一直在哀求别人的宽恕。的确，我应当到分离派教徒那儿去；他们虽然并不聪明……可是在那儿找得到信仰，信仰!! 玛丽安娜就有信仰。她从清早起就劳动，同塔季扬娜一块儿忙着——塔季扬娜是这儿的一个乡下女人，心肠好，又不蠢；她说我们想简单化，叫我们做“简单化的人”；玛丽安娜就同这个女人一块儿忙着，从不坐下来歇一会儿——简直像一只蚂蚁！她很高兴她的手变红了，变粗了；她还准备着要是需要的话，她马上就去上断头台！真的，上断头台！她连鞋子也不要穿了；她光着脚出去，又光着脚回来。我听见（后来）她洗脚洗了好久；我又看见她小心地走出房来，因为她没有习惯光着脚走路，一定痛；可是她看起来非常快活，脸上充满喜色，好像她得到珍宝似的，好像她沐着阳光似的。不错，玛丽安娜是个好样的姑娘！可是我要对她谈我的感情的时候，第一，我觉得害羞，好像我伸手拿别人的东西一样；其次是那种眼光……啊，那种严厉的、忠诚的、不可抗拒的眼光……好像在说：“我是你的啊……不过你记住！……这又有什么意思？难道世界上就没有比这更好、更高的事吗？”换句话说，就是：“穿上你那件脏的长袍，到老百姓中间去吧！”……所以现在，我就到老百姓中间去了……

啊，我在那些时候多么诅咒我的神经质、敏感、感受性强、喜欢挑剔，我那个贵族父亲留给我的这一切遗产！他有什么权利把我送到这个世界上来，却又给了我那些跟我的生活环境不适应的器官呢？这等于孵出一只小鸟，又把它扔进水里去！生出一个美学家——又扔他到污泥里面！让我做了一个民主主义者，一个热爱老百姓的人，可是一闻到那个讨厌的伏特加，那个“俄国烧酒”的气味，我就恶心，甚至呕吐起来，这又怎么说呢？

看我讲下去居然骂起我的父亲来了！其实我是自己成为民主主义者

的:跟他没有一点儿关系。

是的,弗拉基米尔,我的情形很不好。一些阴郁、不好的思想缠住我!你很可能会问我,我怎么能够在这两个星期里面连一件愉快的事情,连一个虽然没有受过教育、却很善良而且有朝气的人也没有碰到?我怎么对你说呢?我遇见过一两件这样的事……我甚至见到了一个很好的、很出色的、很有生气的小伙子。可是不管我怎样跟他东拉西扯,我和我的小册子对他并没有一点儿用处——再没有办法了!帕维尔,这儿工厂里的一个工人(他是瓦西里的主要助手,很聪明、很机警,一个未来的“头头”……好像我已经对你讲过他了),他有一个朋友,是农民,名字叫叶利扎尔……也是头脑清醒,思想自由,毫无拘束;可是我们碰到一块儿,就好像我们两人中间筑起了一堵墙似的!他的脸上只有一种表情:“不”!我在这儿还碰到另一个人……他却是一个性情暴躁的家伙。他对我说:“实在,你,老爷,不要啰嗦了,你干脆地说吧,你肯不肯把你的地全交出来?”我回答他说:“你这是什么意思?我怎么是一位老爷呢?”(我记得我还添了一句:“上帝保佑你!”)他说:“你既然是一个普通人,那么你这些话还有什么意思?我请你不要来打扰我!”

还有一件事情。我注意到要是有人肯听你的话,爽爽快快地接过你的小书,这一定是一个不大高明的、没有脑筋的家伙。不然你会碰到一个讲话很漂亮的人——他是受过教育的,只会翻来覆去地讲几句口头禅。譬如,有一个这样的人,他差一点儿把我弄得发疯了;照他讲来什么事都是“结果”。不管你对他讲什么话,他总是“这——就是——结果!”呸,倒他的霉!还有一点儿意见……你记得好久以前有一个时候,大家都在谈论所谓“多余的人”,谈论哈姆雷特型的人物吗?你想想看,这种“多余人”现在在农民中间也有了!当然,他们有他们自己的特点……而且他们大都是害肺痨病的。他们是一些很有趣味的典型,毫不勉强地到我们这儿来;可是对事业说来,他们并没有一点儿用处;这就和我们以前那些哈姆雷特一样。那么我们究竟怎么办呢?办一个秘密印刷所吗?可是没有它,小书也已经够多了。有的小书说:“画个十字,拿起斧头来,”有的小书说:“干脆拿起斧头来。”编写些夹带写人民生活的小说吗?它们恐怕印不出来。不然,我们就先拿起斧头吗?……可是去砍谁呢?同谁去呢?又为了什么呢?为了让我们国家的士兵用国家的枪打死你吗?这算是一种复杂的自杀了！我觉得还是自己结束我的生命好些。至少我知道在什么时候，用什么方法，并且自己选定对准哪儿开枪。

真的，我这样想过，要是在什么地方现在发生了人民的战争，我一定跑到那儿去参加，我并不是去解放任何人（自己的同胞还没有得到自由，怎么能够想到解放别人!!），我只是去结束我自己的生命……

我们的朋友瓦西里，就是那个把我们收容在这儿的人，是一个幸福的人；他是我们这个阵营里的人，并且是一个非常沉静的人。他从来不慌不忙。倘使是别一个人的话，我一定要痛骂了……可是对他我却不能。根本的原因并不在他的信仰上，倒是在他的性格上。对瓦西里的性格，你简直找不出一点儿毛病来。是的，他的确不错。他常常同我们，同玛丽安娜在一块儿。这儿就有一件古怪的事情。我爱她，她也爱我，（我知道你会笑我这句话，可是我绝不是撒谎，这是事实！）我同她差不多彼此没有什么话好说。可是她同他又议论又争论，谈这谈那，并且注意听他讲话。我并不妒忌他；他正在设法把她安顿到什么地方去——至少她要求他这样做；只是我望着他们两个的时候，我就感到痛苦。然而你想想看：只要我漏出一句结婚的话，她马上就会同意，于是佐西玛教士就会出场：《以赛亚，欢喜啊！》①和一切手续都会办妥的。只是这对我并不会有什么好处，并且什么都不会改变……我还是没有一条出路！“生命给我裁短了，”亲爱的弗拉基米尔，你还记得，我们那个熟人、酗酒的裁缝抱怨他妻子的时候常常说的那句话吗？

不过我觉得这不会继续多久的。我觉得有什么事情快要发生了……

我不是要求过，而且指出过我们应当“动手”吗？好吧，现在我们要动手了。

我不记得我对你讲过我的另一个熟人没有，那是一个黝黑皮肤的人，西皮亚金的一个亲戚。他多半会惹出很大的麻烦来，叫人无法应付。

我早就想结束这封信，可是我还是写下去了！我虽然什么事都不做，不做，我却乱写了一些诗。我没有读给玛丽安娜听，她并不怎么喜欢我的诗，可是你……你有时候倒称赞它们；重要的是你不会向别人闲扯。在俄

① 《以赛亚，欢喜啊！》这首赞美诗是在帝俄时代举行结婚仪式、教士引着新婚夫妇绕着读经台走三圈的时候唱的。

国那是一个普遍的现象,这使我感到惊讶……然而,我还是把诗抄在这儿:

睡　眠

我回到久别的故乡……
看不到一点儿改变。
到处都是死气沉沉的景象,
房屋没有顶,墙也倾塌了,
还是同样的污秽、肮脏、贫穷、苦恼!
还是同样时傲时卑的眼光……
说是我们的老百姓得到了自由,
而他们的自由的胳膊
却像无用的皮鞭下垂。
一切都同从前一样……只有在一件事上,
我们追上了欧、亚,我们超过了全世界……
不!我们的同胞从没有这么可怕地酣睡!

周围的一切都在沉睡:到处,在乡村,在城镇,
在大车上,在雪橇上,在白天,在黑夜,坐着,站着……
商人、官吏都在睡;哨兵在他的岗位上、
在雪天里、在烈日下站着打盹!
犯人在睡,法官在打鼾;
农民在昏睡;他们耕种,他们收割——他们在睡;
他们打禾——他们也在睡;父亲睡,母亲睡,全家都在睡……
大家都在睡!打人的在睡,挨打的也在睡!

只有沙皇的小酒馆从来没有闭过眼睛;
用五根手指紧紧捏住酒瓶,
前额抵着北极,脚后跟在高加索,
我们的祖国、神圣的俄罗斯,

躺在那儿长眠了！

请原谅我，我给你写了这样一封忧郁的信，我不好不在末尾给你加一点儿笑料（你一定会注意到这首诗有点儿走韵……可是那有什么关系！）。我什么时候给你写下一封信？我会再写信吗？可是不管我以后有什么情况，我相信你不会忘掉

你的忠实的朋友阿·涅·

再启：是的，我们的老百姓睡着了……可是我觉得倘使有什么东西唤醒他们，那么一定跟我们所想的完全不同……

涅日丹诺夫写完了最后一行，便丢开笔，对自己说："好啦，你现在睡一下吧，忘掉这一切废话吧，你这个做诗的人！"他在床上躺了下来……可是过了许久，他才睡着。

第二天早晨玛丽安娜吵醒了他，她走过他的屋子到塔季扬娜那儿去；可是他刚刚把衣服穿好，她又走了回来。她的脸上露出喜悦和焦急的表情：看来她很激动。

"你知道吗，阿廖沙：他们说，在离这儿不远的T县里已经开了头了！"

"什么？什么开了头？谁说的？"

"帕维尔。据说农民起来了——他们不肯纳税，还聚集了大队的人。"

"你亲耳听见的？"

"塔季扬娜对我讲的。不过帕维尔本人来了。你问他吧。"

帕维尔进来了，他证实了玛丽安娜的话。

"T县起了骚动，那是真的！"他说，抖抖他的胡子，眯缝起他的发亮的黑眼睛，"我想这一定是谢尔盖·米哈伊洛维奇干的事。他已经五天不在家了。"

涅日丹诺夫拿起他的帽子。

"你到哪儿去？"玛丽安娜问道。

"是的……到那儿去，"他皱着眉头答道，并不抬起眼睛来，"到T县去。"

"那么，我跟你一块儿去。你要带我去，是不是？只消等我拿一块大的头巾来包头。"

"这不是女人干的事。"涅日丹诺夫忧郁地说，他仍然埋着眼睛，好像在生气似的。

"不……不！你去得好；不然，马尔克洛夫会把你当成一个胆小鬼……我

跟你一块儿去。”

“我不是一个胆小鬼。”涅日丹诺夫仍然忧郁地说。

“我是说他会把我们两个都当成胆小鬼。我跟你一块儿去。”

玛丽安娜到她的屋子里去拿头巾，帕维尔暗暗地叫了一声：“嘿！”好像吸进了一口气似的，马上就不见了。他跑去报告索洛明。

玛丽安娜还没有回来，索洛明已经进了涅日丹诺夫的房间。涅日丹诺夫站在窗前，脸朝着窗，前额埋在手上，手靠在玻璃上。索洛明触了一下他的肩头。他连忙转过身来。涅日丹诺夫乱发蓬蓬，又没有洗脸，显得又粗野又古怪。不过索洛明最近也改变了。他的脸色变黄了，脸也长了，他的上排牙齿稍微露出了一点儿……就他那善于保持均衡的天性说来，他也失了常态了。

“那么马尔克洛夫终于控制不住自己了，”他说，“这也许会弄出不好的结果来的，首先是对他自己……而且还会牵连到别人。”

“我想去看看，那儿的情形怎样……”涅日丹诺夫说。

“我也去。”玛丽安娜说，她在房门口出现了。

索洛明慢慢地掉转身向着她：

“我倒不劝您去，玛丽安娜。您也许会泄露您自己——和我们；不知不觉地，而且是毫无必要地。涅日丹诺夫要是高兴去，就让他去吸一点儿空气……只要吸一点儿！——可是您为什么要去呢？”

“我不愿意让他一个人去。”

“您会妨碍他的。”

玛丽安娜望着涅日丹诺夫。他动也不动地站在那儿，脸上带着呆板的、忧郁的表情。

“可是要是有危险呢？”她说。

索洛明微微一笑。

“不要担心……要是有危险，我就会让您去。”

玛丽安娜默默地从头上取下头巾，坐下来。

索洛明便对涅日丹诺夫说：

“老弟，你的确可以去看一下。也许这都是夸张的。可是请你小心点儿。不过会有人赶来送你到那儿去。你尽可能快一点儿回来。你答应吗？涅日丹诺夫，你答应吗？”

“答应。”

“答应——一定吗?”

“是这样,这儿每个人都服从你,从玛丽安娜算起!”

涅日丹诺夫也不说一声“再见”,就跨出房门,到廊上去了。帕维尔从昏暗中走了出来,抢先跑下楼去,他那双钉着铁钉的靴子一路上响个不停。他得赶车送涅日丹诺夫去。

索洛明在玛丽安娜身边坐下来。

“您听见涅日丹诺夫最后那句话吗?”

“听见的;他因为我听您的话比听他的话多,有点儿不高兴。不过这的确是事实。我爱他,可是我听您的话。我同他更亲密……可是同您更接近。”

索洛明小心地抚摩她的手。

“这是一件……挺不愉快的事,”他末了说,“要是马尔克洛夫牵连在这里头——他就完了。”

玛丽安娜打了一个哆嗦。

“完了?”

“不错……他从来不做不彻底的事,他不会躲在别人的背后。”

“完了!”玛丽安娜又喃喃地说,泪水流下她的脸颊来。“啊,瓦西里·费多特奇!我真替他伤心。可是他为什么不能够成功呢?他为什么就一定要完了呢?”

“因为,玛丽安娜,凡是做这种事,第一批人总是要灭亡的,即使他们得到成功,也免不掉要灭亡……至于像他着手的事情,参加的人不止第一批,第二批,甚至第十批……第二十批都不免……”

“那么我们就等不到成功吗?”

“您所想的那种成功吗?永远不!用我们这对眼睛是看不到它的;我是说用这对肉眼。可是用我们的精神的眼睛……那却是另一件事了。我们要照那样看法,现在,马上,就可以看到它。那儿并没有什么限制。”

“那么,索洛明,怎么您——”

“什么?”

“怎么您也要走这条路呢?”

“因为没有别的路;其实这就是说,我的目的和马尔克洛夫的目的一样;只是走的路不同。”

“可怜的谢尔盖·米哈伊洛维奇!”玛丽安娜悲伤地说。索洛明又小心地抚摩她的手。

"好啦——不要讲啦;现在还没有什么确实消息。我们等着看帕维尔给我们带些什么消息来。凡是干我们这种……工作的人,一定要坚强。英国人常说:'Never say die.[①]'这句俗话真好。比我们俄国那句'苦难来时大开门!'好得多。事先空担忧有什么用呢?"

索洛明从椅子上起来。

"您说过要替我找的位置怎样啦?"玛丽安娜问道。泪水还在她的脸颊上发亮,可是她的眼里已经没有悲伤了。

索洛明又坐下来。

"难道您想尽快地离开这儿吗?"

"啊,不!只是我想做点儿有用的事。"

"玛丽安娜,您就是在这儿也很有用处。不要离开我们,等一等。您有什么事?"索洛明的这一句问话是对刚刚进来的塔季扬娜说的。(索洛明只有对帕维尔称"你",因为要是他称帕维尔做"您",那么帕维尔就会很伤心了。)

"有一个什么女的要见阿列克谢·德米特里奇,"塔季扬娜把两手一摊,笑答道,"我说他不在我们这儿,决不在这儿。我们不知道这是个什么样的人。可是那个家伙[②]……"

"谁是那个家伙?"

"当然就是那个女的,他[③]拿了纸把他的名字写在这张纸上,叫我把它拿进来看,说是看了这个,就会让他进来的;要是阿列克谢·德米特里奇真的不在家,那么他可以等他。"

纸上写着大字:"马舒林娜。"

"让她进来吧,"索洛明说,"要是她到这儿来,玛丽安娜,您不介意吗?她也是我们的人。"

"真的,一点儿也不!"

过了一会儿马舒林娜在门口出现了,她还是穿着我们在第一章的开头看见她的时候穿的那一身衣服。

---

① 英语:决不要说死。

② "那个家伙"原文是"他"字。塔季扬娜用"他"字称呼马舒林娜,是说她不像女人。

③ 指马舒林娜,下同。

三十一

“涅日丹诺夫不在家吗?”马舒林娜问道;随后她看见索洛明,便走到他跟前,把手伸给他。“您好,索洛明?”对玛丽安娜,她只是斜着眼睛看了她一眼。

“他快回来了,”索洛明答道,“可是让我问一问,您从什么人那儿打听出来的……”

“从马尔克洛夫那儿。不过城里的确有……两三个人已经知道了。”

“真的?”

“是的。有什么人讲出来了。并且听说涅日丹诺夫本人也让人认出来了。”

“看,这就是化装的成绩!”索洛明小声埋怨道,“让我给你们介绍,”他接着大声说,“西涅茨卡娅小姐,马舒林娜小姐!请坐!”

马舒林娜稍微点一下头,坐下了。

“我有一封信要交给涅日丹诺夫,还带了一个口信给您,索洛明。”

“什么样的口信?从谁那儿来的?”

“从一个您认识的人……您这儿事情怎样……什么都准备好了吗?”

“我这儿一点儿也没有准备好。”

马舒林娜尽可能地睁大她那双小眼睛。

“一点儿也没有?”

“一点儿也没有。”

“您说简直一点儿也没有?”

“简直一点儿也没有。”

“我就这样说吗?”

“就这样说。”

马舒林娜想了一会儿,随后从衣袋里掏出一根纸烟来。

“可以给我——火吗?”

“这儿有火柴。”

马舒林娜点燃了她的纸烟。

“‘他们’盼望的倒不是这样的事情,”她说,“总之……是跟您这儿的情形完全不同的。不过那是您的事。我在您这儿待不了多久。我只要见到涅日丹诺夫把信交给他。”

“您要到哪儿去呢?”

“离这儿很远。”(她其实要到日内瓦去,不过她不想对索洛明说。她并不把索洛明当作一个十分可靠的同志,并且还有一个“外人”坐在这儿。马舒林娜差不多连一句德国话也不会,她却给派到日内瓦去找一个她完全不认识的人,把半块画得有葡萄藤的纸板和二百七十九个银卢布交给他。)

“奥斯特罗杜莫夫在哪儿?他跟您在一块儿吗?”

“不,他就在这附近……耽搁了。需要他来的时候,他会来的。皮缅绝不会有什么问题。我们用不着为他担心。”

“您怎样到这儿来的?”

“坐大车……要不这样,我怎么能够来呢?再给我一根火柴。”

索洛明擦燃一根火柴递给她。

“瓦西里·费多特奇!”突然门外有人小声唤道,“请您出来一下。”

“谁在那儿?有什么事?”

“请您来一下,”那个声音迫切地恳求道,“现在来了一些陌生的工人;他们叽哩呱啦讲个不停,帕维尔·叶戈雷奇又不在。”

索洛明告个罪,站起来,走出去了。

马舒林娜的眼光注视着玛丽安娜,看了好久,看得玛丽安娜有点儿不好意思了。

“请原谅我,”马舒林娜突然用她那粗糙的破嗓子说,“我是个粗人,我不会讲话……您不要见怪;要是您不愿意,您就不用回答我。您就是从西皮亚金家里逃出来的那个年轻姑娘吗?”

玛丽安娜有点儿吃惊;不过她还是答道:

“是我。”

“跟涅日丹诺夫一块儿吗?”

“啊,是的。”

“请……把您的手给我。请您原谅我。他既然爱您,您一定是一位好姑娘。”

玛丽安娜握着马舒林娜的手。

“您认识涅日丹诺夫很久了吗?”

“我认识他。我在彼得堡常常见到他。所以我才同您这样谈论他。谢尔盖·米哈雷奇也对我讲过……”

“哟,马尔克洛夫! 您最近看到他吗?”

“最近。现在他走开了。”

“到哪儿去了呢?”

“到派遣他去的地方去了。”

玛丽安娜叹了一口气。

“咳,马舒林娜小姐,我担心他。”

“第一,为什么叫我做‘小姐’? 应当丢开那些礼节。第二……您说‘我担心’。这也是不合适的。您既然不担心您自己,您就不必担心别人。不要想到自己,也不要担心自己——完全用不着。不过我倒要……告诉您我现在想的什么:我菲奥克拉·马舒林娜这样讲话是容易的事。我生得难看。可是,不用说您……您是个美人儿。在您那就更难了。(玛丽安娜埋下眼睛,转过脸去。)谢尔盖·米哈雷奇对我讲过……他知道我有一封信带给涅日丹诺夫……他对我说:‘你不要到工厂去,不要把信带去;这么一来会把什么事都弄糟的。让他们去! 他们两个在那儿很幸福……就让他们幸福吧! 不要去打扰他们!’我倒也高兴不来打扰你们……可是我拿这封信怎么办呢?”

“您一定要把信交给他,”玛丽安娜同意地说,“可是谢尔盖·米哈伊洛维奇多么善良! 他会给杀掉吗,马舒林娜? ……不然他会给送到西伯利亚去吧?”

“那么又怎样呢? 难道去了西伯利亚,就回不来吗? 要说断送掉一个人的生命?! 在有的人生命是甜的,在有的人生命是苦的。他的生命——也不是精制的方糖。”

马舒林娜又用注意的、探索的眼光望着玛丽安娜。

“是的,您的确是个美人儿,”她末了大声说,“真正是一只小鸟! 我想:阿列克谢不回来了……我可以把信交给您吗? 为什么还要老等呢?”

“您放心,我会把信交给他的。”

马舒林娜把脸颊支在一只手上,好久、好久她都没有讲一句话。

“告诉我,”她说,……“请原谅我……您很爱他吗?”

“是的。”

马舒林娜抖了一下她那个盖着浓发的头。

“好吧,现在也用不着问他爱不爱你了! 我要走了,不然,我就会太晚了。

您告诉他我到过这儿……我问候他。告诉他马舒林娜来过。您不会忘记我的名字吧？不会吗？马舒林娜。还有信……等一等，我把它放到哪儿去了呢？”

马舒林娜站起来，转过身子，装作在搜索衣袋的样子，可是同时她急急忙忙地把一个小纸团放进嘴里吞下去了。

“啊，我的天！这多么傻！我会把它丢失了吗？它真的丢失了。哎，真糟！要是别人拾到它怎么办！不会；什么地方都找不到。那么这毕竟实现了谢尔盖·米哈雷奇的愿望了。”

“您再找找看。”玛丽安娜小声说。

马舒林娜挥了挥她的手。

“不！找有什么用！丢失了！”

玛丽安娜走到她面前。

“好吧，那么请您亲亲我。”

马舒林娜突然搂住玛丽安娜，用超过一般女人所有的那种力气把她搂得紧紧的。

“为了别的什么人我决不会这样做，”她闷声地说，“这是违背我的良心的……这还是头一次！您对他说，要他小心点儿……您也是这样。要当心！不要多久，这儿就不能住下去了，对你们很危险。你们两个还是趁早走吧……”她提高声音刺耳地添上一句：“再见！”接着她又说：“不过还有一件事……告诉他……不，用不着了。没有什么。”

马舒林娜走出去了，砰的一声关上了门，玛丽安娜一个人站在屋子当中，沉思着。

“这是怎么一回事呢？”她末了说，“这个女人分明比我更爱他！她那些话是什么意思呢！为什么索洛明突然跑了出去就不回来呢？”

她在屋子里来回地走着。她产生了一种奇怪的感觉（是惊慌、烦恼、惶惑混杂在一块儿的）。她为什么不跟涅日丹诺夫一块儿去呢？索洛明劝她不要去……他自己又到哪儿去了呢？周围究竟发生了什么事情？马舒林娜分明因为同情涅日丹诺夫而没有把那封危险的信交给她……可是她怎么能够下决心做这样一件不服从命令的事情呢？她是在表示她的宽宏大量吗？她有什么权利呢？为什么她玛丽安娜又被这个行动十分感动了呢？她真的被它感动了吗？一个难看的女人看中了一个年轻人……其实，这又有什么不寻常的地方？为什么马舒林娜把玛丽安娜对涅日丹诺夫的爱情看得比她的责任心更重呢？

也许玛丽安娜根本就不要求这样的牺牲！信上写的又会是些什么话呢？是立刻行动的召唤吗？那么又是什么呢！！

“可是马尔克洛夫呢？他有危险……可是我们又在做什么呢？马尔克洛夫爱惜我们两个人，让我们有机会享受幸福，不让我们分开……这又是什么呢？也是宽宏大量吗……或者是轻视吗？”

“难道我们从那个可恨的家庭逃出来就只是为了住在一块儿像一对鸽子那样地亲亲热热吗？”

玛丽安娜这样想着，她那焦急不安的烦恼的感情越来越强烈了。然而她的自尊心也受到伤害了。为什么大家都丢下她呢——大家？这个“胖”女人叫她做小美人儿，做小鸟……为什么不干脆叫她做小玩偶呢？为什么涅日丹诺夫不一个人走，却同帕维尔一块儿去呢？就好像他需要一个保护人似的！而且索洛明的信仰究竟是什么呢？他完全不是一个革命家！难道会有什么人以为她对这一切的态度都不是认真的吗？

这样的思想在玛丽安娜的兴奋的脑子里混乱地互相追逐着，盘旋着，纠缠着。末了她紧紧闭着嘴唇，并且像男人似地抄着双手坐在窗前，她又不动了，可是她并不靠在椅背上，却小心提防着，十分紧张，好像准备随时跳起来似的。到塔季扬娜那儿去劳动吧，她不想去；她只想做一件事：等待！她固执地、差不多生气地等待着。有时候她自己也觉得她的心情古怪，连自己也不了解……不过这没有关系！有一次她还想过，这一切感情是不是都从妒忌来的。可是她记起可怜的马舒林娜的面貌，她只是耸了耸肩，挥了一下手……并不是实际上的挥手，是她内心的活动相当于挥手的姿势。

玛丽安娜等了很久；末了她才听见两个人上楼的脚步声。她掉转眼睛望着门口……脚步声近了。门开了，涅日丹诺夫让帕维尔搀扶着，站在门口。他脸色惨白，帽子没有了；散乱的头发湿成一缕一缕地垂在额上；他的眼睛直盯着前面，什么也看不见。帕维尔扶着他穿过这间屋子（涅日丹诺夫的两腿无力地、摇摇晃晃地移动着），让他坐在长沙发上。

玛丽安娜从座位上跳了起来。

“什么事情？他怎样了？他生病吗？”

帕维尔让涅日丹诺夫坐好以后，稍微转过头来，向着她含笑答道：

“您不要担心。马上就会好的……这只是他没有习惯。”

“究竟是怎么一回事？”玛丽安娜固执地再问道。

"他有点儿给灌醉了。空着肚子喝酒,好啦,就是这一点儿。"

玛丽安娜俯下身子看涅日丹诺夫。他半个身子横在长沙发上;头垂到胸前,眼光显得迟钝……他发出伏特加的气味:他喝醉了。

"阿列克谢!"她不由自已地叫了一声。

他用力抬起他的沉重的眼皮,勉强地笑了笑。

"啊!玛丽安娜!"他结结巴巴地说,"你老是在讲什么简……简单……简单化的人;我现在是一个真正的简单化的人了。因为我们的老百姓是爱喝酒的……所以……"

他讲不下去了;随后他含糊地说了些听不清楚的话,就闭上眼睛睡着了。帕维尔小心地把他放好在长沙发上。

"不要担心,玛丽安娜·维肯季耶夫娜,"他又说,"他睡一两个小时,醒过来就会像没有事情一样。"

玛丽安娜很想问他这是怎么一回事;可是她的问话会使帕维尔多耽搁一些时候,她自己却又愿意没有人打扰她……这就是说,她不愿意帕维尔多看见他〔涅日丹诺夫〕在她面前的这种丑态。她转身走到窗前去,帕维尔马上明白了她的心事,他拿涅日丹诺夫的长袍的边小心地盖住他的脚,放一个枕头在他的脑袋下面,又轻轻地说了一遍:"这不要紧!"就踮起脚走出去了。

玛丽安娜回过头来看。涅日丹诺夫的脑袋沉重地压在枕头上;在他的惨白的脸上有一种凝滞的紧张的表情,像一个垂危的病人的面容一样。

"究竟出了什么事情呢?"她想道。

三十二

事情的经过是这样的。

涅日丹诺夫在大车里帕维尔身边坐下的时候,他突然兴奋起来;车子刚刚出了工厂的院子,转上去T县的大路,他马上大声唤住过往的农民,向他们发表简短而荒唐的演说:"喂,你们为什么还在睡觉?起来!时候到啦!取消捐税!打倒地主!"有些农民惊愕地望着他,另一些人并不理睬他的叫嚷就走过去了;他们当他是个醉鬼;里面有一个人回到家里还对别人说,他在路上碰到一个法国人跟他叫嚷了些"什么发音不正的、听不懂的话"。涅日丹诺夫的头脑还很清楚,他自己也知道他的这种行为是多么愚蠢,简直是荒唐;可是他渐渐地“激昂”起来，后来他竟然分辨不出是非来了。帕维尔想使他静下来，对他说，这样干下去是不行的；他们过一会儿就会到一个大村子，那是T县境内的头一个村子，叫做“妇女泉”；在那儿他们可以打听一下……可是涅日丹诺夫不肯停下来……这个时候他的脸色显得十分悲戚，差不多带着绝望的神情。给他们拉车的是一匹活泼的、圆圆的小马，剪得短短的鬃毛披在它那壮健的脖子上；它迈开结实的小腿不停地奔跑，时时拉紧缰绳，好像它知道自己是拉了重要人物赶去参加活动似的。他们还没有到“妇女泉”的时候，涅日丹诺夫看见就在路边一座仓门大开的谷仓前面站着八个农民；他马上跳下大车，向他们跑过去，他一面叫嚷，一面使劲地挥动胳膊，对他们急急忙忙地讲了五分钟光景。在他那许多含糊不清的话中间，只有他的嘶哑声音叫出来的“为着自由！前进！挺起胸膛向前！”这些句子听得见。那些农民聚集在谷仓前面，正在商量怎样才可以把谷仓再装满，即使只是做个样子敷衍一下也行(这是公仓，所以它是空的)，他们不转眼地望着涅日丹诺夫，好像非常注意地在听他的演说；可是他们也许懂得并不多，因为等他末了嚷出最后一声“自由！”从他们那儿跑开的时候，他们里面一个最聪明的便带着深思的神气摇摇头说：“多厉害的人！”另一个接嘴说：“一定是一位长官！”那个聪明的农民又说：“不错——他不会白白地把他的喉咙喊哑的。现在要掏我们的腰包了！”涅日丹诺夫爬上大车坐回到帕维尔身边的时候，他心里想道：“天啊！真是胡说八道！可是我们里面没有一个人知道怎样煽动老百姓起来造反——也许这倒是好办法吧？现在可不是考虑的时候。干吧！你的心在痛吗？让它去吧！”

他们到了大街上。街中间一家小酒馆门前围着一大群人。帕维尔想拉住涅日丹诺夫；可是他一个翻身一下子跳下来，口里大叫一声“同胞们！”便跑到人丛中去了……那一堆人稍微让开一点儿路；涅日丹诺夫又演说起来，他并不看人，好像在生气，又好像在哭。可是在这儿，结果和在谷仓前面完全不同了。一个高大的年轻人，没有胡须，却带着一脸凶相，穿了一件短短的油腻的皮袄和一双长靴，头上戴了一顶羊皮帽子，走到涅日丹诺夫跟前，使劲地在他的肩头拍了一下，声音响亮地嚷起来：“好！你是个好小子！不过停一下！你知道，干的调羹要划破嘴吗？到这儿来！在这儿讲话更方便。”他把涅日丹诺夫拖进小酒馆里去；其余的一群人都跟着挤进去了。“米赫伊奇！”这个年轻人大声嚷道，“喂，快！十戈比的酒！我爱喝的那个！我要招待一个朋友！他是谁，他是什么出身，只有鬼知道！可是他把有钱人臭骂了一顿。你喝！”他说，便转身向着涅日丹诺夫,递给他满满一大杯,杯子外面全湿了,好像在出汗似的。“你要是真的为我们这种人悲伤,你就喝!”“你喝!”大家响应地叫起来。涅日丹诺夫一把拿过酒杯(他好像在做怪梦似的),大声叫着:“孩子们,祝你们健康!”一口就把酒喝光了。呀! 他是怀着奋不顾身的勇气来喝干这杯酒的,就仿佛他准备投身到枪林弹雨中去一样……可是他发生了什么事情呢? 好像有什么东西在撞他的脊骨,从那儿一直到他的脚,它又在烧他的喉咙、他的胸膛、他的胃,又从他的眼里挤出泪水来……一阵厌恶的痉挛传遍了他的全身,他几乎控制不了它……他放开嗓子嚷着,也只是为了制止这个痛苦。小酒馆里阴暗的屋子仿佛突然热起来了,又发黏,又不透气,并且满屋都是人! 涅日丹诺夫开始讲起来,不停地讲着,激烈地、愤怒地嚷着,同什么人的阔大的、粗糙的手掌击掌,吻着什么人的粘了口水的胡须……那个穿短皮袄的高大的年轻人也同他接吻,差一点儿把他的肋骨压断了。这个家伙简直是一个魔鬼。“我要扭断他的喉咙!”他吼道,“要是谁对我们兄弟不好,我要扭断他的喉咙! 不然——我就把他的头顶捣成泥浆……我要使他吱吱地叫起来! 这是我的本行:我做过屠户;做那种事,我很在行!”他举起他那个布满汗斑的大拳头晃了两晃……这个时候——哎呀! ——什么人又叫起来:“喝!”涅日丹诺夫又把那杯叫人恶心的毒汁吞下去了。可是这第二次就实在可怕了! 好像有一些钝的小钩子在他的内脏里乱钩乱搅似的。他的脑袋旋转起来,一些绿色的圆圈在他眼前转来转去。响起一阵吵嚷,一阵耳鸣……啊,可怕! 第三杯……他真的也喝干了吗? 好些紫红色的鼻子朝着他爬过来,还有盖满尘土的头发、太阳晒黑了的脖子同露出网一样的皱纹的后脑勺。一些粗大的手抓住了他。“鼓起干劲来!”疯狂的声音乱嚷着。“你讲下去! 前天还有个这样的陌生人讲得很漂亮。干吧。没出息的!”土地好像在涅日丹诺夫的脚底下慢慢地摇动起来。他的声音在自己的耳朵里听来显得很陌生了,好像是从外面来的……这是死吗,还是什么呢?

突然间……他觉得新鲜空气扑到了他的脸上,再没有推挤,没有那些红脸,没有烧酒、羊皮、柏油和牛皮的臭气……他又同帕维尔一块儿坐在大车上了,起初他挣扎着,叫着:“到哪儿去? 停下来! 我还来不及对他们讲点什么,我得说明……”随后他又说,“至于你本人,你这个鬼,你这个狡猾的人,你的见解是什么呢?”帕维尔回答他说:“要是世界上没有贵族,土地全归我们,那当然是好事,还有什么比这更好的呢? 可是这样的命令还没有发布过。”他悄悄地掉转了马头，突然拿缰绳在马背上打了一下，马拼命地跑起来，离开了吵嚷和喧嚣……向着工厂去了。

涅日丹诺夫在打瞌睡，身子微微地摇晃，可是风舒适地吹到他的脸上，不让他想起什么不好的事情……

只有一件事情使他烦恼，他没有机会把他的思想说个明白……可是风又来抚摩他的发烧的脸了。

随后玛丽安娜在他的眼前出现了一下，他感到一下难堪的羞愧，——于是他睡着了，沉沉地、死一样地睡着了……

这一切是帕维尔后来告诉索洛明的。他也没有隐瞒他不曾阻止涅日丹诺夫喝酒的事……他说，除了这个他便没有别的办法把涅日丹诺夫弄出酒铺。别人不会把他（涅日丹诺夫）放走。

"可是我看见他十分支持不了的时候，我便向他们鞠了多少个躬哀求他们，我说：'你们诸位正直的先生，放这个孩子走吧；你们看，他还很年轻呢……'他们才放他走了；'只是你得给我们五十戈比的酬金！'他们还这样说。我便把钱给了他们。"

"做得好。"索洛明称赞道。

涅日丹诺夫还在睡；玛丽安娜坐在窗前，望着下面小园子。说也奇怪！在涅日丹诺夫同帕维尔回来之前使她焦急不安的那些不好的、差不多是恶的感情和思想现在一下子就消失了；涅日丹诺夫本人并不是她憎恨或者厌恶的对象：她怜悯他。她非常明白他不是一个浪子，也不是一个酒鬼——并且她已经在想他醒来的时候她应该对他讲些什么话：这应当是一些友爱亲切的话，才可以使他不会太不好意思，不会太痛苦。"我得设法要他自己讲出这个灾难是怎么来的。"

她并不激动；可是她觉得愁闷……愁闷得没有办法。她感觉到她所努力追求的那个世界的真正气息了……而且它的粗暴与暗影使她战栗。她正要把自己奉献给他的是一位什么样的太阳神①呢？

可是不！这是不可能的！这不算什么；这只是一件意外的事情，它马上就会过去的。这只是一时的印象，因为来得太突然，她才有这么深的感触。她站起来，走到涅日丹诺夫躺的长沙发跟前，掏出手绢儿，揩他那个惨白的、甚至在

---

① 指古代腓尼基和迦太基等国供奉的太阳神，要焚烧活人（主要是儿童）作为祭品来供他。

梦里也痛苦地皱着的前额，又把他的头发理向后面……

她又可怜起他来，就像一位母亲怜悯她的生病的孩子那样。可是她望着他，她心里有些难受——她便轻轻地走进她的屋子里，却没有锁上房门。

她什么事都不想做，又坐了下来——种种的思想又涌上她的心头。她觉得时间滑了过去，一分钟跟着一分钟飞跑了，这对她甚至是愉快的，她的心跳得急——她好像又在等待什么了。

索洛明到哪儿去了呢？

房门轻轻地响了一下，塔季扬娜进来了。

"您有什么事情？"玛丽安娜差不多带着焦急地问道。

"玛丽安娜·维肯季耶夫娜，"塔季扬娜低声说，"听我说。您不要难过，这样的事情是常有的。并且感谢上帝……"

"我一点儿也不难过，塔季扬娜·奥西波夫娜，"玛丽安娜打断她的话道，"阿列克谢·德米特里奇有点儿不舒服；这是不要紧的！……"

"好的，那好极了！可是我刚才想：我的玛丽安娜·维肯季耶夫娜没有来；我想：她出了什么事情吗？不过就是这样，我也还是不会来看您的。因为碰到这样的事情，我的头一个规则就是：不要干涉别人的事！只是现在有个什么人到我们工厂来了——谁知道他是什么人？一个像这样的矮子，腿又有点儿瘸，他一定要马上见阿列克谢·德米特里奇！这倒很古怪：今天早晨那个女人来找他……现在又是这个瘸子。他说，要是阿列克谢·德米特里奇不在家——那么就让他见见瓦西里·费多特奇！他说：'不看见他，我是不走的，因为有一件很要紧的事情。'我们像对付那个女人一样地赶他走。我们告诉他，瓦西里·费多特奇不在这儿……他出门去了，可是这个矮子又说：'我不走，就是等到夜里也成……'他就在院子里走来走去。您到这儿来，到过道里来；您从窗户里可以看见他……您认得他是一位什么样的英雄吗？"

玛丽安娜跟着塔季扬娜到过道里去——她要走过涅日丹诺夫的身边，她又注意到他的前额仍然痛苦地皱着，她又掏出手绢儿给他揩了一下。从布满灰尘的玻璃窗里，她看见了塔季扬娜所说的那个客人。她并不认识他。然而就在这个时候，索洛明从正屋的一个角后面转了出来。

这个矮小的瘸子连忙走到他面前，伸出手给他。索洛明握了这只手。索洛明分明认得这个人。两个人都不见了……

可是他们的脚步声现在就在楼梯上响了起来……他们到这儿来了……

玛丽安娜急急地回到她的房里去，静静地站在屋子当中，她快透不过气来了。她害怕……害怕什么呢？她自己也不知道。

索洛明从门外探了脑袋进来。

“玛丽安娜·维肯季耶夫娜，我可以进来吗？我带了一个客人来，他一定要见您。”

玛丽安娜只是点一下头作为回答，于是在索洛明的后面，走进来——帕克林。

三十三

“我是您丈夫的朋友，”帕克林说，对玛丽安娜深深地鞠了一个躬，好像竭力要把他那惊慌不安的面容藏起来似的，“我也是瓦西里·费多特奇的朋友。阿列克谢·德米特里奇睡着了；我听说，他不大舒服；可是不幸我带来了坏消息，这个我已经对瓦西里·费多特奇讲了一点儿，因此我们应当采取某种果断的措施。”

帕克林的声音老是断断续续的，好像他的口干得没有办法一样。他带来的消息的确很坏！马尔克洛夫给农民捉住送到城里去了。那个笨蛋管事告发了戈卢什金：戈卢什金给逮捕了，他本人又供出了一切的事和一切的人，他现在要改信东正教了①，他答应送一幅菲拉列特大主教②的肖像给中学校，还捐了五千卢布救济“残废军人”。毫无疑问，他也把涅日丹诺夫出卖了，警察随时会来搜查工厂的。瓦西里·费多特奇也有危险。

“至于我呢，”帕克林又说，“我的确很惊奇我怎么还能够自由地走来走去；不过，说实在的，我从来没有加入什么政治活动。也没有参加过任何秘密计划。我就利用警察方面的这种健忘和大意，跑来警告你们，同你们商量用什么方法……来避免这一切不愉快的事情。”

玛丽安娜听完了帕克林的话。她并不吃惊——她反而很镇静……可是的确要采取什么步骤才行！她的第一个动作便是掉过眼睛去看索洛明。

索洛明看起来也很镇静，只有他嘴唇边的肌肉微微颤动了一下，这不是他

---

① 戈卢什金本来是分离派教徒。

② 菲拉列特(1782—1867)，激烈的反动分子，一八二六年起担任莫斯科大主教，他的著作《东正教信仰问答》是当时学校里的读物。

平时的那种微笑了。

索洛明也明白玛丽安娜看他的用意;她等待他说出应当采取什么行动。

"的确,这是一件麻烦事情,"他说,"我想,让涅日丹诺夫去躲一个时候倒也不是坏事。不过您用什么办法知道他在这儿的呢,帕克林先生?"

帕克林挥了一下手。

"有人告诉我的。那个人看见他在这附近转来转去,做宣传工作。他就跟在他后面,只是他并没有恶意。他是一个同情者。"接着他又对玛丽安娜说,"请原谅,不过我们的朋友涅日丹诺夫实在是太……太不小心了。"

"现在责备他也没有什么用,"索洛明又说,"可惜我们现在不能够同他商量了,不过他明天就会复元的,并且警察办事情也不会像您所想象的那样快。您,玛丽安娜·维肯季耶夫娜,您也应当同他一块儿走。"

"当然。"玛丽安娜声音不响亮却又坚决地答道。

"对!"索洛明说,"我们要好好地想一下;我们得想出:到哪儿去,并且怎么去?"

"让我对你们说明我的一个想法,"帕克林说,"是我在到这儿来的路上想起的。我得先声明,我在离这儿一里路的光景,就把从城里坐来的马车打发走了。"

"您的想法是什么呢?"索洛明问道。

"就是这个。请您立刻借马给我……我要赶到西皮亚金家去。"

"到西皮亚金家去!"玛丽安娜跟着他说,"为什么呢?"

"您听我说吧。"

"可是您认识他们吗?"

"一点儿也不!可是听我说。请你们把我这个想法好好地考虑一下。我以为这简直是天才的想法。您知道,马尔克洛夫是西皮亚金的内兄,他妻子的哥哥。不是这样吗?难道那位先生真的不肯去救他?而且还有涅日丹诺夫本人!即使说西皮亚金先生在生他的气吧……可是您知道,涅日丹诺夫跟您结了婚便成了他的亲戚了。因此那个就要落到我们的朋友头上来的灾难……"

"我并没有结婚。"玛丽安娜说。

帕克林着实地吃了一惊。

"什么?!在这么些时候还没有办妥吗!好吧,不要紧,"他继续往下说,"我们可以撒一点儿谎。没有关系:你们马上就会结婚的。老实说,再没有别的办法了！请您注意这个事实：西皮亚金一直到现在还没有打定主意要追究你们。这显得他还有几分……宽大。我知道您不喜欢这个字眼——那么我们就说有几分爱面子吧。为什么我们在目前这种场合不可以利用它呢？您自己判断看！”

玛丽安娜抬起头来，伸手摸了摸她的头发。

“帕克林先生，您为着马尔克洛夫……或者为着您自己的利益，随您高兴去利用什么都行；可是阿列克谢同我都不要西皮亚金帮忙，也不要他保护。我们离开他的家，并不是为了回去敲他的门向他讨一点儿东西。西皮亚金先生或者他太太的宽大或者他们的爱面子，都跟我们毫不相干！”

“这种情感是很可钦佩的，”帕克林答道，（可是他心里想道：“你瞧！我给泼了冷水了！”）“不过从另一方面看来，要是您肯想一下……可是我准备听您的话。我单单替马尔克洛夫，我们的好马尔克洛夫出力就是了！不过让我说一句，他并不是他的血统亲属，只是由他太太的关系成了亲戚的——可是您……”

“帕克林先生，我求您！”

“我明白了……我明白了！可是我不能不觉得惋惜，因为西皮亚金先生是一位很有势力的人。”

“那么您自己就一点儿也不害怕吗？”索洛明问。

帕克林挺起胸来。

“在这种时候人不应当想到自己。”他骄傲地说。可是这半天他就只想到他自己。他（这个可怜的脆弱的矮子！）也只想像俗话所说，溜之大吉了。他希望西皮亚金因为他这次出了力，将来要是用得着的话，或者会替他讲一句好话。因为，不管怎样说！他也给牵连在里面了，——他在场听过他们谈话……而且他自己也讲过话。

“我觉得您的想法并不坏，”索洛明最后说，“可是说实在话，我不大相信它会成功。不过您也不妨试一下。要说糟——您也不会把事情弄糟的。”

“当然不会。好吧，就算碰到挺倒霉的事：他们掐着脖子把我赶出来……那有什么害处呢？”

“的确没有什么害处……”索洛明这样讲的时候，帕克林心里想“Merci！①”索

---

① 法语：谢谢！

洛明接着说下去："现在几点了？五点。我们不要浪费时间了。我马上叫人给您套马。帕维尔！"

可是在门口出现的人并不是帕维尔，却是涅日诺丹夫。他站立不稳，一只手支在门框上，有气无力地张着嘴，带着迟钝的眼神茫然望着他们。他什么也不明白。

帕克林第一个走到他跟前。

"阿廖沙！"帕克林叫道，"你认得我吗？"

涅日丹诺夫望着他，慢慢地眨眼睛。

"帕克林吗？"他末了说。

"是的，是的；是我。你不舒服吗？"

"是……我不舒服。可是……你在这儿做什么？"

"为什么我在这儿……"可是就在这个时候玛丽安娜轻轻触了一下帕克林的胳膊肘。他回过头来正看见她在对他做手势……"啊，是的！"他小声含糊地说。"是的……不错！哦，你瞧，阿廖沙，"他又大声说，"我到这儿来有件要紧的事，马上就要到别处去……索洛明会全告诉你的——还有玛丽安娜……玛丽安娜·维肯季耶夫娜。他们两位都完全赞成我的计划。那是关系着我们大家的；那是，不，不，"他看见玛丽安娜又对他做了一个手势，并且递了一个眼色，便连忙改口说……"那是关系着马尔克洛夫，我们的同共的朋友马尔克洛夫的；是他一个人的事。可是现在我们再见吧！每分钟都很宝贵，再见，朋友……我们还会见面的。瓦西里·费多特奇，您可以跟我一块儿去叫人套马吗？"

"请吧。"索洛明又对玛丽安娜说，"玛丽安娜，我本来要对您说，要坚强！可是这是用不着的。您是——不错的！"

"哦，是的，哦，是的！"帕克林附和道，"您是个加图时代的罗马女人！乌提卡的加图！[①] 可是我们走吧，瓦西里·费多特奇，——走吧！"

"您不用着急。"索洛明懒洋洋地微笑道。

涅日丹诺夫稍微向旁边移动一下，让他们两个过去……可是他的眼里仍然露出茫然的表情。随后，他又朝前走了两步，在玛丽安娜对面的一把椅子上

---

① 加图（公元前95—前46），古罗马共和派，以性格坚强和英勇著名。他反对恺撒，拥护庞培。公元前四六年被恺撒打败，在非洲乌提卡防地自杀。

静静地坐了下来。

“阿列克谢,”她对他说,“一切都给人发现了;马尔克洛夫让那些他要去煽动的农民捉住了,他给关在城里;同你一块儿吃过饭的那个商人也给逮捕了;看来警察就要到这儿来抓我们。帕克林到西皮亚金那儿去。”

“为什么呢?”涅日丹诺夫用了差不多听不见的小声问道。可是他的眼光渐渐地明亮了,他的脸上也恢复了它平日的表情。他一下子就没有酒意了。

“去看看他是不是愿意出来讲情。”

涅日丹诺夫伸直了腰……

“替我们吗?”

“不;替马尔克洛夫讲情。他也想替我们求情……可是我没有答应。我做得对不对,阿列克谢?”

“对不对?”涅日丹诺夫低声说,他并不站起来,却把两只手伸给她,“对不对?”他又说了一遍,他拉她到他身边,把他的脸靠在她的身上,突然哭了起来。

“你怎么啦,你怎么啦?”玛丽安娜大声说。现在就和那一天他带着一阵突然爆发的激情,颤栗着,喘息着,跪在她面前一样,她也把两只手放在他的颤抖的脑袋上。可是她现在的感觉却跟她那个时候感到的完全不同了。那个时候她愿意把整个自己交给他,她顺从他,只等待他对她讲什么话。现在她怜悯他,并且只是想着怎样安慰他。

“你怎么啦?”她又说,“你为什么哭呢?是不是因为你回家的时候那种有点儿……古怪的样子?那是不会的!或者你是在怜惜马尔克洛夫吧,你是在替我、替你自己担心吧?再不然,你是在惋惜我们那些破灭了的希望吧?其实你也并没有期望一切事情都会顺利进行的……”

涅日丹诺夫突然抬起头来。

“不,玛丽安娜,”他止住哭声说,“我并不替你担心,也不替我自己担心……可是不错……我在怜惜……”

“怜惜谁呢?”

“你,玛丽安娜!我怜惜你把你的命运同一个配不上你的人结合在一块儿。”

“为什么这样呢?”

“那就单单说因为这个人在这种时候会哭!”

“这并不是你在哭;是你的神经在哭。”

“我的神经和我还不是一个东西！好吧,你听我说,玛丽安娜,你看着我的眼睛:难道你现在能对我说你不后悔……”

“后悔什么呢?”

“后悔你跟我一块儿逃了出来。”

“不!”

“你还肯跟我一块儿再朝前走吗？不论到哪儿都去?”

“是的!”

“是的？玛丽安娜……你说是的吗?”

“是的。我已经答应了你,只要你还是我爱过的那个人,我就不会把话收回来。”

涅日丹诺夫仍然坐在椅子上;玛丽安娜站在他面前。他的两只胳膊搂住她的腰;她的一双手放在他的肩头。“是的;不,”涅日丹诺夫想道,“上一次我像现在这样搂住她的时候,她的身子动也没有动一下;可是现在我却觉得她的身子轻轻地——也许还是不由她自主地——要从我的怀抱里挣开!”

他松开了胳膊……的确:玛丽安娜差不多觉察不出来地往后退了退。

“我说!”他大声说,“要是我们必须在警察捉住我们之前……逃走的话……我想我们先结婚也好。我看在别的地方我们恐怕找不到像佐西玛这样一个肯给我们方便的教士了。”

“我同意。”玛丽安娜说。

涅日丹诺夫注意地望着她。

“一个罗马女人!”他带了点儿讥讽地微笑道,“多大的责任心啊!”

玛丽安娜耸了耸肩头。

“我们应当告诉索洛明。”

“是的……索洛明……”涅日丹诺夫拉长声音慢慢地说,“不过我想他也有危险。警察会抓他的。我看他对这回事情比我参加得多些,也比我知道得多些。”

“那我一点儿也不知道,”玛丽安娜说,“他从来不谈他自己的事。”

“他和我不同！她这句话的意思就是这样。”涅日丹诺夫心里想道。“索洛明……索洛明!”他停了好一会儿又说道,“玛丽安娜,你知道吗,要是同你这一生永远结合在一块儿的人是像索洛明那样的人……或者就是索洛明本人，那么我就不会怜惜你了。”

玛丽安娜这一回也注意地望着涅日丹诺夫。

“你没有权利说这样的话。”她后来说。

“我没有权利！你这句话是什么意思？你这是说你爱我吗？或者是说我根本就不应当谈到这个问题吗？”

“你没有权利。”玛丽安娜又说了一遍。

涅日丹诺夫埋下头来。

“玛丽安娜！”他稍微改变了声调唤她一声。

“什么？”

“要是我现在……要是我向你问那个问题，你知道我的意思！……不，我什么也不问你了……再见吧。”

他站起来，走出去了；玛丽安娜并没有留他。涅日丹诺夫在长沙发上坐下，把脸埋在手里。他自己的思想使他害怕起来，他不敢再想下去。他只有一种感觉，他觉得好像有一只黑暗的、神秘的手紧紧抓住他的生存的根，不肯放松似的。他知道隔壁屋子里那个很好的、亲爱的女人不会出来找他；他也不敢再到她那儿去。那又有什么用处？他对她讲些什么呢？

一阵急急的、坚定的脚步声使他睁开眼来。索洛明走过他的屋子，敲了玛丽安娜的房门，走进她的屋子去了。

“非常欢迎！”涅日丹诺夫痛苦地小声自语道。

三十四

晚上十点钟在阿尔查诺耶的客厅里，西皮亚金夫妇和卡洛梅伊采夫正在打纸牌，听差进来报告，有一个陌生人帕克林先生说有桩非常紧急的事情要见鲍里斯·安德列伊奇。

“这么晚了！”瓦连京娜·米哈伊洛夫娜惊讶地说。

“什么？”鲍里斯·安德列伊奇皱着他那漂亮的鼻子问道，“你说那位先生姓什么？”

“老爷，他说是帕克林。”

“帕克林！”卡洛梅伊采夫大声说，“一个地道乡下人的姓。帕克林……索洛明。[1] De vrais noms ruraux, hein?[2]”

“你是说，”鲍里斯·安德列伊奇仍然皱着鼻子对听差往下问道，“他有紧急的重要事情?”

“那位先生是这样说的，老爷。”

“哼……不是讨饭的就是骗子。(“或者两样都是，”卡洛梅伊采夫插嘴说。)多半是这样。让他到我书房去吧。”鲍里斯·安德列伊奇站起来，“Pardon, ma bonne。[3] 现在你们就打‘艾卡尔捷’[4]吧。不然就等我……我马上就回来的。”

“Nous causerons……allez![5]”卡洛梅伊采夫说。

西皮亚金走进他的书房，看见帕克林的矮小、瘦弱的身子恭顺地靠在门和壁炉中间的窗间壁上，他不觉起了一种真正大臣的高傲的怜悯和带着厌恶的俯就的感情，这种感情正是彼得堡的大官们所特有的。“天啊！多可怜的一只没毛的小鸟儿!”他想道，“好像还是个瘸子!”

“请坐，”他用了他那种施恩惠的男中音大声说，一面愉快地把他的小小的脑袋往后一仰；他不等客人坐下，便先坐了，“我想，您路上一定累了；坐下来讲吧：您这么晚到我这儿来，要谈的是什么紧要事情?”

“阁下，我，”帕克林说，小心地坐在一把扶手椅上，“我冒昧地到您这儿来……”

“等一下，等一下，”西皮亚金打岔说，“我以前见过您的。我只要跟人见一次面，就不会忘记；我全记得。可是……啊……啊……说实在话……我在哪儿见过您呢?”

“您说得不错，阁下……我荣幸地在彼得堡见过您一面，是在一个人的家里，这个人……他后来……不幸……把您得罪了。”

西皮亚金连忙站起来。

“在涅日丹诺夫先生的家里！我现在记起来了。那么您不是从他那儿来的吧?”

---

① 俄语帕克里雅(пакля)是麻屑，索洛玛(солома)是麦秸。

② 法语：真正乡下人的姓，嗯?

③ 法语：对不起，我的好人。

④ 旧时两人对打的纸牌赌博。

⑤ 法语：我们随便谈谈……您去吧!

“完全不是，阁下；刚刚相反……我……”

西皮亚金又坐了下来。

“这还好。因为要真是那样，我就得请您马上离开这儿。我跟涅日丹诺夫先生的事情，不需要任何人来调解。涅日丹诺夫先生对我的侮辱太厉害了，我不能够忘记……我是不屑于报复的，可是我一点儿不想知道他的消息，也不想知道那个女孩子的消息，——她精神的堕落更甚于良心的丧失，（玛丽安娜逃走以后，西皮亚金已经把这句话讲了差不多三十遍了。）她居然从这个养育她的家里逃走，去做一个出身卑贱的骗子的情妇！他们做得太下贱了，我不愿意再提他们！”

西皮亚金说到最后一句话的时候，把他的手腕往外伸出从下朝上地挥了一下。

“我不愿意再提他们，亲爱的先生。”

“阁下，我已经向您表白过，我不是从他们那儿来的，不过我也可以报告您阁下一件事，他们已经正式结婚了……”（“啊！反正是一样！”帕克林想道；“我说过我要撒一点儿谎，现在我撒谎了。也只好这样吧！”）

西皮亚金的后脑勺靠在椅背上不停地转来转去。

“亲爱的先生，这桩事情我一点儿也不感兴趣。世界上又多了一桩丢脸的婚姻罢了。可是您这次光临说是为了一桩挺紧急的事情，请问是什么事情呢？”

“呸！你这该死的内阁大臣！”帕克林心里骂道，“不要装模作样了，你这个英国人的嘴脸。”

“尊夫人的令兄，”他高声说，“马尔克洛夫先生去煽动农民暴动，给农民抓住了，现在给关在省长公署里。”

西皮亚金又跳了起来。

“什么……您说的什么？”他结结巴巴地说，已经不是他那大臣气派的上低音了，现在却只是一种很糟的喉音。

“我说您内兄给人抓住，并且下了狱了。我知道这件事，马上就坐车来报告您。我想，我这回对您、对那个不幸的人都算效了一点儿劳，您可以救他出来！”

“我非常感谢您。”西皮亚金还是用他那有气无力的声音说；他用力按了一下蕈形的叫人铃，满屋都是响亮的金属的声音。“我非常感谢您，”他又说了一遍，声音却有些刺耳了，“不过我得告诉您，一个人要是把天理、国法都践踏了，纵然他是我一百倍的亲戚，他在我的眼里并不是什么不幸的人：他是——罪犯！”

一个听差急匆匆地跑了进来。

“您有什么吩咐？”

“套车！马上准备一辆四匹马拉的车子！我要到城里去。叫菲利普和斯捷潘两个跟我去！”听差连忙跑出去了。“是的，先生，我的内兄是个罪犯；我进城去，并不是去救他！啊，不！”

“可是，阁下……”

“我的原则是这样，亲爱的先生；我求您不要跟我争辩！”

西皮亚金在屋子里踱来踱去，帕克林睁大眼睛瞪着他。“呸，你这个魔鬼！”帕克林又在心里骂起来，“人们还说你是个自由主义者！啊，你倒像一只咆哮的狮子！”

门开了，一阵急促的脚步声首先带进来瓦连京娜·米哈伊洛夫娜，她后面跟着卡洛梅伊采夫。

“鲍里斯，这是怎么一回事？你叫人套车？你要进城去？出了什么事情？”

西皮亚金走到他妻子的身边，握着她的右胳膊（胳膊肘和手腕中间的一段）。

“Il faut vous armer de courage, ma chère. [①]您哥哥给逮捕了。”

“我哥哥？谢廖沙[②]吗？为着什么呢？”

“他向农民宣传社会主义！（卡洛梅伊采夫轻轻地尖叫了一声。）是的，他向他们鼓吹革命！他在做宣传！他们捉住他，把他送给官府了。现在他在……城里。”

“这个疯子！可是这是谁告诉你的呢？……”

“这位先生……先生……他姓什么？科诺帕青[③]先生来报信的。”

瓦连京娜·米哈伊洛夫娜看了帕克林一眼。他垂头丧气地鞠了一个躬。

---

① 法语：亲爱的，您得拿出勇气来。

② 谢廖沙是马尔克洛夫的名字谢尔盖的小名。

③ 俄语中科诺帕季奇（конопатить）的意义是“用麻屑填缝”。“科诺帕青”就是从“科诺帕季奇”来的。

(“哟！多漂亮的女人！”他想道。就在这种灾难当前的时候……唉！敏感的帕克林还能够欣赏美色！)

“你要在这夜深进城去吗？”

“我想省长还没有睡觉。”

“我老早就说过一定得有这样的结局，”卡洛梅伊采夫插嘴说，“不会有别的结果的！可是我们俄国农民是多么出色的家伙！好极了！Pardon, madame, c'est votre frère! Mais la vérité avant tout![①]”

“鲍里亚[②]，你真的要到城里去吗？”瓦连京娜·米哈伊洛夫娜问道。

“我也相信，”卡洛梅伊采夫继续说，“那个家伙，那个家庭教师，涅日丹诺夫先生同这件事也有关系。J'en mettrais ma main au feu.[③]他们是一伙的！没有把他抓起来吗？您不知道吗？”

西皮亚金又把手腕微微动了一下。

“我不知道，我也不想知道！”他又掉头对他的妻子说，“il paraît qu'ils sont mariés.[④]”

“谁说的？还是这位先生吗？”瓦连京娜·米哈伊洛夫娜说着又看了帕克林一眼，这一次她却眯缝起眼睛来。

“是的；这位先生。”

“那么，”卡洛梅伊采夫插嘴说，“他一定知道他们在哪儿……您知道他们在哪儿吗？知道他们在哪儿吗？喂？喂？喂？您知道吗？”卡洛梅伊采夫在帕克林面前穿梭似地来回走动，好像要堵住他的路似的，其实帕克林并没有露出一点儿打算逃走的样子。“您就说！您回答我！喂？喂？您知道吗？你知道吗？”

“先生，就算我知道吧，”帕克林厌烦地说，他终于动了气，小眼睛里冒起火来，“先生，就算我知道吧，我也不会告诉您，先生。”

“哦……哦……哦……”卡洛梅伊采夫小声含糊地说，“你们听……你们听！这个家伙也……这个家伙也一定是他们的一党！”

---

① 法语：对不起，太太，这是您的哥哥！不过真理高于一切！

② 鲍里亚是鲍里斯的爱称。

③ 法语：我可以把我的手放在火上来证明那件事情。（欧洲中世纪有一种神明裁判法，叫人把手放在沸水里，或者去捏热铁，或者放在火上，要是受了伤，便算是有罪。这句话的意思是“我可以拿性命担保”。）

④ 法语：看来，他们结了婚了。

"车套好了!"听差进来大声报告道。

西皮亚金做出一个文雅而果断的姿势拿起他的礼帽;可是瓦连京娜·米哈伊洛夫娜苦苦劝他改在明天早晨去;她举出许多叫人无法辩驳的理由,譬如,路上黑啦,城里的人都睡了啦,他只会损害自己的神经,说不定还会着凉啦——后来西皮亚金给她说服了,便大声说:

"我听你的话!"他还是做出一个文雅的姿势(不过已经没有一点儿果断了)把帽子放回桌上去。

"卸车!"他吩咐听差道,"可是明天早晨准六点给我套好车!听见没有?你下去!站住!把先生……客人先生的车子打发走!把车钱付给赶车的!嗯?科诺帕青先生,您好像在说什么吧?我明天带您一块儿去,科诺帕青先生!您说什么?我听不见……您要喝点儿伏特加,是吗?给科诺帕青先生拿点儿伏特加来!不?您不喝吗?那么,费多尔,把他引到绿屋去!晚安,科诺……"

帕克林后来实在忍不住了。

"帕克林!"他嚷了起来,"我的姓是帕克林!"

"是的……是的;好吧,那还不是一样。您知道,没有什么不同。可是像您这样身材瘦小的人怎么会有这么大的声音!明天见,帕克林……先生。……我这回讲对了吧,Siméon, vous viendrez avec nous?[①]"

"Je crois bien![②]"

帕克林给引到绿屋子里去了。他们把他锁在里面。他刚刚上了床,就听见有人拿钥匙在门上英国响锁的锁孔里转了一下。他痛骂起他自己那个"天才的"想法。这一夜他睡得很坏。

第二天早晨五点半钟他便给人叫醒了。听差把咖啡送到他的屋子里来;他喝咖啡的时候,那个肩上缝着花穗带的听差双手捧着茶盘在旁边伺候,听差不住地把两条腿换来换去,好像在说:"快点儿,你叫老爷们久等了!"随后他又给引到楼下去了。马车已经停在宅子前面。卡洛梅伊采夫的敞篷马车也在那儿,西皮亚金站在台阶上,穿了一件带圆领的骆驼绒外套。这样的外套多年来就没有人穿了,只除了某一位显要,西皮亚金平日就想巴结他,并且极力在

---

① 法语:谢苗,您跟我们一块儿去吗?

② 法语:当然。

摹仿他。因此西皮亚金凡是办理重要公务的时候，就穿上这件外套。

西皮亚金相当客气地招呼了帕克林，随后精神焕发地用手指了一下马车，请他坐上车去。“帕克林先生，您跟我一块儿去吧，帕克林先生！把帕克林先生的旅行包放到驾车座位上去！我要帕克林先生坐我的车！”他说话的时候，故意把帕克林念得很响，并且把重音放在“帕”字上面，好像在说：“你有个这样的姓，别人给你换上一个，你居然觉得受了侮辱吗？你要的就在这儿！你吃吧！看你噎死！”帕克林先生！帕克林！这个可怜的姓在早晨的寒冷空气中响亮地接连响着。空气的确寒冷，这使得那个跟着西皮亚金从里面出来的卡洛梅伊采夫好几次用法国话喃喃地念着：“布尔！布尔！布尔！[①]”他把他的外套裹得更紧些，坐上了他那辆华美的敞篷马车。（他那位可怜的朋友，塞尔维亚公爵米哈伊尔·奥布列诺维奇看见这部车子，便也在班得尔那儿买了一辆跟它一模一样的敞篷马车……“Vous savez, Binder, le grand carrossier des Champs Elysées?[②]”）瓦连京娜·米哈伊洛夫娜“裹着睡巾，戴着包发帽”[③]，从她寝室的半开着的百叶窗里探出头来。

西皮亚金坐上了车，朝着她送了一个吻。

“您坐得舒适吗，帕克林先生？走吧！”

“Je vous recommande mon frère! épargnez-le![④]”听得见瓦连京娜·米哈伊洛夫娜的声音。

“Soyez tranquille![⑤]”卡洛梅伊采夫从他自己发明的有帽徽的旅行便帽的帽檐下迅速地仰起头来看她，“C'est surtout l'autre, qu'il faut pincer![⑥]”

“走吧！”西皮亚金又说了一遍，“帕克林先生，您不冷吧？走吧！”

两部马车开走了。

起初十分钟里面，西皮亚金和帕克林都不讲话。这个倒霉的西卢什卡穿着他那件窄小、难看的大衣，戴着那顶揉皱了的便帽，给车内深蓝色的上等绸幔陪衬起来，越发显得小得可怜了。他默默地看那精致的、淡蓝色的窗帘（只

---

① 表示不舒服的意思。

② 法语：您知道香·爱丽舍大街上那个制造马车的名手班得尔吗？（香·爱丽舍是巴黎一条最热闹的大街。）

③ 引自普希金的叙事诗《努林伯爵》。

④ 法语：我哥哥的事情我托给您了！救救他吧！

⑤ 法语：放心吧！

⑥ 法语：应当抓的倒还是另外一个！

要按一下弹簧,窗帘便立刻卷了上去),又看脚下柔软的白羊毛车毯,再看安放在他前面的红木箱子,箱子上装了一块便于写信用的活动木板,甚至还有一张小书桌。(鲍里斯·安德列伊奇并不怎么高兴在他的车子里面工作,可是他愿意叫别人相信他和梯也尔①一样,喜欢在旅行中办事。)帕克林觉得胆怯起来。西皮亚金两次从他的修得光光的脸颊上面投过眼光去看他,随后慢吞吞地傲慢地从他的旁边口袋里掏出一个银的雪茄烟盒,上面刻着古斯拉夫字体的缩写姓名,还是刻的花字,他用他那只戴着英国黄狗皮手套的手把一根雪茄烟夹在食指和中指的中间来敬帕克林……的确是敬帕克林。

"我不抽烟。"帕克林含糊地小声说。

"啊!"西皮亚金应道,他自己点燃了雪茄来抽着,这原来是一根最上等的雪茄烟。

"我得告诉您……亲爱的帕克林先生,"他说,一面有礼貌地喷着烟,并且吐出一连串香喷喷的小圈儿……"我……实在……非常感谢……您……我昨天……也许……对您……有点儿失礼……的地方……不过这完全不是……我的……本性。(西皮亚金故意把话说成断断续续的。)我冒昧地请您相信我的诚意。可是,帕克林先生,请您……设身处地替我想一想。(西皮亚金把他的雪茄从一个嘴角转到另一个嘴角。)譬如……拿我的职位来说……我是很惹人注目的;突然间……我妻子的哥哥……会这样叫人不能相信地……害了他自己……也连累了我!嗯!帕克林先生?您也许以为这是无足轻重的吧?"

"阁下,我不这么想。"

"您不知道他究竟是为着什么……而且是在什么地方给人逮捕的吗?"

"我听说是在T县。"

"您从什么人那儿听来的?"

"从……从一个人那儿。"

"当然,不会从鸟那儿听来。可是从什么人那儿呢?"

"从……从省长公署办公室主任的一个属员那儿。"

"他叫什么名字?"

"主任吗?"

"不,属员。"

---

① 路·阿·梯也尔(1797—1877),法国的反动政治家和历史学家,镇压巴黎公社的刽子手。

“他……他叫乌里亚谢维奇。他是一个很好的公务员，阁下。我听见了这个消息，连忙跑来给您报信。”

“好，是的；好，是的！我再说一遍，我非常感谢您。不过这简直是在发疯了！这不是发疯吗？嗯，帕克林先生？嗯？”

“真是疯到极点了！”帕克林大声说，汗像一条发热的小蛇一样顺着他的背流下来。“这是由于他完全不了解俄国的农民。据我所知道的，马尔克洛夫先生的心地倒很善良宽大；可是他从来没有了解俄国的农民。（帕克林看了西皮亚金一眼，西皮亚金把脑袋稍微掉向他，正带着冷淡的、却并不含敌意的表情在打量他。）要想煽动俄国的农民起来反抗，除了利用他们对最高当权者，对沙皇的忠心这一点外，再没有别的办法。你得编造出什么传说来——您记得伪季米特里①吗？——你得给他们看看你胸膛上用烧红的五戈比的铜板烙下的王室的标记。”

“是的，是的，就像普加乔夫②那样，”西皮亚金插嘴说，听他的声调好像在说：“我们还没有忘记历史呢……用不着卖弄了！”他又说，“这真疯了！这真疯了！”随后他便出神地望着从他的烟头缭绕上升的烟圈儿。

“阁下！”帕克林鼓起勇气说，“我刚才对您说过我不抽烟……不过这不是真话——我抽烟，您的雪茄气味很香……”

“嗯？什么？您说什么？”西皮亚金好像从梦里醒过来似地问道；可是他不等帕克林把话再讲一遍，就掏出烟盒打开来，送到帕克林的面前，这的的确确证明他已经听清楚了帕克林的话，他这样问一遍，不过是为着表示他的尊严罢了。

帕克林小心地，并且感激地拿了一根烟点燃了。

“现在是讲话的好机会了。”他想道；可是西皮亚金抢了他的先。

“我还记得您对我说过，”他随随便便地说，接着又闭上嘴，看看他的雪

---

① 一六〇三年俄国某少年军官在波兰冒充沙皇伊凡四世的幼子季米特里（他在9岁时就被人害死了）出兵进攻俄国，一六〇五年进入莫斯科，篡夺俄国皇位，世称伪季米特里。他在一六〇六年莫斯科人民起义时被杀。接着又出现了伪季米特里二世，他也是波兰地主和梵蒂冈的傀儡。这个冒牌皇帝在一六一〇年被杀。

② 叶·伊·普加乔夫（约1742—1775），顿河哥萨克人，一七七三至一七七五年俄国反对农奴制压迫的最大一次农民起义的领袖。他曾经冒充已故沙皇彼得三世（他是在1762年他的妻子叶卡捷琳娜二世夺取政权的宫廷政变后，被她的拥护者刺杀的），最后被一群哥萨克首领出卖给沙皇当局，在莫斯科遇害。

茄,又把帽子向前额拉下一点儿,“您说……嗯?您说起您那位同我的……亲戚结婚的朋友。您常常看见他们吗?他们住在离这儿不远的地方吧?”

(“嘿!”帕克林想道,“西拉,当心点!”)

“我只见过他们一次,阁下!他们住的地方的确……离这儿并不太远。”

“您当然明白,”西皮亚金还是带着随便的样子说下去,“我已对您说过了,我不可能再过问那个轻浮的女孩子和您那朋友的事情。我敢说!我是没有偏见的,不过,我想您也会赞成我的意见:这太不像话了。您知道,那太糊涂了。可是据我看来,把他们两个拉在一块儿的,与其说是别的什么感情,倒不如说是政治……”(“政治!!”他又把这个词念了一遍,同时还耸了耸肩头。)

“我也是这样想,阁下。”

“是的,涅日丹诺夫先生完全是赤色分子。不过我得说句公道话,他并没有隐瞒过他的见解。”

“涅日丹诺夫,”帕克林放胆地说,“也许走错了路,不过他的心地……”

“是善良的,”西皮亚金替他接下去说,“当然……当然,和马尔克洛夫一样。他们的心地都是善良的。看来这回的事情他也参加了的……他也会牵连在这里面的……我想我也得替他讲情吧!”

帕克林把两只手抄在胸前。

“啊,是,是,阁下。请您关照关照他吧!实在……他值得……值得您的同情。”

西皮亚金哼了一声。

“您这样想吗?”

“当然,您要是不看在他的分上,至少……请您看在您外甥女的分上;看在他妻子的分上吧!”(“我的天!我的天!”帕克林想道,“我在撒多大的谎!”)

西皮亚金稍微眯缝起眼睛。

“我看您是个很忠实的朋友。那很好;很可佩服,年轻人。您说他们住在这儿附近吗?”

“是的,阁下;在一座大房子……”帕克林把话咽住了。

“哦,哦,哦,哦……在索洛明那儿。他们原来在那儿!其实,我早就知道了;我听见人说过了;已经有人来报过信……是的。”(西皮亚金先生一点儿也不知道,也没有人对他讲过;可是他记起索洛明那次的拜访和他们夜间的会面便抛下了这个饵……帕克林立刻上钩了。)

“您既然知道。”他说,他第二次把话咽下去了……可是已经晚了……西皮亚金瞅了他一眼,单是这一眼就使他明白,西皮亚金一直在玩弄他,就像猫玩弄老鼠一样。

“不过我得告诉您阁下,”这个可怜的人嘟嘟哝哝地说,“我真的一点儿也不知道……”

“认真说,我并没有向您问什么话!您这是什么意思?!你把我,把您自己当成什么人?”西皮亚金傲慢地说,立刻拿出他那大臣的派头来了。

帕克林又觉得他自己是一个可怜的、陷在圈套里面的小东西了……在这个时候以前他还把雪茄衔在他的嘴角,跟西皮亚金离开一点儿,偷偷地向一边吐着烟;现在他索性把雪茄拿了出来,不再抽了。

“我的天!”他心里暗暗地呻吟道——身上的热汗越来越多了,“我究竟是怎么搞的!我把什么事、什么人都讲出来了……我上了他的当,一根上等雪茄就把我收买了!!……我做了一个告密人……现在有什么补救的办法吗?上帝啊!”

再也没有办法补救了。西皮亚金把他那件“堂皇的”外套裹得紧紧的,摆出他那种尊贵、庄严的大臣气派,打起瞌睡来……这以后不到一刻钟的功夫两部马车就在省长公署门前停下来了。

三十五

C省的省长是一个性情温和、无忧无虑、善于交际的将军,像这一类的将军照例都是身体洗得非常白净,心地也几乎是一样干净,生在上等人家,受过高等教育,他们可以说是用上等白面粉做的,虽然他们从来没有打算好好地做一个“人民的牧人”,可是他们却也显出相当不错的行政才干;他们并不做什么事情,却老是怀念彼得堡,整天同当地的漂亮女人纠缠,结果他们对本省倒也有了贡献,还留下好的名声。他刚刚起床,穿了一件贴身的衬衫和一件绸睡衣,钮扣大敞开,坐在化妆镜台前面,他先把脖子上挂的那些圣像和护身符全取了下来,然后用掺着香水的水擦他的脸,擦他的脖子。这个时候有人来报告说,西皮亚金和卡洛梅伊采夫为了紧急的事情来见他。他同西皮亚金很熟,并且用“你”互相称呼,他从年轻时就认识他,他们过去经常在彼得堡的那些客厅里遇见，最近他只要一想到西皮亚金的名字，他心里就会尊敬地叫一声："啊！"好像听到什么未来的大政治家的名字似的。他同卡洛梅伊采夫不熟，更不尊敬他，因为不久以前有过一些控告他的"不好的"案子；可是他仍然把他当作一个 qui fera son chemin① 人物。

他吩咐把来客请进他的书房，他仍旧穿着那件绸睡衣马上去见他们，他对自己穿这种便服会客的事连一句道歉的话也不说；他亲切地同他们握了手。然而只有西皮亚金和卡洛梅伊采夫两人进了省长的书房，帕克林却待在客厅里。帕克林走下马车的时候，含糊地小声说他家里有事，打算借故溜走；可是西皮亚金一定要他留下，（卡洛梅伊采夫跑过来在西皮亚金的耳边悄悄地说："Ne le lachez pas！Tonnerre de tonnerres！②"）就带他进去了。然而他并不带他到书房里去，却又是那样客气地一定要他待在客厅里，等着人来招呼他。在这儿帕克林还想溜走……可是卡洛梅伊采夫却叫了一个身强力壮的宪兵来守在门口……帕克林便待下来了。

"沃尔德马尔，你一定猜到了我的来意吧？"西皮亚金首先说。

"不，好朋友，我猜不到。"这个和蔼的伊壁鸠鲁的信徒答道，欢迎的微笑使他的玫瑰色的脸颊鼓得圆圆的，露出了一排发亮的、让丝一样的小胡子半掩住的牙齿……

"怎么？……你不知道马尔克洛夫的事情？"

"你说什么——马尔克洛夫？"省长仍然带着同样的表情问道。第一，他记不清楚昨天抓来的那个人叫马尔克洛夫；第二，他完全忘记了西皮亚金夫人的哥哥也姓那个姓。"可是你为什么老站着呢，鲍里斯？坐下吧；你要喝茶吗？"

可是西皮亚金却没有喝茶的心思。

等到后来他对省长说明了事情的真相、并且讲出他和卡洛梅伊采夫的来意以后，省长苦恼地惊叫一声，伸手拍着自己的前额，脸上也现出忧虑的表情。

"是的……是的……是的！"他反复地说着，"多不幸啊！他现在——今天——在这儿还要待一会儿；你知道我们从来不把那种人留在衙门里过一夜以上的；可是宪兵队长不在城里，所以你的内兄就留下来了……不过明天就要

① 法语：将来会得意的。
② 法语：不要放走他！真见鬼！

把他押解走的。我的天！真不幸！你太太不知道会怎样难过啊!! 你要我怎么办呢?”

“要是不违反法律的话,我倒想在这儿当着你的面跟他谈谈。”

“得啦吧,好朋友！法律并不是制定出来限制你这样人的。我十分同情你！……C'est affreux, tu sais![1]”

他用一种特别的方法按了按铃。一个副官进来了。

“亲爱的男爵,请您安排一下。”他把他的意思对他讲了。男爵便退了出去。“你想象看,mon cher ami,[2]农民差一点儿把他弄死。反剪地绑着两只手,扔在一辆大车上,带了到这儿来！他——你想象看！——他一点儿也不生他们的气——也没有一点怨愤的意思。说实在话！总之,他是那么镇静……我都有点儿吃惊！不过你自己就会看见的。C'est un fanatique-tranquille.[3]”

“Ce sont les pires.[4]”卡洛梅伊采夫带点儿讽喻地说。

省长瞪了他一眼。

“哦,我得跟您讲一句话,谢苗·彼得罗维奇。”

“什么?”

“是这样;不好的事。”

“究竟什么事?”

“好,您知道,那个拖欠了您的债跑到我这儿来诉冤的农民……”

“又怎么呢?”

“您知道,他吊死了。”

“什么时候?”

“什么时候是没有关系的;不过这是不好的事。”

卡洛梅伊采夫耸了耸肩,像一个阔少似地把他的身子摆了两摆,走到窗前去了。在这个时候副官带了马尔克洛夫进来。

省长讲的关于他的话是真的:他镇静到了不自然的地步。连他脸上平日常有的那种忧郁现在也不见了,却另外有了一种淡漠的倦容。他看见他妹夫的时候,他的脸色也没有改变;只有在他看那个押他进来的德国副官的时候,

---

① 法语:你知道,这是可怕的!

② 法语:我亲爱的朋友。

③ 法语:这是一个镇静的狂热者。

④ 法语:这种人最坏。

他对那种人的旧恨才在他的眼里亮了一下。他的大衣给撕破了两个地方，又匆匆地用粗线缝了起来；他的额上、眉毛上、鼻梁上有一些带着干了的血迹的小伤痕。他没有洗脸，不过头发却梳好了。他把两手齐腕塞在袖筒里，站在离门不远的地方。他的呼吸是很平稳的。

“谢尔盖·米哈伊洛维奇！”西皮亚金激动地说，他朝着马尔克洛夫走了两步，伸出他的右手来，好像他在准备着，要是马尔克洛夫前进一步，他的手就可以挨到他，或者阻挡他似的。“谢尔盖·米哈伊洛维奇！我不仅是到这儿来向你表示我们的惊愕，我们的深切的悲痛——这是你一定明白的！是你自己愿意把你毁掉！你果然毁掉了!! 可是我愿意来看你，以便对你说……唉……唉……以便给你……以便让你有机会听到常识、荣誉和友情的声音！你还可以减轻你的罪名；相信我，我也要尽我的力量！并且本省的可敬的首长也会向你证实我的话。”到这里西皮亚金又提高声音说下去，“在主管机关里老老实实地认罪服罪，一点儿也不隐瞒，完完全全地供出来……”

“阁下，”马尔克洛夫突然掉转身向着省长说，他的声音虽然有点儿嘶哑，却还是很冷静的，“我以为您找我来，还要问我什么事……不过倘使您只是按照西皮亚金先生的愿望把我带出来的话，就请您叫人把我带走吧；我们是无法彼此了解的。他讲的话……在我听来就像拉丁文一样。”

“对不起……拉丁文！”卡洛梅伊采夫傲慢地、尖声地插嘴说，“可是用来煽动农民暴动的也是拉丁文吗？那也是拉丁文吗，嗯？那也是拉丁文吗？”

“阁下，这是您的什么东西？什么秘密警察的官员吗？嗯？就这么尽职吗？”马尔克洛夫问道，一种微弱的、满足的微笑在他的苍白的嘴唇上现了出来。

卡洛梅伊采夫顿着脚，小声骂起来……可是省长阻止了他。

“这是您自己的错，谢苗·彼得罗维奇。跟您不相干的事，您为什么要插进来呢？”

“跟我不相干的事……跟我不相干的事……我倒要说这是公众的事……是我们全体……贵族的事！……”

马尔克洛夫冷冷地、慢慢地把卡洛梅伊采夫打量了一会儿，好像这是最后一次看他似的，然后他稍微转过身来朝着西皮亚金。

“妹夫，既然您要我对您说明我的思想，那么，您听着吧。我承认农民有权逮捕我，送我到衙门里去，要是他们不喜欢我对他们讲的话，他们尽可以这样做。是我去找他们；不是他们来找我。至于政府，要是它把我送到西伯利亚去……虽然我不承认我有罪，我也没有怨言。政府行使它的职权，因为它在保护自己。这些话使您满意了吗？"

西皮亚金把两只手高高举起。

"满意！！这是什么话！问题并不在这儿——我们不应当批评政府的行动；我想知道，你是不是觉得——你，谢尔盖，是不是觉得（西皮亚金决心去打动他的心弦）你的做法是怎样狂妄、怎样胡闹呢？你是不是准备拿行为来证明你已经悔过呢？我可以替你担保——在某种程度以内替你担保，谢尔盖！"

马尔克洛夫皱起了他的浓眉。

"我的话已经讲完……我不想重讲了。"

"可是悔过！你的悔过在哪儿呢？"

马尔克洛夫突然不耐烦了。

"啊，收起你的'悔过'吧！您还想爬进我的灵魂里面来吗？至少让我自己来管吧。"

西皮亚金耸了耸肩。

"看你总是这样；你从来不肯倾听理性的声音！你现在还有可能悄悄地、体面地脱身出来……"

"悄悄地、体面地……"马尔克洛夫阴沉地重复说，"我们知道这些话！它们永远是用来教人去做丢脸的事情的。这就是它们的意义！"

"我们同情你们，"西皮亚金继续规劝马尔克洛夫道，"你们却恨我们。"

"好漂亮的同情！你们把我们送到西伯利亚，送去做苦工，——这就是你们对我们的同情。啊，您不要纠缠我……看在上帝面上，不要纠缠我吧！"

马尔克洛夫把头低垂下来。

他外表上虽然很安静，他的心里却十分激动。他最痛心的是他让人出卖了！就是让果洛普略克村的叶列梅出卖了！那个叶列梅正是他那样盲目地相信的。"绷着脸"缅杰列伊没有跟随他，其实这是毫不足怪的……缅杰列伊喝醉了，因此胆子小了。可是叶列梅！！在马尔克洛夫看来，叶列梅就是俄国老百姓的化身！……叶列梅却欺骗了他。那么他马尔克洛夫所为之努力工作的一切都错了，都是错误的吗？难道基斯利亚科夫是骗子，瓦西里·尼古拉耶维奇的命令是胡闹，所有那些社会主义者和思想家的著作、文章同书本（在他看来每个字都是天经地义的），这一切全是谎话吗？这怎么可能呢？熟了的脓疮等着用柳叶刀来割——难道这个出色的比喻也只是一句空话？“不！不！”他小声自语道，他的青铜色脸颊上微微泛起砖灰的红色来：“不，这一切都不错……只是我做得不对，我没有弄明白，我讲的、做的都不成！本来我只应当下命令的，要是有什么人出来阻止我、反对我的话，就开枪打死他！还用得着什么解释呢？反对我们的人就没有生存的权利……奸细不是让人像狗一样地杀掉吗？有时比狗还不如！”

他自己被捕的经过情形又在马尔克洛夫的心上重现了……起初是沉默，大家互相使眼色，后排人丛中发出了叫声……随后一个人从侧面走过来，好像在对他行礼似的。于是发生了突然的骚动！他给摔倒在地上……他自己叫着：“小伙子们……小伙子们……你们在干什么？”他们却嚷起来，“拿根腰带来！绑住他！……”他的骨头轧轧地响着……他那无能为力的愤怒……他嘴里和鼻孔里的气味难闻的尘土……“扔……扔他……到大车上去。”有人大声笑起来……呸！

“没有做对！……我没有做对！……”

这个思想特别折磨着他，他自己摔在车轮下面，这只是他个人的不幸，跟共同的事业没有关系，这是可以忍受的……可是叶列梅！叶列梅！

马尔克洛夫这样垂着头站在那儿的时候，西皮亚金把省长拉到一边小声地谈起话来，他稍微摊开两手，又把两根指头在额上轻轻敲了两下，好像在说那个可怜人的这个地方有点儿毛病，因此他希望对那个狂人即使不能表示一点儿同情，至少也请给几分恩典。省长耸了耸肩，把眼睛一张一阖的，抱歉他自己对这件事无能为力，可是末了也空泛地答应帮忙……“Tous les é gards……certainement, tous les égards①”这些文雅地发音不正的句子从他那香喷喷的小胡子中间轻轻地吐出来……“可是你知道……法律啊！”“当然：法律啊！”西皮亚金带着严肃的恭顺表情接着说。

他们两人在角落里这样交谈的时候，卡洛梅伊采夫简直不能够在原地静静地站下去了；他在屋子里走来走去，轻轻地咂咂嘴，哼哼唧唧，做出种种不耐烦的表示。最后他走到西皮亚金跟前，急急地说：

“Vous oubliez l’ autre！②”

---

① 法语：尽力照顾……一定，尽力照顾……

② 法语：您把另外一个忘了！

“啊，是的！”西皮亚金大声说，“Merci de me l'a voir rappelé.[1]”他转身向省长说，“我还有一件事要向阁下报告……（他故意用这种官场的称呼来称他的朋友沃尔德马尔，只是为了不要在革命党人面前损害当局的威信。）我有确实的根据相信我的beau-frère'a[2]这次的轻举妄动一定有同党；其中的一个，就是说，其中一个有嫌疑的人便住在离省城不远的地方。叫人带他进来吧，”他小声补充说，“在你的客厅里面有一个……是我带他来的。”

省长看了西皮亚金一眼，尊敬地想道：“何等样的人物！”他发出了命令。在一分钟以后，“上帝的仆人”西拉·帕克林就站在他的面前了。

西拉·帕克林本来要对省长深深地鞠一个躬；可是他看见马尔克洛夫在这儿，他就不把礼行完，只是半弯着腰站在原地方，把他的便帽拿在手里打转。马尔克洛夫漫不经心地朝他看了一眼，可是没有认出他来，他又沉浸在自己的思想里面了。

“这个就是——同党吗？”省长伸了伸他那根戴着土耳其玉戒指的又大又白的手指，指着帕克林问道。

“啊，不是！”西皮亚金微微笑答道，“不过！”他想了一想又说，“阁下，这儿，”他又大声说，“在您面前的是一位帕克林先生。据我所知，他是住在彼得堡的，他同那个在我家里做过教师的人是知己朋友，那个教师从我家里不告而别，还带走一个年轻姑娘，说来惭愧，她是我的一个亲戚。”

“Ah! oui, oui,[3]”省长含糊地小声说，从上朝下地晃着他的脑袋，“我听说过一点儿……伯爵夫人讲过……”

西皮亚金提高了他的声音。

“那是一位涅日丹诺夫先生，我非常怀疑他有着危险的思想和主张……”

“Un rouge à tous crins,[4]”卡洛梅伊采夫插嘴说……

“……有着错误的思想和主张，”西皮亚金更清楚地接下去说，“他和这一切的宣传一定有关系；他现在躲在……帕克林先生对我说，在商人法列耶夫的工厂里面……”

马尔克洛夫听到“帕克林先生对我说”这句话的时候，他又看了帕克林一

① 法语：谢谢您提醒了我。

② 法语：内兄。

③ 法语：啊，是，是。

④ 法语：一个彻头彻尾的赤色分子。

眼，不过也只是缓慢地、淡漠地笑了笑。

“对不起，对不起，阁下，”帕克林嚷了起来，“还有您，西皮亚金先生；我从没有……从没有……”

“你说商人法列耶夫吗？”省长对西皮亚金说，他一面把手指朝着帕克林的方向扭动了一下，好像在说：“不要吵，老弟，不要吵”似的。“我们那些可敬的大胡子老板究竟怎么啦？昨天才抓到一个，说也是同这个案子有关系的。你也许听见过他的姓名：戈卢什金，一个有钱的人。好吧，他再也不敢闹革命了。他已经跪下来求饶了。”

“商人法列耶夫同这个案子没有关系，”西皮亚金清清楚楚地说，“他的见解我并不知道；我说的只是他的工厂，根据帕克林先生所说，涅日丹诺夫先生现在就在那个工厂里面。”

“我并没有说过！”帕克林又哀号起来，“是您说的！”

“对不起，帕克林先生，”西皮亚金还是那么冷酷无情地讲得清清楚楚，“我尊敬您那种使您‘矢口否认’的友情。”（“你瞧，真是一位基佐[①]！”省长心里想道。）“不过恕我冒昧拿我自己做一个例子。您以为我的亲戚的感情还赶不上您的友情吗？可是，亲爱的先生，还有另一种更强的感情呢，我们的一举一动都得受这种感情的指导——这就是责任感！”

“Le sentiment du devoir。[②]”卡洛梅伊采夫解释道。

马尔克洛夫把两个讲话的人打量了一番。

“省长先生！”他说，“我重复一遍我的要求：请您叫人把我带走吧，免得听他们的叽哩咕噜。”

可是省长有点儿不耐烦了。

“马尔克洛夫先生！”他大声说，“我倒要劝告您，处在您现在这样的地位，您应当少讲话，多尊敬您的长上……尤其是他们在表示爱国的感情，像您的beau-frère’a[③] 刚才说那些话的时候。”他又转身向着西皮亚金说，“亲爱的鲍里斯，我将荣幸地把你这高贵的举动报告大臣知道。可是那位涅日丹诺夫先生在那个工厂里究竟住在谁那儿呢？”

---

① 弗·基佐（1787—1874），法国资产阶级历史学家和反动政治家，一八四〇至一八四八年担任法国内阁总理。

② 法语：责任感。

③ 法语：妹夫。

西皮亚金皱起眉头来。

“他住在一位索洛明先生那儿,那是工厂里的总工程师,这是帕克林先生对我说的。”

西皮亚金对于折磨可怜的西卢什卡好像感到特别的满足似的;他为了自己在马车里给帕克林的一根雪茄烟,为了自己对他表示过的亲密的态度,甚至为了自己对他说过的那么一丁点儿恭维话,现在要向帕克林报复了。

“而且这个索洛明,”卡洛梅伊采夫插嘴说,“还是一个十足的急进派,共和党。要是阁下也注意他一下,那倒不错。”

“您知道这些先生吗? ……索洛明……还有他叫什么! ……叫……涅日丹诺夫吗?”省长用了一种带点儿官腔的鼻音问马尔克洛夫道。

马尔克洛夫幸灾乐祸地张大了鼻孔。

“阁下,您知道孔夫子和蒂特·李维①吗?”

省长把身子掉开了。

“Il n’y a pas moyen de causer avec cet homme,”②他耸了耸肩头说,“男爵先生,请您到这儿来!”

副官连忙到他跟前;帕克林趁这个机会一瘸一拐地走到西皮亚金的身边。

“您在做什么事情?”他小声说,“您想毁掉您的外甥女吗? 您知道,她同他住在一块儿,同涅日丹诺夫住在一块儿! ……”

“我并不要毁掉谁,亲爱的先生,”西皮亚金高声答道,“我不过服从我的良心的命令,还有……”

“还有您的妻子,我的妹子,您完全听她的命令。”马尔克洛夫和他一样大声地插嘴道。

西皮亚金像通常说的那样,连眉毛也不动一下……这简直值不得他理睬!

“您听我说吧,”帕克林仍旧小声地继续说,他激动得浑身打颤,这中间可能还夹杂得有害怕;他眼里闪着憎恨的光,泪水使他的咽喉哽塞了——这是些可怜他们、恼恨自己的眼泪;“您听我说吧,我对您讲过她结了婚了——这不是真的,我对您撒了谎! 可是他们现在就要结婚了——要是您阻止了这件事情,要是警察到那儿去抓他们,那么您良心上的污点就永远洗不干净了——而

---

① 蒂特·李维(蒂图斯·李维乌斯,公元前59—公元17),罗马历史学家。

② 法语:实在没法跟这个人讲话。

且您……"

"要是您刚才报告的消息是真的，"西皮亚金越发高声地打岔道，"其实我觉得这很有可疑的地方，——那么更应当尽快使用我认为是必要的手段，至于我良心的清白，亲爱的先生，请您不必担心。"

"他的良心是油漆过的，老弟，"马尔克洛夫又插嘴说，"上的是一层彼得堡的油漆；什么液体都挨不到它！而你，帕克林先生，你尽管嘀嘀咕咕、尽管嘀嘀咕咕吧，可是，嘀咕也是白搭，办不到！"

省长觉得不应当让他们再这样吵下去了。

"各位，我觉得你们的话也说够了，"他说，"那么，亲爱的男爵，请您把马尔克洛夫先生带下去。N'est ce pas, Boris,①你用不着再……"

西皮亚金把两手一摊。

"我能说的话全说过了！……"

"很好！……亲爱的男爵！……"

副官走到马尔克洛夫面前，把他的踢马刺一蹬，一只手平举起来，说了一声"请！"马尔克洛夫转过身走出去了。帕克林抱着痛苦的同情和怜悯在想象中同他握了手。

"我们就要派得力的小伙子到工厂去，"省长继续说，"可是有一件事情，鲍里斯；我想——这位先生（他把他的下巴朝着帕克林动了一下。）对你讲过你那个亲戚的事情……也许她在那儿，在那个工厂里面……倘使是这样的话……"

"不过无论如何不能逮捕她，"西皮亚金沉吟地说，"也许她会明白过来，回家来的。要是你允许我的话，我想给她写一个字条。"

"那么请写吧。而且，不用说，你也可以放心……Nous coffrerons le quidam……mais nous sommes galants avec les dames……et avec celle-là donc！②"

"可是您怎么对那个索洛明并不采取什么行动，"卡洛梅伊采夫哀痛地叫道。他这一阵子就一直竖起耳朵在听省长同西皮亚金的短短的 à parte③。"我敢向您担保，他是个主犯！我对那种事情倒有一种嗅觉……灵敏的嗅觉！"

---

① 法语：鲍里斯，是吧。

② 法语：我们去抓某某人……可是对待太太小姐我们是讲礼貌的……尤其是对待那一位！

③ 法语：私话。

“Pas trop de zèle,[1]亲爱的谢苗·彼得罗维奇,”省长咧嘴笑道,“您记住塔列兰[2]吧! 倘使那是事实,他也逃不掉法网的。您倒应该想想您那个……克克克……克!”省长拿手在自己的脖子上做了一个勒脖子的姿势……“哦,再说,”他又转身向着西皮亚金说,“et ce gaillard-là[3](他又朝帕克林动动他的下巴),Qu'en ferons nous?[4] 看样子倒不像是个危险人物。”

“放他走吧,”西皮亚金轻轻地说,接着他又添上一句德国话,“Lass' den Lumpen laufen![5]”

不知道为什么缘故,他以为自己引用了歌德的《铁手骑士葛兹》[6]里面的一句话。

“您可以走了,亲爱的先生!”省长大声说,“我们用不着您了! 以后见吧!”

帕克林向大家一起鞠了一个躬,垂头丧气,并且很丢脸地走出去了。天啊! 天啊! 这场侮辱可真毁了他了!

“我究竟算个什么东西呢?”他带着说不出的绝望想道,“胆小鬼和告密人吗? 可是不……不;各位,我还是一个清白的人,我并不是一点儿勇气也没有!”

可是站在省长公署门前台阶上,用了忧郁的、责备的眼光望着他的那个熟悉的身形是什么人呢? 哦,这是马尔克洛夫的老仆人。他显然是进城来看他的主人,他始终不肯离开他的监牢……只是他为什么要用这样的眼光看帕克林呢? 并不是他帕克林把马尔克洛夫出卖了的!

“我为什么要去管那些跟我不相干的事情呢?”他继续绝望地想道,“为什么我不能安静地坐在自己的店里呢! 现在他们会说,而且我想,会写出来:‘有一位帕克林先生把什么事情都讲了,他出卖了他们……他把他的朋友们全出卖给敌人了!’……”他想到这里又记起了马尔克洛夫投向他的眼光,记起了他的最后那句话:“你嘀咕也是白搭,办不到!”——还有现在这一对老年

---

① 法语:不要太热心了。

② 查理·塔列兰(1754—1838),法国外交家,是权变多诈、毫无原则的政客。“不要太热心!”是他的“名言”。

③ 法语:那个家伙。

④ 法语:我们拿他怎么办?

⑤ 德语:让这个流氓滚蛋吧!

⑥ 歌德所写的五幕悲剧,剧中并没有这样的一句话。

人的、忧郁的、完全绝望的眼睛！他像圣经中所说的那样“痛哭”①了，——他便动身到绿洲去，到福穆什卡同菲穆什卡那儿去，到斯南杜里娅那儿去……

三十六

就在这一天早晨，玛丽安娜走出她的屋子，看见涅日丹诺夫穿着衣服坐在长沙发上。他拿一只手支着脑袋，另一只手无力地放在膝上，动也不动一下。她走到他跟前去。

“你好，阿列克谢……你没有脱衣服吗？你没有睡觉？你脸色多么苍白！”

他的沉重的眼皮慢慢地稍微抬起来。

“我没有脱衣服，我也没有睡。”

“你不舒服吗？还是昨天的酒意没有全消呢？”

涅日丹诺夫摇了摇头。

“自从索洛明走进你的屋子以后，我就没有睡了。”

“什么时候？”

“昨天晚上。”

“阿列克谢，你妒忌吗？这倒是一件新鲜事！在这种时候你还有妒忌的功夫！他在我屋子里不过待了一刻钟……我们在谈他的表哥，就是那个教士，我们商量怎样安排我们的结婚。”

“我知道他只待了一刻钟：我看见他出来的。我并不妒忌，啊，不！可是我还是从那个时候起，就不能够睡。”

“那是为什么呢？”

涅日丹诺夫不做声。后来他才说：

“我老是想着……想着……想着！”

“想什么呢？”

“想你……想他……想我自己。”

“你想出什么结论来没有？”

---

① 见《圣经·新约·马太福音》第二十六章：“彼得想起耶稣所说鸡叫以前你要三次不认我，他就出去痛哭。”

“我应当告诉你吗,玛丽安娜?”

“告诉我。”

“我想,是我妨碍了——你……他……还有我自己。”

“妨碍我!妨碍他!我还想得出你这是什么意思,虽然你声明你并不妒忌。可是你怎么妨碍你自己呢?”

“玛丽安娜,我身上同时有两个人,他们彼此不能相容。所以我想最好是让两个都不要活下去。”

“好啦,不要讲了,阿列克谢,我求你!你为什么要折磨你自己——和我呢?我们现在得想想我们应当采取什么样的步骤……你知道他们不会放过我们的。”

涅日丹诺夫亲热地拿起她的手。

“玛丽安娜,在我旁边坐坐,让我们像朋友似地谈一会儿。趁现在还来得及。把你的手给我。我觉得我们彼此解释一下也好,虽然人们说一切的解释一般只会使人更加糊涂。不过你心地好,人又聪明;你会什么都了解的,还有我没有说出来的话,你自己也会想出来。坐下吧。”

涅日丹诺夫的声音很轻,他的眼睛牢牢地望着玛丽安娜,在这一对眼睛里闪露出一种特殊的、友爱的温情和哀求的表情。

她毫不勉强地立刻坐到他的身边,拿起他的手来。

“好啦,谢谢你,亲爱的。你听我说。我不会多耽搁你的。我昨天夜里把我应当对你讲的话全想好了。好啦——你听我说。你不要以为昨天的事情把我过于弄昏了:昨天我一定做得很可笑,还有点儿叫人厌恶;可是不用说,你并没有怪我,也没有看轻我……你是知道我的。我刚才说,昨天的事情没有把我弄昏;这不是真的,这是瞎说……它的确把我弄昏了,这并不是因为我喝醉了让人弄回家来,而是因为它完全证明了我的无能!这不仅因为我不能够像一般俄国人那样地喝酒,而且还因为我什么事都不成!什么事都不成!玛丽安娜,我应当告诉你,我现在对那个把我们结合在一块儿的事业,对那个使我们为了它才一块儿从那个人家逃出来的事业,一点儿也不信仰了。说老实话,对那个事业我已经冷下去了,你的烈火又使我温暖起来,热起来。我不相信它!我不相信它!”

他拿他那只空着的手蒙住他的眼睛,静了一会儿。玛丽安娜也不讲一句话,却埋下头来……她觉得他对她讲的并不是什么新的话。

“我从前常常想，”涅日丹诺夫继续说，他把手从眼睛上拿下来，却不再看玛丽安娜了，“我对事业本身是相信的，我只是怀疑我自己、我自己的力量、我自己的才干，我以为我的能力同我的信仰不相称……可是这两样东西明明是分不开的。欺骗自己又有什么用呢！不——我对事业本身并不相信。不过，玛丽安娜，你相信吗？”

玛丽安娜挺起身子，抬起头来。

“是的，阿列克谢，我相信。我全心全意地相信。——我要把我这一生完全献给这个事业！一直到最后一口气！”

涅日丹诺夫回过脸向着她，用了羡慕的和深受感动的眼光把她从头到脚看了一会儿。

“对，对；我知道你会这样回答的。那么你看出来我们两个并没有什么共同的地方了；你自己一下子就把那根连结我们的带子剪断了。”

玛丽安娜没有答话。

“比如，拿索洛明来说，”涅日丹诺夫又说，“虽然他不相信……”

“什么？”

“不！他不相信……可是他用不着相信；他只是安安静静地朝前走就是了。一个人走路到城里去，他并不问他自己：是不是真有这座城？他只是走他的路。索洛明就是这样。他再也不需要什么了。可是我……不能够朝前走；我不想向后退；待在原地——我又讨厌。我怎么敢要求别人做我的同伴呢？你知道那句俗话：‘一人抬一头，担子就不重’；不过要是有一个人抬不了的话，那么另外一个人又怎么办呢？”

“阿列克谢，”玛丽安娜犹豫不决地说，“我想你说得夸张了。我们不是互相爱着吗？”

涅日丹诺夫深深地叹了一口气。

“玛丽安娜……我尊敬你……你可怜我，——我们每个人都绝对相信对方的诚实！这是真的事实！可是我们中间并没有爱情。”

“不要讲了，阿列克谢，你这是什么话！就在今天，马上，就会有人来抓我们的……我们应当一块儿走开，不要分离……”

“是的；照索洛明的说法，到佐西玛教士那儿去，要他给我们证婚。我很明白，在你的眼里，这次的结婚不过是一张护照，用来避免警察的麻烦的……可是它却多多少少给我们加上了一种……在一块儿、共同生活的……义务……或者它即使不给我们加上一种义务，它至少也预先假定我们有一种共同生活的愿望。”

“你是什么意思，阿列克谢？你要待在这儿吗？”

他差一点儿说出“是”字来了，可是他改变了主意，说：

“不……不……不。”

“那么你要离开这儿，去不是我要去的那个地方吗？”

涅日丹诺夫紧紧地握住她的手，她这只手仍然放在他的手里。

“不给你找个爱护你的人，不给你找个保护你的人便撇下你，那是一桩罪过——我纵然坏，我也不肯这样做。你会有一个保护你的人……你放心吧！”

玛丽安娜朝着涅日丹诺夫低下头来，关心地把她的脸紧紧挨着他的脸，她想看透他的眼睛，看透他的灵魂——看透他的灵魂的深处。

“阿列克谢，你怎么啦？你有什么心事？告诉我吧！……你叫我担心。你的话是这么费解，这么古怪……还有你的脸色！我从没有看见你这样的脸色！”

涅日凡诺夫轻轻地推开她，轻轻地吻她的手。这一次她没有拒绝，也没有笑，她仍然带着关心和惊慌的表情望着他。

“请你不要担心！并没有什么奇怪的事情。我的不幸全在这儿。听说马尔克洛夫给农民揍了；他挨了他们的拳头，他们弄伤了他的肋骨……农民并没有揍我，他们还同我一块儿喝酒，还敬我的酒……可是他们弄伤了我的灵魂，比弄伤马尔克洛夫的肋骨还厉害。我生下来就有怪脾气……我想把我自己弄好，可是我越弄越坏。你在我的脸上看到的就是这个。”

“阿列克谢，”玛丽安娜慢慢地说，“你不该对我不坦白。”

他的手又握紧了。

“玛丽安娜，我把我整个人放在你面前，让你看得清清楚楚；不论我做什么事，我都预先告诉你：不会有什么事叫你意外吃惊的，真的不会有什么事！”

玛丽安娜还想要求他把这些话的意思说得更明白些，可是她并没有要求……而且，这个时候索洛明走进房里来了。

他的举动比平时灵活、敏捷。他的眼睛眯缝着，他的阔嘴唇紧紧闭着，他的整个脸显得尖了，而且带了一种冷漠、坚决并且还有点儿粗暴的表情。

“朋友们，”他说，“我来告诉你们不要耽搁了。快准备吧……你们应该动身了。你们得在一小时内准备好。你们得去结婚。没有一点儿帕克林的消息;他的马起先让人扣留在阿尔查诺耶,随后又给打发回来了……他留在那儿。他们大概带他到城里去了。当然,他不会出卖我们,可是天知道他也许会不当心讲出什么来的。而且,他们也可以从马的上面得到线索。我已经通知我的表哥。帕维尔要同你们一块儿去。他可以做一个证人。"

"那么您……你呢?"涅日丹诺夫问道,"难道你不去吗?我看你是上路的打扮,"他补充这句话的时候,一面在看索洛明穿的沼地用的高统皮靴。

"哦,我穿这个……只是因为外面路烂。"

"不过你不会要替我们担当责任吧?"

"我倒还没有想到……不管怎样——这是我的事情。那么就在一小时内吧。玛丽安娜,塔季扬娜想看看您。她准备了一点儿东西。"

"啊!是的!我正要去看她……"

玛丽安娜向着门走去……

涅日丹诺夫的脸上现出一种古怪的、半似恐惧、半似悲伤的表情……

"玛丽安娜,你走了吗?"他突然用了一种因恐惧而压低的声音说。

她站住了。

"我半个钟头就回来。我收拾行李要不了多少时间。"

"是的;不过到我身边来吧……"

"好的;什么事?"

"我想再看你一眼。"他看了她好一会儿,"再见,再见,玛丽安娜!"她有点儿吃惊了,"哦,不是……我在讲些什么呢?我在……胡扯。你半个钟头就会回来,不是吗?嗯?"

"当然。"

"好吧,是的……是的……请原谅我。我没有睡好觉,我的头发晕。我也要马上……收拾行李。"

玛丽安娜走出去了。索洛明正要跟着她出去。

涅日丹诺夫留住他。

"索洛明!"

"什么?"

"把你的手给我。我得谢谢你的款待。"

索洛明笑了笑。

"你怎么这样想!"可是他还是伸出手给他。

“还有一件事情，”涅日丹诺夫继续说，“要是我出了什么事情，我可以指望你照顾玛丽安娜吗？”

“你未来的妻子吗？”

“哦，是的，玛丽安娜！”

“第一，我相信你不会出事情；第二，你可以放心：我和你一样地宝贵玛丽安娜。”

“哦！我知道这个……我知道……我知道！那么，好极了。谢谢你。一个小时以内吗？”

“一小时以内。”

“我会准备好的。再见！”

索洛明走出房去，在楼梯上赶上了玛丽安娜。他原想对她谈谈涅日丹诺夫的事，可是他并没有讲话。玛丽安娜也明白索洛明要对她讲什么——并且正是关于涅日丹诺夫的话——他却没有讲出来，所以她也不讲了。

三十七

索洛明出去以后，涅日丹诺夫马上从长沙发上跳起来，在屋子里来回走了两遍，随后又像是呆呆地在想什么，在屋子当中站了一会儿；他忽然把身子抖了两下，匆匆地脱掉他那身“化装跳舞的”服装，用脚踢到角落里去，拿出他自己从前的衣服穿上。然后他走到那张小小的三脚桌前面，从抽屉里拿出两封已经封好的信和一个小东西来，他立刻把小东西塞进衣袋里去；两封信却留在桌上。他又在火炉前面蹲下来，打开火炉门……炉里只剩下一堆纸灰。涅日丹诺夫的文件，他秘藏的诗稿本就只剩了这么一点儿……他一夜里全烧光了。可是火炉里面，靠边上还放着马尔克洛夫送给他的玛丽安娜的画像。明明是他没有勇气把这幅画像烧掉！涅日丹诺夫小心地取出它来，放在封好的信旁边。

随后他下了决心伸手拿起他的帽子，朝房门走去……可是他又站住了，向后转过身子，进了玛丽安娜的房间。他在那儿待了一分钟，朝四周看了看，走到她那张窄小的床跟前，弯下身子，发出一声哽咽，把他的嘴唇压下去，不去亲枕头，却吻了床脚头……他马上又站起来——把帽子拉得遮住前额，跑出去了。

涅日丹诺夫在走廊里、楼梯上、楼下,都没有遇见一个人,便悄悄地走进园子里去。这是一个阴天,天空低垂下来,潮湿的微风吹动了草尖,把树叶吹得沙沙地响。工厂里比在平日这个时候少一点儿响动和喧哗;从它的院子里吹过来煤炭、沥青和脂油的气味。涅日丹诺夫机警地、小心地看了看四周,便直接走到一棵老苹果树下面,他来的那天,第一次从他的小屋子的窗口望出去,这棵苹果树就引起了他的注意。苹果树树干上长满了干苔;它那参差不齐的光秃的枝上点缀了几片泛红的绿叶,弯曲地伸向空中,好像老年人的向人哀求的、齐肘拐弯起来的胳膊一样。涅日丹诺夫用坚定的脚步踏着苹果树在下面盘根的黑色土地,从衣袋里掏出他先前在桌子的抽屉里找到的那个小东西。然后他注意地望着侧屋的窗口……"要是这个时候有人看见我,"他想道,"那么我也许会延期……"可是一张人脸也看不见……一切都死了,一切都离开了他,永久地远去了,留下他来受命运的摆布。只有工厂里继续发出不响亮的闹声和难闻的气味。头上针一样的冷冷的细雨开始落下来。

涅日丹诺夫立在树下,从弯曲的树枝间望上去,望着那低垂的、灰色的、盲目无情的、潮湿的天空,他打了一个呵欠,身子猬缩一下,心里想道:"什么都完了,我不要回彼得堡坐牢去,"他摔开他的帽子,他预先感觉到浑身起了一种好像有点儿舒适的、强烈的、难堪的倦意,他把手枪对着胸膛,钩了扳机……

他马上感觉到有什么东西打了他,不过并不十分厉害……可是他已经仰卧在地上了,他想知道他究竟怎样了,而且他怎么会现在看到塔季扬娜?……他甚至想唤她,对她说:"啊,用不着……"然而现在他已经全身麻木了,一阵浑浊的绿色旋风在他的脸上、在他的眼里、在他的额上、在他的脑子里不停地旋转起来——有一种极沉重的扁平的重东西把他永远压在地上。

涅日丹诺夫觉得自己看见了塔季扬娜,并不是没有根据的;在他钩手枪的扳机的时候,她正走到侧屋的一个窗口,看见涅日丹诺夫站在苹果树下。她还来不及想:"在这样天气,他光着头站在苹果树底下干什么?"他就像一捆干草似地脸朝天地栽倒在地上了。她没有听见枪声(枪声太轻了),可是她马上觉得事情有点儿不对,连忙跑下楼到园子里来……她跑到涅日丹诺夫的身边……"阿列克谢·德米特里奇,您怎么啦?"然而他已经给黑暗包围住了。塔季扬娜俯下身子看他,见到了血……

"帕维尔!"她大声叫起来,连声音也变了,"帕维尔!"

不到一会儿,玛丽安娜、索洛明、帕维尔和工厂里的两个工人已经在园子里了。他们马上把涅日丹诺夫抬起来,抬到侧屋里去,就把他放在那张他在上面待过了他的最后一夜的长沙发上。

他仰卧着,眼睛半闭,完全不动了,脸色发青。他发出一阵拖长的、困难的喘息,有时还抽一口气,好像快要断气似的。生命还没有离开他。玛丽安娜和索洛明站在长沙发的两边,他们的脸色差不多同涅日丹诺夫的一样地苍白。两个人(尤其是玛丽安娜)都很震惊,很激动,并且受到了打击,可是他们并不觉得这是意外的事。"我们怎么早没有料到这个呢?"他们心里想道;可是他们同时又觉得他们已经……是的,他们已经料到了。那次他对玛丽安娜说:"不论我做什么事,我都预先告诉你:不会有什么事叫你意外吃惊"的时候,还有他说到他身上有两个人彼此不能相容的时候,难道没有给她引起一点儿朦胧的预感吗?为什么她那个时候不马上停下来思考这些话,思考这些预感呢?为什么她现在不敢看索洛明,好像他是她的同谋人……好像他也感到良心的谴责似的呢?为什么在她对涅日丹诺夫的无限的、绝望的怜惜里面,还混杂着一种恐惧、不安和惭愧的感情呢?也许她本来是可以救他的吗?为什么他们两个站在那儿不敢吐一句话呢?他们几乎连气也不敢吐——却等待着……等待什么呢?啊,我的天!

索洛明差人去请医生,可是不用说,没有一点儿希望了。塔季扬娜拿一大块海绵浸着冷水放在涅日丹诺夫的已经发黑的、止了血的小小伤口上,又用冷水和醋弄湿他的头发。涅日丹诺夫的喘息突然停止了。他稍微动了动。

"他清醒过来了。"索洛明小声说。

玛丽安娜在长沙发旁边跪了下来。涅日丹诺夫看着她……在这以前他的眼睛是像垂死的人那样固定不动的。

"我还……还活着,"他慢慢地说,声音低到差不多听不出来了,"这个也失败了……我把你们耽搁住了。"

"阿廖沙!"玛丽安娜呻吟地唤道。

"是这样……不会久的……玛丽安娜,你还记得,在我的……诗里面……'请在我身上盖满鲜花'……鲜花在哪儿呢?……然而你在这儿……那儿,在我的信里……"

他突然浑身颤抖起来。

"哦,她在这儿……把你们两个的手……伸给……对方吧——当着我的面……快……伸出来……"

索洛明抓住玛丽安娜的手。她的头放在长沙发上，脸朝下，挨着他的伤口。

索洛明直挺挺地、严肃地站着，他的脸色像夜那样阴郁。

“这样……好的……这样……”

涅日丹诺夫又抽起气来，可是这次的抽法却是很不寻常的了……他的胸部胀起来，腰也鼓起来了……

他显然想把自己的手放到他们的互相握着的手上面去，可是他的手已经死了。

“他快死了。”塔季扬娜站在门口小声地说，她在自己胸上画起十字来。

抽气的声音越来越少，越短了……他的眼光仍然在寻找玛丽安娜……可是一种威严可怕的白幕把他的眼睛从里面罩住了……

“好的……”这便是他最后的话。

他已经死了……可是索洛明和玛丽安娜的连在一块儿的手还放在他的胸膛上。

下面便是他留下来的两封短信。一封是写给西林的，只有寥寥几行：

> 别了，兄弟，朋友，别了！你接到我这张字条的时候，我已经不在这个世界上了。不要问我怎样死，为什么死，也不要伤心；你知道，我还是现在死的好。请你拿出我们的不朽的普希金，读一读《叶甫盖尼·奥涅金》里面描写连斯基的死的那一节吧。你记住：“窗上涂着白粉，女主人已经远去……”①等等。再没有别的了。我再没有话对你说了……因为我想说的太多，却又没有时间来说。可是我又不愿意不事先通知你就离开这个世界；否则你会以为我还活着，那么我就辜负我们的友情了。别了；好好地活下去。
>
> 你的朋友阿·涅

另外一封信稍微长一点儿，是写给索洛明和玛丽安娜的。信上写着：

> 我的孩子们！

（这几个字后面空了一段；有什么话给涂掉了，更像是给擦脏了，仿佛有

① 见普希金的《叶甫盖尼·奥涅金》第六章第三十二节。青年诗人连斯基在决斗中被主人公奥涅金枪杀。

眼泪落在那上面似的。)

我这样称呼你们,你们也许觉得奇怪。我自己差不多还是一个孩子,你,索洛明,不用说,比我年纪大。可是我要死了——我现在站在生命的尽头,我把自己看作一个老人。我很对不起你们两个,尤其是你,玛丽安娜,我使你们这么伤心(我知道,玛丽安娜,你会伤心的),而且我已经给了你们那么多的麻烦了。可是我怎么办呢?我找不到别的出路。我不能够使我简单化;所以我只有把我自己整个涂掉。玛丽安娜,我一定累了你,也累了我自己。你很宽大,——你会高兴地挑着这个担子,把它当做新的牺牲……可是我没有权利把这个牺牲加在你的身上;你还有更好、更大的工作。我的孩子们,让我用这只好像是坟墓里伸出来的手把你们结合在一块儿吧。你们在一块儿会过得很幸福。玛丽安娜,你最后会爱上索洛明的——至于他呢……他在西皮亚金家里看见你的时候就爱你了。虽然过了两三天我就同你一块儿逃了出来,可是我也明白这件事情。啊,那天早晨!天气多好,多新鲜,充满青春的朝气!我想起那天早晨,就觉得它是你们的(你的同他的)共同生活的一个预兆、一个象征,我不过偶尔在那一天代替他一下罢了。然而现在应当结束了!我不想引起你们的怜悯……我只想替我自己稍微辩白一下。明天你们会有一些很痛苦的时候……可是有什么办法呢?我没有别的出路,不是吗?别了,玛丽安娜,我的诚实的好姑娘!别了,索洛明!我把她托给你。幸福地生活下去——活着去帮助别人;而且你,玛丽安娜,只有在你感到幸福的时候,才请你想到我。请你想到我,当我也是一个诚实的好人,不过这个人是不宜于生倒宜于死的。我用了真诚的爱爱过你吗?我不知道,亲爱的朋友,可是我知道我从没有感觉过比这个更强烈的感情,而且要是我不把这种感情同我一块儿带到坟墓里去,那么死对于我一定会是更可怕的了。

玛丽安娜!要是你将来遇到一个叫做马舒林娜的姑娘的时候(索洛明认识她,我想你也见过她的),请你对她说,我临死前不久还怀着感激想念过她……她会明白的。

然而我得跟你们分开了。我刚才从窗口望了出去:在那些跑得很快的云片中间有一颗美丽的星。云虽然跑得快,它们也遮不了这颗星。这颗星使我想起了你,玛丽安娜。这个时候你睡在隔壁屋子里,你一点儿也没有猜想到……我走到你的房门口,侧耳倾听着,我仿佛听见了你的均匀的、平静的呼吸……别了！别了！我的孩子们，我的朋友们，别了！

你们的阿·

啊呀！啊呀！啊呀！怎么我在这封临终的信里不提到我们的伟大的事业呢？我想这是因为一个人在临死的时候不需要撒谎……玛丽安娜，请原谅我加上这个附言……说虚假的指的是我，——你所相信的倒不是假的！

是的！还有一件事情：玛丽安娜，你也许会想："他们一定会把他关到牢里去，他害怕坐牢，——才采取这个手段来逃避它吧？"不；监牢本身并不可怕；可是为了自己并不相信的事业坐牢，却是毫无意义了。我自杀，——并不是因为害怕坐牢。

别了，玛丽安娜！别了，我的纯洁的、清白无瑕的姑娘！

玛丽安娜和索洛明轮流地读了信。然后她把她的画像同两封信都放在她的衣袋里，动也不动地站了一会儿。

索洛明对她说：

"都准备好了，玛丽安娜；我们走吧。我们应当实现他最后的愿望。"

玛丽安娜走到涅日丹诺夫跟前，用她的嘴唇在他那已经变冷的额上吻了一下，便转身对索洛明说：

"我们走吧。"

他握住她的手，两个人一块儿走出了房间。

几个小时以后，警察突然到工厂里来搜查，不用说他们找着了涅日丹诺夫——不过已经是一具尸体了。塔季扬娜把他的尸体装饰好了，在他的脑袋下面垫了一个枕头，两只胳膊交叉地放在胸膛上，甚至在他旁边那张小桌上放了一束鲜花。帕维尔已经得到一切必要的吩咐了，他非常恭敬地但又同样嘲讽地接待那些警察官员，弄得他们不知道应当感谢他呢，还是把他也抓去？他把自杀的经过情形详细地对他们说了，并且拿出瑞士干酪同马德拉的白葡萄酒款待他们；可是他承认他完全不知道瓦西里·费多特奇同那位在这儿住过的小姐现在在什么地方。他只限于陈述：瓦西里·费多特奇，因为工厂有事情，从来没有在外面久耽搁过；不是今天，就是明天，他会回来的——他回来，一分钟也不耽搁，马上让城里知道。他这个人一向是遵守时间的。

于是那些官员先生们只好空手回去了，他们留下一个警察看守尸体，并且答应派一个验尸官来。

三十八

在这一切事情发生以后，过了两天，一辆大车驶进了那个“谦和的”佐西玛教士的院子里，车上坐的一男一女都是我们熟识的人。他们到后第二天就正式结了婚。不多时他们又走了，善良的佐西玛教士对自己做的这件事情一点儿也不后悔。索洛明离开工厂后，留了一封信在厂里，是写给老板的，由帕维尔交去了；在这封信里他又详细、又精确地说明了工厂的情形（它是很兴旺的），并且请了三个月的假。这封信是在涅日丹诺夫死前两天写的，从这封信上我们可以断定索洛明在那个时候就认为他应当同涅日丹诺夫、玛丽安娜一块儿去别处躲避一阵子了。对于自杀案件的侦查并没有发现什么。尸体给埋葬了。西皮亚金也不再找寻他的外甥女了。

九个月以后马尔克洛夫的案子开审了。在审讯时候他的态度同在省长面前的时候一样：安静，还有几分高傲，可是也有一点儿忧郁。他平日的那种粗暴已经缓和多了，不过这并不是由于胆小，这是另一种更高贵的感情的作用。他一点儿也不替自己辩护，一点儿也不表示后悔，他不责备别人，也没有供出谁的名字；他那带着失神眼光的消瘦面孔上保留着一种表情，就是：对他的命运的服从和坚定。他那些简短扼要的、真实的回答就是在法官们的心中也唤起了一种近似怜悯的感情。连那些捉了他、并且到法庭作证揭发他的农民们——连他们也动了这样的感情，还说他是一位“老实的”、好心肠的老爷。可是他的罪行太明显了；他实在逃不掉惩罚，并且好像他自己也认为处罚是应当的。至于其余的不多几个同犯，马舒林娜失踪了；奥斯特罗杜莫夫鼓动一个店老板起来革命，让那个人“粗笨地”一下子就打死了；戈卢什金因为他“诚心悔过”（惊恐和苦恼差一点儿把他弄疯了），只受到很轻的处罚；基斯利亚科夫给监禁了一个月，又放出来，居然还让他在各省自由地跑来跑去；涅日丹诺夫身死免刑；索洛明虽然有嫌疑，可是因为证据不足，便没有受到牵连（不过他并没有逃避审讯，总是随传随到）。玛丽安娜的名字连提也没有人提过……帕克林完全脱身了；其实根本没有人注意他。

一年半又过去了，现在是一八七〇年的冬天。在彼得堡，三级文官兼御前侍从西皮亚金开始出任显职了；他的夫人也成了艺术的保护者，她举办音乐晚会，开办简便食堂；卡洛梅伊采夫成了部里一个最有前途的官吏。在瓦西里岛[①]的一条横街上，一个穿猫皮领旧大衣的矮子一瘸一拐地走着。这是帕克林。他近来也大大地改变了：他的毛皮小帽下面露出来的鬓发中已经有了银丝。一位相当结实的高个子太太，身上紧紧裹着一件深色呢大衣，在人行道上迎面走来。帕克林漫不经心地看了她一眼就走过去了……随后他又突然站住，想了一想，张开两只胳膊，兴奋地转过身子，追上了她，仰起脑袋去看她帽子下面的脸。

"马舒林娜？"他低声唤道。

那位太太尊严地看了他一眼——一言不发，又往前走了。

"亲爱的马舒林娜，我认识您，"帕克林接着说，他一瘸一拐地跟在她身边，"只是请您不要害怕。您知道，我不会出卖您——我碰见您，太高兴了！我是帕克林，西拉·帕克林，您知道，涅日丹诺夫的朋友……请到我家去坐坐吧；我住的地方离这儿不过两步路……请吧！"

"Ио соно коптесса Рокко ди Санто-Фиуте！[②]"那位太太低声答道，可是她带了纯粹的俄国口音。

"好吧，就算您是一位'康捷莎'[③]……一位多漂亮的'康捷莎'。……请到我那儿去，聊聊天……"

"可是您住在哪儿呢？"那位意大利伯爵夫人突然用俄语问道，"我没有工夫。"

"我就住在这儿，在这条横街上——那就是我的房子，那所灰色的三层楼房。您真好，不再对我隐瞒了！请把手伸给我，我们走吧。您在这儿待久了吗？您为什么成了一位伯爵夫人呢？您跟什么意大利'康捷'[④]结了婚吗？"

马舒林娜并没有同什么意大利"康捷"结婚。她弄到一张死了不多久的Рокко ди Санто-Фиуте伯爵夫人的护照，虽然她不懂一句意大利话，而且她有着最典型的俄国人的面貌，她拿着这张护照，居然很泰然地回到俄国来了。

帕克林引她到了他的简陋的住所。他的驼背的妹子同他住在一块儿，这个时候便从那个把小小的厨房跟小小的过道隔开的隔断后面转出来招呼

---

① 瓦西里岛是彼得堡的一个区。
② 意大利语：我是罗加·狄·圣阜姆伯爵夫人！
③ 帕克林摹仿马舒林娜用俄国口音把意大利语 contessa（伯爵夫人）念成了"康捷莎"。
④ 帕克林故意用俄国口音念意大利文，把伯爵念成了"康捷"。

客人。

“这儿来，斯纳波奇卡[1]，”他说，“我给你介绍一位我的好朋友；请你赶快给我们弄点儿茶来。”

马舒林娜要不是听见帕克林提起涅日丹诺夫的名字，她是不会到他家里来的，她从头上摘下帽子，用她那像男人一样的手理了理她还是像从前那样剪得短短的头发，鞠了一个躬，便默默地坐了下来。她一点儿也没有改变，连身上的衣服也还是两年前穿的那一件；可是她的眼里却含了一种凝固般的哀愁，这给她平日那样严厉的面容添上一种动人的表情。

斯南杜里娅准备茶炊去了，帕克林在马舒林娜对面坐下来，轻轻地拍一下她的膝头，他的脑袋垂在胸前；他要讲话的时候，却不得不先咳嗽一声清清嗓子；他咽喉哽塞，泪珠在眼里发亮。马舒林娜端正地坐在椅子上，不动一下，也不靠椅背，阴沉地望着一边。

“是的，是的，”帕克林说，“真是不堪回首了！望着您我想起……许多事情同许多人。死的同活的。连我那对小鹦鹉也死了……不过我想，您不认识他们；他们就像我预言的那样死在同一天里面。涅日丹诺夫……可怜的涅日丹诺夫！……不用说，您知道……”

“是的，我知道。”马舒林娜说，她的眼睛仍然望着一边。

“您也知道奥斯特罗杜莫夫的事吗？”

马舒林娜只是点了一下头。她希望他继续谈涅日丹诺夫，可是她又不肯向他问起涅日丹诺夫的事情。然而他明白她的心思。

“我听说他的遗书里面提到了您——这可是真的？”

马舒林娜并没有马上回答。

“是真的。”她末了说。

“他是个了不起的人！只是他没有走对路！他并不是革命者，和我一样！您知道他本来是什么呢？现实主义的浪漫主义者！您明白我的意思吗？”

马舒林娜匆匆地看了帕克林一眼。她不明白他的意思，其实她也不想弄明白。他敢拿自己同涅日丹诺夫相比，她觉得这太奇怪，而且太不配了；不过她心里想道：“就让他去吹牛吧。”（其实帕克林并没有吹牛，他倒还以为把自己贬低了呢。）

---

① 斯纳波奇卡是斯南杜里娅的爱称。

“有个名叫西林的人在这儿找到了我，”帕克林接着说，“涅日丹诺夫临死前也给他写了一封信。他，这个西林，来问我有没有办法找到死者留下的什么稿件？可是阿廖沙的东西全给封存了……而且里面也没有稿件；他全烧了，他把他的诗也烧了。您也许不知道他写过诗吧？我真为它们感到惋惜；我相信里面有几首诗的确很不坏。那一切都同他一块儿消灭了——一切都落进了那个总的大漩涡里面——永远地死了！只有他的朋友们的记忆留了下来——到后来他的朋友们也要消灭的！”

帕克林沉默了一会儿。

“还有西皮亚金夫妇，”他又说下去，“您还记得那一对又谦恭、又尊严、又讨厌的名人吗？他们现在到了权力和荣誉的顶点了！”马舒林娜，不用说，完全不“记得”西皮亚金夫妇了；可是帕克林把他们两个人，尤其是西皮亚金，恨透了，所以只要有“痛斥”他们的机会，他决不肯放过。“据说他们家里正在大唱高调！他们老是在谈论品德！！可是据我看来，谈品德谈得太多了，就像病人房间里香气太多，你可以断定一定是在掩盖什么臭气了！这是可疑的征象！他们把可怜的阿列克谢给毁了，这一对西皮亚金夫妇！”

“索洛明怎样呢？”马舒林娜问道。她突然不想再听这个人讲他的任何事情了。

“索洛明！”帕克林提高声音说，“这是个好样的。他搞得很好。他离开了他从前那个工厂，把最好的工人都带走了。那儿还有一个人……据说是一个很厉害的家伙！他的名字叫帕维尔……索洛明把他也带走了。听说现在，他自己有了一个工厂——一个小厂——开设在彼尔姆附近，而且实行了一种共同经营的办法。这个人干一件事从来不肯中途放手！他会干到底的！他又精明，又结实。是个——好样的！主要的，他不是一下子就要把社会的创伤治好。因为，您难道不知道我们俄国人是什么样的一种民族吗？我们老是盼望着：有一天什么人或者什么事突然出现，把我们一下子就治好了，我们所有的伤口都长好了，像拔掉一颗病牙似的把我们的百病全拔除了。这个魔术师是什么人呢？达尔文主义？农村？阿尔希普·彼列片季耶夫[①]？对外战争？或者别的什么都成！只是，先生，拔掉我们的牙齿！！这只是偷懒的、消沉的、浅薄的想法！可是索洛明不是这样：不，他不拔牙齿——他是个好样的！”

---

① 阿尔希普·彼列片季耶夫：未详。

马舒林娜把手挥动一下,好像在说:“所以应当把他勾掉了。”

“好啦,那个姑娘呢,”她问道,“我忘了她叫什么,就是同他,同涅日丹诺夫一块儿逃走的那个?”

“玛丽安娜吗?是的,她现在就是这个索洛明的妻子。她同他结婚已经一年多了。起初只是名义上的,可是现在,听说她真的做了他的妻子了。是——啊。”

马舒林娜又把手挥动一下。

她从前妒忌玛丽安娜同涅日丹诺夫相爱,可是现在又恼恨她不忠于他的爱情了。

“看来他们已经有了小孩吧。”她轻蔑地说。

“也许是的,我不知道,可是您要往哪儿,往哪儿去呢?”帕克林看见她拿起帽子,便补充了后一句话,“等一下吧,斯纳波奇卡马上就给我们拿茶来了。”他并不是特别想留住马舒林娜,却只是想趁这个机会把堆积在他胸中并且正在那儿沸腾的一切发泄出来。帕克林自从回到彼得堡以后,就很少同别人来往,尤其少同年轻人接近。涅日丹诺夫的事情吓坏了他;他现在非常小心,并且竭力避免交际——年轻人那方面也很怀疑他。有一个年轻人甚至于当面骂他告密者。他同老年人又合不来;所以他有时候整整几个星期不得不闭着嘴。他在妹子的面前也不便畅快地讲话;并不是因为他认为她不能了解他——哦,不!他素来把她的智力看得很高……不过他对她却不得不正正经经地讲些完全真实的话;只要他开始“吹”起来,或者“炫耀一番”,她马上就会用一种特别的、注意的、怜悯的眼光望着他;他便感到害臊了。可是一个人要是不多少“炫耀一番”(哪怕小小地来一下也行),那么他怎么能够活下去呢?因此彼得堡的生活叫帕克林受不下去了,他已经在想迁到莫斯科去,那又怎样呢?各种的想法、观察、编造、笑话同挖苦话积在他的心里,就像水给关在水闸里面一样……闸门打不开:水不流动,腐败了。偶然碰到了马舒林娜……他便打开了闸门,谈起来,谈起来……

彼得堡,彼得堡的生活,整个俄罗斯都挨了骂!对任何人、任何事他都不留情。马舒林娜对这一切并没有多大的兴趣;可是她不反驳他,也不打他的岔……他对她没有更大的要求了。

“是啊,女士,”他说,“我可以给您保证,现在真是太平盛世呢!社会完全停滞了;所有的人都烦得要死!文学界空空荡荡——你要在那儿滚球也行!

就拿批评来说吧……要是一个进步的年轻批评家必须说‘母鸡有下蛋的特性’的时候，你得给他整整二十页的篇幅来说明这个伟大的真理——而且就是这样，他也难搞得好！让我告诉您，这些先生，他们肥肥胖胖，就像鸭绒被一样，黏黏糊糊就像面包渣汤一样——他们口里吐着白沫，讲的却是寻常话！至于科学呢……哈！哈！哈！我们也有博学的康德，不过这只是我们工程师领子上的‘康德’罢了。[①] 在艺术界也是一样的情形！您要是高兴今天去听音乐会，您就会听到我们民族的歌唱家阿格列曼茨基[②]……他现在正走运呢……要是一份配上荞麦饭的鳊鱼[③]，我告诉您，一份配上荞麦饭的鳊鱼，要是有嗓子的话，它一定会唱得和这位先生完全一样！连那位斯科罗皮兴（您知道我们那位土生土长的阿里斯达克[④]吧）也恭维他！他说，这完全不像西方的艺术！他也称赞我们那班下流的画家！他说，我自己从前也非常欣赏欧洲，非常欣赏意大利人；可是我听了罗西尼，心里却想道：‘哎！哎！’我看了拉斐尔，——又是‘哎！哎！’[⑤]这个‘哎！哎！’倒是我们那班年轻人很满意的；他们也跟着斯科罗皮兴不停地嚷：‘哎！哎！’您想想看，他们高兴得不得了！同时我们老百姓穷得真厉害，他们完全给捐税毁了，现在办到的惟一的改革就是农民全戴便帽，他们的老婆倒把帽子[⑥]取消了。还有饥荒！酗酒！放高利贷的人！”

可是听到这儿，马舒林娜打起呵欠来了——帕克林知道他应当改变话题了。

“您还没有告诉我，”他对她说，“您这两年中间住在哪儿，您到这儿久不久——您在干什么——您怎么会变成了意大利人，而且为什么……”

---

① 伊·康德（1724—1804）是德国哲学家。俄语“康德”这个词的意义是“边饰”、“镶边”、“滚边”等等，在俄国，工程师、炮兵和军队中的科技人员在他们制服的领子上都有这种“边饰”，所以帕克林这样说。

② 阿格列曼茨基——指俄国歌唱家兼乐队指挥德·亚·阿格列涅夫—斯拉维扬斯基（1834—1908），他的合唱团演出的节目多数是俄罗斯民歌、哀歌和壮士歌。一八六九年阿格列涅夫—斯拉维扬斯基同他的合唱团在俄国全国巡回演出。帕克林对他批评的根据是说他歪曲了民歌的风格。

③ 这是俄国人喜欢吃的一道菜。

④ 阿里斯达克（公元前 215—前 143），希腊语言学家，他由于注释希腊作家的作品（尤其是荷马的著作）而闻名于世。斯科罗皮兴是一个虚构的人物。

⑤ 乔·罗西尼（1792—1868），意大利作曲家，他的作品有喜歌剧《塞维勒的理发师》和爱国歌剧《威廉·退尔》等。“听了罗西尼”，是说听了罗西尼作的歌剧或曲子；“看了拉斐尔”，是说看了拉斐尔的画。

⑥ 这里指的是从前俄罗斯已婚妇女在节日戴的帽子。

"您不需要知道这些，"马舒林娜插嘴说，"有什么用处呢？现在它们同您没有一点儿关系了。"

帕克林觉得好像给什么东西扎痛了，他为了掩盖自己的狼狈，勉强地短短笑了一下。

"好吧，我也不勉强您，"他答道，"我知道在现在这一代人的眼里看来，我是落后的了；而且说老实话，我也不能把自己算在……那班人里面……"他没有把这句话讲完，"斯纳波奇卡给我们拿茶来了。您喝一杯吧，一面听我讲话……说不定您会在我的话里面找到一点儿有趣味的东西。"

马舒林娜拿了一杯茶同一块方糖，她一面喝茶，一面轻轻地咬着方糖。

帕克林直率地笑了起来。

"幸好这儿没有警察，不然这位意大利伯爵夫人……您叫它什么呢？"

"Рокко ди Санто-Фиуме. "马舒林娜沉着地、正经地说，她慢慢地喝着热茶。

"Рокко ди Санто-Фиуме！"帕克林跟着说了一遍，"她喝茶的时候还要咬方糖。① 这太不像了！警察马上会起疑心的。"

"是啊，"马舒林娜说，"在边境上，有个穿制服的家伙跟我找麻烦；他老是拦住我盘问；我后来忍耐不下去了。我就说：'看在上帝的面上，您不要缠我吧！'"

"您对他讲意大利话吗？"

"不，讲俄国话。"

"他怎么办呢？"

"怎么办？他当然走开了。"

"好极了！"帕克林提高声音说，"'康捷莎'真不错！请再喝一杯！我还有一件事要跟您谈谈。我觉得您有点儿瞧不起索洛明。可是您知道我要告诉您什么呢？他这样的人——才是真正的人物。他们那种人，我们见一两面，是不会了解他们的，不过我敢担保，他们是真正的人物；未来是属于他们的。他们并不是英雄；连所谓'劳动的英雄'也不是（"劳动的英雄"这个称呼，还是一个什么美国或者英国的怪人在他那本写来教训我们这班可怜虫的书里面用过的）；他们是结实、平凡、沉闷乏味的普通老百姓。他们正是我们现在需要的

---

① "喝茶的时候咬方糖"是纯粹俄罗斯人的习惯。

人！您只要看看索洛明，他的脑子就像白天那样地清楚，他的身体就像鱼那样地健康……这不是一个奇迹吗？您瞧，在我们俄国一直到现在都是这样：你只要是一个活人，有感情，有思想，那么你一定是一个病人！可是我敢说，使我们痛心的事，索洛明也感到痛心，我们恨的东西，他也恨——不过他的神经很镇静，他的身体可以由他充分控制……所以他是好样的！我要说，他是个有理想的人——却又不说空话；他受过教育——却又是从老百姓中间出来的；纯朴——却又精明……您还需要什么样的呢？"

"您可以不去管，"帕克林接着说下去，他越往下说，越是兴奋，他没有注意到马舒林娜早已不听他讲话了，她的眼睛又掉在一边望着别的地方，"您可以不去管我们俄国现在已经挤满了各种各样的人：斯拉夫派、官吏、有宝星的同没有宝星的将军、享乐至上主义者同摹仿的人，还有各种各样的怪物。（我认识一位叫做哈夫罗尼娅·普雷肖娃的太太，她无缘无故地突然变成了一个法国的正统派[①]，她对任何人都说，她死后他们只要把她的尸首打开，就会看见她的心上刻着亨利五世[②]的名字。……就是刻在这位哈夫罗尼娅·普雷肖娃的心上！）您可以不去管这一切，我最尊敬的女士，可是请听我说，真正的、我们自己的道路还是在索洛明他们那儿，在那些平凡的、纯朴的、精干的索洛明那儿！请记住，我对您讲这句话的时候是在一八七〇年冬天，这个时候德国正要消灭法国[③]……这个时候……"

"西卢什卡，"斯南杜里娅在帕克林背后轻轻地唤道，"我觉得在你对未来的判断上，你完全忘记了我们的宗教和它的影响……而且，"她连忙补充说，"马舒林娜小姐也不在听你……你还不如请她再喝杯茶吧。"

帕克林忽然明白过来了。

"哟，不错，尊敬的女士，——说实在话，您不要喝茶吗？"

可是马舒林娜把她的忧郁的眼睛转过来望着他，沉吟地说：

"帕克林，我想问问您，您有没有涅日丹诺夫写的什么——或者他的相片？"

---

① 正统派是法国拥护波旁王朝复辟的保皇党人，在一八三〇年波旁王朝第二次被推翻以后，他们才形成了政党。

② 亨利五世，指法国的亨利·沙尔·尚博尔伯爵，他是波旁王朝长系的最后代表，在一八三〇年七月革命以后，逃亡国外。他是法国王位的僭望者，称为"亨利五世"，却没有能回法国做一天的国王。

③ 一八七〇年冬天法国刚刚在普法战争中战败，法国皇帝拿破仑三世被普鲁士军俘虏。

“有一张相片……有的；而且看来照得很不错。在桌子那儿。我马上去给您找出来。”

他在翻他的抽屉；斯南杜里娅走到马舒林娜面前，用同情的眼光牢牢地望了她许久，像一个同志似地握住她的手。

“它在这儿！找着了！”帕克林大声说，他把照片递给她。马舒林娜并没有好好地看看照片，也不说一句感谢的话，满脸通红，匆忙地把它揣在怀里，然后戴上帽子，向门口走去。

“您要走吗？”帕克林说，“至少请告诉我，您住在哪儿？”

“我没有一定的住处。”

“我明白；您不愿意让我知道！也好，可是无论如何请您告诉我一件事：你们是不是仍旧听瓦西里·尼古拉耶维奇的命令行动呢？”

“您为什么要知道这个呢？”

“不然，你们也许是听另一个人——西多尔·西多雷奇的命令吧？”

马舒林娜没有回答。

“再不然便是一个匿名的人在指挥你们吧？”

马舒林娜已经跨出了门槛。

“也许是一个匿名的人！”

她把门碰上了。

帕克林在关上了的门前面呆呆地立了好一会儿。

“匿名的俄罗斯！”他最后说。

“中国翻译家译丛”书目

（以作者出生年先后排序）

第 一 辑

书 名	作 者
罗念生译《古希腊戏剧》	[古希腊]埃斯库罗斯 等
朱光潜译《柏拉图文艺对话集》《歌德谈话录》	[古希腊]柏拉图　[德国]爱克曼
纳训译《一千零一夜》	
丰子恺译《源氏物语》	[日本]紫式部
田德望译《神曲》	[意大利]但丁
杨绛译《堂吉诃德》	[西班牙]塞万提斯
朱生豪译《莎士比亚戏剧》	[英国]莎士比亚
罗大冈译《波斯人信札》	[法国]孟德斯鸠
查良铮译《唐璜》	[英国]拜伦
冯至译《德国，一个冬天的童话》	[德国]海涅 等
傅雷译《幻灭》	[法国]巴尔扎克
叶君健译《安徒生童话》	[丹麦]安徒生
杨必译《名利场》	[英国]萨克雷
耿济之译《卡拉马佐夫兄弟》	[俄国]陀思妥耶夫斯基
潘家洵译《易卜生戏剧》	[挪威]易卜生
张友松译《汤姆·索亚历险记》《哈克贝利·费恩历险记》	[美国]马克·吐温
汝龙译《契诃夫短篇小说》	[俄国]契诃夫
冰心译《吉檀迦利》《先知》	[印度]泰戈尔　[黎巴嫩]纪伯伦
王永年译《欧·亨利短篇小说》	[美国]欧·亨利
梅益译《钢铁是怎样炼成的》	[苏联]尼·奥斯特洛夫斯基

第二辑

书名	作者
钱春绮译《尼贝龙根之歌》	
方重译《坎特伯雷故事》	[英国]乔叟
鲍文蔚译《巨人传》	[法国]拉伯雷
绿原译《浮士德》	[德国]歌德
郑永慧译《九三年》	[法国]雨果
满涛译《狄康卡近乡夜话》	[俄国]果戈理
巴金译《父与子》《处女地》	[俄国]屠格涅夫
李健吾译《包法利夫人》	[法国]福楼拜
张谷若译《德伯家的苔丝》	[英国]哈代
金人译《静静的顿河》	[苏联]肖洛霍夫

第三辑

书名	作者
季羡林译《五卷书》	
金克木译天竺诗文	[印度]迦梨陀娑 等
魏荒弩译《伊戈尔远征记》《涅克拉索夫诗选》	[俄国]佚名　涅克拉索夫
孙用译《卡勒瓦拉》	
朱维之译《失乐园》	[英国] 约翰·弥尔顿
赵少侯译《莫里哀戏剧》《莫泊桑短篇小说》	[法国]莫里哀　莫泊桑
钱稻孙译《曾根崎鸳鸯殉情》《日本致富宝鉴》	[日本]近松门左卫门　井原西鹤
王佐良译《爱情与自由》	[英国]彭斯 等
盛澄华译《一生》《伪币制造者》	[法国]莫泊桑　纪德
曹靖华译《城与年》	[苏联]费定